中國小說論壇

【第五辑】

《中国小说论坛》编辑部 ｜ 编

C h i n e s e

F i c t i o n

F o r u m

山东人民出版社 · 济南

国家一级出版社 全国百佳图书出版单位

图书在版编目（CIP）数据

中国小说论坛. 第五辑 /《中国小说论坛》编辑部
编. -- 济南：山东人民出版社，2024.4
ISBN 978-7-209-15047-7

Ⅰ.①中… Ⅱ.①中… Ⅲ.①小说评论－世界－文集
Ⅳ.①I106.4-53

中国国家版本馆CIP数据核字（2024）第072070号

中国小说论坛（第五辑）
ZHONGGUO XIAOSHUO LUNTAN（DI-WU JI）
《中国小说论坛》编辑部　编

主管单位　山东出版传媒股份有限公司
出版发行　山东人民出版社
出 版 人　胡长青
社　　址　济南市市中区舜耕路517号
邮　　编　250003
电　　话　总编室（0531）82098914
　　　　　市场部（0531）82098027
网　　址　http://www.sd-book.com.cn
印　　装　东营华泰印务有限公司
经　　销　新华书店

规　　格　16开（185mm×260mm）
印　　张　22.5
字　　数　388千字
版　　次　2024年4月第1版
印　　次　2024年4月第1次
ISBN 978-7-209-15047-7
定　　价　64.00元
　　　　　如有印装质量问题，请与出版社总编室联系调换。

《中国小说论坛》

山东大学文学院主办

目　录

小说作品的文献性

——从稽考中国古代小说作者说起

袁世硕

  我近年在思考一个问题：稽考、认识中国古代小说作者，并将其小说作品作为文献资料。这个想法是从近年我做《录鬼簿》考释所意会到的一个问题。这本来是一个老问题，但是我们过去的研究者对于经典小说作者大都只知其名，甚至是笔名，不知其为何等样人，凭前人的零星记载推测，意见纷纭，都不能落实。所以我们对于《金瓶梅》的作者、《醒世姻缘传》的作者究竟是何人，至今没有一个获得大家公认的意见。近几年，我做《录鬼簿》考释，从中意识到，诠释元代曲家的散曲、杂剧也可作为一种观察其人的凭据，并有进一步的认知；前人没有稽考的，现出了身影；不能坐实的，坐实了下来；粗知其人的，认识得更深细了。从而想到这种方法是否也可以用以稽求古代经典小说作者。

  这本来是不成问题的问题。《孟子》中谈"尚友古人"就是说要诵其诗、读其书。我们简称知人论世说。古代官方修史有"文苑传"，却只简单记载文学家的里籍、仕历，有诗文集的列出集子的名称。过去历代的历史为文学家立传，多不引用他的作品，也不讲他的文学贡献；一般只是罗列其事迹而已。梁启超《历史研究法》对此提出批评，认为为文学家立传，应该征引他的作品，像《史记·司马相如列传》引录大赋家的代表性的赋作。这一观点基本正确。因为我们说历史人物有资格立传就是由于他在历史上做过贡献，用古人的话说就是：立功立言立德。作家有

  作者简介：袁世硕，山东大学文学院教授，主要从事中国文学史、中国古代小说戏曲研究。

传世的文学作品，才有立传入史的资格，不举出不评论其文学作品，怎么能见其功德业绩。所以梁启超特别称赞了司马迁《史记》为司马相如立传。司马相如是汉赋大家，事迹没有什么可以陈述的。于是司马迁就把他的赋依时序征引，简单说明其意旨。当然，征引还是不够的。因为小说部头比较大，数字比较多，那么为作者立传不能照样把他的作品搬进传记里来。因此就要对他的文学成就、价值做出分析判断。诗文作品是作家抒情言志的，表现出其思想、性情、才能乃至生平行状。我们现代研究者为历代文学家作传，都离不开其诗文，最突出的例子是杜甫是现实主义诗人，诗作极多，所以我们对杜甫生平事迹和思想知道得也最翔实。但多数经典小说作者，没有诗文传世，人们只知其名，有的还是笔名，便无法知其为何等样人了。小说是叙事文学，有的还是叙述历史故事，对作者来说是身外之事。所以研究者也就不把其作品视为稽考认知其人的材料了。

其实不然，文学是由言（文）、象、意三个层面构成。小说是文学作品，按照其本性，小说也是由三个因素、三个层面组成的。一是言或者说是文；二是象，就是形象，文艺主要是直观、感性地反映生活；三是意。中国古代很早就有研究者提出"言、象、意"的问题，西方文艺理论中的所谓"现象学派"，也提出文学是由几个层面组成，其基本是语言，进一步是象、图像，第三个方面就是意、思想或者说形而上学的内容。小说虽然叙述的是身外之事，属客观世界，叙写却有倾向性，有作者的思想观念。美国小说研究者布斯的《小说修辞学》中，明确提出小说没有绝对客观中立的叙事，作家写什么，怎样写，任何选择都暴露了自己。所有的小说叙述，即使是展示性的——如戏剧一样的展示型的作品——也存在着"他"：小说家、文学家自己的思想认识。所以他提出"隐含作者"这样一个名称，与《孟子》"知人论世"说是一致的。所以说，小说的取材、作法、语言等方向，都会隐含作者的思想、性情和才艺的某些情况。既然这样，不仅诗文可以以研究作者思想生平事迹为依据，小说也应该可以。所以，近年我在做完《录鬼簿》考释之后，也又延伸到小说，不断地思考几部经典小说作者的问题，有些粗略的想法。

小说作品反映了小说作者的世界观、价值观，以及他对于生活的认识、感受、了解。那么，我们通过小说也可以看到其人。如小说家罗贯中代表作是历史演义小说《三国志演义》。《三国演义》的最早读者，明人金华蒋大器的序言里称他"东原罗贯中"，东原即现在山东东平的雅称，因此研究者认为罗贯中本贯东平，流寓浙江，是元代后期北籍南寓的文人。后有20世纪30年代发现的天一阁抄本《录鬼簿续编》，其中著录"罗贯中太原人"。研究者多认为，"太"字是"东"字的草书误认，而且是孤证，多不从之。但近些年也有研究者做考证，力辩罗贯中为太原人，影响亦大。因此，就产生了两说。于是这段公案，直到现在，研究者甚至历史学家还在不断地商讨。东原即东平说、太原说，都是罗贯中本贯、祖籍的问题，与其为何等样人和文学创作并不十分相关，但研究者出于一种乡情，总是当作大事，争议不休。我由罗贯中的《三国志演义》和《水浒传》中发现，他不仅原籍东原即东平，还获知了更多的一些事情。我们通过罗贯中的作品，不仅可以确定他的祖籍，而且可以进一步地认识到罗贯中是何等人士。

简括地说，由《三国通俗演义》这部据史演义，是依据陈寿《三国志》和裴松之注作成的小说，推断罗贯中具有较厚实的文史素养。小说叙事语言半文半白，叙述中频频列出多类人物表，卷头开列了三国各家的宗族名字多达数百人，大而无当，不是小说家应当做的事情，对读者无大意义。可以判断，作《三国志演义》小说的罗贯中，当时还是一位文士学人。《三国志演义》中所表现出来的价值观是不完全同于传统伦理观念的。小说中魏蜀吴三国没有严格的封建伦理观念，尤其是写曹操，没有完全彻底丑化、诋毁曹操，把他当作大奸大恶，有些地方还是颂扬的。这明显表明罗贯中的学术思想、历史观重事功，与元代浙东学派的思想体系是一致的，也就是永嘉学派的思想观念。由此我们可以看到《三国志演义》的作者罗贯中是一位浙东学派的学人。《水浒传》百回本署名"施耐庵的本，罗贯中编次"，前后两大部分无论在意旨、结构、写法和语言方面都存在着显著的差异。前七十回写梁山义军的聚合，体现"官逼民反、乱由上作"的意旨。这一部分的叙述非常生动，保留着说书人口语叙事的特征，还明显残留着几处说书人当场演说之时和听众交流呼应的非情节性习惯话语。这种现象表明前一部分是出自有学养的说书艺人或者说大师的创作。施耐庵无疑是一位有学识、技艺高超的说书大师。再从《水浒传》来看，罗贯中接受了施耐庵叙写时的思想倾向，这种思想倾向我们可以用前人的话来概括："艳草窃为义民"，草窃就是小偷小摸；"称盗贼为英杰"，就是把反叛朝廷的盗贼都写成英雄人物。这与传统的伦理观念是完全相反的，和《三国志演义》的作者是同一种思维模式、思想倾向。《三国志演义》里明确地提出"天下者，天下人之天下也，唯有德者居之。"你能不能做天下的领袖，天下的君主，就看你是不是能获得人民的信任，是不是得民心。但是罗贯中作为一个学人，不能完全摆脱、排除传统的伦理道德观念。因此从这个角度，他就对施耐庵《水浒传》前半部的倾向进行修正，这就产生了"杀尽贪官与污吏，忠心报答赵官家"。这一矛盾思想使他在后半部的续写当中采取了一种"复调叙事"，写梁山义军争取朝廷招安，实现了招安，然后为朝廷平方腊；但是在叙写征方腊的每次战役当中，着重点都放在这个队伍的散失和消亡上。所以每回之后都要排列出走失、离散和阵亡的英雄名单，使后半部分产生了一种解构的倾向。就是说，如果从解构主义的思路来解释，他写水浒的招安、征辽、平方腊，实际上是显示出这个队伍的灭亡、毁灭的悲剧。后一部分续梁山义军招安、征辽、平方腊，属军国大事，主角是宋江，其他人物只是偶尔现身，远离社会生活，没有鲜活生动的描写。叙事由单向的颂扬变为复调的叙事，情理相背，报国的成功实为义军的离散毁灭，形成解构主义的叙事特征，留给读者的只能是无奈的感叹："煞耀罡星今已矣，谗臣贼子尚依然。"个中隐含着对历史的思考。叙事方法和行文与《三国志演义》相似，也频频列出不同的人物名单。罗贯中续写这一部梁山义军的作品仍保留着作《三国志演义》的学人本色，表示他已经进入都市瓦舍的书会作小说的行列。另外，署其名的《平妖传》《隋唐演义》等小说，应该是他进入了娱乐场、进入了民间文艺团体而创作的作品。虽不完全属实，但也应当有几分可信性，罗贯中已成通俗小说的专业作家，以此为生，度过其晚年。

因此我们认为，《水浒传》的创作当然应该是在《三国志演义》的创作之后，罗贯中由一位学人变成了为市井文化、娱乐场所改编、续编小说的说书艺人，进而续写编辑了《水浒传》。我们大体上可以看到罗贯中的生活道路：从一个文人学者，走向了书会才人。通过作品我们不仅可以进一步具体地认识罗贯中其人，而且可以知道他的原籍和生平大略。

更令我感到欣喜的是罗贯中续写编辑《水浒传》留有他本贯东原即东平的烙印，或者说出自本贯的乡土情结。我们可以认定罗贯中祖籍是东原，也就是现在的东平，而不是太原。以前，曾有学者提出，《水浒传》里写武松为兄报仇杀死潘金莲，斗杀西门庆，犯了死罪，东平府尹陈文昭通情达理，轻判刺配孟州，是个清明官员。陈文昭原是做过浙东慈溪县令的，地理学家赵偕曾帮助办团练，组织民兵，防卫家乡，名声极佳。罗贯中是移花接木，让贤明的东平府尹也叫陈文昭。这个说法应当是正确的。再读《水浒传》后半部可以发现更多的证据，这一部分的叙述方法、语言同《三国志演义》相似，特别是中间插入的许多原东平元人杂剧的故事。突出的一点是这部小说增多了黑旋风李逵的情节，几乎都是据东平人的杂剧改编缩写。康进之的《李逵负荆》是四折一楔的完整杂剧，《水浒传》第七十三回改编叙写详细生动，写"李逵双献头"，叙述李逵负荆的故事非常详细，显然是对康进之《李逵负荆》杂剧的改编；《李逵负荆》有剧本流传，高文秀的《黑旋风乔坐衙》《黑旋风乔教学》是院本式的表演型而无曲文的短剧，没有剧本传世，罗贯中只在第七十四回做简略叙述，他或是早年曾看过演出。由《水浒传》的叙事场景，特重梁山所在的东平地区，如第七十四回写燕青打擂"智扑擎天柱"，颂其武艺高强，地点在泰山庙会。公孙胜是冀州出家的道徒，小说结束写他是残存的好汉，去泰山道观做道士，没有回冀州等等，都应该是罗贯中出于东平情节。可见，罗贯中本贯东平应该是可以定案的。这个问题我觉得可以解决、认定，不必再有什么争议。

在罗贯中作的两部小说所看到的"隐含作者"，不止其本贯一事，而且还包括其人的文化素养、思想观念，甚或某种行状。如果再联系别的零星的记述，便可以粗知其人的大体，突破前人无所考证、无法证实的瓶颈，获得走近其人的认识。如果我们联系有关的、零星的文献记载，我们甚至可以推断罗贯中曾经参加过张士诚"伪"吴阵营。由《录鬼簿续编》记其人在至元二十四年与至正甲辰"复会"前后的两段空白，此前是"天各一方"，此后是"不知所终"，约略推断罗贯中可能曾进入苏州和杭州称吴王的张士诚的幕府，这在明代是要禁忌、不便明说的，这应是罗贯中前为浙东学人，后隐身书会作小说的历史契机。当然这些事情我们无法完全认定，但是可以认定现存浙东学术名流赵偕先生逝世后的门人公祭名单中列名罗本就是罗贯中其人，这个可以从《水浒传》本身得到印证。作为一种推测，不妨成为一说。

由对罗贯中生平的认识思考，笔者遂以为稽考古代小说作家，解析其小说文本，也应是一条应行的途径，以此推及《金瓶梅》《醒世姻缘传》、清初的几位才子佳人小说作者，也应当是行之有效的。我们可以对《金瓶梅》的作者，就《金瓶梅》作者的价值观、对生活的认识、文化修养、文学趣味来推定其人是何等样人。我们可以进一步从《醒世姻缘传》里的社会知识面，作者所生活的行径和所经历的地方等判断，《醒世姻缘传》绝不会是蒲松龄所作，它的作者肯定是一位曾经在山东做过官的河南人，这就跟他署名"西周生"相合了。按照《醒世姻缘传》所写的地理背景：济南、北京、淮安，和明清之交李政修所做官的地方是一致的。因此我们可以大致推断，《醒世姻缘传》的作者就是书中所表扬的好官：河南人李政修。

我们认为，小说叙述中能够显示，或者说暴露出的作者的多方面信息，包括价值观、思想，某些行迹也可以在他的叙述中流露出来。所以我想，我们围绕小说作者的研究也应该以他的作品作为研究的资料和文献。上升到理论语言就是：我们对一部作品的解析和对于作家的考证，两者是有一致性的。

关于小说文本的细读

黄　霖

对于《水浒传》，本来我一直很佩服金圣叹所总结的"乱自上作"论。他在第一回中有这样一段著名的评论：

> 一部大书七十回，将写一百八人也。乃开书未写一百八人，而先写高俅者，盖不写高俅，便写一百八人，则是乱自下生也；不写一百八人，先写高俅，则是乱自上作也。乱自下生，不可训也，作者之所必避也；乱自上作，不可长也，作者之所深惧也。一部大书七十回，而开书先写高俅，有以也。

这段话，不同于将《水浒传》看成是"诲盗""倡乱"之书的观点，而针锋相对地指出《水浒传》一书所要表达的主旨是"乱自上作"，揭示了《水浒传》所具有的重要认识价值。我在过去写文章时也经常提到。但是最近对这一句话重新思考了一下，觉得还是有问题的。

为何这样说？因为《水浒传》虽然开头先写了高俅，但是在写高俅的时候，始终是跟皇帝宋徽宗捆绑在一起写的，把宋徽宗也写得很不堪。《水浒传》写皇帝出场的时候有这样一句话："这浮浪子弟门风，帮闲之事，无一般不晓，无一般不会，更无一般不爱。"皇帝是浮浪子弟门风，高俅则是破落户浮浪子弟，他们两人是一根藤上的瓜，臭味相投。在这一回当中，高俅之所以能当官作恶，一路上都多亏了在皇帝的保护。在整部小说当中，《水浒传》的作者始终把皇帝作为一个否定的角色来写

作者简介：黄霖，复旦大学中文系教授，主要从事中国文学批评史、中国古代小说研究。

的。在我使用的容与堂一百回本《水浒传》中，高俅出场时提到皇帝，后来写到花石纲、游妓院、交往李师师，再写童贯、高俅征讨梁山败绩并瞒报，这本应该是死罪，却被轻轻放过，到小说结尾时又放过他们毒死宋江等忠臣义士的罪，并始终把皇帝放在一个否定的位置上。所以金圣叹把"乱自上作"的"上"归结到高俅是有问题的，应该还有一个更"上"的——就是皇帝。

为什么大家长期以来没有想到皇帝的问题呢？恐怕是由于在小说当中有好几处提到皇帝是一个"至圣至明"的圣主。实际上，小说中提到皇帝"至圣至明"有两种情况：一种是小说中的人物语言，另一种是《水浒传》作者的语言。小说第七十一回排座次后的菊花会上，小说中的人物宋江说："今皇上至圣至明，只被奸臣阻塞暂时昏昧。"有日能"云开见日"，会认同他们的忠心的。宋江的确是一个真心诚意忠于皇帝的人，从宋江嘴里讲出这样的话自然是没有问题的。另外一个是李师师，她与皇帝的关系比较特殊。在第八十一回中李师师对皇帝说："陛下虽然圣明，身居九重，却被奸臣阻塞贤路，如之奈何？"这些都是为了刻画人物，是符合人物身份、性格的人物语言，不能看成是作者的意思。

而在最后第一百回中，有一段作者的语言引起了我的注意。这段话是：

> 且说宋朝原来自太宗传太祖帝位之时，说了誓愿，以致朝代奸佞不清。至今徽宗天子至圣至明，不期至被奸臣当道，谗佞专权，屈害忠良，深可悯念。当此之时，却是蔡京、童贯、高俅、杨戬四个贼臣，变乱天下，坏国坏家坏民。

这句话开始引起我注意的是，说"太宗传太祖"不对头，应该是太祖传太宗。经查《水浒传》的天都外臣序本、袁无涯本，都是这样写的，看来他们对这段话都未引起重视。但芥子园本对这段话有两句批语，句句中的，看来这位批者是读懂了《水浒传》的。

先看正文"至今徽宗天子至圣至明，不期至被奸臣当道，谗佞专权"至"变乱天下，坏国坏家坏民"一段上面，有眉批云："大海归澜，到头结穴。"这句话是什么意思呢？就是说，小说写宋徽宗，从开始与高俅一起出场到现在，该在这里下个结论了。那这里下的是什么样的结论呢？此结论就与宋江、李师师他们下的结论明显不一样。在宋、李等口中，皇上是个被奸臣一时蒙蔽而"暂时昏昧"的圣主，总有一天能"云开见日"，明察秋毫的，而作者在这里给他的定性是：已被奸臣"当道""专权"而"变乱天下，坏国坏家坏民"了，再给他套上一顶"至圣至明"的高帽，岂不是十足的讽刺吗？

再看在"且说宋朝原来自太宗传太祖帝位之时，说了誓愿，以致朝代奸佞不清"一句上面，芥子园本又有另一句批语云："追究根源，旨意玄远，看官不可不知。"什么叫"追究根源，旨意玄远"？也就是说，假如进一步追究缘由的话，可以看到存在着更深层的问题。这就是形成"奸臣当道，谗佞专权"局面的原因，不仅仅是宋徽宗一个人的问题，而是自从太祖赵匡胤传位给太宗赵光义之后，整个宋代都存在着这样的问题，所谓"以致朝代奸佞不清"。也就是说，这是宋代制度性的问题，而不是个别皇帝的问题。这个宋代的制度性问题在明清笔记中多有记载。例《避暑漫钞》云："艺祖受命之三年，密镌一碑，立于太庙寝殿之夹室，谓之誓碑……敕有司，自后时享及新天子即位，谒庙礼毕，奏请恭读誓碑……誓词三行：一云：'柴氏子孙有罪，不得加刑，纵犯谋逆，止于狱中赐尽，不得市曹刑戮，亦不得连坐支属。'一云：'不得杀士大夫及上书言事人。'一云：'子孙有渝此誓者，天必殛之。'"皇帝在太庙中立了一个碑，第一条讲的是要对柴家子孙特殊照顾。《水浒传》中写柴进时，就写到他家中有"丹书铁券"。另外一条就是有关这个宋代制度的问题了，即所谓"不得杀士大夫及上书言事人"。对于这类记载，历史学家有许多考证文章。比如历史学家张荫麟于1942年发表的《宋太祖誓碑及政事堂刻石考》就认为，北宋言官（实际上不只言官，当也包括像高俅、蔡京、童贯、杨戬这样的大官）之强横，朝议之嚣杂，主势之降杀，国是之摇荡，都是由宋太祖誓碑密约造成的恶劣影响。有关宋太祖誓碑是否属实，现在很多人认为是后人造出来的，真实性存疑。但是在南宋以及元明时期，广为流传，多数人恐怕是信以为真的，因此在《水浒传》中也出现了这样的描写。

现在根据第一百回中的这一段话，重新思考之后，我认为金圣叹的"乱自上作"说尽管概括得很好，可惜他的"上"是专指高俅的，是"只反贪官不反皇帝"的；而且，这个结论与《水浒传》作者的创作意图与客观表现都是不一致的。正如前面所讲，《水浒传》作者明明是把高俅与皇帝捆绑在一起的，高俅的出场也就是皇帝的出场，高俅的不好也就是皇帝的不好，"乱自上作"的"上"更应是指向皇上的。所以《水浒传》这本书，既是反贪官，也是批昏君的。关于"只反贪官不反皇帝"的问题，是我们研究《水浒传》当中一个很重要的问题，把《水浒传》这部伟大的小说也说成是"只反贪官不反皇帝"恐怕是不符合实际情况的。

另外，围绕这个问题，我们容易犯的一个错误是，把小说中宋江这个人物的表现与《水浒传》作者的意思混同起来。宋江是只反贪官不反皇帝的，不但不反皇帝，而且是死心塌地地忠于皇帝的。他接受招安，从造反者看来，就是"投降"。明代的一些人歌颂《水浒传》是一部忠义的书。李卓吾说宋江是"忠义之烈"。这说法也是对的。站在皇帝的、统治集团的立场上看归顺皇帝当然是忠义。但是反过来，站在造反的、反对皇帝的角度来看，这就是投降。忠义与投降本是一回事，只是站在不同的立场看问题而用了不同的表述罢了。《水浒传》的作者写宋江忠于皇上，接受招安，以悲剧告终，不一定能说作者达到"反皇帝"的高度，但通过塑造宋江这个人物来表达反对忠于昏君是明确无疑的。《水浒传》的作者就是希望有一个君明臣良的社会。他也感觉到要建造一个君明臣良的社会与制度建设大有关系，有这样的一点认识也是不容易的。所以，《水浒传》之所以伟大，就是能站在多数百姓的立场上反贪官，也反昏君，且反愚忠于昏君的人，并将君昏臣奸的局面与政治制度的缺失关联起来。这就是我最近在阅读《水浒传》时候的一些思考。

再讲两个《金瓶梅》的问题，说明读书要细心。有时候一字之差，得以证明小说版本的先后。比如在《金瓶梅》崇祯本的版本问题上，有些先生认为崇祯本的内阁文库本是原刻本，我始终反对这一观点。的确，在内阁文库本的扉页上刻了"新刻绣像批评原本金瓶梅"，比它本多了"原本"两个字，但所有的真正原本是不会加上"原本"两个字的，这正是此地无银三百两。我在强调内阁文库本不是原刻本这一问题上已说了许多证据，今天只提一点：一字之差可见版本的先后。在崇祯本的内阁文库本上，有一处评语是"毕竟月娘深心"。但是，在北京大学藏本上，写的是"毕竟月娘没心"。"没"和"深"都是三点水旁的，这肯定是其中有一本在刊刻的过程中因看不清底本的字，就据自己的理解选了一个形近的字。这是在第五十二回有如下一段描写：李瓶儿开头跟迎春、官哥儿，三个人在一起玩耍，随后叫丫鬟迎春到屋子里拿一壶茶，这时迎春就走了。正在此时孟玉楼在高处叫李瓶儿去说句话，李瓶儿就也离开了，叫金莲看护孩子，此时李瓶儿也走了，只剩下金莲和官哥儿两个。但是潘金莲只想着去与陈敬济幽会，也离开了，只剩下官哥一个人。这个时候李瓶儿已经到了月娘处，月娘安排她投壶玩。李瓶儿担心孩子无人看管，孟玉楼说有潘金莲看护着，月娘顺口讲了一句："孟三姐，你去看看孩子罢。"这里，两个版本的批语有一个字不同。一个批："毕竟月娘没心。"另一本则批："毕竟月娘深心。"这就牵扯到对吴月娘的评价问题。哪一种接近崇祯本呢？我认为，"没心"更接近崇祯本。因为在崇祯本的整个评价体系当中，吴月娘主要被视为一个正面、善良、没有心机的人物，"没心"的评价与她的形象是一致的。"深心"的评点，将吴月娘看作一个很有心机的女人，显然与崇祯本其他对于吴月娘的评价不一致。而后来的张竹坡评点《金瓶梅》批评吴月娘时，如同金圣叹评点《水浒传》"独恶宋江"一样，将吴月娘骂作最恶毒的女人，因此"深心"这个观点只有在张竹坡评点本出现之后才会产生。因此，"没心"与"深心"的一字之差是内阁文库本作为后出文字的有力证明。

另外一个一字辨伪的问题，牵扯到张竹坡本中的大连本的问题。因为过去王汝梅先生和加拿大的米列娜教授一起提出了大连本是原刻本的观点，我起初觉得是有道理的，在一些文章中也附和了这一说法。但后来仔细看了大连本之后，否定了这一观点。我否定大连本是原刻本，当然有好几条证据，其中有一条自认为比较过硬的是：大连本作为原刻本的最主要证据是卷首有一篇张竹坡的《寓意说》，这篇文章最后比其他版本多出了227个字。王先生他们认为这227个字讲的张竹坡的生平与其他地方的表述完全一致，因此应该是原刻本。但是《寓意说》这篇文章讲的是《金瓶梅》全书的人名都是有寓意的，应该与张竹坡的生平并无什么关系，因此我认为最后多出的这227个字与整个文章的主题是脱离的、搭不上架的。另外在这227个字中，有一个"气"字，写成了一个当时常用的俗体字。在这篇总计3000多字的文章中，除这个"气"字之外，前面还有三个"气"，都是写成正字"氣"，唯独在这227个字中"气"写法不同。显然这是后来翻刻的时候，刻工根据底本上有人加进去的手写文字依样画葫芦刻上去的，于是造成了前后"气"的不同。这一点我认为是比较过硬的证据，能够证明大连本并非原刻本。

以上就是我围绕小说文本的细读要讲的三个例子。一句话、一个字，恐怕都会关系到比较重要的问题，所以要细心阅读。

古代小说版本研究的不同思路

齐裕焜

由于《三国志平话》等讲史话本在成书过程中起着重要作用，因此，我们在讨论成书过程时，很少涉及宋元小说话本。最近再次认真读了程毅中先生辑注《宋元小说家话本集》和他的论文《从姚卞吊诸葛诗谈小说家话本的断代问题》《〈三国志演义〉与宋元话本》，深受启发。我想就这个议题，做些梳理和补充。

小说话本《老冯唐直谏汉文帝》，是以《史记·冯唐列传》为素材，虚构捏合而成。说汉文帝时，云中留守大将魏尚，英勇善战，匈奴不敢进犯。因得罪宦官，被陷害入狱。匈奴入侵，汉军屡败。后冯唐直谏文帝，重新起用魏尚，边境始得安宁。这篇话本正文与三国无涉，但他的"入话"部分却与三国故事的传闻有关。入话部分说宋太祖到武成庙巡视，认为白起"坑赵卒四十万"，不配祭祀，用吴起代之。后真宗到武成庙，又把韩信和李勣逐出。有人以为"伍子胥曾鞭主尸，赵云曾叱主母"，也应逐出。但真宗却认为"此二人亦英杰也，可于门首享祭"。伍子胥和赵云就成为武成庙的把门将。这段入话篇幅很短，但关乎《三国志演义》的信息颇多，值得重视。所谓赵云叱主母，不得入武成庙问题，在小说《三国志演义》中，出现在"赵子龙单骑救主"这一故事情节中，不同版本有不同的版本形态。因而在《三国志演义》版本演变中，"赵子龙单骑救主"也成为值得关注的一个情节。

《三国志演义》版本繁多复杂，仅明刊本现存的就有三十余种。明嘉靖壬午（元年，1522）《三国志传通俗演义》和嘉靖二十七年（1548）《新刊通俗演义三国志史传》叶逢春刊本，这是现存最早的两个版本，都没有关索或花关索故事。他们分别代表了演义和

作者简介：齐裕焜，福建师范大学文学院教授，主要从事古代小说研究。

志传，也就是江南和建阳两个系统的版本，陈翔华认为叶逢春刊本的初刻时间尽管比"嘉元序刊本"迟二十七年，但是其中某些细节或文字描写，较之"嘉元序刊本"还要接近罗贯中的本来面目。我赞同陈翔华先生的意见。"赵子龙单骑救主"就是一个典型的例子，我们通过列表，看看几个比较重要的版本，对这一场景是如何叙述和评论的。

叶逢春本	赵云三回五次请夫人不肯上马，四边喊声大举，云大喝曰："如此不听吾言！"糜氏弃阿斗于地下，遂将头撞墙而死。后来子龙不得入太庙，与伍子胥把门。盖因喝主母以至丧命，亦是不忠也。……赵云就推土墙而掩之。
嘉靖元年本	赵云三回五次请夫人上马，夫人不肯上马，四边喊声又起，云大喝曰："如此不听吾言，后军来也！"糜氏听得，弃阿斗于地上，投枯井而死。赵云恐曹军盗尸，推土墙而掩之。（小字注：后来子龙不得入武臣庙，与子胥把门，盖因吓喝主母，以致丧命，亦是不忠也。）
周曰校本	赵云三回五次请夫人上马，夫人不肯上马，四边喊声又起，云大喝曰："如此不听吾言，后军来也！"糜氏听得，弃阿斗于地上，投枯井而死。赵云恐曹军盗尸，推土而掩之。[考证]后来龙不得入武臣庙□□胥拒门，盖因龙喝主母，□致丧命，亦是不忠。
双峰堂本	赵云三回五次请夫人不肯上马，四边喊声大举，云思无奈，喝曰："如此不听吾言。"糜氏弃阿斗于地，遂将头撞墙而死。评论曰："糜氏之死，论者以因子龙一喝所致，故忠臣庙子龙遂不得入，只与子胥把门。以愚见论之，糜氏死时谅以自度，倘从子龙之言，或三人俱至丧命，己与子龙不足惜，阿斗独不足惜乎！所以宁先死，使子龙无累，得全阿斗耳，岂因一喝哉！且子龙之亦充类，至义之尽也，子胥不得与同语，何也？盖子龙之喝乃无心之失，子胥之鞭尸乃有心而为耳，学者须详观其行事而原其心，以别玉石可也。"
郑少垣本	赵云三回五次请夫人不肯上马，四边喊声大举，云思无奈，喝曰："如此不听吾言。"糜氏弃阿斗于地，遂将头撞墙而死。评论曰："糜氏之死，论者以因子龙一喝所致，故忠臣庙子龙遂不得入，只与子胥把门。以愚见论之。糜氏死时谅以自度，倘从子龙之言，或三人俱至丧命，己与子龙不足惜，阿斗独不足惜乎！所以宁先死，使子龙无累，得全阿斗耳，岂因一喝哉？且子龙之亦充类，至义之尽也，子胥不得与同语，何也？盖子龙之喝乃无心之失，子胥之鞭尸乃有心而为耳，学者须详观其行事而原其心，以别玉石可也。"
李卓吾本	云厉声曰："夫人不听吾言，追军若至，为之奈何？"势迫事险，心忙语急，写来如画，糜夫人乃弃阿斗于地，翻身投入枯井中而死。人但知赵云不惜死以保其主，不知糜夫人不惜以死以保其子。赵云固奇男子，糜夫人亦奇妇人。〔赞评〕好夫人，好子龙，两丈夫也。阿斗，阿斗，人知子龙保之，安知夫人之功更伟也。 （李赞评本没有赵云因喝主母，不得入武庙之说。但他回末总评）： 甚矣，史官之无识也！竟以逼死主母，判断子龙。呜呼！子龙岂逼死主母者哉？三番四覆不肯上马，曹兵在后，阿斗在怀，势忙事急，不得不然，吾辈当设身处之，方知其难也。何可太平时节，吃饱闲坐，恣其品骘乎哉？况保得阿斗，糜夫人亦自瞑目也，何烦后人妄肆讥评乎？最可恨者，是议事之人，绝不知任事之苦，而妄肆其讥评也。
毛本	赵云三回五次请夫人上马，夫人只不肯上马。四边喊声又起，云厉声曰："夫人不听吾言，追军若至为之奈何？"糜夫人乃弃阿斗于地翻身投入枯井中。 （毛本没有赵云因喝叱主母，不得入太庙的文字，也没有针对此事的评语。）

我们上面列举的嘉靖壬午本、周曰校本、李卓吾本、毛本都是江南本；而叶逢春本、双峰堂本、郑少垣本都是建阳本。可以看到，江南本系统糜夫人都是"投枯井而死"；而建本系统则是"遂将头撞墙而死。"把叶逢春本糜夫人撞墙而死，改为投井而死，说明嘉靖元年序刊本修改得比较合理。更重要的是认为赵云喝叱糜夫人，逼她丧命，是毫无道理的。因此，嘉靖元年序本、周曰校本都将其从正文中去掉，放在小字注里。这有力地说明嘉靖元年本的底本较之叶逢春本的底本晚出。到了万历年间的建阳系统的版本和江南系统的版本，不但都将其完全删去，而且写下深刻的评语，予以尖锐的驳斥。我们最关注赵云叱喝主母问题。在《三国志平话》描写赵云救阿斗的英雄故事时，却冒出这么一句："赵云一时之勇，图名于后"，这说明在民间传说中对其行为亦有质疑。到了叶逢春本的正文就有"后来子龙不得入武臣庙，与伍子胥把门。盖因喝主母以至丧命，亦是不忠也"这几句话。

至于赵云是否被贬到武成庙把门呢？一本以明朝遗老追忆的形式写成的笔记体方志性著作《如梦录》，详细记述了明代开封的社会风貌。是书《官署纪第五》中，写到武庙，"大门三间，梢间是伍员、赵云，大殿正坐昭烈武成王、姜太公，左立孙武、右立张良，两边十哲，俱是历代军师；两廊俱是历代功臣"。所谓梢间，指房屋梢端处的一间，常用以堆放柴草等。可见伍员、赵云确实是把门的，不能到两廊，更不能上正殿了。有趣的是，这个传说流传甚广。明代小说《英烈传》第七十八回，说了这样一个故事。

且说太祖出庙，信步行至历代功臣庙内。猛然回头看见殿外有一泥人，便问："此是何人？"伯温奏道："这是三国时赵子龙。因逼国母，死于非命，抱了阿斗逃生。"太祖听罢，说道："那时正在乱军之中事出无奈，还该进殿才是。"话未说完，只见殿外泥人大步走进殿中。太祖又向前细看，只见一泥人站立，便问："此是何人？"伯温又道："这是伍子胥。因鞭了平王的尸，虽系有功，实为不忠，故此只塑站像。"太祖听罢，怒道："虽然杀父之仇当报，为臣岂可辱君，本该逐出庙外。"只见庙内泥人，霎时走至外边。随臣尽道奇异。

赵云在《三国志·关张马黄赵传》中名列第五位。而裴松之注所引的《云别传》不但写他"身长八尺，姿颜雄伟"的外表，更重要用"长阪救主""拒取樊氏""反对分田""劝阻伐吴"等事例把赵云的美德、才识和勇气表现出来。特别是"反对分田"：益州既定，玄德欲将成都有名田宅，分赐诸官。赵云谏曰："益州人民，屡遭兵火，田宅皆空。今当归还百姓，令安居复业，民心方服；不宜夺之为私

赏也。"（65回）"劝阻伐吴"：却说先主欲起兵东征，云曰："汉贼之仇，公也；兄弟之仇，私也。愿以天下为重。"（81回）

赵云在蜀汉，历史地位不高，在关羽、张飞、马超、黄忠之下，甚至还不及魏延、李严、吴壹等人。当时姜维等人就为他鸣不平。《三国志》没有五虎将的说法，《费诗传》只说："遣诗拜关羽为前将军，羽闻黄忠为后将军，（羽）怒曰：'大丈夫终不与老兵同列！'不肯受拜。"但《三国志》将他与关羽、张飞、马超、黄忠合为一传，虽然列于末位，这为宋元民间将其列为五虎将提供了依据。到了《三国志平话》就有"皇叔封五虎将"，排序是关张马黄赵。到了《三国志演义》嘉靖元年本刘备为汉中王时，"以关张马黄赵为五虎大将"，可是费诗对关羽宣布时，却是"关张马赵黄"。叶逢春本相同。到了毛评本刘备封五虎将和费诗告诉关羽的，都一致了，赵又提升了一位：关张赵马黄。

前面所说，赵云没能成为武成殿配享的功臣，只能当武庙的把门将，可以作为宋元阶段赵云形象演变的例证。赵云作为《三国志演义》里最完美最受读者喜爱的人物，主要是由罗贯中塑造完成的。罗贯中浓墨重彩地描写赵云，是很有道理的。因为赵云比马超、黄忠更早追随刘备，而且其品德才识也更突出，所以，毛本把赵云排在五虎将中第三名符合罗贯中的创作意图。

说到这里，我说一个问题，就是研究版本的不同思路。

吴组缃先生认为版本研究要与作品的思想、艺术的研究结合起来，才有价值。这个见解对我们几位主要从事古代小说研究的学者，影响很大。如刘敬圻的《嘉靖本〈三国志通俗演义〉中的曹操性格》《〈三国演义〉嘉靖本和毛本校读札记》，张锦池的《三国演义考论》等四大名著"考论"，都是又考又论，不是停留在"考"上，而是在"考"的基础上来"论"。

这就是研究版本的不同思路，我把单纯的版本考证，称之为考证，我们通过版本来论述作品的思想和艺术，称为考论。上面举的赵云喝叱主母的故事，考证派的学者只关注是撞墙死还是投井死，来说明版本的先后和不同，对赵云不能入武庙的事，没有关注的兴趣。而我们对他们津津乐道的"普静"还是"普净"，"庞德"还是"庞惪"，不感兴趣，认为不过是版本抄录印制过程中的错误所致，就像我刚才打字把"关索"打成"官索"一样。但有的句子虽然只差别几个字，却有重要区别。如容与堂本、天都外臣本第71回《忠义堂石碣受天文，梁山泊英雄排座次》有一篇赋，最后是"休言啸聚山林，真可图王霸业"，而袁无涯本，芥子园本却作："休言啸聚山林，早愿瞻依廊庙。"

刘备携民渡江，成为千古美谈。在嘉靖本叶逢春本以及万历的几个版本里，诸葛亮曾劝刘备抛弃百姓。"孔明曰：今拥大众十余万皆是百姓，披甲者少，日行十余里，似此几时得到江陵？倘曹操至，如何迎敌？不如暂弃百姓，先行为上。"玄德泣曰："若济大事，必以人为本。今人归吾，何以弃之？"这里刘备的仁义和诸葛亮的自私形成鲜明的对比。毛评本很巧妙地改动一下，把"诸葛亮曰"改为"众将皆曰"，既保持了刘备形象的高大，又无损诸葛亮的形象。对这样的版本问题，我们是高度关注的。

考证派的版本研究是有价值的，是基础工程。考论派的研究是在考证的基础上进行的。研究小说的目的是什么？是通过研究，能够从作品中汲取思想，提高我们对社会、生活、人生的认识；提高我们的艺术鉴赏能力和写作水平。所以，我们不但要考证，还要考论，在考证的基础上了解和深化对作品的理解。最后，我以《三国志演义》(以下简称《三国》)为例，谈谈古代小说作品研究要关注的几个方面。

一是关注历史。《三国》是历史小说，要关注作家如何利用历史资料，进行创作。如鞭打督邮，历史上本系刘备所为，罗贯中巧加改造，让张飞把他痛打一顿。如此移花接木，既维护了刘备的"仁厚"形象，又突出了张飞疾恶如仇的刚烈性格，十分成功。现在周文业的"文史对照本"和石麟"历史考证版"都可参考。

二是关注版本。版本研究的重要性无须赘言，陈翔华主编的《三国志演义古版丛刊》和续刊共七种影印本为版本研究提供了很大方便。

三是关注话本、戏曲等其他艺术作品。在成书过程中，如元杂剧《锦云堂美女连环计》及《三国志平话》均有王允献貂蝉的故事，都说貂蝉与吕布本是夫妻，因战乱而失散；为了夫妻团圆，吕布愤而杀死霸占貂蝉的董卓。罗贯中创造性地改造人物关系，既揭露吕布的丑恶，又塑造了貂蝉优美动人的艺术形象。在成书之后，在戏曲、说唱等作品中可以看到它的传播和影响。胡世厚主编的《三国戏曲集成》，汇集从元代到当代的三国戏，编为八卷十二册，六百多万字。这为我们研究三国戏提供了极大的方便。

四是关注评论。如署名李贽的评语对诸葛亮谋害魏延，劝杀刘封等的批判，让我们看到在嘉靖本、叶逢春本里诸葛亮不是那么完美，毛本把这些对诸葛亮不利的描写都删除了。《三国》有陈曦钟等人的《会评本》。黄霖先生所辑的《历代小说话》，收辑了从晚明胡应麟到1926年周瘦鹃《小说丛谈》等小说话378种，皇皇十五册，四百三十多万字。为我们保留了有关小说作者、版本，以及作品的评价、传播等方面的资料，是中国古代小说研究的一块奠基石。

五是关注研究史和当前动态。通过研究史了解已有研究的成果，同时密切关注当前的研究的进展，使我们更明确研究的方向。《水浒传》《西游记》《金瓶梅》《红楼梦》等都已有研究史，但《三国》研究史却没有，期待不久就能问世。

六是关注小说史、文学史等，了解作品在小说史、文学史发展中的地位，它的贡献和不足。如《三国》塑造了类型化的典型人物，成为不朽的艺术形象。但人物性格比较单一，性格没有发展，没有写出环境与人物的关系，写政治人物、上层人物比较成功，写下层人物、日常生活则显得苍白无力。这些在小说史发展中，在《水浒传》《儒林外史》《红楼梦》等作品中有长足的进步和发展。

《汉志》小说家著作佚文二题

王守亮

内容提要：《风俗通义》卷六《声音·瑟》首之以"《春秋》"的"师旷为晋平公奏清徵之音"故事，应是一条比较可靠的《汉志》小说家著作《师旷》佚文。朱右曾《逸周书集训校释》卷十一所辑不类《逸周书》而疑为《虞初周说》佚文的四条文字，可确定为《虞初》佚文的是"天狗所止，地尽倾"与"穆王田，有黑鸟若鸠"等两条文字。

关键词：《汉志》 《师旷》 《虞初周说》 佚文

《汉志》诸子略小说家著录的十五家小说，早在南北朝时即散佚殆尽，因而在《汉志》小说家著作的研究中，佚文钩沉与辑佚便成为一项基础性的工作。对此，清代和近今学者已做了较多相关工作，奠定了较好的基础；当然，因事难尽善，故其中仍有可再予检讨或补苴之处。笔者不揣浅陋，兹就《师旷》和《虞初周说》佚文问题略陈己见，祈请方家指正。

一、《师旷》

《汉志》著录以"师旷"题名的书有两部，一是诸子略小说家《师旷》六篇，二

国家社科基金后期资助项目："汉代小说史叙论"（20FZWB005）。

作者简介：王守亮，齐鲁工业大学外国语学院（国际教育学院）教授，主要从事中国古代小说研究。

是兵书略阴阳家《师旷》八篇。今有卢文弨所辑《师旷》①一书，从《逸周书》《左传》《吕氏春秋》《韩非子》《汲冢琐语》《史记》《新序》《说苑》《宋书》以及《瑞应图》等先唐文献中，辑录33则关于师旷的逸闻轶事；不过，其中哪些属于小说家《师旷》的内容，莫能详辨。赵逵夫《卢文弨辑〈师旷〉刍议》一文对该书有评议和辑佚内容的补充②，李剑锋《唐前小说史料研究》第一章《汉代及以前小说史料》在卢文弨辑本《师旷》之外补辑佚文四条。③

《说文解字》卷四上鸟部"鹭"字释义，许慎引《师旷》曰："南方有鸟，名曰羌鹭，黄头赤目，五色皆备。"段玉裁注："《艺文志》小说家有《师旷》六篇，岂许所称与？"④段氏疑许慎所引文字出自小说家著作《师旷》。《逸周书·太子晋》写师旷见太子晋故事，鲁迅《中国小说史略》第三篇《〈汉书〉〈艺文志〉所载小说》⑤和吕思勉《经子解题·附论〈逸周书〉》⑥均指出其说颇类小说家言，即以《太子晋》故事可能出自小说家《师旷》。还有刘向《说苑·建本篇》"晋平公问于师旷"章，所写为师旷论学故事，向宗鲁《说苑校证》推测其"或亦出《师旷》六篇中"⑦，即可能为小说家《师旷》的佚文。以上这些都是已为古今学者关注的可能出自小说家《师旷》的文字。

按东汉应劭《风俗通义》卷六《声音·瑟》"师旷为晋平公奏清徵之音"故事云：

> 《春秋》："师旷为晋平公奏清徵之音，有玄鹤二八，从南方来，进于廊门之危，再奏之而成列，三奏之则延颈舒翼而舞，音中宫商，声闻于天。平公大说，坐者皆喜，平公提觞而起，为师旷寿，反坐而问曰：'音莫悲于清徵乎？'师旷曰：'不如清角。'平公曰：'清角可得闻乎？'师旷曰：'不可。昔黄帝驾象车，六交龙，毕方并辖，蚩尤居前，风伯进扫，雨师洒道，虎狼在后，虫蛇伏地，大合鬼神于太山之上，作为清角；今主君德薄，不足以听之，听之，将

① 卢文弨辑注：《师旷——古小说辑佚》，上海古籍出版社1985年版。
② 赵逵夫：《卢文弨辑〈师旷〉刍议》，《古籍整理研究学刊》2012年第4期，第33—36页。
③ 李剑锋：《唐前小说史料研究》，山东教育出版社2016年版，第42页。
④ 赖永海主编：《段玉裁全书》(叁)，江苏人民出版社2015年版，第159页。
⑤ 鲁迅：《中国小说史略》，人民文学出版社2006年版，第29页。
⑥ 吕思勉：《经子解题》，吉林出版集团股份有限公司2016年版，第33页。
⑦ [汉]刘向撰，向宗鲁校证：《说苑校证》，中华书局1987年版，第69页。

恐有败。'平公曰：'寡人老矣，所好者音也，愿遂闻之。'师旷不得已而鼓之，一奏之，有云从西北起，再奏之，暴风亟至，大雨沣沛，裂帷幕，破俎豆，堕廊瓦，坐者散走，平公恐惧，伏于室侧，身遂疾痛，晋国大旱，赤地三年。故曰：不务德治而好五音，则穷身之事也。"①

对这段文字起首的"《春秋》"，吴树平《风俗通义校释》认为当是衍文，因为以下所述师旷事不见于《春秋》②；王利器《风俗通义校注》虽以正文视之，但存而不论，未予注释。③

《汉志》小说家"《师旷》六篇"班固注云："见《春秋》，其言浅薄，本与此同，似因托之。"④审班注之意，小说家《师旷》文字当出于抑或同于"《春秋》"。不过，班固既称此"《春秋》"内容"浅薄"，则自非列于五经、微言大义的鲁史《春秋》。又，王充《论衡·感虚篇》也记有师旷为晋平公奏清徵之音故事，乃称"传书……或言"，并批评"传书之家，载以为是"⑤，可佐证该故事并非出于儒经《春秋》。还有论者认为该故事之首的"《春秋》"当指《左氏春秋》，亦非，因为两者文字风格迥不相类。要而言之，此之所谓"《春秋》"只能是其他题名为"《春秋》"的先秦或者汉人著述。⑥故《风俗通义》首之以"《春秋》"的师旷故事应与小说家《师旷》有其直接关系，是一条比较可靠的小说家《师旷》佚文。

① ［汉］应劭撰，王利器校注：《风俗通义校注》，中华书局2010年版，第286页。
② ［汉］应劭撰，吴树平校释：《风俗通义校释》，天津古籍出版社1980年版，第231页。
③ ［汉］应劭撰，王利器校注：《风俗通义校注》，中华书局2010年版，第286—287页。
④ ［汉］班固：《汉书》，中华书局1962年版，第1744页。
⑤ 黄晖：《论衡校释》，中华书局1990年版，第241—242页。
⑥ 在汉代文献中，贾谊《新书》有《春秋》篇，记楚惠王、卫懿公、邹穆公、宋康王、晋文公、楚怀王、齐桓公、秦二世胡亥、孙叔敖等九人故事。对此篇题，章太炎云："《春秋篇》惟卫懿公一事亦合《左传》，其他楚惠王等八事，不知采自何书。各记别事，本与《左传》丝毫无涉。其中二世胡亥一事，在《左氏》后且二百年，其不相关通明矣。"阎振益、钟夏认为："春秋即错举四时以名史乘，非必关合《左氏》也。"（阎振益、钟夏：《新书校注》，中华书局2000年版，第250—251页。）由此来看，《风俗通义》所引载师旷故事之"《春秋》"，或为类似贾谊《新书·春秋》这样单题为"《春秋》"的著述。

二、《虞初周说》

《虞初周说》作者虞初，汉武帝时洛阳人。据《史记·封禅书》记载，太初元年（前104），武帝兴兵西伐大宛，"丁夫人、洛阳虞初等以方祠诅匈奴、大宛焉"①。可知虞初是一位通晓巫术的御用方士。关于《虞初周说》，《汉志》颜师古注引应劭曰："其说以《周书》为本。"②《文选》卷二张衡《西京赋》云："匪唯玩好，乃有秘书。小说九百，本自虞初。从容之求，寔俟寔储。"三国吴薛综注："小说，医巫厌祝之术，凡有九百四十三篇。言九百，举大数也。……持此秘术，储以自随，待上所求问，皆常具也。"③综合应劭、薛综之说，可知《虞初周说》依《周书》为说，以备皇帝顾问，书中包含较多医巫厌祝之术的内容。《西京赋》还写道："于是蚩尤秉钺，奋鬣被般。禁御不若，以知神奸。魑魅魍魉，莫能逢旃。"④表明《虞初周说》还有大量涉及神怪妖异的内容。这一切颇符合其作者虞初的御用方士身份。

清人朱右曾《逸周书集训校释》卷十一所辑《逸周书》佚文，有四条如下：

> 日本有十，迭次而出，运照无穷。尧时为妖，十日并出，故为羿所射死。（《太平御览》三卷）
>
> 芥山，神蓐收居之。是山也，西望日之所入，其气圆，神经光之所司也。（《太平御览》三卷）
>
> 天狗所止，地尽倾，余光烛天为流星。长十数丈，其疾如风，其声如雷，其光如电。（《山海经注》十六卷）
>
> 穆王田，有黑鸟若鸠，翩飞而跱于衡。御者毙之以策，马佚，不克（止之），踬于乘，伤帝左股。（《文选注》十四卷）⑤

① ［汉］司马迁：《史记》，中华书局1982年版，第1402页。
② ［汉］班固：《汉书》，中华书局1962年版，第1745页。
③ ［南朝梁］萧统编，［唐］李善注：《文选》，上海古籍出版社2019年版，第69页。
④ ［南朝梁］萧统编，［唐］李善注：《文选》，上海古籍出版社2019年版，第70页。
⑤ ［清］王先谦编：《皇清经解续编》（第十三册），齐鲁书社2016年版，第468页。

这四条文字，朱右曾疑其不类《逸周书》风格，而可能"出于虞初"①，也就是《虞初周说》的佚文。鲁迅《中国小说史略》第三篇论列《虞初周说》，意见略同朱右曾，但所引佚文为后三条，未引第一条"日本有十，迭次而出"等文字。②此后的中国古代小说史论著论列《虞初周说》时，对其佚文引录都同《中国小说史略》。

按诸《太平御览》卷三"日本有十，迭次而出"条，注出于《汲冢书》；"峚山，神蓐收居之"条出自《山海经》。③第三条"天狗所止，地尽倾"等文字，《山海经》卷十六《大荒西经》郭璞注引《周书》，清郝懿行指出本条文字不见于《逸周书》。④第四条"穆王田，有黑鸟若鸠"等文字，《文选》卷十四《赭白马赋》"惕飞鸟之跱衡"句下李善注引出《古文周书》。⑤由此再看朱右曾疑为《虞初周说》的佚文，第一条既出自西晋时出土的汲冢古书，则自与应劭所称为《虞初周说》所本的《周书》无关；第二条出自《山海经》，当系朱氏误辑。从而我们可确定为《虞初周说》佚文的实际只有第三、四条文字。

① ［清］王先谦编：《皇清经解续编》（第十二册），齐鲁书社2016年版，第160页。
② 鲁迅：《中国小说史略》，人民文学出版社2006年版，第29页。
③ ［宋］李昉等编：《太平御览》，中华书局1960年版，第16—17页。
④ ［清］郝懿行撰，栾保群点校：《山海经笺疏》，中华书局2019年版，第356页。
⑤ ［南朝梁］萧统编，［唐］李善注：《文选》，上海古籍出版社2019年版，第640页。

两个唐传奇名家的"玄怪"之思

——从牛僧孺《玄怪录》到李复言《续玄怪录》

陈文新

内容提要：牛僧孺《玄怪录》和李复言《续玄怪录》都以"玄怪"名书，但"玄怪"的内涵却大有不同。《玄怪录》产生于中晚唐之际的德宗至宪宗年间，"往往假小说以寄藻思"，"显扬笔妙"是其魅力所在，不太看重人生见解和感慨的寄寓。《续玄怪录》则产生于唐末穆宗至懿宗年间，与感慨深重的忧患意识相关，李复言经常书写人把握不了自身命运的痛苦人生经验，求仙意识也弥漫在字里行间。

关键词：牛僧孺《玄怪录》 李复言《续玄怪录》 唐传奇

单篇唐人传奇鼎盛于德宗建中初（780）到宪宗元和末（820），牛僧孺的传奇集《玄怪录》问世于这个时代，是孤独的，却也得风气之先。唐人传奇集鼎盛于穆宗初到懿宗末（821—873），较为著名的有薛用弱《集异记》、李复言《续玄怪录》、薛渔思《河东记》、郑还古《博异志》、卢肇《逸史》、无名氏《会昌解颐录》、陆勋《集异记》、李玫《纂异记》、张读《宣室志》、裴铏《传奇》、袁郊《甘泽谣》，并非偶合，《河东记》《宣室志》《续玄怪录》都是《玄怪录》的续书，《续玄怪录》甚至也用了"玄怪"作为书名。

同样以"玄怪"名书，"玄怪"的指向却大有不同：如果说《玄怪录》旨在"显

国家社科基金重大招标项目："中国文学史著作整理、研究及数据库建设"（17ZDA243）。

作者简介：陈文新，武汉大学文学院教授，主要从事中国小说史、明代诗学和科举文化研究。

扬笔妙"，《续玄怪录》则重在抒写人生感慨，两者的差异由此形成。其背后的原因，除了时代的差异之外，也与作者的个人气质有关。

一、《玄怪录》的"藻思"

牛僧孺（780—848），字思黯，安定鹑觚（今甘肃灵台县东北）人。永贞元年（805）进士及第。元和三年（808）贤良方正科对策第一。累官御史中丞。穆宗时以户部侍郎同中书门下平章事。文宗时，与李宗闵相结，权震天下，时称"牛李"。与李德裕交恶，互相倾轧，史称"牛李党争"。武宗时贬循州刺史。宣宗立，召还，为太子少师。卒赠太尉。谥文简。僧孺少负才名，工诗，与白居易、刘禹锡均有唱和。诗集散佚，《全唐诗》仅录存十余首。性喜志怪，著有《玄怪录》。

《玄怪录》原书十卷，久佚。《太平广记》中注明"出《玄怪录》"者共三十一则，但其中《淳于矜》一篇，实出南朝宋刘义庆《幽明录》；《窦玉》《齐推女》《崔绍》则是误落"续"字而将李复言《续玄怪录》注成了"出《玄怪录》"。现存明陈应翔刻本题《幽怪录》，分为四卷，共四十四篇，其中《尼妙寂》《王国良》二篇应是李复言的作品。明胡应麟《少室山房笔丛·艺林学山一》曰："牛僧孺所撰，本名《玄怪录》，近时乃竟刻为《幽怪》，不知始于何地。观用修所引，则弘正间已误矣。"[1]今人程毅中以陈应翔刻本为基础，整理出《玄怪录》一书，中华书局1982年版（与《续玄怪录》合编），共五十八篇，不完全是牛僧孺的作品。

牛僧孺所处的时代，传奇作者云起，"史才如沈既济、陈鸿，文人如白行简、沈亚之，一时兴到，偶记毫素"，"往往假小说以寄藻思"。[2]牛僧孺与同时代的其他传奇作者一样，"显扬笔妙"是其创作的主要动机之一。但沈既济、李公佐等不肯坦率承认"事状之虚"，时常言之凿凿地交代故事来源，以掩饰"幻设"之迹；而牛僧孺却"于显扬笔妙之余，时露其诡设之迹。如其书中之《元无有》一条，观其标题命名之旨，已自托于乌有亡是之伦"。[3]胡应麟"唐人乃作意好奇"的著名论断，即以《元无有》为其重要论据。

---

① ［明］胡应麟：《少室山房笔丛》，上海书店出版社2001年版，第199页。
② 汪辟疆校录：《唐人小说·玄怪录》，上海古籍出版社1978年版，第195页。
③ 汪辟疆校录：《唐人小说·玄怪录》，上海古籍出版社1978年版，第195页。

牛僧孺是一位自成风格的传奇作家。其《玄怪录》在"显扬笔妙"、耽于想象、叙述技巧、性格刻画等方面都有引人注目之处。

其一，热衷于藉传奇创作"显扬笔妙"。据宋赵彦卫《云麓漫钞》卷八，《玄怪录》是牛僧孺年轻时用来"温卷"的作品，旨在表现他的"史才、诗笔、议论"。[①]《玄怪录》的具体写作时间还可讨论，但牛僧孺热衷于以传奇"显扬笔妙"却是毋庸置疑的。

在牛僧孺之前，张荐《灵怪集·姚康成》(《太平广记》卷三七一引)藉物怪论文评诗，已开借小说"显扬笔妙"的先例，但仅为个案，而在《玄怪录》中，则已成为惯例。比如《元无有》一篇，其实就是写了仲春时节某晚几位诗人在维扬郊野一座空庄的联句：

> 其一衣冠长人，即先吟曰："齐纨鲁缟如霜雪，寥亮高声予所发。"其二黑衣冠短陋人，诗曰："嘉宾良会清夜时，煌煌灯烛我能持。"其三故弊黄衣冠人，亦短陋，诗曰："清冷之泉俟朝汲，桑绠相牵常出入。"其四故黑衣冠人，诗曰："爨薪贮泉相煎熬，充他口腹我为劳。"无有亦不以四人为异；四人亦不虞无有之在堂隍也，递相褒赏。观其自负，则虽阮嗣宗《咏怀》，亦若不能加矣。四人迟明方归旧所。无有就寻之，堂中惟有故杵、烛台、水桶、破铛，乃知四人即此物所为也。[②]

故杵、烛台、水桶、破铛所吟的那些即景抒情的诗句，在表现牛僧孺的才思之外，并没有太多的深意。《滕廷俊》(《太平广记》卷四七四引)叙毗陵人滕庭俊入洛调选，行至荥水西，日暮投宿道旁庄家，见二人，老父称麻大，名来和，另一人称和且耶，同为浑家门客。滕庭俊被邀入馆，同坐饮啖，各作《同在浑家平原门馆联句》诗一首。忽闻主人唤，馆宇及麻、和二人皆不见，其傍唯有大苍蝇、秃扫帚而已。浑家门客诗二首收入《全唐诗》卷八六七；滕庭俊诗收入《全唐诗补编·续拾》卷五六，足以见出牛僧孺的才藻。其他如《张佐》之薛君胄，"因暇登楼远望，

---

① ［宋］赵彦卫：《云麓漫钞》，古典文学出版社1957年版，第111页。

② ［宋］李昉等编：《太平广记》第8册，中华书局1961年版，第2937—2938页。

忽有归思，赋诗曰：'风软景和煦，异香馥林塘。登高一长望，信美非吾乡。'"①其诗尤堪讽诵。《岑顺》中插入檄文一篇，则与当时进士科试不无关联。

其二，耽于想象自身的美感魅力，而不大讲求寓意。幻设为文，魏晋南北朝已形成风气，如阮籍《大人先生传》、陶潜《五柳先生传》等，概以寓意为本，文辞为末。唐代的一些传奇小说，如沈既济《枕中记》、李公佐《南柯太守传》，虽然"大归则究在文采与意想"，②但其中所寄寓的人生感慨也同样重要。牛僧孺却几乎不在乎寓意的有无，他完全陶醉在想象的乐趣中了。

可以举一个例子。《枕中记》《南柯太守传》强调"大与小""长与短"的对比，一方面表现了作者对想象的兴趣，另一方面也传达了作者的人生见解。牛僧孺同样关注"大与小""长与短"的相对性，目的却仅是充分写出想象的奇幻。《张佐》（《太平广记》卷八三引）叙薛君胄的两耳中跳出二童子，二童子的耳朵中有兜玄国，按照薛君胄的推论：二童子仅"长二三寸，岂复耳有国土？倘若有之，国人当尽焦螟耳"③。而事实却与其推论截然相反：兜玄国与中国大小相当；其人身高也跟薛君胄不相上下。《侯遹》（《太平广记》卷四百引）叙一老翁"尽取遹妓姜十余人，投之书笈，亦不觉笈中之窄"④。《巴邛人》（《太平广记》卷四十引）叙"轻重亦如常橘"的"二大橘"中，"每橘有二老叟"⑤。牛僧孺一再渲染大与小的区别的消失，均意在炫奇耀异，并不打算寄寓什么见解或感慨。

牛僧孺的想象资源，既有取资于域外佛教的，如《张佐》《侯遹》，也有取资于本土道教和道家的，《古元之》所描写的那个没有任何尘缘的国度——和神国，既有道教气息，也洋溢着道家风味：

> 其国无大山，高者不过数十丈，皆积碧珉。石际生青彩绿筱，异花珍果，软草香媚，好禽嘲哳。山顶皆平正如砥，清泉迸下者，三二百道。原野无凡树，悉生百果及相思石榴之辈。每果树花卉俱发，实色鲜红，翠叶于香丛之下，纷错满树，四时不改。惟一岁一度暗换花实，更生新嫩，人不知

---

① ［宋］李昉等编：《太平广记》第2册，中华书局1961年版，第534页。

② 鲁迅：《中国小说史略》，上海古籍出版社1998年版，第45页。

③ ［宋］李昉等编：《太平广记》第2册，中华书局1961年版，第533页。

④ ［宋］李昉等编：《太平广记》第8册，中华书局1961年版，第3214页。

⑤ ［宋］李昉等编：《太平广记》第1册，中华书局1961年版，第250页。

觉。田畴尽长大瓠，瓠中实以五谷，甘香珍美，非中国稻粱可比。人得足食，不假耕种……①

所谓"和神"，就是"清虚泰静，少私寡欲"。古元之在昏醉中所见的和神国，其实就是能使人摆脱尘缘的隐居环境。这样的描写，化知识为想象，是牛僧孺常用的一种手法。

其三，长于以特殊技巧渲染奇异境界。《元无有》（《太平广记》卷三六九引）开头有这样几句："宝应中有元无有，常以仲春末，独行维扬郊野，值日晚，风雨大至。时兵荒后，人户多逃，遂入路旁空庄。须臾霁止，斜月方出。无有坐北窗，忽闻西廊有行人声……"②在简括的环境描写中，突出荒凉的一面，这就为物怪的出场提供了必要的背景，而一个"忽"字，更类似于电影的蒙太奇手法，镜头迅速变换，因而奇异感大增。与此相近，《崔书生》开头的描述，则致力于渲染富于诗意的暮春景致，为女仙的光降做了铺垫，随后，也是用一个"忽"字，让玉卮娘子神秘地出现在崔生眼前。"忽""忽然""俄然""须臾""倏闪"经常被牛僧孺用于叙述，他确乎意识到了"倏然而来""倏然而往"带给人的神秘莫测之感。《朱子语类》卷九九说："神自是急底物事，缓词如何形容之！"③仙如此，怪亦如此，把握住这一特点，才能写出仙、怪的神通或神奇，才能写出梦境的恍惚或迷离。

渲染境界的奇异，另一方式是使用第三人称限知叙事。一个人来到陌生的世界，对他来说，所有的人物、事件、场景都是不清晰或不完全了解底细的。元无有不知道那吟诗的四人究竟是谁，刘讽也不了解那一群女子。以元无有、刘讽的眼睛去反映和观察一切，其效果之一是不给读者以清晰感，有意不使真相在读者面前大白。模糊有其自身的价值，它有助于产生神秘氛围和制造悬念，从而激发读者的好奇心。牛僧孺的叙事技巧是高明的，而在叙事技巧方面最为精致、复杂、讲究的当属《张佐》。

其四，颇为留意人物性格的描绘。《崔书生》（《太平广记》卷六三引）写崔书生与西王母第三女玉卮娘子的恋情。崔书生涉世未深，天真而浪漫。他在逻谷口养花，

---

① ［宋］李昉等编：《太平广记》第8册，中华书局1961年版，第3057页。

② ［宋］李昉等编：《太平广记》第8册，中华书局1961年版，第2937页。

③ ［宋］朱熹：《朱子语类》卷99，《影印文渊阁四库全书本》第702册，商务印书馆1983年版，第140页。

"忽有一女，自西乘马而来，青衣老少数人随后"①。这个倏然而来的玉卮娘子，行踪诡秘，却压根儿没有引起崔书生的警觉，他心目所注只是"女有殊色"②，只是如何去亲近她。崔母则阅历丰富，精明而务实。媳妇进家门一个多月后，"忽有人送食于女，甘香殊异"③。这便引起了崔母的不安。因为，这实在不像常人的作为。《崔书生》对比着写出崔书生与崔母的不同反应，笔力健拔。

玉卮娘子是一个不落常套的女仙形象。她是西王母第三女，是高贵的仙界公主，"馆宇屋室，侈于王者"④；但来到人间后，却又显得卑微之至，当崔母怀疑她是狐魅，可能给崔生造成危害时，玉卮娘子即流泪向崔生辞行："本侍箕帚，望以终天。不知尊夫人待以狐魅辈，明晨即别。"⑤女仙的婚恋居然受制于凡人，这样的情节设计出人意表。或许，如同霍小玉的"霍王小女"身份不过是信手点缀一样，这里所谓"西王母第三女"⑥，也是不能太当真的。游戏为文，本是牛僧孺的典型做派。

《刘讽》（《太平广记》卷三二九引）以几个妇女的谈话为小说主体。作者并不一一介绍其姓名、身份、性情，读者却能真切感受到她们谈话的气氛和各自的神情：

> 文明年，竟陵掾刘讽，夜投夷陵空馆，月明不寝。忽有一女郎西轩至，仪质温丽，缓歌闲步，徐徐至中轩，回命青衣曰："紫绥，取西堂花茵来，兼屈刘家六姨姨、十四舅母、南邻翘翘小娘子，并将溢奴来。传语道，此间好风月，足得游乐。弹琴咏诗，大是好事。虽有竟陵判司，此人已睡，明月下不足回避也。"⑦

这女郎就是蔡家娘子。寥寥数语，已见出她的伶俐、风趣、热情、聪颖。接下来酒宴开始，又是她先致祝酒词，言词清婉，把大家都逗乐了。只有善于开玩笑的翘翘

① ［宋］李昉等编：《太平广记》第2册，中华书局1961年版，第393页。
② ［宋］李昉等编：《太平广记》第2册，中华书局1961年版，第393页。
③ ［宋］李昉等编：《太平广记》第2册，中华书局1961年版，第393页。
④ ［宋］李昉等编：《太平广记》第2册，中华书局1961年版，第393页。
⑤ ［宋］李昉等编：《太平广记》第2册，中华书局1961年版，第393页。
⑥ ［宋］李昉等编：《太平广记》第2册，中华书局1961年版，第394页。
⑦ ［宋］李昉等编：《太平广记》第7册，中华书局1961年版，第2612页。

小娘子故意挑剔她，罚她喝酒，蔡家娘子则趁机调侃刘姨夫，引得"众女郎皆笑倒"①。语言如此生活化、个性化，对后世的《聊斋志异》等作品影响甚巨。

二、《续玄怪录》的人生感慨

牛僧孺《玄怪录》问世之后，盛行一时，李复言《续玄怪录》就是其影响下的续书之一。与牛僧孺"往往假小说以寄藻思"、不太寄寓人生见解大为不同的是，《续玄怪录》弥漫着感慨深重的忧患意识，李复言经常书写人把握不了自身命运的痛苦人生经验，求仙意识也弥漫在字里行间，其美感魅力也由藻思绚烂转向情节奇诡。

李复言，生平不详。据《续玄怪录》中《钱方义》《尼妙寂》《梁革》等篇中有关文句，他曾在太和二年求州郡贡举，太和四年游巴南，太和六年在长安，为大和、开成间人。"时牛僧孺方在朝列，势倾中外。牛相早年有《玄怪录》之作，通行既久。复言乃续其书，举所闻于大和间之异闻佚事，悉入纂录。"②与白居易同时，有一李谅，字复言，是另一人，并非本书作者。③

《续玄怪录》在宋初已有两种版本：一为十卷本，宋晁公武《郡斋读书志》卷十三著录，分"仙术""感应"二门；一为五卷本，《唐书·艺文志》及宋陈振孙《直斋书录解题》著录。现存南宋临安府尹家书籍铺刻本为四卷，已非原书。"故《广记》所引，多为此本所不载。清《四库全书》所著录，及黄荛圃所得于郑敷教者，即此本也。"④其书名，宋刻本又作《续幽怪录》。

《续玄怪录》中名篇甚多，如《杜子春》（《太平广记》卷一六引）、《张老》（《太平广记》卷一六引）、《薛伟》（《太平广记》卷四七一引；陆楫《古今说海》改题为《鱼服记》）、《定婚店》（《太平广记》卷一五九引）、《尼妙寂》（《太平广记》卷

① ［宋］李昉等编：《太平广记》第7册，中华书局1961年版，第2612页。

② 汪辟疆校录：《唐人小说》，上海古籍出版社1978年版，第215页。

③ 卞孝萱曾作《〈续玄怪录〉作者及写作年代探索》（《江海学刊》1961年第10期）、《再谈〈续玄怪录〉》（《山西大学学报》1983年第4期）、《唐代小说与政治》（《中华文史论丛》1985年第1期）诸文详考李复言生平。据其考证，李谅（775—833），字复言，贞元十六年进士及第，贞元末任左拾遗，元和至太和年间历任州县长官、祠部员外郎、考官郎中等职，官至岭南节度使。其结论与《续玄怪录》时有扞格。

④ 汪辟疆校录：《唐人小说》，上海古籍出版社1978年版，第215页。

一二八引）、《柳归舜》(《太平广记》卷十八引)、《李靖》(《太平广记》卷四一八引；《古今说海》改题为《李卫公别传》)等。在《玄怪录》的三部续书中，其成就最高。

《杜子春》写周隋时杜子春为仙人守药炉接受考验事。其题材源出于《大唐西域记》"救命池"一节：一个隐士得到仙方，要找一位"烈士"（刚毅之士）替他看守坛场，无论发生什么境况，都不能出声。"烈士"在幻境中被杀，投生为男人，其妻要杀他的儿子，他情不自禁，大叫一声，招致空中火下。隐士赶紧拉他入池避难。《杜子春》的情节格局与之相同，但二者的差异却是更为重要的。

从命意看，《杜子春》提出了当时人至为关切的一个问题：面对迫在眉睫的社会动乱，人应该怎样安顿自己？有两种选择：一是隐居避难，到深山里去过清苦的生活，《杜子春》把它具体化为泯除了所有人生欲望的求仙；一是留恋红尘富贵，最终被战乱所摧毁，《杜子春》把它具体化为与生俱来的七情。杜子春在老人（即道士）引导下，已经克服了"喜、怒、哀、惧、恶、欲"六种情感冲动；然而，当幻境中他两岁的儿子被人"持两足，以头扑于石上，应手而碎，血溅数步"[1]时，"不觉失声"[2]，终于未能打破"爱"关，并因此失去成仙的机会。逃避动乱、皈依宗教的渴求与人类天性之间的冲突被惊心动魄地展现出来。面临祸患而又不能断然脱离红尘，人是多么无可奈何！

魏晋南北朝的神仙故事，用以表达成仙之艰难的情节，无非是难堪的辱骂、野兽的恐吓、色情的诱惑等，目的是检验求仙者能否保持心灵的平静。唐代以求仙为题材的传奇，也同样注重成仙了道的艰难，但情节的构成更为奇幻莫测。风雨雷电，刀山剑树，猛虎毒龙，狻猊狮子，火坑镬汤，莫名其妙的胁迫，无以名状的恐怖，携带着地狱般震慑人心的森严。

从情节设计看，《杜子春》并未轻易将杜子春推到人生抉择的关口，倘是那样，就不免强其所难。杜子春的人格经历了漫长的陶冶过程。他年轻时只知挥霍享受，"落拓不事家产"，"资产荡尽，投于亲故，皆以不事事见弃"[3]。在饥寒交迫中，老人资助他三百万。"子春既富，荡心复炽"[4]，一二年间，穷困如初。老人又资助他

---

① ［宋］李昉等编：《太平广记》第1册，中华书局1961年版，第111页。
② ［宋］李昉等编：《太平广记》第1册，中华书局1961年版，第111页。
③ ［宋］李昉等编：《太平广记》第1册，中华书局1961年版，第109页。
④ ［宋］李昉等编：《太平广记》第1册，中华书局1961年版，第109页。

一千万。他发愤"从此谋身治生"①，但意志薄弱，"纵适之情，又却如故。不一二年间，贫过旧日"②。老人再资助他三千万。他不再挥霍，而是用这些钱来行"好事"。浪子回头，人格已是相当健全，老人这才带他上了华山云台峰，检验他是否算得"仙才"。杜子春对七情的控制已非常人所及，但依然达不到"仙才"的标准。老人深发感喟说："嗟乎，仙才之难得也！吾药可重炼，而子之身犹为世界所容矣。勉之哉！"③这沉重的慨叹，潜台词其实是：人注定了要为与生俱来的七情付出代价；即使置身乱世，人也还得活下去。汪辟疆曾说："唐时佛道思想，遍播士流，故文学亦受其影响。《杜子春》一篇，意在断绝七情；此文极言仙凡之别，皆受佛道思想所熏化者也。"④只是，在强调佛道思想的熏陶之外，不能忽视了现实生活的影响或刺激。

《太平广记》卷四四《萧洞玄》(出《河东记》)、卷三五六《韦自东》(出《传奇》)和《剧谈录·说方士》的描写与《杜子春》相类。《酉阳杂俎》续集卷四所载顾玄绩事亦同，段成式还特引《西域记》以资比勘。后世铺衍、借鉴这一题材的，明有冯梦龙《醒世恒言》卷十三《杜子春三入长安》，清有长篇小说《绿野仙踪》七十三回《守仙炉六友烧丹药》等。

李复言常写愿望与效果的两歧，对人左右外在世界的可能性抱有强烈的怀疑。这也是末世人容易产生的想法。《李靖》是其中的代表作之一。李靖代龙行雨，本欲照顾久旱的家乡，以为"一滴不足濡，乃连下二十滴"，结果平地水深二丈，"大树或露梢而已，不复有人"。后"以兵权静寇难，功盖天下，而终不及于相"⑤，这一情节同样寓有人的命运不取决于个人努力这一意蕴。

《太平广记》中收有多个行雨故事，如卷三八三《曲阿人》(出《幽冥录》)记曲阿人乘露车代雷公洒水行雨，卷三九五《王忠政》(出《唐年小录》)记雷神以小项瓶贮人间水行雨，卷三〇四《颍阳里正》(出《广异记》)记某人代神行雨，在自家居处倾瓶而泻，致使水漂其宅，家人尽死。这些故事都在《续玄怪录》之前，当对李复言有所影响。清杨潮观《李卫公替龙行雨》杂剧及褚人获《隋唐演义》第三回

① ［宋］李昉等编：《太平广记》第1册，中华书局1961年版，第109页。
② ［宋］李昉等编：《太平广记》第1册，中华书局1961年版，第109—110页。
③ ［宋］李昉等编：《太平广记》第1册，中华书局1961年版，第112页。
④ 汪辟疆校录：《唐人小说》，上海古籍出版社1978年版，第238页。
⑤ ［宋］李昉等编：《太平广记》第9册，中华书局1961年版，第3409页。

有关情节系据《李靖》敷演而成。

《定婚店》将人生中至关重要的一环——婚姻，也归结于命运：当事人自身的所有努力都无济于事；姻缘前定，不可改变。主管婚姻的老人告诉韦固，他的妻子将是卖菜陈婆才三岁的女儿。韦固入菜市查看，"有眇妪，抱三岁女来，弊陋亦甚"①。这使韦固大为气愤："吾士大夫之家，娶妇必敌，苟不能娶，即声伎之美者，或援立之，奈何婚眇妪之陋女？"②忍不住派家奴去刺杀这个女孩。匆忙中仅中其眉间，女孩幸免于死。十四年后，韦固成婚，其妻眉间"常贴一花子"③，问起来才知即韦固家奴刺伤所致。这便是世所盛传的月下老人故事。"唐人好求山东婚姻。陈寅恪曾说唐士人的前途决定于婚、宦。婚五姓女，任清流官，便是正途。虽然不完全正确，但一般人好攀高门婚姻却是事实。韦固属于六大关中郡姓中的杜陵韦氏，也可以算是高门了。当然不愿意'婚眇妪之陋女'。但虽多方攀求高门，结果讨回来的，仍是当年'卖菜陈婆女耳'。"④

五代王仁裕《玉堂闲话·灌园婴女》（《太平广记》卷一六〇引）与《定婚店》构思相近。明末周楫《西湖二集》卷一六《月下老错配本属前缘》入话演述定婚店故事。戏曲作品据以改编的有明刘东生《月下老世间配偶》杂剧、清南山逸史《翠钿缘》杂剧等。

《薛伟》叙乾元元年蜀州青城县主簿薛伟因热病化鱼一事。李复言化用戴孚《广异记·张纵》（《太平广记》卷一三二引）的情节，着力表达"人是自身欲望的奴隶"这一题旨。张纵病中入冥，被罚去做鱼，"忽见罟师至河所下网，意中甚惧，不觉已入网中，为罟师所得"⑤，表现的是外在力量的不可抗拒。薛伟化鱼，不是失败于外力的强大，而是失败于自身的意志薄弱："俄而饥甚，求食不得，循舟而行，忽见赵干垂钓，其饵芳香，心亦知戒，不觉近口。曰：'我人也，暂时为鱼，不能求食，乃吞其钩乎？'舍之而去。有顷，饥益甚，思曰：'我是官人，戏而鱼服。纵吞其钩，赵干岂杀我？固当送我归县耳，遂吞之。"⑥于是成为他人餐桌上的一盘佳肴。为自

① 汪辟疆校录：《唐人小说·续玄怪录》，上海古籍出版社1978年版，第223页。
② 汪辟疆校录：《唐人小说·续玄怪录》，上海古籍出版社1978年版，第224页。
③ 汪辟疆校录：《唐人小说·续玄怪录》，上海古籍出版社1978年版，第224页。
④ 刘瑛：《唐代传奇研究》，正中书局1982年版，第297页。
⑤ ［宋］李昉等编：《太平广记》第3册，中华书局1961年版，第942页。
⑥ ［宋］李昉等编：《太平广记》第10册，中华书局1961年版，第3882页。

身的欲望所驱使，因而产生侥幸心理；薛伟的经历表明，人终归是被自己打败的。"此事当受佛氏轮回说之影响，李复言遂衍为此篇，宣扬彼法。唐稗喜以佛道思想入文者，此亦一例也。"①

明冯梦龙《醒世恒言》卷二六《薛录事鱼服证仙》演述薛伟故事而情节多有增饰。清纪昀《阅微草堂笔记》卷四"宋蒙泉言"将相似的情节改为顺叙，命意亦异，可资比较。②

《张老》叙梁天监中扬州六合园叟张老娶扬州曹掾韦恕女一事，在触目惊心的对照中调侃世态人情，笔力健拔。最初出场的张老，乃"扬州六合县园叟也"，平日"负秽镘地"，"躬执爨濯"③，没人看得起他。在他死乞白赖与韦恕长女成婚后，"亲戚恶之"④，示意他迁离扬州，于是，张老回到了王屋山下的故居。这是极写其陋。后来，韦恕"念其女，以为蓬头垢面，不可识也，令其男义方访之"⑤。结果大出意外。张家庄的景致不必说了，张老本人则仪状伟然，容色芳嫩；其行也，"五云起于庭中，鸾凤飞翔，丝竹并作，张老及妹，各乘一凤，余从乘鹤者十数人，渐上空中，正东而去。望之已没，犹隐隐闻音乐之声"⑥。这是极写其神异。"唐时神仙思想，遍播士流。服丹求仙，上自皇帝，下至庶人，无不醉心研求。但常人肉眼凡胎，即使面对着仙人还不知道。韦家固然不识张老是神，把他和女儿都给赶走了。还有不知多少类似的故事没有写出来呢！'不知天下士，犹作布衣看！'今古皆同。我们因而推测到作者写这篇文章时是怀有讽刺意味的。"⑦《太平广记》卷十七《裴湛》(出《续玄怪录》)、卷十八《刘法师》(出《续玄怪录》)等同样于对比中见命意。《延州妇人》以极淫来写锁骨菩萨的极圣，亦有意考验常人的阅读趣味。

《辛公平上仙》仅见于宋刻本《续幽怪录》，不一定是李复言的作品。小说叙洪州高安县尉辛公平入冥见阴使迎驾上仙一事，意在影射帝王之被谋害。陈寅恪以为

① 汪辟疆校录：《唐人小说》，上海古籍出版社1978年版，第227页。

② ［清］纪昀：《阅微草堂笔记》，上海古籍出版社1980年版，第64页。

③ ［宋］李昉等编：《太平广记》第1册，中华书局1961年版，第112—113页。

④ ［宋］李昉等编：《太平广记》第1册，中华书局1961年版，第113页。

⑤ ［宋］李昉等编：《太平广记》第1册，中华书局1961年版，第113页。

⑥ ［宋］李昉等编：《太平广记》第1册，中华书局1961年版，第114页。

⑦ 刘瑛：《唐代传奇研究》，正中书局1982年版，第305—306页。

此篇系影射宪宗被杀，[①]卞孝萱以为系影射顺宗被杀[②]。程毅中认为："从《续幽怪录》全书讳改'贞'字的通例看，篇首的'元和末'是不可依据的，因此有可能是元和年间的产物，透露了当时人对顺宗之死的一种说法。"[③]

《续玄怪录》是唐人传奇中的一部名著，在美感魅力的涵育上，卓有建树：

其一，惊心动魄的对比描写足以震撼读者。李靖从善良的愿望出发，铸成的却是淹死一村人的大错；薛伟化鱼，准备吃他的恰恰是周围那些同僚；老人给韦固预示的婚姻看来绝无可能，然而竟成为事实；张老在尘世是如此潦倒，在仙界却又是那般神奇；杜子春对七情的克制已令人称叹，道士却叹惜"措大误余乃如是"[④]……对比，与其说是一种技巧，不如说是一种人生现象、心理现象。在林林总总、纷纭万状的大千世界中，愿望与效果、自身与他人、理智与情感，总是以其难以弥合的鸿沟警醒着每一个人、每一颗心灵。李复言经由对比所要表达的，正是他身处末世的痛苦人生感受。

其二，细节描写洋溢着诗情画意。《李靖》《张老》《柳归舜》等篇均为著例。《张老》这样描写张家庄的景致：

> 初上一山，山下有水，过水，连绵凡十余处，景色渐异，不与人间同。忽下一山，其水北朱户甲第，楼阁参差，花木繁荣，烟云鲜媚，鸾鹤孔雀，徊翔其间，歌管嘹亮耳目。昆仑指曰："此张家庄也。"[⑤]

《续玄怪录》中较少穿插诗赋之类的作品，但其细节描写，别有一种诗情贯注其中。

其三，悬念已成为《续玄怪录》的叙事要素之一。以《定婚店》为例：小说先把一种看来绝无可能的预示摆在读者面前，让你不由自主地否定它，也想看这个故事如何走向结局。正是在悬念的引导下，读者欲罢不能，不由自主地沉浸于小说的情节之中。《薛伟》用倒叙手法制造悬念，亦引人入胜。

---

① 陈寅恪：《顺宗实录与续玄怪录》，国立北京大学四十周年纪念刊编辑委员会编辑：《北京大学四十周年纪念论文集》，国立北京大学出版组1940年版。

② 卞孝萱：《唐代小说与政治》，《中华文史论丛》1985年第1辑。

③ 程毅中：《唐代小说史话》，文化艺术出版社1990年版，第180页。

④ ［宋］李昉等编：《太平广记》第1册，中华书局1961年版，第112页。

⑤ ［宋］李昉等编：《太平广记》第1册，中华书局1961年版，第113页。

《虬髯客传》版本检讨

李小龙

内容提要：《虬髯客传》是唐传奇名篇，然因其为单篇作品，多附丛集以行，故学界对其版本问题少有研探。目前学界多知有《太平广记》之繁本及《神仙感遇传》之简本。然同为繁本之《顾氏文房小说》本优于《太平广记》本，亦优于《说郛》本，故自汪辟疆《唐人小说》始均以前者为底本。然学界多未留意如隐草堂刊本陆采《虞初志》，此本与《顾氏文房小说》本几近全同，仅有一字不同，然以陆本为是。故陆本或当为《虬髯客传》今存最佳之本。

关键词：虬髯客传　太平广记　顾氏文房小说　说郛　虞初志

　　《虬髯客传》存世版本颇有歧异。流传于世最广为人知者是收于《太平广记》中的文本，其篇末出处注为"虬髯传"，知其或曾单篇行世，然惜无宋本传世，只有借《太平广记》所收可见其概貌了。不过，一方面，此传历来有繁、简不同之别，甚至繁本之间亦有不同；另一方面，在很长一段时间里，学界都理所当然地认为，《太平广记》本是此传最善之本，直到鲁迅先生开始才关注到了《顾氏文房小说》本。那么，就此传而言，究竟哪种现存的版本最好呢？

国家社会科学基金后期资助项目："唐传奇考辨"（22FZWB019）。
作者简介：李小龙，北京师范大学文学院教授，主要从事中国古代小说、中国古典文献学研究。

一、繁简二本的比较

首先，此传亦如明代诸多章回小说一样，有繁简两种版本流传。繁本以《太平广记》卷一九三所收为代表，约二千五百字[①]；简本则有两种，一收于杜光庭之《神仙感遇传》卷四，约一千字[②]；一收于《唐语林》卷五，约一千七百字[③]。《唐语林》所收除省略"红拂奔靖"之情节外，尚较详细，且多有异文，但由于此书为王谠所辑，故非原本可知，可以不论。因此繁简二本的比较主要在杜氏本上。

汪辟疆先生《唐人小说》称："《道藏》恭八，收杜光庭《神仙感遇传》，有《虬须客》一条，叙述与今所传本不同。且简略朴傃，文彩殊逊。而'虬髯'作'虬须'，标题与《宋史》正同。颇疑《道藏》为今传之祖本，流传宋初，又经文士之润饰，（《太平广记》一百九十三所载之《虬髯客传》，已属改本。）故详略互异如此。"[④] 这里之所以判断简本为"祖本"，并非因简本艺术性更高，恰恰相反，汪氏亦知其"文采殊逊"，但之所以如此，全因对此传作者的认定——因《宋史·艺文志》中载有"杜光庭《虬须客传》一卷"[⑤]，若认可此说，则自当以出自杜氏书者为原文。但这其实是不对的，杜氏《神仙感遇传》大多采撷旧籍，捃拾他说，此传亦不例外，仅此即可知，其书与前述《唐语林》性质颇类，故当将其排除在作者之外[⑥]，则此本若无作者因素的考量，即会显出其粗疏简陋之特点来。

二、《太平广记》本与《顾氏文房小说》本比较

解决了繁简二本的关系，问题尚未结束，因为正如目前学界所知，重要之繁本仍有两本，即《太平广记》本及《顾氏文房小说》本[⑦]，那么，这两种繁本何者为善

---

① ［宋］李昉等编：《太平广记》，中华书局1986年版，第1445—1448页。
② ［唐］杜光庭撰，罗争鸣辑校：《杜光庭记传十种辑校》，中华书局2013年版，第479—481页。
③ ［宋］王谠撰，周勋初校证：《唐语林校证》，中华书局1997年版，第424—428页。
④ 汪辟疆辑校：《唐人小说》，上海古籍出版社1978年版，第181页。
⑤ ［宋］脱脱等：《宋史》，中华书局1977年版，第5222页。
⑥ 参见李小龙：《〈虬髯客传〉作者献疑》，《励耘学刊》2012年第2期。
⑦ ［明］顾元庆编：《阳山顾氏文房小说》，《中华再造善本》，北京图书馆出版社2004年版。

呢？此点细查各家录文选择底本之情况即可知。

鲁迅先生《稗边小缀》云："《虬髯客传》据明《顾氏文房小说》录，校以《广记》百九十三所引《虬髯传》，互有详略，异同，今补正二十余字。"①这里说"二十余字"尚不切，笔者将鲁校之本与两底本细校一过，共改动二十六处四十九字（此据一九二七年北新书局版统计，一九三八年《鲁迅全集》本有一处不同）。汪辟疆先生云"今据《顾氏文房小说》本校录，而以《广记》一百九十三所引校补"②。细核之，鲁迅所改之二十四处中，汪校有十处不同，余十四处均所沿袭。李时人先生云"诸本以《顾氏文房小说》本略胜，此以之为底本校录"③，细核一过，发现其几乎全袭鲁迅校本，之所以说"几乎"，是因为除了因采纳李剑国先生之意，以主人公为"虬须"之外，全文便与鲁迅先生所校全同。其实，鲁氏校文中有数处并不妥当，如李靖偕虬髯客第一次见刘文静，顾本原文云"诈谓文静曰：'有善相者思见郎君。'"鲁迅则据《太平广记》将"有"校为"以"，反不合情理。若谓此尚可商榷，另有一证更为凿实，即虬髯客送李靖财宝之时，传文云"家人自堂东舁出二十床"，此之"堂东"，《太平广记》作"西堂"，《唐语林》作"堂来"，然鲁迅先生却录为"东堂"，此二字无版本依据，恐将顾本原文互乙者，而《全唐五代小说》皆同。另其文后有校十二条，一半并未改原文，另一半校改之中亦有不妥处，如结尾处之议论顾本原作"乃知真人之兴也，由英雄所冀，况非英雄者乎"，《太平广记》作"乃知真人之兴也，非英雄所冀，况非英雄乎"④，鲁迅先生从后者，《全唐五代小说》则依汪辟疆之校从前者。之所以会有顾本之异文，就在未能理解原文：这句话的意思是"连（虬髯客那样的）英雄都不能觊觎，更何况那些不是英雄的人呢"，但前后两句均有"非英雄"三字，后人遂以其重复而改前者为"由英雄"，遂至不通。当然，此句若要清楚，当仅据《太平广记》改一个"非"字，下半句的"者"字尚需保留。

其实，就此二本而言，最能说明二本与原貌关系的，在于传中对李靖的称呼。《太平广记》中径以"靖"称之，而顾本则通篇以"公"称之——这两个称呼的区别

①　鲁迅：《稗边小缀》，《唐宋传奇集》，朝华出版社2018年版，第387页。

②　汪辟疆辑校：《唐人小说》，上海古籍出版社1978年版，第181—182页。

③　李时人辑校：《全唐五代小说》，陕西人民出版社1998年版，第1784页。

④　［宋］李昉等编：《谈恺本〈太平广记〉》第5册，国家图书馆出版社2009年版，第420页。

可以看作是单行本与丛集本的区别：单行本的作者自然是原作者，则文中的称呼不妨依据作者本人身份来定；丛集本则以新编之书的面貌将原作者隐退，取而代之以编者的身份，因此，文中称谓需要照顾到编者的立场。所以，李昉等人将原作收入《太平广记》时，按其惯例将带有特殊色彩之代词均换为人名（如将《古镜记》中作者自称的"余"改为"度"之类），单行本则仍是"公"。这一例证还有个中间形态，就是《唐语林》本，其亦通篇用"靖"字，然在虬髯客第一次与其约见太原之后，却说"公与张氏且惊且惧"，可以算是未能尽改而露出的痕迹。

当然，就具体例证来看，顾本优于《太平广记》本者亦颇多，稍举一例即可见。如李世民第一次出场时云"不衫不履，褐裘而来"，此句之"褐"字仅《神仙感遇传》作"褐"，余本均同。然后文虬髯客约李靖到京相会，见"虬髯纱帽褐裘而来"之句，《太平广记》本则均作"褐"。这自然是错的。"褐裘"出自《礼记·檀弓上》："曾子袭裘而吊，子游褐裘而吊。曾子指子游而示人曰：'夫夫也，为习于礼者，如之何其褐裘而吊也？'"孔颖达疏说是"袒去上服，以露褐衣"[①]，在这里表示豪放不羁之状。前此刚刚形容李世民为"不衫不履，褐裘而来"，这里再用此词形容虬髯客，其实就是对二人映射关系的一种暗示。另外，在这里举"虬髯纱帽褐裘而来"句下，《太平广记》本均作"有龙虎之姿"，顾本则前多一"亦"字，此字在此实颇有深意，其以李世民"龙章风姿，有天日之表"为潜台词，故此字不可阙。

三、《顾氏文房小说》本与《说郛》本比较

从上面论述来看，似乎《虬髯客传》的版本问题已经解决。但其实不然。因为还有一个《说郛》所收《豪异秘纂》本需要讨论[②]。罗立群先生在对比了几处异同后判断："《说郛》本、《顾氏文房小说》本、《剑侠传》本和《虞初志》本四个版本的文字几乎相同，应属于一个版本系统。"[③]

李剑国先生在《唐五代志怪传奇叙录》中说："至明正德、嘉靖中，先是陆采编

---

① 李学勤主编，《十三经注疏》整理委员会整理：《十三经注疏·礼记正义》，北京大学出版社1999年版，第216页。

② ［明］陶宗仪等编：《说郛三种》，上海古籍出版社1988年版，第590—591页。

③ 罗立群、陈灵心：《〈虬髯客传〉的版本流传与作者问题》，《文学与文化》2016年第1期。

《虞初志》八卷收《虬髯客传》，题唐张说撰，末有跋语。嗣后顾元庆编刊《顾氏文房小说》亦收《虬髯客传》，题唐杜光庭撰。二本只个别文字不同，与《秘纂》本颇近。"①如果《豪异秘纂》本与顾本相近的话，那确如李剑国先生在《宋代志怪传奇叙录》中所言，其"《扶余国主》乃《虬须客传》之重要版本，弥足珍贵也"②。但事实却并非如此，暂不论李剑国先生《唐五代传奇集》校录此传时以顾本校录，甚至以《太平广记》本主校，其实细查一过亦可知，《豪异秘纂》本确实近于顾本，但却并不全同，就笔者校过的统计，即有三十余处不同，其中一半不同处似反与《太平广记》本同，另一半未知来源。或者此本与顾本有同源关系，只是在流传过程中，或曾据《太平广记》本校改，并产生了新的讹误。

比如"收其策而退"的"退"讹为"对"，"声低"为"声泣"，当为音近而误者；也有形近而误者，如"遂匡天下"作"遂臣天下"；再如虬髯客与李靖约至马行东酒楼见其道兄时阙"瘦驴"二字；又于"文静飞书，迎文皇看棋"之"飞书"上多"时爽"二字，未知何意，或为"时弈"之误，然亦多余。甚至有些错误尚可见其迹，如顾本作"李郎相从"，此作"娌李郎相从"，全不知其义，看《太平广记》作"愧李郎往复相从"，便即豁然，则或当为"媿"字之讹。

通校一过，只有一处似可取者，即"今夕幸逢一妹"，顾本原作"今多幸，逢一妹"，《唐语林》作"今日幸逢一妹"，《广记》作"今日多幸，遇一妹"，《豪异秘纂》作"今夕幸逢一妹"。以前有"行次灵石旅舍，既设床"之语，后有"李郎明发"之语，知已天晚，则原当作"夕"，后因字形相近讹为"多"，又因"多"字不通，或于其前加"日"，或以"日"换"多"。故以《豪异秘纂》为是。因此，不得不说，此书之价值其实十分有限。

四、《顾氏文房小说》本与陆采《虞初志》本比较

除了上述诸本之外，其实还有一个陆采辑《虞初志》本③，所以，剩下就要讨论顾、陆二本了。李剑国先生说"二本只个别文字不同"，其实并不准确。客观地

---

① 李剑国：《唐五代志怪传奇叙录》，中华书局2017年版，第740页。

② 李剑国：《宋代志怪传奇叙录》，中华书局2018年版，第50页。

③ ［明］陆采辑：《虞初志》，中国国家图书馆藏明如隐堂刊本。

说，顾本与陆本的不同除了作者署名（顾本署为"杜光庭"，而陆本署为"张说"）之外，就剩下一些个别的异体字了：如"虬"字，陆本用"蚪"字；顾本"以手映身"，陆本作"暎"；"巾箱妆奁"与"巾栉妆饰"，顾本皆作"糚"。此外，顾本的"贞"字阙末笔，据程国赋先生对顾氏家谱的考查，知顾氏有一弟名顾元贞①，或许主持刊刻者中有元贞后人，故避此讳吧。

如果仅看文本，细勘二本之后，仅发现有一个字不同，即虬髯客初次出现之时，顾本作"赤发如虬"，陆本作"赤髯如虬"，知顾本"发"字必误，因无论为"髯"为"须"，均指胡须而言，绝不可能为"发"，顾本或当因上一行有"张氏以发长委地"一句，其"发"字与此字相隔十七字。有证据可以证明陆本的底本当为一个每行十七字的版本，如虬髯客"催其妻出拜，盖亦天人耳"下，陆本阙"遂延中堂，陈设盘筵之盛，虽王公家不侔也"，恰十七字，知其应为整行误夺；顾本亦同阙此十七字。则此字或因在其底本中与邻行位置相近而致误。故仅从这一个字来看，应当以陆本为最善。

当然，这只是文本角度的讨论，其实，在版本角度亦可得而论之。那就是，这两个版本如此相同（就连上文刚刚举出的十七字阙文也完全一样），从某种程度而言，二本之间一定有渊源关系，那么，究竟何本在先呢？

要讨论这个话题，首先要补述一下陆采《虞初志》与《陆氏三十家小说》的关系。从各种资料来看，后者应该是前者的前身。比陆氏晚六十余年的明代藏书大家祁承爜（1563—1628）在其《澹生堂藏书目》的子部丛书类中著录了《三十家小说》，并详列其细目②，将此与陆氏所辑《虞初志》细核，会发现一些蛛丝马迹。

一、此书所收三十篇作品几乎完全包括在《虞初志》中，之所以说"几乎"，是因为《澹生堂藏书目》所列中有一篇名《蒋琛传》，而《虞初志》则名为《蒋氏传》，看一下其他二十九篇名目全同，就可以相信这不过是祁氏著录时的笔误罢了。

二、此目所录三十篇作品与《虞初志》排序不同，但仔细梳理，仍可发现其间的关系。此书《澹生堂藏书目》著录云"三十卷，八册"，在其目子部小说家类中

---

① 程国赋：《中国古典小说论稿》，中华书局2012年版，第265页。
② ［明］祁承爜撰，郑诚整理，吴格审定：《澹生堂读书记·澹生堂藏书目》，上海古籍出版社2015年版，第621页。

列此书之名，下仍注云"三十卷，八册"①。事实上，这里的"三十卷"不过是各自为书的三十种罢了，"八册"才是分卷的根据。而《虞初志》就恰恰分为八卷。有趣的是，此目排列虽与《虞初志》不同，但细查后者每一卷内部的次序，则完全相同，并无一毫错乱。易言之，《三十家小说》分装八册，改为《虞初志》后，直接以册为卷，册内次序未动，只是册与册之间的顺序稍有变动。这应该是二书有关最重要的证据。当然，需要说明的是，《澹生堂藏书目》既有稿本传世，也有不同的抄本。目前学界最易得见的影印本是《续修四库全书》影印宋氏漫堂抄本（国家图书馆藏）本，其次序颇乱②；稿本目前无影印本，但曾经两次整理，一为光绪十八年会稽徐氏铸学斋《绍兴先正遗书》刊本③，一即上海古籍出版社郑诚整理本。后二者次序全同，可知前者次序紊乱是抄本的问题。

三、《虞初志》实收三十一种，较《三十家小说》多一种，即卷首的《续齐谐记》。然此种亦可解释，在《续齐谐记》末的跋中，编者云："右此记梁奉朝请吴均撰。或谓其续东阳无疑而作。余按：均先有《齐谐记》一卷，在唐已失传，而其事往往杂见于诸类书中，均盖自续其书，非祖东阳也。是书亦罕得佳本，惟外舅都公家藏有之，命余锓梓以传焉。"④关于此段题记，学术界颇有争议，梳理如下。《四库全书总目》引此语后云"疑为都穆婿也"⑤，然宁稼雨先生则云："按此语系指《续齐谐记》，并非指《虞初志》全书。今重编《说郛》本《续齐谐记》跋题'至元甲子吴郡陆友记'，则陆氏当指陆友。盖陆友刊刻《续齐谐记》的跋语，后人选编《虞初志》时未及细检，一并收入，遂以为《虞初志》的编辑者，故有《陆氏虞初志》之名。陆友为元人，其外舅都公必非都穆，与《虞初志》毫无瓜葛。"⑥此说不确，检重编《说郛》录《续齐谐记》末跋云："'齐谐，志怪者也'，盖庄生寓言耳。今吴均所续，特取义云耳，前无其书也。考《文献通考》书目亦云。至元甲子吴郡陆

① ［明］祁承爜撰，郑诚整理，吴格审定：《澹生堂读书记·澹生堂藏书目》，上海古籍出版社2015年版，第454页。

② ［明］祁承爜藏并撰：《澹生堂藏书目》，《续修四库全书》第919册，上海古籍出版社2002年版，第698页。

③ ［明］祁承爜撰：《澹生堂藏书目》，《丛书集成续编》第68册，上海书店1994年版，第537页。

④ ［明］陆采辑：《虞初志》，中国国家图书馆藏明如隐堂刊本卷一《续齐谐记》第14叶。

⑤ 魏小虎编纂：《四库全书总目汇订》，上海古籍出版社2012年版，第4560页。

⑥ 宁稼雨：《中国文言小说总目提要》，齐鲁书社1996年版，第242页。

友记。"①则重编《说郛》本所录之跋与《虞初志》跋初非一事，不可为证。而钱谦益《列朝诗集小传》中有陆采之传，云其"都少卿玄敬之婿也"②，则陆采与都穆之关系当无可疑。故此段跋确为陆采所题，《续齐谐记》亦为陆氏得其岳父都穆家藏刊入者。陈国军先生推测其书原名《三十家小说》，加入《续齐谐记》后便"名不符实"，不便再用旧名，从而改名《虞初志》③，是比较可信的。陈国军先生继续指出，由于都穆去世于嘉靖四年（1525），《虞初志》当刊行在此之前，那么，《三十家小说》则当更早。

再来看《顾氏文房小说》。其刊者顾元庆竟也与都穆有关系，他的《痤鹤铭考》云"吾师南濠先生家藏碑刻，甲于东南"④，"南濠先生"即都穆，知其为都氏弟子，似乎也可以推测他或当与陆采亦有交往。

《顾氏文房小说》的辑刊时间跨度较大。目前的四十种小说中，有四种署有刊行时间，依序分别是：《诗品》署"正德丁丑（1517）长洲埭川顾氏雕"，《芥隐笔记》署"正德庚辰（1520）阳山顾氏宋本翻刻"，《山家清事》署"嘉靖壬午（1522）长洲顾氏家塾梓行"，《松窗杂录》署"嘉靖辛卯（1531）夷白斋重雕"，可见其书非刻于一时者，至少从正德末年即开始，直到嘉靖十年仍未结束，就目前可知之日期而言，已持续十四年之久。理论上说，与刊于嘉靖四年之前的《三十家小说》或《虞初志》的关系不好判定。

不过，比顾元庆（1487—1565）、陆采（1497—1537）稍晚五六十年的胡应麟（1551—1602）认为是陆前顾后，他有《读〈古今说海〉》一文，曾明确言及此事："盖是时《广记》未行，《说郛》罕蓄，一时老宿订证无从。如前此《陆氏小说三十家》，后此《顾氏小说四十家》，皆《广记》钞出，杂他书不过什一二耳。"⑤结合以上文献所载，似可认为，《顾氏文房小说》总体上说或当晚于《三十家小说》。

我们再来分析一下《顾氏文房小说》每书之后的刊记。此四十种书共二十九种

---

① ［明］陶宗仪等编：《说郛三种》，上海古籍出版社1988年版，第5301页。
② ［清］钱谦益：《列朝诗集小传》，上海古籍出版社1983年版，第396页。
③ 陈国军：《明代志怪传奇小说叙录》，商务印书馆国际有限公司2015年版，第133页。
④ ［明］朱谋垔：《续书史会要》，《景印文渊阁四库全书》第814册，台湾商务印书馆1985年版，第835页。
⑤ ［明］胡应麟：《少室山房全稿》，沈与文主编：《明别集丛刊》第4辑第36册，黄山书社2016年版，第354页。

有刊记，大概可分为三类。第一类是明确标明以"宋本"为底本刊行，共十三种，如《古今注》《周秦行纪》署"长洲顾氏家藏宋本校行"，《宜斋野乘》署"长洲顾氏宋本校行"，《集异记》《幽闲鼓吹》《博异志》署"阳山顾氏十友斋宋本重刻"，《小尔雅》《隋唐嘉话》《深雪偶谈》署"夷白斋宋本重雕"，《松漠记闻》《白猿传》《碧云暇》署"长洲顾氏家藏宋板校行"，《芥隐笔记》署"正德庚辰阳山顾氏宋本翻刻"。第二类是明确标明"旧本"的，有三种，即《啸旨》《文录》《德隅斋画品》分别署"夷白斋旧本重雕"。第三种则既未标"宋本"，亦未标"旧本"，亦十三种，如《山家清事》署"嘉靖壬午长洲顾氏家塾梓行"，《诗品》署"正德丁丑长洲埭川顾氏雕"，《松窗杂录》署"嘉靖辛卯夷白斋重雕"，《南岳魏夫人传》署"夷白斋雕"，《梅妃传》《资暇集》《葆光录》《洛阳名园记》《高力士外传》《开元天宝遗事》《续齐谐记》署"埭川顾氏家塾梓行"，最后是《艾子杂说》和《虬髯客传》署"长洲顾氏家塾梓行"。那么第三类未明确标出底本的，则很可能是袭用当时可以找到的本子（比如与他较熟的陆采所刊《三十家小说》），这在顾氏刊行时无法在刊记中标称，便只能笼统地标"顾氏家塾梓行"之类的话了。

还有一种《刘宾客嘉话录》，其文末虽无刊记，但署"吴良缮写"四字，亦可作为推测此书刊刻日期的材料。此吴良为明代嘉靖、万历间刻工，据李国庆《明代刻工姓名全录》载，其刻书计有嘉靖四十四年至四十五年刻《古今游名山记》、隆庆元年刻《张水南集》、万历三十九年刻《皇王大纪》、万历刻《周礼训隽》等①，那么，《顾氏文房小说》虽然刊记有正德及嘉靖初这样较早的标记，但全部刊刻完，或许已经很晚了。

总之，就《虬髯客传》而言，现存最善之本与最早之本，当为陆采《虞初志》本。

---

① 李国庆:《明代刻工姓名全录》，上海古籍出版社2014年版，第628页。

"邯郸梦"原型溯源

张　宏

内容提要："邯郸梦"公认源自沈既济传奇《枕中记》，但继续向上追溯，汤显祖认为源头原型为刘义庆"焦湖庙祝"，其实不然，从时间早晚和原型的相似度来说应是《庄子·至乐》"援空髑髅入梦"。"焦湖庙祝"和《枕中记》"黄粱梦"可以看作同一个故事原型"髑髅梦"在不同时代的"变体"。溯源其故事基本元素，如卢生入梦之"枕"，即来自《庄子·至乐》之"援空髑髅入梦"。唐李肇说《枕中记》为"庄生寓言之类"，意为《枕中记》以各种世俗化的意象对庄子抽象哲理进行演绎，通过梦中人生境遇的荣辱得失，"撄"之而后宁，达到"窒欲"的效果，也就是鲁迅所说"劝人不要躁进，把功名富贵，看淡些的意思。"

关键词：邯郸梦　《枕中记》　《庄子》　枕　梦　窒欲

自唐沈既济作传奇《枕中记》后，梦文学蔚为大观，对沈既济传奇《枕中记》后世流变研究之文甚多，但对其"来龙"研究较少，且原型考察中对其与刘义庆《焦湖庙祝》关注较多，反而没有关注其本源真正更多的出处。

又由于汤显祖在《邯郸梦记题词》言："卢生入枕中得妇遇主的故事，大率推广焦湖祝枕事为之"[1]，因汤作影响甚大，致使后人以为定论。

其实不然。"邯郸梦"来自沈既济《枕中记》，沈作并非来源于《焦湖庙祝》，

作者简介：张宏，上海工程技术大学基础教学部讲师，主要从事中国古代文学研究。

[1]　[明]汤显祖：《汤显祖全集》，北京古籍出版社2001年版，第2443页。

而是来自《庄子·至乐》"庄子之楚，见空髑髅……援髑髅，枕而卧。"①

由于《焦湖庙祝》的故事框架与《枕中记》高度相似，都是一人借枕入梦，梦中经历人生沉浮，醒后发觉其所经历一切不过一场梦。故事框架相同，凭借入梦之物也相同，甚至均在梦中结婚生子为官，故极易误认为原型。但这一点并不能作为《枕中记》承继《焦湖庙祝》的依据，仅可以佐证二者可能同源，同源自《庄子》。

为何说《枕中记》的梦故事来自《庄子·至乐》中"援空髑髅入梦"？

这不仅是庄子年代较刘义庆早，也是故事基本元素使然。究其故事基本元素有三：枕、梦、意。现考此三元素源流如下：

一、枕之源

沈既济《枕中记》故事中"枕"的原型应该是《庄子·至乐》中"援空髑髅入梦"之"髑髅"，而不是《焦湖庙祝》中的柏木枕。

"援空髑髅之梦"比"胡蝶梦"更接近《枕中记》之梦。二梦中皆有生有死，并且入梦之枕具备共同的特点：坚硬，且有孔洞。

庄子之楚枕而卧，所枕为"空髑髅"，后来到了《焦湖庙祝》故事成为"柏木"枕，唐代沈既济笔下为"青瓷"，虽然材质不同，其入梦之援引功能一致，且都具备坚硬有孔洞的外在特征。

这个"枕"，就成为进入另一个空间的神奇"道具"。

这种进入"异度空间"的神奇想象，使故事具备更多的展开可能性，也更加富有奇幻色彩，从而增加了作品的吸引力。

《庄子·至乐》应该最早出现这种通过某"物"进入"异度空间"或说是"想象世界"的情节。后来陶渊明桃花源"山有小口"当也属于此类文学建构。

点化卢生的道士姓"吕"，也是作者笔弄狡狯。

吕翁并非"八仙故事"中"吕洞宾"。沈既济写《枕中记》时，吕洞宾传说还未盛行，鲁迅指出："原文吕翁无名，《邯郸记》实以吕洞宾，殊误。洞宾以开成年下第入山，在开元后，不应先已得神仙术，且称翁也。然宋时固已溷为一谈，吴曾《能改斋漫录》，赵与峕《宾退录》皆尝辨之。明胡应麟亦有考正，见《少室山房笔

---

① 郭庆藩：《庄子集释》，中华书局2018年版，第548页。

丛》中之《玉壶遐览》。"①

此翁被所以被作者设姓为"吕"，是颇值得注意的。"吕"，是"脊"的本字，本为两个脊骨相连的形状②。这不正是《庄子·至乐》中"空髑髅"的变相吗？③

二、梦之源

其实唐宋时就有些学者认为《枕中记》不是源出《焦湖庙祝》，而是有着更古老的原型。

比如南宋王应麟就以为其渊源出自《庄子》，不过他认为出自《齐物论》"胡蝶之梦"④。郭象注"胡蝶之梦"云："世有假寐而梦经百年者，则无以明今之百年，非假寐之梦者也。"王应麟在《困学纪闻》卷十引了郭象这一番话后，说道："邯郸枕、南柯守之说，皆原此意。"⑤

魏建华据此判断《庄子》中的"胡蝶梦"与《枕中记》的"黄粱梦"在有"梦"上看似相似，其实二者有着很大的区别。《枕中记》中，醒与梦的界限还是很分明的。但是在庄子"胡蝶梦"中，醒与梦则泯灭了界限，醒不异梦，梦不异醒。由此他指出《枕中记》非源自《庄子》，而是来自佛经，⑥正如霍世休《唐代传奇文与印度故事》指出："《列子》和《搜神记》的故事与上述唐人的传奇，实出自一个共同的来源，那就是印度的故事。"⑦

《枕中记》原型并非来自"焦湖庙祝"，却也不能说就是来自佛经。小说与佛教，确实有渊源关联，"如梦"即是大乘十喻之一。"焦湖庙祝"作者刘义庆本身就是虔诚的佛教徒，《宋书·宗室传》载刘义庆"晚节奉养沙门，颇致费损。"但《庄子》之"梦"喻较佛教传入中国更早，因此不能说《庄子》受佛教影响，盖庄佛有相通之故。

① 鲁迅：《鲁迅全集》，中国人事出版社1998年版，第1881页。

② 丁福保：《说文解字诂林》，中华书局1988年版，第7516页。

③ 张宏：《〈枕中记〉的三复结构与〈庄子〉"撄而后成"的寓言精神》，《鄂州大学学报》2021年第3期，第53页。

④ 郭庆藩：《庄子集释》，中华书局2018年版，第106页。

⑤ ［宋］王应麟：《困学纪闻》，上海古籍出版社2015年版，第219页。

⑥ 魏建华：《〈枕中记〉故事原型》，《沧州师范专科学校学报》2004年第3期，第17页。

⑦ 北京大学比较文学研究所：《中国比较文化研究资料》，北京大学出版社1989年版，第328页。

也有学者认为此故事出自《列子·周穆王》，如洪迈《容斋四笔》："周穆王时，西极之国有化人来，王敬之若神。化人谒王同游，王执化人之袪，腾而上者中天乃止，暨及化人之宫，自以居数十年，不思其国。复谒王同游，意迷精丧，请化人求还。既寤，所坐犹曏者之处，侍御犹曩者之人。视其前，则酒未清、肴未晞。"①但《列子》作者有可能托名列御寇②，那么其产生年代未必早于《庄子》。

《庄子·至乐》"援空髑髅入梦"没有比《焦湖庙祝》更加具体的故事，在时间上和故事基本元素上却更可能是《枕中记》的原型。《庄子》对生死梦觉有多处阐述。到了沈既济《枕中记》这里，就是人生之乐，包括建功立业，最终梦醒，正如郭象言："世有假寐而梦经百年者，则无以明今之百年，非假寐之梦者也。"③

《庄子》作为哲理书，虽已经用"寓言"尽量阐述无上妙理，但总失之于抽象，所以"小说"作为情节具体而描摹细微者，便可借故事内容，也就是"饰小说"，如枚乘《七发》般讲述"要言妙道"。

在这个意义上说，《枕中记》即《庄子》哲学观世俗方式的体现。枚乘《七发》有多处与《老子》暗合，沈既济《枕中记》和《庄子》亦多处暗合。

文学作品本身往往世代累积，在发展的过程中不断踵事增华，并且在反映社会的同时，也会受到社会的影响，除了渗透还有反渗透。故事架框虽相同，但因其内容的渐趋复杂，其所折射的社会文化也呈现出不同的特质。

如这个故事原型在刘义庆的时代，受商业等世俗生活因素及佛学思想的影响，这时候呈现出来的形式是"焦湖庙祝"。到了唐代，文人往往研习佛理，在文学创作中难免受佛经影响。与沈既济同时代的皇甫湜曾言："浮屠之法，入中国六百年，天下胥而化。其所崇奉乃公卿大夫。"④汤用彤指出："有唐一代，净土之教深入民间，且染及士大夫阶层。"⑤陈允吉《佛教与中国文学论稿》论之甚详。

"欲"，在《庄子》中是抽象的，在《枕中记》是具象的，而且故事性很强，这一点或许和唐文学借鉴佛经具象表达有关。同时，这个故事也呈现出了唐代世俗生活方面的特定元素，如日常饮食之"黄粱"、读书人的向往举"进士"、娶妇为

① ［宋］洪迈：《容斋随笔》，岳麓书社1995年版，第422页。
② 杨伯峻：《列子集释》，中华书局1979年版，第327页。
③ 郭庆藩：《庄子集释》，中华书局2018年版，第106页。
④ 王水照：《传世藏书》，海南国际新闻出版中心1997年版，第4849页。
⑤ 汤用彤：《隋唐佛教史稿》，中华书局1982年版，第193页。

"清河崔氏"等。

所以，同一个故事"原型"会在每个时代有不同的"变体"，可以看出这个时代特定的影响，也会逐步丰富其主旨。

故事原型历时变化，最终到了沈既济定型，成为不朽的文学经典。

三、意之源

唐李肇对其"为庄生寓言"①一说概括言之，其"为庄生寓言"到底体现在何处？李肇并未细致写出《枕中记》如何为"庄生寓言"。原因可能与当时写作的学术背景和社会背景有关，无须多做解释便可人尽皆知，但时光推移越千年，这句话的含义就需要做一番阐发。

沈既济写《枕中记》的目的当在"窒欲"。

《枕中记》文末直接点出"夫宠辱之道，穷达之运，得丧之理，死生之情，尽知之矣。此先生所以窒吾欲也。""窒欲"不是"无欲"，而是如鲁迅先生在《中国小说的历史的变迁》中所说："这是劝人不要躁进，把功名富贵，看淡些的意思。"

《庄子·大宗师》认为"其耆欲深者，其天机浅。"②卢生正是"天机浅"而"耆欲深者"，不是"真人"，因此会有梦。

卢生领悟到梦中经历是为了"窒"吾欲，《尔雅·释言》释"窒，塞也"，《疏》谓"堙塞"，又《广雅》曰"窒，满也"。可以看出"窒"有通过"满足"而"堙塞"之意。也就是通过"樱"而达到"宁"。

但要"窒"的"欲"是什么样子的，《庄子》作为哲理书，微言大义，不可能具体而微，何况过于具体也就有相应的局限。

作为"小道"的"小说"，就可以用各种世俗化的意象进行演绎。

如"宠辱之道"，《枕中记》就用"嘉谟密令，一日三接"和"府吏引从至其门而急收之"来表现；"穷达之运"，对应的是"减罪死，投驩州。数年，帝知冤，复追为中书令，封燕国公，恩旨殊异。"

《枕中记》中的"出入中外，徊翔台阁，五十余年，崇盛赫奕。性颇奢荡，甚好佚

---

① ［唐］李肇：《国史补》，上海古籍出版社1979年版，第55页。

② 郭庆藩：《庄子集释》，中华书局2018年版，第209页。

乐，后庭声色，皆第一绮丽，前后赐良田、甲第、佳人、名马，不可胜数"正对应着《庄子·至乐》"天下之所尊者，富贵寿善也；所乐者，身安厚味美服好色音声也"[1]。世人所普遍追求的，如沈既济同时代的权德舆《哭李晦群崔季文二处士》："华封西祝尧，贵寿多男子。"[2]即"寿、富、多男子"，在《枕中记》中也有所体现。如"年逾八十""良田、甲第、佳人、名马，不可胜数""生子曰俭、曰传、曰位，曰偁、曰倚""有孙十余人"，《庄子·天地》中否定的，都是《枕中记》卢生曾经追求的。

《枕中记》中卢生的追求，不仅有享乐追求，还有建功立业的正面成分。宠辱得失，梦中皆让他经历。梦中遇大难有反思，再加上梦醒（觉）时分的顿悟，终练就宠辱不惊的本领。正如枚乘《七发》中吴客在楚太子面前没有说半句奉承献媚的话，而是理直气壮地告诉楚太子如何享乐，使楚太子忽然出了一身大汗，"霍然病已"。从而证实了《七发》中的"要言妙道"，是治疗楚太子疾病的有效方法。

《七发》的艺术特色是用铺张、夸饰的手法极尽穷形尽相，善于运用形象的比喻描摹事物。《枕中记》也是如此，对卢生梦中鲜花着锦的人生极力描摹："后庭声色，皆第一绮丽，前后赐良田、甲第、佳人、名马，不可胜数。""生子：曰俭、曰传、曰位，曰偁、曰倚，皆有才器。俭进士登第，为考功员，传为侍御史，位为太常丞，偁为万年尉，倚最贤，年二十八，为左襄，其姻媾皆天下望族。有孙十余人。"最后卢生年逾八十，皇恩优渥，寿终正寝。而如此圆满的人生，不过也是梦一场。

刘勰《文心雕龙·杂文》："枚乘摛艳，首制《七发》，腴辞云构，夸丽风骇。盖七窍所发，发乎嗜欲，始邪末正，所以戒膏粱之子也。"点明了写作宗旨是"戒"膏粱之子之"嗜欲"。《枕中记》也是如此，一切世人梦寐以求的欲望，卢生都实现了，这也是《枕中记》"戒"之所在。

庄子主张的并不是不被扰乱的宁静，而是经历过的"撄而后成"。如果没有经历"宠辱""穷达""得丧""死生"，谈不上"其出不欣，其入不距"。

将抽象的哲学沉淀为小说精神，通过"满足"的方式进行领悟，达到"窒欲"的效果，这一点不仅《枕中记》有非常明显的体现，后世蒲松龄《婴宁》篇更是如此[3]。

---

① 郭庆藩：《庄子集释》，中华书局2018年版，第541页。

② ［清］蘅塘退士：《唐诗三百首》，江西人民出版社2016年版，第290页。

③ 杜贵晨：《人类困境的永久象征——〈婴宁〉的文化解读》，《文学评论》1999年第5期，第125－128页。

人生如梦，梦也可以看作具体而微的人生，梦中经历，虽不如亲历，聊胜于无。《庄子·大宗师》："其为物无不将也，无不迎也，无不毁也，无不成也，其名为撄宁。撄宁者，撄而后成者也。"卢生就这样通过吕翁枕入梦，最大限度地"仿真"遍历人生况味，包括大起大落，引发心神的激荡，这就是所谓的"撄"，最终达到"其出不欣，其入不距"的状态，"不忘其所始，不求其所终。受而喜之，忘而复之"①的理想状态。

卢生所说的"此先生所以窒吾欲也"，在《易》中有相近说法："山下有泽，损。君子以惩忿窒欲。"孔颖达疏："君子以法此损道惩止忿怒，窒塞情欲……惩者，息其既往；窒者，闭其将来。惩窒互文而相足也。"

"惩忿"，忿从何来？"窒欲"，欲是进取之欲，往往是进取的受挫。进取过于热切，却不能收到相应的回馈，受到打击，该如何对待？这其实还是《庄子·至乐》提出的"奚为奚据？奚避奚处？奚就奚去？奚乐奚恶？"②卢生意识到了"此先生所以窒吾欲"，既"息其既往"又"闭其将来"。

唐时风尚并不鄙视"进"，《隋唐嘉话》载"元超三恨"（"进士及第""娶五姓女"与"修史"），颇能揭示唐时读书人对仕宦的追求。唐人对仕途的追求，不能看作庸俗化的求功名。卢生追求的并不是尸位素餐，游乐无度。他是有追求的，不能因文中"建功树名，出将入相"，就一概而论之，认为是"禄蠹"。

"达则兼济天下"本就是儒家认可的正当追求，建功立业也是"三不朽"的题中应有之义。正如钱穆在《中国文化史导论》中所说，对于中国古代读书人，"做官便譬如他的宗教。因为做官可造福人群，可以发展他的抱负与理想。"

比沈既济生年略早的杜甫，也有《奉赠韦左丞丈二十二韵》③，其中有"立登要路津"之句，如果孤立地看，和《枕中记》中卢生追求的"建功树名，出将入相"有什么区别呢？看全诗才知老杜目的是通过做官"致君尧舜上，再使风俗淳"。

比沈既济生年略晚的韩愈就曾三上宰相书，希望进入仕途建功立业，他在《与卫中行书》中对自己的人生方向做了定位："至于汲汲于富贵，以救世为事者，皆圣

---

① 郭庆藩：《庄子集释》，中华书局2018年版，第210页。
② 郭庆藩：《庄子集释》，中华书局第2018版，第540页。
③ ［清］彭定求：《全唐诗》，上海古籍出版社1986年版，第509页。

贤之事业"，"其所不忘于仕进者，亦将小行乎其志耳"①。韩愈生活在唐代贞元、元和年间，当时藩镇跋扈，国困民穷。这个时候做官，确实是在"以救世为事"。

与沈既济同时代的权德舆掌诰九年，位历卿相，官职不可谓不高，他建功立业，在《旧唐书》有传，被称为"经纬之臣"。②

沈既济生活的时代，不主张的是太过热切的"躁进"。《旧唐书》记载："贬刑部员外郎舒元舆为著作郎。元舆累上表请自效，并进文章，朝议责其躁进也。"③

鲁迅先生说这是劝人"不要躁进"，不是不进，"进"还是要"进"的，只是不要"躁"进。按照《周易》的说法，是"亢龙有悔"。

卢生入梦前"自惟当年青紫可拾"，少年意气直冲霄汉，这种意气风发容易导致"躁进"，因此入梦"窒欲"，所以《枕中记》是一剂进取路上的清凉之药。

"穷则愤世嫉俗欲傲啸山林，达则着绯披紫欲经邦济国。"④这两种人生态度都太极端。其实取得或许就是个"中"。沈既济后不久的白居易选择"吏隐"，人生选择亦仿佛如此。

结　语

值得注意的是，文中还有一个隐蔽的"文字游戏"：吕翁之"吕"。作者令文中道士以"吕"为姓，除了"吕"是"脊"的本字之外，尚有更丰富的用意。

"吕"又通"旅"⑤，即邸舍。所谓"天地者，万物之逆旅"。

"吕"翁就是在邯郸道上的"旅"（邸舍），遇到了"旅"中少年卢生。

《庄子·德充符》中，常季曰："彼为己，以其知得其心，以其心得其常心。物何为最之哉？"仲尼的回答是："唯止能止众止。"又曰，"将求名而能自要者而犹若是，而况官天地、府万物、直寓六骸、象耳目。"⑥

心寓于人，《枕中记》中人又寓于邸舍（逆旅），其实也是"天地者万物之逆

①　郭庆藩：《庄子集释》，中华书局2018年版，第3851页。

②　[五代]刘昫：《旧唐书》，中华书局1975年版，第4004页。

③　郭庆藩：《庄子集释》，中华书局2018年版，第542页。

④　李剑国：《唐五代志怪传奇叙录》，中华书局1993年版，第271页。

⑤　睡虎地秦墓竹简整理小组编：《睡虎地秦墓竹简》，文物出版社第1990年版，第317页。

⑥　郭庆藩：《庄子集释》，中华书局2018年版，第179页。

旅"之意。

由此观之，《枕中记》中之邯郸道上"邸舍"也是虚实相生。这一点，也是与《庄子》扑朔迷离的文风一致。

唐李肇认为："沈既济撰《枕中记》，庄生寓言之类。"[①]可谓真知灼见。

① ［唐］李肇：《国史补》，上海古籍出版社1979年版，第55页。

论宋代小说中的人鬼婚恋遇合及其文化阐释

洪树华

　　内容提要：人鬼婚恋遇合是宋代小说的重要题材之一。在宋代小说中，尤其是《夷坚志》中出现了大量的人鬼婚恋遇合的故事。宋代小说中的人鬼婚恋遇合的故事是对宋前小说中的同类题材的传承，亦有变化。这些超现实的人鬼婚恋遇合故事既反映了宋人的鬼神信仰，也反映了在理学盛行的背景下宋人在现实生活中不能实现的性欲望，寄之于人与鬼的超现实的婚恋遇合故事之中，力求冲破"存天理，灭人欲"的理学思想，摆脱封建礼教的束缚。

　　关键词：宋代小说　人鬼婚恋遇合　传承　变化　文化阐释

　　人鬼婚恋遇合是宋代小说的重要题材之一。据笔者所见到的宋代小说而言，从《京本通俗小说》、程毅中辑校的《宋元小说家话本集》、欧阳健和萧相恺编订的《宋元小说话本集》看，现存仅有五篇涉及人鬼婚恋遇合故事的话本小说，即《碾玉观音》、《灰骨匣》（即《杨思温燕山逢故人》）、《西山一窟鬼》、《闹樊楼多情周胜仙》、《金明池吴清逢爱爱》。然而，从《青琐高议》、《云斋广录》、《括异志》、《睽车志》、《投辖录》、《夷坚志》等作品集看，人鬼婚恋遇合故事在宋代文言小说中大量出现，共有一百一十篇（则）。本文以《夷坚志》等文言小说为中心，分析人鬼婚恋遇合故事的传承与变化，进而阐释其文化内涵。

　　国家社会科学基金一般项目："超现实婚恋遇合在宋代小说中的传承及其意蕴研究"（18BZW051）。

　　作者简介：洪树华，山东大学文化传播学院教授，主要从事文艺学、传统文化与中国古代文学研究。

一、宋代小说中的人鬼婚恋遇合故事的传承及变化

宋代小说，尤其是志怪小说的内容大多涉及鬼怪，出现了大量的人鬼婚恋遇合故事。如前所述，在宋代文言小说中有一百一十篇（则）涉及人鬼婚恋遇合故事。在这些故事中，包括北宋的吴淑《江淮异人录》卷下的《江处士》；刘斧《青琐高议》前集卷五的《远烟记》、后集卷六的《范敏》、别集卷三《越娘记》和卷五《骨偶记》；张师正《括异志》卷八《孙翰林》、卷九《傅文秀》；北宋末年至南宋初年的何薳《春渚纪闻》卷七的《司马才仲遇苏小》；南宋郭彖《睽车志》卷二《赵通判亡妻》、卷四《蜀道多山鬼》和《士人寓迹三衢佛寺》、卷五《郑虚中遇兵官子妇》《秦奎买妾》《李通判女》《靳瑶妻》；庄绰《鸡肋编》卷下的《济南州宅鬼化为美妇人》；王明清《投辖录》的《赵诜之》《张夫人》《沈生》《玉条脱》；廉布《清尊录》的《大桶张氏》[①]；皇都风月主人《绿窗新话》卷上《金彦游春遇会娘》《崔护觅水逢女子》；沈氏《鬼董》的《樊生》；陈鹄《西塘集耆旧续闻》卷七《曾亨仲传》《英华》，以及洪迈《夷坚志》中的《吴小员外》《项宋英》等七十六篇（则）。这些作品，均可称之为志怪小说。关于志怪小说，萧相恺先生说："志怪小说是指记鬼神怪异之事的文言短篇小说，它不包括那些虽写鬼神怪异，但多涉恋情而又描写婉曲的传奇。这是古代小说中源远流长的一种体式。上溯可至先秦，下寻则直至清末民初。它盛行于魏晋南北朝，至唐又有新的发展。而宋人的志怪小说，则上承魏晋南北朝这类小说的旨趣，近接唐五代的遗风。"[②]萧相恺先生指出了宋人的志怪小说是"上承魏晋南北朝这类小说的旨趣，近接唐五代的遗风"。可以这样说，宋代涉及人鬼婚恋遇合的故事是对宋前小说中的同类题材的传承，亦有变化。

（一）宋代小说中的人鬼婚恋遇合的叙事题材的传承

在宋代小说中，尤其是《夷坚志》中出现了大量的人鬼婚恋遇合的故事。这类故事的渊源，似乎可以追溯至古代冥婚这一特殊的婚姻习俗。冥婚，又被称为幽婚、

---

① ［南宋］廉布《清尊录》的《大桶张氏》篇故事，实与王明清《投辖录》中的《玉条脱》故事相同。

② 萧相恺：《宋元小说史》，浙江古籍出版社1997年版，第166页。

冥配、合葬、鬼婚、嫁殇、殇娶、阴婚、阴配、阴亲或娶骨女等。冥婚这一古老的婚姻习俗在西周就已存在了。周代就有禁迁葬与嫁殇之说。今见由汉郑玄注、唐贾公彦疏的《周礼注疏》卷十四"禁迁葬者与嫁殇者"条："迁葬，谓生时非夫妇，死既葬，迁之使相从也。殇，十九以下未嫁而死者。生不以礼相接，死而合之，是以乱人伦者也。郑司农云：嫁殇者，谓嫁死人也，今时娶会是也。"① 唐贾公彦疏："禁迁至殇者。释曰：迁葬，谓成人鳏寡，生时非夫妇，死乃嫁之。嫁殇者，生年十九已下而死，死乃嫁之。不言殇娶者，举女殇，男可知也。"② "迁葬""嫁死人""嫁殇"，其实就是冥婚，冥婚这一习俗，实质是古人的一种鬼魂信仰。从狭义上说，冥婚是指未婚而死的男女结为夫妇。从广义上说，冥婚一般而言是指所有与鬼有关的婚姻，包括人与鬼、鬼与鬼之间的婚恋。

然而，唐人甚至还把男子与庙女像匹配视为"冥婚怪"，如唐人释道世在《法苑珠林》卷第七十五就提到几例冥婚，即汉有谈生冥婚怪、晋有卢充冥婚怪、晋有张世之男冥婚怪、宋韩伯子等指庙女像冥婚怪、宋弘农人感得冥婚怪、唐岐州王志女冥婚怪。③ 其中，释道世抄录"宋韩伯子等指庙女像冥婚怪"故事："宋咸宁中，太常卿韩伯子某，会稽内史王蕴子某，光禄大夫刘耽子某，同游蒋山庙。庙有数妇人像，甚端正。某等醉，各指像以妻匹配戏弄之。即以其夕，三人同梦蒋侯遣传教相闻曰：'家子女并丑陋，而猥蒙荣顾。辄克某月某日悉相迎。'某等以其梦指适异常，试往相问，而果各得其梦，符协如一。于是大惧，备三牲诣庙谢罪乞哀。又俱梦蒋侯亲来，降已曰：'君等既以顾之，实贪。今对克期垂及，岂容方更中悔。'经少时并亡。"④ 在这则故事末尾，标出《志怪传》。经与《搜神记》的《蒋山祠》（三）⑤ 对照，两者文字基本一样，实属同一故事。但是，针对《蒋山祠》，据汪绍楹作校注《搜神记》，认为本条未见各书引作《搜神记》。按：亦见《太平广记》二九三引作"出《搜神记》《幽明录》《志怪》等书。"汪绍楹又据《法苑珠林》九二

① ［清］阮元校刻：《十三经注疏》上册，中华书局1980年版，第733页。

② ［清］阮元校刻：《十三经注疏》上册，中华书局1980年版，第733页。

③ ［唐］释道世著，周叔迦、苏晋仁校注：《法苑珠林》第5册，中华书局2003年版，第2212—2213页。

④ ［唐］释道世著，周叔迦、苏晋仁校注：《法苑珠林》第5册，中华书局2003年版，第2219—2220页。

⑤ ［晋］干宝撰，汪绍楹校注：《搜神记》，中华书局1979年版，第59页。

（百卷本作七五）引作《志怪传》，知非《搜神记》。^①释道世把韩伯子等人指庙女像为妻称作"冥婚怪"。无独有偶，五代何光远《鉴诫录》中的《求冥婚》叙述曹孝廉第十九子入庙，指女子塑像为妻，"祝曰：'愿与小娘子为冥婚，某终身不娶凡庶矣。'"^②何光远借作品中的曹孝廉第十九子之口把这个奇怪荒诞的故事视为"冥婚"。这样的看法，与当代学者的说法不一样，如当代学者解释"冥婚"："古时迷信，为已死的男女举行婚礼并合葬。"^③由此可见，唐五代人对"冥婚"的认识已发生了变化，突破了以往狭义的冥婚观念。不过，在今天看来，据笔者所看见的材料，这类所谓的"冥婚"故事应属于人间男子与祠（庙）神之间的婚恋遇合。

人鬼婚恋遇合故事的最早之作应是《谈生》。该篇出自曹丕《列异传》，李剑国先生说："《列异传》序鬼物奇怪之事极为丰富，这是魏晋南北朝时期志怪的第一部优秀之作。它继承汉末《异闻记》杂记鬼怪异闻的形式而变本加厉，使志怪小说进一步突破杂史和神仙传记的内容局限，而大大扩展了它的表现范围。"^④据李剑国先生考证，《列异传》原书佚于宋代，散见于《水经注》《齐民要术》《三国志》裴松之注、《文选》李善注、《后汉书》李贤注、《史记》司马贞索隐及《北堂书钞》《艺文类聚》《初学记》《太平广记》《太平御览》等唐宋诸类书征引。征引者或有称为《列异记》的。是书佚文，民国吴曾祺《旧小说》甲集辑有七条，其中"泰山黄原"一条误取《幽明录》。鲁迅《古小说钩沉》辑五十条。《列异传》最初著录于《隋书·经籍志》史部杂传类，三卷，魏文帝撰。^⑤另从《隋书·经籍志序》得知，"魏文帝又作《列异》，以序鬼物奇怪之事，嵇康作《高士传》，以叙圣贤之风。因其事类，相继而作者甚众，名目转广，而又杂以虚诞怪妄之说。"^⑥《列异传》中的《谈生》叙述了一则美丽的人鬼婚恋故事：

> 谈生者，年四十，无妇。常感激读《诗经》；夜半，有女子可年十五六，姿颜服饰，天下无双，来就生，为夫妇之言："我与人不同，勿以火照我也。三

① ［晋］干宝撰，汪绍楹校注：《搜神记》，中华书局1979年版，第59页。

② ［清］永瑢等：《文渊阁四库全书》第1035册，台湾商务印书馆1986年版，第923页。

③ 张双棣、殷国光主编：《古代汉语词典》，商务印书馆2014年版，第1005页。

④ 李剑国：《唐前志怪小说史》，南开大学出版社1984年版，第252页。

⑤ 李剑国：《唐前志怪小说史》，南开大学出版社1984年版，第244页。

⑥ ［唐］魏征等：《隋书》第4册，中华书局1973年版，第982页。

年之后，方可照。"为夫妻，生一儿，已二岁；不能忍，夜伺其寝后，盗照视之，其腰已上，生肉如人，腰下但有枯骨。妇觉，遂言曰："君负我，我垂生矣，何不能忍一岁而竟相照也？"生辞谢，涕泣不可复止，云："与君虽大义永离，然顾念我儿，若贫不能自偕活者，暂随我去，方遗君物。"生随之去，入华堂，室宇器物不凡。以一珠袍与之，曰："可以自给。"裂取生衣裾，留之而去。后生持袍诣市，睢阳王家买之，得钱千万。王识之，曰："是我女袍，此必发墓。"乃取考之，生具以实对。王犹不信，乃视女冢，冢完如故。发视之，果棺盖下得衣裾。呼其儿，正类王女，王乃信之。即召谈生，复赐遗衣，以为主婿。表其儿以为侍中。①

从目前所见的资料看，《谈生》是我国古代文言小说中最早出现的一则人鬼婚恋遇合的故事。当代专家学者都认为该作是文言小说中第一篇涉及人鬼恋之作，如李剑国先生说："这是志怪中第一个冥婚故事。"②吴志达先生在《中国文言小说史》中说："写人鬼恋爱的奇异之事，在文言小说中是重要题材之一，而《列异传》中的'谈生'，实为滥觞之作。"③林辰说："而《列异传》则续以人鬼相恋，这便是婚恋小说史上的第一篇人鬼情爱小说'谈生'。"④自《谈生》篇以来，人鬼婚恋遇合故事就如雨后春笋般出现在中国古代文言小说中。

据笔者所见的宋前文言小说，人鬼婚恋遇合故事多数是在人间男子与女鬼之间发生，有极少数是在人间女子与男鬼之间发生。从魏晋南北朝志怪小说看，人鬼婚恋遇合有各种情形，大致有：人间男子与素不相识而自荐枕席的高门望族的亡女，如曹丕《列异传》的《谈生》篇，干宝《搜神记》的《崔少府墓》《驸马都尉》和晋孔氏《志怪·卢充》等篇；有人间男子梦遇女鬼，作品主要有：陶潜《搜神后记》的《徐玄方女》《李仲文女》和祖台之《志怪》的《刘照夫人》等。有人间男子投宿与女鬼遇合，如干宝《搜神记》的《汝阳鬼魅》，陶潜《搜神后记》的《何参军女》《张姑子》，晋戴祚《甄异传》的《秦树》等；有男主人公与生前相识或相爱的

① 鲁迅：《古小说钩沉》第3集，见《鲁迅辑录古籍丛编》第1卷，人民文学出版社1999年版，第134—135页。

② 李剑国：《唐前志怪小说史》，南开大学出版社1984年版，第250页。

③ 吴志达：《中国文言小说史》，齐鲁书社1994年版，第143页。

④ 林辰：《神怪小说史》，浙江古籍出版社1998年版，第119页。

女鬼（魂），主要作品有干宝《搜神记》的《紫玉》《王道平》《河间郡男女》和祖冲之《述异记》的《庾邈》《清河崔基》等；还有极少数是在人间女子与男鬼之间发生，如：男鬼（魂）主动与人间女子遇合，作品有《异苑》的《苟泽见形》《朱牙之妾》《郭庆之婢》等；人间女子与死去的丈夫遇合，作品如晋祖冲之《述异记》的《汝南周义》；另外还有南朝宋刘义庆《幽明录》的《卖胡粉女》叙述了女子与复活的男子婚恋遇合。①经笔者统计，魏晋南北朝小说涉及人鬼恋的作品有四十余篇（其中含有几篇相同的故事）。在这些故事中，男子与女鬼的婚恋遇合的作品多达三十多篇，女子与男鬼的婚恋遇合作品仅有五篇。

再从唐代小说看，人鬼婚恋遇合也有各种情形，其中人间女子与男性的鬼（魂）之恋的故事也很少出现，如《朝野佥载》卷三的《邓廉妻》《广异记·朱七娘》。然而，更多的是人间男子与女鬼之间发生，如有人间男子与古代的死鬼之间的情爱，作品有《周秦行记》《异闻集·独孤穆传》《传奇·颜濬》《传奇·崔炜》《传奇·曾季衡》《传奇·薛昭》（即《传奇·张云容》）《酉阳杂俎·夫人墓》《玄怪录·袁洪儿夸郎》等；人间男子与爱妻或亲人的魂魄之间的欢爱，这类作品有《离魂记》《通幽记·唐晅》《独异记·韦隐》等，表达了女主人公对丈夫或亲人的真挚的情爱；女子生前与男子认识，死后又来遇合男子，作品主要有李景亮《李章武传》、戴孚《广异记》的《王乙》、温庭筠《干馔子》的《华州参军》、刘山甫《金溪闲谈》的《柳鹏举》和《云芳子》等。人间男子与素不相识的女鬼（魂）之间的婚恋遇合，涉及此类内容的，有二十多篇，主要有薛用弱《集异记》的《邬涛》，释道世《法苑珠林》的《王志》，戴孚《广异记》的《李元平》《李陶》《王玄之》《张果女》《刘长史女》《杨准》《王乙》《河间刘别驾》等。②笔者所见唐代小说涉及人鬼婚恋遇合的作品共有四十七篇（则），其中涉及男子与女鬼婚恋遇合的作品达四十余篇（则），可是人间女子与男性的鬼（魂）之恋的故事仅有两篇（则）。

人鬼婚恋遇合故事在宋代文言小说中大量出现，并非偶然，而是传承了宋前小说的传统题材。据笔者统计，宋代涉及人鬼婚恋遇合的作品共有一百一十篇（则），其中《夷坚志》就有七十六篇（则）。可是，针对《夷坚志》，周榆华、郭红英说："就现存的二百零七卷作仔细查读，找出其中涉及鬼魂描述的故事约三百九十余则，

① 洪树华：《宋前文学中的超现实婚恋遇合研究》，齐鲁书社2011年版，第124—141页。
② 洪树华：《宋前文学中的超现实婚恋遇合研究》，齐鲁书社2011年版，第230—254页。

有关人鬼之恋的共三十五则。"① 周榆华等人统计《夷坚志》涉及人鬼恋的作品共有三十五则，不及笔者统计篇数的二分之一。与笔者统计比较相符的，应是严裕梅、邱昌员在《简论〈夷坚志〉中的人鬼婚恋小说》所说："《夷坚志》鬼故事中，以人鬼婚恋之作最精彩，数量有80余则。"②

在宋代小说中，只有十一篇（则）是女子与男鬼的婚恋遇合，如：吴淑《江淮异人录》卷下《江处士》、刘斧《青琐高议》别集卷五《骨偶记》、张师正《括异志》卷八《孙翰林》和卷九《孙文秀》、沈氏《鬼董》的《郝太尉女》以及洪迈《夷坚志》中的《饶氏妇》《虞孟文妾》《路当可》《叶氏庵婢》《金山妇人》《叶七为盗》。然而，在宋代小说中，更多的是男子与女鬼婚恋遇合的故事，作品如：何薳《春渚纪闻》卷七的《司马才仲遇苏小》；刘斧《青琐高议》前集卷五《远烟记》、后集卷六《范敏》、别集卷三《越娘记》；李献民《云斋广录》卷七《钱塘异梦》《玉尺记》《无鬼论》、卷九《盈盈传》；张齐贤《洛阳缙绅旧闻记》卷五《焦生见亡妻》；郭彖《睽车志》卷二《赵通判亡妻》、卷四《蜀道多山鬼》和《士人寓迹三衢佛寺》、卷五《郑虚中遇兵官子妇》《秦奎买妾》《李通判女》《靳瑶妻》；庄绰《鸡肋编》卷下的《济南州宅鬼化为美妇人》；王明清《投辖录》的《赵诜之》《张夫人》《沈生》《玉条脱》；廉布《清尊录》的《大桶张氏》；皇都风月主人《绿窗新话》卷上《金彦游春遇会娘》、《崔护觅水逢女子》；沈氏《鬼董》的《樊生》；陈鹄《西塘集耆旧续闻》卷七《曾亨仲传》《英华》，以及洪迈《夷坚志》中的《吴小员外》《项宋英》等，合计多达百余篇（则）。

宋代涉及人鬼婚恋遇合故事的小说，与魏晋南北朝小说、唐代小说一样，故事的性别组合模式，数量最多的是男子与女鬼的婚恋遇合，而女子与男鬼的婚恋遇合则很少。那么，为什么会出现这样的情形呢？究其原因，主要是宋代作品或作品集的作者（编者）及叙述者，与宋前小说的作者（编者）一样都是男性。仅就《夷坚志》而言，林辰说："《夷坚志》虽然署洪迈撰，但应当说它不是洪迈的个人著作——他广泛地搜集他人讲述的故事，别人讲一个他记录一个；有的甚至并非全是

① 周榆华、郭红英：《理学束缚下的潜抑情欲——论〈夷坚志〉中的人鬼之恋》，《江西广播电视大学学报》2004年第2期，第34页。

② 严裕梅、邱昌员：《简论〈夷坚志〉中的人鬼婚恋小说》，《牡丹江大学学报》2015年第4期，第39页。

由他本人记录。"①洪迈本人就在《夷坚乙志序》说：

> 《夷坚》初志成，士大夫或传之，今镂板于闽，于蜀，于婺，于临安，盖家有其书。人以予好奇尚异也，每得一说，或千里寄声，于是五年间又得卷帙多寡与前编等，乃以乙志名之。凡甲、乙二书，合为六百事，天下之怪怪奇奇尽萃于是矣。夫齐谐之志怪，庄周之谈天，虚无幻茫，不可致诘。逮干宝之《搜神》，奇章公之《玄怪》，谷神子之《博异》，《河东》之记，《宣室》之志，《稽神》之录，皆不能无寓言于其间。②

又在《夷坚支庚序》说：

> 起良月庚午，至腊癸丑，越四十四日，而《夷坚》支庚之书成，凡百三十有五事。稚子捧玩，跃如以喜，虽予亦自骇其敏也。盖每闻客语，登辄纪录，或在酒间不暇，则以翼旦追书之，仍亟示其人，必使始末无差戾乃止。既所闻不失亡，而信可传。又从吕德卿得二十说，乡士吴潦伯秦出其乃公时轩居士昔年所著笔记，剽取三之一为三卷，以足此篇，故能捷疾如此。聊表篇首，以自诧云。③

从上述所引的序文看出，洪迈简直就是记录员，有的是听他人的讲述，有的甚至抄写他人笔记而成。据《夷坚志》涉及人鬼婚恋遇合故事看，篇尾标注讲述者的有：甲志卷四《吴小员外》末尾标注"江续之说"，甲志卷五《蒋通判女》末尾标注"符说"，即讲述者是故事中的主要人物钱符。甲志卷五《叶若谷》文后标注"若谷说"，即讲述者是故事中的主要人物叶若谷。甲志卷八《京师异妇人》文后标注"林亮功说，林与士人之友同斋"。甲志卷十一《张太守女》结尾的文字是："予尝至寺，老僧言之，犹及见其死时事云。"④即此故事的讲述者是老僧。甲志卷十二

---

① 林辰：《神怪小说史》，浙江古籍出版社1998年版，第258页。
② ［宋］洪迈撰，何卓点校：《夷坚志》第1册，中华书局1981年版，第185页。
③ ［宋］洪迈撰，何卓点校：《夷坚志》第3册，中华书局1981年版，第1135页。
④ ［宋］洪迈撰，何卓点校：《夷坚志》第1册，中华书局1981年版，第95页。

《缙云鬼仙》文后标注"闻丘宁孙叔永说"。甲志卷十三《杨大同》结尾标注"傅世修说"。甲志卷十八《乘氏疑狱》文后标注"任信孺说"。乙志卷二《莫小孺人》文后标注"太学生钱之望说，未质于许也"。乙志卷五《刘子昂》文后标注"王嘉叟说，得之于韩琕之子季明"。乙志卷九《胡氏子》文后标注"李德远说，忘其州名及胡氏子名"。乙志卷十《余杭宗女》文后标注"信道说"。乙志卷十八《赵不他》文后标注"二事光吉叔说"。丙志卷十五《燕子楼》文后标注"王嘉叟说，闻之张敬甫"。丁志卷二《白沙驿鬼》文后未注，但从该卷《李元礼》文后标注"此卷皆王稚川说"①，可知《白沙驿鬼》的讲述者是王稚川。丁志卷十八《唐萧氏女》文后注"右二事皆童敏德藻之说"。支乙卷八《南陵美妇人》文后注"右六事汪果茂明说"。支丁卷六《南陵仙隐客》文后注"右三事皆永丰士人徐有光说"。三志巳卷九《叶七为盗》文后注"右四事徐谦说"。上述故事的讲述者都是男性。其他涉及人鬼婚恋遇合的故事末尾没有标注讲述者，大多是编者据他人讲述记录下来。无论是记录员、编者，还是讲述者，性别都是男性，他们都是以男性的视角讲述或记录人鬼婚恋遇合故事，其中的男子与女鬼婚恋遇合故事多，突出体现了男性的审美意识和性欲望。

（二）宋代小说中的人鬼婚恋遇合故事的叙述变化

一般来说，根据故事的性别角色，人鬼婚恋遇合故事可分为男子与女鬼的婚恋遇合、女子与男鬼的婚恋遇合。从魏晋南北朝志怪小说、唐代志怪小说看，人鬼婚恋遇合故事中的男女主角都是一个。如：东晋陶潜《搜神后记》的《李仲文女》：

> 晋时，武都太守李仲文在郡丧女，年十八，权假葬郡城北。有张世之代为郡。世之男字子长，年二十，侍从在廨中。夜梦一女，年可十七八，颜色不常，自言："前府君女，不幸早亡。会今当更生。心相爱乐，故来相就。"如此五六夕。忽然昼见，衣服薰香殊绝。遂为夫妻，寝息，衣皆有污，如处女焉。后仲文遣婢视女墓，因过世之妇相问。入廨中，见此女一只履在子长床下。取之啼泣，呼言发冢。持履归，以示仲文。仲文惊愕，遣问世之："君儿何由得亡女履耶？"世之呼问，儿具道本末。李、张并谓可怪。发棺视之，女体已生肉，姿

① ［宋］洪迈撰，何卓点校：《夷坚志》第2册，中华书局1981年版，第554页。

颜如故，右脚有履，左脚无也。子长梦女曰："我比得生，今为所发。自尔之后遂死，肉烂不得生矣。万恨之心，当复何言！"涕泣而别。①

这篇小说叙述了女鬼与男子结为夫妻的故事。故事中的男主角是年龄二十的张子长，女主人公是李仲文亡女，其婚恋遇合的性别结构模式是一男与一女鬼。又如唐人张鷟的《朝野佥载》卷三的《邓廉妻》：

沧州弓高邓廉妻李氏女，嫁未周年而廉卒。李年十八守志，设灵几，每日三上食临哭，布衣蔬食六七年。忽夜梦一男子，容止甚都，欲求李氏为偶，李氏睡中不许之。自后每夜梦见，李氏竟不受。以为精魅，书符咒禁，终莫能绝。李氏叹曰："吾誓不移节，而为此所挠，盖吾容貌未衰故也。"乃拔刀截发，麻衣不濯，蓬鬓不理，垢面灰身。其鬼又谢李氏曰："夫人竹之柏操，不可夺也。"自是不复梦见。郡守旌其门闾，至今尚有节妇里。②

这是一则女子梦鬼求偶的超现实的故事。女主角是年岁十八、丧夫的邓廉妻李氏女，男主角是容貌英俊的男鬼。其婚恋遇合的性别结构模式是一女与一男鬼。

从魏晋南北朝志怪小说、唐五代的志怪小说看，涉及人鬼婚恋遇合故事的性别结构，往往只有以下两种情形：或是一男与一女鬼，或是一女与一男鬼。其中一男与一女鬼之间的婚恋遇合故事居多。这两种情形在宋代小说中也得到充分呈现。然而，宋代有些小说，尤其是《夷坚志》涉及人鬼恋故事的性别结构模式却出现明显的变化，打破了自汉魏六朝以来单纯的一男与一女鬼、一女与一男鬼的模式。经仔细考察分析，有以下几种变化的模式：

（1）三男与一女鬼。如：《夷坚已志》卷十五《京师酒肆》③这篇叙述了三个男子迷恋同一个美丽的女鬼的故事。这种婚恋遇合故事的结构模式的主角是三个男子与一女鬼。

---

① ［晋］陶潜撰，汪绍楹校注：《搜神后记》，中华书局1981年版，第27页。

② ［唐］张鷟撰，赵守俨点校：《朝野佥载》，中华书局1979年版，第58页。

③ ［宋］洪迈：《夷坚志》第1册，中华书局1981年版，第313页。

（2）二男与一女鬼。如：《夷坚支庚》卷一《鄂州南市女》①记叙了富人吴氏女喜欢"姿相白皙，若美男子"的茶店仆彭先，因未能成婚而死，后遇山下樵夫少年发冢启棺而复活，并与其结为夫妻。这类有关二男与一女鬼（或一女鬼妖）之间的遇合，还有《夷坚支乙》卷八《南陵美妇人》②，该篇叙述了民某生逢美妇人，"迷于色，便留之寝"，与美妇人遇合。美妇人"旦而去，他夕复至。如是数月。"这个美妇人是谁？根据道人对某生所说："汝满面是邪气，将死于鬼手。"可知，美妇人是鬼。后因道人书一符，这场性恋就断绝了。三年后，县宰徐大伦妻周氏之弟自述"见一女子，相引诣别馆，几榻华赫，置酒歌讴，未暇款昵，而为人唤觉"。这一女子又是谁？根据文中的"县吏言宅素有妖祟，前后造怪非一"，可知这一女子很可能就是女鬼，即南陵美妇人。

（3）一男二女鬼。如《夷坚支甲》卷三《吕使君宅》③叙述了后军副将贺忠在柏林中的一座大房遇见吕使君妻子主动要求"寝昵"，留馆三夜，获赠马和钱。后数日在净慈寺西畔吕使君妻子的姊宅，"亦留于乱"，获赠金珠币帛。根据文末"又明年，复诣其处，宅舍俱不知所在，唯松林有两古坟。"可知吕使君妻子及姊很可能就是女鬼。

（4）一女鬼与一男和一水府判官（鬼）。如《夷坚支庚》卷九《金山妇人》④，这是一则荒诞不经的故事。士大夫的妻子在溺水而亡后三年竟然复活，自述在水底与绿衣官人（水府判官）"昵熟"。最后，士大夫与"绝美"的妻子"遂为夫妇如初"。从科学角度而言，人死不能复生，可见士大夫的妻子溺亡后不可能复生，因而她也就是过去民间信仰中的鬼了。

（5）一女与二鬼。如沈氏《鬼董》的《郝太尉女》⑤叙述了崇宁末年，郝随之女为鬼所魅，初遇自称舍人的伟男子来挑谑。自述与伟男子的婚恋遇合，后来有"方二十余，美风度"的穿绿袍的年轻人想抢郝随之女为妻。文末"不知此曹鬼耶神耶，殊不可测也。"或许穿绿袍的年轻人也是鬼。

① ［宋］洪迈：《夷坚志》第3册，中华书局1981年版，第1136—1137页。

② ［宋］洪迈：《夷坚志》第2册，中华书局1981年版，第856页。

③ ［宋］洪迈：《夷坚志》第2册，中华书局1981年版，第729页。

④ ［宋］洪迈：《夷坚志》第3册，中华书局1981年版，第1209—1210页。

⑤ 李剑国辑校：《宋代传奇集》下册，中华书局2018年版，第1450—1452页。

（6）一男与一个兼二形的女子、一个女鬼。如《夷坚三志巳》卷九《建德茅屋女》①篇首先叙述了三十六岁的筠州城民蔡五经媒人做媒，与身兼二形的李二郎之女成婚。后来蔡五与建康女娼杨小姐"两意诉合"，生了一个名叫"兴哥"的儿子。据术士刘三郎说，此妇人就是死已八年的女鬼建康杨家小倡女。

上述所列故事涉及的性别结构组合，冲破了以往传统的一男一女（即一夫一妻制）的模式，而是三角式，或多角式的男女结合模式。除了上述所列的性别结构模式与宋前小说中的同类故事有所变化外，还有明显变化的，就是宋代小说中的人鬼婚恋遇合故事中的女鬼身份也有明显的变化。其变化之一，就是没有高门望族出身的女鬼，而更多是平民化的身份。在魏晋南北朝志怪小说涉及人鬼婚恋的故事中，还出现了高门望族的亡女，如：曹丕《列异传》的《谈生》篇叙述了谈生与"年十五六，姿颜服饰，天下无双"的女子演绎了一场美丽的人鬼婚恋故事。而女鬼，实是睢阳王的女儿。干宝《搜神记》的《崔少府墓》篇叙述了范阳人卢充与崔府小女儿成婚。崔氏在当时应为高门望族。《驸马都尉》篇叙述春秋战国时游学雍州的辛道度与死去二十三年之久的秦闵王女儿成婚。以上三则故事中的女主人公身份都是高贵的。"这三则故事反映了在封建社会里，门第等级森严，寒门文士或出身低贱者企图凭借与封建大家女儿成婚来改变自身的卑贱的身份，跻身于高门望族的幻想。"②在唐代的人鬼恋作品中，出现了古代颇有身份的女鬼。作品如《周秦行记》《异闻集·独孤穆传》《传奇·颜濬》《传奇·崔炜》《传奇·曾季衡》《传奇·薛昭》（即《传奇·张云容》）《酉阳杂俎·夫人墓》《玄怪录·袁洪儿夸郎》等。在这些作品中，与人间男子产生情爱的古代女鬼是那些早已死去的唐前后妃宫人、王公大臣之女，也有少数是唐代妃子、侍女等，如《周秦行记》中的王昭君、《异闻集·独孤穆传》中的隋帝孙女杨六娘、《传奇·颜濬》中的陈朝张贵妃、《传奇·崔炜》中的齐王女田夫人、《传奇·曾季衡》中的王使君之女、《传奇·薛昭》中的杨贵妃之侍儿张云容、《酉阳杂俎·夫人墓》中的曹魏时期的吴质之女、《玄怪录·袁洪儿夸郎》中的封郎姨（晋侍中王济之女）等。③然而，在宋代小说涉及人鬼婚恋故事的作品中，只有少数作品的女鬼身份是一般官员家庭出身，如郭彖的《睽车志》卷五《郑虚中

---

① ［宋］洪迈：《夷坚志》第3册，中华书局1981年版，第1373—1374页。

② 洪树华：《宋前文学中的超现实婚恋遇合研究》，齐鲁书社2011年版，第130页。

③ 洪树华：《宋前文学中的超现实婚恋遇合研究》，齐鲁书社2011年版，第232—233页。

遇兵官子妇》中的女鬼是兵官子妇、卷二《赵通判亡妻》中的女鬼是赵通判亡妻；《夷坚甲志》卷第四《项宋英》中的女鬼是某官亡女、卷五《蒋通判女》中的女鬼是蒋通判女、卷十一《张太守女》中的女鬼是张太守女；《夷坚丁志》卷四《郭签判女》中的女鬼是郭签判女；《夷坚支甲》卷八《宁行者》中的女鬼是赵通判亡女；《夷坚支丁》卷六《南陵仙隐客》中的女鬼是王知县亡女；《夷坚志三补·红梅》中的女鬼是某令之亡女；《西塘集耆旧续闻》卷七《曾亨仲传》中的女鬼是崔府君之亡女。总体而言，除这些一般官员家庭出身外，涉及人鬼婚恋故事的大量女鬼身份是一般平民身份，或者说，不是高贵出身的女子。

二、宋代小说中的人鬼婚恋遇合的文化阐释

人鬼婚恋遇合是中国古代志怪小说的重要题材之一。如前所述，宋代涉及人鬼婚恋遇合故事的作品多达一百一十篇（则），其中出自《江淮异人录》《春渚纪闻》《青琐高议》《云斋广录》《括异志》《洛阳缙绅旧闻记》等北宋小说集中就有十余篇（则）。出自南宋小说集，如《睽车志》《投辖录》《夷坚志》等就有九十余篇（则）。在南宋小说中，洪迈的《夷坚志》就有七十余篇涉及人鬼婚恋遇合的故事。可见，《夷坚志》里写人鬼婚恋的作品比重大。大致来说，宋代小说中的人鬼婚恋遇合具有如下的文化内涵：

（一）鬼神信仰

为什么南宋小说涉及大量的人鬼婚恋故事呢？究其原因，主要是宋人的鬼神信仰。鲁迅先生在《中国小说史略》中说："宋代虽云崇儒，并容释道，而信仰本根，夙在巫鬼，故徐铉、吴淑而后，仍多变怪谶应之谈，……皆其类也。"[①]可见，鬼神信仰是宋代的人鬼婚恋遇合故事产生的基础。洪迈在《夷坚支庚序》中谈及《夷坚志》的创作情形：

> 起良月庚午，至腊癸丑，越四十四日，而《夷坚》支庚之书成，凡百三十有五事。稚子捧玩，跃如以喜，虽予亦自骇其敏也。盖每闻客语，登辄纪录，

---

① 鲁迅：《鲁迅全集》第9卷，人民文学出版社1981年版，第101页。

或在酒间不暇，则以翼旦追书之，仍亟示其人，必使始末无差戾乃止。既所闻不失亡，而信可传。①

洪迈谈及故事的来源是"每闻客语，登辄纪录，或在酒间不暇，则以翼旦追书之"。洪迈只是记录员，故事的叙述者是客。这些讲故事者都是南方人，故事中的男主人公也是南方人，故事发生的地点又是在南方。如《夷坚志》中的人鬼婚恋故事涉及的地名有：京师、温州、宁海、虔州、饶州、南安、处州、怀州、棣州、潮州、梅州、和州、灵璧、舒州、钱塘、天台、邵武光泽县、德兴、成都双流、蜀州江原、湖州长兴、抚州、武昌、潭州、衢州、南剑州、南丰、云中、余干、临川、乐平、永嘉、南城、浮梁、濠梁、汴梁、金坛、建康、鄱阳、乐平、汀州、尤溪、海州、章丘、筠州、景德镇、龙游、南丰、岳州、台州、房州、明州、福州、宜兴，等等。这些地方皆在南方，即今之浙江、福建、江西省居多。而南方鬼神迷信由来已久。自先秦至宋代及以后，民间迷信鬼神之风不断。再加上故事的叙述者又迷信鬼神，故事的编撰者又"好奇尚异"②洪迈在《夷坚志》里记载的是异闻怪事，正如《四库全书总目》编撰者概括说："是书所记，皆神怪之说，故以列子夷坚事为名。"③那么，这些神怪之说，洪迈是否相信呢？程毅中先生据《宋史》卷三百七十三了解到洪迈的情况，他说："洪迈曾当过史官，承继的还是史家纪实的传统，一般只是述而不作，不作艺术加工，正如鲁迅《中国小说史略》第十一篇所说的'偏重事状，少所铺叙'。……但是洪迈既然要博采众说，不免会收录到不少他人的作品，其中就有一些篇幅曼长、情节委婉的小说。"④洪迈本人就在《夷坚乙志序》说：

逮干宝之《搜神》，奇章公之《玄怪》，谷神子之《博异》，《河东》之记，《宣室》之志，《稽神》之录，皆不能无寓言于其间。若予是书，远不过一甲子，耳目相接，皆表表有据依者。谓予不信，其往见乌有先生而问之。⑤

① ［宋］洪迈撰，何卓点校：《夷坚志》第3册，中华书局1981年版，第1135页。
② ［宋］洪迈撰，何卓点校：《夷坚志》第1册，中华书局1981年版，第185页。
③ ［清］永瑢等：《四库全书总目》下册，中华书局1965年版，第1213页。
④ 程毅中：《宋元小说研究》，江苏古籍出版社1998年版，第131页。
⑤ ［宋］洪迈撰，何卓点校：《夷坚志》第1册，中华书局1981年版，第185页。

洪迈分析了《搜神记》《玄怪录》《博异志》《河东记》《宣室志》《稽神录》等作品，认为"皆不能无寓言于其间"，自己这书所记都是"远不过一甲子，耳目相接，皆表表有据依者"。也就是说，所记的都是有根据的，但他又说："谓予不信，其往见乌有先生而问之。"所记的事无所证实，只有去问乌有先生了。可见，洪迈本人以纪实的传统来记录这些奇闻怪事，或许他相信鬼神。

总之，从故事的叙述者、故事的记录者或编撰者等看，皆迷信鬼神。因而，宋代小说较多涉及人鬼婚恋故事，是与宋人迷信鬼神信仰有关。

（二）宋代理学背景下的性欲

宋代理学（即道学）盛行，封建礼教思想深深地影想着宋人的婚恋观念。宋代理学家提出"存天理，灭人欲"，要求人们遵守封建礼教、伦理道德，反对私欲、情欲、淫欲。如《河南程氏遗书》卷第十五："视听言动，非理不为，即是礼，礼即是理也。不是天理，便是私欲。人虽有意于为善，亦是非礼。无人欲即皆天理。"①卷第二十四："人心私欲，故危殆。道心天理，故精微。灭私欲则天理明矣。"②理学家认为，礼就是理，不是天理，便是私欲。理学家把"天理"和"人欲"对立起来。如南宋理学大师朱熹在《孟子集注》卷五《滕文公章句上》注曰："天理人欲，不容并立。"③《朱子语类》卷十二："圣贤千言万语，只是教人明天理，灭人欲。天理明，自不消讲学。"④朱熹旗帜鲜明地指出，"天理"与"人欲"是对立的，要"明天理，灭人欲"。理学家的这种思想，在《夷坚志》等宋代小说涉及人鬼婚恋作品中有所体现。如《夷坚支乙》卷八《南陵美妇人》⑤篇叙述南陵民某生开酒店，曾月夜出门，遇见美丽的妇女。美女主动与他笑语，上前执其手进店中。某生迷恋美色，"便留之寝"，与她遇合数月。美女每次都赠送钱财。后来某生遇道人乞钱，得知遇到的妇人是鬼。道人见他脸色枯悴，书一符，使贴于房门驱鬼。美妇夜晚来临，发现有房门有符，怒骂某生，指责背义忘恩，愤然而去。某生害怕，迁徙于他坊，于是鬼怪遂绝。本篇故事的情节模式大致是：民某生月夜遇见美女、美女主动上前说笑、某

① ［宋］程颢、程颐著，王孝鱼点校：《二程集》上册，中华书局2004年版，第144页。

② ［宋］程颢、程颐著，王孝鱼点校：《二程集》上册，中华书局2004年版，第312页。

③ ［宋］朱熹撰，徐德明校点：《四书章句集注》，上海古籍出版社2001年版，第298页。

④ ［宋］黎靖德编，王星贤点校：《朱子语类》（一），中华书局2020年版，第254页。

⑤ ［宋］洪迈撰，何卓点校：《夷坚志》第2册，中华书局1981年版，第856页。

生迷恋美色、遇合数月、美女赠送钱财、道人施术写符驱赶、美女怒骂而去、民某生迁徙他方等，这一系列行为是宋代涉及人鬼婚恋遇合故事的基本情节模式，包含着两方面的内容：一方面是男子迷恋美色，有强烈的性欲望，进而有不短时间的性行为。这方面反映了人间男子的性欲望得以实现。另一方面是道人见民某生脸色枯悴，施符干扰民某生与女鬼的遇合，最后男女分离。这方面说明了民某生与女鬼交往，脸色枯悴，有生命危险。道人干扰，阻断了这场人鬼恋。这样的情节正说明了"存天理，灭人欲"的理学思想。宋代理学家强调"天理"，反对"人欲"（私欲），把"天理"与"人欲"（私欲）绝对对立起来。不过，朱熹说的"天理"，是人的基本生活要求，也包含了封建礼教、封建伦理道德。朱熹说的"人欲"，就是不符合"天理"的过度欲望，超出了人的基本需求欲望，如私欲、贪欲、淫欲等。《南陵美妇人》篇就是反映了理学家所强调的"存天理，灭人欲"思想。

"存天理，灭人欲"的理学思想在宋代其他作品中得到充分体现。如《夷坚甲志》卷四《吴小员外》[1]篇叙述了一富家子吴家小员外与赵应之等人日日纵游京师。春天时遇见一个年轻貌美的酒肆当垆女，"以言挑之，欣然而应"。女子见父母归而中断接触。二人本来应有一段美好的情缘，但女子父母阻挠交往。吴小员外后来思慕之心强烈，次年重游至酒店，获知女子因父指责而抑郁死去。吴小员外伤恸，傍晚遇见该女子，听说女子的情况后而兴喜留宿，往来三月，容颜日益憔悴，后来有善治鬼的皇甫法师结坛行法，告诫吴小员外以剑击杀女鬼。这个故事的核心之处就是年轻的当垆女有追求爱情的想法与行为，遭到父母严词责备"以未嫁而为此态，何以适人"，女子因而抑郁而死。这个故事正是说明了"存天理，灭人欲"的理学思想以及封建礼教的观念在民间已深入人心。

然而，尽管"存天理，灭人欲"的理学思想盛行，但是在宋代小说中也有例外。也就是说，不受封建礼教的影响，突破"存天理，灭人欲"的理学思想束缚。如《夷坚支甲》卷三《吕使君宅》篇叙述了淳熙初后军副将贺忠，夜晚迷路，在柏林中见到一大宅房，遇见"淡装素裳，脩脩然有林下风致，年将四十"的女子，原来是吕使君的妻子。在"置酒张筵，歌舞杂奏"之后，贺忠被邀入房，"将与寝昵"。接下来的情节是：

---

① ［宋］洪迈撰，何卓点校：《夷坚志》第1册，中华书局1981年版，第29—30页。

贺自以武夫朴野，非当与丽人偶，固辞。娘子叹曰："吾嫠居十年，又无子弟，只同群婢苟活。今夕不期而会，岂非天乎？宜勿以为虑。"遂留馆，凡三宿始别，赆以百花骢及白金百两，四卒各沾万钱之赐。又云："家姊在净慈寺西畔住，倩寄一书。"握手眷眷而退。……后数日，持书至湖上，果于净慈西松径中至其姊宅，相见如姻亲，仍约明日再集。亦留与乱，金珠币帛，稇载以归。自是每三四日一往。贺妻以获财之故，一切勿问。尝欢洽迫暮，外报吕令人来，姊失色，无以拒。妹至，三人鼎足共坐。令人者招贺入小阁，峻辞责之。贺拜而谢过，哀恳三夕乃释。①

贺忠以军人"朴野"不能与丽人遇合为由，坚决推辞。在女子的"今夕不期而会，岂非天乎？宜勿以为虑"的言辞下，贺忠留馆，与她遇合三夜。后来贺忠又与女子的姊姊存在着乱伦的关系。可以说，贺忠的行为，冲破了宋代理学家的"存天理，灭人欲"的思想。不过，这种行为还是受到吕令人的严词责备。那么，吕使君的妻子及姊姊，到底是人还是鬼？文末云："又明年，复诣其处，宅舍俱不知所在，唯松林有两古坟。贺子悲异，瞻敬而去。"②这就暗示了读者，吕使君的妻子及姊其实都是鬼。

综上所述，宋代小说中的人鬼婚恋遇合的故事是对宋前小说中的同类题材的传承，亦有所变化。这些超现实的人鬼婚恋遇合故事既反映了宋人的鬼神信仰，也反映了在理学盛行的背景下，宋人在现实生活中不能实现的性欲望，寄之于人与鬼的超现实的婚恋遇合之中，力求冲破"存天理，灭人欲"的理学思想，摆脱封建礼教的束缚。

---

① ［宋］洪迈撰，何卓点校：《夷坚志》第2册，中华书局1981年版，第729—730页。
② ［宋］洪迈撰，何卓点校：《夷坚志》第2册，中华书局1981年版，第730页。

《西游记》与《格列佛游记》文化内涵之比较

王 平

内容提要：《西游记》和《格列佛游记》虽均以"游记"为书名，但因为产生于不同的文化背景之下，其思维方式、价值取向及理想信念均存在着极大的差异。从思维方式来看，前者想象恣意而为，后者想象力求真实；从价值取向来看，前者重视伦理道德，后者尤为关注自然科学；从理想信念来看，前者追求主体意识的修心与磨练，后者表现了对文明社会的憧憬与向往。只有对文学作品赖以产生的文化背景有了全面而深入的认识了解，才能够对该文学作品做出合理的阐释。因此，翻译或介绍不同国度、不同时代的文学作品时，一定要将文化背景尽量客观全面地展示给读者，此乃文学传播的重中之重。

关键词：《西游记》 《格列佛游记》 文化内涵 比较

《西游记》是产生于16世纪后半叶的中国长篇神魔小说，现存最早刊本为明万历二十年（1592）金陵唐氏世德堂《新刻出象官板大字西游记》，20卷100回。《格列佛游记》是英国作家乔纳森·斯威夫特创作的一部长篇游记体讽刺小说，首次出版于1726年。两部小说分别产生于中国和英国，而且前后相差一百余年，但均以"游记"为书名，这应当是其具有一定可比性的基础。许多研究者对两部小说的思想内容、艺术手法、传播影响等方面进行了比较研究，笔者均十分赞同。但最为根本的还是其植根于不同文化背景下的思维方式、价值取向及理想信念的异同，本文拟就此略谈管窥之见，以就正于方家。

作者简介：王平，山东大学文学院教授，主要从事中国古代小说研究。

一、两者所述游踪均为超现实的想象幻境，但思维方式截然不同

《西游记》与《格列佛游记》分别讲述了唐僧师徒西天取经和格列佛四次航海旅行的经历，其相同之处在于都运用了超现实的想象手法，描述了与现实迥然而异的奇幻世界，以及发生在这个奇幻世界中的人或事。但稍加比较，便不难发现二者的思维方式截然不同，因此其想象力也有着巨大差异。

《西游记》的故事有着真实的历史依据，但其想象的思维特征却是天马行空，恣意而为。从时间来看，据史书记载，玄奘于唐太宗贞观三年（629，一说元年）经凉州出玉门关西行五万里赴天竺，后又游学天竺各地，前后十七年，于贞观十九年（645）归来。在从事翻译佛经工作的同时，其弟子辩机根据他的口述，撰写了《大唐西域记》。他的另两位弟子慧立、彦悰为纪念表彰师父的取经伟业，撰写了《大唐大慈恩寺三藏法师传》，全书共十卷，前五卷记玄奘出家及到印度求法经过，大致依据《大唐西域记》；后五卷记玄奘回国后译经情况，叙述受到太宗、高宗的礼遇和社会的尊崇等，尤以所上表启为最多。该书虽然在记载玄奘生平事迹的同时，增添了许多神秘色彩，但基本上还是以人物生平为基本依据的人物传记。

但《西游记》①第一百回"径回东土，五圣成真"却说："原来那太宗自贞观十三年九月望前三日送唐僧出城，至十六年，即差工部官在西安关外起建了望经楼接经，太宗年年亲至其地。"经过十四年后唐僧返回长安，唐太宗问道："远涉西方，端的路程多少？"三藏道："总记菩萨之言，有十万八千里之远。途中未曾记数，只知经过了一十四遍寒暑。日日山，日日岭，遇林不小，遇水宽洪。还经几座国王，俱有照验印信。"太宗看了当年的通关文牒，乃贞观一十三年九月望前三日发给唐僧。太宗笑道："久劳远涉，今已贞观二十七年矣。"前后用时十四年，显然与事实不符。在具体叙写中，时间概念始终是模糊含混的，每回开头往往以"行经数日""次日""五六日"之类的词语一笔带过。如第十五回"蛇盘山诸神暗佑，鹰愁涧意马收缰"："却说行者伏侍唐僧西进，行经数日，正是那腊月寒天，朔风凛凛，滑冻凌凌。"第二十七回"尸魔三戏唐三藏，圣僧恨逐美猴王"："却说三藏师徒，次日天明，收拾前进。那镇元子与行者结为兄弟，两人情投意合，决不肯放，又安排

---

① 本文所引《西游记》原文，均据山东文艺出版社1996年版。

管待，一连住了五六日。"第七十八回"比丘怜子遣阴神，金殿识魔谈道德"："师徒们冲寒冒冷，宿雨餐风。正行间，又见一座城池。"第九十一回"金平府元夜观灯，玄英洞唐僧供状"："话表唐僧师徒四众离了玉华城，一路平稳，诚所谓极乐之乡。去有五六日程途，又见一座城池。"

从空间来看，玄奘在西行求法的征程中，所到国家上百，亲历事件和接触的人物不计其数。《大唐西域记》[①]记述了高昌以西所经历的110个以及传闻所知的28个以上的城邦、地区、国家的情况。包括这些地方的幅员大小、地理形势、农业、商业、风俗、文艺、语言、文字、货币、国王、宗教等等。将玄奘每走一地所处方位、距离多少里、国体民情、风俗习惯、气候物产、文化历史都尽量写得清清楚楚。这些记载被后来的历史文献和文物考古所佐证，因此称得上是一部真实的"游记"。

南宋《大唐三藏取经诗话》、金院本《唐三藏》《蟠桃会》以及元明杂剧《唐三藏西天取经》《二郎神锁齐大圣》《西游记》等相继问世后，玄奘取经的故事便逐步演变为虚构性极强的文学作品。试看《大唐三藏取经诗话》[②]部分目次，便不难发现这一特点："过狮子林及树人国第五""过长坑大蛇岭处第六""入鬼子母国处第九""经过女人国处第十""入王母池之处第十一""入优钵罗国处第十四""入竺国度海处第十五"。如果说优钵罗国、竺国等还是现实国度，那么狮子林及树人国、长坑大蛇岭、鬼子母国、女人国、王母池等，就显然带有了虚幻的神秘色彩。《西游记》在此基础上进一步虚幻化，唐僧交给唐太宗的牒文上有宝象国印、乌鸡国印、车迟国印、西凉女国印、祭赛国印、朱紫国印、狮驼国印、比丘国印、灭法国印，又有凤仙郡印、玉华州印、金平府印等等，这些国度和地区显然都是凭空结撰而成。

从人物形象来看，《西游记》极大地拓展了《大唐三藏取经诗话》的虚构性，更加光怪陆离、虚诞离奇，展示了一个绚丽多彩的神魔世界。无论是孙悟空、猪八戒，还是形形色色的妖魔鬼怪，虽然是超现实的形象，但又能够做到物性、人性与神性的统一，给人一种真实、亲切的感受。《西游记》中的妖怪泛指一切有超能力或者法术的群体，他们或为动物，或为昆虫，或为植物，如黑风山熊罴精、黄风岭老虎怪、车迟国虎力大仙鹿力大仙羊力大仙、盘丝洞蜘蛛精、无底洞老鼠精、青龙山犀牛怪、琵琶洞蝎子精、六耳猕猴等等，其住处与习性和其动物性完全一致。魔从狭义上来

---

① 季羡林、张广达等校注：《大唐西域记校注》，中华书局1985年版。
② 李时人、蔡镜浩校注：《大唐三藏取经诗话校注》，中华书局1997年版。

说和妖基本相同，但是魔的法力更强一些，甚至一些神仙都未必是其对手，还有些魔是仙和神误入邪道而成，比如二十八星宿中的奎木狼私自下凡成了黄袍怪，太上老君的两个童子偷偷下凡而成了平顶山的金角大王、银角大王。正如明清之际文人袁于令（1592—1674）《西游记题词》所说："文不幻不文，幻不极不幻。是知天下极幻之事，乃极真之事；极幻之理，乃极真之理。"①

《西游记》这种超现实的想象与中国传统思维模式密切相关。奠定中国传统思维模式基础的《周易》，以"观象取类""名物取譬"的方式来界定概念的含义，以主客相参的吉、凶、悔、吝为基本的判断形式，以多维发散、可能盖然为推理方法，这就决定了中国传统思维模式具有神秘性、直觉性和模糊游移性。万物有灵观念根深蒂固，任何动物、植物以及昆虫等等都有灵性而可以变为神或妖。如保存神话较多的先秦典籍《山海经》②中，大量的神或怪都具有鲜明的人兽同体特征，仅一部《山海经》就有数十位之多，如河神冰夷、水神天吴、海神禺京、沼泽神相柳、昼夜神烛龙、玉神泰逢等。始祖神伏羲"蛇身人首"、女娲"人头蛇身"、"炎帝神农氏人身牛首"，其他如燧人、有巢、黄帝、大禹及殷商人的女祖简狄、周人的女祖姜嫄，无不如此。值得注意的是，直到距远古神话产生相当久远的两汉，人兽同体的神话观念依然保存下来。有的神或怪具有动物的外形，同时又含有较多的人性因素。《西游记》的想象即源于这种传统的思维模式。

《格列佛游记》③以航海日记的形式叙述了主人公格列佛的海外奇异经历，虽然没有丝毫的史实依据，但这些怪异的国家却都具有现实基础，是对18世纪英国政治体制以及议员、贵族、法官、政治家等各式各样人物的全面、真实的反映，揭露了英国腐败的政治、虚伪的宗教、奸诈的法官、残忍的殖民主义以及毫无实用价值的学问。《格列佛游记》虽然是一部奇幻小说，但作者尽可能要显示其真实性。从时间和空间上来看，作者十分具体准确地交代了每次航海的出发时间和地点，沿途经过的地名和经纬度，返回的时间和地点等等。

小说主人公格列佛首次航海是1699年5月4日，从英国南部的一个叫布里斯托尔的海港启航。1701年9月24日格列佛开始从小人国返程，于1702年4月13日返回

---

① ［明］袁于令：《西游记题词》，朱一玄：《明清小说资料选编》，齐鲁书社1989年版，第493页。

② 本文所引《山海经》原文，均据九州出版社2001年版。

③ 本文所引《格列佛游记》原文，均据人民文学出版社2014年版，刘春芳译。

英格兰肯特郡海岸。两个月后格列佛又开始了第二次旅行，到了好望角后，因船身有裂缝，船长又得了疟疾，一直到三月底才重新启航。顺利穿过了马达加斯加海峡，当船行驶到大约南纬五度的地方时，风势突变。风一连刮了二十天，船被刮到了位于印度尼西亚东部的摩鹿加群岛东面，所在地大约是北纬三度。1703年6月16日发现了陆地，格列佛独自一人被留到了巨人国。在巨人国生活了两年多后，格列佛所居住的木箱被一只老鹰衔到了大海上，幸好遇救。搭救他的船正在返回英国的途中，船朝东北方向行驶，方位北纬四十四度，东经一百四十三度。格列佛历经波折，于1706年6月3日再次返回英格兰。

1706年8月5日开始了第三次旅行，1707年4月11日到达印度东南部大城市马德拉斯（旧名圣乔治要塞）。1709年5月6日辞别了国王和朋友，国王派一支卫队把格列佛送到了这座岛西南部的皇家港口格兰古恩斯达尔德。六天以后，找到一艘船可以把他带到日本。路上航行了十五天，在位于日本东南部的一个叫滨关的港口小镇上了岸。那镇位于港口的西端，那儿有一条狭窄的海峡，向北通向一个长长的海湾，京城江户（即现在的东京）就坐落在这海湾的西北岸。

小说虚构了小人国、巨人国、飞岛国、慧骃国等神奇的幻想世界，但这些世界却显得无比真实，拥有详尽悠久的历史、地理和文明，每一种生灵都有专属于自己的语言。在这些虚构的世界里，甚至可以对他们进行严谨的考证。虽然作者展现的是一个虚构的童话般的神奇世界，但与当时英国真实的社会生活联系十分密切。这些国度虽然充满了奇异色彩，但终究是人的国度。在小人国，那里的人比现实生活中的人要小十二倍，而在巨人国里，那里的人却要大十二倍，因此，这些人物的其他方面如身材、生活方式和环境也得严格按照这个比例去最大化或最小化的刻画。

例如小人国的首都密尔敦多城是一个标准的正方形，每边城墙长五百英尺，高两英尺半，宽十一英寸，城墙两侧每隔十英尺就是一座坚固的塔楼。两条大街各宽五英尺，十字交叉将全城分作四个部分。胡同与巷子的宽度从十二到十八英寸不等。就是这么微小的空间，却可容纳五十万人，商店和市场，百货齐全。再看看小人国的皇宫，处于两条主要大街的交会之处，四周是高两英尺的围墙，宫殿离围墙还有二十英尺。外院四十英尺见方，其中又包括两座宫院。从一座宫院通向另一座宫院的大门只有十八英寸高、七英寸宽。外院的建筑有五英尺高，院墙由坚固的石块砌成，厚达四英寸。

飞岛或者叫浮岛，是正圆形的，直径七千八百三十七码，或者说四英里半左右，面积有一万英亩。岛的厚度是三百码。从下面看起来，岛底的下表面是一片大约有二百码厚的平滑、匀称的金刚石。金刚石的上面是一层层的矿物，最上面一层才是肥沃的土壤。其壮观景象令人震撼，但实际上是在刻意模仿英国皇家学会会报的论文风格。他调侃的对象，则是当时著名科学家吉尔伯特及其磁学原理。

只有慧骃国与人的国度大相径庭，人在这里成为最邪恶丑陋的生物"野猢"。"慧骃"的外表虽然是马的形状，但他们的一举一动完全是有理性的。作者感叹自己"身上各处都像'野猢'，可我无法明白它们的本性竟这般堕落、凶残。我又说，如果我命好还能回到祖国去的话，我一定会谈及在这里旅行的情况（我是决定要说的），大家都要认为我说的事属于'子虚乌有'，是我自己脑子里凭空捏造出来的。我虽然对它自己、它家人、它朋友都非常尊敬，同时它也曾答应不生我的气，但我还是要说，我们的同胞难以置信，'慧骃'竟能做一个国家的主宰，而'野猢'却是畜生"。

18世纪时的英国正处于上升期，从18世纪60年代开始到19世纪40年代，英国最早进行并率先完成工业革命，成为世界第一个工业国和"世界工厂"，实力盛极一时。18世纪的上半叶则是工业革命的前夜，数学、物理学、建筑学等自然科学都有了长足发展。《格列佛游记》虽然运用了虚幻的手法，但对小人国城市建筑、器物车辆的描写，仍体现出了实事求是的科学态度，与英国当时的社会文化背景完全一致。

二、两者均运用了真幻结合的描写手法，但其价值取向有同有异

《西游记》和《格列佛游记》的描写手法均为真幻结合、虚实相生，"游戏中暗藏密谛"[①]。但两者所表现的价值取向有同有异，前者讽刺揭露的是明代中国社会政治、道德的种种弊端，体现了以伦理道德为主的价值取向。后者除讽刺了18世纪前半叶英国社会的政治、议会、战争等等方面的真实情形之外，对学术领域尤为关注，体现了对科学价值的独特态度。

《西游记》中的虚幻世界是明代中期现实社会的投影。尤其是描写玉皇大帝以及祭赛国、车迟国、比丘国的国王或昏聩无能，或盲目轻信，或残暴无道，实际上是对明代中期几位皇帝的讥讽与鞭挞，表现了对朝廷政治的格外关注。天上诸神等级森严，分工明确，显然是明代官僚制度的体现。他们大部分时间就是聚会宴饮玩乐，

---

① ［明］李贽：《西游记总批》，《李卓吾批评本西游记》，岳麓书社2006年版。

如一年一度的蟠桃会，其余小会更是频繁。但就是这样一群养尊处优的文臣武将，却降服不了一个小小的妖猴。第六十二回"涤垢洗心惟扫塔，缚魔归正乃修身"，写唐僧一行来到祭赛国，闹市中见金光寺的十数个和尚，披枷戴锁，沿门乞化，寺院方丈的檐柱上还锁着六七个小和尚。众僧向唐僧哭诉道，祭赛国"文也不贤，武也不良，国君也不是有道"。因为妖怪用血雨污了金光寺里的黄金宝塔，那些赃官便嫁祸于寺内僧人，诬告是寺里僧人偷了塔上宝贝，所以无祥云瑞霭，外国不朝。昏君更不察理，对僧人万般拷打，前两辈已被拷打致死，如今又对第三辈问罪枷锁。再如第六十八回"朱紫国唐僧论前世，孙行者施为三折肱"，写朱紫国的国君"面黄肌瘦，形脱神衰"，疾病缠身，久不上朝。

第七十八回"比丘怜子遣阴神，金殿识魔谈道德"中比丘国的国王更为昏庸无道，他贪图美色，宠幸妖道进贡的美女，"把三宫娘娘，六院妃子，全无正眼相觑，不分昼夜，贪欢不已。如今弄得精神瘦倦，身体尫羸，饮食少进，命在须臾"。"那进女子的道人，受我主诰封，称为国丈。国丈有海外秘方，甚能延寿，前者去十洲、三岛，采将药来，俱已完备。但只是药引子利害：单用着一千一百一十一个小儿的心肝，煎汤服药，服后有千年不老之功。这些鹅笼里的小儿，俱是选就的，养在里面。人家父母，惧怕王法，俱不敢啼哭，遂传播谣言，叫做小儿城。此非无道而何？"唐僧闻听后，失声叫道："昏君，昏君！为你贪欢爱美，弄出病来，怎么屈伤这许多小儿性命！苦哉，苦哉！痛杀我也！"

除了朝廷政治之外，《西游记》对人的伦理道德也十分重视。第十四回"心猿归正，六贼无踪"以六个盗贼的名称"眼看喜""耳听怒""鼻嗅爱""舌尝思""意见欲""身本忧"比喻人的六欲，然后让悟空将其统统消灭。第十九回"云栈洞悟空收八戒，浮屠山玄奘受心经"，乌巢禅师对唐僧说道："路途虽远，终须有到之日，却只是魔瘴难消。我有《多心经》一卷，凡五十四句，共计二百七十字。若遇魔瘴之处，但念此经，自无伤害。"第三十一回"猪八戒义激猴王，孙行者智降妖怪"中，宝象国的公主与孙悟空对话，言语间十分重视孝道。公主道："我自幼在宫，曾受父母教训。记得古书云：五刑之属三千，而罪莫大于不孝。"行者道："你正是个不孝之人。盖父兮生我，母兮鞠我。哀哀父母，生我劬劳！故孝者，百行之原，万善之本。却怎么将身陪伴妖精，更不思念父母？非得不孝之罪如何？"

《西游记》的这种价值观念是由中国传统价值观所决定的。儒学价值观基本上代表了中国传统文化的价值观，修齐治平是儒学的最高追求。修身即个人道德修养，儒学在伦理教化原则的问题上提出了以"仁"为核心，以"礼"为规范的结构体系，提出了忠、孝、节、义等规范，作为对人们实行伦理教化的准则。特别重视个人的道德修养，把道德的需要视为人最迫切的需要。孟子特别强调道德修养的能动作用，能"尽其心""知其性"，就可进入到"知天"的最高境界。儒家认为，个人的道德修养是社会和谐安定的根本保证，只有达到个人的"诚意""正心"和"修身"，才能"齐家""治国""平天下"。重视伦理道德教化与政治的关系，政治统治依靠伦理教化的支持，伦理教化的原则规范应力求适应政治的需要。

《格列佛游记》的创作目的是讽刺生活中的负面人物和现象，小说第一卷描述利立浦特和不来夫斯古这两个小人国之间的战争，这其实是暗指英国和法国为争夺海上霸权而进行的一场战争。利立浦特朝廷里不同党派的冲突暗指英国的辉格党和托利党之间的纷争；利立浦特朝廷里的人物暗指英国政府的官员。作者把英国的议会比作一群无聊的野鹅，把宫廷比作粪水坑，把大议会比喻成封闭的厕所，把政府的行政机构比作脓疮，把常备军比作瘟疫，把财政部比作无底洞。与此同时，作者描绘了巨人国和慧骃国，在这两个国度里他提出了一系列合理的社会理念并与现实社会进行了比较。作者把希望寄托在像巨人国的皇帝一样的开明君主身上，因为这个皇帝公正、仁慈、谴责战争、热爱他的国家和人民并尽其最大努力使他的国家变得繁荣昌盛。

《格列佛游记》讽刺当时英国的政治问题，例如重要官职的人选是根据在绳子上跳舞的技巧高低而决定。政府内部两个党派一直在钩心斗角，两个党派的区别就在于一个党的鞋跟高些，另一个党的鞋跟低些。这实际上影射的是英国朝廷以及辉格党和托利党之间的纷争。小人国与邻国的战争起因更为奇怪，小人国原来吃鸡蛋是打破鸡蛋较大的一端，可是当今皇帝的祖父小时候打鸡蛋时碰巧将一个手指弄破了，因此他的父亲就下了一道敕令，命令全体臣民吃鸡蛋时打破鸡蛋较小的一端，违令者重罚。敌对国则坚持打鸡蛋的大的一端，于是两帝国之间就掀起了一场血战。三十六个月以来，双方各有胜负。这期间小人国损失了四十艘主要战舰和数目更多的小艇，还折损了三万最精锐的水兵和陆军。据估计敌方所受的损失还要大些。这实际上是讥讽英法之争。巨人国则民风淳朴，国王贤明正直，法律能够保障国民的自由和福利，体现了作者的政治主张。

但与《西游记》相比，《格列佛游记》对自然科学格外关注，与柏拉图描绘的由

"哲学王"统治的理想国相反，斯威夫特对科学家的统治一直心存警惕。他认为在科学与政治两门学问之间存在天然界限，用科学来指引政治必将导致政治的失序。以培根为代表的启蒙家并不仅仅满足于为自然界立法，还试图以理性的力量征服自然。培根的名言"知识就是权力"正是这一功利主义思想的最初表达。由此培根成为斯威夫特重点攻击的对象。《格列佛游记》中指斥，"培根相比笛卡尔更狡猾"：培根的狡猾在于他"通过隐微书写技艺，在古人学说的掩护下，肆意表达激进的学术和政治主张"。于是在飞岛国中，作者对培根妄图以自然真理代替宗教启示的主张进行了无情的抨击。

作者对飞岛的描写实际上是反讽培根的新大西岛，用拉格多科学院来讥讽培根的所罗门宫。飞岛上的科学家和统治者终日痴迷于抽象科学，研究如何从黄瓜中提炼阳光等不着边际的课题，对人世的习俗与生活却一无所知。他们拙于行动，凡事都需要他人指引，学者们任何时候都有可能陷入沉思，走路会撞墙、撞人，或者突然中断正在进行的谈话。为此，他们必须雇佣"拍手"，手持短棍，时时跟从主人，一旦发现他陷入沉思，就敲打他的耳朵或者嘴巴，将他唤回现实。他们对话需要用人提醒，妻子则当面与人偷情。培根认为科学知识作为一种福音，将会给人类文明带来福祉。但斯威夫特却渲染科学统治的恐怖，飞岛悬于上空并可以任意调整位置和高度，如果地面上的人民反抗它的统治，那么他们的家园顷刻间会被飞岛压成废墟。

上述描写看似荒谬可笑，但的确是当时"科学至上"观念的真实写照：人们用一种数学化和机械化的思维方式来看整个世界，使科学凌驾于人性之上。人们对科学的期望越来越高，科学似乎变得无所不能，这在某种程度上刺激了科学家发明欲望的无限膨胀——皇家学会的科学家曾试验过永动机和万能药，结果当然一事无成。科学至上主义忽视了人类理性的有限性和科学技术的负面作用，科学有时会被用于某些邪恶的目的。

斯威夫特生活的年代，是一个充满矛盾的时代。当时的科学家，基本沿袭中世纪传统，认为一切自然现象都受上帝或神祇支配，他们的学术研究充斥着神明与精灵。开普勒认为正圆"最能体现神的完美"，牛顿认为万有引力的原理是因为"整个自然都是上帝的身体"，解剖学家认为人体结构"最能体现造物主的智慧"。然而时代已发生巨变，17世纪英国革命使新兴的资产阶级登上了政治舞台，启蒙思想家鼓吹理性的力量，猛烈抨击王权观念、等级制度、经济管制、封建迷信等。与此同时，旧秩序的改变必然带来新的腐败、奢侈、贫富分化等现象，宗教和道德的约束力日益松弛。因此，人们必须重新审视人的本性和世界秩序。斯威夫特独特的科学观就是这一背景下的产物。

三、两书的作者均表达了某种理想或信念，但具体文化内涵不同

《西游记》是中国古代神魔小说的巅峰之作，具有厚重的文化底蕴和鲜明的理想追求。《西游记》中，唐僧取经故事的原有意蕴已经发生了重要变化，即从单纯的弘扬佛法演变成了具有多重意蕴的一部文学作品。《西游记》最为难能可贵之处在于体现出了中华优秀传统文化的崭新元素，具体表现为：坚韧不拔的取经精神、强烈鲜明的主体意识、精诚互助的团队观念、积极乐观的人生态度。

《西游记》中唐僧取经的佛教内涵已经淡化，"取经"具有了一般意义上的求取真理之意。正是在这一意义层面，历史上的玄奘取经与《西游记》的唐僧取经相一致。唐僧带领的取经队伍克服九九八十一难，历经千辛万苦，终于取得真经，体现了热爱真理的进取精神、百折不挠的顽强意志以及渴望学习的求知欲望。唐僧师徒尤其是唐僧为取经所受磨难伴随其一生，非一般人所能忍受。唐僧未出生时，其父母便有难，刚刚满月，其母又被迫无奈将其抛入江中。取经路上的厄难更是一波未平一波又起，最后取得经书了，还要克服最后一难。这就说明要想取得事业成功，绝非易事。唐僧一众之所以能够百折不挠，义无反顾，勇往直前，是因为有求取真理的信仰，或者说是一种使命感、事业心。

《西游记》写的是唐僧取经的故事，但作者明确指出："取经之道，不离乎一身务本之道也。"（见第二十三回）因此，"取经"即是修行。"佛在灵山莫远求，灵山只在汝心头。人人有个灵山塔，好向灵山塔下修。""千经万典，也只是修心。"（见第八十五回）只要明心见性，即见如来。《西游记》写了许多妖魔，而且写得栩栩如生。但妖魔都是虚幻的，"心生，种种魔生；心灭，种种魔灭。"（见第十三回）修道的过程即是"炼魔"的过程，此魔即心魔。心动即生魔，心迷则为魔主。必须炼得本性寂灭，如如不动，方能证得佛果。所以说："菩萨妖精，总是一念；若论本来，皆属无有。"（见第十七回）

主体与群体、个人与社会是相辅相成的一种关系，传统儒家文化历来十分重视群体与社会，而对主体与个人则有所忽略。《西游记》问世的明代中叶，儒学思想发

生明显转变，心学的集大成者王守仁（1472—1529），主张"心即理"①"致良知"②，他所说的良知，是指每个人的独立人格与自我意识，"致良知"就是发挥自我意识的作用。其具体方法则可归纳为一静一动，既要息除念虑，专注于内心，又要"事上磨炼"，在心体上下功夫。嘉靖年间，王守仁的心学思潮占据了主导地位。王守仁倡导的心学对小说创作产生了重要影响，其突出代表便是《西游记》。《西游记》问世时，王学已成为社会主要思潮，而王学左派尚未形成，因而《西游记》带有王学思想的鲜明印记。《西游记》表现出了前所未有的主体意识、"事上磨炼"的功夫和"求放心"的题旨，从而超越了以往所有以取经故事为素材的文学作品。

唐僧师徒四人每人都有自己的个性，孙悟空尤为鲜明。在取经故事的发展演变中，孙悟空是一关键性的人物形象。《大唐三藏取经诗话》中的猴行者，虽然神通广大，其反抗精神和放纵不羁的性格特征却极为有限。与《西游记》中那天不怕、地不怕的孙悟空形象，相去甚远。此后的元明杂剧也好，《西游记平话》也好，虽然孙行者的反抗精神不可谓不强烈了，但他还未与玉皇大帝一争高下，还没有自封为"齐天大圣"，还没有喊出"皇帝轮流做，今年到我家"的惊世之语。由此可见《西游记》突出了强烈的主体意识。

按照王学的主张，磨练过程就是"致良知"的过程，既要息除念虑，专注于内心，又要"事上磨练"，在心体上下功夫。为了控制悟空这种桀骜不驯的个性，小说作者在以往铁戒箍的基础上，让观音菩萨给悟空戴上了紧箍，并传授给唐僧"定心真言"。从小说情节的进展来看，唐僧每当念"定心真言"时，又总是冤枉了悟空。对此人们总习惯于理解为这是对唐僧是非不辨的讽刺，实际上并非如此简单。作者通过紧箍和紧箍咒告诉人们，修心不能完全依赖于强制性的措施，更需要内心的自觉。试看，每当唐僧不分青红皂白念紧箍咒时，悟空嘴上虽说不敢了，但内心并不服气，他那降妖伏魔的行动也并未因此而停止。九九八十一难的描写似更注重于"事上磨练"，以各种艰难困苦来考验取经的诚心，来说明"求放心"之难。这些都表明了作者对王学的理解与接受，客观上张扬了人的自我价值和对于人性美的追求。在《五杂俎》卷十五"事部三"中，谢肇淛对《西游记》的"原旨"作了如下评论："小说野俚诸书，稗官所不载者，虽极幻妄无当，然亦有至理存焉。如《水

---

① ［明］王守仁：《传习录上》，上海古籍出版社1992年版，第2页。

② ［明］王守仁：《传习录中》，上海古籍出版社1992年版，第49页。

浒传》无论已。《西游记》曼衍虚诞，而其纵横变化，以猿为心之神，以猪为意之驰，其始之放纵，上天下地，莫能禁制，而归于紧箍一咒，能使心猿驯服，至死靡他，盖亦求放心之喻，非浪作也。"①

谢肇淛明确提出了"求放心"之说，其本源则来自《孟子》。孟子曰："仁，人心也；义，人路也。舍其路而弗由，放其心而不知求，哀哉！人有鸡犬放，则知求之，有放心而不知求。学问之道无他，求其放心而已矣。"②从谢肇淛一贯的主张来看，他更为重视早期儒家的学说。就在这同一卷中他说道："新建良知之说，自谓千古不传之秘，然孟子谆谆教人孝弟，已拈破此局矣，况又鹅湖之唾余乎？……夫道学空言，不足凭也，要看真儒，须观作用。"③同时，这一见解又与全书的结构相吻合："其始之放纵"，指小说前七回悟空闹乱三界。"心猿驯服，至死靡他"，指取经路上悟空一往无前的表现。这就是所谓的"至理"。

明代中后期"心学"成为思想的主流，并形成了许多派别。王守仁认为"心者，天地万物之主也"，"心外无理，心外无事，心外无物"。④他所强调的心，还是一种远离情欲、只存天理之心。因此，陈元之、谢肇淛认为应当收回这颗放纵的心。王学左派则肯定人欲的合理要求，追求个性的自然发展，认为"穿衣吃饭，即是人伦物理。除却穿衣吃饭，无伦物矣"⑤，"夫私者，人之心也，人必有私，而后其心乃见；若无私，则无心矣。"⑥。因此，李贽才会肯定种种"魔"存在的合理性，而他的这种见解显然更为强调《西游记》的主体意识。

《格列佛游记》对人类文明作了反思，这集中表现在对慧骃国的描写中。"慧骃"生来就具有种种美德，根本不知道理性动物身上的罪恶是怎么一回事，所以它们的伟大准则就是培养理性，一切都受理性支配。它们的理性因为不受感情和利益的歪曲和蒙蔽，所以该怎样必然立即就让你信服。争议、吵闹、争执、肯定虚假、无把握的命题等等都是"慧骃"中闻所未闻的罪恶。友谊和仁慈是"慧骃"的两种主要美德，这两种美德并不限于个别的"慧骃"，而是遍及全"慧骃"类。从最遥

① ［明］谢肇淛：《五杂俎》，上海书店出版社2001年版，第312页。
② 吴树平等点校：《十三经全文标点本·孟子·告子上》，燕山出版社1991年版，第2245页。
③ ［明］谢肇淛：《五杂俎》，上海书店出版社2001年版，第302页。
④ ［明］王守仁：《传习录上》，上海古籍出版社1992年版，第2页。
⑤ ［明］李贽：《焚书》，中华书局1975年版，第4页。
⑥ ［明］李贽：《藏书》，中华书局1974年版，第544页。

远的地方来的陌生客人和最新近的邻居受到的款待是一样的。不管它走到哪里，都像到了自己的家一样。它们非常讲礼貌，可是完全不拘泥于小节。它们绝不溺爱小马，教育子女完全以理性为准绳。小说主人公格列佛就曾经看到，他的主人爱抚邻居家的孩子跟爱抚他自己的孩子是一样的。他们遵循大自然的教导，热爱自己所有的同类；有些人德行更高一点，但只有理性才能把人分为不同的等级。

小说中的主人公生活在慧骃国里，"身体非常健康，心境也更为平和"。没有朋友背叛，也没有公开或者暗藏的敌人来伤害。不必用贿赂、谄媚、诲淫等手段来讨好任何大人物和他的奴才。没有医生来摧残他的身体，没有律师来毁掉他的家产，没有告密者监视他的言行，捏造罪名妄提出指控。这儿没有人对他冷嘲热讽、指责非难或恶意诽谤；也没有扒手、盗匪、抢匪、讼棍、老鸨、蠢材、赌徒、政客、才子、性情乖戾者、言语无趣者、雄辩家、强奸犯、凶手、土匪、古董贩子；没有任何党派头目和他们的奴才走狗；没有人用言语行动教唆怂恿犯罪；没有地牢、斧子、绞架、笞刑柱或枷铐；没有招摇撞骗的商贩和工匠；没有傲慢、虚荣或装腔作势；没有肤浅的纨绔子弟和恃强凌弱、狐假虎威的走狗；没有酒鬼无赖、娼妓、梅毒病人；没有夸夸其谈、淫荡奢侈的阔太太；没有愚蠢傲慢的书呆子；没有纠缠不休、专横无理、动辄争吵、大喊大叫、空虚无聊、自高自大、满嘴脏话的伙伴；没有为非作歹却平步青云的流氓，也没有因为其德行而被贬为庶民的贵族；没有官老爷、琴师、法官和舞蹈教师。格列佛钦佩这个国家的居民体力充沛、体态俊美、行动迅捷；这么可爱的马儿，有着灿若群星的种种美德，使格列佛对它们产生了最崇高的敬意。

斯威夫特真正反对的不是科学，而是科学方法的滥用。具体而言，是反对将科学的研究方法运用到人类一切知识领域，尤其是人文艺术领域。在近代欧洲，笛卡尔首先尝试用数学模型构建科学方法论，认为科学的研究方法适用于哲学研究，也适用于探求所有学科的一般真理。笛卡尔科学方法论的基础是人的数学理性，它为人们提供了一个认识自身理性和外部世界的全新视角，但笛卡尔并没有意识到人类理性的局限性，也没有认识到理性独裁所产生的严重负面后果，是所谓"启蒙的神话"。在笛卡尔思想体系形成之初，与他同时代的哲学家帕斯卡就驳斥了他的唯理主义认识论，认为这一学说过于倚重科学，并强调单凭理智并不足以认识人生。帕斯卡尔在《思想录》①中写道："科学的虚妄——有关外物的科学不会在我痛苦的时

---

① ［法］帕斯卡尔著：《思想录》，何兆武译，商务印书馆1985年版，第26页。

候安慰我在道德方面的愚昧无知；然而有关德行的科学却永远可以安慰我对外界科学的愚昧无知。"由此可见，理性的数学方法虽然适合自然科学研究，但却无法量化和计算人的精神生活与内心感受；自然科学在探求人的本质，构建人类道德体系和人类精神家园方面可谓毫无用处。上述这一切问题，在启蒙人文主义者斯威夫特看来，都必须诉诸人文科学教育方能迎刃而解。而这或许也正是《格列佛游记》这一看似游戏作品中所暗藏的密谛。

综上所述，应当清醒地认识到，只有对文学作品赖以产生的文化背景有了全面而深入的认识了解，才能够对该文学作品做出合理的阐释。因此，翻译或介绍不同国度、不同时代的文学作品时，一定要将文化背景尽量客观全面地告诉给读者，此乃文学传播的重中之重。

《西游记》中的法律意识探析

蔡秀玲

内容提要：《西游记》反映了众多的明代法律制度，吴承恩将明代的法律制度融于故事之中，突出表现在猪八戒的法律意识上。《西游记》中多处描述明代法律条文，涉及《大明律》等文献，因此以猪八戒的法律意识为基础，以小说具体情节为分析素材，结合《大明律》的法律条文与明代的社会发展，将《西游记》中的法律意识作为法律与文学研究的典型案例，探究《西游记》在文学和史学中的新价值。

关键词：《西游记》　猪八戒　法律意识　《大明律》

一

文艺作品脱离不了社会的影响，小说也不例外。宋朝洪迈是重视小说社会价值、提升小说文体地位的第一人；罗烨提出"务在多闻""有博览该通之理"[①]，肯定小说创作者的文学素养；李贽、胡应麟、冯梦龙等人均肯定小说的文学史价值。因此，后人利用小说文本探究时代背景的研究方法便顺理成章。《西游记》除却奇异浪漫的想象、惹人入胜的情节外，作者有意记录或无意折射的人生百态与历史图景，"就像一部中国古代政治、社会学的大百科全书"，"为我们讲解了中国古代社会的结构、框架和构成因子"[②]。胡适引入的学术考证研究法，拓展《西游记》现代研究范畴，

作者简介：蔡秀玲，山东大学文学院博士研究生，主要从事明清戏曲与小说研究。

① 罗烨：《醉翁谈录·舌耕叙引》，古典文学出版社1957年版，第1页。

② 蔡铁鹰：《〈西游记〉的诞生》，中华书局2007年版，第311页。

《西游记》的神魔世界映射明朝社会现实便成为共识。以此为基础研究《西游记》中的法律便不再生硬，因为故事情节的发展本质上反映的是社会治理的实践。

通俗小说最发达的明清时期，利用小说来探讨法律与民间文化已获得诸多成果。[①]已有成果中，有的将小说出现的律令条文与明律进行对比研究；[②]有的基于法律经济学和法律社会学理论，探讨神魔世界的规制模式；[③]有的基于"法律与文学"研究的基本脉络，拓展"法律与文学"的交叉学科研究价值。[④]中华法系在世界中独树一帜，尧舜时交通要道树立"谤木"，由《法经》《唐律》至明朝更诞生完备的法律制度。传统明律研究多局限于《明史》《大明律》等官方文件，鲜少从民间文学着手，更易忽视小说等艺术作品。其实像《西游记》等神魔小说中就蕴含丰富的法律内容。本文选取猪八戒作为分析对象，一则因为猪八戒全书篇幅占比仅次于孙悟空，二则是猪八戒好吃懒做、耐心不足、贪生怕死的性格是否真的一无是处，仍值得商榷。本文认为《西游记》是借由小说人物反映古代社会的法律条文，借由故事情节呈现古代社会的法律，猪八戒的言行举止和故事情节可视为明代法律的反映。

二

吴承恩创作的《西游记》，是西游故事自唐朝诞生之初至明代的阶段性总结，是浪漫主义神话小说当之无愧的巅峰之作。[⑤]《西游记》的艺术成就之一，就是于虚构的故事情节中寄寓现实情感，在虚幻的故事中传递对社会政治的不满与对乌托邦的追寻，而对法律的灵活运用是作者意识的流露。

明朝初期，统治者意识到小说"寓教于乐"的文化功能，采取打击与引导并重的手段，既利用朝廷禁令与法律控制小说的发展，又将其作为教化民众的工具。明

---

① 白利寅：《〈金瓶梅〉中的社会交往规则探析》，《民间法》2014年第13卷，第185—195页；徐忠明：《众声喧哗：明清法律文化的复调叙事》，清华大学出版社2007年版；徐忠明：《从明清小说看中国人的诉讼观念》，《中山大学学报》（社会科学版）1996年第4期，第54—62页。

② 林鸿雁、贺晓霞、徐鸿修：《〈西游记〉与明律》，《文史哲》1999年第2期，第71—77页。

③ 张未然：《神仙世界与法律规则：法律人读〈西游记〉》，中国政法大学出版社2011年版，第20页。

④ 余宗其：《法说〈西游记〉》，中国财富出版社2014年版。

⑤ 游国恩等：《中国文学史》第4卷，人民文学出版社1983年版，第11页。

朝中后期，手工业生产的扩张、市民读者阶层的出现、程朱理学与陆王心学的反思思潮，都为明朝法律规范、法制内容的传播提供保障。《西游记》涉及的法律条文多达二十余例，大致分为以下几类：一、完全引用《大明律》者，第44回"你倒打杀人，害了我们，添了担儿"①，查《大明律·卷十九·刑律二·人命》"谋杀人"专条，"凡谋杀人，造意者，斩；从而加功者，绞；不加功者，杖一百，流三千里。杀讫乃坐。"②第58回行者在如来处状告六耳猕猴"依律问他个得财伤人、白昼抢夺，也该个斩罪"③，查《大明律·卷十九·刑律二·白昼抢夺》"凡白昼抢夺人财物者，杖一百，徒三年。……为从，各减一等"④。二、与《大明律》大致相同者，第83回孙悟空告御状前八戒说的"告人死罪得死罪""御状又岂是可轻易告""怎的告他"⑤，与《大明律·刑律五》多条条文有相通之处，"御状又岂是可轻易告"是《大明律·刑律五·诉讼·越诉》条"凡军民词讼，皆须自下而上陈告。若越本管官司，辄赴上司称诉者，笞五十。若迎车驾及击登闻鼓申诉，而不实者，杖一百；事重者，从重论；得实者，免罪"⑥的实际运用。"告人死罪得死罪"是以《大明律·刑律五·诉讼·诬告》条"凡诬告人笞罪者，加所诬罪二等；流徒、杖罪，加所诬罪三等；各罪止杖一百，流三千里"⑦为依据。三、由《大明律》类推罪行者，第27回的"你便偿命，该个死罪""老猪为从，问个充军""沙僧喝令，问个摆站""我们三个顶缸"⑧，此处"死罪""充军""摆站""顶缸"涉及杀人偿命和连坐。《大明律·卷十八·刑律一·谋反大逆》条"凡谋反及大逆，但共谋者，不分首从，皆凌迟处死。"⑨但仅及祖父、父、子、孙、兄弟及同居之人、伯叔父、兄弟之子，八戒对三人因行者打杀人所受处罚，是故意扩大连坐范围恐吓唐僧。《西游记》涉及的法律条文众多，所涉名目繁多、条律明晰。小说中，唐僧师徒、人间君王、乃至玉帝仙君、人世妖魔，时常蹦出法律条文，也多次出现对簿公堂、调查取证、官府判决的场景，

---

① ［明］吴承恩著，吴圣燮辑评：《西游记》，崇文书局2019年版，第374页。
② 怀效峰：《大明律·点校本》，辽沈书社1990年版，第149页。
③ ［明］吴承恩著，吴圣燮辑评：《西游记》，崇文书局2019年版，第496页。
④ 怀效峰：《大明律·点校本》，辽沈书社1990年版，第139—140页。
⑤ ［明］吴承恩著，吴圣燮辑评：《西游记》，崇文书局2019年版，第703页。
⑥ 怀效峰：《大明律·点校本》，辽沈书社1990年版，第173页。
⑦ 怀效峰：《大明律·点校本》，辽沈书社1990年版，第175页。
⑧ ［明］吴承恩著，吴圣燮辑评：《西游记》，崇文书局2019年版，第226页。
⑨ 怀效峰：《大明律·点校本》，辽沈书社1990年版，第133页。

故事中完整的司法流程和对法律内容详细的论述，多符合明代的法律特征。

《西游记》文本蕴含的法律条例与法律意识，源自作者所具备的法律知识与法律素养。明中后期，虽然社会制度日渐松弛、商品经济不断发展、民间教育取代社学，但科考仍是读书人的必由之路。承恩虽少有才名，科举路途却颇坎坷，直至嘉靖二十三年（1544），他在母亲徐氏的逼迫下，无奈以岁贡生的名义走进仕途，先于南京国子监读书，后于长兴任县丞，与县令归有光政见不合，因征粮一事仓促离任。对于一位短暂入仕、性格耿直自傲的普通人而言，他法律知识的充盈程度，与明代的历史环境相关，如明朝统治者为加强对官员的约束和民众的控制，规定普通民众须通读法律，生员除熟读律令、法规外，还需进行法律考试。百司官吏务要熟读并掌握国家律令，每年要进行考核，考核不过者要被罚俸、笞四十、降职，而百姓若能熟读掌握律法，可以免一次过失犯罪或连累致罪。

同为"明代四大奇书"的《金瓶梅》，虽然假托宋代描摹人物，但实际反映的朝代是明代嘉靖至万历。针对书中名物、制度的研究发现，晚明法律制度和现象是较多的，行政、刑事、民事、经济等内容涉及广泛、描写详尽。与《西游记》相比，《金瓶梅》中较少涉及法律条文，更多的是一种法律意识、法律文化的呈现，《金瓶梅》中所涉及的晚明法律文化大致如下：

其一，法律观念妇孺皆知、法律条文深入人心。《金瓶梅》中的人物极其倚重法律，面对不合理的诉求与纠纷，多寄希望于官府与法律。出现晚明民众对法律条文、法律观念谙熟的根本原因是统治者的重视。明太祖鉴于元朝百姓因愚昧无知而违法的社会现状，重视法律的普及，力求律条通俗简洁、促进法律在百姓中的普及，甚至规定若通晓《大明律》、藏有《大诰》者可适当减免刑罚。此措施的实行，直接激发百姓知法、学法、普法、用法的热情。其二，法律实施严重变形，多为执法者乱用，沦为谋取私欲的工具。如《大明律》中的"六赃"是对非法占有财物的描述，但在《金瓶梅》中却不断出现贪贿现象，如第18回蔡攸和李邦彦收受贿赂，将西门庆改为贾庆；第47回西门庆收受苗青千两银子，为其开脱杀主谋财之罪，都是触犯《大明律》的违法行为。法律施行变形、多被执法者乱用的情况，与晚明时期的政治和经济相关。政治上，晚明皇帝多昏庸无道、不谋其政，导致宦官把持朝政、奸臣祸乱政务朝纲，经济上，晚明经济畸形发展，商品经济打破小农经济获得空前发展，奢侈腐败、民风颓废、以钱害法的事情频频发生。其三，法律发展存在巨大反差，普通民众对法律由倚重到失望反抗，统治者对法律由藐视到依靠。武松得知兄长为西门庆和潘金莲所害后，由去官府鸣冤，直至决意个人复仇、手刃潘金莲。西门庆则由第57回"咱闻那佛祖西天……也不减我泼天富贵"①对法律的蔑视，到临死前希望得到法律的庇护。两者存在反差的原因，与统治者对法律的重视程度相关。普通人丧失法律的保护，只能采取原始的手段维护自身权益；统治者丧失身份优势时，会同时丧失法律的特权，沦为不受法律庇护的普通人，此时才能意识到法律的重要性。《金瓶梅》《水浒传》均描述普通人对法律由信任到失望的过程，《金》以武松为典型，《水》以宋江为代表，但表现上位统治者对法律由蔑视到信任心理变化的，非《金瓶梅》莫属。

三

三藏法师（玄奘）由历史人物、历史事迹演化而成。细观《西游》一书，以"神魔"著称、西行取经为故事蓝本，在宗教情怀的关照下，取经队伍（"取经五圣"）中玄奘法师、孙悟空多着墨之处。貌似蠢笨的猪八戒鲜活地表现了人的法律认知与思维，他言必称法律，熟知律条，注重证据，懂得用法律维权。

悟空、八戒云栈洞斗法，是全书中八戒法律观念的首次呈现。孙悟空打至云栈洞，八戒所言"杂犯死罪"②的"杂犯"罪，虽与明代律条并非一字不差，但法理上的"防卫权"与八戒的维权思维，有异曲同工之妙。第19回中，行者"该问个真犯斩罪哩"③的"真犯死罪"确有其名，经程树德先生考据，隋《开皇律》始有"真犯"的概念。④《开皇律》今虽已失佚，但仍可从唐律中窥知一二。若要细究"真犯死罪"的含义，则须从"杂犯死罪"着手。《唐律疏议》是"杂犯死罪"首次被确切提及。"真犯死罪"与"杂犯死罪"性质相对，罪行严重、不可原宥、须依法处决。至于两者的罪责差异，第38回八戒道"就不该死罪，也要解回原籍充"⑤与《刑律·贼盗》"窃盗"条"凡窃盗已行而不得财，笞五十，免刺。但得财者，以一主为重，并赃

---

① 兰陵笑笑生：《金瓶梅词话》，人民文学出版社1985年版，第753页。

② ［明］吴承恩著，吴圣燮辑评：《西游记》，崇文书局2019年版，第157页。

③ ［明］吴承恩著，吴圣燮辑评：《西游记》，崇文书局2019年版，第157页。

④ 程树德：《九朝律考》，中华书局1963年版，第431页。

⑤ ［明］吴承恩著，吴圣燮辑评：《西游记》，崇文书局2019年版，第321页。

论罪。为从者，各减一等"①的处罚相似。自汉律以来，古代法律确与普通民众的私有财产权、人身权利、住房隐私权的保障相连。《大明律》卷十八《刑律·贼盗》有云："凡夜无故入人家内者，杖八十。主家登时杀死者，勿论。"②是对非法入户盗窃的处罚。

八戒具备的法律观念，使其时刻注重维护自身的权益，既注重有利证据的收集，又不做触犯法律的事情。《西游记》第31回，八戒道："连见证也没你，你却不是左我们？"③中的"见证"是对自身权利的维护。明代证据主要可分为言证、物证和书证三大类，此文中的"见证"是指言证。"证"有证实、验证之义，"见证"的行为主体为人，内容须与案件相关。一般而言，作证者须为具备基本语言表达能力的旁观者，如族长、仆人、仵作、家庭成员等，证词的功能为证实（证明犯罪事实存在）与证伪（证明犯罪行为不成立），其目的是为审理官员提供推理依据。明代有"取验凶器"的物证检验制度，命案、盗窃案等大案须有赃物或作案工具等物证，言证与物证并非互斥，而是互相影响，"证"直接关系到判决结果。如明英宗强调赃物须有失主认领，失主所言内容，可视为言证。

由于证据是定罪量刑的主要依据，八戒便重视证据，不做触犯法律的事情，以防被起诉。《西游记》第41回八戒道："往那里告我们去耶？"④中国古代起诉分为"自诉"（原告为被害人或其亲属提出诉讼）、"举告"（除却被害人或其亲属之外的人提出诉讼）、"自首"（罪犯主动投案）、"官纠举"（官吏举报或官府弹劾），明代大致如此。但神魔小说《西游记》非公案小说，小说中的起诉制度仅为常见的自诉。《大明律》中自诉权利为军、民所有，起诉程序为自下而上。《唐律》对诬告之惩处为"反坐"，所诬告之罪即为所惩处之刑罚。明律沿袭唐宋诬告制度，明言诬告反坐，第83回八戒"告人死罪得死罪"⑤即为反坐结果。明朝为达惩处效果，按所诬告罪行判惩处轻重，给予诬告者加所诬告之罪二至三等，被诬告者若有损失，由诬告者进行赔偿。凡诬告致充军的，民告，抵充军役；军告，发边远卫充军；代人诬告的，罪坐代告之人。

---

① 怀效峰：《大明律·点校本》，辽沈书社1990年版，第140页。

② 怀效峰：《大明律·点校本》，辽沈书社1990年版，第145页。

③ ［明］吴承恩著，吴圣燮辑评：《西游记》，崇文书局2019年版，第257页。

④ ［明］吴承恩著，吴圣燮辑评：《西游记》，崇文书局2019年版，第345页。

⑤ ［明］吴承恩著，吴圣燮辑评：《西游记》，崇文书局2019年版，第703页。

猪八戒也具备契约精神与程序意识。"契约"一词最早出现在南北朝时魏收《魏书》《鹿悆传》中①，但《唐律疏议·户婚门》"为婚妄冒"条所载"为婚之法必有行媒，男女、嫡庶、长幼，当时理有契约"②，才是传统社会中"契约"的含义。人类的交往离不开契约，契约的形式可以是书面的、口头的。明代"契约"分"契"和"约"两类，"契"是行为双方当事人为处分人身权、财产权所签订的法律文书；"约"多指民间经济、社会组织内部订立的行为规范。③明代民事契约是明代制定法和习惯法的有效结合，据此本文的"约"是指个体当事人之间的口头约定。《西游记》第38回八戒"我也与你讲个明白"④即为八戒与行者之口头约定。"契约"既为规范民事法律关系的行为格式，民事私法性使其不为国家强制法所约束。但实际中，为维护儒家"仁义礼智信"的社会秩序和《大明律》中民事行为人的利益，"契约"精神的约束效果不容小觑。国家法律介入契约关系，强制要求官府处理债权债务纠纷案须有契约券书，强调审理债务纠纷案首要依据为契约、借券，次要依据为邻居的证词，即言证，后世总结为"交易有争，官司定夺，止凭契约"⑤。

程序意识则呈现为八戒的法言法语。如《西游记》第92回猪八戒被评价为"知理明律"，八戒更有"将这怪的决""已此情真罪当"⑥的言语。此处的"的决"是法律术语，为快速定案、当场处决、不俟上报，多为轻刑。明初对案件管辖与身份管辖的控制较为严格，明代中叶后，管辖权利有所松动，权利部分下放，各地只需将流刑以上案件报请皇帝批准即可。因此，小说中的两只犀牛精刚到金平府，就被"的决"了。与"的决"相反的是死刑复核制度。自汉朝始，地方官员与中央司法重视死刑案件的处理程序，对死刑的适用与执行极度慎重，因此出现死刑复核。但汉朝罪犯是否适用死刑复核，是由罪犯品级高低决定的。汉朝死刑复核制度处于萌芽阶段，并未形成完善的制度体系。北魏时期逐渐确立死刑复奏制，未经皇帝核准的死刑案件不得执行。唐朝时期死刑复核制度渐趋完善，采取更为严格的控制手段，如太宗朝执行"地方案件需要三复奏、京畿案件五复奏"的程序，认为"使用刑罚

---

① ［北齐］魏收：《魏书》（第四册）（卷69—88），中华书局2013年版，第1761—1765页。

② 长孙无忌：《唐律疏议》，法律出版社1999年版，第278页。

③ 徐嘉露：《明代民间契约习惯与民间社会秩序》，《中州学刊》2016年第5期，第122—127页。

④ ［明］吴承恩著：吴圣燮辑评：《西游记》，崇文书局2019年版，第320页。

⑤ 幔亭曾孙：《名公书判清明集》，中华书局1987年版，第152—153页。

⑥ ［明］吴承恩著，吴圣燮辑评：《西游记》，崇文书局2019年版，第780页。

要特别谨慎，要无偏无私"，因为"死者不可再生，用法务在宽简"①。明朝时形成会审制，重大案件经会审方能定案。清朝有控制死刑的秋审、朝审制，死刑案经会审后方可执行。犀牛精是下界修炼成妖，既非神佛派遣，又非从神佛仙界私自逃离，其品级尚未达到死刑复核标准，遂于金平府被"的决"，并未进行会审或死刑复核。

猪八戒既有法律人的思维，又存在曲解法律、使之为己所用的人性与欲望。《西游记》第27回八戒道："师父，你便偿命，该个死罪；把老猪为从，问个充军；沙僧喝令，问个摆站，那行者使个遁法走了，却不苦了我们三个顶缸？"②此处的"死罪""充军""摆站""顶缸"均与明代法律相关，但行者故杀之罪，殃及师徒，则有夸大后果之嫌。《辞海》将"连坐"定义为："入罪曰'坐'，连坐，谓牵连入罪也。"③《辞源》则是："一人犯法其他人连带一同受罚。"④连坐的范围包括亲属、宗族、邻里、同僚、师生朋友等。考究明代《大明律》《大明会典》等，仅"谋反""大逆"罪，祖父、父、子、兄弟及伯叔父等亲属连坐处斩，受业师与伯叔父同。《大明律》中"杀一家三人""采生拆割人""造畜蛊毒杀人"⑤三条牵连亲属。"故杀"罪，亲属及受业师等并不连坐。八戒说三人要一齐为悟空"顶缸"，是扩大连坐的范围，用夸大之辞离间、驱逐孙悟空。"摆站"在书中第27、33、80回出现，但《汉语大词典》《汉语大词典订补》并无此条，可知是明朝白话小说常见的口头语言。

猪八戒不轻易相信任何人，却始终相信法律，法律具有限制权力、保障权利的双重功效。八戒的法律故事虽出自虚构，但体现的法律观念却是真实的。神话中常出现法律，作者吴承恩等明代士人熟知法律条文，一定程度上体现了法律在古代的普及程度，也体现了八戒这一形象的法律意识。

四

中华法律源远流长，其思想渊源、制度体系、法律实践，可追溯至秦汉时期。

---

① ［唐］吴兢：《贞观政要》，骈宇骞译，中华书局2011年版，第263页。

② ［明］吴承恩著，吴圣燮辑评：《西游记》，崇文书局2019年版，第226页。

③ 舒新城：《辞海》，中华书局1981年版，第2849页。

④ 辞源编修组、商务印书馆编辑部：《辞源合订本》，商务印书馆1998年版，第1662页。

⑤ 《续修四库全书》编纂委员会：《续修四库全书·史部·政书类之大明会典》，上海古籍出版社1995年版，第68页。

中国古代法律，须要契合统治者需求，经历萌芽、发展、成熟、完备的进程。明清时期的律例合编及《会典》使法律体系更加成熟和完备，《大明律》实现了按六部政务范围分编律条的新体例，并补充涉及经济、行政、诉讼等内容。《西游记》法律大略分三类：一为天条，由玉帝及诸仙官制定、解释、执行；二为佛法，以西方如来、南海观音为行为规范标杆；三为世俗王法，由人间帝王、各洞妖王制定。书中规则意识与法律观念的普及，体现了法制的普及程度，反映了社会对法制规范一定程度的认同。[①] 故事中，无论天庭的神仙，还是凡间的妖魔，任何犯罪行为都要按明律来定罪处刑。作者的这种写作心理是明代知识分子和百姓承认明律现实合理性的反映。[②] 在书中人物设定中，唐僧是道德人和宗教人，悟空是精英人物，只有猪八戒最接近真实人性，最接近普罗大众。因此其法律认知也是普通人日常法律意识逼真的体现。

孙悟空的法律技能主要体现为以下几个方面：一、明律懂法，擅于诉讼，第58回孙悟空被如来责备打杀六耳猕猴，大圣道"依律问他个得财伤人，白昼抢夺，也该个斩罪"[③]，与"凡强盗已行，而不得财者，皆杖一百，流三千里。但得财者，不分首从，皆斩"[④]如出一辙。二、注重证据，以理服人，第27回行者要打杀白骨精变的老汉，又怕唐僧错怪，便"叫当坊土地、本处山神""与我在半空中作证"[⑤]，行者对证人的信任，源自"律称'致罪有出、入'，即明据证及译，以定刑名。若刑名未定，而知证、译不实者，止当'不应为'法。证、译徒罪以上，从重；杖罪以下，从轻"[⑥]对证人作伪的刑罚。三、口齿伶俐，思维敏捷，第45回三道士指责唐僧师徒打杀徒弟、私放囚僧、夜间闯入、偷吃供养时，行者反问"是谁知证""着两个和尚偿命""亦无见证""再着一个和尚领罪""栽害我"[⑦]，一一反驳，是对"凡谋杀人，造意者，斩"[⑧]的避重就轻。四、谨遵程序，规则意识，第92回行者"带他上金平府

---

① 蒋海松、罗婧：《天国治理规则的人间映像——〈西游记〉玉帝形象的法律解读》，《民间法》2015年第1期，第159—168页。

② 林鸿雁、贺晓霞、徐鸿修：《〈西游记〉与明律》，《文史哲》1999年第2期，第71—77页。

③ ［明］吴承恩著，吴圣燮辑评：《西游记》，崇文书局2019年版，第496页。

④ 怀效锋：《大明律·点校本》，辽沈书社1990年版，第139页。

⑤ ［明］吴承恩著，吴圣燮辑评：《西游记》，崇文书局2019年版，第227页。

⑥ 曹漫之：《唐律疏议译注》，吉林人民出版社1989年版，第865页。

⑦ ［明］吴承恩著，吴圣燮辑评：《西游记》，崇文书局2019年版，第382页。

⑧ 怀效锋：《大明律·点校本》，辽沈书社1990年版，第149页。

见那刺史官"明究其由""问他个积年假佛害民""然后的决"①的步骤，是对明律程序的解读。

唐僧是宗教"醇儒"式人物，常用法律条文警告、劝阻悟空和八戒行恶，用善念教化八戒和悟空。唐僧将宗教情怀和法律条文结合，在宗教和道德中注入法律，利用柔性引导而非严峻刑法达到改造徒弟的效果。具体而言，唐僧的法律意识主要表现为遵纪守法，劝人向善，第14回三藏道"他虽是剪径的强徒，就是拿到官司，也不该死罪""这却是无故伤人的性命"②，劝说行者不要伤人，对强徒只需按照法律程序捉拿归案，自有官府判决。面对孙悟空、猪八戒、沙和尚等有犯罪前科、被玉帝严峻刑法处罚过的人，唐僧欣然接受三人加入取经队伍，并用道德和慈悲对他们进行引导和救赎。第27回"三打白骨精"劝孙悟空不要行恶，"行恶之人，如磨刀之石，不见其损，日有所亏"③。唐僧的慈悲是无条件的，优点是重视法律、强调道德，但过于强调道德导致对法律效果的忽视，滥发慈悲只会导致险恶后果。第38回唐僧要为乌鸡国国王申冤，被行者批评"只知念经拜佛，打坐参禅""理上不顺"④，下井将尸身捞出才是"拿贼拿赃""有对头的官事好打""好定个罪名"⑤。唐僧片面强调道德正义，忽视制度正义，用道德、宗教、情感代替法律正义，是中国传统知识分子的通病。史实中的玄奘法师一心向法、智勇激进，与迂腐软弱、优柔寡断的唐僧相去甚远。作者如此刻画唐僧，和明朝宋明理学空疏烦琐、追求醇儒的社会环境相关，但更多的包含作者对中国传统知识分子特别是明代儒生思想劣根性的洞察与反思。

五

中国古代法律体系，以刑事律典为核心，维持国家正常运转及其权威性，以多种专门法为辅助，维持国家体系的稳定性。但要弄懂中国古代的政法手段，光读《唐律疏议》《资治通鉴》《明公书判清明集》是不够的，不如听《红楼梦》中的"护

---

① ［明］吴承恩著，吴圣燮辑评：《西游记》，崇文书局2019年版，第780页。
② ［明］吴承恩著，吴圣燮辑评：《西游记》，崇文书局2019年版，第117页。
③ ［明］吴承恩著，吴圣燮辑评：《西游记》，崇文书局2019年版，第227页。
④ ［明］吴承恩著，吴圣燮辑评：《西游记》，崇文书局2019年版，第319页。
⑤ ［明］吴承恩著，吴圣燮辑评：《西游记》，崇文书局2019年版，第319页。

官符"、《三言二拍》《儒林外史》中的断案故事，来得切紧中肯，纲举目张，均比法律文件能传播法制知识、展示真实生活。《西游记》对于法制的宣扬效果凸现了文学的法律宣传价值。文学能反映法律的正义是由于文学具有独特的亲和力、认同感，比用其他表现形式更容易让一般民众所接受和理解。[①]就此而言，探讨《西游记》中的法律，体现了"超时代"诠释的内在价值，也可以推动"神话学"的发展。[②]霍姆斯亦有言："法律就像魔镜，反映的不仅是我们的生活，而且是曾经存在过的所有人的生活。"[③]法学应当反映这种"普遍性"，对《西游记》中的法制历史、法律意识、犯罪矫正等具体问题予以关注。

① 林鸿雁、贺晓霞、徐鸿修：《〈西游记〉与明律》，《文史哲》1999年第2期，第71—77页。
② ［法］罗兰·巴特：《神话：大众文化诠释》，上海人民出版社1999年版，第167—176页。
③ ［美］小奥利弗·温德尔·霍姆斯：《霍姆斯读本：论文与公共演讲选集》，上海三联书店2009年版，第26页。

"原罪"视域下官哥与孝哥的罪恶与救赎

王俊德

内容提要：官哥与孝哥在《金瓶梅》中所占篇幅非常有限，却与西门庆一起构成了一条象征着原罪与救赎的因果链。官哥是原罪的象征，而孝哥则是自我救赎的象征。作者把佛教的因果观切入饮食男女的日常生活，从"实用理性"与"情感本体"的角度去审视、体察社会个体的生命意义及其悲欢离合，对于沉溺于酒色财气中扭曲与异化的人性给予关注，希冀通过禅宗的自省与顿悟实现超越个体生命、获得人生意义与生存方式的彻悟，并依此把握真正超脱于尘世万物、掌握宇宙与生命轮回的真谛，最终实现自我拯救。正是在因果报应思想指导下，《金瓶梅》从题材、内容、人物形象、结构安排等方面都体现出了与以往小说巨大不同，甚至影响到了《红楼梦》的"影书"与形象叠写手法。

关键词：罪恶与救赎 官哥 孝哥 西门庆 因果报应

官哥是西门庆生前唯一的承祧者，其生命仅存在了14个月，而孝哥虽然在小说结束时已经15岁，但在书中也是惊鸿一瞥，其行为事迹在作品中并没有多少实质性的描写。因此，官哥与孝哥这两个角色很难用人物形象及人物性格等文学理论去阐释。然而，官哥短暂的一生却在小说中跨度很大，占据了全书近30回篇幅（30—59回），孝哥也占据了21回（79—100回）篇幅。因此，对于小说而言，官哥与孝哥的存在必然有其意义。

作者简介：王俊德，山西工程科技职业大学文法学院副教授，主要从事中国古代文学与传统文化研究。

概而言之，西门庆、官哥、孝哥是"三人而一身"的存在，类似于"形神影"的象征形象设定。官哥在小说中既具有推动小说情节发展的功能，又是西门庆及其家族以罪恶为手段达到"辉煌"顶峰的象征，因此，官哥从一开始就是带着"原罪"来到世间的。"官"象征着西门庆及其家族所代表的融入当时社会主流价值的罪恶与必然走向败落与灭亡的命运，"孝"则意味着回归传统与自我救赎的道路。换言之，官哥与孝哥是为了实现"原罪"的自我救赎而存在的因果设定，官哥象征着西门庆的罪恶之果，孝哥则是象征着对罪恶之果的救赎，直接体现了禅宗因果报应与六道轮回的核心思想。

一、官哥之"原罪"

"原罪"思想起源于《圣经》，但成为理论且形成很大影响力的却是奥古斯丁。在奥古斯丁看来："在你面前没有一人是纯洁无罪的，即使是出生一天的婴孩亦是如此。"[①]西方的"原罪论"并非我们通常意义上所谓的杀人越货、作奸犯科、坑蒙拐骗等现实世界中所犯下的"罪行"，而是指人类由于偏离了神与人（亚当与夏娃）所做的约定因而也偏离了上帝为人所规定的完美的形象而从一开始就具有的"罪"，换言之，西方的原罪实际上就是指人生而不完美，从而亏缺了神的荣耀。

在中国文化中，并没有形成西方宗教意义上的"原罪"观与"原罪"思想，从而也就使得众多研究者认为中国文学中缺少"原罪"书写。这实际上是一种误解。我国早在荀子的著作中，就从人的"具体本性"的角度出发提出了"性恶论"的思想，即人的本性中本身就包含着"恶"的因素。因此，我国早在先秦时期，文化中就有"人非圣贤，孰能无过""积善之家必有余庆，积不善之家必有余殃""吾日三省吾身"等相关论述，这实际上是一种高度的"自省精神"，甚至可以说是"忏悔意识"的集中反映。虽然"性恶论"并不完全等于"原罪观"，但也能够在很大程度上体现出中国化的"原罪"理念。

在中国文化中，无论是"性恶论"还是"性善论"，其构建的基础均在于"一个世界"（此世间）的设定，即不谈论、不构想超"此世间"的天堂地狱（宗教）或形上世界（哲学），它具体呈现为"实用理性"（思维方式或理论习惯）和"情感本

① ［古罗马］奥古斯丁：《忏悔录》，周士良译，商务印书馆2010年版，第8页。

体"（生活真谛或人生归宿）①。在这样的认识前提下，中国文化中就很难形成类似于西方那种真正意义上的宗教。因此，在学界往往会有这样一种认识，即"性善论"或"原善观"使得中国文化把每一个个体的生命意义与生命价值都寄托于当下世界（此世间），导致华夏文化中缺少类似于基督教文化中的"原罪观"与"忏悔意识"，如李泽厚先生就认为："孔子没有原罪观念和禁欲意识；相反，他肯定正常情欲的合理性，强调对它的合理引导。"②这也成为一些论者批评中国文学缺乏灵魂维度的主要依据。然而，这种论调并不完全符合中国文学的实际情况。需要指出的是，没有真正意义上的宗教信仰并不等于没有信仰，没有基督教文化中的"原罪观"并不等于没有"忏悔意识"。中国人在"实用理性"与"情感本体"的双重作用下，构建起了以道德为旨归的天地境界与人生境界，本质上也属于一种"准宗教体验"。

《金瓶梅》所描写的对象都是处于"此世间"的生命个体，这在很大程度上集中体现了中国文化的"实用理性"与"情感本体"的观念。由于重视"此世间"，《金瓶梅》中的芸芸众生几乎无一例外呈现出对"物"与"性"的狂热追求。而"物"与"性"在中国文化中本身就非常容易与"罪"相联系。虽然中国文化中一直存在着"食色性也"的认识，但"食色"一旦超过了一定的"度"，就容易与"罪"发生各种关系，而这个"度"在以血缘、伦理为基础建构起来的社会体系在"实用理性""情感本体"背景下又恰好可以用道德来体现。对比西方的原罪理论就会发现，西方的原罪的本质是"背离真正永恒的神圣之事"，是"堕落失调的人性却甘为奴仆而追逐这些本由神律定为受人支配的东西"③。如果按照中国的文化的习惯，我们也可以把"神圣之事"或"神律"定义为"天道"，那么，西方所谓"神圣之事"或"神律"也大致等同于中国的"天道观"，而"天道观"在人世间又恰恰可以解释为社会伦理道德或者可以用伦理道德来集中体现。由此可见，中西方的"原罪观"其实是有着某些相通之处。

西门庆是封建文化与商品经济激烈碰撞背景下的所产生的新兴商人，是拜金主义与物化意识双重刺激下所出现的财富积聚者，也是人类欲望在商品经济土壤中极度膨胀并导致人性的失落与异化的代表。西门庆整个财富的积聚过程几乎都与罪恶

① 李泽厚：《论语今读》，三联书店2004年版，第25页。

② 李泽厚：《中国古代思想史论》，天津社会科学出版社2004年版，第15页。

③ 唐逸：《希波的奥古斯丁（下）》，《哲学研究》1999年第2期，第32—38页。

有关。第1回中，"作事机深诡谲，又放官吏债……专在县里管些公事，与人把揽说事过钱"（本文所引原文均出自齐鲁书社1991年出版的《张竹坡批评金瓶梅》，后不再注出）。第69回，媒婆文嫂向林太太夸赞西门庆所拥有的财势时说："县门前西门大老爹，如今见在提刑院做掌刑千户，家中放官吏债，开四五处铺面，缎子铺、生药铺、绸绢铺、绒线铺，外边江湖又走标船，扬州兴贩盐引，东平府上纳香蜡。东京蔡太师是他干爷，朱太尉是他卫主，翟管家是他亲家，巡抚、巡按多与他相交，知府、知县是不消说。家中田连阡陌，米烂陈仓。"从这段叙述中可以看出，西门庆无论是"放官吏债""把揽说事过钱"，还是"贩盐引""纳香蜡"，都与罪恶相关，更不用说与贪官污吏蔡京、翟管家、朱太尉等人的官商勾结行径。西门庆走的是一条罪恶的人生道路，却在当时成了世人艳羡的对象，也就是说，官商勾结这种虽然是传统道德中被否定的内容却正好成了当时社会所认可的主流价值观，正是在这种价值观的驱使下，整个晚明社会滋生了大量异化的人性与扭曲的社会心理。

正如前文所说，官哥是西门庆罪恶人生道路走到"辉煌"顶点的象征。第20回："西门庆自娶李瓶儿过门，又兼得了两三场横财，家道营盛，外庄内宅，焕然一新。米麦陈仓，骡马成群，奴仆成行。"也正值此时，官哥诞生了，而且，就在官哥儿出生的次日，清河县提刑所理刑副千户的任命书也如愿送到了西门庆手中。于是，西门庆这个集恶霸、刁民、流氓于一身的商人一跃而成为清河县的司法人员。西门庆及其家族此刻可谓烈火烹油，人生也走向了巅峰。

之所以说官哥是"原罪"的象征，主要是由于其出生就与父母的罪恶相联系。西门庆的财富如果没有积累到一定程度，就可能不会迎娶李瓶儿，李瓶儿如果恪守妇道，也就不会有陷害花子虚、蒋竹山的行径，当然也就不会有官哥的诞生。因此，官哥的出生本身就是多重罪恶的"结晶"。然而，由罪恶构建起来的人生与财富往往充满了各种危机与不安。官哥虽然被应伯爵称赞为"面白唇红，甚是富态，以后是当官的样子"，但是，带着"原罪"来到这个世界上的官哥在其短暂的生命中却充满了"坎坷"，历经了各种"磨难"。尽管他被西门家族寄予厚望，尽管西门庆为他大摆筵席，还请来歌女伎工日夜唱曲弹琴，但官哥似乎对热闹与各种比较大的声响充满了恐惧，只要家中一热闹起来，他就会吓得哭泣抽搐，甚至大小便失禁。正如西门庆所说："别的倒也罢了，他只是有些胆小儿。家里三四个丫鬟连养娘轮流看视，只是害怕。猫狗都不敢到他跟前。"这里，作者希望通过官哥告诉读者，充满罪恶的道路从开始就是一种悲剧的人生，锣鼓喧天的热闹既是罪恶公开对外的彰显，又是为罪恶人生道路与悲惨结局敲响的丧钟。而作为罪恶的制造者，西门庆除了用这样的方式向人世间体现自我价值并掩饰内心的不安外，似乎并没有什么好的方法消除这种由"原罪"带来的"业力"。他唯一能做的，也是唯一做过的，就是去玉皇庙请吴道长为官哥儿取了一个名字。在吴道长的一番操弄下，官哥取名为"吴应元"。西门庆以为通过这样的努力就可以保佑宝贝儿子从此平安，但令他没想到的是，吴应元的谐音是"无因缘"，不但暗示了官哥与这个世界无缘，也象征了西门庆这种通过罪恶积累起来的财富与人生辉煌也与其生命个体无缘，更象征了西门庆希图通过这种方式实现自我拯救的不可能。

西门庆家中处处充满了罪恶。与官哥一样，潘金莲也是西门庆所获得的罪恶财富之一，是其罪恶人生的重要组成部分，因此，她选择以罪恶的方式反噬西门庆也就成为必然的结果。为了弄死官哥，潘金莲可谓费尽心思，不仅训练雪狮子猫"终日在房里用红绢裹肉，令猫扑而撾食"，而且只要一有机会，就会故意吓唬胆小的官哥，或者把他高高举起，或者故意用打骂秋菊、打狗等行为惊吓需要静养的孩子，潘金莲的目的只有一个，就是要置官哥于死地。终于，在潘金莲不断的努力下，"只听那官哥儿'呱'的一声，倒咽了一口气，就不言语了，手脚俱风搐起来"，很快，年仅14个月的官哥就离开了人世。在其短暂的人生中，没有开口说过一句话，也没有笑过几次，留给读者印象最深的就是在他那种始终处于哭泣抽搐与恐惧战栗的状态。官哥之死，对于西门庆而言，是一次打击，也是一次警告，对于西门庆家族而言，更是一个不祥之兆。由此，西门庆及其家族开始走上了灭亡与衰落的道路。

二、孝哥之救赎

有"原罪"就需要有救赎。

在西方的原罪思想中，人性的堕落、人的淫欲与死亡是理解原罪的关键。而中国人由于文化的不同，救赎的方式也与西方主要通过忏悔自我救赎不同。西门庆负罪而行30多年，但并没有意识到劫数难逃，更没有生发出自我救赎的忏悔之心。西门庆死于过度淫乐，而淫欲最突出的表现就是欲望突破了意志的控制，即奥古斯丁所说的"从第一次堕落中有了死的起源，我们在自己的器官和有罪过的自然里，承受这种争端，或者说承受肉体的胜利"①。《金瓶梅》的作者面对的是一个异化的充满罪孽的社会，在这个充满罪恶的世俗社会中，以西门庆与潘金莲为代表的男女，无论其地位、穷富，无不是深陷性欲并处于荒谬与异化世界中无法自拔的囚徒，他们不但被金钱所物化，而且疏离了道德与信仰。他们"由于意志的游移和灵魂的分裂"，就必然会"耽于这种最强烈的肉体之欢中"②。

与西方救赎方式不同，当作者面对以西门庆为代表的充斥着罪恶的整个晚明社会，他只能从传统文化中寻找救赎的方式。于是，把救赎的目光对准了禅宗。禅宗的因果报观应属于人类意识形态的产物，本质上是一个关于道德形而上学的问题，其核心不仅是探寻人的本质与归宿，而且广泛涉及道德的根本价值基础和道德的动力问题。因果报应的观念之所以能够被人们所广泛接受，除对哲学本体问题的思考外，深层的逻辑或许就在于人类趋利避害的本能以及幸福与道德的统一理念。禅宗的因果报应观的预先设定是善恶之因必然会带来幸与不幸之果。换言之，在因果报应的预先设定中，善行能够避免惩罚甚至得到奖赏，这种观念与人生追求幸福的根本价值目标相一致。

孝哥是西门庆的遗腹子，他的出生显得特别诡异："西门庆大官人正头娘子，生了一个墓生儿子，就与老头同日同时；一头断气，一头生了个儿子。世间少有蹊跷古怪事！"（79回）与官哥相比，孝哥可谓生不逢时。孝哥虽然是正妻吴月娘所生的嫡子，但在其出生时，西门家族由于西门庆的离世而开始衰败，因此，孝哥既没有排场豪华的满月宴，也没有众多盈门贺喜的官员宾客，当然更不可能有浩浩荡荡去道观祈福的热闹场面。即使是吴月娘赏赐接生婆的银子，也由五两变成了三两，处处透露着衰败的气息。小说似乎要告诉读者一个简单的道理：由罪恶带来的财富不会长久，更不会受到上天的庇佑，到了该报应的时候，剩下的只能是满目的凄凉。

然而，出生时的凄凉还只是灾难的开始。孝哥15岁的时候，金兵南侵，清河县顿时成为烟尘四起、战乱笼罩的危险之地。无助的吴月娘只能带着孝哥和众家眷南下，希望去济南府投奔西门庆的结义兄弟云理守。吴月娘此行的目的，"一来避兵，二者与孝哥完就亲事"（云理守的女儿是孝哥的未婚妻）。一行人途经永福寺休息之时，经永福寺普静禅师点化出家修行，代父（也为自己）赎罪。值得注意的是普静禅

---

① ［古罗马］奥古斯丁：《上帝之城：驳异教徒》，吴飞译，上海三联书店2008年版，第13页。
② ［古罗马］奥古斯丁：《上帝之城：驳异教徒》，吴飞译，上海三联书店2008年版，第26页。

师的一番话："当初，你去世夫主西门庆造恶非善，此子转身托化你家，本要荡散其财本，倾覆其产业，临死还当身首异处。"而吴月娘之所以能避免因投奔云理守而"丧了五口儿性命"，主要是由于其"平日一点善根所种"。小说在此刻，完全揭示了"因果""善恶"等禅宗思想，明确点明了罪恶需要救赎的观念与作者写作的目的。

官哥与孝哥在小说中并不是重要人物，但其所具有的深刻寓意与象征性却不容忽视。晚明商品经济的发展使得历代王朝所长期奉行的"抑商"国策开始松动，经济生活也逐渐从小农经济中分化分出来，导致民众现实生活世界开始发生了巨大的分裂，从而打破了千百年来民众在社会生活中长期恪守的传统理念，并进而出现了价值观多元化的趋势。商品经济固然能极大地推动社会物质文明与人性的自由和解放，然而，物质文明在推动人性解放的同时也极大地刺激了人类欲望的膨胀，并对整体社会的价值体系造成巨大的破坏。正如索福克勒斯所言："人间再没有像金钱这样坏的东西到处流通，这东西可以使城邦毁灭，使人们被赶出家乡，把善良的人教坏，使他们走上邪路，作出可耻的事，甚至叫人为非作歹犯下种种罪行。"①在这里，作者所秉持的逻辑是：西门庆如果没有对财富强烈的欲望，就不会拥有大量的财富，如果没有充裕的金钱，对社会的罪恶就会相应减少。面对这样的社会，具有敏锐洞察力的作者并不仅仅是为西门庆的个体生命寻找救赎之路，他想要救赎的是整个浸淫在物欲与情欲中的芸芸众生。正如张竹坡所言："言一家"而及"天下国家②""因西门一份人家，写好几份人家"③。

在中国文化中，要实现对罪恶的救赎，唯有通过自我救赎。面对整个社会被物化意识所笼罩之下带来的个体异化、社会心理扭曲以及精神空虚等巨大的危机，如果仅从"天命""天道""道德""仁爱"等传统理念出发去批判与揭露是远远不够的，于是，《金瓶梅》的作者希望用禅宗的因果观警醒世人，并实现人类的自我救赎，否则，人类就失去了最后的希望。作者最终把目光转向了禅宗的自省与顿悟，选择了用佛教的因果观作为人类的救赎之路，企图通过禅宗的思想与观念实现超越个体生

① ［古希腊］索福克勒斯：《索福克勒斯悲剧二种》，罗念生译，人民文学出版社1961年版，第36页。

② ［清］张竹坡：《张竹坡批评金瓶梅》，齐鲁书社1991年版，第1069页。

③ ［清］张竹坡：《张竹坡批评金瓶梅》，齐鲁书社1991年版，第47页。

命，从而获得关于人生意义与生存方式的彻悟，最终实现自我拯救，并以此把握真正超脱于尘世万物、掌握宇宙与生命轮回的真谛。这既是作者所处历史条件的选择，也是当时社会大众所能接受的一条道路。

中华文化作为一种具有强大生命力的文化，在传承的历史进程中几乎没有受到外来文化巨大的影响，但佛学的传入却是一个例外，不仅从根本上动摇了一部分中华文化，而且迅速打开了中国人的视野，也改变了中国人的思维方式，尤其是当佛学与中国文化相结合后产生的禅学，更成为东方哲学与诗学的结晶，给过去只注重"此世间"的中国人带来了人心本性的思探之法与生命轮回的顿悟之道，从而使得中国人对于"原罪"与忏悔的认识有了巨大的改变。尤其是《坛经》中的"无相忏"（无相忏悔）①提出后，中国文化中实际上已经具有了一定的"原罪"与"救赎"的观念。在《佛说舍利弗悔过经》中，佛祖在提到现世罪恶的时候说："不孝父母。不孝于师。不敬于善友。不敬于善沙门道人。不敬长老。轻易父母。轻易于师父。轻易求阿罗汉道者。轻易求辟支佛道者。若诽谤嫉妒之。见佛道言非。见恶道言是。见正言不正。见不正言正。某等诸所作过恶。愿从十方诸佛求哀悔过。"②这一段关于罪恶与忏悔的论述，即使站在儒家的角度，也完全可以理解，其内容并没有脱离世间情感逻辑下所建构起来的人伦道德范畴，更没有将罪恶置于幽渺而超验的虚空或彼岸。这符合人类的情感体验与理性范围，正如有研究者指出的那样："宗教也融合了人类历史发展过程中百姓大众与知识分子长期体验、思索和筛选而成的一整套观念。作为文化传统中不可分割的一部分，宗教的根本精神常通过文学艺术方式的过渡和沉淀，成为一种对人的终极关怀和对人的生命的终极追求。"③《金瓶梅》的作者正是在这一认识的基础上设置了官哥与孝哥这两个具有象征意义的形象来揭示由恶所带来的关于心灵失落的解脱之道。

官哥与孝哥虽然身处不同时空，但作者却通过禅思把他们联系了起来，在禅悟中去为那些处于相同罪恶因果中的人类寻求出路，抚慰那些在物欲横流中躁动的灵魂，同时也对如何获得生命的意义及真正意义上的人的生存方式、人生态度以新的探寻。《金瓶梅》的作者实际上是站在道德的高地、以禅心、禅性、禅悟为出发点去

---

① 任继愈：《佛教大辞典》，江苏古籍出版社2002年版，第212页。

② 《中华大藏经·佛说舍利弗悔过经（25册）》，中华书局2004年版，第88页。

③ 徐学：《台湾当代散文综论》，海峡文艺出版社1994年版，第192页。

俯视芸芸众生的生存状态，是为了拯救那些沦陷在物化趋势中的人类精神所做的思考和努力，同时也为沉溺于"原罪"中的人类寻求一条关于生命的解脱之道。

三、作者之文化反思

众所周知，宗教的核心问题是探寻人的本质与归宿，是在"有限性"和"超越性"之间找到一种平衡。而人类往往又很难真正理解人类的"有限性"和"超越性"之间的悖论，从而陷入其中苦苦挣扎。然而，正是由于人类的"有限性"导致内心分裂并被欲望所支配，这其实是"原罪"的根源所在，也是人类在面对"当下"与"永恒"时最容易陷入的困境，更是构成了人类生存与自我认知的最大难题。《金瓶梅》的作者深受禅宗的影响，同时也被禅宗中关于人心本性、生命轮回等观念所吸引，从而能沉入生命内部，希冀通过对情欲与物欲这两个生命本体中最本质的元素的解读来探索生命的本质与人生的意义。

在中国老百姓的观念中，最核心的道德支撑点是"善恶终报"的终极判断，然而，现实世界中往往并非如此，作恶多端的西门庆反而拥有了大量的财富与异性，而西门庆所拥有的一切，恰恰又是在与传统价值观背道而驰的人性的失落与异化的基础上的获得。传统的道德标准在西门庆这里被无情亵渎，在肆意践踏维护百姓利益的礼法秩序的过程中却恣情享受着人生的洒脱与畅意。正是在财富的作用下，西门庆变得不可一世。正如他自己所说："咱只消尽这家私广为善事，就使强奸了嫦娥，和奸了纺织女，拐了许飞琼，盗了西王母的女儿，也不减我泼天富贵。"这实际上是作者通过现实对道德的根本价值基础发出的拷问，其隐性语言实际上就是"道德的必要性"与"道德与幸福的统一性"的问题。这里提出了一个重大的问题："几千年来，中国善良的小老百姓的道德支撑点是：'善有善报，恶有恶报。'如果这一条在自己的生活范围内不灵了，那该怎么办？"[①]这样的追问实际上也是对人类在面对自由意志与理性智慧两难处境时如何正确选择的追问。然而，这样的追问无疑使得人类在传统价值观与人性欲望面前如何把握人生正确的航向时变得更加扑朔迷离。

明代中后期商品经济的发展使得传统的道德体系不能使德行与幸福达到统一，因而引起了道德信仰危机与社会混乱。随着商品经济的发展，金钱越来越发挥出重

---

① 徐友渔：《我们的道义支撑点在哪里》，《南方周末》2000年7月27日第1版。

要作用，对物质财富的追求已经渗透到了晚明社会每个个体生命的血液之中，不仅成为当时人们衡量人生、情感、婚姻的价值标准，而且成为人们行为方式的准则。西门庆小名"四泉"，"四泉"谐音"四全"，即"酒色财气"四全。而"酒色财气"不仅与传统道德规范相悖，且极易与罪恶捆绑在一起。从整个社会来看，社会价值观的巨大变化使得传统的思想价值体系不但难以为继，反而加速了整个社会思想体系与价值体系出现严重的危机。回归传统也是当时有识之士的理性的诉求与思考。如果说作为新兴商人的西门庆的身上还具有一定的"新文化"价值观的话，那么，官哥的夭折就象征着作者对当时反传统的主流价值观的全盘否定。

正如前文所言，官哥与孝哥形象之所以具有极为明显的象征性，是出于作者对社会人生的关注，出于作者对人生意义与生存方式的思考。官哥的病弱，象征着罪恶之果的病弱。伴随着他的出生，花子虚命丧黄泉，蒋竹山被打了个半死，李瓶儿以妻易妾，受尽屈辱。可以说，在官哥貌似"高贵"的身上，寄托并集中体现出了一定的"原罪"观。《金瓶梅》与以往最大的不同就在于其是以社会个体的生命本体为切入点，不仅通过情欲与物欲这两个生命本体中最本质的元素进行人生意义的探索，而且也希冀通过佛教中的"无相忏"理论进行生命与人性的救赎。因而才有了官哥与孝哥这两个遵循着因果报应这一人生法则和宇宙规律的人物形象设定。官哥从一开始就是带着"原罪"而诞生的生命体，是西门庆"不敬天地六亲"（59回）背景下的产物；而孝哥是西门庆"幻化"（投胎）后的产物，从一出生就带有明确的"救赎"的使命感，承载着对于"原罪"救赎的重任。换言之，建立在"不敬天地六亲"基础上的财富，即使折腾半生，耗尽心机手段和体力，最终不免一场空的下场！

《金瓶梅》作者虽然生活在中国这片土地上，没有明确的西方"原罪"观念，但是，他凭借着对艺术感受的敏锐和对生命情感的体验（中国哲学的本质）以及对社会世情的洞悉，对那个时代的物质、精神裂变中人欲的泛滥中看到了处于特定社会关系之网中的人生困境和众多个体生命悲剧，表现出对人性的思索与忧虑。正是在这一基础上，作者获得了逼近历史之恶的机缘，并朦胧地触摸到了"原罪"的核心问题。

禅宗认为，任何罪恶都必然造成一定的后果，这在禅宗中被称为"业"或者"业力"。我们每一个人来到世界上都是带着"业力"来的，因此，人在世间最应该做的就是消除"业力"，而消除"业力"的过程就是自我救赎的过程。人类的命运从来都是处于因果性的链条之中，人类不仅是过去的承担者，也是现在的行动者，更是未来的决定者，因此，所有历史的张力与历史轨迹都必然与"现在的我们"相联系。① 因此，从这个意义上而言，如果说官哥是"原罪"或者"业力"的象征，孝哥的"幻化"则象征着因果循环的不可避免。西门庆的贪欲激发了他占有财富与女性的动力，但这带有"原罪"的欲望终究要反噬于他。官哥短暂的一生是西门庆一生最辉煌的顶点，但其生与死，又关系着孝哥等人的命运。

《金瓶梅》一直被学界认为是我国白话长篇小说的里程碑，无论是小说内容的选择还是情节的设置，无论是人物形象的塑造还是结构线索的安排，都无不体现出了与传统小说的巨大不同。众多研究者对于这一现象从不同的角度做出过解释，但是，却很少从"原罪"与禅宗的思想出发去阐释造成这种巨大不同的原因。禅宗由其思维的目的所决定，其理念与思想是一种对宇宙万物全面的思维与思辨方式，而这种全面的思维与思辨方式就是一个悟的过程。换言之，在《金瓶梅》作者看来，用禅宗的思维方式去重新审视人生的意义与个体生存方式，不仅是对人生态度的二次挖掘，也是人类寻求自我救赎的唯一方式。正是在这样的思想指导下，《金瓶梅》无论从题材、内容的选择，还是人物形象、结构安排等方面都体现出了与以往小说巨大的不同。这一点，甚至影响到了《红楼梦》的"影书"与形象叠写手法。

西门庆、官哥、孝哥三者所构成的因果链，它的深层逻辑关系并不仅仅包含在文本表层的形象世界中，也不仅仅存在于作者与读者的意识世界或观念世界中，而是存在于作者与读者共同所处的社会生活逻辑（经验世界）与意识世界之间。孝哥的"幻化"并不符合生活逻辑，更不符合现代科学逻辑，但是，即使通过现代辩证法的视角来看，事物之间是存在普遍关联性的。正是这种相互依存、相互作用成为万物之间存在性的真实确证。如果从这个角度出发，每个生命个体并不是完全隔绝的，而是在无限道德构成的无限关联下的整体存在，因此，个体就必然会对世界承担着"无限的责任"，因此，西门庆的个体行为必然会造成一定的后果与影响，这些后果也必然会有人来承受。那么，如何承受，就是人们需要考虑的问题。从这个意义上而言，西门庆、官哥、孝哥就建构起了一条"原罪——轮回——救赎"的因果链，他们的人生历程都遵循着、演示着因果报应这一人生法则和宇宙规律。而这条因果链，也只能存在于作者与读者共同所处的社会生活逻辑（经验世界）与意识世界之间。

---

① 刘家和:《史学经学与思想》，北京师范大学出版社2005年版，第49—69页。

余　论

　　小说需要有自己的终极性的"诗意的裁判"，因而往往会通过在意识世界里设定一些极为巧妙的"符号性支点"来加以寄托、象征，而官哥与孝哥正是这种"符号性支点"的存在。《金瓶梅》作者在禅宗的影响下，从认识论出发把"因果报应"看作是天地万物与至善道德观念的本原与人生最高的追求与目的。禅宗的影响，必然会促使作者敏锐地看到了膨胀的欲望对人性中的"良知"形成的巨大威胁，从而在道德本性（良知）方面有了更自觉的警惕，因而才使得小说中会出现西门庆、官哥、孝哥"三人而一身"的设定与"惩戒""救赎"等观念，并希冀人类通过"内心的体悟来发掘本心的灵明。"①相对于《金瓶梅》之前的中国古代小说中，这样的表现手法几乎从未出现过。而《金瓶梅》作者正是通过这样的设定诗意地实现了自己的"终极价值立场或评判"，因而使得《金瓶梅》具有了超过之前传统小说的深刻性。

　　伟大的著作往往是那种能够打破常规逻辑的作品，因为困守在常规逻辑中的作者是很难实现意义的深刻的，从而也无法实现洞察生命的神秘和奥妙。因此，打破常规逻辑的推理，自觉地将审美视角切入"饮食男女"的日常生活，从生命情感的角度去审视、体察社会个体的生命本体的悲欢离合，使个体精神获得了理解事物的主动权，从而可以更为全面地展示人生的真正意义和生活的本来面目。因此，作者希冀从禅宗与心学中获得解脱之路，而禅宗与心学中那种澄明纯净的姿态也的确能给沉溺于情欲与物欲中难以自拔的末世社会开启一条关于人的本体的顿悟之道。

---

　　① 罗炽：《中国哲学简史》，中国展望出版社1985年版，第284页。

星马华文报章中的《金瓶梅》研究
（1930—1983）

王　兵

内容提要：20世纪30年代至80年代初，星马华文报章的副刊中陆续刊载了介绍与评论中国古典小说《金瓶梅》的文章，内容涉及《金瓶梅》的版本与作者考证，小说价值评定与主要人物分析，以及海外影响与流播等。受制于报章批评的体裁与受众的接受水平，这一类小说批评的总体特征表现为：介绍性文字与评议性文字并重；逸事传说与严谨考证皆有。由于这部分的文献很少被国内学者关注，故而有介绍的必要。

关键词：《金瓶梅》　星马　华文报章

《金瓶梅》是中国文学史上第一部文人独立创作的长篇白话世情章回小说。自面世以来，其复杂多样的版本源流、扑朔迷离的作者归属以及过于直露的性爱描写皆引起了不同区域研究者的关注，海外华人聚居的星马地区亦不例外。自20世纪30年代开始，星马地区发行量最大的两种华文报纸——《南洋商报》和《星洲日报》，即开始登载有关《金瓶梅》相关的介评文章。这些报章文字的投稿人一部分为新马本地的教育工作者或文史爱好者，另一部分是来自上海、香港等地的报人，鲜有严格意义上的学者专家。然而，这些通俗易懂、夹叙夹议的文字背后，亦彰显出了明代奇书《金瓶梅》在南洋一带的接受和影响力。需要说明的是，《南洋商报》和《星洲日报》这两份报纸在1983年3月合并为国内熟知的《联合早报》，相关评述文献的获

作者简介：王兵，福建师范大学文学院教授，主要从事中国古代文学和海外汉学研究。

取较为容易，因此本文的研究时段始于20世纪30年代，止于20世纪80年代初。

星马华文报章的《金瓶梅》研究，尽管在语体和篇幅方面与专业的学术论文有所区别，不过二者关注的焦点却大致相同。主要包括三个方面：

首先是小说版本与作者的考证。

《金瓶梅》最先以抄本形式在文人圈流传，目前可知明人中有过抄本者包括王世贞、徐文贞、王肯堂、王稺登、刘承禧、谢肇淛、董其昌、袁宏道、沈德符、袁中道、丘志充和文在兹等；见过抄本者则有屠本畯、薛冈、李日华、冯梦龙、马仲良等，只可惜没有任何形式的抄本存留至今，只能从明人的相关记载来推论其抄本的情况。[①]1934年，朱珠在谈及胡适的《金瓶梅考证》时，曾简要介绍了前清的两部原本以及"北图购藏本"的始末："闻此书原本有二：一为小仓山房主人所有之藏本，早在洪杨之劫被毁；一为翠微山房主人所抄录而珍藏者，流传在曾为前清显宦今作北平寓公之万某家，万索价千余金，书贾无购买力，告知考据学家钱玄同。请转告胡适。胡斥九百元得之。此书计共九十五回（俗本一百回），文字描写较俗本素朴而活泼。"[②]此处所提翠微山房主人之抄本即乾隆朝秀水人王昙所言"为大兴舒铁云丈所得"，"珍珠密字，楷法秀丽"[③]。颇有意思的是，目前学界对于这部《金瓶梅》刻本常见的说法是，北平琉璃厂1931年冬在山西介休收购的《新刻金瓶梅词话》，经过北平胡适、郑振铎、孙楷第等人的鉴定，确认为万历后期的全本词话本，后由北平图书馆出价九百五十元银圆买进收藏，[④]是为"北图购藏本"，而并非上文所言由胡适出资购得。

1964年，王鸿升在《星洲日报》上发表的文章，可视为星马地区最为全面的《金瓶梅》版本研究。这篇文章分成四个部分：第一部分是援引郑振铎《插图本中国文学史》中的说法，依次为万历"词话"本、崇祯本、张评本；第二部分列举了作者所看到的八种版本，分别是出版地不详、标有"明版精印足本"实为净本的《金瓶梅词话》，上海开明书店出版的施蛰存标点的《金瓶梅词话》，列入世界文学大系之崇祯版《金瓶梅》，上海益新社印行之张竹坡评本《第一奇书》，香港文光书局出版的《古本金瓶梅》，香港出版的《真本金瓶梅》，1939年伦敦出版的英译《金

---

① 可参看胡文彬：《金瓶梅书录》，辽宁人民出版社1986年版。
② 朱珠：《胡适之考证〈金瓶梅〉》，《南洋商报》1934年10月18日，第18页。
③ 王昙：《古本金瓶梅考证》，方铭编：《金瓶梅资料汇录》，黄山书社1986年版，第187页。
④ 王汝梅：《金瓶梅版本史》，齐鲁书社2015年版，第22页。

瓶梅》节本，以及据张评本所译的英语版《潘金莲》；第三部分列举了作者听过但未见过的三种版本，分别是北平古佚小说供行社影印的万历版《金瓶梅词话》，1930年莱比锡出版的德译《金瓶梅》，以及根据德文版转译的法文版《金瓶梅》。第四部分作者梳理了《金瓶梅》版本的变迁历程，并表达了自己一系列的见解，如明抄本期间之小说名应为《金瓶梅传》，《金瓶梅词话》应为近原本，明代崇祯版《金瓶梅》应为修正本，张竹坡评注之《第一奇书》应为修正加工本，所谓古本、真本《金瓶梅》系后来坊间营利之流行本，等等。①作者王鸿升，曾任马来西亚柔佛州哥打丁宜中华学校校长，与新马文化界知识精英过从甚密。身处二十世纪六十年代的南洋，他能如此关注《金瓶梅》的诸种版本及译本，实属不易。

　　《金瓶梅》的作者问题同样是学界关注的热点。据不完全统计，目前《金瓶梅》的作者候选人已近六十人之多，按时间顺序可分为四个阶段：明末至20世纪初的"王世贞说"，20世纪中期之前的"非王世贞说"（如李开先、贾三近、屠隆、王穉登等），20世纪中期至改革开放的"王世贞说"与"集体创作说"，以及1979年以来的"三说"并行。②其中具关键意义的两个事件，分别是1924年鲁迅在《中国小说史略》中首开质疑"王说"之先河，以及1954年潘开沛提出的"集体创作说"，后者在推论《金瓶梅》成书性质时认为，"它不是哪一个'大名士'、大文学家独自在书斋里创作出来的，而是在同一时间或不同时间里的许多艺人集体创造出来的，是一部集体的创作，只不过最后经过了文人的润色和加工而已"③。不过早在1946—1947年间，上海报人徐大风就分别在上海杂志《茶话》和新马华文报纸《南洋商报》上提出了类似的观点。他在《金瓶梅的作者是谁？》一文中开宗明义，申明自己的观点："笔者不是考据家，在本文里不想用考据方法将《金瓶梅》作者找出来研究是谁人？只运用一种历史上社会性的实际趋势，说明这部伟大著作的产生，并不是通过一个作家之手写成的，乃是一种社会上的集体写作，许多无名作家把他集体做成功，而最后成功的美名，乃落在一个幸福的文人身上——王世贞身上。"④民国时

　　①　王鸿升：《金瓶梅的版本》，《星洲日报》1964年11月12日，第3页。

　　②　许建平：《〈金瓶梅〉作者研究八十年》，收录于《明清文学论稿》，河南人民出版社2017年版，第401—402页。

　　③　潘开沛：《〈金瓶梅〉的产生和作者》，《光明日报》1954年8月29日"文学遗产"版。

　　④　徐大风：《金瓶梅的作者是谁？》，《茶话》1946年第3期，第50页；《南洋商报》1947年3月24日，第12页。因报纸篇幅有限，《南洋商报》1947年3月25、26、27日继续连载。

期这类一稿多投的情况通常发生在上海、香港和南洋，尤其是上海、香港的报人或文史学家会将文章二次发表在星马地区的报刊之上，曹聚仁、周作人等皆如此。目前，徐大风在《茶话》上的《金瓶梅》研究仅有陈大康和王炜在撰文时有所提及，①其在《南洋商报》上的文章至今尚无人关注。实际上，不论徐大风和潘开沛对于《金瓶梅》作者或成书的看法是英雄所见略同，还是借鉴因袭，国内学界将潘文定为首倡《金瓶梅》"集体创作说"的观点则难以成立。

其次是《金瓶梅》的价值评估与主要人物赏析。

自《金瓶梅》面世以来，有关其小说意义和价值的探讨主要聚焦于它是否属于"淫书"的认定和几位女性人物性格的评价上。就目前阅览的星马华文报章文字而言，《金瓶梅》中部分自然主义的性爱描写并未影响到星马报章作者们对于小说整体意义和价值的高度肯定。廷蛟在梳理元明时期四部章回小说时，认为《金瓶梅》"书中写家庭琐事、妇女性格以及人情世态，其描写细致，会话的洗练，事件的进行曲折而富于波澜，真可说是中国小说的奇宝。而其最成功处，尤在妇人的描写，如吴月娘，如李瓶儿，如潘金莲，如春梅，秋菊……莫不各有其鲜明的个性活跃于纸上。虽然此书向以猥亵淫秽见称，但并不能埋没了它的价值"②。上海《申报》驻台北特派员曾今可亦在《南洋商报》撰文，认为《金瓶梅》中虽有淋漓尽致的性爱描写，"但不能说是'淫书'。其所以要把两性的纠缠描写得淋漓尽致者，非如此不足以完全暴露当时社会的黑暗与丑恶，非如此不足以暴露当时的资产阶级的荒淫无耻"③。槟城教育工作者汪开竞，以笔名依藤在《南洋商报》上连载了若干节"旧小说杂谈"，其中《金瓶梅》即占据了三节篇幅，并受到作者的高度评价："就文艺价值论，中国旧小说除《红楼》《水浒》二书外，当推《金瓶梅》了。"④

20世纪50年代初，伴随着反色情文化运动的兴起，新马地区文艺界展开了《金瓶梅》是否属于淫书的讨论。汪开竞再次撰文，先是罗列了古今文人对于《金瓶梅》

---

① 参见陈大康：《〈金瓶梅〉成书之争与模糊判断》，《文学遗产》2020年第4期，第120页；王炜：《20世纪〈金瓶梅〉作者研究述论》，《中国矿业大学学报》（社会科学版）2018年第2期，第99—112页。

② 廷蛟：《元明章回小说》，《南洋商报》1947年7月31日，第12页。

③ 曾今可：《金瓶梅》，《南洋商报》1948年9月19日，第4页。此文亦刊载于《论语》1948年第156期，第1712—1713页。

④ 依藤：《旧小说杂谈十七：金瓶梅其书其事（上）》，《南洋商报》1951年5月28日，第9页。

价值的两极看法，进而剖析出个中缘由："古代文人所着重的是它的道德价值，以为这种书读了足以败坏人心，淫书之名便由此而来。现代文人则着眼于《金瓶梅》的社会意义及其文学价值，他们虽也承认写纵欲的地方太多，但其主旨及其成功处，似在彼而不在此。"①这种观点在反黄运动期间确属少数，不过在三十年后又重新获取了同行的共鸣。1982年秋，其敏通过"淫"之词源分析探讨了《金瓶梅》的色情描写，并提出了自己的见解："《金瓶梅》写性爱，只是手段，不是目的，它是要通过西门庆、潘金莲等人的淫乱行为，对当世的社会现实有所揭露，有所控诉。真正目的恐怕在此而不在彼。"②

星马报章对于《金瓶梅》中主要人物的鉴赏则集中在潘金莲等女性人物身上，具体表现为两点：一是同情潘金莲的悲剧命运，以及歌颂潘金莲的反抗精神。饶箭在追问潘金莲为何而死时，曾经提出："潘金莲为什么要毒死武大呢？谁使她下这狠心呢？这么的问起来，她还是旧礼教的封建社会的牺牲者，值得我人同情和怜恤的。真的，潘金莲这女人，我人不能加以轻蔑，她底争取自由的反封建的精神，就是现代的女郎还是有很多不能做到。"③二是借由《水浒传》和《金瓶梅》中女性人物的形象对比来凸显后者在人物刻画方面的成就。藤君（疑为汪开竞笔名）认为，《水浒传》作者善写英雄侠客，最大缺点是几个女人形象都写得不大成功。相较而言，"《金瓶梅》描写女性的技巧，是较《水浒传》作者高一筹的"。究其原因，评论者认为，《水浒传》里的潘金莲只是用来衬托武松神勇的配角而已，没有个性，没有骨气，没有灵魂。"而《金瓶梅》作者所以成功，就是他能够深深体会同类型女性的性格与生活，并且从她们的灵魂深处，表现她们的真面目。"④实际上，《金瓶梅》在艺术上的价值主要体现在人物形象，尤其是女性人物的细致刻画上，因此，上述对于小说人物塑造的称赞，同时也代表着评论者对于《金瓶梅》艺术价值的肯定。

再次是《金瓶梅》的影响与海外传播。

与《三国演义》《水浒传》和《西游记》相比，《金瓶梅》因长期被列为禁书，故小说文本在普通读者中的影响自然要小很多。然而，这并不妨碍它被改编成说书、

① 依藤：《金瓶梅是淫书吗》，《南洋商报》1953年12月8日，第12页。
② 其敏：《淫书之与金瓶梅》，《南洋商报》1982年9月26日，第36页。
③ 饶箭：《潘金莲之死》（上），《南洋商报》1937年3月18日，第15页。
④ 藤君：《有关潘金莲的两种描写》，《南洋商报》1963年8月7日，第20页。

剧本、电影等其他艺术形式，或翻译成其他语种在海外流播。

陈云在介绍马来亚的说书人时，曾提及华人社群的说书情况："华人的说书者，在马六甲也有一两摊，他们的故事内容多数采自《三国志》《水浒传》《西游记》《薛仁贵征东》《金瓶梅》，故事的选择侧重趣味的和神奇打斗的内容。"[1]1949年，《南洋商报》刊载了一部由妙生和宝玉合唱的粤剧脚本——《潘金莲》，共有四段组成，情节叙写潘金莲初见小叔武松即为之倾心，进而设法色诱勾引，终被武松严词拒绝之事。在此剧中，潘金莲唱出了"女性为人奴隶，一向自由束缚，锁在礼教范围""女子就是不平，真是时时都要受制"[2]的心声。1954年12月12日，《南洋商报》和《星洲日报》同时发布新闻稿，宣布由新加坡邵氏兄弟公司拍摄的电影《金瓶梅》即将上映，这是由小说《金瓶梅》改编的首部电影。该片耗资百万港币，摄制经年，不仅故事内容丰富，"服装布景，瑰丽堂皇，均为近今国片所罕见。"[3]在试映后不久，有关《金瓶梅》的影评随即登载于各大华文报纸，尤其聚焦于潘金莲的形象刻画及其扮演者的演技。有评论者指出，"《金瓶梅》中的潘金莲，除写出潘金莲是个悲剧的中心人物外，其他的人，也都是可怜的，只是社会制度的不正常而造成的许多恶人淫妇。……李香兰主演这一个被目为淫妇的潘金莲，她能把潘金莲的每一遭遇后的情绪变换及其性格，做得细腻酣畅，淋漓尽致"[4]。即便在报刊登载的"电影消息"栏中，亦有如此宣传语："《金瓶梅》自从在首都推出后，深得观众欢迎，缘因将天下第一奇书搬上银幕，对于潘金莲是不是一个淫妇解答得相当明确，而这个潘金莲却是李香兰饰演，其大胆演技与歌唱修养，都尤其突出。今晚在东方、大光两院半夜场献映。"[5]这则消息也直接说明《金瓶梅》电影公映之后获得了非常正面的影响。

王鸿升在梳理《金瓶梅》的版本时，曾罗列了不少外译本。实际上，那些外译本不能看作传统意义上的小说版本，倒可以视为《金瓶梅》一书在海外的传播方式与重要影响。1964年，多福在《金瓶梅的英译本》一文中提及了德文版节译本、由

---

① 陈云：《马来亚的说唱者》，《南洋商报》1962年8月27日，第17页。

② 妙生、宝玉合唱：《潘金莲》，《南洋商报》1949年3月24日，第16页。

③ 《〈金瓶梅〉邵氏试映，招待记者》，《星洲日报》1954年12月15日，第6页。

④ 凤：《金瓶梅》，《南洋商报》1954年12月19日，第12页；同时见于《星洲日报》1954年12月19日，第8页。

⑤ 《电影消息：金瓶梅》，《星洲日报》1954年12月25日，第6页。

德文版转译而成的英文版节译本，以及埃格顿（Clement Egerton）的英文版全译本三种外译本。①其中，德文节译本即指德国著名汉学家库恩（Franz Kuhn）依据张竹坡评本节译的《金瓶梅》，题为《金瓶梅——西门庆和他的六妻妾的故事》，1930年由莱比锡 Insel Verlag 书店出版，共49章。《星洲日报》驻法记者流萤在介绍德国汉学研究的概况时，也提到了这本译著，"至于《金瓶梅》，德国也正如同其他西欧诸国一样，从事翻译的人很多，但比较完全的还是弗兰孔（即库恩）的译本，但也仅及原书之一半"②。该书在欧洲影响很大，此后欧美出版的多种西文《金瓶梅》节译本均根据库恩的译本转译而成。英文节译本《金瓶梅》由密亚尔（Bernard Miall）翻译，著名中日文研究家威莱（Arthur Waley）作序，1939年在伦敦出版。威莱在序文中提及《金瓶梅》的作者可能是徐渭，理由是《金瓶梅》的原稿是发现于徐渭的家里，而这部小说中所有的诗文，和徐渭文集所收诗稿颇有相似之点。评论者着墨较多的英文全译本则是汉学家埃格顿1939年在伦敦出版的《金莲》（Golden Lotus），共四册1523页。评论者高度肯定了译者对于《金瓶梅》所涉中国传统文化的深刻理解，对于版本知识的了解以及对于情色描写所采取的处理方法。

由库恩德文版转译的法文译本《金瓶梅》，1949年在巴黎出版，译者为让·皮埃尔·伯雷（Jean-Pierre Porret）。该译本分为上下两集，共四十七回，约650页。宛郎在《法译〈金瓶梅〉读后》一文中，较为详细地谈及他阅读法译本后的感受，重点指出译著在人名、俗语以及诗词翻译方面的不足。③20世纪的星马地区，尽管尚未出现《金瓶梅》的马来文版，但是由于地处中西文化交汇之处，海外有代表性的《金瓶梅》译著在报章上亦多有涉及，让星马一带的读者了解到中文以外的《金瓶梅》多语种版本，从而一定程度上扩大了《金瓶梅》在海外的影响力。

综观20世纪30年代至80年代星马两大报章的《金瓶梅》研究，鲜明地体现出两大特点：

其一是介绍性文字与评议性文字并重。一般而言，报纸受众群体的知识水平参差不齐，20世纪的南洋华人社群更是如此。考虑到大众读者的接受度，报章副刊登载的文艺评论自然不能等同于专业的学术文章，语体方面旨在通俗易懂，雅俗共赏；

---

① 多福：《金瓶梅的英译本》，《南洋商报》1964年10月21日，第16页。

② 流萤：《德国的汉学研究概况》，《星洲日报》1964年1月13日，第3页。

③ 宛郎：《法译〈金瓶梅〉读后》，《南洋商报》1959年3月1日，第12页。

内容方面既有专业的评议，亦有常识性的介绍文字。以《金瓶梅》为例，星马多数读者可能听过其名，但根本没有机会阅读到完整的原著。因此，星马华文报章的相关文章都有两个总体特征：一是每篇文章的开头部分，都会介绍很多我们今天看起来属于常识性的内容，相关知识的背景介绍得很详细；二是即便是专业评论的部分，也不见晦涩难懂的文字，让读者在明白晓畅的行文中了解作者的见解。正是具备上述两个特质，我更愿意称报章这一类文字为"介评"，即带有介绍性的评议，对于大众读者而言，兼具普及与提高两种功能。这种类型的例子在星马华文报章中俯拾皆是，不再赘述，单拈一个颇有意思的个案稍作申明。

1964年10月13日，《星洲日报》在"社会服务"专栏登载了一篇编读往来的稿子。读者黄小平来信咨询《金瓶梅》与《水浒传》的关系，此书的作者以及价值等问题："前些时候阅读过《水浒传》一书，觉非常有趣。而今日朋友介绍《金瓶梅》一书，其内容和一些情节几乎和《水浒传》相同……这是何原因呢？是否二本书有相关系的地方呢？并请介绍《金瓶梅》作者王凤洲的时代背景。这部书能否算是一部荒唐淫猥的书籍呢？请示知。"①专栏编辑梅在回答时非常有耐心，十分详尽地介绍了《金瓶梅》的主要内容及主题，特别提及书中的缺点是性描写过多，容易导致读者顾此失彼，但不能因此把此书看作淫书，忽略了书中对于现实社会黑暗面所作的暴露。关于作者归属，编辑的回答也相对客观，"我们在没有考出作者真名实姓之前，知道他是山东峄县的笑笑生，也就够了。"②这种编读往来的稿件，显然是向普通民众普及文史知识，而非面向有一点文史基础的专业读者。

其二是逸事传说与严谨考证皆有。

为了增加文章的可读性和趣味性，即便在介评《金瓶梅》这类古典小说的文章里，报章作者们也会辑录一些相关的传说、掌故等。当然，这些内容并非凭空臆造，而是《金瓶梅》研究史中的一个重要组成部分。如孙麟昌1935年在《南洋商报》提及的两个有关《金瓶梅》的传说，即王世贞以毒水濡墨刷印自己创作的《金瓶梅》，分别毒死与其有家仇的唐顺之和严世蕃③，实际上就是清初盛行的与王世贞相关的

---

①　黄小平、梅：《〈金瓶梅〉有何价值和缺点？作者究竟是谁人》，《星洲日报》1964年10月13日，第13页。

②　黄小平、梅：《〈金瓶梅〉有何价值和缺点？作者究竟是谁人》，《星洲日报》1964年10月13日，第13页。

③　孙麟昌：《关于〈金瓶梅〉的传说》，《南洋商报》1935年9月14日，第22页。

"复仇说"。而这些传说的产生与流传，显然意在确认《金瓶梅》系王世贞所作。

另外，在《金瓶梅》的收藏与阅读史方面，亦有不少奇闻逸事在文人圈流传。吟风曾在《星洲日报》上披露了清末民初教育家袁希涛的《金瓶梅》癖，十分生动传神。文中写道：江苏省前教育会长袁希涛，生平爱读《金瓶梅》，谓其文笔清丽，写情忠实。曩执教鞭某校时，课余无聊，常潜入卧室偷读。若遇客至，则掩卷伪为熟睡。江苏前教育厅长沈彭年，曾与袁共事。……一日就寝，灯火皆熄，袁犹秉烛而观，沈出其不意，推门直入，袁即掩被作寝状，沈强搜之，真相全露。翌日，沈欲暴于众，袁大恐，乃置酒为寿，其事始寝。[1]老髯亦在《南洋商报》上揭载了时任北平清华大学校长的吴南轩，盗取图书馆所藏之初刊珍本《金瓶梅》而被解职的逸事，[2]也算奇闻一桩。当然，这两个事件也从一个侧面反映出20世纪初小说《金瓶梅》"难登大雅之堂"和"物以稀为贵"的史实。

不过，星马报章中这类奇闻逸事的文字毕竟占比很小，大多数与《金瓶梅》介评有关的文章皆逻辑清晰，有理有据。除了前文提及的作者与版本考证、价值评估和影响研究之外，还有《金瓶梅》中方言、俗语、插图的研究，[3]以及由《金瓶梅》而引起的文学与道德关系的讨论。[4]

当然，由于《金瓶梅》文本及研究资料的不足，星马华文报章中的某些观点在今日看来仍有待商榷，甚至还会出现少量史料张冠李戴的情况。如汪开竞在提及《金瓶梅》的英译本时说，"昔年英国文学界，偶尔得了此书，认为不可多得之佳作，有移译之必要，旋由东方著名学者考狄尔（H Cordier）以及劳佛（B Laver）两氏合译，耗费四年之光阴，始得完成。交伦敦某书馆出版，每部定价高至八镑八先令——合叻币约七十元——定价虽昂，竟大受读者欢迎，誉其描写技术与易卜生、左拉异曲同工。"[5]文中所言之两位学者皆为汉学家、评论家，但并未合译过《金

---

① 吟风:《袁希涛之〈金瓶梅〉癖》,《南洋商报》1930年11月18日, 第19页。

② 老髯:《清华学校与〈金瓶梅〉》,《南洋商报》1931年8月22日, 第18页。

③ 如阿圆:《金瓶梅与章太炎:"达"字新解》,《南洋商报》1936年10月28日, 第24页; 不周:《旧小说里的通俗格言》(共十篇),《星洲日报》1964年9月3日至10月29日; 述之:《金瓶梅中的笑话》,《星洲日报》1965年6月6日, 第13页; 商都:《金瓶梅中的插图》,《星洲日报》1982年6月4日, 第34页。

④ 葛芝青:《谈文学与道德》,《南洋商报》1963年1月1日, 第9页。

⑤ 依藤:《旧小说杂谈十七: 金瓶梅其书其事(上)》,《南洋商报》1951年5月28日, 第9页。

瓶梅》，文中所指应为埃格顿的英文版全译本。而随着英文译本的出版，考狄尔和劳佛两位学者确实都给予了很高的评价，前者在其所编《汉书文库》中曰："这本书的译本将使其他有关中国礼教的书变成无用的长物了。"后者则称"它（《金瓶梅》）和左拉、易卜生的作品同样地并无猥亵可言。"①但瑕不掩瑜，尤其放置于国内20世纪中期的金学界，星马华文报章刊载的《金瓶梅》研究成果还是具备相当的参考价值。

---

① 参阅多福：《金瓶梅的英译本》，《南洋商报》1964年10月21日，第16页。

"三言"中女性谋生研究

张海燕　刘静娴

内容提要：在"三言"的女性谋生方式中，手工业者、商人、媒客较能体现时代性。通过分析作者对这三种女性谋生方式的摹写，笔者发现其中蕴含着共同性。一方面，这三种谋生方式都可以成为重要的经济来源，但其谋生动机、经营方式也具有一定的局限性。另一方面，每种谋生方式又有其进步意义，从时代发展来看，女性手工业者与市场联系愈加紧密，女商人更具独立性与主动性，女媒客作为"淫媒"的职业属性愈加突出，这些都昭示着女性意识的觉醒与反抗，与明中后期商业经济的发展与思想观念的解放相关。总之，"三言"对女性谋生的摹写虽然有一定的局限性，但也有时代价值。

关键词：三言　女性　谋生　意识觉醒

引　言

　　"三言"作为明代著名短篇小说集，有很大的研究意义。近几年来，"三言"中女性话题也渐渐成为众多研究者讨论评议的热点。笔者以中国知网为主要检索对象，以"三言女性"为主要关键词搜索，找到相关硕士论文123篇、期刊论文116篇。主要有以下几个方面：（1）从思想观念角度来看，《追求自我，醒悟人生——试论"三

　　山西省哲学社会科学规划课题项目："山西历代文庙史料集成与文化旅游开发研究"（2022YJ053）。
　　作者简介：张海燕，山西师范大学文学院副教授，主要从事元明清文学文献研究；刘静娴，山西师范大学文学院硕士研究生，主要从事古代文学研究。

言""二拍"女性形象》《论"三言二拍"中的女性主义意识》《从"三言二拍"看明代女性贞洁观》等篇章探讨了女性对婚姻爱情、人格平等的追求及自我意识的觉醒。（2）从女性形象角度来看，既有对女性群体形象的研究，如《"三言二拍"中的女性形象分析》《三言二拍中的女性形象探究》《"三言二拍"中女性形象探微》等；也有对某一群体的研究，如《论"三言二拍"中虔婆的叙事功能与价值》《配角的力量——论"三言""二拍"中的媒婆》《"三言""二拍"尼姑形象研究》等。（3）从爱情婚姻角度来看，《"三言二拍一型"中的女性再婚现象研究》《从"三言""二拍"的姻缘题材看晚明社会思想的变化》等通过对女性对婚姻的态度，研究观察女性地位及思想的变化。（4）其他方面的研究占很少一部分，如《"三言二拍"中的女性世俗生活研究》将女性日常活动作为研究重点，《"三言""二拍"中女性复仇主题研究》探讨女性复仇体现的文化特征。总之，有关"三言"中女性谋生的具体分析尚不全面，还有很多方面值得探索，这正是本文试图探究的。

一、谋生动机与方式类别

在"男尊女卑""三纲五常"思想根深蒂固的时代，女性承担着赡养老人、养育子女及家务劳动等义务，这就使得她们除拥有纺织、刺绣外，其余的谋生手段极为少见。但明代社会生活发生较大的变化，尤其商业经济发展与社会观念的转变，促使她们参与到多种行业中。由此得出，自力更生的女性在"三纲五常"的时代更是一个特殊的群体，这部分女性虽然相较于男性占比少，但代表着女性意识的觉醒。她们努力冲破封建礼教的束缚，争取自己的权益，活出与闺阁女子不同的另一种人生。"三言"中女性谋生动机主要是生活所迫和主动谋生两类。

"三言"书中所记载有部分女性为生活所迫而谋生，她们大部分由于失去人身自由、丈夫或父亲去世、家境贫寒等原因被迫靠自己的力量谋生。如白玉娘被贱卖给顾大郎家，为了给自己赎身辛勤纺织；卖馄饨妪在丈夫死后不得已接管店面；张福娘在丈夫死后为抚养儿子绩纺补纫；秀秀养娘因家寒被卖给郡王府做绣娘；细姨帮家做活，补贴家用；黄善聪因父去世流落他乡孤寡无依，重拾父亲衣钵。

"三言"书中所记载部分女性主动选择谋生，分为主动协助家庭与自主谋生。作为家庭的一分子，她们主动协助丈夫经营，如阮氏、欧阳氏协助丈夫经营杂货铺，高氏在丈夫开的酒店中掌管钱钞进出的财政大权，喻氏作为贤内助经常为丈夫出谋划策。此外，刘方在义父去世后，关掉原来的酒店，与义兄合伙开布店，主动投资。总体上看，大部分女性谋生是为生活所迫，只有少部分女性主动走向社会，自己选择谋生方式。

本文力求在前人研究的基础上，对"三言"中女性谋生情况作全面深入的关照和分析。据冯梦龙"三言"小说统计，书中女性谋生情况如下：

"三言"女性谋生方式统计分析

人物	出处	谋生方式
细姨	《喻世明言》第三十九卷	看蚕织绢
秀秀养娘	《警世通言》第八卷	刺绣
喻氏	《醒世恒言》第十八卷	纺织
白玉娘	《醒世恒言》第十九卷	纺织
卖餲媪	《喻世明言》第五卷	开店卖餲
王婆	《喻世明言》第十五卷	开客店
黄善聪	《喻世明言》第二十八卷	贩香
孙婆	《警世通言》第六卷	开客店
高氏	《警世通言》第三十三卷	经营酒店
阮氏	《醒世恒言》第三卷	开杂货铺
刘方	《醒世恒言》第十卷	开布店
媒人	《喻世明言》第一卷	媒婆，为蒋兴哥与王三巧儿说亲
张七嫂	《喻世明言》第一卷	媒婆，为蒋兴哥与平氏说亲
媒婆	《喻世明言》第二十二卷	媒婆，为胡氏与石匠说亲
媒妪	《喻世明言》第二十八卷	媒婆，为黄善聪与李秀卿说亲
张媒、李媒	《喻世明言》第三十三卷	媒婆，为八十岁张公与十八岁女子说亲
媒人	《喻世明言》第三十七卷	媒婆，将童太尉之女说合给黄复仁
媒	《喻世明言》第三十八卷	媒婆，说合孝子任珪和梁公之女圣金
张媒、李媒	《警世通言》第十三卷	媒婆，为押司娘和小孙押司说亲
王婆	《警世通言》第十四卷	媒婆，为吴教授和李乐娘说亲
张媒、李媒	《警世通言》第十六卷	媒婆，为张员外与小夫人说亲

续表

人物	出处	谋生方式
婆婆	《警世通言》第二十卷	媒婆，为庆奴说亲
王婆	《警世通言》第二十四卷	媒婆，为赵昂与皮氏牵线搭桥
媒人	《警世通言》第二十五卷	媒婆，为支德往聘施氏之子为养婿
媒婆	《警世通言》第二十六卷	媒婆，为华安娶妇
媒妁	《警世通言》第二十九卷	媒婆，帮张浩与孙氏议姻
王嫂嫂	《警世通言》第三十八卷	媒婆，为李二郎与蒋淑真做媒
媒人	《醒世恒言》第八卷	媒婆，为裴政与慧娘说亲
张六嫂	《醒世恒言》第八卷	媒婆，为珠姨与刘璞说亲
两个媒婆	《醒世恒言》第十卷	媒婆，欲为刘奇、刘方说亲
王婆	《醒世恒言》第十四卷	媒婆，兼或接生、做针线、看脉等，为范二与周胜仙做媒
陆婆	《醒世恒言》第十六卷	媒婆，兼或卖花粉，为张荩与潘家寿姐牵线搭桥
媒人	《醒世恒言》第十七卷	媒婆，为过迁和方氏说婚姻
媒人	《醒世恒言》第十七卷	媒婆，为张仁的儿子张孝基寻亲事
媒婆	《醒世恒言》第二十七卷	媒婆，"走千家踏万户"给李雄、焦氏做媒
薛婆	《喻世明言》第一卷	卖珠子的牙婆，兼或说媒
李牙婆	《醒世恒言》第一卷	牙婆，官买养娘与月香
张牙婆	《醒世恒言》第一卷	牙婆，与当家主母合伙卖养娘与月香
鸨母	《喻世明言》第十七卷	虔婆，花十七千买得春娘
老鸨	《警世通言》第二十四卷	虔婆，逼迫玉堂春接客，将其盗卖给山西商人沈洪
赵大妈	《警世通言》第三十一卷	虔婆，得五百两将赵春儿卖与曹可成
杜妈妈	《警世通言》第三十二卷	虔婆，得三百金被迫将杜十娘卖与李甲
虔婆	《警世通言》第三十三卷	赶走钱财一空的乔俊
王九妈	《醒世恒言》第三卷	虔婆，花五十两买得美娘
刘四妈	《醒世恒言》第三卷	虔婆，兼或为朱重与花魁娘子做媒
薛媪	《醒世恒言》第三十二卷	虔婆，汉江捞救韩玉娥，助其与黄生相会

据上表统计可知,"三言"描写女性谋生方式中,手工业者有4篇、商人有7篇、捐客有28篇。女性从业者主要从事虔婆这类轻资产商业活动,这与女性低微的社会地位和浅薄的经济实力密切相关,牵线拉媒恰恰是女性擅长的活动。这也正从侧面印证了虔婆一类的谋生方式获取的报酬较高,有利可图。而女性从事这些谋生活动,还有着主动被动之别,也能反映出女性主体意识觉醒特点;且无论是主动还是被动,女性在各自擅长的领域都有所作为,她们通过各种谋生方式在社会中实现的价值与能力也从侧面得到了肯定。

二、经营方式

"三言"中女性谋生经营方式主要是个体经营和合伙经营两类。

(一)个体经营

三种谋生手段中都有个体经营的状况,作为家庭手工业者,细姨、白玉娘、张福娘都是昼夜纺织、不辞辛苦,秀秀养娘作为郡王府的绣娘,只为郡王府服务,难以做大。王婆与孙婆独立经营一个客店,尽力满足顾客需求,王婆因为爱财冒险为柴夫人说亲事,孙婆埋怨余良秀才不交房钱却又不敢惹事,只能自己吃亏。"三言"中有些媒婆以个人活动为主,凭借自己的三寸不烂之舌牵线搭桥,有时甚至承担着隐瞒客户偷情的任务。个体经营的谋生范围较为狭窄,主要在一室之内和当地。家庭手工业由于谋生方式的特殊性质,行动范围主要局限在一室之内。这类女性手工业者极少出门,每日辛勤纺织或刺绣。此外,开客店虽然看似拘于一室之内,但由于买卖交易要求与人交往,所以卖餶饳、孙婆、王婆等开店者,活动范围主要在本地,如柴夫人叫王婆四下里说知她要买市,且三番五次央王婆说媒。捐客更是需要一定的交际圈与影响力,如陈大郎正是与薛婆做过交易,且听说这婆子能言快语、识人广泛,才央其牵线搭桥;赵昂访知王婆善于说媒做合,贿赂其暗中通信;周胜仙的婢女听说隔壁王婆会接生、做媒、看病等,周妈妈便将其请将来;张荩听说陆婆专一做马泊六,央其通信。

(二)合伙经营

自古以来,"女织"虽是女性必备的生活技能之一,但明末"男女同织"现象也较为普遍。《醒世恒言》第十八卷中写道："有个乡镇，地名盛泽。镇上居民稠广，土俗淳朴，俱以蚕桑为业。男女勤谨，络纬机杼之声，通宵彻夜。"①且喻氏与丈夫正是妻络夫织，共同将家业做大。当家庭手工业走向市场时，行动范围会有所扩大，如喻氏与丈夫施复积起三四匹，会定时上市出脱。

"三言"中女性商人既有和亲人合伙经营的，如阮氏和丈夫开个杂货铺，家道颇能得过；欧阳氏与丈夫、弟弟在家门前经营一家小小的杂货铺，你敬我爱，做生意度日，家庭不贫不富。也有和陌生人合伙经营的，黄善聪在父亲死后，主动结识隔壁客房中的李秀卿，与其结为异性兄弟，二人彼此依靠、合伙生理；高氏的丈夫常年不在家，交与仆人开张酒店，让高氏掌管钱钞进出等事务；刘方与刘奇虽无血缘关系，但二人并力同心、艰苦经营，家业逐渐兴隆。需注意的是，外出行商活动范围会扩大到附近区域。如黄善聪女扮男装在江南江北一带贩香，与李秀卿二人轮流一人住在庐州发货讨账，一人前往南京贩卖货物，几年间赚得一份资本。

女掮客们经常合伙做事。媒婆通常两人一组，"两个媒人，无非是姓张姓李"②，"三言"中"张媒李媒"共出现三次，此外还有没有姓名的"两个媒婆"之类。牙婆除贩卖女性用品外，还买卖人口，陆婆与干儿子汪锡狼狈为奸拐人骗财，事成之后进行分赃。文中的张牙婆与李牙婆都属于官家，一方面官卖由牙婆着手进行，如《醒世恒言》第一卷中贾昌听说恩公的女儿要被官卖，跑到李牙婆家询问身价，并兑足银两交付牙婆；另一方面，要无条件服从官家，官卖人口的身价都要经过朱批，官卖所获得的钱财要交纳官库，相当于为官家打工服务。《警世通言》第二十四卷中提到"亡八、淫妇不仁不义"③，这里的"亡八"与"淫妇"分别指妓院的管事与虔婆，二者分管妓院及娼妓。当玉堂春不愿接客时，老鸨一声惊呼，亡八上来就是一顿抽打，二人甚至串通一气欺瞒玉堂春将其卖给山西的一个富商。

由此可见，"三言"中大部分女性并非完全独立参与职业活动，在一定程度上体现对男性的力量的借助。此外，书中记载女性谋生范围最远也在附近区域，具有一定的局限性。当女性谋生范围扩大，从家庭走向社会，随之而来才有更多的机遇与可能。

---

① ［明］冯梦龙：《醒世恒言》，岳麓书社1989年版，第212页。

② ［明］冯梦龙：《警世通言》，岳麓书社1989年版，第97页。

③ ［明］冯梦龙：《警世通言》，岳麓书社1989年版，第207页。

三、经营效果

（一）勉强维系生活

如细姨不辞辛苦看蚕织绢帮家作活，丈夫洪恭开个茶坊，但家中却十分"蜗窄"，无法容纳客人，甚至没有拿得出手的赠礼，白白落人笑柄；张福娘嫁给公子朱逊后带孕被赶出家门，后绩纺补纫，守贞教子，生活十分拮据。这类女性由于本钱的限制与谋生方式的性质，日常所得只能勉强维系生活。

（二）生活小康

并非所有的手工业者境况都十分窘迫，如喻氏与丈夫施复最开始养蚕织绢，定时上市售卖，过着温饱之家的生活，手头渐渐宽松后，增加三四张绸机，家中逐渐富裕起来。此外，《醒世恒言》记载，苏州府吴江县有个乡镇，镇上的人大都以蚕桑为业，其中提到"咿咿轧轧谐宫商，花开锦簇成匹量。莫忧入口无餐粮，朝来镇上添远商"[①]，可见在这个县中，通过养蚕纺织可以达到最基本的生活条件，不用担心餐饭问题。这虽然是小说家之言，但在一定程度上能反应事实情况，当手工业由家庭副业转向主业，当其与市场联系更加紧密，经济收入才有机会提高，生活境遇才可以有一定的改善。

"商贾事体，是件伶俐"[②]，晚明正处在由农业社会向商业社会过渡转型的时期，经商之风盛行，发家致富的巨大诱惑力深深吸引社会各阶层的人们，女子们也不例外，"三言"中女性从商者的经济实力已经能够达到自给自足的目的。如在当地开店的买餲媪、孙婆、高氏与欧阳氏，虽然都是小本生意，不至于大富大贵，但亦可达到不饥不寒、不贫不富的地步；如女扮男装的黄善聪经过几年的辛苦运营，外出经商，"手中颇颇活动"[③]，这才能够长途跋涉将父亲的灵柩带回家乡安葬，并与亲人相见相认。

女捎客的经济来源主要是收取中间费用，她们的生活水平基本上比较富庶。书中提到薛婆一人住在大市街东巷，市街是比较繁华的地区，再加上串街做买卖及暗

---

① ［明］冯梦龙：《醒世恒言》，岳麓书社1989年版，第213页。

② ［明］凌濛初：《初刻二刻拍案惊奇（足本）》，岳麓书社1989年版，第76页。

③ ［明］冯梦龙：《喻世明言》，岳麓书社1989年版，第239页。

中牵线所得，可以推断其生活水平在温饱之上；还有《初刻拍案惊奇》中提到牙婆王嬷嬷居住的房子："窄小蜗居，虽非富贵王侯宅；清闲螺径，也异寻常百姓家。"[①] 此外，陆婆"以卖花粉为名，专一做媒作保，做马泊六，正是他的专门，故此家中甚是活动"[②]。年过八十的张公求娶十八岁小娘子，先各给两个媒婆三两银子，相当于是"跑腿费"，可见无论亲事能成与否，媒婆收入都有最基本的保障。还有的媒婆为了赚取钱财丢掉做人最基本的底线，如《警世通言》第十六卷中的两个媒婆，为了收取钱财隐瞒男方年龄，造成老夫少妻的悲剧；再如《警世通言》第二十四卷中王婆为欲暗中苟合之人牵线搭桥，为了黄白之物不惜丢掉伦理道德。从侧面也能推断媒婆家境不至于太差。

综上，书中记载大多数谋生女性可解决温饱问题，维持日常生活。一方面，可见女性谋生对生活境况的改善；另一方面，在一定程度上能反映晚明社会状况，由于工商业的发展，社会财富逐步增长，人民生活水平也有所提高。

（三）家产不菲

部分女子勤苦经营或积极谋划，可以挣得很大家业。如喻氏与丈夫后期时运逆转，再加上经营得当，办起三四十张绸机，富甲一方。就当时丝织业生产力而言，每张织机至少需要2至3人同时劳作，可见三四十张绸机的家业之饶。此时喻氏与丈夫虽然依旧省吃俭用、昼夜营运，但他们已经由手工业者转变为工场场主身份，商业经济繁荣给手工业者带来的契机使其冠于一镇。女扮男装的刘方与其义兄合伙做生意，"一二年间，挣下一个老大家业"[③]，比父亲在时的家业已多数倍。此外，一些虔婆依靠养女出卖肉体赚取不义之财，生活也是极尽奢华。《板桥杂记》中就记载了虔婆服饰的光鲜艳丽："故假母虽年高，亦盛妆艳服，光彩动人。衫之短长，袖之大小，随时变易，见者谓是时世妆也。"[④]

可以看出，无论何种谋生方式，都有一定的经营效果，这类女性已经具备基本的生存能力，可以维持日常生活所需。

① ［明］凌濛初：《初刻二刻拍案惊奇（足本）》，岳麓书社1989年版，第20页。
② ［明］冯梦龙：《醒世恒言》，岳麓书社1989年版，第100页。
③ ［明］冯梦龙：《醒世恒言》，岳麓书社1989年版，第126页。
④ ［清］余怀、［清］珠泉居士、［清］金嗣芬：《板桥杂记·续板桥杂记·板桥杂记补》，南京出版社2006年版，第11页。

四、"三言"中女性谋生的时代价值

在"三言"中，不同的谋生方式有不同的特点，这是由它们的性质、时代背景等决定的。

在"三言"中，明确提到的手工业者有细姨、秀秀、喻氏、白玉娘，多以纺织为生，共有4人。就其性质来看，传统社会中，纺织是女性最基本的生活技能。《吕氏春秋》记载："是故丈夫不织而衣，妇人不耕而食，男女贸功，以长生。"[①]《汉书·食货志》记载："一夫不耕，或受之饥；一女不织，或受之寒。"[②]显而易见，自古以来男耕女织、自给自足就是一种"圣人之制"。此外，纺织刺绣本身是一项比较费时费力收益少的工作，这在书中也有所体现。例如细姨为人悭吝，辛辛苦苦看蚕织绢，一年才得几匹；喻氏未发达前，因本钱少，每年养几筐蚕儿，家中开一张绸机，妻络夫织，一年织得三四匹；白玉娘被贱卖后，不上一年做出原身价的两倍，这才为自己赎身。

明中后期，商业经济的繁荣为女性手工业者提供更多契机。据宋应星的《天工开物》记载在明代"凡棉布寸土皆有""织机十室必有"[③]，可知商业经济的发展推动棉纺织业的发展，植棉和棉纺织已遍布全国。明正德《松江府志·风俗志》记载不论是乡村还是城镇都会进行纺织，年老的妇女早上抱纱入市交换木棉，晚上辛勤赶工，第二天又开始轮回，且她们的衣食住行全都依赖这项营生。又如万历《嘉定县志·风俗》记载当地人们首选职业就是棉纺织业，家里的租庸，服食器用，交际养生、送死的费用，都从这里出。喻氏与丈夫的发达之路既是运气，同时也符合时代潮流。与之前的女性手工业者相比，明代发生一些变化。一方面，明代手工业者与市场结合越来越紧密，出市入市频繁；另一方面，部分女性手工业者的收益逐渐成为日常支出的重要来源，家庭手工业逐渐由副业转化为部分小农家庭的主业。

在"三言"中，提到的专职从商者有卖馉饳、黄善聪、宋五嫂、孙婆、高氏、

---

① ［战国］吕不韦著，［汉］高诱注，杨坚点校：《吕氏春秋·淮南子》，岳麓书社2006年版，第202页。

② ［汉］班固：《汉书》，中华书局1962年版，第1128页。

③ ［明］宋应星撰，邹其昌整理：《天工开物》，人民出版社2015年版，第43页。

阮氏、刘方，共有7人，此外也有一些兼职从商者，这里不予论述。从商意味着在外抛头露面，传统社会的纲常伦理要求女性"大门不出，二门不迈"，"男主外，女主内"也是一个家庭普遍的生活模式。明代是礼教森严的时期，《女诫》《女训》《内训》等书，不仅在宫中流行，而且颁发天下，成为普通女性效仿的法则，影响着人们的思想观念。如明人吕坤《四礼翼》一书中提到"女子礼"与"妇人礼"，它从从命、节俭、卑逊、言语、服饰等方面规范未成年女子的生活，又从无遂、居室、拜跪等方面规范了妇女的生活。所以女性在礼教的束缚下，生活极其单调乏味，在外要保持仪容仪态，不可烦琐粗暴，在内要"主中馈"、纺织、教子等。但晚明也是思想解放的时代，许多代表异端的思想家掀起一股反叛的思潮，以王学左派为代表对程朱理学"存天理、灭人欲"的思想全面否定；以李贽为代表对孔孟之道和儒家学说进行了无情地批判。这些先进思想无疑打击了传统礼教，为明清时期解放思潮的到来发出了时代的先声，从而也促进明中后期女性地位的提高。因此女商人在一定程度上代表着对传统礼仪规范的突破，具有一定的进步意义。

在前代的文学作品中，比起作为商人的商业品质，作者更多描绘的是她们作为女性的性格特征。唐宋作品中的女商人形象或善良勤劳，或作恶多端，她们从商也多是为男性付出。与前代文学作品中的女商人形象相比，"三言"中的女商人象征着女性不再是男性的附庸，而是独立的个体，作者也开始关注她们作为商人的身份，这主要体现在以下两个方面。首先体现在从商的独立性与主动选择上。如王婆与孙婆等人独立经营客店，不依附与他人。再如黄善聪与刘方女扮男装外出行商，且二人慧眼识珠，积极主动寻求合作伙伴。其次体现在商业品质与商业天赋上。从商要求具有一定经营头脑、诚信品质等。《广志绎》中记载："平阳、泽、潞豪商大贾甲天下，非数十万不称富，其居室之法善也。其人以行止相高，其合伙而商者名曰伙计，一人出本，众伙共而商之，虽不誓而无私藏……且富者蓄藏不于家，而尽散之于伙计。估人产者，但数其大小伙计若干，则数十百万产可屈指矣。盖是富者不能遽贫，贫者可以立富，其居室善而行止胜也。"①可见，晋商之所以发家致富，原因之一是合作伙伴间相互信任且做生意遵循诚信的原则。在大量的文学作品中，男性商人是主人公，因此衍生出"去来江口守空船"商妇形象。在"三言"中，女商人也可以是描述的重点，具备基本的商业品质。如黄善聪为人老实，目不妄视，足不

---

① ［明］王士性撰，吕景琳点校：《广志绎》，中华书局1981年版，第61—62页。

乱移，正是因为平昔看李秀卿为人诚实，才与其轮流贩货讨账，二人两边买卖，毫厘不欺；刘方与其义兄做生意志诚，物价公道，使得许多人慕名而来；高氏虽说心狠手辣，但能"掌管日逐出进钱钞一应事物"，并自立门户，将酒店打理得井井有条，可见其经营有道。"天下熙熙，皆为利来；天下攘攘，皆为利往。"[1]在商业经济发展的时代，"三言"中这些女性的行商坐贾之道，既是作者对女商人形象的重新塑造，也是对从商这个行业标准的重新规范。与之前的女商人相比，明代女商人更具独立性与主动性，且与男性商人一样，也可以拥有良好的商业品质与商业天赋。

在"三言"中，正面描写的女捐客共出场35次，媒婆出场24次，牙婆出场3次，虔婆出场8次。女捐客作为交易的中间商是自古以来就有的。这里的女捐客指的是中介类型的谋生方式，主要包括买卖中介的牙婆、婚姻中介的媒婆与色情中介的虔婆。中国古代文学史上对于媒妁的描写，从《诗经》开始就有："送子涉淇，至于顿丘。匪我愆期，子无良媒。"（《卫风·氓》）可知媒妁作为婚姻中介在男婚女嫁中是必不可少的。牙婆是穿街走巷以贩卖首饰珠翠或买卖人口为主的买卖中介群体，一般年纪较长，有着较为丰富的人生阅历，因其性别之便，得以出入深闺宅院，与闺阁女性发生联系。虔婆自不必说，作为开设秦楼楚院、媒介色情交易的妇人，她们年少时不幸沦落风尘，年老珠黄后，为生存又拿枷锁去套住与她们当年一样命运的女子。

在历代文学作品中，对女捐客的着墨并不多，极少做关注与评价，但自明代以来，话本小说与戏曲中屡见女捐客以恶劣形象示人，并对这种谋生方式产生"淫媒"的刻板印象，突出强调其作为色情中介的属性。如薛婆借着卖珠子的名义进入王三巧家，暗中协助陈平与王三巧偷情；王婆在沈家走动熟识，为赵昂与皮氏暗中通信；还有个王婆也是借由看病为范二与周胜仙说媒，成就一段两情相悦的姻缘。这种刻板印象与时代背景息息相关。明代是一个十分重视贞节的时代，从《列女传》中妇女事迹可以看出，女性除"孝"外，非"贞"即"烈"。在"三言"中也有迹可循，《醒世恒言》第三十六卷中蔡虹瑞被强盗玷污后，一心寻死，怎奈大仇未报，勉强苟且偷生。在士大夫眼中，女性唯有拘束在家，才能避免外界的污染，而女捐客们既在外游走，也可以随意进出闺房，提供了女子与外界联络的通道。女捐客谋生特质的改变，一方面是事实如此，另一方面是因为她们有违士人理想的生活秩序，因此形象被丑化。与前代相比，明代更强调女捐客作为"淫媒"的职业属性，

---

① ［汉］司马迁撰：《史记·货殖列传》，中华书局1999年版，第2463页。

虽然这是违背伦理道德的，但在礼教严苛的明代，具有一定的进步意义，在一定程度上象征着女性意识的觉醒与反抗。一方面，比起深闺中的女子，女捎客们有比较自由的活动空间，本身就是对女性不能抛头露面的枷锁的打破；另一方面，她们与未婚女子能直接产生联系，一定程度上能够帮助深闺女子打破"内"与"外"的界限，扩大其精神生活空间，帮助她们选择自己的爱情。

综上所述，"三言"中，女性手工业者与市场联系愈加紧密，女商人更具独立性与主动性，女捎客恶劣形象大量涌现，与明中后期独特的社会环境分不开。明中后期，商业经济快速发展，思想观念得到解放，出现了许多离经叛道的学派和近乎"异端"的思想家。明代著名思想家李贽强调人的个性，反对把孔孟学说当作权威与教条，抨击"男尊女卑"传统观念；王夫之对程朱理学"存天理、灭人欲"的思想提出批评；黄宗羲驳斥轻视工商业的传统思想，认为有关国计民生的工商业应该受到保护。受进步思潮的影响，明代文学作品中的部分女性闪耀着独立自主的光辉。如《水浒传》中的女将军扈三娘飒爽英姿赛过男儿，孙二娘开着客店决策果断。"三言"中黄善聪作为完整正面的女商人形象，外地经商自行选择商业合作伙伴，这是前所未有的，象征着对"轻商""贱商"观念的打破与对传统礼教的反抗。喻氏为丈夫出谋划策，为发家致富提供不可多得的力量，体现有智女子并不输男子。"三言"中，女性手工业者、从商者与捎客的谋生方式是时代发展的产物，虽然与同期男性谋生相比，女性谋生有一定的局限性，但"三言"对女性谋生的摹写有着很大的进步意义。首先，于女性自身而言，打破生存空间的封闭性；于家庭而言，男女在利益的追求上是平等的，男子可以为了金钱在外奔波，女子也可以运用自己的头脑寻找合适的谋生手段，在一定程度上改变了男性养家糊口的传统，于社会而言，改变了传统男女职业分工的僵化格局，为女性依靠自己的劳动参与各种职业活动奠定基础。

结　语

在漫长的历史中，女性被看作依附于男性的存在，缺少独立性，所以女性谋生的情况在正史资料与史书典籍的记载中有所不足。"三言"作为世情小说的杰出代表，记载了大量女性人物及其活动，为我们研究明代女性的谋生状况提供了线索。在"三言"中，记载了女性的多种谋生方式，其中女性手工业者、商人、捎客较能体现时代性。通过观察"三言"对女性谋生的摹写发现，大部分女性都可以解决个人温饱问题，维持日常生活。在选择经营方式时，除少部分女性为个体经营外，大部分是合伙经营，且谋生范围主要在本地，外出行商主要以"女扮男装"的方式实现，具有一定的局限性。从时代发展来看，商业经济的繁荣与思想观念的解放，使得女性谋生的属性发生一些改变。手工业者与市场结合越来越紧密，一些手工业者的身份转化为工场场主，积累更多财富。女商人更具独立性与主动性，其商业品质与商业天赋逐渐显现出来。女拐客作为"淫媒"的职业属性被突出强调，一定意义上象征着对传统礼教的打破，象征着女性意识的觉醒与反抗。综上所述，虽然"三言"对女性谋生的摹写具有一定的局限性，但也具有时代价值。

万历"民抄董宦事件"的多维透析

万晴川　万志鹏

内容提要：发生于万历四十四年（1616）的华亭民抄董宦事件，含有海量信息，涉及文学、历史、新闻、传播等学科。从文学而言，《黑白传》等小说是万历之前成书速度最快的白话"新闻小说"，呈现出史料性、时效性和传递性等文体特征，是认识晚明时事小说发展的典型案例；从新闻而言，围绕事件发布的揭帖、报纸等，张大其词，甚至不乏虚构，体现出新闻小说化的特征；从传播学而言，事件形成媒介舆论，媒介舆论再诱发事件，民众运用了各种传播手段，以致生成传播风暴；从社会角度，民抄董宦事件是晚明社会的镜像，通过董宦与各方关系的梳理，生动折射出社会变迁的内在纹理。

关键词：民抄董宦　小说　新闻　传播　社会

晚明社会危机重重，社会动荡剧烈，政治斗争残酷，江南地区民变频发。如嘉靖四十五年（1566），江阴豪绅钱海山的豪宅及家产，"数日间，悉为乡里豪强辈群起而分拉之，若许庄，若马路庄，约其屋之数，俱数百间，高墙深池，规模伟丽，仅两日，抢拆一空，即成白地。"①万历二十一年（1593）松江发起留任知府李多见运动，"先有好事者刻一'保留文榜'，遍贴晓传。于是三县士民，各出己见，乱书语言，

国家社科基金重大项目："中国古代小说理论术语考释与谱系建构研究"（19ZDA247）。

作者简介：万晴川，原名万润保，扬州大学文学院教授，主要从事古代小说戏曲研究；万志鹏，江西科技师范大学文学院硕士研究生，主要从事古代小说传播、影视改编研究。

① ［明］李诩：《戒庵老人漫笔》卷4"海山理败"，《笔记小说大观》33编第3册，新兴书局有限公司1977年版，第155页。

或贴府县照壁，或揭关门闹市。即狱人丐户娼优，靡不到矣。"①府衙门前聚集数万人，官府出动军队才弹压下去。万历二十九年（1601）苏州发生"织佣之变"，宦官孙隆和手下黄建节准备对织机课以重税，以致激起民变，黄建节被杀死，乡绅丁元复宅地遭焚毁。万历四十四年（1616），松江发生"民抄董宦事件"。事情起因于松江豪宦董其昌与生员陆兆芳家争抢女仆，经官府调解，陆兆芳随将女仆送还董家。不久，有好事者将此事演为小说《黑白传》（因陆生面黑，董其昌号思白，其子祖常豪横，人称春秋五霸之首的齐桓公"小白"），很快又有人将小说改编为词曲四处说唱，盲人钱二因演唱《黑白传》而被董家拘审，追问何人所编，钱二指为生员范昶。范生对质时再三否定，矢神自白，数日后忽暴卒。三月初六日，范昶老母冯氏率昶妻龚氏、孙媳董氏及婢女四人前往董家詈骂，遭董氏家奴殴打凌辱。范昶母家冯氏阖族会盟，为其鸣冤，发《冯氏合族冤揭》声讨董其昌；松江府等五学生员义愤填膺，共发《五学檄》讨伐董其昌。范家的遭遇引起了社会上的广泛同情，随后初十至十二日，各处飞章投揭，布满街衢，遍传间阎。十五日，诸生齐聚明伦堂，群情激昂，要求严惩董家主仆。府县恐激成大变，拘捕陈明杖责，诸生始散去。十六日午后，忽从各地涌来万余民众，先后将陈明和董家烧毁，捣毁董其昌建在白龙潭的别墅，铲削街上董其昌手书字画。其后，董其昌四处奔走，与县府反复交锋，在应天巡抚王应麟和省府学政王以宁的强力介入下，万历帝下令严查，最终将参与烧抢董家的一干流氓王升等定为死罪论斩，五学生员中有13人受到杖责或革去功名等不同处分。判决后不久，推官吴之甲谢病归，郡庠掌教胡胄因不肯蔓引诸生，亦挂冠而去。

晚明社会动乱不已，明王朝岌岌可危，由此生产出大量新闻；而人们忧心国事，对新闻也有巨大需求。由于江南地区媒介比较发达，促进了"时事"的"文字化"，成为新闻传播及舆论制造的工具，甚至变成煽动民变爆发的催化剂。伊格尔顿说：每一种文体的产生或者重大变化差不多都与重大的历史演变相关联。②"新闻小说"就是在这样一种社会背景下产生的，它以最快的速度反映当代时事热点，具有史料性、时效性和传递性的特征。"新闻小说"大量采用奏章、诏书、檄文、邸报等材料，有的还以"编年"的形式叙事。作者、出版家与时间赛跑，作品面世越快，销量就越

① ［明］范濂：《云间据目钞》卷3"记祥异"，《笔记小说大观》第13册，江苏广陵古籍刻印社1983年版，第119—120页。

② ［英］特里·伊格尔顿：《如何读诗》，陈太胜译，北京大学出版社2016年版，第7页。

大，传播就越广，利润就越丰厚。因而很多重要时事迅速被编创成文学作品出售。"民抄董宦"事件发生之后，就被小说、说唱、公揭、告示、书信、奏疏等多种文体反复书写，呈现出晚明文学与历史、新闻、传播等学科融汇发展的特点，折射出晚明社会的诸多症状，因而值得深入剖析。

一、小说的新闻化

董、陆争婢，发生于万历四十三年（1615）年八月，又据万历四十四年（1616）正月董氏家奴董文状文云：今年八月钱二供称，万历四十三年（1615）十二月在朱公子家说书，座中有范昶，说我家里有一部书，名《白公子传》，四十四年（1616）正月十一日，钱二在县前观灯时又遇见范昶，称此书从张相公家来的，钱二说我已有这书。《白公子传》当是《黑白传》的异名，如钱二所说不虚，即表明在万历四十三年（1615）十二月之前，《黑白传》就已成书，而且钱二拿到的还是说唱本。说明董、陆之争发生后的三四月间，就有以此事为题材的小说面世，从第一回目"白公子夜打陆家庄，黑秀才大闹龙门里"，可以肯定这是一部章回体小说，此外，还有一部《五精八魂记》。因此，成书速度可谓惊人，堪称标准的"新闻小说"。与"最早的时事小说"[①]《征播奏捷传》相比，《黑白传》成书的时间大大缩短。对于此类小说，叶德均最早称之为"今闻小说"[②]，欧阳见拙、朱传誉等改称"新闻小说"[③]。但学界一般将"新闻小说"归并在"时事小说"之内，因为"新闻贵实，这批小说却重视虚构，不废传闻；讲史在史，这批小说只关注时政。显然，新闻小说与讲史小说都不能作为它们的名称。而以'时事小说'来定义这批小说，既于史有据，又能很好包容其多方面的特征。"[④]然而，我们首先应该考虑到古代的媒介技术和传播条件限制，不能用今天的"新闻"概念来苛求和套用古代的"新闻"概念。因而，凡是发生于当代，对绝大多数读者而言，是尚未公开报道、闻所未闻的事件就是新闻；其次，古代"新闻"与"小说"的边界是模糊的，古代小说家一直有搜奇征异的嗜好，

---

① 陈大康：《明代小说史》，上海文艺出版社2000年版，第642页。
② 叶德均：《戏曲小说从考》，中华书局1979年版，第603页。
③ 参见欧阳见拙《晚明新闻小说试论》（《明清小说研究》1988年第4期）、朱传誉《明末新闻小说初探》（《海峡两岸明清小说论文集》，河海大学出版社1991年版）。
④ 许军：《"明清时事小说"概念考》，《沈阳教育学院》2006年第3期，第8页。

自唐至明,笔记小说《锦里新闻》《南楚新闻》《湖海新闻》《释氏新闻》《客座新闻》《曲洧新闻》《隆万新闻》等皆以"新闻"标名;在话本小说的叙述中,"新闻"多数情况下等同于小说,如冯梦龙《醒世恒言》卷八"当时若是刘公允了,却不省好些事体,止因执意不从,到后生出一段新闻传说至今"。《警世通言》卷十二"不知拆散了几多骨肉,往往父子夫妻终身不复相见,其中又有几个散而复合的,民间把作新闻传说"。《拍案惊奇》卷六"感得神明之力,遣个猛虎做媒把百里之程顷刻送到,从来无此奇事,这话传出去,个个奇骇,道是新闻"。这类小说虽有"新闻"的特征,但并不等同于"新闻",因而在晚明人的观念中,"新闻"也可以虚构。鉴于此,笔者认为应该保留"新闻小说"这一文类,其时间大致可定在事件发生一年左右。"新闻小说"及时将事件的原委报告给读者,偏重于事件的新闻性;而"时事小说"的时间更长,不但叙述事件的经过,还注重给事件定性,企图影响将来对该事件的历史书写,《黑白传》《辽东传》《剿闯通俗演义》等小说都可称为"新闻小说"。另外,学术界一般以"时事小说"指称晚明的一些通俗小说,其实"时事小说"之名最早见于嘉靖郑晓《今言》中:

> 近记时事小说书数十种,大抵可信者多。惟《双溪杂记》《蹇斋琐谈》二种好短人,似其好恶亦欠端,然杂记中言哈密事却是。①

《双溪笔记》作者王琼(1459—1532),历事成化、弘治、正德和嘉靖四帝。《蹇斋琐谈》作者尹直(1427—1511),景泰五年(1454)进士,正德中卒。两书多记当时明廷掌故,故郑晓称之"时事小说"。这说明,"时事小说"最早指及时反映时事热点的文言小说,并非专指白话事小说。这样,在郑晓之前,虽无"时事小说"之名,但已有"时事小说"之实,因而"时事小说"的内涵及其发生和演变,有待重新审视。

基于上述原因,从成书速度考察,《黑白传》《五精八魂记》是名副其实的"新闻小说",是万历及以前成书最早、最快的白话"新闻小说",虽然已经亡佚,但在梳理晚明白话"小说"的发展轨迹时应予以考量。现存《民抄董宦事件》中汇辑的资料,除"民抄董宦事件"一文外,还有各种"揭帖""诉状"和公告、公文、书

---

① [明]郑晓:《今言》卷4,中华书局1997年版,第172页。

信等，因而王家范教授认为不可视为小说①，但笔者认为，作为主干的"民抄董宦事实"一文无疑具有小说特征，其他揭帖、诉状、公告等，或简叙事情经过，或阐述自己的看法，或公布判决结果，可作为"民抄董宦事件"一文的互文进行阅读，读者可以借此鸟瞰事件的全景，是小说的"副文本"。明末清初华亭人曹家驹的《说梦》、华亭人章有谟的《景船斋杂记》、清末华亭人毛祥麟《墨余录》和俞樾《茶香室丛钞》、邓之诚《骨董琐记》等书中都记有此事，可见，自"民抄董宦"事件发生后，有关它的小说书写一直绵延不绝。

从《黑白传》《五精八魂记》《民抄董宦事件》，可以窥见"新闻小说"的一些文本特征。明末还没有出现面向大众发行的报纸，民众对时事的了解，只能凭借口耳相传或相关文学作品。《黑白传》《五精八魂记》演绎陆、董两家争夺婢女的过程，《民抄董宦事实》因为后出，大体全面还原了民抄董宦的原委和经过，具备时间、地点、人物、事件过程等新闻报道的基本要素，精确到时辰，但未记事件处理结果，故猜测该文是在处理结果公布之前完成的，而附录的公文、告示、书信、诉状等，正好可补齐这一环节，读者得以知晓事件幕后的激烈较量过程及判决结果。所以，小说及时、全面地向读者传递了该事件的信息，具有新闻价值。2016年，一位董氏后人公布珍藏于家中的明抄本《警示录》，该书包括三十篇文稿，除与《民抄董宦事件》重出的外，还有《华亭偾事纪略》《三月初八日吴玄水闻董其昌赴抚、学二院告将状与书》；另外，《民抄董宦本》中《五学檄》前文残缺，可据此书补齐。这些资料的发现，进一步丰富了该事件的信息。

但这些作品毕竟是小说，因而有不少描写与新闻报道理性、客观的要求相抵牾。如叙述夸张失实，《民抄董宦事实》描写当时"百姓拥挤街道两旁，不下百万"②，但据1990年出版的《松江镇志》载，1990年松江城人口七万余，松江城1616年人口估计不足一万，加上外地赶来的民众，也不可能达到百万之众，当时街道狭窄，也无法容纳如此庞大的人群，故其他资料都写成万余。《民抄董宦事实》中写绿英探母未归，祖常"疑有他故"，亲自"扛抢打掳"，虽未说明祖常与绿英的微妙关系，但给读者留下了想象。《松江府辩冤生员》叱骂董其昌"淫童女而采阴，干宇宙之大

---

① 王家范：《明清史料感知录（十）》，《历史教学问题》2012年第5期，第49页。

② ［明］佚名：《民抄董宦事实》，四川大学图书馆中国野史集成续编编委会编：《中国野史集成》第27册，巴蜀书社1993年版，第689页。

忌"①,《说梦》中便说是董其昌看中了绿英,祖常率家人抢夺乃是承父之意:绿英"年尚未笄,殊色,公闻而慕之,仲权承乃翁指,一夕劫去。"②坐实祸起董其昌好色。《墨余录·黑白小传》又改成是祖常:"仲慕之,饵以金,弗许,遂强劫之。"③董其昌生活"旷荡不羁,棹范蠡之扁舟,肆狂人也。挥羊欣之白练,尽付娥眉"④。但晚明士人好色纵欲,妻妾成群,乃是常态,不能依据董其昌好色,就推知他欲纳绿英为妾。又如"剥裈捣阴"公案,《民抄董宦事实》中云:"董宦父子既经剥裈虐辱范氏。"⑤权斋老人《董氏焚劫始末》中云:祖常拥狠仆突出,"执范妻及仆妇,裸其体辱之。髡其发,并及下体,两股血下如雨。"⑥在小说描写中,"剥裈捣阴"的受害者包括范氏。而《松江府辩冤》中云:"惨辱随从之妇女,不可言状,大都'剥裈捣阴'四字约而该矣"。⑦《王以宁奏疏》中录府学教授胡公胄语云:"董宦群奴将冯氏龚氏舁入僧寺,其随从义娠去衣溷打"。⑧在揭帖、公文中,被"剥裈"者是范氏随从,范妻乃董氏族女,揆之常理,揭帖和公文中所说应比较符合事实,而小说为了激发民愤,有意进行了虚构。

江南一带的民变,通过小说、戏曲、说唱、歌谣、传单、招贴等口头、出版、印刷媒介,在很短的时间内迅速传播信息,形成舆论旋涡,从而又起到煽动人心的作用。这是一种时事热点与文学创作互动而形成的文学景观,体现出晚明人利用小说制造舆论、干预事件处理的诉求,使小说呈现出新闻等诸多文体特征。

① [明]佚名:《民抄董宦事实》,四川大学图书馆中国野史集成续编编委会编:《中国野史集成》第27册,巴蜀书社1993年版,第703页。

② [清]曹家驹:《说梦》,《笔记小说大观》第4编第8册,新兴书局有限公司1977年版,第5437页。

③ [清]毛祥麟:《墨余录》卷2,《笔记小说大观》第1编第9册,新兴书局有限公司1977年版,第5403页。

④ [清]曹家驹:《说梦》,《笔记小说大观》第4编第8册,新兴书局有限公司1977年版,第5428页。

⑤ [明]佚名:《民抄董宦事实》,四川大学图书馆中国野史集成续编编委会编:《中国野史集成》第27册,巴蜀书社1993年版,第703页。

⑥ [明]佚名:《民抄董宦事实》,四川大学图书馆中国野史集成续编编委会编:《中国野史集成》第27册,巴蜀书社1993年版,第707页。

⑦ [明]佚名:《民抄董宦事实》,四川大学图书馆中国野史集成续编编委会编:《中国野史集成》第27册,巴蜀书社1993年版,第704页。

⑧ [明]王以宁:《王以宁奏疏》,明万历刻本。

二、新闻的小说化

"揭"是古代的新闻形态之一，大约滥觞唐代，发展于宋代，极盛于明代。揭帖形式多样，有公文揭帖、私人揭帖等；内容繁复，有朝政要事、民间琐事等。有人又将揭帖编辑成专书、戏剧、歌谣等通俗作品结集刊布，使之流布更广。陈继儒《见闻录》中说："累朝以来，阁中凡有密奏及奉谕登答者，皆称为揭帖。其制，视诸司题式，差狭而短，字如指大，以文渊阁印缄封进御，左右近侍，莫能窥也。"①明初只是阁臣用以密揭言事，后来官员常用揭帖互通信息，至晚明，揭帖开始被广泛使用，特别是随着党争日炽，成为阁臣互相攻讦的政治工具，"近来人情险恶，动以私揭害人，报复仇怨"②。民间也常借助私揭议论朝政，传布舆论，相当于今天的大字报。"往时私议朝政者，不过街头巷尾口喃耳语而已。今则通衢闹市唱词说书之辈，公然编成套数，抵掌剧谈，略无顾忌。"③为此，明廷严令禁止，但"私揭一事，向多阳禁而阴用之"④，万历二十六年（1598）和三十一年（1603）先后出现"妖书案"，"忽一夕黏宫中与城坊皆遍"⑤，引起朝野热议。万历三十年（1602），苏松"织佣之变"时，揭帖中出现"天子无戏言，税监可杀"的口号⑥。崇祯时，丹阳举人祝化雍因不堪豪宦赵士锦凌辱，愤而自缢，"地方不敢举报，诉捕不敢准呈，邻里不敢作证"，其妻王氏便"泣血具揭"，将事实公之于众，引起众人愤慨，将赵宅夷为平地⑦。展龙指出："民间揭帖成为表达民意、争取话语、维护自身权利的一种手段，

---

① ［明］陈继儒：《见闻录》，《笔记小说大观》第4编第6册，新兴书局有限公司1977年版，第3830页。

② ［明］申时行等：《刑律二·诉讼》，《大明会典》卷169，《续修四库全书》第792册，上海古籍出版社2002年版，第80页。

③ ［明］沈一贯：《请修明政事收拾人心揭帖》，《敬事草》卷3，《四库全书存目丛书·史部》第63册，齐鲁书社1996年版，第64页。

④ ［明］王鏊：《王鏊集补遗·风闻言事论》，《苏州文献丛书》，上海古籍出版社2013年版，第532页。

⑤ ［清］赵吉士：《寄园寄所寄》卷5，"灭烛寄·人妖"，黄山书社2008年版，第330页。

⑥ ［明］郑仲夔：《玉尘新谭·耳新》卷2，"正气"，《四库禁毁书丛刊·子部》第38册，北京出版社1997年版，第147页。

⑦ ［清］王文濡：《说库》，新兴书局1915年版，第1313页。

在民间形成一股强大的舆论力量，甚而会掀起一场惊心动魄的政治运动，对明廷的政治决策和历史命运产生了重要影响。这也正是明代揭帖屡禁不止、极具生命力的根源所在，是明代社会舆情和政治生态的鲜活写照。"①因为揭帖是民众的喉舌之一，是发泄感情的渠道，所以屡禁不止。

《民抄董宦事实》中收录了三类揭帖，第一类是公揭，如《县示十七日示贴坐化庵》《府申各院道公文》《府学申复理刑厅公文》《本府复审申文》等，内容都是各级政府处理民抄董宦事件的布告、公文等；第二类是私揭，如《冯氏合族刊刻冤揭》《五学檄》《合郡乡士大夫公书》《合郡孝廉公揭》等，是民众署名表达怨愤的帖子；第三类是贴满街衢和流播妓院等地的"报纸"即小报等。这种匿名揭帖又称"没头帖子""白头帖"，不知出于谁人之手，因是匿名而富有神秘色彩，故更易引起民众的好奇和关注。

民抄董宦事件中，由于揭帖和状词都带有个人的感情和主观色彩，因而富有文学性，运用了夸饰、虚构等小说手法。如据《王以宁奏疏》，董其昌家奴董文状文告民众殴死五命，烧毁二棺，范启宋也告董家惨杀全家。揭帖也如此，《五学檄》《松江府辩冤生员翁元升张复本姚瑞征沈国光张扬誉冯大辰陆石麟姚麟祚丁宣马或李澹陆兆芳》（下文简称《松江府辩冤》）运用声情并茂的文学手法，描叙事情经过，其中不乏渲染和凿空之处，如董祖常是否亲自参与抢劫绿英，一种说法是董祖常领头，如《五学檄》《民抄董宦》中都说董祖常领人抢夺绿英；另一说法是陈明领头，如《松江府辩冤》中说："去岁九月间，复诱淫生员陆兆芳家使女绿英，臧获萃计，遣奴二百余人，二更时分，打进兆芳之内室，惊散其家人，掳掠其什物。"②《王以宁奏疏》卷八录府学教授胡公胄申称：查得"董仆陈明纠众打毁兆芳家，将女抢去"③。《警世录》中记载是"董仆陈明纠众打毁陆家家资，将女抢去"④。依循常理，董祖常在幕后指挥即可，没必要亲自出马，所以《五学檄》中的说法不太可靠。又如揭帖在抨击董氏父子时，更是张大其词，添油加醋，非常煽情，《五学檄》中云：

① 展龙：《揭帖：明代舆论的政治互通与官民互动》，《明清史研究》2018年第3期，第11页。

② ［明］佚名：《民抄董宦事实》，四川大学图书馆中国野史集成续编委会编：《中国野史集成》第27册，巴蜀书社1993年版，第703页。

③ ［明］王以宁：《王以宁奏疏》，明万历刻本。

④ 董玉兴：《从〈警世录〉看〈民抄董宦〉真相》，《上海地方志》2019年第4期，第46页。

吾郡兽宦董其昌，称小有才，非大受器。谄交奄宦，先见摈于词林；藐视诸生，复无状于学校。直至捧头鼠窜，尚贻笑于楚中；方今伸喙鸮张，更作威于吴下。近得夤缘藩臬，妄图再入官僚。……正宜负愧于已，乃反招亡纳叛，黥徒逋贼，尽数养为爪牙。并无家教义方，劣子顽儿多方张其羽翼。兄弟济恶，祖和在彼善于此之间；父子逞凶，祖常居殆有甚焉之上。宣淫不顾帷薄，共闻同室两麀；聚博不惜衣冠，惟冀千金一掷。拚合陈明，潜窝死士，劫抢徐氏，坐获厚藏。凡可虐士害民，无不攘臂称首。如山罪孽，罄竹难书。①

《松江府辩冤生员》中云：

吾松豪宦董其昌，海内但闻其虚名之赫弈，而不知其心术之奸邪。交结奄竖，已屡摈于朝绅；广纳苞苴，复见逐于楚士。殷鉴不远，不思改辙前人；欲壑滋深，惟图积金后嗣。丹青薄技，辄思垄断利津；点画微长，谓足雄视常路。故折柬日用数十张，无非关说公事；迎宾馆月进八九次，要皆渔猎民膏。恃座主之尊，而干渎不休，罔顾旁观之清议；因门生之厚，而属托无已，坐侵当局之大权。谋胡宪副之孙女为妾，因其姊而奸其妹；扩长生桥之第宅以居，朝逼契而暮逼迁。淫童女而采阴，干宇宙之大忌；造唱院以觅利，坏青浦之风声。膏腴万顷，输税不过三分；游船百艘，投靠居其大半。收纳叛主之奴，而世业遭其籍没；克减三仓之额，而军士几至脱巾。②

两文都描绘了董氏父子及其家奴的残暴和范氏家人的冤屈，令人激愤，但其中列举的一些事例令人怀疑，恐难采信，如董其昌任湖广学政事，据张岱《石匮书》中说：他"按临郡县，试卷都不糊名，公案前特置一几，有高才者不妨自荐，置卷其上，妄投者黜之，名士无有遗者。"③《明史·董其昌传》："督湖广学政，不徇请嘱，为势家所怨，嗾生儒数百人鼓噪，毁其公署。其昌即拜疏求去……五年正月，

① ［明］佚名：《民抄董宦事实》，四川大学图书馆中国野史集成续编编委会编：《中国野史集成》第27册，巴蜀书社1993年版，第688页。

② ［明］佚名：《民抄董宦事实》，四川大学图书馆中国野史集成续编编委会编：《中国野史集成》第27册，巴蜀书社1993年版，第703页。

③ ［明］张岱：《石匮书》卷203，《续修四库全书》第320册，上海古籍出版社2008年版，第149页。

拜南京礼部尚书,时政在奄竖,党祸酷烈,其昌深自引远,踰年请告归。"①董其昌交结宦官事,虽有史影,但有夸大之嫌。《景船斋杂记》记魏阉盛时,尝求其昌书画,董画后故意不落款,后魏忠贤籍没,他得以免祸。可见,董其昌在与阉宦交往时小心翼翼,虽没有东林党人的激烈,比较圆滑,但内心是不满的,只是迫于情势,并未主动谄媚交结。还有所谓"招亡纳叛,黥徒逋贼,尽数养为爪牙"等事,更是绘风画影,难以取证。可见,这些揭帖都运用了文学虚构的手法。新闻小说化,其目的无非是号召民众,置董氏父子于死地。《民抄董宦事件》和《警示录》中收录的资料,可视为对"民抄董宦"事件的连续追踪报道。

三、传播学考察

"新闻小说"的生产,既向读者传播信息,也试图以自己的感情和政治观点感染或说服读者,以形成某种舆论力量,实现某一政治目的。"民抄董宦"事件依托信源和传播网络交互作用,从而跨越区域持续运动,形成多层次的舆论传播特征,是考察明代小说和新闻传播的一个极好案例。尹韵公先生指出:明代"私揭、匿名揭的形式在民间社会普遍流行,成为攻击权臣、权珰以及恶绅的工具。"②民抄董家事件中有两个传播源,一是董、陆两家争婢事被编创为小说后,开始了初级传播;编为词曲演唱后,形成二度传播,传播范围扩大,从而诱发了范昶死亡和殴辱范母等事,随即冯氏家族发布《冯氏合族冤揭》,揭文声泪俱下,博得了大众同情,从而使传播范围大幅扩展。因范昶父子皆为府学生员,五学生员顿生狐死兔悲之感,"愤激成仇","同投冤单",共发《五学檄》,檄文用通俗骈文写成,朗朗上口,慷慨激昂,极富煽动性:"八旬之受封母,匍匐于龙门者何事?垂命之未亡人,蹒跚于虎穴者何因?如其昌、祖常者,谓宜负杖请荆,或可慰孤谢寡,岂恣百般之殴辱,致两嫠妇徒步仓皇,更施淫毒之惨刑,将诸随婢剥褪秽虐,试听舆人之诵,尽传元恶之真。"号召大家"奉行天讨,以快人心"③。通过信息轰炸,使大众反复接收该事件信息,

---

① [清]张廷玉:《明史》卷288,中华书局1974年版,第7395—7396页。
② 尹韵公:《中国明代新闻传播史》,重庆出版社1990年版,第231—240页。
③ [明]佚名:《民抄董宦事实》,四川大学图书馆中国野史集成续编委会编:《中国野史集成》第27册,巴蜀书社1993年版,第688页。

终于生成传播风暴，"初十、十一、十二等日，各处飞章投揭，布满街衢，儿童妇女竞传'若要柴米强，先杀董其昌'之谣，至于刊刻大书'兽宦董其昌''枭孽董祖常'等揭纸，沿街塞路，以致徽州、湖广、川陕、山西等处客商，亦共有冤揭粘贴，娼妓、龟子、游船等项，亦各有报纸相传，真正怨声载道，穷天罄地矣"①。民众怒火被触发和点燃，最终引发火烧董家事件。

在这一事件中，传播手段和渠道多样化，钱二的说唱和谣歌等属于口头传播，小说《黑白传》、揭帖、檄文、散发青楼妓院和旅游景点的报纸等属于纸质传播，除印刷文字外，其中可能还有手抄文本。口头与文字传播交互进行，使传播速度越来越快，范围越来越广，受众越来越多。特别是歌谣，容易记忆，在晚明政治斗争中被广泛运用，松江地区也普遍使用，"凡朋辈谐谑，及府县士夫举措，稍有乖张，即缀成歌谣之类，传播人口，而七字件尤多"②。何良俊《四友斋丛说》卷十八云："松江旧俗相沿，凡府县官一有不善，则里巷中辄有歌谣或对联，颇能破的。"③可见在松江，谣歌广泛运用于人们的生活或政治评论中。

总之，"民抄董宦"事件是采用"漩涡型复式传播"形式，融口头传播、文字传播和印刷传播于一体，运用小说、说唱、揭帖多种媒介，有完整的传播链，使传播能量逐渐层累积聚，直至爆发，是舆论传播的成功范例。董氏横行不法、结怨乡里是造成"民抄"的必然因素，艺人钱二的出现和生员范昶的死亡是偶然因素，当各种不同文本、媒介聚合在一起，构成了不断扩张的文化叙事方式，从而释放出巨大能量。

四、民抄董宦事件的社会学解剖

火烧董家事件，先由诸生发动，后来广大民众参与其中，其中既有出于义愤者，又有积怨已久者，还有趁火打劫者；而偏袒诸生者，既有县府官员，也有地方乡绅。

---

① ［明］佚名：《民抄董宦事实》，四川大学图书馆中国野史集成续编编委会编：《中国野史集成》第27册，巴蜀书社1993年版，第689页。

② ［明］范濂：《云间据目抄》卷2，《笔记小说大观》第15册，江苏广陵古籍刻印在1983年版，第113页。

③ ［明］何良俊：《四友斋丛说》卷18，《笔记小说大观》第15编第7册，新兴书局有限公司1977年版，第4391页。

他们成分复杂，但令人惊奇地形成了广泛的"统一战线"。历史学家布洛赫认为，谣言并非自发产生，它们是反映特定时刻社会恐慌、怀疑以及集体意识的一面镜子，特定时期的某些谣言往往折射社会变迁的内在纹理①。在布洛赫看来，对谣言或迷思（myths）的批判分析在于追问其文化背景：谣言产生的社会情境与文化因素是什么？谣言的生产和传布反映了怎样的社会性格？布洛赫的谣言理论同样可借用来分析"民抄董宦"事件。

在董其昌致友人的书札中，他曾自述家居时遭乡人陷害，落井下石，唆使山阴县令中伤董家，他感慨自己"僻居五年，炎凉万状，也有小人当事"②。这封信写在民抄发生之前五年，反映出董其昌与地方政府和乡绅之间的紧张关系。分析董其昌与地方政府、乡绅、乡民等之间的关系，对认识晚明地方社会有重要的参考意义。

1. 与当地官员关系

据《民抄董宦事件》记载，当民众烧抄董家时，海防欲点兵出救，被理刑吴之甲阻止③。民抄事件发生后，府县告示，对此事的定性颇不利于董宦，松江府《又示》中云"董宦平日敛怨于民，……今尔百姓焚其房屋，搬其家资，令宦一门鼠窜，亦足惩其恶暴其恶矣"④。《县示》中又称："董宦素多招怨，致被尔等一夕焚抄，其罪两足偿矣。"⑤在处理事件的过程中，署府理刑推事吴之甲和海防同知黄朝鼎抗辩抚台、学政，反对"士抄"最力。他们慷慨陈词，十分动人，《署府理刑吴初审申文》中云："明有法度，幽有鬼神，通国有公评，昭代有法守。杀人媚人，有人心者不为；纵奸长恶，司法纪者不敢。"⑥此文在松江士绅间广为传颂，视为足可传世之吏治名言。巡抚王应麟协同署府共同审案，对地方官员屡加申斥："至若变起之日，勒手敛足，不为地方担当，变定之后，半吞半吐，只知为青衿卸脱，畏旁挚于畏法

① CaroleFink, MarcBloch. *A Life in History* (Cambridge, 1989), pp.71,112.

② 《明人尺牍》，明刻本，首都图书馆藏。

③ ［明］佚名：《民抄董宦事实》，四川大学图书馆中国野史集成续编委员会编：《中国野史集成》第27册，巴蜀书社1993年版，第690页。

④ ［明］佚名：《民抄董宦事实》，四川大学图书馆中国野史集成续编委员会编：《中国野史集成》第27册，巴蜀书社1993年版，第691页。

⑤ ［明］佚名：《民抄董宦事实》，四川大学图书馆中国野史集成续编委员会编：《中国野史集成》第27册，巴蜀书社1993年版，第691页。

⑥ ［明］佚名；《民抄董宦事实》，四川大学图书馆中国野史集成续编委员会编：《中国野史集成》第27册，巴蜀书社1993年版，第694页。

纪，迁延之今，地方有司实不能逃其责。"①但地方官员仍坚持原则，即便辞官也不肯妥协，可见他们对董其昌平日所作所为早就不满，只是奈何不了。

2. 与地方乡绅关系

正当县府与巡抚、省学政争执不下时，翰林院检讨张鼐领衔起草《合郡乡士大夫书》，指出"陆生可悯，青衿可原"②，参与联署签名者竟多达28人，皆为松江府人，多数进士出身，且俱在中央或地方任职。据王家范考证，署名者中有董其昌的同年进士陆彦章、李叔春、吴炯、陈所蕴，而此科松江总计中进士8人，有半数以上"老同学"不给面子，足见董氏在松江同乡眼里，人品、人缘大成"问题"③。接着又有松江府举人51人联名上书《合郡孝廉公揭》，指出"祸因利抢棍徒，闻有报怨之民乘机蜂起，学校绝无干涉"。事件"一起于范昶之冤死，二起于董奴之凌辱"④，将矛头指向董家。

明清时期，苏松地区的乡绅与现任地方官员的矛盾一直存在。一方面，官员站在地方治理的立场上，绳治不法士绅；另一方面，他们又需要乡绅配合，才能使政令畅通。而在民抄董宦事件中，地方官员与乡绅竟罕见地立场一致，由此可见董其昌的恶行遭到普遍反对。士绅阶层是联系中央与地方的中介，身份和地位都特殊，常充当地方矛盾冲突的仲裁者，他们发表的言论或制造的舆论有很大的权威性，"士为齐民之首，朝廷法纪尽喻于民，唯士与民亲，易于取信。如有读书敦品之士，正赖其转相劝戒，俾官之教化得行"⑤。从后来曹家驹、毛祥麟等松江文人的记载看，虽然后来做出了有利于董其昌的判决，但民间的评判一以贯之，对董其昌的舆论审判并未改变。

有趣的是，受害者范家还与董家是至亲。范昶已故父亲廷言，曾任万州刺史，范母冯氏乃五品诰命；华亭冯家也是地方望族，范母为冯恩之女，冯恩乃嘉靖五年

---

① ［明］王以宁：《王以宁奏疏》，明万历刻本。

② ［明］佚名：《民抄董宦事实》，四川大学图书馆中国野史集成续编编委会编：《中国野史集成》第27册，巴蜀书社1993年版，第696页。

③ 王家范：《明清史料感知录（十）》，《历史教学问题》2012年第5期，第53页。

④ ［明］佚名：《民抄董宦事实》，四川大学图书馆中国野史集成续编编委会编：《中国野史集成》第27册，巴蜀书社1993年版，第694页。

⑤ 李伏明：《制度、伦理与经济发展：明清上海地区社会经济研究》，中国文史出版社2005年版，第137页。

（1527）进士，曾任御史，因忠谏受廷杖，其子冯行可年十三，刺血上书救父，受到族表，学者称"孝贞先生"，父子死后并祀乡贤祠。①董其昌妻为龚氏，冯家儿媳龚氏与董家为姨亲，乃董其昌妻妹；冯氏孙媳为董族孙女，冯、董两代姻亲。②但范、冯两家时已衰落，而董家正盛。据钱二供词，《黑白传》即便不是范昶所写，他也肯定传阅过；而范母等赴董家斥骂时，董家也毫不留情。可由此推知两家关系不睦，这或许反映出封建社会新旧乡绅之间的冲突。

3. 与地方生员的关系

生员处于士绅阶层之底层，平日受权臣豪绅的欺压，积有怨气。松江范濂感慨道："士风之弊，始于万历十五年后，……亦世道人心之一变"，近年松江东乡和西乡就发生过富户费仲、马可观扛打孤寒生员陆龙基和刘致和事件。③富户尚且如此欺凌生员，官宦就更不用说了，从现存资料来看，不少生员曾受到董其昌的凌辱和陷害。《景船斋杂记》记载，曾任中书舍人的华亭人姜云龙为诸生时，曾遭董其昌落井下石。《五学檄》中也提到青浦生员洪道泰和金山卫生员陆调阳被董家凌虐之事，所以怒骂董其昌"藐视诸生"。在处理案件时，县府官员和学府官员都共同站在诸生一边，极力保护他们。《府学申覆理刑厅公文》中得出结论说："今据始末根由，为生员范启宋称冤者，五学之生员；火烧董宦者，三县之百姓。禀府申理，并无首难，百姓喧聚三日，岂由主使，今蒙信牌查究生员倡首一二人，因事起一时，议出众口，并非纠众狂逞，实难妄指首从。"④据《王以宁奏疏》中载，五学教授、教谕、训导皆异口同声为诸生辩护，声称通过调查，烧抢董家时，并无一个生员在场，与他们毫无关系。

松江一府五学联合，通力与巡抚和省学政抗争，显示出晚明学校强大的力量，这在晚明生员抗击权臣和阉宦时也时有所见，后来黄宗羲因而意识到学校可以成为制约皇权的舆论空间，"学校所以养士也，然古之圣王，其意不仅此也，必使治天

① 参见吴仁安：《明清时期上海地区的著姓望族》，上海人民出版社1997年版，第376页。

② ［明］陈继儒：《思白公暨龚夫人行状》，《董氏族谱华亭》卷8，上海图书馆藏清光训堂刻本。

③ ［明］范濂：《云间据目抄》卷2，《笔记小说大观》第13册，江苏广陵古籍刻印社1983年版，第114页。

④ ［明］佚名：《民抄董宦事实》，四川大学图书馆中国野史集成续编委员会编：《中国野史集成》第27册，巴蜀书社1993年版，第692页。

下之具皆出于学校，而后设学校之意始备。"①在黄宗羲看来，"学校"形成的舆论是衡量是非的标准，而不是皇帝的圣旨。如果郡县官政事有缺失，郡县学校"小则纠绳，大则伐鼓号于众"，学校不仅是公众舆论机构，而且是对朝政实行监督的监察机构②。由此可见，明中后期，尤其是万历以后，地方学校逐渐成为制约地方社会的重要力量。

4. 与地方百姓的关系

乡宦横行乡里，利用权势，兼并土地，致使大量小农无依无辜；或利用同年门生关系，把揽词讼。清人顾公燮《消夏闲记摘抄》卷上云：

> 前明缙绅，虽素负清名者，其华屋园亭，佳城南亩，无不揽名胜，田连阡陌。推原其故，皆系门生故吏代为经营，非尽出己资也。至于豪奴悍仆，倚势横行，里党不能安居。③

华亭籍内阁首辅徐阶在家乡借"投献"为名，大肆兼并田地，有田数十万亩，"家奴多至数千，有一籍册之，半系假借"④，子弟家奴横暴乡里，深为乡民痛恨。海瑞曾亲至徐府，请其籍削之，仅留数百以供役使，不久，海瑞便被革职闲居。董其昌子祖源之妻乃徐阶玄孙女、内阁首辅申时行的外甥女，董祖源的宅第多达二百余间，当初建造时曾强拆了许多民房，圈为己有，早就积怨于街坊。董其昌虽在致友人书中标榜"弟自入籍以来，不买小民一亩田，不受旧家投身之仆，与里人绝不交涉，故得无可攻耳"⑤。但从现存资料看来，并不足信，他雇有大批打行打手护佑豪宅。《五学檄》中骂他"兄弟济恶""父子逞凶"。华亭前任知县郑某是董其昌门生，《松江府辩冤生员》说他借门生"关说公事"，"渔猎民膏"，"扩长生桥之第宅以居，朝逼契而暮逼迁，……造唱院以觅利，坏青浦之风声。膏腴万顷，输税不过

---

① ［清］黄宗羲：《明夷待访录·学校》，《续修四库全书·子部》第945册，上海古籍出版社2008年版，第471—472页。

② 陈宝良：《明代民间舆论探析》，《江汉论坛》1992年第4期，第56页。

③ ［清］顾公燮：《消夏闲记摘抄》卷上，《涵芬楼秘笈》第2集，商务印书馆1924年版，第5—6页。

④ ［明］于慎行：《谷山笔麈》卷5，中华书局1984年版，第52页。

⑤ 《明人尺牍》，明刻本，首都图书馆藏。

三分；游船百艘，投靠居其大半。收纳叛主之奴，而世业遭其籍没；克减三仓之额，而军士几至脱巾。诈富民邱福银千两，而一人命也"①。带头烧毁董家、后来被判死刑的金留等五人，都曾遭到董家豪奴的殴打，《府学申覆学院公文》中云："王皮向与盛心洲构讼，陈明居中受钱摆布，怨之刺骨。"曹辰事前一日偶立董门，"董仆擒进，持砖剥衣重殴，怨之亦刺骨，其报仇之情可知"。董元得罪于陈明，陈明令子婿毒殴之②。王以宁《王以宁奏疏》卷八中金留供称，万历四十三年（1615）三月十四日，金留因徐旸家猫咬死邻居陈木匠家鹅，金留杀死猫，徐旸求董祖常令衙差行拘金留，金留贫不能支，欲自缢，众人和息，金留因无钱赔偿，遭到徐旸等殴打，后来卖掉家猪赔偿才放过。总之，"董宦平日敛怨于民"，这些受害者积恨于心，一旦有机会，就行报复。但并不殃及无辜者，"百姓见火稍侵及他家者，即群为救灭，只烧董宦一家住宅"。董其昌另一子祖和，以平日稍知敛戢，其宅"巍然独存"③。后来《墨余录·黑白小传》云：董其昌"徒以名士风流，每疏绳检，且以身修为庭训，致其子弟亦鲜克由礼。仲子祖常，性尤暴戾。干仆陈明，素所信任，因更倚势作威。"④因而为乡人所恶，"海上之民，轻剽易利"⑤，这些忍受各种压迫和屈辱的底层百姓，一遇时机，就会发动暴乱。

但董其昌完全不清楚自己的处境，迷信自己的势力，判断失误。殴辱范家事件发生后，三月初八，同乡进士吴玄水即曾致书其昌，苦心规劝："今日阁下只宜返躬引咎，愈自抑损，以贵族调贵族之婿，将尊从之哆唪者痛加惩治，械送公庭。庶人心一平，大难立解。否则，阁下虽往，如一家杌桄何！"⑥但董其昌听不进苦口良言，自恃势大，不肯认错，在民众围攻董宅时，"防护者将粪溺从屋上泼出"，更加

① ［明］佚名：《民抄董宦事实》，四川大学图书馆中国野史集成续编委员会编：《中国野史集成》第27册，巴蜀书社1993年版，第703页。

② ［明］佚名：《民抄董宦事实》，四川大学图书馆中国野史集成续编委员会编：《中国野史集成》第27册，巴蜀书社1993年版，第693页。

③ ［明］佚名：《民抄董宦事实》，四川大学图书馆中国野史集成续编委员会编：《中国野史集成》第27册，巴蜀书社1993年版，第690页。

④ ［清］毛祥麟：《墨余录·黑白小传》，《笔记小说大观》第1编第9册，第5403页。

⑤ 《署府理刑吴初审申文》，四川大学图书馆中国野史集成续编委员会编：《中国野史集成》第27册，巴蜀书社1993年版，第693页。

⑥ 吴信亦为原初刻本所缺，根据《警示录》抄录，见王家范：《明清史料感知录（十）》，《历史教学问题》2012年第5期。

激化了矛盾。董宅被烧毁后，又称"死不瞑也"，"未求正法，先求正名"，要求将"民抄"定性为"士抄"，严惩诸生①，到处疏通关节，虽然在王应麟和王以宁的强力支持下如愿以偿，但并没有达到洗脱污名的目的。

结　论

日本学者岸本美绪在《明清交替与江南社会——17世纪中国的秩序问题》第一章"明末清初的地方社会与'世论'"中，指出晚明民变的特征道：虽是以政治社会问题为契机的民变，但就因为只将问题简化成宦官、地方官员、乡绅等社会名士道德的问题，民众将其看成"善"或"恶"的象征，这样才能够使得非特定多数人们结集起来。这时，最能影响民众在自己心中进行这种简化工程的便是戏剧和俗曲，此外还有传单、招贴、小说等。②这类文学作品含有巨量信息，涉及文学、历史、新闻、传播等学科。《黑白传》之类的"新闻小说"，呈现出小说与热点事件之间的互动关系，事件刺激小说的创编，小说的创编又诱发事件的进一步发展，进而又被小说书写，两者之间循环互动，体现出晚明小说生产和传播的鲜明特征，后来《辽东传》《放郑小史》等小说的创作及与熊廷弼、郑鄤等血案之间的关系，就是"新闻小说"这一特征的继续发展和生动诠释。"新闻小说"融历史、新闻、小说于一体，体现出晚明小说新闻化、新闻小说化的发展态势。多种媒介参与政治博弈，制造舆论，企图左右事件的定性和处理，从而又体现出晚明小说政治工具化的特征。"民抄董宦事件"的相关小说，不但反映出晚明小说发展的诸多特点，也是晚明社会的镜像，折射出社会变迁的内在纹理。事后，御史杨鹤忧心忡忡地说："今三吴之势家大族，人人自危，小民沙中偶语，无日无之。恐怕东南之变，将在旦夕，此又甚与夷狄盗贼□□。"③"民抄董宦"事件预示着明末大风暴的即将到来。

---

① ［明］董其昌：《十七日董求吴玄水书》，四川大学图书馆中国野史集成续编编委会编：《中国野史集成》第27册，巴蜀书社1993年版，第691页。

② ［日］岸本美绪：《明清交替与江南社会——17世纪中国的秩序问题》，东京大学出版社1999年版，转引自［日］松浦智子：《时事小说〈征播奏捷传通俗演义〉的成书及其背景——另一个〈杨家将〉故事》，《明代文学论集》，海峡文艺出版社2009年版，第896页。

③ ［明］佚名：《万历邸钞》，江苏广陵古籍刻印社1991年版，第2351。

戏耍调情，冷嘲热讽

——古代小说俗曲演唱描写的多重功能再探

石　麟

内容提要： 在中国古代小说中，往往会出现书中人物当场演唱俗曲的描写，而这些被演唱的曲子往往又与书中的人物或情节着有千丝万缕、或隐或现的关系。进而言之，书中某人物演唱的作品，其实也是一种表达人物心灵的创作，当然，说到底，它更是小说作者的一种"代言体"创作。况且，在小说作品中进行歌谣俗曲的描写，还是一种跨文学领域的表现，也是小说"综合性"文学样式的一种体现。准乎此，对这些书中人物现场演唱的曲子进行研究，就可达到一石三鸟的效果。这里从"戏耍调情，冷嘲热讽"的角度进行探讨，具体内容分为五个方面："市井轻歌多戏耍""痴男怨女总调情""疯言浪语射人欲""嘲歌直刺色淫邪""世事人生一笑中"。

关键词： 古代小说　小曲演唱　多重功能

在中国古代小说中，往往会出现书中人物当场演唱俗曲的描写，而这些被演唱的曲子往往又与书中的人物或情节有着千丝万缕、或隐或现的关系。进而言之，书中某人物演唱的作品，其实也是一种表达人物心灵的创作，当然，说到底，它更是小说作者的一种"代言体"创作。况且，在小说作品中进行歌谣俗曲的描写，还是一种跨文学领域的表现，也是小说"综合性"文学样式的一种体现。准乎此，我们对这些书中人物现场演唱的曲子进行研究，就可达到一石三鸟的效果。在这方面，

作者简介：石麟，湖北师范大学文学院教授，主要从事中国古代小说研究。

笔者前已撰写《离别相思，幽怀悲诉——古代小说俗曲演唱描写的多重功能初探》一文，从"情爱相思的诉说""爱恨交加的呐喊""沧桑巨变的呜咽"三个方面进行了初步探讨，此再撰文，从"戏耍调情，冷嘲热讽"的角度进行"再探"。所探讨的内容分为五个方面："市井轻歌多戏耍""痴男怨女总调情""疯言浪语射人欲""嘲歌直刺色淫邪""世事人生一笑中"。

一、市井轻歌多戏耍

古代小说作品中人物所唱的俗曲，有很多是对他人进行"戏耍"的。有些人，尤其是得道之人，看到市井小民中某些狭隘的、小气的思想言行，就忍不住通过歌唱的形式进行调侃。如"八仙"中的韩湘子就是这样：

> 湘子见淌老儿这个模样，又走近前一步，敲着渔鼓唱道："老公公，我看你两鬓白如绵，你今日开了酒店，只为要撰些钱，因此上老少们不得安然。俺化你一壶香醪饮，保佑你买酒的闹喧喧。你若是肯欣然，俺替你做一个利市仙，包得你一本儿增出一倍钱。"（《韩湘子全传》第十一回）①

酒店老板淌老儿颇为吝啬，这本是生意人的常态，韩湘子看不惯，便以轻松而又辛辣的道情俗曲儿对之进行调侃和戏耍。

韩湘子是仙道正神，对一个酒店老板调笑几句那只是小意思，但如果是邪神妖精，别有用心地对着市井中人唱俗曲，那就不是一般调笑，而是一种勾引了。且看以下描写：

> 那两个妇人即便轻敲象板，顿启柔喉，款款的唱出一阕《阮郎归》来道："一别家乡音信杳，百种相思绕。眼前匀粉调脂妙，谁道相逢早？　忆襄王，高堂渺，梦里何曾晓？怎如彩凤配青鸾，覆雨翻云好。"（《飞龙全传》第二十七回）②

---

① ［明］雉衡山人：《韩湘子全传》，中国书店1987年版，第2页。
② ［清］东隅逸士编：《飞龙全传》，宝文堂书店1982年版，第220页。

这是两个妖精冒充美女来迷惑赵匡胤、郑恩二人时所唱。表面看起来，这种撩惹也堪称情深意长，但实际上它却是勾魂摄魄的。一不小心，就会落入圈套陷阱之中，弄得英雄气短，甚至丢掉残生性命。幸亏粗莽的郑子明及时看穿了妖精的勾当，才使得自己与赵二哥脱离危险。

一般情况下，在中国古代小说中，妖精跑到尘寰世界来挑战"大爷"，最终总会被击败的。但如果是在阴曹地府，"鬼妓"对"鬼大爷"的挑逗，那就另作别论了，其结果是各得其所的"双赢"。且看《斩鬼传》所展现的鬼蜮世界的妓女对嫖客的歌唱：

> 丢谎鬼道："二位贤姐何不传唱一曲与二位大爷劝酒？"那倾人城拍着桌棱儿，唱一个《黄莺儿》道："巫山梦正劳，听柴门有客敲！窗前淡整梨花貌。鸳衾暂抛，春情又挑。当筵不惜歌喉妙，缠头频解，方是少年豪。"……倾人国便续着前腔，也唱一个道："果是少年豪，缠头锦不住抛，千金常买佳人笑。心骚意骚魂劳梦劳，风流不许人知道，问儿曹，闲愁多少？好去上眉梢。"众人都说道："妙妙妙！又新鲜，又切题，实是难为贤姐了。"讨吃鬼道："你们难为了他二位唱了，你们何不也唱一个回敬回敬？"诓骗鬼道："不打紧，我有一个《打枣竿儿》，唱与你们听罢。"于是一面拍着手，唱道："两冤家，我爱你的身子俏，还爱你打扮的忒煞风骚。更爱你唱曲儿天然妙，一个儿如莺啭，一个儿似燕娇，听了你的声音也乖乖，委实唱的好！"（第五回）①

这鬼蜮世界的妓馆歌楼的戏耍如果去掉其鬼气，完全就是人间同样情景的写照。谓予不信，不妨对读两则描写。一则是人间妓女与公子哥儿们之间的市井轻歌的戏耍："雅雅接着，横在膝上，轻舒玉指，唱道：'锦被儿斜着枕头儿歪，玉天仙降下了瑶台。娇滴滴粉脸儿人多爱，红粉衬香腮，斜插金钗，好一似昭君出塞来。'"（《巧联珠》第十回）②这秦楼楚馆的雅雅对着公子哥儿所唱，原来与那鬼蜮世界的"鬼妓"不相上下的。另一则是勾栏女子对暴发户商人发出的桃花扇底的歌风："这桂姐虽年

---

① ［清］烟霞散人：《斩鬼传》，长江文艺出版社1980年版，第52页。

② ［清］烟霞逸士编次：《巧联珠》，刘世德、陈庆浩、石昌渝主编：《古本小说丛刊》第39辑，中华书局1991年版，第1352页。

纪不多，却色艺过人，当下不慌不忙，轻扶罗袖，摆动湘裙，袖口边搭刺着一方银红撮穗的落花流水汗巾儿，歌唱道：《驻云飞》：'举止从容，压尽勾栏占上风。行动香风送，频使人钦重。嗏，玉杵污泥中，岂凡庸？一曲宫商，满座皆惊动。胜似襄王一梦中，胜似襄王一梦中。'"（《金瓶梅》第十一回）[1]经过两番对读，一个显而易见的事实摆在我们面前：人间也罢，鬼蜮也罢，这些描写所表现的都是一种市井中歌妓对嫖客轻歌戏耍的常态。有趣的是，既有"常态"就有"特殊"。令人意想不到的是，当特殊的妓女与特殊的嫖客一起聆听特殊的"玩家"演唱时，那场景也就必然具有些许特殊意味了。

> 燕青顿开喉咽，手擎象板，唱《渔家傲》一曲，道是："一别家山音信杳，百种相思，肠断何时了！燕子不来花又老，一春瘦的腰儿小。薄幸郎君何日到，想自当初莫要相逢好！着我好梦欲成还又觉，绿窗但觉莺啼晓。"（《水浒传》第八十一回）[2]

这曲子，是燕青在李师师那儿当着宋徽宗的面唱的。当时，李师师是京城第一名妓，而宋徽宗则是京城第一嫖客。他们的关系，在宋元讲史话本《宣和遗事》中有所描写："却说子母知是官家，跪在地上，諕的魂飞天外，魄散九霄，口称：'死罪。'徽宗不能隐讳，又慕师师之色，遂言曰：'恕卿无罪。'师师得免，遂重添美酝，再备嘉肴。天子亦令二臣就坐。师师进酒，别唱新词。天子甚喜，畅怀而饮。"（《宣和遗事》）[3]《水浒传》第八十一回也有描写："看看天晚，月色朦胧，花香馥郁，兰麝芬芳。只见道君皇帝引着一个小黄门，扮做白衣秀士，从地道中径到李师师家后门来。到的阁子里坐下，便教前后关闭了门户，明晃晃点起灯烛荧煌。李师师冠梳插带，整肃衣裳，前来接驾。"（《水浒传》第八十一回）[4]就是在这样的妓女与嫖客面前，当时天下第一"玩家"浪子燕青唱了那首《渔家傲》的曲子，真正是恰到好处，十分应景。而《水浒传》中这段描写，也毫无疑问取得了成功。

---

[1]　王汝梅、李昭恂、于凤树校点：《张竹坡批评第一奇书金瓶梅》，齐鲁书社1987年版，第176—177页。

[2]　［明］施耐庵、罗贯中：《水浒传》，人民文学出版社1975年版，第1112页。

[3]　［宋］无名氏编著：《宣和遗事》，江苏古籍出版社1993年版，第42页。

[4]　［明］施耐庵、罗贯中：《水浒传》，人民文学出版社1975年版，第1111页。

当然，市井中的轻歌戏耍，并非专在青楼歌馆，其他大众场合也会听到这些美妙的歌声。

> 只听打起锣鼓，共唱歌儿。唱道："标致姐姐俊的哥，一边打鼓一边锣。你打鼓来哄着我，我打锣来引着他。"龙生、小英齐道："有趣有趣。"小姐道："龙郎，这是什么故事？"龙生道："他是荆楚乡风，都吊屈原的意思。"（《蕉叶帕》第十回）①

这是娱乐大众的歌曲，尤其带有地方特色，更产生无穷的韵味。在这里，民俗与戏耍融为一体。对于不明底里的小姐而言，更有一种新鲜感。

还有更新鲜的。且看：

> 只听得远远的两个人说说笑笑、唱唱咧咧的从墙外走来。唱道是："八月十五月儿照楼，两个鸦虎子去走筹。一根灯草嫌不亮，两根灯草又嫌费油。有心买上一枝羊油蜡，倒没我这脑袋光溜溜！"一个笑着说道："你是甚么头口，有这么打自得儿的没有？"一个答道："这就叫'秃子当和尚——将就材料儿'，又叫'和尚跟着月亮走——也借他点光儿'。"那女子听了，心里说道："这一定是两个不成裁料的和尚！"他便吮破窗棂，望窗外一看，果见两个和尚嘻嘻哈哈醉眼模糊的走进院门。只见一个是个瘦子，一个是个秃子。（《儿女英雄传》第六回）②

这是从侠女十三妹何玉凤眼睛里看到的：两个不成材料的而又百无聊赖和尚，在宁静的夜晚，在醉酒之后，竟然也发出了"天籁"之音。他们互相打趣，甚至自我解嘲，唱的却是极其土俗的小曲。"市井轻歌多戏耍"，信不诬也！

---

① ［清］佚名：《蕉叶帕》，《古本小说集成》第2辑第102册，上海古籍出版社1992年影印本，第94—95页。

② ［清］文康：《儿女英雄传》，《古本小说集成》第1辑第106册，上海古籍出版社1991年影印本，第199—200页。

二、痴男怨女总调情

上面一节我们实际上已涉及俗曲"调情"这一问题，只不过不太明显、不太强烈而已。下面，专门探讨古代小说中所描写的现场演唱俗曲中的"痴男怨女总调情"的种种表现。

首先来看妓家带有商业意味的调情俗曲演唱。

> 双林唱了一个《满江红》，其词曰："俏人儿，我爱你风流俊俏，丰雅是天生。我爱你人品好，作事聪明，说话又温存。我爱你非是假，千真万真，凤世良缘分。易求无价宝，真个少。难觅有情人，何日将心称。我有句衷肠话，投言我又忍，不知你肯不肯？欲言我又忍，不知你肯不肯？"（《风月梦》第七回）①

这是青楼女子在与嫖客周旋时所唱曲子，显得非常温柔体贴，一片脉脉含情。但这里唱的却是正儿八经的《满江红》词，显得很文气。要土俗一点的吗？也有！且看妓女对嫖客唱"吴歌"煽情的场景："但听媚媚鼓胡琴，唱吴歌。唱道：'姐儿窗下绣鸳鸯，薄福郎君，摇舡正出子个浜。姐见子个郎来针搠子手，郎见子个姐来船也介横。'于城道：'小生舡已横矣，姐姐莫非针搠了手么？'两人笑饮一回。"（《笔梨园》第二回）②吴歌这种民间小唱，非常适合表达小儿女之间颇为纯洁的爱情，即便是妓家女唱起来，也有几分清新的气息。但如果换一个老练的妓女对年轻的"憨头狼"来唱勾魂曲，那将是热烈奔放甚至带有几分野味刁蛮的：

> 一娘将琵琶拨起，唱道："千山万水将你盼，盼到跟前已是枉然。想当初山盟海誓两相情愿，到如今有了新人你心改变。你只图新鲜，不愿长远。恨将起，喝口水儿将你咽。"（《雅观楼》第三回）③

① ［清］邗上蒙人：《风月梦》，北京大学出版社1990年版，第45—46页。

② ［清］潇湘迷津渡者编辑：《笔梨园》，《古本小说集成》第3辑第106册，上海古籍出版社1993年影印本，第24—25页。

③ ［清］檀园主人编：《雅观楼全传》，《古本小说集成》第5辑第37册，上海古籍出版社1995年影印本，第61页。

碰到这样老练的妓女，年轻的富家子嫖客只有自动跳入其彀中。但当"子弟"们变得老练之后，也会干出辜负青楼女子的龌龊事。下面这位妓女所唱的就是这种"负心男儿多情女"的哀怨情调："月香微微一笑，喊跟来的人递过琵琶，将弦和准，唱了一个《劈破玉》，其词曰：'俏人儿，忘记了初相交时候，那时节你爱我，我爱你，恩爱绸缪。痴心肠实指望天长地久，谁知你半路途中把我丢。你罢休时我不休。贪花贼，负义囚，丧尽良心骗女流。但愿你早早应了当初咒。'"（《风月梦》第七回）①

诸如此类的描写，还存在于《红楼梦》续书系列作品中，那里面的青楼女子与豪门贵介的调笑，则更具生动活泼的情调，请看下面两段：

> 云儿给薛蟠斟上酒，便唱道："转过雕栏，正见他斜倚定荼蘼架，伴羞整凤钗。不说昨夜话，笑吟吟掐将花片儿打。"薛蟠笑道："我昨儿夜何尝在这里了？你说的是谁啊？"云儿笑着拿起酒来，道："你昨儿虽没在这里，头里可有在这里过过夜没有呢？"（《补红楼梦》第十四回）②

> 且说酒过经巡，翠凤拨动琵琶，莺歌燕转，唱道："盼佳期，无休无息。欲寄诗与词，撩乱得我无心绪。又怕你颠倒费神思，葫芦题。你知，我知。单圈儿，我思你，双圈儿，两下思。轻想着，圈便稀。重想着，圈便密。时时想着，无数连环圈得细。更有那，说不尽的离情，一路圈儿圈到底。"（《红楼幻梦》第二十二回）③

前一段通过妓女对公子所唱的调笑歌曲以及二人戏谑的对话，使整个场面显得非常活跃，又有几分轻佻，满是他们那种灯红酒绿、纸醉金迷的生活气息。后一段则是从当时的"民歌时调"中偷来了精髓，使那首俗曲让人听起来颇有几分天真中的恨意、恨意中的天真。为了说明问题，我们不妨帮这首俗曲找找"娘家"。殊不知，娘家居然至少有两个。其一："欲写情书，我可不识字。烦个人儿使不的！无奈何

① ［清］邗上蒙人：《风月梦》，北京大学出版社1990年版，第46页。
② ［清］嫏嬛山樵：《补红楼梦》，北京大学出版社1988年版，第125页。
③ ［清］花月痴人：《红楼幻梦》，春风文艺出版社1988年版，第334页。

画几个圈儿为表记。此封书为有情人知此意：单圈是奴家，双圈是你。诉不尽的苦，一溜圈儿圈下去。（重）"（《霓裳续谱》卷四《寄生草·欲写情书我可不识字》）[1]其二："欲写情书我可不识字，烦个人儿又使不的。无奈何，画几个圈儿为表记。此封书惟有情人知此意：单圈是奴家，双圈是你。诉不尽的苦，一溜圈儿圈下去。但愿你见了圈，千万莫要作儿戏！"（《白雪遗音》卷二《欲写情书》）[2]《霓裳续谱》是清代乾隆六十年（1795）王廷绍编述的俗曲总集，《白雪遗音》是清代嘉庆、道光间的小曲总集，而《红楼幻梦》则是道光癸卯（二十三年，1843）时的作品，因此可以说上述两首民歌集应该就是小说描写翠凤所唱俗曲的"娘家"。由此亦可见得小说创作学习民歌时调的必然性和必要性。

然而，在情歌对唱的过程中，情深意重的也并非只是女性，有些男性，甚至是身为"孤老"的男性也往往会对老相好的青楼女子产生一些儿真情。譬如下面这位贾铭公子，他对着即将离别的青楼女子也当场演唱出了借题发挥的小曲。

> 贾铭遂唱道："冤家要去留不住，越思越想越负辜。想当初，原说终身不散把时光度。又谁知你抱琵琶走别路。我是竹篮打水，枉费工夫。为多情，谁知反被多情误！为多情，谁知反被多情误！"（《风月梦》第二十九回）[3]

在古代小说所描写的那个或畸形或真情的世界里，不仅有当时人司空见惯的青楼恋情，而且还有跨国的狭邪情谊。如中国的公子秋鹤与日本的艺妓玉田就是典型例证：

> 玉田笑道："我来唱支东洋的曲儿。"因命人取了六角弦琴来，弹着，唱道："竹桥三月豆花香，一滴滴金儿一滴滴金儿吗，厢港娇生识得小野的郎呀，一滴滴金儿吗。昨夜村田踏歌唱，山泠泠水泠泠的曲，胜如出浴凤求凰呀，一滴滴金儿。别后的相思望断肠，一滴滴金儿一滴滴金儿吗，杨枝摇曳，又是竹枝长

---

① ［明］冯梦龙、［清］王廷绍、［清］华广生编述：《明清民歌时调集》，上海古籍出版社1987年版，第192页。

② ［明］冯梦龙、［清］王廷绍、［清］华广生编述：《明清民歌时调集》，上海古籍出版社1987年版，第660页。

③ ［清］邗上蒙人：《风月梦》，北京大学出版社1990年版，第206—207页。

呀，一滴滴金儿吗。当着寒蛩晚雁，斜月残灯，写不了断肠诗句子，守着薰风水殿凉呀，一滴滴金儿。"（《海上尘天影》第三十四章）①

玉田是日本女子，门户出身，亦乃中国通。根据书中描写："接着有一个美国姑娘从日本国来申，带着一个日本姑娘名玉田生的，拿着秋鹤写的一封书子来寻介侯。介侯知是与秋鹤相识的，玉田生也是秋鹤在箱馆时所眷，虽均是门户出身，看他的人却温文尔雅，颇能说中国南北的官话，玉田生更知中国文理。"（第二十章）②以上所引，乃是玉田在宴席上所唱的日本小调。这种东洋曲儿，除了那"一滴滴金儿"的和声之外，基本是中国民歌时调韵味。

当然，俗曲演唱儿女情并非青楼专利，这里也有大家侍婢奉命与贵客赵白调情的歌唱。

> 那小红取了琵琶，轻轻弹动，低唱道："［山坡羊变调］郎君俏，郎君俏，不脂不粉，偏胜如花貌。如花貌，宜嗔宜喜还宜笑。一睑儿尽皆文字娇，满身上都是风流窍。花见了，早魂消，鸟见了，应惊叫，人见了，谁一个不心欢乐。若是肯相怜，情愿与他同偕到老。"（《宛如约》第二回）③

这里还有老风流的媒婆酒后癫狂，重展青春华年，在一个富贵人家的太太、小姐们面前卖弄风骚的表演。

> 原来雪婆年少时，是一个半开门的窠妇，歌舞都是会的，只是老了，身体很僵，声音还好。三杯落肚，老兴颇高。走出坐位来，一头舞，一头唱，真是好笑。唱道："镇日蜂狂蝶闹。恨飞花无主，一任飘摇。薄情偏是怎丰标，负心到此真难料。期他不至，香肌暗消。芳魂随梦，天涯路遥。何时说与伊知道。""强笑人前堪丑。想冤家此际，何处闲游。东风无意送春愁，楚腰应是添消瘦。庸人俗子，推他反留。风流短命，思他不休。楚襄不上巫山岫。""当

---

① ［清］邹弢：《海上尘天影》，百花洲文艺出版社1993年版，第559页。

② ［清］邹弢：《海上尘天影》，百花洲文艺出版社1993年版，第308页。

③ ［清］惜花主人批评，萧相恺校点：《宛如约》，春风文艺出版社1987年版，第12页。

日殷殷相许。对苍苍设誓，字字无虚。双鸳比翼效于飞，花枝偎傍成连理。谁愿一去，春归不归。伤心历载，佳期负期。镜中枉自倾城美。"（《吴江雪》第七回）①

这里甚至还有一个老水手兼老歌手兴之所至，边工作边嘲讽那些风流女子的歌唱："船上水手有一老龙三，唱得好《夜行歌》，众人叫他唱曲，那苏州三一头摇橹，唱道：'天上星多月勿子介明，池里鱼多水勿子介浑，朝里官多站勿子介下，姐姐家郎多记勿子介清。'"（《蜃楼志》第十七回）②

令人意想不到的是，这种情歌现场演唱，除了俏皮、美好，还有龌龊和罪恶。尤其是那些调戏寡妇的勾魂曲。且看：

阮优笑着向郑氏道："我昨日听见人唱一个劈破玉儿，很有趣。我唱给嫂子听听。"遂唱道："小寡妇上新坟，身穿着重孝。拿着香，提着纸，直哭到荒郊。见新坟，忙下拜，把我亲夫来叫。实指望与你同偕老，谁知你半路里把奴抛。我捱不得这冷冷清清也，夫君呵我要去偷小叔了。"（《姑妄言》第十三回）③

其实，阮优的歌唱是双重罪恶。其一，是借小曲勾引寡妇。其二，被勾引者竟然是他的嫂嫂。当然，阮优的这双重罪恶毕竟赶不上西门庆的一项灭绝人性的举动：谋杀人夫而又与寡妇情人卿卿我我，并且，那罪恶的妇人竟然也有心情在谋杀亲夫之后对着奸夫唱缠绵的桃色小曲：

西门庆一面取下琵琶来，搂妇人在怀，看他放在膝儿上，轻舒玉笋，款弄冰弦，慢慢弹着，低声唱道："冠儿不带懒梳妆，髻挽青丝云鬓光，金钗斜插在乌云上。唤梅香，开笼箱，穿一套素缟衣裳，打扮的是西施模样。出绣房，梅香，你与我卷起帘儿，烧一炷儿夜香。"（《金瓶梅》第六回）④

---

① ［清］佩衡子：《吴江雪》，春风文艺出版社1986年版，第41—42页。
② ［清］庾岭劳人：《蜃楼志全传》，百花文艺出版社1987年版，第225页。
③ ［清］曹去晶：《姑妄言》，中国文联出版公司1999年版，第645页。
④ 王汝梅、李昭恂、于凤树校点：《张竹坡批评第一奇书金瓶梅》，齐鲁书社1987年版，第106页。

在那个时代，还有一种罪恶就是"男风"，这并不完全等同于今之所谓男人之间的"同性恋"，而是强势男性对弱势男性的凌辱和玩弄。但在古代小说中，这种不正常的情感和行为有时候竟被描写得格外美好，甚至几乎超越男女之间的情感交流。如《红楼梦》中描写的这段曲子："可喜你天生成百媚娇，恰便似活神仙离碧霄。度青春，年正小；配鸾凤，真也着。呀！看天河正高，听谯楼鼓敲，剔银灯同入鸳帏悄。"（《红楼梦》第二十八回）①这是名伶蒋玉菡在与公子哥儿们喝酒时唱的小曲。如果不做特别的说明，不明就里的读者或许会认为此处所写乃是十分美好的良宵儿女佳会。一旦明白这原来是两雄相悦，许多读者可能会大倒胃口的。然而，这还不是最让人难受的，更令人不堪卒读的是下面这一段：

> 蒋玉菡听了，只得拿了个手帕，先走了个身式，向宝玉飞了个眼儿，唱道："冤家冤家你真胆大，跟随了僧道竟去出家。大荒山，亏了仙师亲点化。太虚境，留下了一段风流话。只蓦地归来，臊坏了我们的那个他。暗投缳，三更半夜在床头挂。恨起来，恨不能一口凉水把你囫囵吞下。"（《秦续红楼梦》第二十四回）②

这是一部《红楼梦》的无聊续书中写蒋玉菡对着贾宝玉唱的，而且，唱之前还要先"飞个眼儿"，而唱的内容更是不堪。大意是说宝二爷你出家这段时间，你的"内宠"花袭人嫁给了我这个宝二爷的"外宠"。现在你突然回来，臊得"我们的那个她"差一点投缳自尽。但"内宠"还是爱二爷到骨髓，恨不得一口水将宝二爷吞下，看来今后我们还得"夫妻共事一人"了。听了蒋玉菡这一段欲"归还"袭人于贾宝玉之怀抱的歌曲"预叙"，读者大概应该可以理解什么叫畸形的爱恋、畸形的情感、畸形的男女关系的现场俗曲歌唱了！

当然，除了这些之外，也还有令人解秽的现场俗曲歌唱，而且是在紧张情势下的浪漫。请看一位化装深入敌后的女中豪杰混迹江湖时为掩护自家身份所唱的花鼓词：

---

① ［清］曹雪芹、高鹗：《红楼梦》，人民文学出版社1982年版，第397页。
② ［清］秦子忱：《秦续红楼梦》，春风文艺出版社1985年版，第354页。

梅小姐引喉唱道："姐也儿，凤阳来，哪怕千山万水，越破弓鞋，但愿得个多情君子，赠奴金钗。扳郎颈，斗个嘴来合和谐，漫道郎垂还是奴垂。"（《岭南逸史》第十二回）①

这段凤阳花鼓虽然唱得比较轻松，但此后不久的情节却让我们看到了笙歌中的杀气。因为这样的歌唱本身就是一种伪装、一种掩护。那么，那种完全放松的、甚至是酒后放纵的歌唱是否存在于古代小说的描写之中呢？答案是肯定的。

狗弹心中欢喜，与众狗兵宰牛饮酒，同蛮婆、蛮女击皮鼓舞歌唱道："姐在西山郎在东，等郎不来山花红。山花胜似郎心好，年年岁岁乘春风。春风有时去，山花时时红。愿郎休与春风一样无情义，只学蜂蝶多情粘着花儿不放松。心同情也同，风流处处通。"（《红楼复梦》第九十三回）②

真没有想到，《红楼梦》的续书中还有如此生动的描写。其实，就连《红楼复梦》的作者也没有想到，他本意是想贬低蛮人，写他们是乌合之众且庸俗不堪、淫乱不堪，却不料写出了一场充满着情与欲的群体性蛮兵现场俗曲大联唱，而且出自天然，不知不觉提高了这部小说的被欣赏水平。

三、疯言浪语射人欲

中国古代小说中所描写的关于人际情感的现场歌唱，其实有一个"情"与"欲"的分野。虽然在更多的时候，情欲是混杂难以区分的，但毕竟存在一个以"情"为主还是以"欲"为主的问题。因此，在说罢"痴男怨女总调情"之后，我们势必涉及"疯言浪语射人欲"。

在有的小说作品中，这种性欲的表达仅仅是一种暗示性歌唱，如《红楼梦》第二十八回写妓女云儿在与公子哥儿们聚会时唱的小曲就是如此："荳蔻开花三月三，一个虫儿往里钻。钻了半日不得进去，爬到花儿上打秋千。肉儿小心肝，我不开了

---

① ［清］花溪逸士：《岭南逸史》，百花文艺出版社1995年版，第134页。

② ［清］小和山樵南阳氏：《红楼复梦》，春风文艺出版社1988年版，第1074页。

你怎么钻？"①如果把豆蔻花儿联想成豆蔻年华的歌者，其内在含义就昭然若揭了。其实，也用不着"揭"，书中的听众和书外的读者一般都会明白这首歌儿表达了什么。诸如此类的还有下面一段描写：

> 王兰道："我今日犯了唱的罪了，大曲小曲闹个不清，行终了令，到底派我唱多少？"遂顿开歌喉，唱道："昨宵梦入阳台里，携手罗帏，同效于飞。弱蜻蜓低回款点秋江水，俏鸳鸯酣眠软借春花蕊。醒来犹记，重订佳期，问今宵可能再领风流味？"（《绘芳录》第四十九回）②

《绘芳录》是一部"仿红楼"之作，书中的文字游戏却比《红楼梦》玩得有过之而无不及。这里，王兰掷得的"妓女闺阁酣眠"的酒令点面，是所谓"六词错位酒令"，目前所知，始作俑者为《续红楼梦》的作者秦子忱。《续红楼梦》第九卷写道："每骰六面，共十二个字。……行此令时，若掷出本色成语者，合席各饮一杯，公贺；若掷出参差综错名目时，即酌量其人其地其事之轻重，定以罚酒杯数之多寡。"③王兰所掷，就是一个"参差综错名目"，因为一个妓女是不可能到人家闺阁去酣眠的。但这些无聊的公子们将错就错，居然也唱出了这么一首"艳情"俗曲，尽管遣词造句方面还有些遮遮掩掩。

也有不遮遮掩掩的，索性将那些两性之间最隐秘的东西轰轰烈烈、明明白白唱将出来的作品。小说作者们之所以这么做，可能是出于当时出版商为牟利制造"卖点"的需要。先看例子后说话：

> 廷辅道："我新学的一支曲子，让我先唱。"于是翠凤和了琵琶，配廷辅唱道："俏人儿，睡朦胧。我合你檀口揾香腮，吐吐吞吞，先在舌尖儿上弄。爱杀你芳心未折，柳腰软摆，叫我轻轻的送。露滴牡丹开，桃花浪涌。又要我学那蠢虫儿般动。霎时间，昏沉如醉，云雨散巫峰。未移时，还约我重赴阳台，再整前番的梦。"（《红楼幻梦》第二十二回）④

①　［清］曹雪芹、高鹗：《红楼梦》，人民文学出版社1982年版，第396页。
②　［清］西泠野樵：《绘芳录》，北京大学出版社1990年版，第592页。
③　［清］秦子忱：《秦续红楼梦》，春风文艺出版社1985年版，第123—124页。
④　［清］花月痴人：《红楼幻梦》，春风文艺出版社1988年版，第335页。

　　杜子虚打扫喉咙，举著作板，唱一曲《黄莺儿》道："洞口涩难攻，仗将军津唾功。一枪戳透相思缝，情和意融，灵犀暗通。金莲高举，深深送与阿侬，浑身畅快，一阵热泉冲。"（《禅真逸史》第十三回）①

　　老三又唱道："和尚尼姑睡一床，掀烘六十四干他娘。一个小沙弥走来，揭起帐子忙问道：'男师父、女师父，搭故个小师父，你三家头来哩做啥法事？'和尚说：'我们是水陆兼行做道场。'"（《蜃楼志》第十七回）②

第一例是酒席上公子哥儿在歌女的伴奏下唱的淫词小曲，第二例是道士在妓女的追逼之下唱出的淫秽曲子，第三例是船家嘲笑和尚淫秽不堪的行径所唱的曲子。无论场景、人物、对象、情事有多大的不同，总有一点是共通的：将两性之间那点事明白无误地表达出来。根据中国读者阅读的经验，这里所用的"遮羞布"，就连作者都知道是没有用的，是"透明"的。但还有更无耻的演唱，而且是仆人为讨好已出嫁的小姐而唱的淫词浪曲。

　　王德笑着归了座位，先嗽了两声打磨嗓子，又把桌上牙箸拈起一支，轻轻敲着板，唱道："姐儿约郎在黄昏后，相约郎君到奴的绣楼。他二人手挽手儿并肩走，郎道：'姐儿呀，虽蒙你待我恩情厚，何时你我方可天长共地久。这露水夫妻，终是个将就。我还有一句不中听的话，你却不可把我咎。我只恐你这样多情，绣楼中不止我一人行走。'姐儿道：'哎哟，郎君呀！你这句话好没来由，我虽不是三贞九烈女，也知道耻来识得羞。一来爱你人俊秀，二来你前晚上百般苦哀求，我才肯今宵相约把你心愿酬。我犹是个深闺豆蔻葳蕤守，你若不相信，我情甘对天立下横死咒。'郎君含笑忙掩住姐儿口：'我这玩话乃是信口诌，你听三更鼓儿打谯楼，休辜负你我阳台云雨春时候。'紧掩上房门，急松了纽扣。郎笑道：'你是女儿家，缘何这样高高的乳头，莫非是早经衔过孩儿口？又为何肚皮儿耸似青山岫，莫非是其中有了六七八个月的小鬼头。姐

---

①　[明]清水道人编次：《禅真逸史》，黑龙江人民出版社1986年版，第185页。

②　[清]庾岭劳人：《蜃楼志全传》，百花文艺出版社1987年版，第225页。

儿呀，我也顾不得那话儿声名丑，多分把一个粗石碑，驮在脊梁后。'"(《绘
芳录》第二十一回)①

在中国古代小说中，女色描写与男风描写往往像孪生兄弟一样如影随形。黄色歌
曲的公开演唱也离不开男子的同性相悦，且看这样的描写："绵驹道：'酒是去不得
了，情愿唱只曲儿当数。'都飙道：'这也使得，便准折些也罢。'赛小唱道：'论人
生，男共女，匹阴阳，前对前，如何后宰门将来串？分开两片银盆股，抹上三分玉唾
涎，尽力也筛将满，那里管三疼四痛，一谜价万喜千欢。'"(《醋葫芦》第十一回)②

此处的赛小名叫赛绵驹，当然是一个无耻之徒。岂止是"赛绵驹"？当时听唱
的哪一个不是无耻之尤？这样绘声绘色的男风行径的歌唱的描写，出现在人人皆可
阅读的通俗小说之中，这样的作者，到底是纵欲还是禁欲？恐怕只有天知道！然而，
有一个事实却不容忽视：中国古代几乎所有的纵欲小说都是打着禁欲的招牌的。

四、嘲歌直刺色淫邪

刚才已经涉及古代小说作品的"纵欲"和"禁欲"问题。其实，不仅那些"涉
黄"小说如此，就是正儿八经的小说作品、甚至包括名著也大都如此。作者们一方
面绘声绘色地描写放纵的性欲，但同时，又不失时机地通过一切方式来讽刺、嘲笑、
批判、谴责这些刚刚还津津乐道的行为和情事。如此一来，"嘲歌"就必然指向"色
淫邪"。我们不妨先来看看《水浒传》中著名的"二潘"故事之一的潘巧云偷和尚事
件在街坊邻里间的嘲歌发酵：

> 蓟州城里，有些好事的子弟们，亦知此事，在街上讲动了，因此做成一只
> 曲儿来，道是："叵耐秃囚无状，做事只凭狂荡。暗约娇娥，要为夫妇，永同
> 鸳帐。怎禁贯恶满盈，玷辱诸多和尚。血泊内横尸里巷，今日赤条条甚么模样。
> 立雪齐腰，投岩喂虎，全不想祖师经上。目连救母生天，这贼秃为娘身丧。"后
> 来蓟州城里书会们备知了这件事，拿起笔来，又做了这只《临江仙》词，教唱

---

① ［清］西泠野樵：《绘芳录》，北京大学出版社1990年版，第252—253页。
② ［明］西湖伏雌教主：《醋葫芦》，警官教育出版社1993年版，第136页。

道："破戒沙门情最恶，终朝女色昏迷。头陀做作亦跷蹊。睡来同衾枕，死去不分离。小和尚片时狂性起，大和尚魄丧魂飞。长街上露出这些儿。只因胡道者，害了海阇黎。"（第四十六回）①

这番表述，在金圣叹改造后的金本《水浒》中几乎重新写过：

> 前头巷里，那些好事的子弟，做成一只曲儿，唱道："堪笑报恩和尚，撞着前生孽障；将善男瞒了，信女勾来，要他喜舍肉身，慈悲欢畅。怎极乐观音方接引，蚕血盆地狱塑来出相？想'色空空色，空色色空，'他全不记多心经上。到如今，徒弟度生回，连长涅槃街巷。若容得头陀，头陀容得，和合多僧，同房共住，未到得无常勾帐。只道目连救母上西天，从不见这贼秃为娘身丧！"后头巷里，也有几个好事的子弟，听得前头巷里唱着，不服气，便也做只《临江仙》唱出来赛他道："淫戒破时招杀报，因缘不爽分毫。本来面目忒跷蹊：一丝真不挂，立地放屠刀！大和尚今朝圆寂了，小和尚昨夜狂骚。头陀刎颈见相交，为争同穴死，誓愿不相饶。"（第四十五回）②

两相比较，应该说是各有特色。从歌词的角度来看，都体现了一个"嘲"字，而且都将淫邪的行为与佛门的戒律对照起来表达。当然，金圣叹所改，文笔更为汪洋恣肆一些，也更为辛辣一些。

诸如此类的"嘲歌"，在其他小说作品中也屡屡可见。我们来看两部堪称"二流小说"的作品中的展示：

> 半年有余，阴氏陆续得过他百余金，还有许多衣服首饰，街坊上的人渐渐知觉，有多事的人就编出谣言歌语来唱道："阴家姐儿忒子个骚，嫁子个男儿又挑子个槽。金家公子来同他子个困，把赢小官变子个大龟老。"数日之间，大街小巷都唱起来。（《姑妄言》第六回）③

---

① ［明］施耐庵、罗贯中：《水浒传》，人民文学出版社1975年版，第643页。

② 陈曦钟、侯忠义、鲁玉川辑校：《水浒传会评本》，北京大学出版社1981年版，第854—855页。

③ ［清］曹去晶：《姑妄言》，中国文联出版公司1999年版，第309—310页。

沈家左邻右舍，巷里的人，也有晓得的，只是畏钟守净势大，无人敢惹他。编成一套小曲儿，唱道："和尚是钟僧，昼夜胡行。怀中搂抱活观音，不惜菩提甘露水，尽底俱倾。赛玉是妖精，勾引魂灵。有朝恶贯两盈盈，杀这秃驴来下酒，搭个虾腥。"（《禅真逸史》第八回）[1]

这两首群体性"嘲歌"，所讽刺者都是"出墙红杏"。上例讽刺的是阴氏，不过她"偷人"颇有层次，是"金家公子"。下一例中的黎赛玉就等而下之了，她哄骗丈夫出门后与和尚通奸。这样的事，正是中国古代市井社会最重要的谈资，当然也是街坊邻舍嘲笑奸夫淫妇最给力的桃色资料。无怪乎小说作品要一而再再而三地写这种"乐此不疲"的群体性"嘲歌"了。

群体性"嘲歌"之外，还有酒席上冷嘲热讽的联唱。有一部晚清的小说，叫《三续金瓶梅》，又叫《小奇酸志》，写西门庆死而复生，又重复了很多罪恶，欠下无尽的风流债。孰料在腊月二十三的祭灶之夜酒宴中，与之相关的女人竟然来了一个相互讥讽的"嘲歌"接力赛：

> 春娘道："拿琵琶来，我也唱。"楚云递上了琵琶，定准了弦，唱了个赶板儿，慢吐娇音，唱道："桂子桂花桂叶多，桂树长在桂山坡，桂花还得贵人采，桂姐还配贵哥哥。肉儿小娇娥，那有姻缘错配着。"春娘唱毕，把个秋桂羞得面红过耳。官人说："怪油嘴，单管胡说，唱的不知是什么。"大家都笑了，把琵琶递与黄姐，说："唱个平仄。"唱道："叫奴怎了，这事儿蹊跷。奴家的裙带子少了一条，若叫那当家的知道，岂肯饶。想必是昨日晚上猫叼了去。也不知那个情郎，谁拿了。好叫我，心下不明暗发毛……"黄姐唱毕，别人不懂，把个珍珠儿弄得一红一白。西门庆也疑惑了，说："你们不是唱曲儿，是商量着打讽呢。谁要不好生唱，我就把他的舌头咬下来。"该屏姐唱了，定了定弦，唱了个《寄生草》，十指尖尖，弹得神出鬼入，真有绕梁之音。嗽了嗽嗓子，唱道："玫瑰花儿头上戴，挽了挽乌云别上根金钗，作女孩儿十五六岁人人爱。俏才郎过来过去把风流卖。十七十八岁好似一朵花儿才开，引的奴迷离魔乱把相思害。"屏姐唱毕，官人道："这里面也有话儿，小油嘴暗含着说我呢，这时候我也不说什么，

---

[1] ［明］清水道人编次：《禅真逸史》，黑龙江人民出版社1986年版，第112页。

等到晚上躺下再与你算账。该谁唱了？"金姐道："该我了。我唱个好的罢。唱个《倒板桨儿》。"唱道："大河里洗菜叶儿飘，见了一遭想一遭。人多眼杂难开口，石上栽花不坚牢。肉儿小娇娇，生生叫你想坏了。"（第十三回）①

前面讲过，男风与女色在中国古代小说中如影随形，既如此，对男风的讥讽同样不会缺席。《石点头》第十四回写的就是王仲先与潘文子同性恋的故事，而他们的风流罪过被同学们发现了以后，讽刺之声就会在"同窗"中吹了出来："这边同窗朋友俱怀妒意，编出一只挂枝儿来，唱道：'王仲先，你真是天生的造化，这一个小朋友似玉如花，没来由被你牵缠下；他夜里陪伴着你，你日里还饶不过他，好一对不生产的夫妻也，辨什么真和假？'"②

更令人忍俊不禁的是，竟有那么一对混账夫妻，丈夫在外面有了"男宠"，妻子却在家中"宠"一男儿，夫妻二人心照不宣，互不干涉。这样的事，当然更会被村坊之间编成曲儿唱遍天涯海角：

> 自黎氏得了半儿，也不去根究丈夫下落，听他在外作乐。那丈夫又恨妻子，不存他体面，喊打出来，任他在家作乐，于是一个捧了个后生，在外边弄，一个捧了个后生，在家里弄。在外边弄的，喜妻子不来咭聒，道好，耳根清净。在家里弄的，喜丈夫不来觉察，道妙，免些惊恐。然俗语说得好：好事不出门，恶事传千里。那些村坊把这事，当个奇事，三三两两，诽诽扬扬，传播了一村，又有好事的，将来编个曲儿唱道："古怪生涯，不爱馄饨喜面抓。花窍无心桠。知趣好浑家，不用嗟。别寻□□，那怕□□下，你不来时不虑他。"（《别有香》第十回）③

虽有几个□□，但一般读者也能知道其间讽刺的是什么。这样的丑事，无怪乎村坊之间要传唱不衰，因为中国人自古就有"好奇"的习惯。而小说，尤其是《别有香》这样的通俗小说，本来就是以涉奇猎艳来取悦读者的。只是有一点让笔者不太明白，写这样故事的作品，何以冠上"别有香"的美名？

① ［清］讷音居士：《小奇酸志》，花山文艺出版社1996年版，第118—120页。
② ［明］天然痴叟：《石点头》，内蒙古人民出版社1985年版，第309页。
③ ［明］桃园醉花主人：《别有香》，远方出版社1998年版，第134—135页。

五、世事人生一笑中

嘲笑他人与自我解嘲，是每个人生平都不可或缺的"情事"。但无论是"他嘲"还是"自嘲"，都会有低级与高级之分。我们不妨先来看看最低层次的他嘲——嘲笑别人的生理缺陷。

> 听他口音，不像北边，倒像南方人，一身儿堆着俊俏，觉得比众不同。听得那一个丑的唱起来，唱道："俊郎君，天天门口眼睁睁，瞧得奴动情，盼得你眼昏。等一等，巫山云雨霎时成，只要京钱二百文。"聘才听了好笑，又想道："虽然淫词浪语，倒也说得情真。"又听得这个丑的，直对着嗣徽、元茂唱将起来。聘才再听道："一个儿脸麻，一个儿眼花，目杀眼鸡同着癞虾蟆。你爱的是咱，咱爱的是他，莫奢遮，温柔乡里不像老行家。"众人听不出什么来，聘才却明白是骂他们二人的，几乎放声笑起来，只得忍住。(《品花宝鉴》第十八回)[①]

> 却好转得湾时，远远的听得一个小厮在月下唱吴歌。唱道："好元宵，齐把花灯放。挨肩擦臂呀，许多人游玩的忙。猛然间走出一个腊梨王，摇摇摆摆，装出乔模样。头儿秃又光，鼻涕尺二长，虱花儿攒聚在眉尖上。干头糯米，动子个伞枭行，把铜钱捉住了就缠帐。何期又遇着家主郎？揪住耳朵剥衣裳，一打打了三千棒。苦呵！活冤家跌脚泪汪汪。明年灯夜呵！再不去街头荡。"钟守净抬头一看，见个年少妇人，一只手扶着斑竹帘儿，露着半边身子儿，探头望月，似有所思。守净促步上前，细看那妇人，就像十三日来寺里听讲经的冤家，那唱歌的，原来就是随行小厮。(《禅真逸史》第五回)[②]

以上二例，一个是歌女嘲讽面麻和近视之人，一个是美妇人黎赛玉的跟班小厮嘲笑癞痢头，都是极其下流的嘲讽。小说作者们如果老是依靠这种嘲笑生理缺陷的歌曲

① ［清］陈森:《品花宝鉴》，宝文堂书店1989年版，第258页。
② ［明］清水道人编次:《禅真逸史》，黑龙江人民出版社1986年版，第62页。

去取悦读者，博得廉价的一笑，那是没有艺术生命力的做法。幸好在更多的作品中，嘲笑丑恶更加深入骨髓，鞭笞丑恶也更加鞭辟入里。

好色、好赌、好毒这样一些不良嗜好，在今天仍然被命名为"黄赌毒"，也是被禁止的。殊不知在那个时代的某些小说作品中，已经开始了对这些人类痼疾的鞭挞，用现场演唱的歌声进行的鞭挞！请看几例：

> 狐妖乃唱道："论青楼美人可意，买笑心恨我当时。只因妒恶不贤的，使作我费家私。到如今懊悔时迟矣，怎得叫糟糠贤德妻，她同心喜，回心喜，我岂肯恋野雉撇却家鸡！"狐妖唱罢，娘子道："大嫂这是个甚曲儿？"狐妖道："我听得这好嫖官人唱了，旁边有人说道，好一个《解三醒》牌儿名曲子，你当初如何不唱？今日唱来，不自怨你贪淫败德，却怪你妻室妒恶。"（《扫魅敦伦东度记》第四十二回）[1]

这是借狐妖之口讽刺那些花街柳巷留宿之人，是对好色之徒的戏谑与嘲弄。至于戒赌方面的歌声，则由比妖狐"阳刚"一百倍的梁山好汉宋大哥高门大嗓吆喝出来。

> 那宋公明大声喝骂："你这两个贼徒，听我道来。"便唱道："俺是大宋忠良，肯助你这腌攒勾当？你把人家子弟来坏了，怎将俺名儿污在你纸上？俺如今送你到阴司呵，好去听阎王的发放！"（《五色石》第七卷）[2]

这是某地城隍庙前演"神戏"，作者借宋江之口对那些"创造纸牌"和"开赌设局"的人进行义正词严的怒骂。明清时期的民间赌博何以与宋江等人扯上干系？明人陆容的描述则颇为详细："斗叶子之戏，吾昆城上自士夫，下至僮竖，皆能之。予游昆庠八年，独不解此，人以拙嗤之。近得阅其形制：一钱至九钱各一叶，一百至九百各一叶。自万贯以上，皆图人形：万万贯呼保义宋江，千万贯行者武松，百万贯阮小五，九十万贯活阎罗阮小七，八十万贯混江龙李进，七十万贯病尉迟孙立，六十万贯铁鞭呼延绰，五十万贯花和尚鲁智深，四十万贯赛关索王雄，三十万贯青面兽杨

---

[1] ［明］方汝浩：《东游记》，浙江古籍出版社1988年版，第337页。
[2] ［清］笔炼阁编述：《五色石》，春风文艺出版社1985年版，第173页。

志，二十万贯一丈青张横，九万贯插翅虎雷横，八万贯急先锋索超，七万贯霹雳火秦明，六万贯混江龙李海，五万贯黑旋风李逵，四万贯小旋风柴进，三万贯大刀关胜，二万贯小李广花荣，一万贯浪子燕青。"（《菽园杂记》卷十四）①

其实，这种"叶子戏"就是中国麻将牌的前身。这里与梁山好汉相关的主要是"万"字牌，此外，"一钱至九钱各一叶"指的就是"筒"字牌，"一百至九百各一叶"则是"条（索、贯）"字牌的原型，因为当时的铜钱都是用绳索贯串的。至于"万贯"以上，则逐渐演变成"万"字牌。"筒""条""万"，正是古代铜钱的一个比一个高的三种组合形式，现在的麻将牌中平列为三个类型。

还有一种社会公害就是"毒"，那时候没有冰毒、海洛因之类的高级毒品，主要的吸毒方式就是抽鸦片。我们且看一个有烟瘾的青楼女子自嘲的歌唱：

> 文兰唱了一个《剪剪花》。其词曰："姐在房中闷沉沉，沉瘾来了没精神，真正坑死人。呵欠打了无计数，鼻喷连连不住声，两眼泪纷纷。四肢无力周身软，喉咙作痒肚里疼，仿殊像临盆。欲要买土无钱钞，欲要挑烟赊闭了门，烟灰吃断了根。那位情哥同我真相好，挑个箸子救救我命，残生同他关个门。"（《风月梦》第七回）②

其实，"黄赌毒"的痼疾只是相对于某些"成瘾"之人，就更为广泛的人群而论，一辈子最难丢开的恐怕就是一个"情"字。正常的情感付出当然没有被嗤笑的必要，但如果是陷入情网、将自己变成了一个情痴情种，那问题可就大了！《红楼梦》中的贾宝玉就是一个"情魔"作祟且病入膏肓的多情种子。对他的嗤笑，不仅在《红楼梦》原著中就已经有人进行了，后来，在《红楼梦》的某些续书中，也有这种描写，有的甚至就是通过现场演唱来进行的。

> 那和尚笑道："我唱个歌儿你听听。"唱道："你说我假我就假，你说我真我也真。郎有心，女有心，哪怕山高水又深。哭一哭，笑一笑，哭哭笑笑人都好。个个相逢总是他，前生结下今生了。不要慌，不要忙，聚了金钗十二行。船中

---

① ［明］陆容：《菽园杂记》，中华书局1985年版，第173—174页。
② ［清］邗上蒙人：《风月梦》，北京大学出版社1990年版，第48页。

相见如相识，携手双双入洞房。入洞房，销宿帐，那人尚在湘江上。眼泪偿还前世因，今生就是前生相。我唱郎听郎要知，我情也似郎情痴。他年续了《红楼梦》，梦里人题梦里诗。"（《红楼复梦》第二十四回）[1]

这是和尚点醒梦玉的歌。梦玉是谁？在《红楼复梦》中，作者有明确提示："空空道人接册在手，细细翻阅，恍然大悟。原来祝梦玉是宝玉后身。"（第一回）[2]

除了对某些成瘾入魔者的嘲笑之外，小说中的现场演唱歌曲还有对某些不良的社会现象或个人行为进行嘲讽的。例如：

酒过数巡，杜子虚举杯敬酒，要媚春唱曲。媚春轻啭莺喉，慢敲檀板，唱一出北调《江儿水》："琼宫王府，却离了琼宫玉府。新翻风月谱。你可也办着青州从事，紫诰真符，改衣装来浑取。翠馆莫冠笄，红楼不用呼。俺自有矾帅驱魔，汤氏当炉，甚酸甜，堪救苦，你是绣衣士夫。好一个绣衣士夫，正配着这缸边吏部，又何须踏魁罡做了挈壶？"二人不知是嘲他的话，鼓掌喝采。（《禅真逸史》第十三回）[3]

被妓女媚春嘲弄之人，一个是道士杜子虚，一个是酒生陈阿保。这两人之所以被嘲笑，是因为他们各有不端的行为，人们厌恶他们，甚至连妓女这样的"低贱者"都借机嘲笑他们。在此前提下，若是某人缺了"公德"，或者失去职业操守，那最终也是会倒大霉的。而且，倒霉之后，冷嘲热讽也会接踵而至。如《平妖传》中有位为富不仁的胡员外，在遭天火倒大霉后，左邻右舍就对他的进行了辛辣的嘲讽："这市上人多有认得的，见他来时，点点搠搠道：'这便是财主的下场头了。'也有那轻薄的，却低低唱道：'胡员外，天降灾，好日去了，恶日来。'"（《平妖传》第十八回）[4]

---

① ［清］小和山樵南阳氏：《红楼复梦》，春风文艺出版社1988年版，第200—209页。
② ［清］小和山樵南阳氏：《红楼复梦》，春风文艺出版社1988年版，第2页。
③ ［明］清水道人编次：《禅真逸史》，黑龙江人民出版社1986年版，第183页。
④ ［明］罗贯中、冯梦龙：《平妖传》，豫章书社1981年版，第177页。

如果某人情况比违反社会公德更为严重，甚至到了蓄意害人的地步的话，那么，即便在他死后都要遭到旁人的嘲讽。例如《岭南逸史》写了这么一个故事：

> 单表丰湖之侧有个富户，名唤作何肖，……生下一个儿子，名唤做足像，年至七八岁时，便延了个先生，名唤做饶有，来教他读书，思量与他增增气。……那先生又是个没天理的，奉承他是个富家子金子殿的人，不但不去束缚他，反以非礼之事引诱他。（第三回）①

这样一个教坏人家子弟的万恶之人，在他死后其妻哭泣时，竟然发生了下面的状况："丰湖士人闻之，做只歌子唱道：'饶大嫂，尔莫哭。尔夫生来似水沤，何有皮来何有骨。蜃楼海市虽虚浮，镜花水月还堪瞩。尔夫行似风条霜，不解全身但害物。而今狂魄似糠扬，谁人不庆莫余毒。莫余毒，尔莫哭。'"（《岭南逸史》第十七回）②

实在话，上面那位饶有先生还只是"个体"的坏，对社会的破坏性是有限的。如果坏人掌权了，当上个一官半职的，那可就要为害一方了。更有甚者，他的三亲六眷还要跟着一起坏，一起荼毒百姓。对于这样的贪官及其亲属，老百姓是极其痛恨的，非编些歌儿骂他们不可。

> 两人对掉了乐器，那雏妓又歌道："春风似剪刀，割不断人心机巧。不能充饥，不能御寒，是那锭银元宝。因何个个说他好？赃官污吏，败国亡家，都为的这一道。难怪我姊妹们，寄居在朱门玉户，终朝的絮絮叨叨。"（《续济公传》第二百十九回）③

这是济公幻化紫燕侑酒，又让紫燕化作美妓唱曲以讥讽贾知县及其亲属钱通二人的。这里的贾知县尚只是一个知县而已，他所残害者乃是一邑之民，但如果这个坏人混到了皇帝身边，成为皇帝最宠幸的宦官，口含天宪，狐假虎威，那可就要祸国殃民

---

① ［清］花溪逸士：《岭南逸史》，百花文艺出版社1995年版，第22页。
② ［清］花溪逸士：《岭南逸史》，百花文艺出版社1995年版，第191页。
③ ［清］无名氏：《续济公传》，浙江古籍出版社1988年版，第563—564页。

了！下面这位魏忠贤可就是千古奸宦之最，坏事做绝。但他于穷途末路之时，却也听到了催命的"嘲歌"。

> 有个京师人姓白，幼时曾读几年书，学得些《挂枝儿》，在外厢唱，要他听得，他唱道："听初更，鼓正敲，心儿懊恼。想当初，开夜宴，何等奢豪。进羊羔，斟美酒，笙歌聒噪。如今寂寥荒店里，只好醉村醪。又怕酒淡愁浓也，怎把愁肠扫！二更时，展转愁，梦儿难就。想当初，睡牙床，锦锈衾裯。如今芦为帏，土为炕，寒风入牖。壁穿寒月冷，檐浅夜蛩愁。可怜满枕凄凉也，重起沿房走。夜将中，鼓冬冬，更筹三下。梦才成，还惊觉，无限嗟呀。想当初，势倾朝，谁人不怕。九卿称晚辈，宰相谒私衙。如今势去时衰也，零落如飘瓦。城楼上，鼓四敲，星移斗转。思量起，当日里，蟒玉朝天。如今别龙楼，辞凤阁，凄凄孤馆，鸡声茅店月，月影草桥烟。真个目断长途也，一望一回远。闹攘攘，人催起，五更天，气正寒。冬风凛冽，霜拂征衣。更何人效殷勤寒温？彼此随行的是寒月影，吆喝的是马声嘶。似这般样荒凉也，真个不如死！"两个说了哭，哭了又说。只听是外厢《五更传》朗朗唱过，句句讥讽忠贤。忠贤闻了，又惶愧，又凄楚，便道："罢，罢，罢。今夜是咱的死期了！"于是他二人次第上吊。（《樵史通俗演义》第十六回）[1]

这里，听见"嘲歌"而次第上吊自杀的另一人名叫李朝钦，是魏忠贤身边的"奸猾心腹内官"（第十三回）[2]。在《樵史通俗演义》所创造的这一个独特的时空世界里，两个恶人，终于在冷嘲热讽的歌声催促之下了结其罪恶的生命，"嘲歌"之打击力度不可谓不大！

古代小说中现场演唱的"嘲歌"，除了对社会中形形色色的丑恶进行冷嘲热讽之外，还有一种自嘲，对自身的弱点、缺陷、无能、无奈的自我嘲讽。我们不妨首先来看一节带有宿命色彩的自嘲：

---

① ［清］陆应旸：《樵史通俗演义》，中州古籍出版社1987年版，第142—143页。
② ［清］陆应旸：《樵史通俗演义》，中州古籍出版社1987年版，第116页。

济颠叫道："他事且慢算计，此间有好热汤，且落得来洗洗面着。你们不要恼坏了，我有支曲儿，且唱与你们听听，解解闷如何？"遂唱道："净慈寺，盖造是钱王。一霎时，烧得精光。大殿木廊都不见，止剩下四个泥土的金刚。佛地与天堂，平空似教场。却有些儿不折本，一锅冷水换锅汤。"（《醉菩提传》第十三回）①

这是净慈寺遭火灾时济公所唱歌谣，既有自我解嘲，亦有点醒众僧的意味。然而，济公式的点醒只不过是小说作者代表愚民大众在遭遇天灾人祸时无可奈何而只有自欺欺人的状态和心境的一种表达。但人世间并非每个人都会碰到济公这样的先知先觉者，或者即便碰到了也"点不醒"。这样的人，就失去了精神寄托和自我欺骗的可能性。于是，他剩下的就只有万分的愤怒之后的借酒浇愁了！不过，借着酒劲，不服输的汉子有时也会唱一首自嘲之歌发泄一下的。

　　浸寻半年，恰值代府乐部中缺个弹的，竟用价娶了进府。张千户知得，忙赶将来，却也只好眼睁睁看一看儿罢了。闷闷的买了壶酒，寻着陈巧坐了。平日学得番语，吃到醉了，编一个《北清江引》，唱道："波牟麟背了咱哈豚去，恼的咱没有睡。思他不肯来，抓也留不得。只索买一壶打辣酥，吃个沉沉醉。"（《清夜钟》第六回）②

张千户想娶乐妓赛儿为妻，不料却被权势者买去府中当琵琶妓，用马载走了，这位张千户只好借酒浇愁，写下了这首歌曲。这里有三个蒙古语的音译词汇："牟麟"即"马"的对音，"哈豚"即"娘子"的对音，"打辣酥"则是"酒"的对音。

　　其实，上面张千户所表达的还只是纯属"个体"无可奈何的自嘲，还有一种集体的"无可奈何"，也有人在小说用现场歌唱的"嘲歌"方式得以表达：

　　只听柳二爷点了个"无梯楼儿"，窗外的随手弹起琵琶，桂芳唱道："无梯楼儿难上下，天上的星斗难够难拿。画儿上的马空有鞍革占，也难骑跨。竹

　　① ［清］天花藏主人编次：《醉菩提传》，人民文学出版社2006年版，第70页。
　　② 路工、谭天合编：《古本平话小说集》，人民文学出版社1984年版，第181页。

篮儿打水，镜面上掐花，梦中的人儿，千留万留也留不下。"(《红楼梦影》第二十三回)①

是呀！没有梯子的楼下不了，天上的星星摘不了，画上的马儿没法骑，竹篮打水一场空，镜花水月，如同梦中情人，永远不可能留下……，人世间，该有多少遗憾，多少无助，多少莫可如何，这一切，都被小说中桂芳的歌声唱得个淋漓酣畅，由是，人类的形而上的自我嘲讽也达到极致。

至此，本文也该终结了，因为太长，不能再写了！这大概也算是一个无可奈何吧。

---

① ［清］云槎外史：《红楼梦影》，北京大学出版社1988年版，第186页。

论中古志怪与明清小说的空间书写

王　昕

　　内容提要：中古志怪中的地理空间故事，具有时空的变形、重叠和模糊、虚幻的特点。这些故事作为素材为明清章回小说提供了架构基础和取材来源。在《三国演义》《水浒传》中，较为阔大的时空对比抵消了故事强烈的事功色彩，带来某种审美境界的升华；《红楼梦》中三重神话空间的设置，受到了中古道教洞窟小说空间书写的影响。作者结合明清的情教观，创造性地将之改造为"太虚幻境"这样一个"情教"的神圣空间。

　　关键词：宗教地理　空间　太虚幻境

　　志怪小说描述的鬼、神、仙居于人界之外的空间，其知识源自中古发达的宗教地理虚构。关于时空重叠、变形的丰富想象，以及固化为传说情节主题的洞窟小说、入冥故事，载着道释二教的教义与地理，深入到受众之中，积淀到文化的各个层面，成为文学叙事生长的温床。沿着宗教地理知识的建构过程和教义的语境化还原，我们可以对仙境叙事的模式和内核有清晰的认知，从而对后世白话章回小说如《水浒传》《说岳全传》《封神演义》等的神话空间的建构溯源知本。更能从宗教地理知识的角度，对《红楼梦》"太虚幻境"与"大荒山无稽崖青埂峰"这双重神话空间架构，有美学和哲理层面的区分和理解。这是中古小说的知识性梳理，为"子部小说"以及明清白话小说研究带来的，具有启发性的问题和新的研究视角。

　　作者简介：王昕，中国人民大学文学院教授，主要从事古代小说研究。

一、宗教地理：从志怪到文学

自先秦时代，那些神奇辽远的恢宏空间里，就留下了周穆王车马旌辔悠远的回声、屈原环佩香草远游天地昆仑之间的缕缕芬馨。这个空间是空想的、梦中的世界，在背后承托这个世界的是原始宗教和神仙思想。

屈原在楚辞中，通过游观描写了这个寄托了个人理想的世界：

> 朝发轫于苍梧兮，夕余至乎玄圃。欲少留此灵琐兮，日忽忽其将暮。吾令羲和弭节兮，望崦嵫而勿迫。路漫漫其修远兮，吾将上下而求索。饮余马于咸池兮，总余辔乎扶桑。折若木以拂日兮，聊逍遥以相羊。……（《离骚》）

楚辞的神奇空间里，有玄圃、崦嵫、咸池、扶桑、昆仑一类神仙所居的空间；有羲和、若木、凤凰一类神传传说中的神奇人物、植物和动物。屈原生长于"信巫鬼重淫祀"的楚地，从目前的考古所知，那里有今人难以想象的拥挤而热闹的神灵世界，如《九歌》《离骚》《招魂》《天问》。这盈满天地间的神灵，后来被连缀整合进了道教的神仙世界。在托名屈原的《远游》中，还有了"入帝宫""观清都"一类汉代才有的游仙思想。如《远游》讲真人、羽人、虚静、"无为"，讲"道""不可传"。所举仙人为赤松、王乔、韩重，是和《列仙传》《神仙传》分享着同一个神仙系统，显然是汉人的神仙思想和故事。从其中的服食求仙的内容可以断定其为后人伪托。

和游仙诗一样，志怪小说也是在佛道故事和文献的基础上，开始了猎奇记异的叙事。如《搜神后记》中的"仙馆玉浆""剡县赤城""穴中人世"等洞窟小说，从其对地下仙界的空间描述来看，时空的变异是志怪的重点。如人在地底寻穴而行，半年许，由洛阳到蜀中方才走出地面的穴道地理。以及在地底，忽见光明，又依次走入草屋，见到二人对坐弈棋，得饮玉浆；在天井见到蛟龙、食龙穴石髓等等经历，乃是依据道教经典叙述：

> 自说初入乃小暗，须火而进，然犹自分别，朦冥道中，四方上下皆是青石，方五六丈许，略为齐等。时复有广狭处，其脚所履，犹有水湿。或一二里间，

隐居行，当出一千里，不复冥晦，自然光照，如白日大道，高燥扬尘，……五色自生七宝，光耀晃晃，飞凤翔其巅，龙麟戏其下。斯实天地之灵府，真人之盛馆也。①

魏晋至唐代洞窟小说中的各种洞窟，固然有一定的认知现实地理的知识性，但它们又无一例外地属于被宗教观念重新塑造的神圣空间。地下的洞穴，可以说就是动物与神人的巢穴。《山海经·南山经》"尧光之山，其阳多玉，其阴多金。有兽焉，其状如人而彘鬛，穴居而冬蛰，其名曰猾裹，其音如斫木，见则县有大繇。"②地穴乃是佛教地狱的入口。唐临《冥报记》中，一个为周武帝监膳的小官，被勾到地狱对质周武帝平生所食鸡子数目，据他所言进入地狱的方法是随人至一大地穴，即入穴中，便见宫门，引入庭，见到周武帝和地下的王者。对质之后，由使者引出地穴。

志怪之"志"是记录客观的"奇"者，"山之奇，水之奇，草之奇，木之奇，禽之奇，兽之奇，说其形，著其生，别其性，分其类"③。不但是汲汲于嗜奇录怪，"说其形，著其生，别其性，分其类"，还包含着求知问学的理性与方法。很多志怪小说就是混合着原始思维或道教色彩的地理书，如《山海经》《博物志》《十洲记》《拾遗记》等。

《拾遗记》"少昊"，提到"穷桑者，四海之滨，有孤桑之树，直上千寻，叶红椹紫，万岁一实，食之后天而老"。所谓"穷桑沧茫之浦"，就是这样一个天地茫茫，绝尘离俗的无穷无尽的神话时空。而这个"少昊"的故事，又于这神奇时空发生的故事，解释着儒家的经传——《春秋经》《诗经》，具有鲜明的纬书色彩。

"子部小说"之粗陈大概，大多出于知识性的目的，他们的主题是为宗教、民间信仰等服务的，没有什么个人、个性可言，而文学性小说则是以虚构叙事的手段传达作者的思想、精神以及个人的感触。通过对中古宗教地理小说的借用和改写，文学性小说个人化的情感、个性和风格得以发挥出来，如生机勃勃的青藤和花叶生长覆盖在旧有的框架上。

① 《太上灵宝五符序》，《道藏》第6册，文物出版社1988年版，第317页。

② ［晋］郭璞注，沈海波校点：《山海经》，上海古籍出版社2015年版，第10页。

③ ［明］杨慎：《山海经后序》，《中国历代小说序跋辑录——文言笔记小说部分》，华中师范大学出版社1989年版，第4页。

如前所论，道教是追求永世长存的乐观主义的宗教，肉体的永生是其最具感召力的教义，此外并无更深层的苦恼和忧虑。以此之故，道教地理具有丰富想象力和瑰奇的意象。这种宗教地理，通过中古小说的母题、人物和情节，影响着唐宋以来文学性小说的审美与时空架构。我们可以从以下三点进行梳理和审视：一，时空变形；二，时空模糊；三，时空重叠。

二、时空变形

无论释道，都把变形的时空，作为其教义神圣的表征。在那些神圣空间中，时间和空间都不是平实稳固的形态。中古小说就是以这些时空的"变异"作为志怪的内容和主题的。

葛洪《神仙传》的"壶公"，讲了一个洞窟之外的空间变形故事。一个经常带着酒葫芦在集市上卖药的人，晚上就跳到壶里。费长房看到了，知道他是个非常之人，就日日款待苦求了很久。壶公乃许他跳进了壶里，"既入之后，不复见壶，但见楼观五色，重门阁道，见公左右侍者数十人"。

位于酒葫芦里的神仙世界，存在着明显的空间变形。从外观体积上看，这个空间人类不可能进入，更难理解的是，其中还有楼观重门阁道以及数十个侍者。小南一郎认为，这个壶型宇宙，同江南墓葬收入灵魂的"神亭壶""魂瓶""谷仓壶"有密切的关联，现实与祖灵世界中间有洪水阻隔着，葫芦是亡魂通往祖灵世界的桥。[①]和洞窟仙境一样，狭窄的入口代表着某种宗教地理观念，葫芦发挥着联系现实世界与原始世界的功能。

从"壶公"的魂瓶到道教的洞天福地，这些关于时空变形的志怪，为后世叙事文学的虚构叙事提供了架构基础和取材来源。如《西游补》的"鲭鱼世界"、《聊斋志异》"道士""白于玉""小猎犬""巩仙"、《红楼梦》等等。

空间的变形之外是时间的变形。在佛教经典中就有诸天在时间上不同于世间的表述。《中阿含经》卷十六《王相应品·蜱肆经》鸠摩罗迦叶说："天上寿长，人间命短。若人间百岁是三十三天一日一夜，如是一日一夜，月三十日，年十二月，三十三天寿千年。"《大般涅槃经·如来性品》第四之六说："如人见月，六月一蚀，

---

① ［日］小南一郎：《壶型的宇宙》，《北京师范大学学报》1991年第2期。

而上诸天须臾之间频见月蚀，何以故？彼天日长，人间短故。"《长阿含经》中迦叶答："此间百岁，正当忉利天上一日一夜耳。"这个时间尺度并不统一，大多数古人接受的说法是"天上一日，地上一年。"如《洞冥记》中，三岁的东方朔外出游玩，只是"朝发中返"，在养母看来却是一年有余。

在很多小说中，宗教地理的时空变形还和梦境结合起来，更为恍惚迷离、匪夷所思，是摆脱宗教教义的一种更为自由的想象。《幽明录》的"焦湖庙祝"，说这个枕头上有个小洞，商人杨林在庙巫的指引下，靠近枕边，"入坼中，遂见朱楼琼室，有赵太尉在其中，即嫁女与林，生六子，皆为秘书郎。历数十年，并无思归之志。忽如梦觉，犹在枕傍，林怆然久之"。

唐人《异闻集》的"吕翁"，发展了这篇志怪。庙祝变成了吕翁，大概是指吕洞宾。吕翁借给卢生一个瓷枕，枕的两端有孔窍，卢生俯首枕之。"寐中，见其窍大而明朗可处，举身而入。"在这个瓷枕的空间中，他娶清河崔氏女，举进士，登甲科，为河西陇右节度使，大破戎虏，开地九百里，筑三大城以防要害，勒石纪功，宦海沉浮，最终志得意满死于卧榻。梦醒之时，旅店主人所炊黄粱尚未熟。这个故事时空的变形，虽借助了梦境，但对"焦湖庙枕"的挪用和改写才是它的基础。与志怪不同的是，唐人传奇脱离了记录怪异的质朴，吕翁的瓷枕、黄粱一梦的时空变形，成为沈既济书写个人对"宠辱之数，得丧之理"的感喟和思考的材料和手段，进而使得宗教的神圣空间变成了文学性虚构叙事得以展开的依托。

类似时空变形故事，在沈既济之后，还有李公佐的《南柯太守传》和薛渔思的《河东记》中的"樱桃青衣"。《南柯太守传》改编自《搜神记》的"卢汾梦入蚁穴"，原文只剩有一句话：

> 夏阳卢汾，字士济，梦入蚁穴，见堂宇三间，势甚危豁。题其额曰"审雨堂"。

据焦璐《穷神秘苑》收录《妖异记》的故事，后魏庄帝永安二年七月二十日，夏阳卢汾和他的友人们斋中宴饮，夜阑月出之后，忽闻厅前槐树空中，俄有微风动林，卢汾和两个朋友被一个青衣女子引入槐树之中。"及举目，见宫宇豁开，门户迥然。……见数十人各年二十余，立于大屋之中，其额号曰'审雨堂'。汾与三友历阶而上，与紫衣妇人相见。"宴饮，又见各色女子：

悉妖艳绝世。相揖之后，欢宴未深，极有美情。忽闻大风至，审雨堂梁倾折，一时奔散。汾与三友俱走，乃醒。既见庭中古槐，风折大枝，连根而堕。因把火照所折之处，一大蚁穴，三四蝼蛄，一二蚯蚓，俱死于穴中。汾谓三友曰："异哉，物皆有灵，况吾徒适与同宴，不知何缘而入。"于是及晓，因伐此树，更无他异。①

可见《搜神记》"卢汾梦入蚁穴"本身只是一个宣扬怪异的志怪，有空间变形，有蚂蚁、蝼蛄、蚯蚓三个精怪变成的美女诱惑书生。

当故事的功能超越了宗教、民俗等知识内容的承载时，神圣空间、时空变形就成为表现作家个性、经历和思考的手段。李公佐《淳于棼》将住着三怪的大槐树变成大槐安国，让淳于棼这个放荡游侠，在此政治化的蚁穴中，驰骋他的才能和野心，娶公主，为南柯"守郡二十载，风化广被，百姓歌谣，建功德碑，立生祠宇"，建立赫赫事功，又"生有五男二女，男以门荫授官，女亦娉于王族，荣耀显赫，一时之盛，代莫比之"，获得人生的圆满。终因公主去世而失势，被国王遣送出境，快快而出。"俄出一穴，见本里闾巷，不改往日。"酒樽未动，朋友尚在刷马，而"梦中倏忽，若度一世矣"。淳于棼于是"感南柯之浮虚，悟人世之倏忽，遂栖心道门，绝弃酒色"。这篇传奇从志怪变成了文学性的小说，盖变异的时空，形象化地演示了李公佐的人生哲理和思考："后之君子，幸以南柯为偶然，无以名位骄于天壤间云。"李公佐更引李肇的话评价这个故事的意蕴："贵极禄位，权倾国都。达人视此，蚁聚何殊。"②这种超越搜奇记异层面，通过故事传达作者个人思考和感喟的小说，正是文学性的虚构叙事的特点。

李玫《纂异记》中，书生徐玄之因为惊扰了外出狩猎的蚂蚁王子，被蚁王以白练系颈，"甲士数十，罗曳"到蚁穴王国问罪，引得蚂蚁国的臣子们进谏抗争。蚁王醒悟，"以安车送玄之归。才乃榻，玄之寤。既明，乃召家僮，于西牖掘地五尺余，得蚁穴如三石缶。因纵火以焚之，靡有孑遗，自此宅不复凶矣。"这个故事有类俳谐文字，主旨大概是李玫在发读书人的牢骚，如蚂蚁国的王子所说：

---

① ［宋］李昉等编：《太平广记》卷474，中华书局1961年版，第3903页。
② ［宋］李昉等编：《太平广记》卷475，中华书局1961年版，第3915页。

> 吾不习周公礼，不习孔氏书，而贵居王位。今此儒，发鬓焦秃，肌色可掬，
> 虽孜孜矻矻，而又奚为？①

唐代是严格的身份制，门阀之家生来高贵，庶族儒生读秃了两鬓、菜黄了肌肤，又如何呢？只是这位王子也不过是只蝼蚁。小说的主旨同洞窟仙境时光飞逝的相反，乃以梦境之短暂，表达"人世荣华穷达，富贵贫贱"的无意义。通过对仙传时空变形母题的改写，表达对人生终极价值的思考，从而超越了宗教设定的神圣空间的意义。

《聊斋志异》里，蒲松龄则淡化了凡人们对仙境的向往和痴迷，将中古小说中的洞窟故事，作为承载人世悲欢和作家审美的手段。"青娥"写童子霍桓，得到了一柄可以铲削坚石的神镵。他用这把镵子挖透了重重高墙，去亲近美女青娥，成就姻缘。后来青娥尸解而去，霍桓为了寻妻，跑到万丈悬崖的边上："见足傍有小洞口，心窃喜，以背着石，蝺行而入。意稍稳，冀天明可以呼救。少顷，深处有光如星点。渐近之，约三四里许，忽睹廊舍，并无钉烛，而光明若昼。一丽人自房中出，视之，则青娥也。"霍桓那已经修成神仙的岳父，不容女婿在洞府，就把他骗出洞府，阖扉而去。霍桓"回首峭壁巉岩，无少隙缝，只影茕茕，罔所归适"。愤恨已极，就取出仙人送的镵子，"凿石攻进，瞬息洞入三四尺许。隐隐闻人语曰：'孽障哉！'生奋力凿益急。忽洞底豁开二扉，推娥出曰：'可去，可去！'壁即复合"。这个住着仙人的神仙洞府，在蒲松龄笔下，就只是一个凡人妻子的娘家，被女婿搅挠一番只得开门放出了青娥。霍桓也不羡慕这个神仙洞府，一心只要携了青娥回人间做夫妻。

"巩仙"里的道人张开袖子，让穷秀才和钟情的女子在袖中世界相会，那袖子"中大如屋。伏身入，则光明洞彻，宽若厅堂；几案床榻，无物不有。居其内，殊无闷苦"。变形的空间成为成就俗世姻缘的关键。所谓"袖里乾坤真个大"，宗教神圣空间的变形，成为结撰故事的巧思，帮助作家完成他对世态人情的观察和个性的表达。

三、时空重叠

在佛教教义中，人要彻底摆脱六道轮回的痛苦烦恼，进入极乐，就要实现对时间、空间、物质这三个方面的超越。这种超越依靠的是智慧，是"不可思议解脱法

---

① ［宋］李昉等编：《太平广记》卷478，中华书局1961年版，第3937页。

门"。自后汉灵帝时期由严佛调翻译《维摩诘经》到唐代，共产生了六种译本，又名《不思议解脱经》，影响很大。其中的时空重叠观念是"不可思议"的代表。维摩诘以身示疾，广为说法之时，诸菩萨、大弟子前来问疾。维摩诘室中无座：

> 维摩诘现神通力，即时彼佛遣三万二千师子之座，高广严净，来入维摩诘室，舍利弗言："居士，未曾有也，如是小室，乃容受此高广之座，於毗耶离城无所妨碍，又于阎浮提聚落城邑，及四天下诸天龙王鬼神宫殿，亦不迫迮。"维摩诘言："唯，舍利弗，诸佛菩萨有解脱，'名不可思议'。"

每个师子座高八万四千由旬，三万二千个师子座如维摩诘的小屋中，悉皆包容，无所妨碍。这个空间的重叠是不可思议之迹的外显。巨大和渺小之物互相容纳，重叠，还是耳目之粗迹。佛教就是以这样的空间重叠，显示其以空立教，"万法圆融无碍"之教义。

《维摩诘经》还有一段更著名的芥子纳须弥的空间论：

> 若菩萨住是解脱者，以须弥之高广内芥子中，无所增减，须弥山王本相如故，而四天王、忉利诸天，不觉不知己之所入，唯应度者，乃见须弥入芥子中，是名不可思议解脱法门。

又说"以四大海水入一毛孔，不娆鱼鼋鼍水性之属，而彼大海本相如故"。

大乘空宗抽去了物质世界时间、空间和物质的质定性，营造了"圆融无碍"的世界观与方法论。这个被放置到渺小的一粒芥子中的须弥山，是佛教地理的中心。据梁代的《楼炭经》记载，须弥山耸立于世界的中央，高三百六十万里，是多元、多重的结构模式。以须弥山为中心，由环绕的九山八海、四大部洲、八功德海、铁围山、一日一月构成一个世界。这样的一千个世界，方构成一个小千世界。一千个小千世界构成一个中千世界，一千个中千世界构成一个大千世界，统称三千大千世界。

如此广大宏阔的世界被放置在一粒芥子之中，无所增减，一切如故，怎么做到？故曰不可思议。

《维摩诘经》有很多作为不可思议之迹的空间重叠：

十方众生供养诸佛之具，菩萨于一毛孔，皆令得见，又十方国土所有日月星宿，于一毛孔，普使见之，又舍利弗，十方世界所有诸风，菩萨悉能吸着口中，而身无损，外诸树木，亦不摧折，又十方世界劫尽烧时，以一切火内于腹中，火事如故，而不为害。①

吴均《续齐谐》有"阳羡鹅笼"故事。写书生求寄人鹅笼中，与鹅并坐，笼亦不广，人与鹅也不觉拥挤。休息时，书生从口中吐出装满珍馐的铜盘、屏帷，还吐出了一个女子，女子又吐出男子。这个故事空间的重叠变形，大大出于人们的臆想之外。段成式《酉阳杂俎》认为，这个故事的空间变形，来自释氏《譬喻经》的"梵志作术"，梵志"吐出一壶，中有女，与屏处作家室。梵志少息，女复作术，吐出一壶，中有男子，复与共卧。梵志觉，次第互吞之；挂杖而去"。

唐代薛渔思的《河东记》，对这个法术故事作了市井化的翻写。"胡媚儿"是唐代贞元中，在扬州坊市间靠伎艺和法术求乞的女子。她的怀中有一个琉璃瓶子，凡求人施舍都放入瓶子里。这个瓶子"瓶口刚如苇管大，有人与之百钱，投之，玎然有声，则见瓶间大如粟粒"；以马驴入之瓶中，"见人马皆如蝇大，动行如故"。更让人匪夷所思的是，载着货物的数十辆车，络绎由瓶口入瓶，"瓶中历历如行蚁然。有顷，渐不见。媚儿即跳身入瓶中……，从此失媚儿所在"。胡媚儿用琉璃瓶子骗取辎重的手段是障眼的戏法，但琉璃瓶子中的空间如此广大，也是受到早期宗教故事空间变形的影响。

时空重叠的故事，在文学性虚构小说中被借用和翻写，成为某种叙事模式或者故事框架，进而在《三国演义》《水浒传》《金瓶梅》《红楼梦》等优秀小说中，成为修辞和寓意的指归，产生了归于虚幻的审美倾向。

盖时空的重叠，带来的是虚实之间的困惑，庄生梦蝴蝶还是蝴蝶梦庄生？道家之外，纳须弥于芥子的空间重叠，是佛教"本无假有"的所谓"空"的宇宙观。"本无"是指"人无我""法无我"。"我"指自性，人法无我，即人和事物都没有自我决定性、自我主宰性。"假有"是认为人和事物虽存在，实在是因缘离合的假象，缘起则起，缘离则灭，如露如电，如梦幻泡影。给中国人提供了一种观察人生和万物的思想方法，给文学思维提供了变幻的启示。如龙树《中论》开头的偈语：

---

① ［后秦］释僧肇选：《注维摩诘经》，北京华藏图书馆，第207—208页。

"不生亦不灭，不常亦不断，不一亦不异，不来亦不出。"它为每一出人间悲喜剧涂上了虚幻的色彩，如洪昇《长生殿·自序》说："双星作合，生忉利天，情缘总归虚幻。清夜闻钟，夫亦可以蘧然梦觉矣。"宗教的超越成为世俗酷嗜的各类大团圆结局最后的救赎。

在章回小说中，时空重叠母题被放大为神话时空与现实时空叠合的故事框架。长篇小说的叙事往往具有多重的框架，如用因果报应、谪仙下凡历劫等神圣时空中的故事，作为人世悲欢故事的外层故事。元代《三国志平话》用书生司马貌到阴间替阎王判断韩信、蒯剒、英布状告刘邦、吕雉杀害忠良的案件。司马貌让刘邦、吕后转世为汉献帝、伏皇后，韩信等三人转世为刘备、曹操、孙策分割汉家天下。阎王嘉其断案英明，许其转世为司马懿三分天下归一统。这个荒谬稚拙的神话故事总括并解释了三国历史的缘起与结果，成为明清长篇小说纷纷效仿的故事架构模式。如《水浒传》《三遂平妖传》《封神演义》《隋唐演义》《醒世姻缘传》《红楼梦》等等，名单可以开出很长。

《水浒传》以"洪太尉误走妖魔"起始：

> 只见一道黑气，从穴里滚将起来，掀塌了半个殿角。那道黑气，直冲到半天里，空中散作百十道金光，望四面八方去了。[1]

以"天罡尽已归天界，地煞还应入地中"收束，成为闭合的结构，两重时空的故事，加深了读者在阅读中迷惘失落的悲剧感受。

再如《说岳全传》将宋金之际的几十年的历史，叠合收束到"天遣赤须龙下界佛谪金翅鸟降凡"这样一个神圣时空的事件中。第八十回，岳雷打败金人，迎回宋徽宗和宋钦宗的梓宫，宋光宗拆了秦桧的府邸为岳雷盖起王府，大仇得报，忠孝显扬，"自此岳氏子孙繁盛，世代簪缨不绝"。说书人以大团圆了却人间事，又附上一段玉皇大帝在天宫中判断的公案。宋徽宗"原系九华长眉大仙下降，因他忘却本来，信任奸邪，不敬天地，戏写表文，故今赤须龙下凡扰搅，令其历尽苦楚，窜死沙漠。今既受人累，免其天罚，令其归位潜修"。"秦桧诸奸臣等，着冥官分拟轻重，俱入地狱受罪。岳飞乃西天护法降凡，即着金星送归莲座，听候玉旨发遣。"那如来佛：

---

① ［清］金圣叹批评，施耐庵著：《水浒传》，齐鲁书社1991年版，第41页。

见金星引了岳飞魂魄，稽首皈依，将玉帝牒文呈上。佛爷道："善哉善哉！大鹏久证菩提，忽生嗔念，以致堕落尘凡，受诸苦恼。今试回头，英雄何在？"岳飞听了，猛然惊悟，随向佛前打个稽首，就地一滚，变作一只大鹏金翅鸟，"哄"的一声，飞上佛顶。如来用手一指，放出五色毫光，照耀四大部洲，无微不显。佛即合掌说偈曰：

"一切有为法，如梦幻泡影，如露亦如电，应作如是观。"①

三千诸佛、五百罗汉、八百金刚、阿难揭谛、比丘僧尼等众，"齐齐合掌，念一声：'南无大慈大悲救苦救难过去未来现在三世阿弥陀佛！'各各绕佛三匝，作礼而退。"

一部宏大的长篇小说之所以以岳飞惊悟大鹏金翅鸟的本相，在如来佛"一切有为法，如梦幻泡影，如露亦如电"的偈语中结束，一方面是因为这个《说岳全传》是由一个神话故事包裹着的讲史小说。宋徽宗向玉皇大帝上表章，写成了"王皇犬帝"，玉皇大怒，遣"赤须龙下界。降生于北地女真国黄龙府内，使他后来侵犯中原，搅乱宋室江山，使万民受兵革之灾"，如来佛祖"恐赤须龙无人降伏，故遣大鹏鸟下界，保全宋室江山，以满一十八帝年数"。因为玉皇大帝和如来佛祖斗法，"引起一部南宋精忠武穆王尽忠报国的话头"；另一方面，这个被包装进"三教合一"天宫斗法故事中的，是中原涂炭，社稷板荡以及忠奸斗争的激越的历史，最后以佛教"本无假有"，不生不灭的"空"与虚无来收束。

这种虚幻性的主题旨归，抵消了故事强烈的政治色彩，带来某种审美境界的升华。

《三国演义》的终了，是一首后人感叹三国历史的《古风》，将那惊心动魄，评说不尽的历史归结：

纷纷世事无穷尽，天数茫茫不可逃！
鼎足三分已成梦，一统乾坤归晋朝。②

---

① ［清］钱彩编次，金丰增订：《说岳全传》，人民文学出版社2007年版，第595页。
② ［明］罗贯中著：《三国演义》，人民出版社2008年版，第839页。

天数茫茫无可逃遁，引无数英雄厮杀、谋士竭虑、生灵涂炭的三分天下的功业，不过一场幻梦。拥有圣君、贤相、良将的蜀刘，占尽天时的曹魏，谋士如云，武将如雨，殚精竭虑以谋寸功。这层虚幻的主旨，使那些或通俗或老套的故事，具有了思辨和反省的色彩、困惑迷惘的悲怆意味，提升了那些成于众手、世代累积型小说的美学境界。如120回本《水浒传》以"宋公明神聚蓼儿洼　徽宗帝梦游梁山泊"为最后的结局：

> 天罡尽已归天界，地煞还应入地中。
> 千古为神皆庙食，万年青史播英雄。

来自上天归于上天，来自泥土归于泥土。这种起灭周合的环形结构，超越了具体的故事和人物，对不断逝去又重复的社会现象，进行比个人好恶、道德判断更加深刻和普泛的思考和反诘。

> 千古蓼洼埋玉地，落花啼鸟总关愁。

这首诗以千载而下的一个旁观者的角度，将炽热的情感掩埋在历史的尘埃、散去的云烟之中。无处着落的闲寂，更衬出时空交叠的虚幻感。

四、宗教地理的时空模糊性

在中古小说中的宗教地理当中，不但时间的变形长短伸缩随意，灵活变通，在空间地理上也是如此。道教的洞天福地虽然和现实中的山岳对应，却是现实地理的夸张和想象。以《真诰》中被多次描述的茅山和华阳洞天为例，宋人叶梦得曾考察镇江茅山和华阳洞，"按图记，问其故事，山中人一一指数"。言镇江茅山"不至大，亦无甚奇胜处"。华阳洞"才为裂石，阔不满三四尺，其高三尺，不可入，金坛福地，正在其下，道流云近岁刘混康尝得入百余步。其言甚夸，无可考，不知何缘能进"[①]。

---

① ［宋］叶梦得：《岩下放言》，大象出版社2006年版，第338页。

佛教的冥间、西方极乐世界就更是缺乏具体地理。以刘义庆《幽明录》"赵泰"为例，赵泰入冥间"说初死时，有二人乘黄马，从兵二人，但言捉将去。人扶两腋，东行不知几里，便见大城如锡铁崔嵬，从城西门入"，这个"东行不知几里"便看到的锡铁筑的大城，东可到地狱，复到泥犁地狱，似乎离家甚近。《冥祥记》"刘萨荷"讲述入冥的路程较长，言"向西北行。行路转高，稍得平衢。两边列树……路途之中屋舍甚多，又见妇人和沙门。刘因随沙门俱行。遥见一城，类长安城，而色甚黑，盖铁城也。"再如戴孚《广异记》中的"张瑶"，叙述入冥的经历就只有一句"被所由领过一府舍"。小说中的这些冥间，实是模糊的虚幻空间，无须指出方位。

另一种生人见鬼的情况则是阴阳空间重合，只以日夜划分。如刘斧《青琐高议别集》中的《越娘记》，写杨舜俞在行旅途中：

> 行未二十里，则日已西沉，四顾昏黑，阴风或作，愈行愈昏暗，不辨道路。舜俞酒初醒，意甚悔恨，亦不知所在焉，但信马而已。忽远远有火光，舜俞与其仆望火而去。又若行十数里，皆荆棘间，狐兔呼鸣，阴风愈恶。方至一家，惟茅屋一间四壁，阒无邻里。

人鬼的空间是以白昼和夜晚来区隔的，张鷟《游仙窟》张鷟自叙进入仙窟的经过：

> 日晚途遥，马疲人乏。行至一所，险峻非常，向上则有青壁万寻，直下则有碧潭千仞。古老相传云："此是神仙窟也；人踪罕及，鸟路才通，每有香果琼枝，天衣锡钵，自然浮出，不知从何而至。"余乃端仰一心，洁斋三日。缘细葛，溯轻舟。身体若飞，精灵似梦。须臾之间，忽至松柏岩桃华涧，香风触地，光彩遍天。见一女子向水侧浣衣。

这个进入仙窟的过程模仿了《幽明录》"刘晨阮肇"入天台山的细节：

> 遥望山上有一桃树，大有子实，而绝岩邃涧，了无登路，攀援藤葛，乃得至上。……得度山，出一大溪，溪边有二女子，姿质妙绝。

这些仙境都在人迹难至的山间，景色幽美，有香果琼枝、溪水和溪边的女子。

张读《宣室志》"僧契虚"中，有道士对契虚说，他神骨孤秀，可以游仙都，又言仙都离此很近，可以自行前往。张读把这个去往仙境的路途描写得比较曲折漫长：

> 登玉山，涉危险，逾岩巘，且八十里。至一洞，水出洞中，挈子与契虚共挈石填洞口，以壅其流。……及出，见积水无穷，水中有石径，横尺余，纵且百里余。挈子引契虚蹑石迳而去。至山下，前有巨木，烟影繁茂，高数千寻。挈子登木长啸久之，忽有秋风起于林杪，俄见巨绳系一行橐，自山顶而缒，挈子命契虚瞑目坐橐中。仅半日，挈子曰："师可瘝而视矣。"契虚既望，已在山顶。见有城邑宫阙，玑玉交映，在云物之外。[①]

和六朝小说中凡人误入仙境的简略不同，这段渺渺程途的艰辛幽美之描写，自是为了突出契虚求游仙境的坚毅决心。契虚是从蓝田登玉山，开始他的寻求仙境之旅。这种比较具体的抵达仙境的路线，在后来的小说中大都有梦境的虚幻取代。

牛僧孺《玄怪录》的"巴邛人"把仙境缩小到两个大橘子里。巴邛人在自家的两个大橘子里发现，有二老叟，鬓眉皤然，肌体红润，皆相对象戏。橘子被剖开，老叟也不惊惧，只言"橘中之乐，不减商山，但不得深根固蒂，为愚人摘下耳"，乃噀水化出一龙，乘之而去。"张左"则将神仙洞府"兜玄国"放置在从张左耳中出来的童子耳朵里。此国中：

> 别有天地，花卉繁茂，甍栋连接，清泉萦绕，岩岫杳冥，因扪耳投之，已至一都会，城池楼堞，穷极壮丽。[②]

在耳朵眼里的仙境不但是空间的变形，有宏大的建筑，威严的君主，而且也发生了时间的变形。张左住了不久，被童子掀出耳洞时，邻人告诉他已经失踪了七八年之久。

道教中神圣的洞天福地，放到《玄怪录》中却变成了橘子和耳朵这样微末、渺

---

① ［宋］李昉等编：《太平广记》卷478，中华书局1961年版，第185页。

② ［唐］牛僧孺：《玄怪录》，中华书局2006年版，第63页。

小空间中的存在。这种戏谑、戏仿般的仙境故事，摆脱了宗教的神圣性，成为表达作者趣味和文采之手段。如老子所言："道之为物，为恍为惚。惚兮恍兮，其中有像；恍兮惚兮，其中有物；窈兮冥兮，其中有精。"恍兮惚兮，窈兮冥兮的梦境，使白话小说的时空架构具有了更多的独创性。

《水浒传》42回"九天玄女赐天书"，宋江梦入九天玄女的宫殿，得知自己"星主"的宿命，得到神仙酒食和三卷天书。这个时空模糊的梦境，是民间艺人对洞窟地理的改造，使之为小说情节和叙事架构服务。梦九天玄女一节，使宋江建立了超越同侪的星主身份。他在神圣空间里获得帮助与启示，增强了他的个人野心和主宰梁山命运的力量，也预示了故事情节的发展方向。

这一回，宋江被公人追赶，被困在郓城县一荒村小庙的神厨内，百般无计。这书有两个青衣童子，径到厨边道："小童奉娘娘法旨，请星主说话。"青衣前引宋江转过后殿侧首一座子墙角门，宋江看时：

> 星月满天，香风拂拂，四下里都是茂林修竹。宋江寻思道："原来这庙后又有这个去处。早知如此，却不来这里躲避，不受那许多惊恐！"宋江行着，觉道香坞两行夹种着大松树，都是合抱不交的，中间平坦一条龟背大街。宋江看了，暗暗寻思道："我倒不想古庙后有这般好路径。"……宋江入的棂星门看时，抬头见一所宫殿。
>
> 宋江见了，寻思道："我生居郓城县，不曾听的说有这个去处。"

这一段遇玄女得天书的故事，点出了宋江的"星主"地位，是塑造其梁山领袖形象的核心情节。九天玄女的宫殿模仿了道教洞府空间：路途中的美景、得到的仙饮、食物、仙书，自称"下浊庶民"的宋江和仙女娘娘。《水浒传》改编了中古小说的仙境故事，使之成为一个重要的叙事环节，而梦境与时空架构的模糊，为作家个人书写和想象力的发挥带来更大的空间。

《何典》《西游补》《绿野仙踪》《女仙外史》都是在时空模糊的虚幻化基础上，规避了各种羁绊和束缚。像《西游补》的"鲭鱼世界"有独特的时空坐标，即"三界六梦"。由属于现世时空的"青青世界"，属于过去时空的"古人世界"，属于未来时空的"未来世界"，的三界构成完整的世界；由"思梦""噩梦""正梦""惧梦""喜梦""寤梦"等人物梦境构成一种虚幻的时空。通过异代共置、时空模糊的叙事架构，表达对世事荒谬和虚妄的主观感触。如此，时空的模糊和虚幻，对作者来说就是必需的。不是在"未来世"当中，唐代的行者就无法主审宋代的秦桧，就没有秦桧借体托生，岳飞仍在阴曹地府的暗昧荒唐。时空架构与变形是《西游补》发挥其"讥弹明季世风之意"主题的基础，更是具有创新性的艺术手法。其滥觞与演进的轨迹，则当溯源到中古小说与宗教地理的关系。

同为仙境叙事，《红楼梦》的"太虚幻境"与《水浒传》和《西游补》有很多相似之处。宝玉与警幻仙姑和宋江之与九天玄女的共同点在于：只许男主人公进入的仙境空间；神圣空间的设置与现实故事构成时空重叠，由幻境中的女仙给予预言式的人生的启悟；进入仙境的方式都是由于梦境；出入仙境的主人公同时又是神圣空间叙事的角色。《红楼梦》和《西游补》的关系，主要在虚幻空间对"情"的隐喻上。《西游补》此一回书"鲭鱼扰乱，迷惑心猿，总见世界情缘，多是浮云梦幻。"《西游补》中有很多关于"真假"和"情"的比喻，用"'青青世界'和'杀青大将军'名称里的'青'字来影射'情'字，恰好与《红楼梦》里用'青埂峰'的'青'字影射'情'字相同"[1]。

这几部小说中的时空设置，都受到了中古洞窟小说的影响。仙境时空的变形、重叠和模糊设置，为说书体叙事单一和线性的时空增加了灵活腾挪、自由发挥的空间。

五、《红楼梦》的大旨与"太虚幻境"

"大旨谈情"的《红楼梦》，开书谓小说的"朝代年纪、地舆邦国，失落无考"。在模糊的时空架构中，故事缘起于洪荒太初之际，虚无缥缈。女娲补天之际弃下一块石头，这块石头幻化之后遍历凡尘，"太虚幻境"有仙境之意。"太虚"最早应出现在《庄子》之中。在《庄子·知北游》中，有"不过乎昆仑，不游乎太虚"句。"太虚""昆仑"俱为道教地理的标志。同时，太虚也是道家所讲之道。老子说"道大而虚静"。河上公注《老子》："始者道本也，吐气布化，出于虚无，为天地本始也。"[2]"太虚幻境"是叠合在《红楼梦》现实世界之上的仙境时空。这个受中古洞窟小

① 周策纵：《〈红楼梦〉与〈西游补〉》，《红楼梦案　周策纵论〈红楼梦〉》，文化艺术出版社2005年版。

② ［汉］河上公、［唐］杜光庭等注：《道德经集释》，中国书店2015年版，第1页。

说影响的神圣时空，不是道释二教的宗教地理，而是晚明以来，李贽、汤显祖等提倡的"情教"。通过很多同音字词的隐喻，构造了"青埂峰""离恨天""灌愁海"以及"痴情司""结怨司""朝啼司""夜怨司""春感司""秋悲司""薄命司"等"司人间之风情月债，掌尘世之女怨男痴"由警幻仙姑掌管的神圣空间。

"太虚幻境"既包含中古洞窟小说的故事元素，又有曹雪芹独特的艺术创造，主要具有预言、寓意和哲理性这三个层面的价值。

首先是预言性。预言的设置是结构的需要，由仙官掌管的预示红楼女性命运的册子，预示了故事情节发展，揭示了主题，在两个世界之间搭起一条贯穿的结构线索。

《红楼梦》有三层叙事结构，最外层的神话结构是补天顽石下凡历劫；中间是"太虚幻境"；最里层是人间的大观园。三层叙事脉络强调了虚构性的故事起源。处于外层的故事具有时空超越的优势，能够旁观、评价下一层的故事。第一回出现的"太虚幻境"，就是由顽石历劫神话中的人物提及到的存在。大荒山无稽崖青埂峰下的补天顽石的故事，取自历史悠久的神话。由女娲炼石补天而来的顽石下凡历劫神话是时空跨度最大的外结构。来往于这重空间的人物有三位，分别是一僧一道和补天的石头。

第二重结构是太虚幻境，来往于这重空间的人物比第一重多出了太虚幻境中下凡历劫的一干人等。

第一回甄士隐在梦中看到来了一僧一道，僧人讲述木石前盟故事。木石前盟和通灵宝玉的故事发生在第二层"太虚幻境"叙事层面当中。脂砚斋评甄士隐的梦，有两大作用：一是突出故事主线为木石前盟。绛珠仙子要用一生眼泪还神瑛侍者的灌溉之恩，"勾出多少风流冤家来，陪他们去了结此案"，突出了宝玉和黛玉在整部小说中的主人公地位，其余的人物都是陪衬。另一个是确定故事虚幻性的哲理境界。"点出幻字""又出一警幻，皆大关键处"。同时，这个梦也预示着第五回贾宝玉梦游太虚幻境事。

第五回《开生面梦演红楼梦　立新场情传幻境情》的"太虚幻境"，是第三层叙事——大观园故事的总纲。宝玉在秦可卿香甜艳魅的房中睡去，觉秦氏在前引路，来到了一个绿树清溪、人迹希逢、飞尘不到的去处。宝玉听得山后有人作歌，走出一位"翩跹袅娜端的与人不同"的警幻仙姑。仙姑邀请宝玉到其洞府，去品仙茗，饮美酒，听歌姬演《红楼梦》仙曲十二支。脂砚斋评"绿树清溪、人迹希逢"几个字是一篇《蓬莱赋》。除此仙境景色而外，这一段中的仙人、洞府、仙饮和歌舞，也是中古凡人入洞窟小说的具备的基本物象和情节。

首先，太虚幻境是模仿道教洞天福地，虚构出来的"情教"圣地。警幻仙姑是"离恨天之上，灌愁海之中"，"放春岩遣香洞太虚幻境警幻仙姑也。司人间风情月债，掌尘世女怨男痴"。"警幻"之名，当为"警醒世人看破幻影"之意。贾宝玉在"太虚幻境"的所见所闻，预言了人间故事的情节趋势、人物命运和主题基调。在"太虚幻境"的"薄命司"里，他看到了警幻仙姑掌管的"金陵十二钗正册""金陵十二钗副册""金陵十二钗又副册"。这些册子是宝玉周围女子的命运判词和图画，预示了这些女子在人间的命运和结局，是故事的大关节。

> 宝玉便伸手先将"又副册"厨开了，拿出一本册来，揭开一看，只见这首页上画着一幅画，又非人物，也无山水，不过是水墨滃染的满纸乌云浊雾而已。后有几行字迹，写的是：
> 霁月难逢，彩云易散。心比天高，身为下贱。风流灵巧招人怨。寿夭多因毁谤生，多情公子空牵念。
> 宝玉看了，又见后面画着一簇鲜花，一床破席，也有几句言词，写道是：
> 枉自温柔和顺，空云似桂如兰，堪羡优伶有福，谁知公子无缘。

这是宝玉的丫鬟晴雯和袭人的画图与判词。下面依次有关于香菱、林黛玉、薛宝钗、贾元春、探春、史湘云、妙玉、迎春、惜春、王熙凤、巧姐、李纨诸人的图画与判词。这种一图一诗，以诗解图的册子，是民间轨革卦影术的变形。轨革卦影是古代术士于卜卦时为隐寓卦意以备应验所绘制的图形（或辅以文辞）。宋代的费孝先会轨革卦影之术，其卦有歌有影。[1]卦影这种方式在清代已不多见。曹雪芹创造性地将它们应用在《红楼梦》的金陵十二正钗、副钗等册子里，就有一种古雅、陌生化的效果，以符合仙境之奇特。这类预示众多女主人公的命运的卦影，在《金瓶梅》第29回"吴神仙冰鉴定终身"中，是以卜辞预叙的方式出现的。术士吴神仙为西门庆及其六房妻妾看相，通过品评她们的相貌，暗示其性格命运。张竹坡评点说：

---

[1] 祝穆：《一字异应》，《新编古今事文类聚》别集卷6，书目文献出版社1991年版，第1491页。

此回乃一部大关键也。上文二十八回一一写出来之人，至此回方一一为之遥断结果，盖作者恐后文顺手写去，或致错乱，故一一定其规模，下文皆照此结果此数人也。此数人之结果完，而书亦完矣，直谓此书至此结亦可。[①]

贾宝玉看到的"金陵十二钗"等人的图画册子，类似于《金瓶梅》第二十九回吴神仙的"冰鉴"。《金瓶梅》这个情节安排得比较生硬，"吴神仙"当面说吴月娘"泪堂黑痣，若无宿疾，必刑夫；眼下皱纹，亦主六亲若冰炭"。对着口齿伶俐、尖酸刻薄的潘金莲，说她"发浓鬓重，光斜视多淫；脸媚眉弯，身不摇而自颤。面上黑痣，必主刑夫；唇中短促，终须寿夭"。很难想象"吴神仙"敢当面说出这些类似诅咒的话，而未遭到妇人们的詈骂。这样来安排一部书的"大关键"当属初创而未臻化境。《红楼梦》由贾宝玉观看卦影册子式的安排，则圆融高明很多，且因其指向的模糊而具有更大的解读空间。不但《红楼梦》的后四十回的人物命运和结局按照这些册子的预言来完成；现在的研究者也是根据册子提出看法和思路。

作为预言出现的还有警幻仙姑让舞女们唱的十二支《红楼梦》曲子。其中有咏唱个人命运者，也有歌咏宝黛爱情的"终身误"和"枉凝眉"。"引子""好事终"与"收尾"三支曲子是这部大书人间故事的总括：

> 为官的，家业凋零；富贵的，金银散尽；有恩的，死里逃生；无情的，分明报应。欠命的，命已还；欠泪的，泪已尽。冤冤相报实非轻，分离聚合皆前定。欲知命短问前生，老来富贵也真侥幸。看破的，遁入空门；痴迷的，枉送了性命。好一似食尽鸟投林，落了片白茫茫大地真干净！

这些曲子奠定了整部书的悲剧基调，任何续作者要完成《红楼梦》都不能改变这个结局，从而在大团圆结局盛行的时代，保障了《红楼梦》严肃的品格和深刻的意义。

其次，太虚幻境的启悟寓意。警幻仙姑引宝玉来到警幻仙境，是受荣宁二公委托，"以情欲声色等事警其痴顽，或能使彼跳出迷人圈子，然后入于正路"。警幻仙境中处处都有文字的启悟性。以情之悲苦警示宝玉。如宝玉所见"痴情司""结

---

① 王汝梅等校点：《张竹坡批评第一奇书金瓶梅》，齐鲁书社1987年版，第432页。

怨司""朝啼司""夜怨司""春感司""秋悲司"的匾额；警幻仙姑的香名为"群芳髓"，茶名曰"千红一窟"，酒名"万艳同杯"。"众仙姑一名痴梦仙姑，一名钟情大士，一名引愁金女，一名度恨菩提，各各道号不一"。很明显，这些名目都有寓意，或者是谐音，既"千红一哭""万艳同悲"，凸显出孽海情天的悲苦虚幻。

为了点醒宝玉，警幻仙姑用了三种法子：一是"以彼家上中下三等女子之终身册籍，令彼熟玩"，让他看到他所钟爱钟情的姊妹们的悲剧宿命——卦影册子；二是令其经历饮馔声色之幻。让他闻群芳髓，饮"千红一窟"茶以及"以百花之蕊，万木之汁，加以麟髓之醅，凤乳之曲酿成，因名为'万艳同杯'"的酒。声色之乐则是让众仙女轻敲檀板，款按银筝，为宝玉歌《红楼梦》十二曲。并将《红楼梦》原稿，递与宝玉。一面目视其文，一面耳聆其歌。警幻仙姑从旁察言观色，见宝玉甚无趣味，因叹："痴儿竟尚未悟！"第三是以欲止欲。让警幻的妹妹兼美，一个"鲜艳妩媚，有似乎宝钗，风流袅娜，则又如黛玉"的仙女与宝玉行云雨之事，让宝玉"领略此仙闺幻境之风光尚如此，何况尘境之情景哉？而今后万万解释，改悟前情，留意于孔孟之间，委身于经济之道"。这三种方式似乎并未奏效，宝玉看了册子，恍恍惚惚；听了曲子，觉得甚无趣味，"散漫无稽，不见得好处"。警幻仙姑只得将他推出仙境，"冀将来一悟，亦未可知也"。宝玉能否觉悟也成为后半部书的一条线索。

再次，"太虚幻境"与"空空"的观念。《红楼梦》双重神话时空的设置，是古代小说史上绝无仅有的，大荒山无稽崖本是虚空杜撰的意思。这重空间高居在"太虚幻境"与人间大观园之上。幻境和大观园两个世界皆是时空模糊的设置，两个世界孰真孰幻、孰有孰无？以现实主义的眼光看来，人间社会中的荣宁二府和大观园是真实的，《红楼梦》是封建社会的百科全书，是伟大的现实主义杰作。"太虚幻境"里那些"千红一窟""万艳同杯"孽海情天是虚幻的。以出世眼光看来则是相反的，人生苦痛和短暂是真实的，人间美好的一切不过是虚幻的。大荒山这重空间的存在，则是两者都成为称量评判的对象。

曹雪芹将仙境命名为"太虚"，既有道家的色彩，又包含佛教的色空观念。如宋江一样，宝玉也是出入两个世界的人。但宋江与上层神话结构的关联，并没有带给他精神的启悟。宝玉由"太虚幻境"的启悟，最终获得个人的救赎与精神的解脱。

写着"太虚幻境"的石牌坊两边，有一副对联："假作真时真亦假，无为有处有还无。"此处石牌坊上的横批和对联里隐藏解读《红楼梦》的玄机。王希廉在《红楼梦总评》中说："《红楼梦》一书，全部最关键是'真假'二字。读者须知，真即是假，假即是真；真中有假，假中有真；真不是真，假不是假。"

这真和假的呈现，得益于空间对比。大荒山既是一个亘古如斯的、永恒的"理性"的空间，是作为三重故事结构的起点，也就是最外层的大叙事存在的；太虚幻境是"情教"的神圣空间，它是曹雪芹模仿道教仙境而造的一个世界，虽然处处强调"情苦""情幻"，但它还是一个享受灵酒、仙茗、妙曲和云雨柔情的地方，它和凡俗世界的区别，只在时间的久暂、等级的高下；以贾府为代表的人间世，是"物"与"色"的世界。在这个世界中，炎凉荣枯、悲欢之情、聚散之迹在迅速地变化转换，是短暂的色相，让每一个深于情者感到苦痛与幻灭。

王国维认为，《红楼梦》的色空观即是讲解脱之道。解脱论是佛教全部教义的出发点和归宿。为了更好地说明解脱论，佛教创始人释迦牟尼有时使用"空"来说明人生现象。"空"是价值判断，不是一无所有，而是没有自性，即不能成为自己的根据，不具有终极价值。"苦"与"空"相互发明，都服务于解脱论。借助于空观，有利于说服人放弃各种执着。如《金刚经》所言"凡所有相，皆是虚妄"那还有什么值得贪恋的呢？

这个解脱，不是让宝玉回归"太虚幻境"的道教仙境模式的解脱，而是回到作为石头的无情无欲、鸿蒙原始状态的解脱。这个鸿蒙的天地，如《庄子·逍遥游》中，那棵无用的"大樗"所在：

> 何不树之于无何有之乡，广莫之野，彷徨乎无为其侧，逍遥乎寝卧其下。不夭斤斧，物无害者；无所可用，安所困苦哉！

这里不妨引用海德格尔对此的评论：

> 它提供了这样的洞见：人对于无用者无须担忧。凭借其无用性，它具有了不可触犯性和坚固性。因此以有用性的标准来衡量无用者是错误的。此无用者正是通过让无物从自身制作而出，而拥有它本己的伟大和规定的力量。以此方式，无用乃是物的意义。①

---

① ［德］海德格尔：《传统的语言和技术的语言》，艾克出版社1989年版，第8页。

这块无才补天被弃掷的石头和大樗一样，立于无何有之乡，广莫之野，正得逍遥自在。补天石因为无才补天而在青埂峰下哭泣，但它在红尘情海经历痛苦之后，获得的解脱就是物无所用，安所痛苦之深根极宁处的解悟。它不但脱离了情天恨海，还脱离了手段和目的，回到自然和天道的自由境界。物的意义就是其无用性，而且人无需对无用性担忧。这是这重大荒山无稽崖的鸿蒙空间的哲学的境界。

太虚幻境是模仿道教仙境模式造就的"情教"的神圣空间。它的根本逻辑是以仙境的享乐和长生度脱凡人。警幻仙姑展示的金陵十二钗的册子，是为了让贾宝玉通过亲密女性们的悲苦结局，解悟人生的短暂虚幻以获得解脱。根据脂砚斋的批语，《红楼梦》的末回有"情榜"，宝黛和一干《红楼梦》中人，得以在太虚幻境重聚。这在《红楼梦》的其他回目中也有迹可寻。如66回尤三姐自刎而死，就称奉警幻仙姑之命，要往太虚幻境销注情案：

> （柳湘莲）见尤三姐从外而入，一手捧着鸳鸯剑，一手捧着一卷册子，向柳湘莲泣道："妾痴情待君五年矣。不期君果冷心冷面，妾以死报此痴情。妾今奉警幻之命，前往太虚幻境修注案中所有一干情鬼。妾不忍一别，故来一会，从此再不能相见矣。"说着便走。湘莲不舍，忙欲上来拉住问时，那尤三姐便说："来自情天，去由情地。前生误被情惑，今既耻情而觉，与君两无干涉。"说毕，一阵香风，无踪无影去了。

在高鹗著的98回、111回、120回，写黛玉和鸳鸯、香菱回归"太虚幻境"。宝玉既是神瑛侍者，又是属于更上一层神话空间里的人物。在经历了人世与幻境的痛苦之后，他的解脱是悬崖撒手，是"拒绝一切生活之欲者"[1]，回到大荒山无稽崖下，回到无情、无始、无终的鸿蒙世界，而非像尤三姐、林黛玉那样归于太虚幻境。这个过程就是即空空道人所说的"因空见色，由色生情，传情入色，自色悟空"。

大荒山无稽崖这个冥漠荒诞空间的存在，表明在《红楼梦》"大旨谈情"的主题之上，更深层的思考是讲情的虚幻性。一切是镜花水月，是"色空"，是虚无。晚明以来，文人流行以情设教，汤显祖的《牡丹亭》是讲"情教"，《红楼梦》继承了这个情教观。《红楼梦》原稿末回的《情榜》，对红楼人物做了评价，"情情"和"情

---

① 王国维：《红楼梦评论》，《王国维文集》第1卷，中国文史出版社1997年版，第8页。

不情"是对黛玉和宝玉两人的评语。黛玉的"情情"是对有情者有情；宝玉的"情不情"是将"凡世间之无知无识，彼俱有一痴情去体贴"①。不但"周旋于姊妹中表以及侍儿如袭人、晴雯、平儿、紫鹃之间，昵而敬之，恐拂其意，爱博而心劳，而忧患亦日甚矣"②，还将这种"情"指向了天下自然万物：

> 不但草木，凡天下之物，皆是有情有理的，也和人一样，得了知己，便极有灵验的。若用大题目比，就有孔子庙前之桧，坟前之蓍，诸葛祠前之柏，岳武穆坟前之松。这都是堂堂正大随人之正气，千古不磨之物。世乱则萎，世治则荣，几千百年了，枯而复生者几次。这岂不是兆应？小题目比，就有杨太真沉香亭之木芍药，端正楼之相思树，王昭君冢上之草，岂不也有灵验。（《红楼梦》第七十七回）

这种超越男女之"情"的悲悯情怀，正是《西游补》"答问"的第一条里所说：

> 四万八千年，俱是情根团结。悟通大道，必先空破情根；空破情根，必先走入情内；走入情内，见得世界情根之虚，然后走出情外，认得道根之实。

情感就是一种执着，是需要打破的东西。这就上升到《红楼梦》的哲理层面。大荒山这重神话，曹雪芹讲的是"空空"，是以佛教的人生悲苦为底色的精神解脱，而非道教的乐天享乐为目的的长生不老式的解脱。警幻仙境这一重讲道教的长生久视，警幻仙姑开悟宝玉的办法，还是如中古洞窟小说那样，以仙家"朝朝狎玉女，夜夜御仙姝"的肉体享乐，诱惑凡人舍弃世俗的安乐以追求长生。

宝玉作为被遗弃的补天石的一个化身，就体现了佛教的空观。补天石的意象在古人诗词中经常会出现，宋代何梦桂《愚石歌》：

> 大块初分生怪石，曾与不周山作骨。山崩地缺天柱摧，片石耆姿转奇崛。娲皇炼石补天工，化作五星成五色。地下为石天上星，顽质变化生神

---

① ［清］曹雪芹：《脂砚斋甲戌抄阅重评石头记》，沈阳出版社2005年版，第246页。

② 鲁迅：《中国小说史略》，凤凰出版传媒集团2007年版，第180页。

灵。一朝天狼啮蚀五星陨，陨石宋野犹有光晶荧。何人夜负入海屿，错杂昆吾无觅处。①

"地下为石天上星，顽质变化生神灵"的意境和《红楼梦》开篇的这块大石头立意很相似。这块顽石既是神瑛侍者、通灵宝玉又是人间的贾宝玉，最后又回到石头的状态，正是佛教空观的体现。佛教的缘起论认为，一切事物都是因缘和合而成，缘聚则生，缘散则灭。故"无我"。即主体的人和客观的事物都没有真实的自性。在第120回，高鹗写一僧一道到太虚幻境，完结情缘，交割清楚，"仍携了玉到青埂峰下，将宝玉安放在女娲炼石补天之处"。三层空间的故事各自闭合完成。

"大荒山无稽崖青埂峰"这个"空"间，不但在叙事层次上高于后面两者，更是对现实与幻境的否定。大观园和太虚幻境的情感都意味着执着。执着于人世生活，是执着于短暂的色相，执着于太虚幻境，是执着于情感。有执皆谬，有执皆苦。般若经将一切事物的本性都看作空的。所以大荒山无稽崖这重空间，超越了"太虚幻境"的有，打破了对情的执着。就在立意是比《长生殿》唐玄宗和杨贵妃在人间不得圆满，死后在神仙世界团圆，实现了长生殿里盟言的大团圆式的结局要高明得多。

总之，《红楼梦》三重神话空间的设置，受到了中古道教洞窟小说的影响，结合明清的情教观，创造性地将之改造为"太虚幻境"这样一个"情教"的神圣空间。这种改造在明清叙事文学中常以"下凡历劫"的模式成为流行的叙事架构。但"大荒山无稽崖"这重空间的架构，体现了曹雪芹基于宗教的哲理思考，它突破了通常采用的现实世界与宗教空间的双重叙事模式。体现"空空"观念的这个地理空间，在相当程度上，塑造了《红楼梦》的美学价值和丰富的哲理意蕴。

这些可以视为在中古小说与道教地理的脉络上，生发出的文学性创造。

---

① ［宋］何梦桂：《愚石歌》，《宋诗钞》，中华书局1986年版，第2977页。

明清笔记、小说对《汉语大词典》的补证

张　泰

　　内容提要：明清时期文学繁荣，学术昌盛，因此具有历史意义和研究价值的笔记、小说数量大增。这些文献展现了博大精深的中国传统文化，其中很大一部分用白话写成，其语言特色反映了汉语从古代向现代过渡的痕迹和规律，语言学价值很高。《汉语大词典》中有大量的词条、例证来自明清笔记、小说，体现了汉语发展的源流。但是由于各种因素的影响，《汉语大词典》在例证引用、条目确立、异形词处理等方面还存在不足之处，对这些问题进行分析讨论，不但有助于《汉语大词典》质量的提高，对汉语工具书的编纂也有一定的指导意义。

　　关键词：汉语大词典　明清小说　补证　近代汉语

　　明清时期是中国小说创作、学术研究的高峰期，为后人留下了许多颇具价值的文献资料，这些资料大多用白话写成，语言文化资源丰富，是汉语研究尤其是近代汉语研究的珍贵语料来源，语言学价值不言而喻。《汉语大词典》是我国大型多卷本汉语语文类工具书，吸收了明清时期笔记、小说中众多的词语、例证，大大丰富了词典的内容，但是白玉微瑕，在词目、释义、例证等方面尚存在一些问题和不足。本文仅就明清笔记、小说中的相关用例，辅以旁证，从例证、释义、立项等方面加以探讨，希望对《汉语大词典》的修订有所裨益。

　　作者简介：张泰，临沂大学文学院教授，主要从事古代汉语及传统文化教学与研究。

一、词条失收

1. 鸡母：母鸡。

按：明代冯梦龙《醒世恒言》第二十七卷："那时玉英刚刚六岁，承祖五岁，桃英三岁，月英止有五六个月。虽然养娘奶子伏侍，到底像小鸡失了鸡母，七慌八乱，啼啼哭哭。"明代陶宗仪《说郛》："买鸡大小一百只，问：'各几何？'答曰：'鸡翁十五只，鸡母一只，鸡儿八十四只。'"清代俞樾《右台仙馆笔记》第十一卷："偶以鸡卵十余枚，使鸡母伏之，久之不出。"

早在南北朝时期就有用例：《善见毗婆沙律》："鸡母伏卵随时回转。"《张丘建算经》："鸡翁一，值钱五；鸡母一，值钱三；鸡雏三，值钱一。"

《汉语大词典》收有"鸡公"一词[1]。

2. 腰窝：肾脏附近的部位。民间将肾脏称为腰子，腰子部位就是腰窝。

按：清代坐花散人编《风流悟》第六回："我特特留一大块腰窝送来。"意思是送一大块肾脏附近整块的肉。北方民间送礼送腰窝是比较隆重、郑重而又体面的事情。

又见清代吴谦等《外科心法要诀》第四卷："下搭手生经膀胱，穴在肓门腰窝旁，房劳过度生毒火，紫陷腐烂透膜肠。"肓门穴恰好在肾脏附近，因此才说"穴在肓门腰窝旁"。

3. 打饼：做饼；烙饼。

按：明初施耐庵《水浒传》第九回："当下深、冲、超、霸四人在村酒店中坐下，唤酒保买五七斤肉，打两角酒来吃，回些面米（来）打饼。"清代安阳酒民《情梦柝》第四回："夫人着我送花与小姐打饼，我要叩小姐的头。"清代佚名《魏阉全传》第六回："小二拿了酒肴，把桌子移到菊篱边慢酌，等鹅熟了，取面来打饼。"

又见清代俞震《古今医案按·嘈杂》："用鸡子打饼，五更空心饲之。"

4. 好钱：成色好的铜钱。

按：明代陆深《燕闲录》："予少时，见民间所用，皆宋钱，杂以金、元钱，悄

---

① 罗竹风主编：《汉语大词典》11卷，汉语大词典出版社1993年版，第859页。

之好钱。"明代陈子龙等《皇明经世文编》："每月进纳本色钱钞，俱用制钱，及历代好钱。"

又见后晋刘昫等《旧唐书·志》第二十八卷："显庆五年九月，敕以恶钱转多，令所在官私为市取，以五恶钱酬一好钱。"

《汉语大词典》收录"恶钱"①"低钱"②二词。

5. 绣面：用针在脸上刺虫蛾、花卉等图案。

按：明代田汝成《炎徼纪闻》："春时笄女戏秋千以诱散仔，携手蹋歌名曰作剧，女伴互施针笔，涅两脸为虫蛾、花卉，名曰绣面。"

实则唐宋时期已有用例。唐代胡直钧《太常观阅骠国新乐》："转规回绣面，曲折度文身。"宋代李清照《浣溪沙·闺情》："绣面芙蓉一笑开，斜飞宝鸭衬香腮。"宋代范成大《桂海虞衡志》："绣面乃其吉礼。女年将及笄，置酒会亲属女伴，自施针笔，涅为极细虫蛾花卉，而以淡粟纹遍其余地，谓之绣面。"

6. 母姨夫：姨妈的丈夫。

按：明代吴与弼《日录》："原道，吉安庐陵人，吾母姨夫中允公从子也。"清代姚廷遴《历年记》："此时有匪人在内交构，故与母姨夫不睦，同事者吴俊超、吴大疏、谈今如也。""十月初四，母姨夫开丧，甚体面，建侯表弟大费，余相帮五六日即出城去。"

清代姚际恒《姚际恒文集》："郝仲舆曰：'母之姊妹曰从母，其夫则今谓之母姨夫也。母之兄弟曰舅，其妻则今谓舅母也。'"

7. 晚妻：后妻；续妻。

按：明代冯梦龙《警世通言》第三十九卷："正是猪羊入屠宰之家，一脚脚来寻死路。有诗为证：撇了先妻娶晚妻，晚妻终不恋前儿。"明代冯梦龙《醒世恒言》第二十七卷："前妻在生时，何等恩爱，把儿女也何等怜惜。到得死后，娶了晚妻，或奉承他妆奁富厚，或贪恋颜色美丽。"明代叶盛《水东日记》第五卷："南山头上鹁鸪啼，见说亲爷娶晚妻。爷娶晚妻爷心喜，前娘儿女好孤恓。"

8. 茶酒：宴席上侍奉茶酒的人。

按：明末凌蒙初《二刻拍案惊奇》第二十五卷："这个茶酒，一向不是个好人。

---

① 罗竹风主编：《汉语大词典》第7卷，汉语大词典出版社1991年版，第561页。

② 罗竹风主编：《汉语大词典》第1卷，汉语大词典出版社1986年版，第1274页。

方才喝礼时节，看他没心没想，两眼只看着新人。"明代兰陵笑笑生《金瓶梅》第七十六回："侯巡抚只坐到日西时分，酒过数巡，歌唱两折下来，令左右拿五两银子，分赏厨役、茶酒、乐工、脚下人等，就穿衣起身。"

又见宋代《旧五代史·晋书》第八十五卷："东西班五十人、医官一人、控鹤官四人、御厨七人、茶酒三人、仪鸾司三人、军健二十人从行。"

9. 一卖：旧时酒馆中称一整份菜为一卖。

按：清代夏敬渠《野叟曝言》第十八回："茶是两文一壶；馒头、糖片、瓜子、腐干，都是四文一卖。"清代吴敬梓《儒林外史》第二十九回："季恬逸见他不吃大荤，点了一卖板鸭，一卖鱼，一卖猪肚，一卖杂脍，拿上酒来。"清代王有光《吴下谚联》："陈公怒，签提弟妇刑讯之，供出所私：一卖肉，一卖腐，一卖菜，皆居西外。"

又见元代施惠《幽闺记》第二十二出："不要哄他了，一卖肉，一卖鸡，一卖烧鹅，一卖匾食，快着呵。"

10. 串板：用竹片或金属片串起来做成的拍板。

按：明代沈德符《万历野获编》第二十五卷《词曲·俗乐有所本》："即今串板亦古之拍板，大者九板，小者六板，以韦编之，本胡部乐。"

11. 白牌：令牌。

按：清代《魏阉全传》第四十四回："只见吏员手持白牌道：'赛宝的上来！'"清代郭广瑞《永庆升平前传》第九十一回："我有一个主意，你把那生死白牌交给我，我此一去必要把这段事办好。"清代褚人获《隋唐演义》第三十三回："叔宝出得门来，叔谋里面已挂出一面白牌道：城壕塞副使秦琼，生事扰民，阻挠公务，着革职回籍。"

12. 布衣之交：无关身份地位而结交的朋友。

按：明代《两晋秘史》第一百六十三回："先，娇与亮同为侍讲东宫，因为布衣之交。"明代解缙等《永乐大典残卷》第一万二千一十八卷："顾悛曰：'此况卿也，今日与卿尽布衣之交。'"

又见《史记·廉颇蔺相如列传》："臣以为布衣之交尚不相欺，况大国乎？"南朝刘义庆《世说新语·方正第五》："士曰：'上祖长史，与简文皇帝为布衣之交。'"唐代姚察等《梁书·列传》第三十五卷："时湘东王为京尹，深相赏好，如布衣之交。"

《汉语大词典》收录"布衣交"①。

二、例证晚出

1.【提留】："从总数中提成存留。《人民日报》1983.7.18：'集体提留偏高的原因主要是公积金、公益金重复提留。'"②

按：清代已有用例：《西巡回銮始末》："管理兵粮者提留十四日粮食外，余均散给大众分食。"

2.【脚子】："1. 脚夫。《儒林外史》第三四回：'庄绍光悄悄叫了一乘小轿，带了一个小厮，脚子挑了一担行李，从后门老早就出汉西门去了。'"③

按：明代张岱《陶庵梦忆·禊泉》："惠山泉不渡钱塘，西兴脚子挑水过江，喃喃作怪事。"明代兰陵笑笑生《金瓶梅》第五十九回："不一时，货车才到。敬济拿钥匙开了那边楼上门，就有卸车的小脚子领筹搬运。"明代邓豁渠《南询录》："是会也，四众俱集，虽衙门书手，街上卖钱、卖酒、脚子之徒皆与席听讲。"

3.【火炮】："2. 指鞭炮。沙汀《范老老师》：'接着他高高兴兴买了饼和火炮回去。'"④

按：明清已有用例：明末清初西周生《醒世姻缘传》第七回："自己也即回到通州，挂花灯，放火炮，与珍哥过了灯节。"清代倪赞元《云林县采访册》："除夕，家换新门联、放火炮，所谓爆竹一声除旧、桃符万户更新也。"

4.【穷鬼】："2. 詈词。骂人贫穷。黎汝青《三号瞭望哨》：'穷鬼，把它吃了吧！'"⑤

按：明清时期已有用例：明代凌蒙初《初刻拍案惊奇》第十卷："那王媒婆接着，见他是个穷鬼，也不十分动火他的。"明代冯梦龙《警世通言》第二十四卷："那曾见本司院举了节妇，你却呆守那穷鬼做甚？"明末清初西周生《醒世姻缘传》第三十四回："我这有饭吃的人家，得这点子东西也显不出甚么富；若是杨春这穷鬼

① 罗竹风主编：《汉语大词典》第3卷，汉语大词典出版社1989年版，第676页。
② 罗竹风主编：《汉语大词典》第6卷，汉语大词典出版社1990年版，第744页。
③ 罗竹风主编：《汉语大词典》第6卷，汉语大词典出版社1990年版，第1272页。
④ 罗竹风主编：《汉语大词典》第7卷，汉语大词典出版社1990年版，第23页。
⑤ 罗竹风主编：《汉语大词典》第8卷，汉语大词典出版社1991年版，第464页。

得了，这全就是他富家哩。"清代吴敬梓《儒林外史》第三回："我自倒运，把个女儿嫁与你这现世宝，穷鬼，历年以来，不知累了我多少。"

5.【经纪】："8. 即经纪人。王西彦《福元佬和他戴白帽子的牛》：'有的买牛人假装生气，独自走开去；牛经纪就向两边讲好话，又去拉回买牛人。'"①

按：明清时期已有用例：明代凌蒙初《二刻拍案惊奇》第十卷："朱三是个经纪行中人，只要些小便宜，那里还管青黄皂白？"清代黄六鸿《福惠全书·杂课·牛驴杂税》："牛驴牲畜，烟包布花酒曲等税，交易之所收也，例有牙行经纪，评价发货。"

6.【鸡公】："方言。雄鸡。周立波《下放的一夜》：'（蜈蚣）最怕鸡公。'"②

按：明清时期已有用例：明末清初顾祖禹《读史方舆纪要》："嘉靖初，乌都、鹁鸽、鹅儿、鸡公、刁农五寨番蛮，纠合黑虎等寨八百余番，攻围长安等堡。"清代屈大均《广东新语》："白叶、帘紫、乌禽，以五色名，鸡公、鹿母、黄獐……，以鸟兽名。"

三、孤证

1.【五更天】："天将明时。金元好问《榆社硖口邨早发》诗：'瘦马长途懒着鞭，客怀牢落五更天。'"③

按：明代袁于令《隋史遗文》第十九回："他公干还未完，只得借主人酒席，款留诸友到五更天。"清代李修行《梦中缘》第三回："五更天我起来喂牲口，见门户大开，听了听，房中没有动静，及入房一看，不见客人。"清代曹雪芹《红楼梦》第六十三回："宝玉笑道：'这一安席，就要到五更天了。'"清代吴敬梓《儒林外史》第二十一回："当下卜诚、卜信吃了酒先回家去。卜老坐到五更天。"

又见宋代舒亶《浣溪沙·次权中韵》："应须沈醉倒花前，绿窗还是五更天。"

2.【年侍生】："科举时代一般同年登科者来往中的自称。明沈德符《野获编·科场一·荐主同咨》：'今同年往还投刺，俱称年弟，然先人丁丑榜中，惟同馆

① 罗竹风主编：《汉语大词典》第9卷，汉语大词典出版社1992年版，第863页。
② 罗竹风主编：《汉语大词典》第11卷，汉语大词典出版社1993年版，第859页。
③ 罗竹风主编：《汉语大词典》第1卷，汉语大词典出版社1986年版，第357页。

数相知称之，其余皆年侍生也。闻一榜尽称年弟，始于乙未科，不知然否。'"①

按：明代兰陵笑笑生《金瓶梅》第六十七回："下书：'年侍生雷启元再拜。'"清代赵翼《陔余丛考》引明代朱国祯《涌幢小品》："余在姚画溪公家，见公座主王槐野单名帖，称友生，字仅蝇头。是科甲辰会元瞿文懿亦有单帖，称年侍生，与槐野字略相等。"

3.【便饭】："2. 吃便饭。《红楼梦》第一〇九回：'吩咐厨房里办一桌净素菜来，请妙师父这里便饭。'"②

按：明末清初陈忱《水浒后传》第二十九回："这里只有个养娘小厮，又不好去寻。叔叔远来，请坐便饭。"清代李百川《绿野仙踪》第二十三回："乔老爷好容易光降，又是远客，今日就在舍下便饭。"清代俞万春《荡寇志》第八十一回："正说间，刘麟出来告：'请太亲翁便饭。'"清代吴趼人《二十年目睹之怪现状》第六十八回："谈谈说说，不觉他营里已开夜饭，杏农便留我便饭。"

4.【拘催】："拘传催督。清黄六鸿《福惠全书·保甲·总论》：'至于传习征名，不用公差，查报拘催，不烦牌票。'"③

按：清代徐松《宋会要辑稿》："不通水路去处，变转轻赍。仍具根刷到数目申户部拘催。"

又见清代毕沅《续资治通鉴·宋纪一百十五》："又收常平司五分头子钱，并令诸州通判、诸路提刑司拘催。"

5.【白日鬼】："指行动诡秘，在光天化日之下作案的骗子。宋刘跂《暇日记》：'浙江贼号曰白日鬼，多在舟舡作祸，彼中人见诞谩者，指为白日鬼。'"④

按：明代金木散人《鼓掌绝尘》第三十二回："却说那两个在李妈妈家拿银子去的……原是终日在那些娼妓人家串进串出趁水钱吃闲饭的白日鬼。"明代华阳散人《鸳鸯针》第一回："其时学内又有一个秀才姓周名德，绰号白日鬼。这人虽是秀才，全不事举子业。今日张家，明日李家，串些那白酒肉吃。"明代清溪道人《媚史》第十三回："后人看了这白日鬼帮闲的好汉专与人家僮仆等插科打诨，猫鼠同眠，做一

① 罗竹风主编：《汉语大词典》第1卷，汉语大词典出版社1986年版，第650页。
② 罗竹风主编：《汉语大词典》第1卷，汉语大词典出版社1986年版，第1366页。
③ 罗竹风主编：《汉语大词典》第6卷，汉语大词典出版社1990年版，第485页。
④ 罗竹风主编：《汉语大词典》第8卷，汉语大词典出版社1991年版，第167页。

首短歌儿嘲他。"

6.【跌成】："古代赌博戏的一种。以钱为赌具，掷钱为戏，以字（钱上有字的一面）幕（钱上无字的一面）定输赢。清李斗《扬州画舫录·蜀冈录》：'跌成，古博戏也，时人谓之拾博。用三钱者为三星，六钱者为六成，八钱者为八乂，均字均幕为成，四字四幕为天分，天分必幕与幕偶，字与字偶，长一尺，不杂不斜，以此为难。盖跌成之戏，古谓之纯。'"①

按：明末清初张岱《扬州清明》："博徒持小机坐空地，左右铺袒衫半臂、纱裙汗帨、铜炉锡注、瓷瓯漆盒，及肩舁鲜鱼、秋梨福橘之属，呼朋引类，以钱掷地，谓之跌成，或六或八或十，谓之六成八成十成焉，百十其处，人环观之。"清代檀园主人《雅观楼》第二回："渐渐由门户到上街，教场看把戏、西洋景、掷糖、赶羊、吃茶、跌成无一不为，每日都要带几百文出去，回来总有东西到家。"

四、异形词问题

1.【官妓】："古代供奉官员的妓女。唐宋时官场应酬会宴，有官妓侍候，明代官妓隶属教坊司，不再侍候官吏，清初废官妓制。"②

按：文献中还有"官伎"一词，系"官妓"异形词。《汉语大词典》未收。

明代谢肇淛《五杂俎·人部四》第八卷："唐、宋皆以官伎佐酒，国初犹然，至宣德初始有禁，而缙绅家居者不论也。"清代张廷华《香艳丛书》："花月春风十四楼，轻烟澹粉十三楼，十三十四，论者不一，皆洪武初建于郡城内外，置官伎以安行旅者也。"清代余怀《板桥杂记》："自明太祖设官伎于南京，遂为冶游之场，相沿谓之旧院。"这里的"官伎"义同"官妓"，二者属于同词异形。《说文解字》："伎，与也。"段玉裁注："与者，党与也。此伎之本义也。""伎"早见于《晋书·乐志》："《但歌》四首，自汉世无弦节，作伎最先倡；一人唱，三人和。"早期的"伎"指精通乐舞之人。《说文解字》："妓，妇人小物也。"根据许慎的解释，"妓"可以理解为妇人用的琐屑物品，也可以从职业的角度理解为低下卑贱的女人。魏晋以后"妓""伎"二字普遍通用，因此"伎女"与"妓女"；"伎妾"与"妓妾"；

---

① 罗竹风主编：《汉语大词典》第10卷，汉语大词典出版社1992年版，第444页。
② 罗竹风主编：《汉语大词典》第3卷，汉语大词典出版社1989年版，第1382页。

"伎乐"与"妓乐";"声伎"与"声妓";"女伎"与"女妓"等在文献中不断交替出现，宋元之后"伎"的出现频率远远低于"妓"。

2.【提溜】："dī手提；提拉。《醒世姻缘传》第六七回：'那回回婆从里头提溜着艾前川一领紫花布表月白绫吊边的一领羊皮袄子，丢给那觅汉。'清魏源《筹漕篇下》：'（船）今既改小，则不胶不拨，遇闸提溜，通力合作，勒索无由。'吴祖光《闯江湖》第三幕：'我们把这两个坏蛋给提溜来啦！'"①

【滴溜】："6. 方言。提，提起。元郑廷玉《后庭花》第一折：'滴溜着脚踢拳墩，哎，你个身着紫衣堂候官，欺负俺这面雕金印射粮军。'明沈榜《宛署杂记·民风二》：'提曰滴溜着。'《儿女英雄传》第三一回：'讲力量，考武举的头号石头不够他一滴溜的。'《醒世姻缘传》第十回：'（高氏）一边说着，一边滴溜着裙子，穿着往外走。'"②

按：二词为异形词，义为"提"，释为"手提""提起"似有不妥，"手"和"起"稍嫌多余。沈榜所言"提曰滴溜着"，是。又如《小五义》第一百八十回："蒋爷真有招儿，左手捏住了脖子，右手用力一勾水手的肋条，水手一难受，一张口水就灌进去了。这一下就把他灌了八成死，才把他提溜上来。""提溜上来"就是提上来。明末清初西周生《醒世姻缘传》第六回："第二日清早，我滴溜着这猫往市上来，打那里经过，正一大些人围着讲话哩。""滴溜着"也就是提着、拎着。

3.【阉九】："北京旧俗以正月十九日为祭祀元道教全真教主长春真人丘处机的节日。此日为丘之生日。又称燕九节。"③

【淹九】："明朝风俗，京城正月举行灯市，于十八日收灯。次日，男女倾城出西郊白云观，嬉游宴饮，名曰耍'烟九'。或称'淹九'。殆以灯事阑珊，未忍遽舍，取淹留之义。"④

按：另有异形词"烟九"，《汉语大词典》不收。明代沈德符《野获编补遗·畿辅·淹九》："京师正月灯市，例以十八日收灯，城中游冶顿寂。至次日，都中士女倾国出城西郊所谓白云观者，联袂嬉游，席地布饮，都人名为耍烟九，意以为火树

① 罗竹风主编：《汉语大词典》第6卷，汉语大词典出版社1990年版，第746页。
② 罗竹风主编：《汉语大词典》第6卷，汉语大词典出版社1990年版，第101页。
③ 罗竹风主编：《汉语大词典》第12卷，汉语大词典出版社1993年版，第123页。
④ 罗竹风主编：《汉语大词典》第5卷，汉语大词典出版社1990年版，第1350页。

星桥甫收声彩，而以烟火得名耳。"清代陈少海《红楼复梦》："祝母点头道：'过了烟九儿，我命他们收拾起身，谁还不依。'"

五、义项漏释

1.【娼夫】："元明时谓男性优伶。"[1]

按：尚有"以妻女卖淫为生的男子"之义。明代郎瑛《七修类稿》第二十八卷："当时李封何必欲用绿巾？及见春秋时有货妻女求食者，谓之娼夫，以绿巾裹头，以别贵贱。"

2.【替身】："替代别人的人。对正身而言。常指代人受罪的人。"[2]

按：尚有"替人还愿；代人去死"之义。代替他人出家的人称为"替身"，清代曹雪芹《红楼梦》第十八回："买了许多替身儿皆不中用，到底这位姑娘亲自入了空门，方才好了，所以带发修行。"清代夏仁虎《旧京琐记》第一卷："富贵人家多信佛，故僧道之地位甚高。子弟往往拜僧为师，求其保护。甚有以子息艰难，恐难长养，而购一贫家儿令其为僧者，谓之替身。"有时也指替他人去死，民间又称之为"替死鬼"。清代释戒显《现果随录》："九日扫墓，忽见二鬼陈冤，马公曰：'此某台意，非我也。'鬼曰：'此罪我二人偶为替身，原非本犯。'"又《靖江宝卷》："落水鬼，摸螺蛳，三斗三合，没日夜，爬沟门，寻找替身。"

3.【水市】："水边的市集。"[3]

按：有时也指"海市蜃楼"。明末清初谈迁《枣林杂俎》："汶上县西南周三十里，每秋水泛溢，一望无际，遥视村落在烟波沓霭之间，常有城楼人马之状出于水上，谓之水市。"

4.【腾那】："1. 挪用；调换。2. 指拳术中蹿跳躲闪的动作。3. 消遣。"[4]

按：北方方言又指"灵活处置"。明代沈榜《宛署杂记》第十七卷："处置曰活变，又曰腾那。"

---

① 罗竹风主编：《汉语大词典》第4卷，汉语大词典出版社1990年版，第370页。
② 罗竹风主编：《汉语大词典》第5卷，汉语大词典出版社1990年版，第755页。
③ 罗竹风主编：《汉语大词典》第5卷，汉语大词典出版社1990年版，第858页。
④ 罗竹风主编：《汉语大词典》第6卷，汉语大词典出版社1990年版，第1410页。

5.【火夫】："1. 旧时称从事救火的人。2. 明代北京官署掌灯的差役。3. 厨房中挑水煮饭的人。4. 旧时称机器间或锅炉房中烧锅炉的工人。"①

按：尚有"警察或驿站夫役"之义。明代陆容《菽园杂记》第十一卷："今街市巡警铺夫，率以十人为甲，谓之火夫。"明代方汝浩《禅真后史》第四十六回："早被弓兵、民快、皂甲、火夫、狱卒、牢头并力围住。"明代李东阳等《大明会典》："二十一年奏准、京城坐铺火夫、除官员一门并无丁外。"清代冯煦等《皖政辑要》第三十八卷："护目一名，与正兵同；护兵十六名，各三两三钱；火夫二十四名，各二两八钱。"

6.【甘口】："可口；适口。"②

按：尚有"鼷鼠"义。明代李时珍《本草纲目·兽部·鼷鼠》："甘口鼠。时珍曰：鼷乃鼠之最小者，啮人不痛，故曰甘口。"明代冯时可《雨航杂录》："鼷鼠在树上，名甘口。"

7.【酪酥】："由牛羊马等的乳精制成的食品。"③

按：又指茄子。明代朱国祯《涌幢小品》第二十七卷："今人称茄子为酪酥，出于宋龙图阁一书，曰《贻子录》。或曰：'当作落苏。'未知孰是。"为何"茄子"会读为"酪酥"，唐人段成式在《酉阳杂俎》中有说明："茄子，茄字，本莲茎名，革遐反；今呼伽，未知所自。成式因就节下食有茄子数蒂，偶问工部员外郎张周封伽子故事，张云：'一名落苏，事具《食疗本草》，此误作。'《食疗本草》元出《拾遗本草》，成式记得隐侯《行园诗》云：'寒瓜方卧陇，秋菰正满陂。紫茄纷烂漫，绿芋郁参差。'又一名'昆仑瓜'。岭南茄子宿根成树，高五六尺，姚向曾为南选使亲见之。"但其说明也不甚了了。

8.【门单】：释有"1. 子孙不繁，门户衰微。2. 指完成某工程的总清册"两个义项。④

按：尚有"贿赂守门人的财物"之义。明代于慎行《谷山笔麈》："德宗宫市既贱买人物，仍索进奉门户及脚价钱。门户者，进奉所经门户皆有费用，汉灵帝时谓

① 罗竹风主编：《汉语大词典》第7卷，汉语大词典出版社1991年版，第3页。
② 罗竹风主编：《汉语大词典》第7卷，汉语大词典出版社1991年版，第969页。
③ 罗竹风主编：《汉语大词典》第9卷，汉语大词典出版社1992年版，第1403页。
④ 罗竹风主编：《汉语大词典》第12卷，汉语大词典出版社1993年版，第13页。

之导行费，即今之门单也。"

9.【黄米】："秫米。也称黄糯。《新唐书·五行志二》：'都人以黄米及黑豆屑蒸食之，谓之"黄贼打黑贼"。'明李时珍《本草纲目·谷二·秫》：'北人呼为黄糯，亦曰黄米。'《儿女英雄传》第十七回：'又有老爷、公子要的小米面，窝窝头，黄米面，烙糕子。'"①

按："黄米"尚有黄金之义。明代冯梦龙《古今谭概·容悦部十七》："弘治中，权阉李广以左道进，后仰药死，搜得纳贿簿籍，中载'黄米''白米'数太多。"此事在清代谷应泰《明史纪事本末·弘治君臣》中说得最为明白："上命搜广家，得纳贿簿籍，中言'某送黄米几百石''某送白米几千石'。上曰：'广食几何，而多若是？'左右曰：'黄米，金也。白米，银也。'""黄米"隐指黄金。又清代紫阳道人《金屋梦》第六回："至夜间长随秘禀，悄悄送上吴典史的禀帖，上写着白米一百石，黄米一百石，就唬了一惊。传进一个大匣子来，灯下取出一看，赤艳艳的黄金一锭，约有十两；又是两个五十两的大元宝。"

《汉语大词典》收"白米"一词，释为"银子的隐语"②。

六、释义不确

1.【打秋风】："谓假借各种名义向人索取财物。"③

按：释义不确。"打秋风"是向熟人、朋友索取财物，并非无差别索取。明末冯梦龙《警世通言·桂员外途穷忏悔》："他自不会作家，把个大家事费尽了，却来这里打秋风。"清代吴敬梓《儒林外史》第四回："张世兄屡次来打秋风，甚是可厌。"又第三十二回："像你这样大老官来打秋风，把你关在一间房里，给你一个月豆腐吃，蒸死了你！"清代荻岸山人《平山冷燕》第十三回："平如衡道：'莫非来打秋风？'"以上诸例说明，打秋风者均为相熟之人。

2.【挑心】："明中叶的一种妇女发式。明范濂《云间据目抄》卷三：'妇人头

---

① 罗竹风主编：《汉语大词典》第12卷，汉语大词典出版社1993年版，第975页。
② 罗竹风主编：《汉语大词典》第8卷，汉语大词典出版社1991年版，第174页。
③ 罗竹风主编：《汉语大词典》第6卷，汉语大词典出版社1990年版，第319页。

髻在隆庆初年皆尚圆褊，顶用宝花，谓之挑心。'"①

按：释义有误，当为"妇女发髻上戴的宝花。多用金银制成"。明代兰陵笑笑生《金瓶梅》第九十回："向雪娥名下追出金挑心一件，银镯一副，金钮五副，银簪四对，碎银一包。"此处"挑心一件"，恰说明"挑心"不是发式，发式不能用"一件"来说明。

3.【猫儿头】："元代民间称勾结官府、独霸一方的人。《元典章·刑部十九·禁豪霸》：'街坊人民见其如此，遇有公事，无问大小，悉皆投奔，嘱托关节，俗号猫儿头，又曰定门。'"②

按：释义不确。当释为"替人做事或做隐秘不清白之事以图利益"。明代郎瑛《七修类稿》第二十四卷："元新官出京，有应盘缠者同去就与管事，谓之'猫儿头'。"明代田艺蘅《留青日札》："今言人之干事不干净者，曰猫儿头生活，又呼骂达官贵人家，亦曰'猫儿头'。"这里的"呼骂达官贵人家，亦曰'猫儿头'"说明与"勾结官府"无涉。明代兰陵笑笑生《金瓶梅》第二十回："俺这小肉儿，正经使着他，死了一般懒得动旦；若干猫儿头差事，钻头觅缝干办了要去，去的那快！"又第三十七回："妈妈子成日影儿不见，干的什么猫儿头差事？"以上诸例均无"独霸一方"之义。

七、倒序词

"姨母"与"母姨"为一组倒序词，《汉语大词典》不收"母姨"，收"姨母"，释为"母亲的姐妹"③。

按："母姨"在近代作品中用例颇多。明代冯梦龙《喻世明言》第十七卷："妻本姓邢，在东京孝感坊居住，幼年曾许与母姨之子结婚。"明末清初西周生《醒世姻缘传》第二十九回："狄希陈时常往他母姨家去，成两三日在那里贪顽不回家来。"清代蒲松龄《聊斋志异·吕无病》："孙有母姨，近隔十余门，谋令遁诸其家，而后再致之。"清代杜纲《娱目醒心编》第十二卷："娟娟走上，叫声'母姨'，满眼流

---

① 罗竹风主编：《汉语大词典》第6卷，汉语大词典出版社1990年版，第569页。

② 罗竹风主编：《汉语大词典》第10卷，汉语大词典出版社1990年版，第1340页。

③ 罗竹风主编：《汉语大词典》第4卷，汉语大词典出版社1989年版，第339页。

泪，双膝跪下。"清代李渔《合锦回文传》第二卷："次日，薛尚文唤原随的老仆收拾行李，谢了姨夫、母姨、表弟，要仍回父亲任所。"

又见元末明初施耐庵《水浒传》第一百〇三回："王庆看时，认得：'这个乃是我母姨表兄院长范全。'"

《阅微草堂笔记》秋皋评点辑录

郭　慧

内容提要：天津图书馆藏有晚清文人秋皋评点的《阅微草堂笔记》一部，此评本并未被刊刻，亦未经影印或整理，仅吴波、肖新华《新发现天津图书馆藏"秋皋"评点〈阅微草堂笔记〉残卷论析》一文有过介绍。此评点体量庞大，见解精到，措辞俊爽，彻底摆脱了乾嘉考据之风，不仅对《阅微草堂笔记》文本有着十分细致的评断，评点文字本身亦具有一定的文学价值。该评点在《阅微草堂笔记》评点史中占有重要地位，值得学界关注。

关键词：《阅微草堂笔记》　评点　秋皋

天津图书馆藏有一部晚清文人"秋皋"评点的《阅微草堂笔记》，仅存卷十三至卷二十四，分为五册。书名下钤"秋皋"朱印，每册正文首页钤"秋皋欣赏"朱印。吴波、肖新华《新发现天津图书馆藏"秋皋"评点〈阅微草堂笔记〉残卷论析》[①]对此书的版式有较为详细的介绍，此处不再赘述。该评点共计四百五十余条，一万五千余字，全系眉批。虽仅存其半，但字数已多于徐时栋评（计约一万四千余字），是现知《阅微草堂笔记》诸评之规模最大者，且从未被学界影印或整理。

秋皋评点见解精到，对纪昀垂训警示之心、博辨宏通之学、妙语解颐之谑，均有领会，并大加赞扬，可谓深得《阅微草堂笔记》之旨。值得注意的是，其他评点

作者简介：郭慧，曲阜师范大学文学院讲师，主要从事中国古典小说研究。

①　吴波、肖新华：《新发现天津图书馆藏"秋皋"评点〈阅微草堂笔记〉残卷论析》，《中国文学研究》2021年第1期，第101—107页。

对《阅微草堂笔记》部分思想内容往往颇有指摘，而秋皋评点对纪昀可谓衷心信服。《阅微草堂笔记》中对讲学家的批评，其他评者多有不取，而秋皋不仅十分服膺纪昀此论，甚至更为激进。他不仅尖锐地批评程朱空谈，甚至直接将矛头对准了作为抡才要途的八股和制艺，斥责其不求实用、猎取虚名。其他评点对《阅微草堂笔记》中芜杂荒诞之处，时有指谬。而秋皋评点则几乎不加贬斥，偶有一二疑惑，也语带戏谑，意存周全。其他评点大多重视实证与考据，而秋皋评点几乎全无考据，纯粹就事论事，就文论文，这或许也是评者对纪昀较少质疑的原因之一。也得益于此，秋皋评点摆脱了乾嘉考据的桎梏，表现出了对文本的高度重视，更加回归文学价值本身。

秋皋评点在目前所见《阅微草堂笔记》诸评本中，艺术分析最为详细深入，可称文学价值最高。其他评点于思想内容阐发较多，艺术特色批评较少，且往往艺术批评造语颇简。而秋皋评点思想内容与艺术特色并重，且往往篇幅从容，如一百字左右的评语计有四十余条，更有数条多达三百余字之长评，故能在此基础上对艺术特色进行详细的论析。秋皋评点对《阅微草堂笔记》之写景、写人、叙事、抒情、议论，皆有细致艺术分析。或其风格，或其意象，或其炼字，或其细节，或其补笔，或其伏线，或其层次，或其变化，皆有所论，是清代《阅微草堂笔记》评点中，论析艺术特色最为系统全面者。此外，其他评点往往语言较为平实，而秋皋评点本身的文学价值亦颇高。其运笔摇曳多姿：或简洁扼要，辛辣老到；或优雅精丽，意蕴悠远；或幽默潇洒，信手成趣。其形式亦是变化多端，除常见的零星式、片段式评点外，某些评语或类箴铭，或如赋颂，或似小品，或乃小传，显然经过评者精心打磨。与《阅微草堂笔记》对看，可谓相得益彰。

总之，秋皋评点颇有独到之处，其发现是对《阅微草堂笔记》研究的丰富完善，颇具意义。故辑录标点如下，以期为学界提供参考。

《阅微草堂笔记》卷十三《槐西杂志三》

卷端评："戊午四月初二日重阅。""十月初七日又重阅起。""辛酉三月十三日灯下又重阅起。""同治甲子四月廿有六日又重读起。""乙丑仲冬十二日灯下又读于南和蕗馆。""是月廿七日灯下又续读起。仍住南和。""丁卯正月十二日曳刻又卧读起。"

"奴子宋遇"篇总评："论断精当，义正词严。"

"崔崇岏"篇总评："顿挫抑扬，一波三折，雅得六一丰神。"

"选人某在虎坊桥租一宅"篇总评:"性啬之人,以戏谑处之。此狐所为,趣正妙甚。且能使之拜设酒肴,喟然知悔,尤为快甚。"

"王符九言"篇总评:"此妇有救婢投缳之阴功,故于其失履遭诟,拟将就缢之时,而狐祟大作。是狐祟之作,正所以释其夫疑,以拯此妇之缢也。使妇不遭诟诘,断无就缢之举,失履细事,原可置之不论耳。若必预揣其夫拾履后,必疑而诟诘,其妇被责后,必愤而就缢,因先遣狐收其履,神固不暇如是之琐琐。至谓必以有迹明因果,神亦不必若是之硁硁也。故余又谓符九之言,亦未必尽然。"

"胡太虚抚军"篇:"盖烈妇或激于一时,……宜鬼之不敢近也。"评:"一时激烈,亦足千秋,然终属血气之勇。若素有定志,则非正气充满,浩然中存者,不能也。士君子读书明理,加以阅历涵养之功,皆可以各造其极,特嗜欲薰心,游移悠忽,遂甘处下流而不知返矣。乙丑仲冬廿八日清晨识。"

"朱定远言"篇:"仆是人,……非仆之所知也。"评:"出语即是三排,确是专心作八比人声口。"

"盖世故太深,……其小焉者耳。"评:"小事模棱,不过止于误己;大事模棱,则将遗害于天下国家。此等人,当与利口覆邦家者,同在可恶之列。"

"有视鬼者曰"篇:"琥珀拾芥不引针,……则两身而已矣。"评:"一事,而以两番譬喻夹写之。其义正明,其理益显。"

"宋子刚言"篇:"吾闻胜妖当以德,……吾虑祸不止此也。"评:"此人所言,确有至理。吾人处事,皆当以此言为法。"

"雍正乙卯"篇总评:"鹅自伏卵,余在粤东永安署中,曾亲见之。第未见鸭之自伏耳。"

"刘友韩侍御言"篇:"悲哉!彼徒见人皆相诳,……善诳者终遇诳也。"评:"天道好还,善诳者终遇诳。老狐犹能见及,而人之效尤,竟有虽老不改者,岂不更可悲哉!"

"李玉典言"篇:"不意葬数年后,……因避居于此。"评:"死而有知,能无颜汗。其此公之谓乎?"

"某公正色曰:'……所见皆如是也。'"评:"'公论俱在,诳亦何益',足破世俗谀墓陋习。至'荣亲当在显扬,何必以虚词招谤'二语,为人子者,皆当反覆深思,详加省察,或能总述,或能干蛊,总期无忝于所生,斯已耳。此事不必果有,此论不可不存。先生垂教之意,至深远矣。"

"交河老儒刘君琢"篇："或君琢一生循谨，……殆神阴相而遣之欤！"评："全凭忠信涉风波。若刘公者，足以当之。乙丑仲冬十三日。"

"奴子董柱言"篇："某甲使妇守寺门。"评："书法，可见妇本与谋。"

总评："甲妇为守寺门，应受此报。使其早为劝阻，客作五六人，亦何所闻而遂其假公济私之为耶？甲固首恶，妇实与谋，厥罪维均，故并受其报焉。"

"缢鬼溺鬼"篇："雾渷之则瘠而皱，存皮与核矣。"评："疏解简峭，肖似《公》《谷》。"

"董秋原言"篇："不调少妇，何缘致此。仍谓之自戏可也。"评："天下本无事，庸人自扰之。自古及今，类多如此也。"

"莆田李生仲翀言"篇："呜咽应曰：……宁有阋墙之衅乎？"评："正大至刚，以直养而无害。若至刚者，殆真能得所养，而不愧其名者欤！"

"先外祖母曹太恭夫人"篇："尽其在我，而不问其在人。"评："尽其在我，而不问其在人。处家庭固当如此，处朋友亦应如此。若一求全责备，世上无朋友矣。"

"蔡太守必昌"篇："其不消者有三，……又不在此数中矣。"评："气本塞于天地之间，此乃各就其志之所至。而分析言之，所谓志者，气之帅也。论极精详，理当如是。"

"从侄虞惇"篇总评："事极离奇曲折。若庸手叙之，必冗长平衍，辞不达意。此则随叙随议，自然水到渠成，看似挥洒游行，实出匠心独运，固属才高，亦由笔妙。此山近在畿辅，竟未能一至其地，殊为憾事。此外如蛮山、房山与夫京西各山，颇多名胜。稍得遂意，定邀二三知己，同往遍游也。戊午十月十日记此以为他日游山之券耳。"

"申丈苍巅言"篇："《周易》互体，究不可废也。"评："《周易》互体，各有精义，实不可废。潜心玩味，妙奥无穷。程朱空谈，于易毫无切指。徒滋后学疑障，万毋为其所误也。乙丑仲冬卅日识于南和店之东厢。"

"乾隆甲子"篇："此不必深问。无论是人是鬼是狐，总之当击耳。"评："要言不烦，可称快论。"

"廉夫又言"篇："非官而操官之权，……为恶亦易。"评："为善为恶，尚有有心无心之分。若损人利己，贪利营私，未有不遭冤谴者。幕府宾佐固不待言，一切众生，皆宜警省。"

"乌鲁木齐军吏茹大业言"篇："一人舒拇指呼曰：'一。'……十余人并惊仆。"评："拇战狂嚣，最败酒兴。乃复逞强斗胜，较寡争多，致使雅集，变作俗场，余甚厌之。恨不得此老拳，随处拍敲之，一清觞政也。"

总评："佛虽无计较心，偏有好打不平之护法善神，为之吐气。君子之于妄人，亦如是也。乙丑十一月廿九日辰刻。"

"苏州朱生焕举"篇："酒间各说异闻。"评："酒间各说异闻，便觉清气挹人。饮啖皆香。视拇战狂嚣，饮食不知其味者，真有梦醒之殊。"

"然既有此言，……惜未便揭视之耳。"评："随叙随议，文止四十余字，而舟中各人神情，无不毕见。"

"庙祝贿娼女作此状，以耸人信心也。"评："此说为近之。"

"献县刑房吏王瑾"篇总评："速记二吏，一因改过而温饱老寿，一因舞文而三女为娼。末即就娼女自幸之言而嗟叹之。劝惩之意，含毫邈然。"

"交河有姊妹二妓"篇："夫人之为人，……事理之常。"评："近日机械万端，寒暖百变之辈，且遍天下矣。狐果能尽遣其族而杀之，岂非大快人心之事哉？"

"鱼门又言"篇："恐两相凄恋，……则妾虽去而心稍慰矣。"评："词意缠绵，情深韵远。游士得书，焉得不生悲感，但惜其非由中之言耳。文人无行，而徒以文辞邀取声誉者，其亦此妾之类也。"

"余在翰林日"篇："余谓此非有鬼，……以火炙之皆动，是其理也。"评："此亦见格致之功。"

"有选人在横街夜饮"篇："求一长随，……其蠹官而病民可知矣。"评："蠹官病民，当受何报？鬼妻尚且丧节，其子女更可知矣。"

"牛犊马驹"篇总评："先用两事作引，即以一'惟'字转入正文。而写龙之妄肆狂淫，虽□□温柔，仍不免夭矫攫拏之性。写翁之老于世故，虽变生仓卒，犹时存就轻避重之心。此事固属罕闻，此笔尤为罕觏。然非掩卷思之，不知其妙也。"

"王方湖言"篇："盖诱人发铳，……此之谓乎！"评："叙事中时夹议论，作者惯用此法，行文当知此意。"

"有富室子病危"篇："大抵善恶可抵，……或在数世以后耳。"评："善恶恩怨，辨论明晰。末复推及数世，尤为毫发无遗。"

"宋村厂仓中"篇："凡兴妖作祟之狐，……则乐近正人。"评："每见市井之人，一登士君子之堂，语言动作，辄觉跼蹐不安，无一是处。不意狐翁竟为道破。"

"瑞彰又言"篇总评："一卷冰雪文，避俗常自携。且又幸得其地，恰值其时，乘兴独赏，搜对朗吟，何等快心，何等适意。乃忽有夙不识面数人，突如其来，自当避之，惟恐不速，矧其为看游女之俗伧乎？"

"沧州有一游方尼"篇："尼合掌谢讫，……惟面赪汗下。"评："今日若此尼者绝少，如此妇者极多。"

"先太夫人乳母廖媪言"篇："憬然悟曰：'吾乃知痴是不痴，不痴是痴。'"评："痴是不痴，不痴是痴，亦惟我辈痴人能解之。毋徒向若辈不痴者说梦也。一笑。"

"有纳其奴女为媵者"篇总评："四则乃随草琐记，连缀而书，节短意长，无非惩劝。"

"先师陈文勤公言"篇："此人忽称感寒，……此足为有机心者戒矣。"评："当其匍匐颓垣之下，不知又作何词以自解。此数友者，又应作何词以慰藉之。此时此际，真难为情也。"

"沈淑孙"篇总评："此记体类小传，而叙词多在隐跃之间。盖先生亦有未便明言者，而一种凄惋之情，自不觉流露行间也。"

"王西侯言"篇："是家兄弟相争……毋使他人先也。"评："每读是语，腹辄作痛。悠悠苍天，尚何言哉？"

"豁堂又言"篇："垂杨袅袅映回汀，……莫化浮萍。"评："自伤堕落，脱口如生，寄托抒怀，情深忏悔。"

"桐城耿守愚言"篇："搜剔古碑，……偃卧看月。"评："此士子兴复不浅，我甚慕其高趣。"

"此公性刚直，……公何悒悒哉？"评："观社公所言，若我辈之戆直性成，与物多忤者，即来生再入转轮，亦断不至谪堕女身，是又不幸中之一幸也。"

"李应弦言"篇："乙故谨密畏事，……是知其事而不肯偵也。"评："若乙之谨密畏事，女身之谪，当必不免。"

"世故太深，……不能作极懵懂事。"评："世故太深、趋避太巧之辈，到处皆是也。向见天下妇女，每多于男子，心颇疑之。今乃恍然而悟。其皆若辈之所谪堕也，又何怪其日多哉？"

"窦东皋前辈言"篇总评："是儿魂既有形，何不仍随前学使返归故乡。且既能往来供给使，其饮食衣服，亦与常人有异乎？惜当日未曾细询，此疑终觉未释。"

"特纳格尔"篇："其城望之似孤悬，……乃知古人真不可及矣。"评："古人真不可及。"

"于南滇明经曰"篇："人生苦乐，……稍得宽则觉乐矣。"评："吾辈一生，快意之事，原属无几。若竟潦倒抑郁，日夜愁思，究于身心有何裨益，岂非自寻苦恼乎？故余半生所历，顺少逆多，凡事皆作退一步想，乐益喜其有余，苦亦不觉其不足。盖几几乎无入而不自得焉。今读斯论，乃更怡然。"

"外舅周篆马公家"篇总评："'二人''一人''此人''后一人''前一人'，文内用五人字，写此两人。不过止于人字上下增换三数字。而此二人者，或同行，或一止一行，或一先行一后行，俱从旁观之一人眼中看出，遂觉出没隐现，来去无踪。而层次井井，宛然在目，虽不经意，亦具匠心。"

"田白岩曰"篇："余谓诗格风流，……遂误认颜标耳。"评："此段议论未免胶柱。"

"列子谓蕉鹿之梦"篇总评："吾友黄典庵，作文如天马行空，不可羁勒。吾友黄典庵，作事亦然。与余交最久、相知最深。家贫好客，意气如云。谈论风生，胸无宿物。热肠侠骨，肝胆照人。济人之急，慷慨无吝色。座客常满，樽酒未尝空也。自先德今溪先生，即已如是。贤昆从亦然，盖有家风焉。下榻之客，终岁不虚。而信宿即去者，亦日有二三人。尝告余言，道光初年，曾有一老翁，因子赌博，屡戒不悛，愤而走出。信步过访，遂留宿焉。适一少年亦与同榻。此翁夜梦其子自博场醉归，不觉怒甚，梦中愤起，摔发拽倒，腾跨其上，奋拳痛击，数而责之曰：'如此不肖子，有不如无。吾今毙汝，看汝死后知悔否？'惟时少年正尔鼾睡，忽觉腹胁痛楚，身被重压，极力转侧，方始惊醒。而此翁之老拳已饱，骂声犹未绝也。气愤狂呼，反摔老翁而痛击焉。司更者闻声奔入，力救方解。而老翁犹迷惘自言曰：'吾自教子，干汝甚事，而反助子殴父乎？'少年益怒，仍欲寻殴。幸主人出为排解，方如梦初觉，各无异言焉。如此梦梦亦堪捧腹也。"

"临清李名儒言"篇总评："此牛闻屠言，蹴然自起，视死如归。较人之忍辱苟活，已高万万。至其死能为厉，报不旋踵，抑何其神。倘临敌之人，果尽生不怕死，死竟有知，又何寇贼猖獗之虑哉？奈何俨然而称之为人也者，返均不如此蹴然之一牛也。怪哉。"

"然则恩怨之间，物犹如此矣，可不深长思哉！"评："物犹如此，人何以堪。令人深长思之，乃正所以愧之。"

"甲与乙望衡而居"篇："皆宦裔也。"评："四字书法，此甲乙不肖之所由来也。"

总评："甲图乙妇，甲诚有罪。所可异者，乙妇竟甘心相从也。想甲乙两人，必

中国小说论坛（第五辑）

皆纨绔恶少，酒食嬉戏之徒，本不甚讲伦常，又焉能有闺教。所以乙死之后，妇即别抱琵琶。甲妇之像，亦乐回身就抱。两夫两妇，皆无足论。所难为情者，曾经作宦之祖父耳。身居民上者，可不惧哉，可不慎哉！"

《阅微草堂笔记》卷十四《槐西杂志四》

"刘燮甫言"篇："此何等事，可以酒食金钱谢耶？"评："此鬼殊有羞耻，并不藉端索诈。"

"李云举言"篇："有力者不尽其力，乃可以养威；屈人者使其易从，乃可以就服。"评："有力者不尽其力，乃可以养威。屈人者使人易从，乃可以就服。深得权驭之道。然谓之善全则可，谓之尽善则未也。"

"族弟继先"篇："凡击人之雷，……则地气渐温，亦此义耳。"评："此番论雷，确有是理。亦以见先生格致之功。"

"王岳芳言"篇："饮血既多，……仍为凡铁。"评："此番论剑，亦有至理。"

"余尝惜西域汉画"篇总评："易州、满城接壤处，有神星村，河南北两峰对峙，山腰多北魏五代人手迹，当访其土人询问之。"

"周书昌曰"篇："大抵能挺然自为宗派者，……是以互诋。"评："真是平心之论，无论其为人语鬼语也。乙丑仲冬晦日。"

"书昌微愠曰：'……亦不敢固争。'"评："结得含蓄无尽。晦日又识。"

"姚安公云"篇："拊之，……不欲椎凿。"评："具此数者，砚之全美备矣。"

"匣亦紫檀根所雕，……摇之无声。"评："无此数者，装匣之能事毕矣。"

"亲串家厅事之侧有别院"篇："一日，忽悟书厨贮牙镂石琢横陈像凡十余事，……理之自然也。"评："所畜者皆如此之物，所交者又如是之人，即欲不衰，其可得乎？此物偶示败征，犹其末焉者也。"

"明公恕斋"篇："明公恕斋，尝为献县令，良吏也。"评："前记明公讳晟者，在献县任时，善政甚多，但未详其字。今曰恕斋，当即此公矣。乙丑十一月十四日识于南和店之东厢。"

"此不特神奸巨蠹，……为永远安澜之计哉？"评："止就好访之弊，剀切指陈，所见者大，所虑者周。有大卜国家之责者，皆当玩味而详听之，胜于月讲道学、空谈性理多多矣。"

"凡狱情虚心研察，……亦为说法乎？"评："此论更为亲切，尤当留意。"

"胡厚庵先生言"篇："感念旧恩，故呼君一诀。努力自爱，毋更相思也。""乃知百计巧取，适以自戕。自今以往，当专心吐纳，不复更操此术矣。"评："此狐女既知悔祸，又能感念旧恩，殷殷相劝，是其居心，已超出凡人万万矣。时虽暂复兽形，然已具有仙骨，吾知其必成正果也。"

"从弟东白宅"篇："乃知工匠有嗛于主人，……亦不可与轻作难。"评："小人不可与轻作缘，亦不可与轻作难。吾辈当刻刻在念，防患于未然，慎勿以其细也而忽之。"

"何子山先生言"篇："夫势之所在，……取败也宜矣。"评："久则难变，众则不胜诛。其即豺狼当道，安问狐狸之谓也。悠悠苍天，此何人哉！"

"张某瞿某"篇："夫以直报怨，……是已甚之中又已甚焉。"评："张固非人，瞿则尤甚。小人之交，大率如此。"

"许文木言"篇："因忆杨槐亭言，……各修其本业可矣。"评："此生此僧，均未免客气未除，惜当日未得闻先生平情之论也。"

"河豚惟天津至多"篇："祀我何不以河豚耶？"评："此人风趣，不让刘伯伦。"

"独不云事死如事生乎？……吾恶夫事事遵古礼而思亲之心则漠然者也。"评："一言论定，如揭孝子之心。末二语，直骂杀假道学矣。"

"一奴子业针工"篇总评："此则殊奇诡不可测。晓岚先生亦竟不置一词，想必反覆思之，终亦莫名其妙也。"

"及儒爱先生言"篇："其气中人，如巨杵舂撞。""乃知贞烈之气，……殆以此夫。"评："浩然之气，至大正刚。此女子，殆真当之而无愧矣乎！彼徒具须眉，而腼然苟活者，皆空喘虚气之臭皮囊也。宜其明为人所唾骂，暗为鬼所揶揄也。"

"沧州一带"篇："狼子野心，……此人何取而自贻患耶！"评："世之比昵匪人，止知其事事可如我之意，而卒致深受其害者，其亦畜狼之类也。"

"王史亭编修言"篇："一夕，宾主夜酌，楼高月满，忽动离怀，把酒倚栏，都忘酬酢。"评："二十二字，直画出一幅绝妙旅夜对酌图。此景此情，余皆曾身历之。通体布置周匝，情文相生，无一罅隙之可议，洁净精微，尤为先生独步。"

"问：'婢何来？'曰：'……以贱价就舟中鬻得也。'"评："补缀无痕，文心净细。"

"此婢中途邂逅，……无独使向隅也。"评："更足一层，文笔尤为周密。"

"过去生中，……自合为君料理。"评："种瓜得瓜，种豆得豆。倘同官同事者，皆能如此先施，则来生必皆食报。凡属寒士，到处欢颜，固无待万间广厦也。特患过去生中，如崔生其人者，不可多觏耳。即不然，或受恩者，未必然耿耿不忘如董叟其人者。再不然，或受恩者恶业过重，已堕泥犁，虽思有所报，竟欲报无由也。自非然者，何久无其人再逢地仙耶？"

"李千之侍御言"篇："谛视，……承尘上似有叹声。"评："全璧竟已归赵，岂能恝然置之。此公子移寓后，当必舌桥数日，不能遽下也，一笑。"

"门人徐通判敬儒"篇总评："先生既以小说所记，魂归后衣皆重着为诞谩，而以着衣者乃其本形为证，是形有衣而魂无衣矣。但传记所载，或离形之魂，或已死之鬼，皆云仍着旧时之衣，及殉葬之服，从未有一赤身露体者。岂人有魂而物亦有魂耶？惜尚未终其说，此理究莫能明。"

"先师陈白崖先生言"篇："而不骛讲学名，……粹然古君子也。"评："惟其内行醇至，是以不骛虚名。当夫栖迟偃仰，闲处衡门，必有自得之乐趣。虽声华阒寂，穷老以终，何嫌焉？"

"先师陈白崖先生言"篇："鬼愧谢曰：'……仆失言矣。'"评："此数语，当是先生点缀，寓言十九。然亦足证徒讲性理之失。"

"梅村又言"篇："我不敢引狐入室，……然何以防犬终不噬也？"评："人能如此存心，自当化险为平。"

"皆曰：'此狐能报恩。'余曰：'……遣此狐耳。'"评："数定难逃，故无术自救。若夫拯危救难，其权在己，尤狐所优为，何不能之有？仍以报恩之说为是。甲子四月识。"

"周泰宇言"篇："是狐之立志，……不免堕入彼中耳。"评："六道轮回，惟心所造，胶胶扰扰。现虽同号众生，然就其居心行事，有识者，早有以知其所造矣。"

"古者世禄世官"篇："夫争继原为赀产，乃瞑目与我讲宗祀，何不解事至此耶？"评："此之谓利欲薰心，遂致天良尽丧，至死犹不知悟，真不复可以为人矣。庚午三月十一日。"

"吾犹取其不自讳也。"评："结句骂尽世人，妙在含蓄不尽。"

"甘肃李参将名璇"篇："公非冷局官也。……后亦如所言。"评："此翰林、此郎官，想必当时之专事奔竞夤缘者。观李公两占云，其一俟吹嘘，一遇提携，可知皆非素位而行者也。然均一熄同为灰烬，势亦不久，人又何乐而徒费营求哉。"

"吴惠叔"篇："疑是明末女冠，避兵于渔庄蟹舍，自作此图。"评："此论为近之。"

"舅氏实斋安公言"篇："必假君女形，……其罪不至死也。"评："余以为此狐所为，犹未尽善，终觉有玷于程女。不如另幻一形，较女尤美，恶少见之，亦必相携以去。岂不更无痕迹乎？庚午三月十一日。"

"从孙树宝言"篇："'人间果有乘龙婿，夜半居然破壁飞。''岂但蛾眉斗尹邢，仙家亦自妒娉婷。请看搔背麻姑爪，变相分明是巨灵。'"评："事本离奇，诗亦超拔。"

"北方之俗，……而留一穴置香炉。"评："补笔简洁，此最宜学。"

"狐可谓妒且悍矣。……是固未可罪狐也。"评："论极平允。"

"北方之桥"篇："所谓罪福，乃论作事之善恶，非论舍财之多少。"评："此论本乎天理之自然，其源实出于人心之自具。若一省罪福之见存于中，则所作亦伪耳。庚午三月十一日。"

"倪媪"篇总评："有舅姑，有子女，而仍茕茕无倚，若倪媪者，真可谓之苦节矣。乃竟得附先生笔记以传，则一字之褒，荣于华衮，虽未得邀旌典，知必含笑九原也。"

卷尾评："十月既望又评阅一过完。""辛酉三月二十日辰刻又重阅完。""同治甲子四月廿有六日又重读一过。""乙丑十一月四日灯下又重读一过于南和店之东厢。""腊月初二日酉刻又续读一过于南和店。""丁卯春正上元前一日申刻又读一过于涿寓。""己巳端阳后一日午后又读一周于一家和乐之堂。""七夕午后又读一周。是日丽轩居停，见邀定于二如馆。""庚午三月十一日午刻又读一周于守默轩。""廿七日午后又卧读一周，盥面回寓，弄孙为乐。"

《阅微草堂笔记》卷十五《姑妄听之一》

卷端评："戊午廿四月十二日重阅。""十月十七日又重阅起。""辛酉三月二十日辰刻又重阅补墨起。""同治甲子四月廿有七日又重读起。""乙丑十一月十四日在南和店东厢灯下又重读起。""腊月初二日灯下又续读起。""丁卯上元前一日申刻在涿寓又重读起。"

"余性耽孤寂"篇："缅昔作者，……然大旨期不乖于风教。"评："先生自谦之词，固应如此通阅全书，实与前贤，后先同揆，即谓先生之自评也可。辛酉又识。"

"冯御史静山"篇："则君能见此辈，此辈不能见君。"评："君子能见小人之非，小人不能见君子之是，于小人何责焉。所可恶者，彼偏文饰其非，而公然自以为是。是则罪不可逭耳。因阅冯公'君能见此辈'二语，遂推广言之，以泄数日来愤懑之气。"

"门人桐城耿守愚"篇："事能知足心常惬，人到无求品自高。"评："白崖先生一联，余亦颇有心得。上句自谓已能，下句则犹有所病也。甚矣措大之不可以穷也。然自信者穷而能固，断不至若若辈之滥耳。"

"龚集生言"篇："道士拍界尺一声，……别演一出。"评："当日固见所未见，今日实闻所未闻。但不知诸狐何以能于仓卒之间，遽尔装饰扮演，竟与戏场无异耶？"

"卜者童西涧言"篇："虽当局之人，有不能预自主持者。""是任我自为之事，尚莫逃定数；巧取强求，营营然日以心斗者，是亦不可以已乎！"评："反覆开导，明白指陈，即令顽石，亦当首肯。人之营营扰扰，至死不休者，真顽石之不如矣。乙丑仲冬十四日灯下识。"

"陈来章先生"篇："外裹残纸，……盖相去远矣。"评："纨绔子弟，未有不宝珠玉而贱诗书者。至毁裂诗书以裹珠玉，其不肖更加一等矣。宜先生于闻之之宝爱先器，而赞叹不置也。"

"董家庄佃户丁锦"篇："郑氏始知其本夫妇，……莫知所终。"评："东君之念，未尝不善。竖儒之罪，更不容诛。"

"惟严某作此恶业，……正为斯人矣。"评："迂腐之人，本不足以与谋。乃复继以觊觎之私，则更不可问矣。"

"乾隆戊午"篇："善泅者求尸，……焚于城隍祠。"评："具牒城隍，所罚是极。若近日之官，必不为此。"

"或即杀此女子者，神谴之欤？"评："神谴之说，确乎可信。乙丑腊月三日又识于南和。"

"黄小华言"篇："顷过某家，……亦阴功也。"评："此妓识见，高出士大夫奚啻万万。"

"李无尘，……语颇秀拔。"评："汴梁名妓李无尘，明末开封城陷，殁于水。有诗集，语颇秀拔，当徐购之。乙丑腊月三日识。"

"黄小华言"篇："自嫌予有泪，敢谓世无人。"评："神与古会，淡不可收。诗句亦不着纤尘，不愧无尘之目。"

"遗秉滞穗"篇："农家习以为俗，……又浸淫而失其初意者矣。"评："近日当麦熟之时，竟有聚众数百人，公然肆抢者。地主必觅雇多人，各持鸟枪器械，昼夜巡守，如防寇盗。世风日降，果何术以拯哉？"

"诸妇女行路疲困，亦酣卧不知晓。"评："诸妇尚且如此疲困，其三妇不知当更何如，尚能云乐此不疲乎？"

"贪利失身，……为顷刻幻景哉。"评："世之营营利禄者，及至下场之时，亦与此三女子等耳。"

"乌鲁木齐参将德君楞额"篇："令笑谴甲曰：……以不理理之，可谓善矣。"评："此令尚有断才，一笑一瞋，形容有趣。"

"此与拾麦妇女事相类：……伎俩亦略相等也。"评："揣度人情，投其所好，写尽世俗鄙态。"

"金重牛鱼"篇："盖物之轻重，各以其时之好尚，无定准也。"评："雅人好之，则日进于雅。俗人好之，即日趋于俗。即人以类聚，物以群分之义也。辛酉补评。"

"盖相距五六十年，……由未达古今异尚耳。"评："世俗好尚，率皆以耳为目，其实皆为市侩奸商所愚弄耳。然历历验之，必身有俗骨者，方甘受其愚，断未有大雅君子，而亦与世俗为转移者。"

"李又聃先生言"篇："惜未问其何名也。"评："如此美品，何当日不问其名？"

"西域之果"篇："蒲桃京师贵绿者，……甘亦十分矣。"评："近来蒲桃之美，推长蒲桃为最。其色全绿，从未见有红者。红紫色，乃是圆蒲桃，味多带酸。即极甘者，亦终逊于长蒲桃。先生所记，似止称其圆者，岂长绿一种，当日尚未得见耶？"

"河间王仲颖先生"篇："相传先生夜偶至邸后空院，拔所种莱菔下酒。"评："莱菔下酒，另有别趣。况又园中现拔者，其风味尤胜。迂夫子必不能知此味。先生嗜此，先生为不迂矣。"

"故天地间无处无人，……自拔莱菔而返。"评："仲颖先生识趣高雅，恨不同时，徒殷向慕景仰之思。余司训河间时，在学诸生，王姓者甚多，惜未一询孰为先生后裔。想必有家藏著作，竟莫得一接芳徽，今偶追思，殊深怅惘。乙丑腊月三又识。"

"郑慎人言"篇："忽清风泠然，……然凝睇无睹也。"评："天风吹下步虚声，淡淡数笔，文亦飘飘然如有仙气。"

"慎人有四诗纪之，忘留其稿，不能追忆矣。"评："其诗必佳，当留心访购郑慎人先生诗稿以补之。乙丑腊月三日又题。"

"舅氏安公介然言"篇总评："七月十七日重接阅起。"

"金巡检又言"篇："余虎坊桥宅，……此为第一。"评："京师南城所有太湖石，以虎坊桥威信公故第厅事东偏者为第一。"

"京师花木最古者"篇："京师花木最古者，……皆数百年物也。"评："沈青来太姻翁，每好画藤花长幅，后跋云：尝见于程音田考功家。程公名振甲，号也园。音田，其字也。歙县人，风雅好客，一时名士多从之游。青来先生与张桂岩招城东诸前辈，常之于其家。即吕氏古藤也。"

"再到曾游，已非旧主，殊深邻笛之悲。"评："返于旧游，不堪回首。后之视今，亦犹今之视昔。此古今所同慨也。然非具有真性情者，必不能悲从中来也。"

"陈句山前辈"篇："句山掉首曰：'解作此语，狐亦大佳。'"评："不解作此语，人必不佳。然亦止可为知者道，难与俗人言也。"

"献县一令"篇："此辈无良，……不又误乎？"评："死后方自知误，已经迟了。"

"康熙末张歌桥"篇："恐世人昧昧，……来生努力可也。"评："世人昧昧，直无醒时。虽得之证明其故，使之知而或改，其如胶胶扰扰，日在醉梦之中，迷而不悟何。"

"郑苏仙言"篇："不意邻妇失期，而其妻乃途遇强暴。"评："此中自有天道，不得谓之适逢其会耳。庚午三月十一日。"

"为媪所觉，……故知之审。"评："此媪尚可谓之能改过。当日邻妇之失期，想亦媪忽自悔，有以阻之也。辛酉又评。"

"吴僧慧贞言"篇："虽然，师忉利天中人也，知近我则必败道，故畏我如虎狼。"评："此为一激。乙丑腊月。"

"师如敢容我一近，……不复再扰阿难矣。"评："此又再激。乙丑腊月。"

"此僧中于一激，……皆此僧也哉。"评："数语垂戒无穷，志盛气锐者，当终身奉持之。乙丑十一月望日清晨评。"

"德睿斋扶乩"篇："弈则我必负。"评："五字中，有无限慨叹在。庚午三月十一日。"

"古人不肯为之事，……皆出古人上。"评："惟其世事心计，皆出古人上，所以文章人品，尽落古人下矣。"

"是则踏实蹈虚之辨也。"评："由是观之，诡诈行险之辈，虽或侥幸于一时，然一经败落，未有不全局尽覆者。反不若谨慎自守、步步踏实之终无大失也。处世诸君，其亦可以废然自反矣。庚午三月十一日又识。"

"季沧洲言"篇："有云畏讲学者，……有云畏缄默慎重、欲言不言者。"评："是数种者，余不但畏之，且鄙薄而厌恶之，亦不得为诸公之所独畏也。"

"凡争产者，……相碍则相轧耳。"评："数语骂杀世人，括尽世人。"

"凡反间内应，……伺其隙而抵也。"评："狐之所言，特就同类之心有同好，好之不得，必至相争，故遂觉其可畏耳。余谓不然。若吾心恬淡自安，一无偏好，凡事皆无所争，彼之伎俩将何所施，又何可畏之有。但此种庸劣，未免令人可恶耳。庚午三月十一日。"

"沧州李媪"篇总评："夫之懦，妇之妒，婢之黠，无不形容尽致。世之有心纳妾者，其三复之，且三思之。"

"老儒周懋官"篇："以尔狡黠舞文，故罚尔今生为书痴，毫不解事。"评："'毫不解事'四字，书痴确评。乙丑仲冬望日。"

"以尔好指摘文牒，……故罚尔今生处处以字画见斥。"评："猾吏舞文，每弊端百出，遗害无穷。反罚之作书痴，似觉转加优厚。然功名坎坷，困顿终身，心中所受之愁苦，亦有难乎为情者。"

"虞倚帆待诏言"篇："而行魇法者皆有邪神为城社，辗转撑拄，狱不能成。"评："阴司如此，阳世可知。昔已如此，今更可知。"

"达于东岳，……拘婢付泥犁。"评："既捕逮术者，鞫治得状。何以仅拘婢付泥犁，而置妖尼于不问耶？岂邪神蛊惑，锢蔽已深，虽东岳亦无如何耶？阴司如此，阳世可知。昔已如此，今更可知。悠悠苍天，此何人哉？"

"仲尼不为已甚"篇："'仲尼不为已甚'，岂仅防矫枉过直哉？圣人之所虑远也。"评："已甚之为，激而生变，固属势所必然。即就此心而论，究亦未能自安直道而行，一以贯之。忠恕二字，家国天下，终不可须臾或离也。庚午三月十一日灯下。"

"至足不蹑地，……使勿速死而已。"评："观大姓如此惨酷，则其素日之行为可想而知。况又阴之以此，有不更犯众怒者乎？率笔妄评，未知是否历历验之。刻薄为能者，总未见有克善其后者也。庚午三月十一灯下又书。"

"霍养仲言"篇："高论唐虞儒者事，……却是屠沽解报恩。"评："由今观之，此诗首句竟绝无其人，次句则滔滔皆是。末二句，却间或有之。有识者当不河汉斯言也。"

"哈密屯军"篇："如往来城市，则嗜欲日生。"评："往来城市，则嗜欲日生，真乃误人不浅。而子弟之血气未定者，受害尤深。"

"乌鲁木齐牧厂"篇："知为乌鲁木齐马者，马有火印故也。"评："随叙随议，补笔无痕，先生记中，每多用此。辛酉又评。"

"或曰：'台军惮路远，……'……或曰：'……故阴掣肘。'"评："是数说者，皆为近之。然变易旧制，多事纷更。初改之时，未尝不小有裨益，乃行之不久，而害即随之，其流弊将有不可收拾者。试观古人立法，尽善尽美，行之既久，尚且不能无弊，此前贤所以有有治法无治人之叹也。《诗》曰：'不愆不忘，率由旧章。'遵先王之法而过者，未之有也，何可遽议纷更乎？"

"先曾祖母王太夫人八旬时"篇总评："奴子作奸，甚为可恶。狐仙作剧，殊为可喜。迄今作奸之奴子，层出不穷，作剧之狐仙，何竟今人罕觏耶？"

"'许尔盗不许我盗耶？尔既惜酒，我亦不胜酒，今还尔。'据其项而呕，自顶至踵，淋漓殆遍。"评："即以其人所盗，还治其人之身。处置得宜，料理得法。"

"安州陈大宗伯"篇："余性迂疏，终以为非雅戏也。"评："诚哉是言也。"

"门人葛观察正华"篇："此人私念平生不能识一字，……坚谢不往。"评："今之不鲁钝而能文章者，反多弃父母而求富贵者矣。虽未必即逢虎伥，吾知其必巧遇豺狼也。"

"宋人咏蟹诗曰"篇："老翁狡狯，造此语怖人耶！吾辈岂受汝绐者。"评："确肖此辈口吻。"

"竟效校人之烹，……而以佛事已毕告。"评："确是此辈行为。"

"此辈作奸，……适以自戕。"评："实亦确是此辈报应。"

"有州牧以贪横伏诛"篇："州民喧传其种种冥报，至不可殚书。"评："有此宪典，乃能大快人心。自非然者，惟有诵'天视自我民视'，'天听自我民听'二语。以冀天道之好还而已尔。"

"里媪遇饭食凝滞者"篇总评："先生不善医，每一论及而言之凿凿，确有至理，盖皆由于格物之功也。近日之医，止知《本草》所载之药性，古人所言之成方，遂冒冒然高驾肩舆，妄伸三指，以他人之性命，谋自己之衣食，并不于望闻问切四字中，细加详审。焉能得病之原而愈人之疾也？又焉得不误人之病而速人之死哉？"

"乌鲁木齐军校王福言"篇："视之，亦一狼也。""岂恶贯已盈，若或使之欤！"评："人面兽心，皆此狼之类也。恶贯盈时，自有引满误中之人也。"

《阅微草堂笔记》卷十六《姑妄听之二》

"天下事情理而已"篇："十岁幼女，……听其逃死不为过。"评："此论是极。"

"《新齐谐》"篇："以肥壮雄鸡闭笼中，……自能成卵。"评："此事诚易辨，暇时当试为之，特未免难为雄鸡矣。一笑。"

"然鸡秉巽风之气，……此则莫明其故矣。"评："此说亦甚有理。后之阅者，不可不知。"

"余十一二岁时"篇总评："献县齐某之子，贫甚，竟以豆末水抟成丸，衣以赭土，诈为卖药者，沿途售之，并活多人。卒达戍所，得父骨以归。"

"李蟠木言"篇："以契交隙末，当以欢喜解冤。"评："负心朋友，其共听之。"

"南皮郝子明言"篇总评："此篇前后各论，深得御下待人克己之道。学者果能身体而力行之，思过半矣。"

"凡事不可载入行状，即断断不可为。"评："要言不烦，我辈一生当时时刻刻存此二语于心中。临事之际，自然鲜失，断不至走入邪境，沉溺下流也。庚午三月十二日清晓。"

"相传魏环极先生尝读书山寺"篇："公所讲者道学，……则固各自一事，非下愚之所知也。"评："道学圣贤，本自一贯。所争者，虚实之分耳。以实心求实用，真道学，即大圣贤也。以虚论骛虚名，假道学，即伪圣贤也。率性之谓道，笃志之谓学，非徒讲论而已也。若近时所增之性理各论，应更为此狐之所不齿矣。"

"交河及友声言"篇总评："此魅此狐，均得游戏三昧，虽曰恶谑，而于人却一无所伤，迄今读之，固已无不解颐。即偶一道及，闻者亦无不发笑也。是皆可称为善知识者矣。庚午三月十一日午后。"

"同年陈半江言"篇："然奸黠之徒，岂能以主人廉介，遂辍贪谋哉？"评："先生此言，洞见症结。盖廉介之士，类多忠厚存心，故每受奸黠仆隶之朦蔽。余所目见者数矣。此廉之所以责明也。"

"朱秋圃初入翰林时"篇："其一曰：'红蕊几枝斜，……。'其二曰：'向夕对银釭，……。'"评："此思妇也，无论其他，有此才而不得于所天，未免可惜。然亦未必非恃才之过也。""其二一绝，与《聊斋志异》香玉篇唱和各诗，可称叠韵。乙丑腊月五日。"

"详词末二语，……二公其皆失之乎！"评："余亦以倪公之说为是。乙丑腊月。"

"公俯思良久，……既而曰：'语语负气，不见答也亦宜。'"评："结法含蓄不尽，而义自了然。"

"李漱六言"篇："社公愦愦，劝以互抵息事。"评："近日之官，想皆此等社公所转生也。为之一笑。为之一哭。"

"尹松林舍人言"篇："夫荡妇逾闲，……抑亦非养福之道也。"评："事有轻重，义有公私。先以两层论断之。后即律以隐恶扬善，当存忠厚之心。可见以讦为直者之非养福之道也。凡性情伉直，心口如一者，可不时存出好兴戎之戒乎？读是篇者，慎勿忽诸。乙丑腊月。"

"福建泉州试院"篇："对窗唾曰：'……何不自重乃尔耶？'"评："此唾可称珠玉，贵官不如粪土矣。乙丑腊月。"

"里俗遇人病笃时"篇总评："验病笃生死法。"

"丁御史芷谿言"篇总评："妇既男妆，其双足步履之间，一望即可立辨。少年虽迷于色，亦不至如是之盲。姑存此说聊以解颐可也。"

"李阿亭言"篇："然则君子于小人，……其亦深可怖已。"评："由是言之，真乃可畏。君子所以断不可与小人作缘也。"

"董曲江前辈言"篇："俄晓日满窗，……索昨夕缠头锦耳。"评："当日情景，煞是好看。"

"潘南田画有逸气"篇总评："道光丙申丁酉间，余曾以高丽发笺，乞王句香世丈讳翼淳，工诗善书，外祖金门公老友也。书横幅，先生为书自作《越王台怀古》及《粤中即事》诗数首。乃戊戌春，余即随先伯父永安公之任惠州，属之永安县，当时即以为机有先见，今益信然。"

"青县王恩溥"篇："然由张所说，……反败于多疑也。"评："玩误信、多疑二说，皆有至理，可见临事应变之难。君子所以贵时中也。"

"李秋崖言"篇："狐不甚答，久乃渐肆扰。"评："不甚答者，早已薄其不肖。久渐肆扰者，不忘乃父之旧交，而欲挠之使改过也。乙丑腊月。"

"狐侃侃辩曰：……竟得考终。"评："用心之厚，自辩之言尽之矣。能事之难，道士之论详之矣。不肖子弟，有父兄师保所不能制者，若皆得此狐友，有不愧悔自新、去恶从善者乎？凡有不肖子弟之家，皆当买丝绣之。"

"乾隆丙辰丁巳间"篇："惟曰事已至此，……'积金徒供儿辈乐，多亦何为？'"评："今日士大夫，凡读书多年，作官多年，而徒知积藏多金供儿辈乐者，都来看样。"

"先师裘文达公言"篇总评："前后两魅，料理两生，可谓各得其妙。又复措词委婉，怨而不怒，彼则谈笑自若，此已入其彀中，均不愧雅人深致。"

"遽揭其被，……乃塾师睡檐卜乘凉也。"评："此叫少年郎，不知被多影翁刮破小吻否。一笑。"

"李村有农家妇"篇："知笃志事亲，胜信心礼佛。"评："'笃志事亲，胜信心礼佛’，谅哉言乎！"

"又闻洼东有刘某者"篇："妻感之，……刘夫妇昼夜泣守。"评："刘君之妻，亦煞是难得。乙丑腊月。"

"刘掉头曰：……故有是疑耳。"评："纯孝二字，若刘君者，庶几当之而无愧矣乎！乙丑腊月五日。"

"释家能夺舍"篇："或声色货利，……其可畏也哉。"评："狐尚能见及此，奈何人不如狐。武侯之淡泊明志，所以独有千古也。乙丑腊月。"

总评："一涉世缘，即不免有所惑溺。既生人世，又不能尽绝世缘。所以非识力坚定，断不能不或有所抱惑。倘一念游移，遂陷溺沈沦而不可救拔矣。人欲之险，真可畏之至也。己巳七夕后二日。"

"东光马节妇"篇："早岁吟黄鹄，……光映九河滨。"评："五排二十韵，据事直书，颠扑不破，意真语挚，足传其人。"

"图裕斋前辈言"篇总评："选人狡黠，故当受此风流孽报。"

"朱青雷言"篇总评："意气粗浮，挥金如土，笔端尽行传出，足抵一篇纨袴少年行。"

卷尾评："七月廿一日阅完。""十一月朔又重阅一过完。""辛酉三月廿一日午枕又阅一过。""同治甲子四月廿七日重读一过完。""乙丑仲冬十有五日在南和店东厢挑灯枕上又读一过完。""腊月六日郁闷寂寥午后又续读一过于南和店之东厢。""丁卯上元次夜又读一周于涿寓之和乐堂中。""己巳端阳后二日午刻又读一周于和乐堂。""七夕后二日午后又重读一周。""庚午三月十二日灯下又读一周。""廿八日又灯下卧读一周。"

《阅微草堂笔记》卷十七《姑妄听之三》

卷端评："戊午七月廿二日重阅起。""十一月初二日又重阅起。""辛酉三月廿一日午后又阅起。""同治甲子四月廿有七日又重读起。""乙丑十一月十五日亥初又读起时在南和店东厢。""腊月六日仍住南和午后闷甚又重续读起。""丁卯上元后一日至夜在涿寓又重读起。"

"顾郎中德懋"篇："然必初念皈依，……不可谓之安禅。""兹之违礼，……似乎两协。"评："准情酌理，驳论明允，宜顾公之颇自喜也。辛酉春日。"

"库尔喀喇乌苏"篇："日以心斗，……则定理也。"评："日以心斗，诚不知其所穷，吾则无日不见之也。任智终遇其敌，虽未能一一亲见之，然固可默默意会之也。"

"李义山诗'空闻子夜鬼悲歌'"篇："一夕，……凄心动魄。"评："世竟有此韵鬼，虽夜夜遇之，亦不惮其烦。乃如此韵鬼，求其一遇，亦不可得。而世间俗鬼，偏日日逢之，且纷纷适前也。奈之何哉！奈之何哉！"

"香泣又言"篇："然因改字以招怨，……不老儒矣。"评："不出此集，固可两全。然案头既有此集，若秘而不与，则寻衅更有词矣。吾则曰：仍当以老儒为是。若褚所见，乃世俗自了之汉。即王所论，亦激切有为之言也。"

"司爨王媪言"篇："物莫灵于人，……故智出物下耳。"评："此即上所谓日以心斗，诚不知其所穷也。"

"则虎又以智败矣。辗转倚伏，机械又安有穷欤？"评："此即上所谓任智终遇其敌也。"

"又惜虎知伥助己，不知即伥害己矣。"评："此又即上所谓未有千虑不一失者。"

"梁豁堂言"篇："盖三教之放失久矣。……炉火服饵亦非也。"评："统论三教得失，可谓要言不烦。释道两途，姑置不论，即儒者一途，试问今之为士大夫者，明体达用四字，尚有当之而不愧者乎？"

"内绝世缘，……是真秘密。"评："朴实说理，唤醒迷途。神仙薪传，应不外是。"

"表伯王洪生家"篇："洪生曰：'……宁有胜乎？'……此不战而屈人也。"评："人世之机械变幻，亦妖术也。我辈遇之，宁有胜乎？王公所云，其虑深矣。君子处世，必当如此。"

"又舅氏安公五占"篇总评："一妇人耳，突于深夜，猝遇此狐，乃竟向屋仰语，绝无龌龊恐惧之状。掷钱屋上，又绝无较量鄙吝之词。至狐婢感恩，愿留驱使，乃复挥之令去，并不欲见其形。视守财虏之每遇一事，必反覆筹算，惟恐稍失便宜，其慷慨猥琐，尤判天渊。是虽巾帼，宜可愧死须眉矣。窗外叩头，宜绿云之逢元必至也。"

"康熙癸巳秋"篇："群狐合噪而出，……即以其鞭鞭之。"评："群狐此举，真乃快快，可称一时之雄。"

"狐乃各散，……见妇在途中犹喃喃骂也。"评："狐竟敢与妇斗，颇有丈夫气。视竭蹶负归，归犹复听妇在途喃喃骂，不敢更置一词之周甲，真禽兽之不如矣。乙丑腊月六日。"

"张铉耳先生家"篇:"窃从门隙窥之。""俄为所觉,遽跃起拥我逾墙入。"评:"略叙婢语,似乎毫无可议,其中却有许多不实不尽处,细玩自知。所以仆婢之言,断断不可尽信也。乙丑腊月六日。"

"此婢先探手入门,作谑词乞肉。""阅人非一,碎璧多年。"评:"数语中,已有许多回护,小狐敢于越礼,老狐亦不能辞其咎也。"

"狐哂曰:……凡年长数婢尽嫁之。"评:"此狐所言,极尽情理,并能以巽语讽喻,消怨尤而全主德,劝善规过,不愧良朋。乃竟不能自闲其子弟之冶荡,毋亦自治则疏,尚有溺爱不明者在乎?"

"邱县丞天锦言"篇:"杜慨然曰:'……则不如径去。'""乃留数日,为营葬营斋。"评:"杜君可谓磊落光明,慷慨好义者矣。求之士大夫中,尚不易觏,不想竟于西商中遇之,实在难得,实在可敬。"

"《宋书·符瑞志》曰"篇总评:"一小小珊瑚带钩耳,亦必考据详明,形容精到。运用之工,心思之密,几于析及毫芒。而其要则皆由于博学,所蕴既深,故信笔挥洒,无不如意也。"

"五十年前"篇:"质不甚巨,……乃知其可贵。"评:"落落数语,自具精微。君子之所以比德于玉也。"

"益都有书生"篇:"尔受人脩脯,教人子弟,何无约束至此耶?"评:"塾师听着。"

"尔我家三世奴,……且褫尔魄!"评:"奴仆听着。"

"盖祖父之积累如是其难,……人可不深长思乎!"评:"为人子孙者,皆当听着。"

"殆流荡不返,其祖亦无如何欤?""犹有溺爱者存,故终不知惩欤?"评:"凡为祖父者,亦共听着。"

"狐魅人之所畏也"篇:"始缘祈请,……窃有未甘。"评:"强辞夺理,将此辈肺腑心肝,发挥殆尽。此亦借题写照,微示惩戒之意也。凡有姬侍外宠者,其三复之。"

"周景垣前辈言"篇:"而不虑其父能为盗也。此所谓蜂虿有毒欤!"评:"怨毒之于人甚矣哉!历历指陈,几于不遗余力。蜂虿有毒,何况于人,御下浅恩者,可不稍存忠厚以自爱乎?"

"旧蓄北宋苑画八幅"篇总评："前幅为红线无疑。后二幅，当着意徐徐考论之。乙丑腊月六日。"

"张石粼先生"篇："性伉直，……劳与怨皆不避也。"评："世竟有此直谅益友，能不中心向往之耶？"

梦中怒且笑曰："……而休戚相关也。"评："今时之朋友，无不势利攀援、酒食征逐者。求其缓急可恃，休戚相关，千百中无一二也。"

"君又博忠厚之名，……是非厚其所薄，薄其所厚乎？"评："此友固属薄情，况已物故，而必待其子孙如陌路，亦未免恩怨太明，失于忠厚矣。"

"大抵士大夫之习气，……事之利害。"评："今时之士大夫果有能若此者，是亦君子人也。然而吾见亦罕矣。"

"余常见胡牧亭为群仆剥削，……将乌乎质之哉？"评："历述所见，连类及之，比事属辞，是非自见。末乃以是非莫定，隐括世情，一若游移两可，无所适从者，反覆抑扬，具有无限激昂，无限感慨。"

"朱青雷言"篇："天地之大，……弥出葛藤。"评："见怪不怪，其怪自败。凡遇此等怪物，惟当以不见处之。"

"昌平有老姬"篇："所居依山麓，……如传呼之相应也。"评："老姬如此作为，其居心之慈爱可知。临难获免，有天道焉。群鸡啄麦，谓有凭之者可也。即谓鸡能报恩，亦无不可也。"

"天下有极细之事"篇："此争祭，非争产也，盍以理喻之？"评："片言居要。"

"尔既自以为祖墓，……何必拒乎？"评："蔡公所言，虽属权词，想两造闻之，亦应无可置词矣。"

"胡牧亭言"篇："厚自奉养，……亦意外得解。"评："此富翁所享受，可谓庸福。余之所愿，则有异于此。自奉不必过厚，食适口，衣适体而已。若厚于自奉，是豢养，非奉养矣。闭门不与外事，人罕得识其面，若日与妻妾子女朝夕聚处，虽听嘻嘻嗝嗝之声，而至戚好友，绝不与闻，有何意味乎？余愿闲暇时，娱情在竹，抚玩琴书，兴到则随意吟哦，信笔挥洒。或二三知己，直谅多闻，时相过从，风雨无阻。奇文共赏，疑义与析。或啜茗谈天，或举杯邀月。地迫山村，居临水国，绝不染一点城市嚣尘之气。势利鄙俗之人，永不使其识面。如是则非嚣居而嚚处矣。不善治生，可免俗矣。财络不绝，犹嫌铜臭。余愿不存财而亦不匮于用，则可称为阔措大，而不至为守财虏矣。至于疾病不生，祸患自解，是固人人所同愿，余又奚辞焉？客有闻余是说者，笑相诘曰：'诚如子言，是不庸矣，福何由致？'相与一笑而罢。"

"河间有游僧"篇："会有讲学者，……乃叩额伏罪。"评："空谈性理，本涉虚浮，毫无实用。何况更有借此以邀虚名而阴作讼牒者乎？故陆建瀛妄语添设性理论一摺，流毒至今，不知何日方能革除也。庚午三月。"

"太守徐公，……闻之笑曰：'……灼然不谬。'"评："玩徐公所言，真不愧通儒之目。"

"杨槐亭前辈有族叔"篇："吾乃知孤介寡合，即作鬼亦难。"评："如此说来，吾道其真穷矣乎！"

"李秋崖与金谷村尝秋夜坐济南历下亭"篇："岂但着力不着力，……格调亦迥殊也。"评："此等处，别有神悟，其理甚微，可意会不可言传也。"

"周化源言"篇："亦无术焉而已。……吾不知之矣。"评："空言无补，不但讲学为然也，而制艺为尤甚。以其徒鹜虚名，不求实用，遂使学问经济，判若两途。欲其中有明体达用之才，盖戛戛乎其难之也。"

"《春秋》有原心之法"篇总评："前按后断，体何谨严。须细玩其说理明透，用意深厚处。"

"此妇心不可知，……固应仍以节许之。"评："探原之论，精确不磨。引《诗》以申明之，尤足见通经为致用之本。非止摘拾章句，仅供八股填写，为猎取虚名用也。"

"李福又尝于月黑之夜"篇："此以类相召也。故人家子弟，于交游当慎其所召。"评："近朱者赤，近墨者黑，此比匪之所以终伤也。子弟交游，必当慎之又慎。读先生'慎其所召'一语，知一言一动，皆不可不慎也。"

"壬午顺天乡试"篇："妖媚蛊惑，但不变虎形耳，搏噬之性则一也。"评："娼妓优伶，狡童美婢，皆虎类也。特其形未变，人自不觉耳。"

"仁我又言"篇总评："此婢之敏慧不待言，所难者主人之果断，其子之通达，可谓相得益彰矣。"

"朱导江言"篇总评："前半导江先生所言之事实，与后半晓岚先生所论之道理。拟于暇时，以长短韵语，编为子弟盲词。津门瞽者多弹三弦，沿街走串。遇有招之者，或坐唱竟日，或弹唱半日，不等。名曰说书，所唱皆演义小说，大半才子佳人风情，亵语居多，亦间有稍寓劝惩者。其书则总名曰京子弟，妇女多好听之。令瞽叟弹三弦遍唱之。庶无知妇女，有所惩劝感发，皆可使之革其偏执之私，相率而化为善类。则人人得内助之贤，而夫妇之端正，有不天伦浃洽，家道日兴者乎？又何至有昏懦庸夫，妇言是听，视骨肉为寇雠，日相残害，离析分崩，同归倾覆，徒悔噬脐哉？"

"人情狙诈"篇："因贪受饵，其咎亦不尽在人。"评："因贪受饵，其咎亦不尽在人。"

"'稍见便宜，必藏机械，神奸巨蠹，百怪千奇，岂有便宜到我辈。'诚哉是言也。"评："'岂有便宜到我辈'，诚哉是言也。"

"王青士言"篇："令兄虽猛如虎豹，亦难出铁网矣。""与君至交，情同骨肉。"评："疏其所亲，而亲其所疏，犹复大言不惭，出之于口，可谓丧心病狂，不可救药矣。宜鬼神之以嬉笑代怒骂，褫其魄，而即以败其谋也。"

"孔子有言"篇总评："此则笔意，纯乎《左》《国》。乙丑腊月七日酒后评。"

总评："此篇即脱胎于《国策》，而移步换形，各极其妙。"

《阅微草堂笔记》卷十八《姑妄听之四》

"戴东原言"篇："盖不忍其愤，……可为炯鉴。"评："不忍小愤，必致两伤。"

"锐于求胜，……此亦一征矣。"评："借助小人，必遭反噬。"

总评："二者君子所宜慎也。"

"常山峪道中加班轿夫"篇："此非其力足胜之，其气足胜之，其贞烈之心足以帅其气也。故曰：其为气也，至大至刚。"评："确论确论，是极是极。"

"张太守墨谷言"篇："第备钱以待可耳。"评："开口即说备钱以待，可见胸有成竹。"

"我亦厌倦风尘，……即钱二千贯亦足抵。"评："措词得体，能不心从。"

"昨有木商闻此事，……则受德多矣。"评："有此一层，发棠愈速。"

"廪已开，……米价大平。"评："足见备钱之妙。"

"谷尽之日，妓遣谢富室曰：'……所言姑俟诸异日。'"评："全牛已解，善刀而藏。大将用兵，不过如是。"

"丁药圃言"篇："孝廉沉思曰：'……归何所容？'"评："活画一惧内懦孝廉。"

"妾不服罪，攘臂与术士争曰：'……吾岂服耶！'"评："层层驳辨，愈辨愈复有辞，亦惟理直，所以气壮耳。"

"无欲常教心似水，有言自觉气如霜。"评："近日御史，不知曾见此联否？见此联，亦有愧于心乎？"

"乡人曰闻有地狱"篇："雪崖天性爽朗，……此当是其寓言。"评："胸无宿物，与我同癖。余生也晚，恨未得见其人。"

"陈半江言"篇："我辈至多，……此所以报也。"评："如此多情，真乃至少。"

"自是虽遇冶容，曾不侧视。"评："凡遇冶容者，应作如是观。"

"王梅序言"篇："盖愚者恒为智者败，……有是理哉！"评："通论也，亦至理也。"

"鬼魇人至死"篇："平生自薄此官，不料为鬼神所重也。"评："余则谓官无论尊卑，称其职，当为鬼神之所重。溺其职，即为鬼神之所轻。是非好恶，岂别幽明，又何所厚薄于其间耶？"

"李庆子言"篇："贫无储蓄，不畏盗也。"评："诚如君言，余亦幸赖此耳。"

"朱曰：'谓旷野多鬼魅耳。'翁曰：'……可乎？'"评："朱生胆小，偏遇此翁，岂非巧合。"

"朱至京，……其物乃金簪银钏各一双。"评："如此雅鬼，可惜尚误惑于妇言。"

"知君畏鬼，……勿滋疑虑。"评："此翁体贴胆小人，可谓周到。"

"朱骇汗浃背，方知遇鬼。""竟不敢再至焉。"评："骇汗浃背，不敢再往，何朱生之不达耶！"

"吴云岩言"篇："自去自来人不知，归时惟对空山月。"评："群动俱息，一月当空，独往独来，游行自在。二句深得步月夜归妙境。斯境也，余亦尝屡屡身历之，而于微醉尤宜。真觉人世间乐，无逾是者。"

"恨不能以所闻见，……无庸再诘矣。"评："妙解妙解。恒河沙数，一切众生，扰扰半生，营营一世，皆各有此自知之一日也。"

"然禁沉湎可，……并废五兵则不可。"评："妙论妙论。妙喻妙喻。"

"表兄安伊在言"篇："而是家已荡然矣。"评："凡有志为民上者，阅至此句，皆宜详审而玩味之。"

"同年龚肖夫言"篇："言其祖宗翁姑，以斩祀不孝，具牒诉冥府。"评："责之以大义。乙丑腊月。"

"用桃杖决一百。"评："复威之以扑刑。乙丑腊月。"

"其昏瞀累日，……即付泥犁也。"评："以醋灌妒妇之鼻，可谓对症用药。"

"褚鹤汀言"篇："俄而妻党妇女并为狐媚，……哀乞声相闻。"评："媚其妇女，更番嬲戏，未免假公济私矣。然亦足快人心。"

"人于世故深，……所欣慕焉。"评："世故愈深，则天机愈浅。此人之所以反不如狐也。人不如狐，则亦何贵乎人哉？人乎人乎，其将何以同群乎？狐乎狐乎，能不为之执鞭乎？"

"瞽者刘君瑞言"篇："又必申之曰：'夏殷之殷，梧桐之桐也。'"评："惟恐其误，故申言之。"

"其梦中呓语，亦惟此二字。"评："须臾不忘，故梦中呓语，亦惟此二字。"

"问其姓名，则旬日必一变。"评："虑雠人之知而避之也。故姓名屡变。"

"如是十余年。"评："十余年，久而不懈，尤难乎其难。"

"瞽者狂吼如虓虎，……牢不可开。"评："雠人既得，誓不俱生。其勇猛之气，自勃发奋往而不可遏。"

"桐捶其左胁骨尽断，……疑必父母之冤也。"评："以上逐层细写，直至死后尸浮，胁骨捶断，终不释手，犹复深抠雠之肩背，啮尽雠之颧颊。迄今读之，祇觉精诚之气，律律如生，几忘其为屠弱无目之人也。末复反覆较量，以见其难，则瞽者且千古矣。彼歌舞湖山，俨然而腼居人上者，能不汗滴九泉哉？"

"王昆霞作《雁宕游记》一卷"篇总评："文境则飘飘欲仙，文笔则渺渺无际。披读数过，可当卧游。"

"刘拟山家失金钏"篇："然小女奴已无完肤矣。……鞫狱未尝以刑求。"评："不但终身愧悔，而且恒自道之。仕宦二十余年，鞫狱竟未尝以刑求。闻过则喜，仲夫子后如拟山先生其人者，盖亦戛戛乎未易多觏也。"

"多小山言"篇："偶业缘之相凑，……莫问姓名。"评："有才如此，而命薄如斯乎。千古英雄儿女，多半类是，皆业缘之相凑也。"

"《新齐谐》载冥司榜吕留良之罪"篇："留良之罪，……如真山民之比。"评："论断精严，豁人胸臆。"

"然则唐以前之儒，……事事皆空谈。""徒喧哄耳。"评："空谈无补，遗害无穷，汩没许多性灵，误尽天下苍生。此论可谓洞见症结。"

"奴子王发夜猎归"篇："且袖手者多矣！此奴亦可云小异矣。"评："末二句，骂得冷峭，调侃不小。"

"宋清远先生言"篇："而死者衔冤与否，则非所计也。""而官之枉断与否，则非所计也。""而小官之当罪与否，则非所计也。""其新官之能堪与否，则非所计也。""然人情百态，事变万端，原不能执一而论。苟坚持此例，则矫枉过直，顾此失彼，本造福而反造孽，本弭事而反酿事，亦往往有之。"评："反覆申论，以见泥于四救之失，然则佐幕者固不可偏执以误人，居官者尤不可轻信以自误也。"

"乾隆癸丑春夏间"篇总评："晓岚先生天资聪颖，博极群书，又得与修四库全书，尽窥秘籍，几于过目不忘，故每论一事，皆能考据详明，兼综条贯，必期折衷一是而后已。即医药一道，偶论及之，亦必元元本本，酌古准今，务求其理之至当，然犹不敢自信为知医。可知医之一道，所关匪细。彼率尔操觚者，直以人命为儿戏，知不免为先生所深恶也。"

"从伯君章公言"篇："自了汉耳，不足谋也。"评："自了汉，原不足以与谋。若如此丈之耿介，则又非自了汉所可比。况此书生先已不能自检，又何得藉此以责人耶？"

"其时乡风淳厚，……能勿喟然远想哉！"评："我思古人，实获我心。读后数行，盖不胜人往风微之感也。"

"黄叶道人潘班"篇："仅差十余月耳。""称兄自是古礼。"评："此语固伤忠厚，此论实快人心。余则谓潘生虽坎壈以终，固远胜于巨公之腼然苟活也。"

"纡青拖紫之荣，……又安可以佻薄废乎？"评："千秋论定，凛若冰霜。一字之褒，荣于华衮。苏秦'势位富厚，盖可忽乎哉'二语，真鄙夫之见也。"

"曾映华言"篇："夫胜负乌有常也？……以是种种胜负，乌有常乎？"评："谚云：官断十条路。其是十说之谓乎？为人上者，可不慎哉！"

"门人郝瑗"篇总评："先叙其居官之勤俭，文不过百字。后又补述其居心之正，自少时已然，文亦仅百余字。绝无一字论断，而经济人品，无不毕见。可作循吏传读，可作独行传读，亦可作墓志碑文读之也。视世之行状碑铭，虚词满纸，动辄万言，转足动人之疑，而生人之厌。反不如此文之言简意赅，弥觉矜贵而可宝，真切而可传也。得师如此，郝生虽殁，郝生为不朽矣。其诸附骥尾而名益彰者欤！"

"景州高冠瀛"篇："盖尽节一时，……而实有至理。"评："此术士所论极是，其理至实，并非奇创。死有重于泰山者，正谓此也。"

"冠瀛久困名场"篇："吾因是以思，……其何以教我乎？"评："高君之志诚高矣，其如命数不高何，此人之所以称畸也。古人有知，当亦旷百世而相感也。"

"乾隆甲辰"篇："乾隆甲辰。""四月杪，南门内西横街又火。""有张某者，草屋三楹在路北。"评："详其地，书其姓，惜未著其名。然有年月可考，邑乘当必载其事也。"

"余于张君不相识，……则张君之志趣可知矣。"评："以一投闲置散之山长，相隔数百里，而录寄民间十年前，火灾幸免一事，于素不识面之当代巨公，只以一门纯孝，湮没不彰，欲藉著作以传其人耳，初非别有所为也。视世之假诗文以通声气，藉道旧以附攀援者，其志趣之悬殊，讵止霄壤哉！今果再有张君庆源其人者，为之执鞭，所欣慕焉。"

"吕太常含晖言"篇："此亦应变之急智。"评："掘坎埋棺，上覆以土，乃停柩遇火应变之急智。为人子孙者，不可不预知也。"

"郭彤纶言"篇总评："仲尼不为已甚者。谚云：'得放手时须放手，当饶人处且饶人。'凡事皆当如此存心，断不至如阜城某之变出非常也。故意外之事，必有所招，断未有无因而至者。乙丑腊月十日灯下识。"

"奴子史锦文"篇："'是尝在崔庄卖瓜果，与尔父日游醉乡者也。'……亦小人之有意识者矣。"评："此等劳力之小人，远胜于今日逸居之大人。然则欲觅良友，其必于醉乡中求之乎？"

"奴子傅显"篇："喘息良久。魏问相见何意？"评："喘息良久，尚不一言，直待魏问，方从容细述而详说之。活画一不知缓急、食而不化书蠹来。"

"然读书以明理，……亦何贵此儒者哉！"评："读书明理，原以致用。然用之不正，至身败名裂，流毒无穷，较食而不化为尤甚，则更何责此儒者耶？"

"武强一大姓"篇："若未得财，……尔又何尤焉！"评："盗逸而返数语，真远虑老成之见，凡遇此者，皆当以斯言为法，最宜深长思者。"

"沧州城守尉永公宁与舅氏张公梦征友善"篇："人至不可以利动，意所不可，鬼神不能争。"评："'人至不可以利动'一语，真观人之试金石也。余尝历历验之，百无一失。"

"瑶泾有好博者"篇："夫妇寒夜相对泣，悔不可追。""虽死不入囊家矣。"评："不肖博徒，死不足惜，惟其尚能返悔自言，饮泣设誓，故狐始悯其父之悲，而一救之也。"

"不肖之子，……有夜夜悲啸者乎？"评："赌博游荡不肖之子，倘闻是言，有不痛改前非者乎？"

"宝坻王泗和"篇总评："宝坻王泗和，书艾孝子事。""艾孝子，名子诚，宁河县艾邻村人。"

"昔文安王原寻亲万里之外，……天殆将昌其家乎？"评："又返溯出一孝子来。""王孝子名原，文安县人。"

"子诚佃种余田，……知陇亩间有是人也。"评："家居而有别业，佃田而有孝子，人得善地，居近善人，问雨课晴，乐数晨夕。重其为人，因书其大略以永其传。有是主人，而艾子之孝为不朽。书是孝子，而王公之贤乃益彰。陇亩间而有是人，即南面王亦不易也。宦海士大夫又乌足以知此哉？"

"引据古义"篇总评："引喻精当，辨论明通，足破腐俗迂拘之见。"

"不得以源出伏胜，遂以传为经。"评："读书原以明理，亦必明理方能读书。博学而笃志，切问而近思，是在人之自为领会也。乙丑腊月十一日。"

卷尾评："七月廿八日重阅完。""十一月十四日重又评阅一过完。""辛酉三月廿九日晨钟，灯下又重阅完。时方春旱，枕上卧闻雨声，喜而敲火爇烛，盥手观书，因以志幸。""同治甲子四月廿八日又重读一过，连日因食王瓜腹痛颇剧，又兼疝气旧症，镇日卧以养疴，幸有是编，得遣长夏。古人有句云：旧书不厌百回读。真非得其中真趣者不知也。""乙丑仲冬既望，灯下卧读一过完。时在南和店东厢，连日风寒脾倦，镇日思卧，自是夜子初，始觉脱然，因拨火煮梨食之。次早附记。""腊月十一日午后，将返沙河，早起又读一过完。詹詹士识于南和醭馆。""丁卯正月十八日又读一周于涿寓。""己巳端阳后二日灯下又卧读一周。""七月十一日午后又卧读一周。""庚午三月十四日午后又读一周于守默轩。""三月三十日酉刻又续读一周于守默轩。时天风竟日，尚未止也。"

《阅微草堂笔记》卷十九《滦阳续录一》

卷端评："咸丰戊午七月廿九日重阅起。""十一月十五日又重阅起。""辛酉三月廿九日午枕重阅起。""同治甲子四月廿八日又重读起。""乙丑腊月十一日，自南和旋沙河，十二日又重读起。""丁卯正月十八日在涿寓又重读起。"

"赵鹿泉前辈言"篇："然则人世之吏卒，其可不严察乎！"评："人世吏卒，不但严察，尤当重惩。"

"断天下之是非"篇总评："人生各有性情。人而无情，其天性之薄可知矣。顾情而不节之以礼，鲜不溺于一偏，而丧其所守者。若柳青者，不嫌玉玷，惟冀珠还。祇缘私念牵萦，遂致邪魔侵扰。心虽匪石之可转，身已为茧之自缠。迨至故夫克践前盟，幸得作沾泥之柳絮。旧主重寻后约，羞再容问渡于桃源。当其叩拜径行，返璧而纤毫莫取，拮据无悔，茹荼而缝纴自甘，祇谓夙愿之既偿，遂可坚贞以自守。而岂知镜破纵可重圆，终非完美乎？是皆理有未明，以致情有所溺，遂不觉陷于一偏，而竟丧其所守也。然其用心亦良苦矣，君子悯其遇，悲其志可矣。"

"吴茂邻"篇："邻里聚观，……亦足为睚眦必报者戒也。"评："凡暴横之夫，动辄詈及人之亲属者，皆当令此叟实报之。惜其贪欢未遁，至陨其生，竟无有能继其业者。"

"宋代有神臂弓"篇："此弩既相传利器，……何必求之于异国？"评："老成持重，虑远思深。"

"宛平陈鹤龄"篇："鹤龄遂大贫。……竟举于乡。"评："让产而贫，贫亦何害？有子可教，大贫何妨？子竟成名，吾知其贫而且乐矣。陈君鹤龄可作也，能不欣趣吾言乎？"

"神仙服饵"篇："古诗'服药求神仙，多为药所误'，岂不信哉！"评："服药者，多为药误，此勿药之所以有喜也。谚云：'不药得中医。'诚哉是言。"

"同年蔡芳三言"篇："溪头散步遇邻家，……不知触折亚枝花。"评："局外旁观，是非自见。干卿甚事，辄作不平之鸣？'携手'二句，情景兼到，如闻太息之声。"

"先师何励庵先生"篇："冷署萧条早放衙，……爱惜流光倍有加。"评："此诗气韵萧疏，别饶风趣，不得以催抑衰颓薄之也。"

"舅氏张公梦征言"篇："骨肉之间，……虑且及我矣。"评："凡有联谱兄弟者，皆当细玩斯言。"

"家庭交构，未有不归于两伤者。舅氏恒举此事为子侄戒。"评："凡属同胞同姓兄弟者，更当细味斯言。"

"司庖杨媪言"篇总评："三妇之所为，节俱堕矣。然一妇卒能保全其夫之宗祀，二妇皆能养葬其翁姑。以视身为臣子，谊重死生，俨然须眉也者，一旦见利忘义，而卖主求荣，甚且有忘亲事雠，背恩反噬者，其事固大相径庭，其心亦迥判天渊。相提而论，讵得仅以为此善于彼也耶！连而记之，先生励俗之意深矣。"

"慧灯和尚言"篇："一日，得揣摩秘本，于灯下手钞。"评："名为秘本，乃徒博此鬼之一掷。凡习举业者，皆且愧而知所当务矣。"

"'师且坐，……'……奄然而灭。"评："观其赏识弃取，则此鬼为不俗矣。举子、寺僧，情态可怜。"

"孟鹭洲自记巡视台湾事曰"篇："大旨在戒人躁竞，毋涉妄求。""可使人知无关祸福之惊恐，……亦足消趋避之机械矣。"评："二公所见，先得我心。欲索解人，殊不易得也。"

"高密单作虞言"篇："今尔家兄弟外争，……尔尚愦愦哉！"评："骨肉而怀二心者，其共听之。"

"祸不远矣，……犹可以救。"评："骨肉而怀二心者，其共勉之。"

"'今日之事，当自我始。'……歃血盟神曰：'自今以往，怀二心者如此豕！'"评："乖戾之气，顿变祥和。妖孽之兴，竟成嘉瑞。祇此顷刻之间耳。人可不悚然有思，翻然痛改乎？事则痛心疾首，转败为功；文则痛快淋漓，极情尽致。"

"侍姬明玕"篇："绛桃映月数枝斜，……只怜两处是空花。"评："语本衰飒，而运思玲珑，要自不可磨灭。"

"一庖人随余数年矣"篇："一庖人随余数年矣，……故居奇以索高价也。""饥寒迫汝各谋生，送汝依依尚有情。留取他年相见地，临阶惟叹两三声。"评："此辈常态，多半如斯。余亦尝数遇之。遣去之时，虽亦详加训诫，勉其将来，且并资其旅费以去，然终不能不介介于怀。今读是诗，觉曩时丧气，犹未平也。"

《阅微草堂笔记》卷二十《滦阳续录二》

"一馆吏议叙得经历"篇总评："两小人，一真一假，一假一真，两两相形，亦颇有趣。"

"昌吉守备刘德言"篇总评："及观后记昌吉之捷，刘公智勇，足冠一军。此亦其忠义之气，感召忠魂，故默然相护引也。"

总评："感叹存殁，无限低徊，节短韵长，耐人寻味。"

"戊子昌吉之乱"篇："屯官以八月十五夜，……据其城。"评："此等卑污庸材，往往致激大变。是皆器使之不当也。大吏用人，可不详加审慎哉？"

"温公率之即行。"评："闻报即行，绝无瞻顾，今已难见其人。"

"是彼逸而我劳，彼坐守而我仰攻。""是反攻为守，反劳为逸。"评："知己知彼，百战百胜。若刘公者，可以不愧矣。"

"德左执红旗，……贼遂歼焉。"评："既用吾谋，遂得径行吾志。指挥命众，两次详申。号令严明，敌情如见。当其左右顾盼，士卒共瞻。故举旗一挥，众皆响应，宜其以少胜多，功成唾手也。先述其筹划之周，后叙其致敌之果。老成勇敢，英气如生。其人其文，均足千古也。"

"温公叹曰：'……徒善应对趋跄耳。'故是役以德为首功。"评："是役也，刘公诚为功首，然非温公深信不疑，亦未必克敌如是之速也。观温公叹赏之辞，其度量之宽容，已可想见。彼疑忌为怀而妄膺重任者，吾未见其有济也。"

"昌吉未乱以前"篇："屯官激变，……不与俱生。"评："昌吉之变，乃屯官一人所激，此则罪不容诛者也。当时文武，自温公以下，如刘公德、赫公尔喜，或仓卒立功，或从容尽节，皆能不愧职守，效忠授命，并见一时。此所以欢戚奋发，众志成城，而收功亦易也。"

"无所谓徇纵也。""无所谓失察也。""无所谓守御不坚与弃城逃遁也。""无所谓疏防也。"评："是数条者，吾见有躬自蹈之，而百端规避，巧事弥缝，不但幸免于罪，而反妄以邀功者，以视赫公之所为，能不俯仰古今，而兴世道人心之慨乎？"

"故于其枢归，……无焚一陌纸钱者。"评："公道自在人心。好恶之同，古今尚无殊致。斯民也，三代之所以直道而行也。此则虽历百世，而亦终不能改者也。"

"朱青雷言"篇："遥望仙官立，翻输野老闲。"评："官而且仙，翻输野老之闲。非恬淡自得，不能领略斯语。"

"郭大椿、郭双桂、郭三槐"篇："闻信俱来，持其手哭曰：'弟何至是？'"评："真好哥哥，如闻其声。三槐听之，即欲不死，其可得乎？"

"直由感动于中，……戢影黄泉。"评："推见至隐，如揭其心。"

"无学问以济之，无明师益友以导之，无贤妻子以辅之。"评："世之薄情骨肉，而卒以恶终者，吾已屡见其人矣。虽由天性之薄，亦由学问师友，一无所得。而其受病最深，为害独巨者，则皆妻子之所蛊惑也。故子弟受室，关系匪轻，若子弟果能使知礼，或可幸免此患。"

"朝鲜使臣郑思贤"篇总评："一则天然棋子小记，细微详尽，层次井然，笔致亦极圆润。"

"蔡季实殿撰有一仆"篇："吾误以为解事人也。"评："若蔡君者，即可谓之不解事人也。"

"杨槐亭前辈言"篇："惟萧然寒士，……毋乃致富之道有不可知者在乎？"评："凡作士大夫者，都来听着。"

"槐亭又言"篇："受赂纵奸，……岂逃鉴察？"评："凡作士大夫者，亦当前来听着。"

"天地高远"篇总评："某甲初惑星士之说，继又惑于黠者之谋，遂致转相牵引，卒令其女改妻作妾，似乎命为有凭矣。然使某甲者，存心正直，不惑于邪，守媒妁之成言，绝贪婪之妄念，则桃在焉能代李，人定即可胜天，又何至嘉耦几成怨耦，双星竟谪小星哉？岂非天下本无事，庸人自扰之耶？"

"其父不过欲多金，……可消诸妄念矣。"评："凡士大夫而不安本分，妄有希冀者，更当呼朋引类，尽来听着。"

"先四叔母李安人"篇："文鸾竟郁郁发病死。……亦如雁过长空，影沉秋水矣。""余亦遽醒，莫喻其故也。""矍然曰：'其文鸾也耶？'""是耶非耶？何二十年来久置度外，忽无因而入梦也？"评："清描淡写，着笔在有意无意之间，文思缥缈，情致缠绵，抑何一往而深耶，可知老子兴复不浅。"

"宗室敬亭先生"篇总评："鹊性巧，此独拙；鸠性拙，此尤甚。其不善自为谋可知矣。乃能怡然自适，随遇而安，自乐其群，不慕高远，主客相狎，并可忘机，则鹊固何嫌于拙，乃独成其为鹊也。是虽不善为巢，而能善藏其拙。以视鹊巢鸠居，弄巧成拙者，其劳逸为何如耶？其识趣为何如耶？主人记之以名其亭，其识趣更何如耶？"

"疡医殷赞庵"篇："无一日不与人竞也。"评："确有如此悍仆。"

"庚辰会试"篇："然古人嫌隙，……更全交之道耳。"评："以上各诗，其用意双关，措词蕴藉者，正如匡衡说诗，雅谑足解人颐。何致反生嫌隙。蒋公所云，盖亦杜渐防微之意也。"

"科场填榜完时"篇总评："此篇先论俗称拜榜之误，后述其相沿致误之由，详细分明，无一剩义，无一赘语。须玩其用笔简净处。"

"神奸机巧"篇："富室竟死。殆讼得直欤？"评："此理可确信其必有。"

"为欢无几，反以殒生。虽谓之至拙可也，巧安在哉！"评："至论确论。"

《阅微草堂笔记卷》二十一《滦阳续录三》

"程编修鱼门言"篇："初相遇即不自讳，……曰：'恐妨君正务也。'"评："有狐如此，煞是难得。况复性情爽直，辩论精详，巾帼中罕得其人，须眉中亦难数见。"

"鱼门多髯，……因追忆而录存之。"评："事本任说，而程复详述之也。末以数言疏剔之。眉目分明，一丝不乱，心细于发，笔妙如环，最足长人智慧。"

"《吕览》称黎邱之鬼"篇："纤芥异同，……妖决不能知也。"评："此妓可称巧慧。"

"门人邱人龙言"篇："此或采生折割之党，取以炼药。"评："如云取耳以炼药，则舟中之人，孰不有耳，而必乞诸夫人，更不可解。"

"董天士先生"篇："'得自附于有德者，……'……再拜而去。"评："此狐女识见既高，吐属亦雅。举止动作，尤为落落大方。名曰温玉，而得自附于董公，可谓名实俱称矣。"

"岂明季山人声价最重，……宜天士之不拒也。"评："习俗移人，贤者不免，抑扬赞叹，别有丰神。"

"先姚安公曰"篇："子弟读书之余，……可以涉世。"评："理则至当不易，言则确切不磨。教子弟者，不可不知也。""然与其有纨袴儿，则犹不若有书痴子。"

"门人有作令云南者"篇："后闻官是县，……颇亦有焉。"评："描写世情，委曲详尽。"

"门人福安陈坊言"篇："此邦之俗，……不亦悲乎！"评："自戕累人，械斗泄愤，闽省如此，粤东亦然。近日天津，械斗之风，且日炽矣。是非宽猛并用不为功。然必先之以猛，后济以宽，使之有所畏而不敢犯，乃能有所劝而乐于从。东里遗爱，今岂竟无其人乎？胶胶扰扰之中，将孰从而物色之也？"

"汪阁学晓园言"篇总评："此老僧放广长舌，现再世身以说法。曲折详尽，无微不到。屠人闻之，有不悚然悔悟，掷刀于地者乎？文则妙极形容，不遗余力，将蠢然觳觫之情态，描绘如生。至其遣词摹意，无一不体会入微，尤为先生独步。"

"高冠瀛言"篇："狐大笑曰：'……。'从此遂绝。此狐可谓无赖矣，然余谓非狐之过也。"评："狐虽无赖，尚不妄语，犹胜于人之口是心非者。"

卷尾评："八月初五日重阅完。""十一月卅日重又加墨完。""辛酉四月初五日又重阅一过并补墨讫。""同治甲子五月朔清晨重阅读一过完。""乙丑十二月二十日午后又重读一过于沙河蕻舍之晚节香馆。""丁卯正月二十日卯初又卧读一过于涿寓之和乐堂中。""己巳五月初八日寅刻不寐挑灯卧读至午后又读一周讫。""七月十二日午刻又读一周。发津信并嘱买水扣带与粉条二色。""庚午三月望日午后又读一周于守默轩。""四月朔日午刻又读一周丁守默轩。"

《阅微草堂笔记》卷二十二《滦阳续录四》

卷端评："戊午八月初七日重阅起。""嘉平月朔日又重加墨起。""辛酉四月初五日又重阅起。""同治甲子五月初一日又读起。""乙丑腊月廿日申刻又重读起。""丁卯春正二十日卯刻又卧读起。"

"乌鲁木齐农家多就水灌田"篇："玛哈沁四日前来，……男妇七八人并尽矣。"评："真惨极矣。当其行劫杀人时，不知如何残忍。及临洗濯脔割之际，想必亦回思而自悔也。乙丑腊月又评。"

"童子以幼免连坐，……非偶然也。"评："天理循环，昭昭不爽，不仅此盗为然也。"

"老仆施祥尝曰"篇："暂让之何害？"评："确是老成忠厚人语。"

"此语诚有理，然谁能传与鬼知？汝毋乃更痴于鬼！"评："确是能干狡黠人语。"

"数年，……虽嫌怨不避。"评："施祥读书，并不能识一字，而忠于其主，戆直敢言，不避嫌怨乃如此。视读书识字，掇巍科，居显职，遇有国事，非巧于文饰，即隐默不言，械机愈深，趋避愈巧，其人之贤不肖为何如耶？然则人禽之分，端由心术，学问之功，固其后焉者耳。"

"今眼中遂无此人，徘徊四顾，远想慨然。"评："有仆如此，如之何其勿思。"

"四官今日游灯市。"评："先生行四，于述老仆施祥语中，方始悉之。仆借主传，主亦借仆而益传，其诸相得益彰者乎？乙丑腊月识。"

"姚安公言"篇："造屋时汝未出钱，筑地时汝未出力，何无故坐此？"评："市井小人，口吻如见。"

"恐人谓我辈所见，亦与君等，故不为耳。"评："我辈存心，原当如此。不谓此语，乃出于狐。"

"小人之心，竟谓天下皆小人。"评："小人之心，竟谓天下皆小人，故事事无不取巧。君子之心，竟谓天下皆君子，故事事无不吃亏。"

"太原申铁蟾"篇总评："铁蟾后竟颠痫以没，盖才高意广，不知检束，卒致邪魔侵扰，不永其年。虽由自取，岂不可惜。是诗固佳，究犯绮语之戒，学者慎勿效尤也。"

"从叔梅庵公言"篇："然小虐亦足以激怒，不如敛戢勿动，使伺之无迹弥善也。"评："涉世者，当以先生之论为法。"

"科场拨卷"篇总评："翰墨因缘，离合无定。针芥契合，生死难忘。淡淡写来，弥觉隽永。"

"山色空濛淡似烟，……处处随人欲上船。"评："读公是诗，宛如身在严江舟中，回忆旧游，恍同昨梦。"

"江南吴孝廉"篇："文章流别，各有体裁。"评："文章流别，各有体裁，此则议论，为文者不可不知。"

"老仆施祥"篇："自作剧耳，谁与尔论理。"评："此鬼可谓顽皮无赖，人亦竟有若此者。"

"祥之所友，……故人之情乃如是。"评："施祥之为人，先生既称其天性忠直，则其所交，应以类聚。吾知必无狡诈之徒也。况天地之大，何处无才，固不得以厮养屠沽轻之也。若如先生所论，则身为士大夫者，不几皆可与友乎？恐施祥反多有所不取也。"

"门人吴钟侨"篇："其一人求无不获，意极适，不数月病且死。""又一人求无不获，……求鲜荔巨如瓜者。""又一人所求有获有不获，以咎女子。""又一人虽得如愿，……亦蹙然不自安。""惜哉！逝者之不闻也。"评："'如愿'二字，分作四层描写，层层进步，末以'惜哉'一语结之，真可唤醒迷途。"

"里有丁一士者"篇："盖天下之患，……则敢于蹈险故也。""月夕花晨伴我行，……便向崎岖步不平。"评："天下之患，莫大于有所恃。前既叙述其人而详论之，后复援引是诗以申明之。先生示警之意深远矣，读者可勿时加省察焉？"

"沧州甜水井有老尼"篇："后妇死数年，其弟子乃泄其事，故人得知之。"评："补笔必不可少，足见先生所记，皆实有其事，并非子虚乌有也。乙丑腊月廿一日午刻。"

"其所以感动人心，正不知何故矣。"评："此其故惟个中人可以心领神会，而不可以言传。乙丑腊月廿一日午刻。"

总评："叙事简净，不蔓不枝，可名曰僧尼独行传。"

"九州之大"篇总评："先议后叙，书中往往有此，最足动阅者之目。"

"不纳此有夫之妇，……不能驾驭于身后也。"评："此即有所恃而敢于蹈险者之失也。"

《阅微草堂笔记卷》二十三《滦阳续录五》

"饮食男女"篇："夫男女非有行媒，……其斯以为讲学家乎？"评："彼既曰于礼不可无，此即两引古礼以正其失。可见此公先不明礼，遂致酿成二人之越礼，而犹沾沾焉束缚以礼。不揣其本而齐其末，此拘执不通者之所以至死不悟乎！"

"山西人多商于外"篇："汝之再娶，……亦可谅其非得已矣。"评："靳乙所论，曲近情理。具此识见，足可排难解纷。"

"沧州酒"篇："其酒非市井所能酿，……乃为上品。"评："诚如公言，则沧酒之品，可称高逸矣。伯伦携锸，曼卿豪饮，窃恐均非同调，知音心赏者，其惟柴桑一人乎。若我辈急性，固不必妄攀也。"

"饮沧酒禁忌百端，……反陶然自适。"评："确评定论，我亦云然。"

"南川楼水所酿者，……恬然高卧而已。"评："余又思之，此酒宜于独酌，断不可聚饮，其中真趣，固难与俗人言，个中人当自领之。"

"先师李又聃先生言"篇："一人愕然良久，曰：'……吁，可畏哉！'"评："是负心翁，以三世之妇偿其业债，报诚不爽。然赵氏子流下忘反，日在梦中，其不肖已可概见。乃祖当日好比匪人，想亦未必甚佳，子孙不肖，有自来也。"

"李汇川言"篇："尔亦曾为人，何一作鬼，便无人理？"评："人即未死之鬼，鬼即已死之人。幽明虽异，情性无殊。何一作鬼，便无人理？言本中肯，语亦解颐。彼倔强而持无鬼之论，游戏而存狎鬼之心，非失于迂，即失于诞也。"

"田白岩言"篇："汝杀一人矣，……上人勿吝！"评："守令除暴，不当如是耶？"

"妖之余气未尽，……此士人有焉。"评："除恶务尽，不当如是耶？"

"有与狐为友者"篇："怒曰：'……尚不自反耶？'"评："此亦可谓一兽面人心，一人面兽心。"

"门联唐末已有之"篇："凡戏无益，此亦一端。"评："'凡戏无益'一语，涉世者当时时深戒之，朋友之间为尤甚。"

"董秋原言"篇："与君本有再世缘，……今尚浮游墟墓间也。""乃诣兄具述其事，友爱如初焉。"评："张某可谓尚知悔过，其妇亦可谓稍羞前愆。"

"小人之谋"篇："故曰，小人之谋，无往不福君子也。此言似迂而实确。"评："斯言也，余深信之，而世人则偏好用其谋也，抑独何哉？"

"云举又言"篇总评："世之聚积自私者比比矣，招怨致祸者亦比比矣。何无爱人以德之妖，幻形以拯之也？及观感旧恩、为君市德之语，知当日富翁，尚有恩之可感，固大异于今之为富不仁者矣。宜爱人之妖，竟裹足不前也。"

"陈云亭舍人言"篇："此公自作寓言，譬正人之愠于群小耳。然亦足为轻尝者戒。"评："此僧所见甚是，凡正人君子而与群小偶遇者，总以善藏为是，断断不可轻尝。我辈皆宜深戒而豫防也。乙丑腊月廿一日申刻。"

"外叔祖张公蝶庄家有书室"篇："殆闵公莽莽有伧气，恐其偶然冲出，致败人意耳。"评："所见是极。俗伧败人清兴，然之有之，真乃可恨。"

"喀喇沁公丹公言"篇："将相同谋，……其败宜矣！"评："将相同谋，而亦不免于受饵，亦利令智昏之过也。古今一辙，可胜叹哉！"

《阅微草堂笔记》卷二十四《滦阳续录六》

"狐能诗者"篇："君太聪明，……愿留意焉。"评："不意此语，乃出之狐仙，凡人皆当□佩。"

"有已开者，……尤非笔墨所能到。"评："数语已将画意描写尽致，特恐时手尚未能画得到。"

"芳草无行径，空山正落花。"评："题句亦超。"

"都无笔墨之痕。觉吾画犹努力出棱，有心作态。"评："评语亦各见身分。"

"景城北冈有玄帝庙"篇："庙祝棋道士病其晦昧，使画工以墨钩勒，遂似削圆方竹。"评："此道士蠢俗，实不可耐。近日如此道士者，且遍天下矣。"

"酒有别肠"篇总评："一则饮酒论，逐次品题，量之高下自见，非深得此中三昧者，不能道。"

"吾再传有此君，闻之起舞，但终恨君是蜂腰耳。"评："妙语解颐，的是风流佳话。"

"高官农家畜一牛"篇总评："牛马俱有人心，人可不如牛马乎？"

"吉木萨"篇："《因树屋书影》记仙人马绣头事，称其比及顽童，云中有真阴可采。"评："《书影》，乃周栎园先生所著。从乡试时，在琉璃厂书坊中曾见之，因价昂未买，后当再购之。乙丑腊月廿有一日。"

"同年胡侍御牧亭"篇："徒以我辈剥削，……冀少赎地狱罪也。"评："奴仆如此，已属可恶，然尚小人之所为。乃至常态使然，固无足怪。不谓等而上之，亦且更甚于此也。噫！""此等旧仆不但若辈中不可再见，即富贵中亦几成空谷足音矣。"

"梁豁堂言"篇："讼若得直，……故城隍踌躇未能理。"评："袒庇徇纵，即钻营者之护身符也。"

"今为汝重笞其仆隶，……则此案结矣。"评："调停息争，即贪冒者之生财咒也。"

"然城隍既为明神，……毋乃亦通蔽各半乎？"评："上下规避，委曲消弭，势不至养痈成患，贻害无穷不止也。旷观往古，静验当时，覆辙相寻，伊于胡底耶！"

"张浮槎《秋坪新语》载余家二事"篇："惟不失忠厚之意，……冀不见摈于君子云尔。"评："叙述之意，已于各种自题中备言之。兹于篇终，复又揭明大旨，以著垂训之深心。读先生是书者，果能详加玩索，则人品学问，裨益良多。真所谓终身用之，有不能尽者矣。"

"亡儿汝佶"六篇总评："杂记六篇，刻镂精到，笔有余妍，亦复楚楚有致。然终嫌其纤巧浅易，一泻无余，未能如文达公之秾郁浑厚，用意深远也。"

卷尾评："戊午八月廿五日重阅完。""嘉平初九日又重阅加墨一过完。""辛酉四月初七日又重阅一过讫。""詹詹士识于涿鹿之围椿书舍。""同治甲子五月初一日又通读一过完。""乙丑腊月廿一日灯下又续读一过完。""詹詹士识于沙河蹉舍之晚节香馆。""丁卯正月廿有一日又通读一周于和乐堂。""己巳五月八日灯下又读一周讫。""七月十三日午后又读一周于涿鹿之□□□□□□□。""庚午三月既望午后又通读一周于守默轩。""四月初二日巳刻后又读一周，时阴晦潮甚，土气弥漫，闷闷而已。"

《红楼梦补》中"禄蠹归来"的科举审视

伏 涛

内容提要： 归锄子的《红楼梦补》是继《后红楼梦》《续红楼梦》之后的又一部红楼续书，此乃旧事新翻之作，在其"与其另营结构，何如曲就剪裁，操独运之斧斤"的续书追求下，小说拥有自身特色，那就是科举书写的全面，其全面主要体现在两方面：一是以宝玉为例，写其乡试、会试、殿试等三级考试。二是描写科举考试中的一些细节，如：捐监、磨勘、拜座师、拜同年等相关情况，基于实现其续书目的科举书写带来的是对原梦中反科举、反禄蠹思想的颠覆，在思想性上和原梦不可同日而语，却因此别开生面，为我们研究科举提供一手可信文献。

关键词： 归锄子 《红楼梦补》 科举 文献价值

归锄子的《红楼梦补》是清代红楼续书中比较有争议的一部，姚燮认为"此书写黛玉回生，直接前传九十七回离魂，凡九十七回以前之事，处处相应。按此书别开生面，亦有近情动人之处。"（《读红楼梦纲领》）①这是对它的肯定。吴克岐则以为"解盦居士称翻案诸作，此为第一，吾亦云然。然宝黛为木石姻缘，质锁作定，大可删去；眼泪化金，尤属无理。至于通体口吻，与原书逼肖，可谓善于模仿者矣。"（《忏玉楼丛书提要》）②这是在肯定的基础上指出其不足。小说常被认为是明清时代的代表性文体，所谓"明清小说"，事实上明清时代真正称得上名著的小说

作者简介：伏涛，三亚学院副教授，主要从事明清、近代文学研究。
① 转引自赵建忠：《红楼梦续书考辨》，百花文艺出版社2019年版，第94页。
② 转引自赵建忠：《红楼梦续书考辨》，百花文艺出版社2019年版，第95页。

并不多,在此情况下,张云提倡的"非经典阅读"就更有道理。她认为:"续书不及原书,未必不如其他通俗小说,用对待非经典小说的平常心审视它,也还是可见其所长的。"①我们知道,艺术审美并非小说研究的全部,就《红楼梦补》中的科举叙事而言,它有很好的认知价值与文献价值。它和诸多红楼续书一样,对《红楼梦》前八十回中的"反禄蠹"进行颠覆,"禄蠹归来"成为红楼续书中普遍倾向,其实现渠道有经商、继承遗产、发横财、做官等,做官分为萌阴为官、靠战功为官、科举入仕,其中最多的是场屋胜出后步入仕途。《红楼梦补》即是如此,其科举书写具体细微,对科举程序、科举细节以及乡试、会试、殿试均有描摹,此科举叙事服从于补梦之目的,为我们了解作者、解读作品、认识科举提供有力的帮助。

一、《红楼梦补》中的科考环节

(一)捐监、办照

贾环乃典型的纨绔子弟,总在外面惹是生非,家人为之担忧。为了让他收心,宝玉建议他参加考试。我们知道下场必须具备一定的资格,小说中写道:

> 宝玉听说下场的话,便记起赵姨娘之言,说:"幸亏姊姊提醒了我,今年是正科,环兄弟该同兰儿去走走。"便问平儿道:"你二爷在家没有?"平儿道:"才同媒人王尔调商量什么话,在屋里呢。"宝玉道:"我就托琏二哥给环兄弟捐监去。"说着,赶忙出去了。平儿道:"宝二爷还想环三爷同兰哥儿下场,这几时环三爷在外边闹的越发不像样了。"②

提出让贾环"该同兰儿去走走"符合宝玉的身份与性格,既体现棠棣之情,又符合其厚道、上进、热心科举的性格。王熙凤过世,平儿接管家务,《红楼梦补》中让她和贾琏分别负责贾环婚事与捐监之事,这与他们管理家务的身份一致,"你宝哥哥叫你同兰儿下场,给你捐了监,照也有了,你肯听我一句话呢,书也念念,好歹巴结完

---

① 张云:《谁能炼石补苍天——清代〈红楼梦〉续书研究》,中华书局2013年版,第64页。

② [清]归锄子:《红楼梦补》,北京大学出版社1988年版,第434—435页。

了三场，再别出去胡闹。"①这与原梦颇为接榫。《红楼梦》前八十回中贾宝玉反科举、反禄蠹，在他身上有一股不食人间烟火之气，到了《红楼梦补》中他被写成入世常人，忙于场屋奔竞，乡试、会试、殿试，试试成功。这既彰显补梦追求，又是补梦效果。

捐监是指明清两代纳粟报捐入国子监为监生，这在为国家增加财政收入的同时也为读书人科举入仕另辟蹊径。《儒林外史》中周进撞号板，引得其姐丈金有余及其同行商人的同情，慷慨捐资200两银子供其捐监入场，最终考中入仕。周进捐监进场，进场前需要办照，《儒林外史》中没写，《红楼梦补》提及办照一事。

> 凤姐道："宝兄弟近来很用功，看来定的了。大嫂子说兰哥儿年纪还小，比不得宝叔叔，叫他等到明年正科再去。太太说兰哥儿既然高兴，难得他小孩子有志气，就跟他叔叔去走一回。大嫂子也不好拗太太的主意，你别管他们定不定，只管去办你的事就是了。"贾琏道："部照、监照已经现成，这里问准了，礼部里头还有要关照的话。……"②

宝玉不仅自己打拼场屋，用心科举，还一定程度上影响了贾兰，荣府的兴盛主要指望这对叔侄的努力。贾兰可能未到法定年龄，尚未有证，想进场练练手，故需办理部照、监照，这类似于现在的考试报名办准考证，现在有的考试要求"三证齐全"，那时科考入场亦需"两证具备"，这是科举考试的一项管理措施。

（二）送考、接场

归锄子对送考描绘得十分具体：

> 荣国府里自有一番调度。李贵本来专管宝玉出门的，又添派了几名老诚家人，同着焙茗、锄药、双瑞、寿儿四名小厮伺候宝玉。贾兰另有伺候的人。先在附近贡院左右找下一所精洁房屋，派定厨子、火夫、买办人等，扛抬一切动用碗盏器具、铺垫食物，在寓所妥为安顿。③

---

① ［清］归锄子：《红楼梦补》，北京大学出版社1988年版，第438页。
② ［清］归锄子：《红楼梦补》，北京大学出版社1988年版，第81—82页。
③ ［清］归锄子：《红楼梦补》，北京大学出版社1988年版，第85页。

宝玉赴考，有四名小厮陪同，为了安顿好考试住处，派定厨子、火夫、买办人等，这真实再现了富贵人家子弟进场的情景。

有关接场在《红楼梦》及其续书中多有书写，梦补所写与原梦有异，原梦中实写，梦补中虚写。原梦中是家人接宝玉、贾兰，梦补中是贾琏接贾环、贾兰出场，这样写出于新的考虑，也有新意。

> 凤姐道："老祖宗别听他的话，没有这个理。况且琏二爷也不在家，接环兄弟、兰哥儿的场去了。"贾母道："环儿不肯念书，就去下场，不过应个名儿罢了。我倒望兰哥儿中一中，也叫他母亲喜欢喜欢，不枉他这几年的苦守。"①

以上凤姐、贾母的对话中既交代宝玉接场的原委，也说明贾府掌权人对应试者贾环、贾兰的不同态度。贾兰和原梦中相差不大，贾环形象得到改写，此乃"梦补"之效。贾环的归正是作者的有意为之，"我想天下无不可感化的人，何不甄陶他同归于善？"②对贾环形象的重塑能看出作者一心向善的人生态度，此乃一厢情愿，由此老好人的态度能看出补书者对社会、人性复杂认识上的不足，归锄子的这种"美化"不能客观地反映现实、揭示人性，在艺术成就上和原梦相差甚远。

（三）候榜、磨勘

对科举的热心不只表露在积极入场上，也体现在考后对中式的期待中，对于满怀热望者来说，候榜乃十分焦灼之事，这在《镜花缘》中有十分精彩的书写：

> 一时害怕起来，不独面目更色，那鼻涕眼泪也落个不止。小春、婉如见众人这宗样子，再想想自己的文字，由不得不怕：只觉身上一阵冰冷，脚底寒气直从头顶心冒将出来；三十六个牙齿登时一对一撕打；浑身抖战筛糠，连椅子也摇动起来。婉如一面抖着，一面说道："这……这……这样乱抖，俺……俺……可受不住了。"小春也抖着道："你……你……你受不

---

① ［清］归锄子：《红楼梦补》，北京大学出版社1988年版，第447页。
② ［清］归锄子：《红楼梦补》，北京大学出版社1988年版，第389页。

住，我……我……我又何曾受得住！今……今……今日这命要送在……在此处了！"①

《镜花缘》中的这段候榜书写固然精彩，但有夸饰之嫌，不如《红楼梦补》中候榜书写平实、真实，《红楼梦补》中这样写道：

> 宝玉惟盼望揭晓之日，榜上有名。等至初九，是辰日，都知宝玉场中得意，初八日夜里，从头门上起，至垂花门止，上班的家人小厮，至老婆子们都像除夕守岁一般，耍钱的耍钱，喝酒的喝酒，不敢睡觉。等到五更以后，果有报录人等拥进府来，一棒锣声，直到荣禧堂上，高贴报条，宝玉中了第五名举人，各处早已点得灯烛辉煌，老婆子们往里头报喜，惟贾母处不去惊动，其余王夫人各处都已知道，贾琏起来，命林之孝等端正开发赏封，一面吩咐厨房备办酒席，犒赏报子。②

这里需要注意的有：一是宝玉对科举的热衷，"宝玉惟盼望揭晓之日，榜上有名"。二是"惟贾母处不去惊动"这一细节描写可谓于细微处见精神，凸显作者抒写手段的高妙。三是全面、形象、真实地再现候榜实况。虽然篇幅很短，却把候榜及张榜后考生、考生家人的反应写得真实、到位。

此外，还写到未能及时放榜的原因——磨勘。"话说宝玉正在书房与清客相公稽好古们叙谈，只听一棒锣声，喧嚷进来，忙出去查问，是贾兰中了。因有一名中式的磨勘雷同出来，重又抽换，所以放榜迟了两个时辰。"③两个时辰即四个小时，这对于候榜者来说可谓漫长的等待，等待的原因是磨勘，这在揭示科场情弊的同时也写出候榜的焦急，此乃候榜常情，透出世人的名利心重。

(四)谢师、拜同年

谢师是科举高中后一个重要环节，谢师一般不是口头上说声谢谢，常会有所表示，送钱、送物皆可。至于送什么、送多少要看是什么档次的中式，所中名次，高

---

① ［清］李汝珍：《镜花缘》，贵州人民出版社1993年版，第277页。
② ［清］归锄子：《红楼梦补》，北京大学出版社1988年版，第92—93页。
③ ［清］归锄子：《红楼梦补》，北京大学出版社1988年版，第485页。

中者家里经济条件如何，是否大方，是否懂得尊师，还要看所送之人为授业之师还是座师。座师与门生的关系在科举时代是人际交往中很关键的一层，当然，授业之师，特别是在其指导下高中的授业之师，可谓恩师，更值得感谢。

> 黛玉又问宝玉道："前儿太太叫你去，问什么话？"宝玉道："真是没要紧的，就为贾兰中了，要谢老师。凤姊姊查对上年的旧账，说他们错记了。太太问我送了房师多少赞见礼，我那里知道这些呢。"①

贾兰高中准备送礼谢师时，凤姐查对上年的旧账，发现错记了。这告诉我们，在贾兰高中前已经给房师送礼了。房师是明清乡试、会试中式者对分房阅卷的房官的尊称。是否能考中，房官的态度很关键。乾隆三大家之一的赵翼曾充任考官，他对科举考试的流程非常熟悉，写有《秋闱分校即事》《分校杂咏》，这有助于我们认识清代科举制。"红毡名纸认师生，执贽仪文草草成。修脯自行原有例，锱铢必较太无情。士如画饼宁供啖，我亦荒庄敢取盈。莫以戈戈薄羔雁，穷经人本少金籯。"（《门包》）②《红楼梦补》中提到的赞见礼好像就是这里所说的门包。"此是昔年辛苦地，敢将卤莽答群才。"③房官们如果都能像赵翼认为的这样就好了，事实上，有些房官却是"信有科场如射覆，量才人亦听拈阄。"④以为科考公平公正的考生哪里知道其考运是由一些不负责任的考官主宰的，这就难怪蒲松龄在《聊斋志异》中提出"考帝官"的设想。

科举时代称同榜或同一年考中者为同年。有的同年是同学、同乡，有的之前从未谋面，拜同年是为了结识新朋友，以期积累人脉，从中捞取实惠。科场、官场一定程度上就是名利场，彼此结识是为了结成同盟，积累社会资本。《红楼梦补》中写拜同年只是借紫鹃答话一笔带过："听说宝二爷出门拜同年去了，也没见他。"⑤宝玉考中后主动出门拜同年，这是《红楼梦》中不可能有的，原梦中的宝玉最讨厌官场应酬。这里的"拜同年"是归锄子所"补"，补技并不高妙，思想亦显落后。

谢师、拜同年皆为科举常态，这和唐代科举中的行卷、温卷在本质上有相通之

① ［清］归锄子：《红楼梦补》，北京大学出版社1988年版，第495页。
② ［清］赵翼：《瓯北集》，上海古籍出版社1997年版，第175页。
③ ［清］赵翼：《瓯北集》，上海古籍出版社1997年版，第170页。
④ ［清］赵翼：《瓯北集》，上海古籍出版社1997年版，第171页。
⑤ ［清］归锄子：《红楼梦补》，北京大学出版社1988年版，第270页。

处，都是为了拉关系。不同的是，进士行卷、温卷是考前和考官套近乎，加深印象，巩固感情。谢师大多是事后的感谢，这感谢中不只源于感恩，也有趋附之意。考官本身就是权贵，通过考官又能联系上诸多旧勋新贵，这是谢师的机心所在，显示的是士林中趋炎附势的丑俗之态。

二、科考细节与三级考试

以上从科举流程上看《红楼梦补》中科举叙事，下面再看入场（下场）的细节刻画，于此更能看出归锄子补书中对科举的热衷。第八回中宝玉对科举的态度与《红楼梦》前八十回迥然不同，即便和后四十回相比亦大相径庭。其中写出不少颇有认知价值的科举细节。

（一）一门同学

世家大族子弟在应对科举考试时往往具有文化、权势上的双重优势。"一门同学"现象十分普遍，容易形成良性循环。

> 宝玉命他坐下，问了场里头几句话。又问："你环叔叔三场都完了没有？"贾兰答道："三场都完了。"一面在袖管里取出场内做的文章，站起身来送与宝玉观看。宝玉从头至尾大略看了一遍，便叫五儿取笔砚过来。五儿送过笔砚，磨好了墨，宝玉提起笔来正要加批，又问："太爷看过了没有？"贾兰道："还没到书房里去，先送来二叔叔看了再去呢。"宝玉道："既是太爷没有看过，我不便动笔。"说着重又放下笔道："你这起讲开门见山，骊珠在握，起比未见出色，中二偶笔势夭矫，中权握要。所嫌后幅单薄了些，据我看起来，中是中的了，名次恐不能高。讲到时艺一道，原不过假他诓取功名之具，与圣贤立心行事竟是天然相反的，要知心平则无险巇之思，心直则无邪曲之私。推之，路平则行人便，水平则放舟稳。凡一切裁料造作，古人于规矩之外，匡之以绳墨，皆取乎平与直也。独文章用笔，则不忌此两字。你将来持身立行，务要反乎作文之用笔，庶俯仰无所愧怍。"贾兰应了几声 是 。[1]

---

[1] ［清］归锄子：《红楼梦补》，北京大学出版社1988年版，第468—469页。

由此可见贾府对子弟科举的重视以及应试者自身的努力，权门应试者拥有教育资源上的优势。我们往往片面地认为明代首辅张居正之子的科举高中是因为宰相滥用职权和书生沈懋学等人的趋炎附势，而忽视张家公子的实力，其实，即便没有沈懋学等人的同学，张居正之子也能科举高中，可能只是难列榜首而已。小说是现实生活的反映，由《红楼梦补》中"一门同学"可以想见世家大族的文化环境与求学氛围。

（二）考篮

考篮是科举时代考生用以盛文具、食物的提篮。《红楼梦补》中宝玉、贾兰参加乡试入场时写及考篮：

> 见李纨正看着素云、碧月在那里收拾一只旧篮子，地上摊着铜罐、风炉、竹筌、油布等物。平儿看了，不知什么用处，便笑问李纨。李纨眼圈儿一红，道："这篮子是大爷用过遗留下来的，因兰哥儿要去下场，叫他们拾掇起来，看缺的什么，还得去添补上。"平儿笑道："这些东西值得几个钱，哥儿要下场，替他置备一副新的不好吗？"李纨禁不住滴下几点泪来，一面拭泪道："你不知，东西不矜贵，因是他老子遗下的手泽。我苦苦的管教他这几年，虽然还巴不到读书成名，今儿有志观光克承父志，也不枉我抚孤守节一番，就是大爷在九泉之下也瞑目的，我所以不肯撩弃这些旧东西。"①

这里考篮写得十分具体，成功地再现了考生进场时带的考具。这是贾兰之父贾珠生前用过的旧考篮，李纨舍不得扔掉，留作念想，这也寄托了她对贾兰读书成才的殷切希望，这和原梦能很好地接上，既能成功地表达孀妇情感，又为贾兰成才找到依据。

《续红楼梦新书》中也写考篮，"芝哥儿接过行李、考篮，看篮上拴了二百京钱，重叫焙茗系紧。辞了贾政及众人，挎了考篮，解开怀，用带束住，背了行李，拿根签就到搜检砖门边来。贾琏充着小京官，就挤上去一看，只见芝哥儿到了砖门，放下篮子，有两个外班的人，便从头搜了一遍，又将篮内看完，坐褥也搜

---

① ［清］归锄子：《红楼梦补》，北京大学出版社1988年版，第82页。

了。"① 有关考具，海圃主人写得更为详细。在考篮书写上，他和归锄子各有千秋，彼此可以互相补充。没有切身体会，如此考篮书写是很难做到的，这是了解考篮很好的文献资料。

（三）考生入场后家人的心理

科举考试不只是考生的事，其周围人，特别是家人也被卷入其中，《红楼梦补》为我们生动形象地再现了宝玉赴考后家人的反应：

> 这一天，宝玉出门，到贾母、王夫人各处一走。虽然就在京里，并没离远，贾母等因宝玉从来没有出门过的，竟像宝玉此时要走几千里路的，一年半载才回来的光景，十分惦记。王夫人叫周瑞家的上去传谕跟宝玉、兰哥儿的人，都要小心，宝玉同了贾兰走出荣禧堂，早有马夫带着马匹伺候。宝玉、贾兰上了马，众家人簇拥着到寓所去了。这里袭人等早已把宝玉睡的被褥，并要替换的衣服、鞋袜等物收拾停当，叫老婆子送到垂花门外，指名交给焙茗。②

以上是贾母、王夫人、袭人的反应，再看宝钗与袭人的心理：

> 自宝玉出门后，宝钗为人大方，明知数日之别，心上安然毫无牵挂，惟暗嘱宝玉三场得意，早听捷音。那服侍宝玉这几个大丫头，倒觉得眼前似掉了一件活宝，屈指计算，有好几天不得见面。独有袭人，更加关切，巴不得上头吩咐出去，叫他们跟着去伺候才好。③

同样是宝玉身边人，宝钗、几个大丫头、袭人关心宝玉的方式不同，这样刻画既符合人物的身份与性格，又能很好地揭示彼此关系，从而更好地塑造人物形象。

---

① ［清］海圃主人：《续红楼梦新编》，北京大学出版社1990年版，第216页。
② ［清］归锄子：《红楼梦补》，北京大学出版社1988年版，第85页。
③ ［清］归锄子：《红楼梦补》，北京大学出版社1988年版，第86页。

（四）考场具况与见闻

作者还写入场以及入场后分发试卷前的情景：

> 讲到宝玉进场，这一天五鼓起来吃了早饭，便同贾兰带了众家人，小厮来到贡院前，见进场的人已人山人海。不多时，升炮开门，唱名听点。宝玉与贾兰两个，那里挨挤得上，跟去的人在稠人之中用力挤开，前后护住才得上去。听着点到自己，便应声挤上，进了头门。李贵因与衙门里多有熟识的人，瞒上不瞒下，混了几个人进去，到仪门前照应。看宝玉、贾兰点过名走进仪门，自己提了篮子鱼贯而入，从甬道上走龙门到至公堂，领了卷。宝玉与贾兰虽一样领的官卷，各自坐开，不在一座号子内。①
>
> 宝玉归号后，还陆续有人进来。宝玉命号军挂了门帘，懒怠和同号的酬应。那号房又低又窄，自出母胎，何曾见过这样房屋！虽有号军伺应，那里如得在家中袭人这一班人周到。宝玉此时已心有所悟，也不计较到这上头。等到下午时，听到外边放炮封门，胡乱用了些茶饭，天晚安寝。睡到半夜，听得人声鼎沸，宝玉惊醒起身，出号观看。只见火光烛天，都说西文场走了水了。外面巡场各官一齐赶出扑救，忽然火光消灭，各号静悄悄在那里睡觉，并未失火。知是魁星耀斗，应有文曲星在场，各官都自散了。②

此处穿插讲述了考场火光烛天的异象，这是受传统迷信思想的影响，此乃小说中的惯常写法，目的是满足读者的好奇心，以迎合其阅读诉求，唤起读者的阅读兴趣。接着是分发试卷与准备交卷的实况：

> 接着就有题目纸分来，号军接过送与宝玉观看。……正打点上去交卷，因号门未开，且在自己号中坐等片时。忽听得同号里头喧嚷起来，说："这一个人吊死得奇，怎么好好的坐着，把绳子套在脖子里就会死了？"宝玉不信有这件

---

① ［清］归锄子：《红楼梦补》，北京大学出版社1988年版，第86页。
② ［清］归锄子：《红楼梦补》，北京大学出版社1988年版，第86页。

事，便出号踱将过去，已有许多人拿了他这本卷子在那里瞧。①

再现考场情况外又有考生上吊自尽之事的发生，这是因果报应思想的作祟，已成科举书写中的俗套。《红楼绮梦》作者兰皋主人在《无稽谰语》"科场显报"（三则）中也有类似故事，《无稽谰语》《红楼梦补》分别成书于1794年、1805年，《红楼梦补》中这一书写可能受《无稽谰语》的影响，目的在于诫世，是作者向善之心的流露。

（五）会试、殿试

小说中的科举描写以宝玉为中心，注重细节描写的同时能够合理安排、详略得当。详写乡试中的入场、接卷、交卷、候榜，略写会试、殿试，简要得法。"转瞬到了放榜之日，宝玉又高中第七名进士，贾母、王夫人都喜笑颜开，亲朋道喜请酒。宝玉琼林赴宴，拜座师，会同年种种忙乱自不必说。"②这是会试，中的是第七名进士，原梦中的也是第七名，不同的是那是举人，此可谓因中有创。

不仅参加会试，而且还积极主动地参加殿试，这和原梦中的宝玉大有轩轾。"宝玉一早出门，随着同年诸进士等候殿试去了。"③传胪是殿试后举行的最隆重的仪式，曾引起多少人的关注，因此常被写入文学作品中。

> 家人一起一起的赴午朝门外探听宝玉殿试的消息。等到了上万言策后，肃听胪传，宝玉中了鼎甲第三名探花，加恩即授翰林院编修之职。游街已毕，命赐金莲灯一对，送归省亲别墅完姻，赏假一年。④

作者有意让宝玉中了探花，这是难得的功名，前梦中黛玉父亲林如海便是探花出身。唐代进士及第后有盛大庆典，活动之一便是在杏花园举行探花宴。事先选择同榜进士中最年轻英俊的两人为探花使。遍游名园，沿途采摘鲜花。然后在琼林苑

---

① ［清］归锄子：《红楼梦补》，北京大学出版社1988年版，第06—07页。
② ［清］归锄子：《红楼梦补》，北京大学出版社1988年版，第251页。
③ ［清］归锄子：《红楼梦补》，北京大学出版社1988年版，第278页。
④ ［清］归锄子：《红楼梦补》，北京大学出版社1988年版，第284页。

赋诗，并用鲜花迎接状元。这项活动一直延续到唐末。清代探花已无探花使的作用，但传统观念中探花的风光给人们留下深刻的印象。

三、《红楼梦补》中科举书写的思考

《红楼梦》及其续书中多有科举书写，与《红楼梦》相比，《红楼梦补》中科举叙事更完整，和其他红楼续书相较，《红楼梦补》中科举书写更具体、更真实、更生动，故而更值得关注。

（一）为何要补？拟补什么

《红楼梦补》是江南才子归锄子阅读《红楼梦》后的再创作，其名曰补，为何要补，这是补书的逻辑起点。在思索为何要补的同时也会进一步思考补什么的问题。"为何要补"是为补书行为张目，"补什么"是在思考具体如何补。为何要补主要体现在序言中，这也是我们研究小说为何总爱关注序言之因。为了改变原著的悲剧结局，归锄子"使死者生之，离者合之，以释所憾"[1]。为了重补离恨天，文本借助科举仕进，求取功名来改变这一切，于此，科举得第成了"释恨"的手段与途径。在原著前八十回中作者打算将宝玉塑造成反科举的人物形象，后四十回的续书者似乎没有领会这一创作初衷，将其生硬地拉回到科举轨道上，中了第七名举人，然后再让他离家出走。原梦中所谓"兰桂齐芳"的情节安排明显不符合曹雪芹的原定计划。同样在写科举，后四十回作者本想顺着原意续写，但因理解不透、把握不准、书写欠缺而留下遗憾。《红楼梦补》作者肯定前八十回的成就，否定后四十回的写法，试图"扫弃陈言，独标新格"[2]。

"补什么"是"为何补"之后的进一步思考，在确定要补时也基本想清楚该补什么。《红楼梦》的主旨作者说是"大旨谈情"，这情的内涵十分丰富，主要在于儿女之情与家国情怀，近于爱情与事业。在男女之情上归锄子认为，"此书首回写警幻仙议补离恨天，则前书未了情缘，自必一一补之。"（《叙略》）[3] "林黛玉系书中之主，

① ［清］归锄子：《红楼梦补》，北京大学出版社1988年版，第1页。
② ［清］归锄子：《红楼梦补》，北京大学出版社1988年版，第1页。
③ ［清］归锄子：《红楼梦补》，北京大学出版社1988年版，第4页。

警幻仙之抽改十二钗册，全为黛玉起见。自必筹及所以设置之处，使扬眉吐气，一雪前书中之愤恨。"（《叙略》）①在对政治的关怀上，其实现渠道就是将宝玉等贾府男性青年拉上科举道路，让他们高中入仕。《红楼梦》后四十回宝玉中举，是想证实其实力，但与前八十回的创作意图是违和的。归锄子的补书走得更远，让宝玉中探花，兰桂齐芳外，还将不肖子弟贾环培养成人，且成功地踏上科举之路。

（二）补了什么？效果如何

《红楼梦补》的"补"是补充、完善之意，是缺少什么后的添加与不足之处的完善。拟补什么是思想层面上的计划，补了什么是实践层面上的完成。前者是作者的创作预期，后者是见于文本的实现。原梦前八十回写宝玉反科举，归锄子笔下的贾宝玉热衷科举，原梦后四十回中写宝玉在乡试中中了第七名举人，《红楼梦补》除了详细写出宝玉乡试经历外，还写其参加会试、殿试以及殿试后的传胪。原梦中贾环不务正业，不可救药，《红楼梦补》却让他在宝玉等人的影响下向善归正。前八十回中没有对场屋之上具况的描摹，缺少科举相关事宜的交代与刻画，后四十回中除了贾宝玉、贾兰进场前后的细节描写外，其他有关科举描写很少，为此，归锄子在其《红楼梦补》中一一补上。

补的效果如何取决于补书者的眼光与腕力。归锄子补得如何，我们先看作者好友的评价。犀脊山樵序云："稗官者流，厄言日出，而近日世人所脍炙人口者，莫如《红楼梦》一书，其词甚显，而其旨甚微，诚为天地间最奇最妙之文，窃谓无能重续者，不图归锄子复有此洋洋洒洒四十八回之作也。"②这是在充分肯定原梦基础上对梦补的赞许，此序接着说："余在京师时，曾见过《红楼梦》元本，止于八十回，叙至金玉联姻，黛玉谢世而止。今世所传一百二十回之文，不知谁何伧父续成者也。"③序作者对原梦后四十回很不满意，"此真别有肺肠，令人见之欲呕。"④这是犀脊山樵为归锄子补书找理由，先说后四十回补得不好，需要重补，再说归锄子补得好，这是欲扬先抑的写法。"归锄子乃从新旧接续之处，截断横流，独出机杼，结

---

① ［清］归锄子：《红楼梦补》，北京大学出版社1988年版，第5页。
② ［清］归锄子：《红楼梦补》，北京大学出版社1988年版，第2页。
③ ［清］归锄子：《红楼梦补》，北京大学出版社1988年版，第2页。
④ ［清］归锄子：《红楼梦补》，北京大学出版社1988年版，第2页。

撰此书，以快读者之心，以悦读者之目。"①"前书事事缺陷，此书事事圆满，快心悦目，孰有过于此乎！"②源于交情深厚，难免过誉之嫌，好友的评价往往不够客观，因此不足为凭。

纵观此书，我们发现《红楼梦补》对科举的描写十分具体，涉及科举的方方面面，以科举叙事为途径观照文本，我们对此续书会有更准确的理解与更好的把握。梦补中写科举主要涉及贾兰、宝玉、贾环这三个贾府子弟。贾兰原本就是"学霸"，本该场屋胜出，梦补中写其胜出场屋，这很好理解。原梦前八十回中的宝玉无视功名，后四十回中却让他中举，梦补更甚，让宝玉中了探花，这改写幅度更大。原梦中的贾环乃典型的不肖子弟，梦补中将他拉上正途，捐监进场，这是颠覆性的补写。由《红楼梦补》中这三位男性的科举安排可见作者对功名的热衷，它为我们了解科举提供有力的文献支撑。

（三）补写科举的启迪

《红楼梦补》作者意在重补离恨天，想让"大观园里，多开如意之花；荣国府中，咸享太平之福"（《红楼梦补序》）③。在人物安排上"务令黛玉正位中宫，而晴雯左右辅弼，以一吐胸中抑郁不平之气"（《犀脊山樵序》）④。从而"俾世间更无一怨旷之嗟"（《犀脊山樵序》）⑤。为实现这一诉求作者习惯地动用科举这根魔棒。《红楼梦补》中多写科举主要源于三方面原因：首先是作者对科举的热望，场屋失落是很多士子人生遗憾，"是年馆塞北"⑥中透出作者治生不易的讯息：乞食他乡靠馆谷谋生，这种艰难的人生处境让他对科举怀有难却的情愫，这自然会流露在作品中。其次是对前八十回中悲剧不表示认同，不满后四十回，想写成扬眉吐气，快心悦目之作，如此翻案性小说自然会落入窠臼，科举为其提供很大的方便。再次，为了和原梦接榫，用张云的话说就是"反接"，曹雪芹创作的前八十回中贾宝玉是反禄蠹的典型，只要谁让他关注时艺，劝他走科举仕进之路，他就和谁急。《红楼梦补》反

① ［清］归锄子：《红楼梦补》，北京大学出版社1988年版，第2页。
② ［清］归锄子：《红楼梦补》，北京大学出版社1988年版，第3页。
③ ［清］归锄子：《红楼梦补》，北京大学出版社1988年版，第1页。
④ ［清］归锄子：《红楼梦补》，北京大学出版社1988年版，第2—3页。
⑤ ［清］归锄子：《红楼梦补》，北京大学出版社1988年版，第3页。
⑥ ［清］归锄子：《红楼梦补》，北京大学出版社1988年版，第1页。

其道而行之，其中的宝玉不仅自身乐意科举，还指导贾兰读书，劝说贾环参加科举考试。

爱情上，归锄子"将《红楼梦》截去后二十回，补其缺陷，使天下后世有情的，都成了眷属"①，《红楼梦补》补的是原梦。所补之缺有未写之缺、少写之缺、欠佳之缺，亦即空缺、欠缺、缺憾。所补之缺是作者的主观认定，体现的是补者眼光，未必就是客观不足。补者并无推倒重来之意，他说："与其另营结构，何如曲就剪裁，操独运之斧斤。"（《红楼梦补序》）②意在"芟尽恨事"。就是因为作者无意做大幅度的改动，结果是"创亦乃因"，也就很难有大的成就。我们知道世情小说《红楼梦》及其续书中"情""政"是两大元素，在这一点上世情小说远不如清初剧坛上的双子星座"南洪北孔"的《长生殿》与《桃花扇》，它们是"情政结合"的佳作。世情小说中的儿女之情占据主要地位，政治关怀已经沦落为对功名富贵的痴迷与追求。这类小说中的科举书写屡见不鲜，陈陈相因，仿佛作者就是一个科举迷，《续红楼梦新编》就像一本"科举题名录"。这样便使红楼续书中的"情虫""禄蠹"均无起色。《红楼梦补》中的宝玉就成了原梦前八十回中反对的"禄蠹"，大多红楼梦续书在反科举方面不如《红楼梦》，比起《儒林外史》相差更远，有的甚至走向了《镜花缘》，而整体书写水平又不及之，由此可见人类思想前行的步伐是缓慢的、游移的，有时甚至是倒退的。这正好反衬《红楼梦》的伟大，证明"凡书都不能续"③的正确。热衷科举的归锄子在其《红楼梦补》中饶有兴致、不厌其烦地写科举，结果是其思想性远不如原梦，但其详细具体的科举书写给我们认识那个时代以及时代的科举提供一手珍贵的文献资料，由此亦可见嘉庆年间失意士子内心世界热切的功名期待。

结　语

在诸多的红楼续书中《红楼梦补》中的科举叙事别具一格，全面、细致、有意义。涉及乡试、会试和殿试，详写科举细节：捐监、进场、接场、候榜、磨勘、谢

---

① ［清］归锄子：《红楼梦补》，北京大学出版社1988年版，第1页。

② ［清］归锄子：《红楼梦补》，北京大学出版社1988年版，第1页。

③ 俞平伯：《红楼梦辨》，商务印书馆2011年版，第15页。

师、拜同年等，进场叙事尤为具体，呈现了考篮、发卷、传胪等细节以及场屋奇闻、考场故事。补梦中的科举叙事是对原梦中科举书写的误解，是对原梦前八十回反科举的有意偏离，这是其续书中着意要补的，因为对科举的补写让《红楼梦补》与《红楼梦》，尤其是《红楼梦》的前八十回有了很大的不同，呈现别样的状貌。这一书写与作者身份、所处时代、写作习惯与补书追求是分不开的，其中补书追求最为关键。科举的着力书写有好的一面，那就是科举书写的全面、深入、可信，极富文献价值，也因此让续书有了独特的样貌。也有不好的一面，不好在于对科举描写的细大不捐，透出作者对科举的热衷，此不足源于对原梦的误解，他在崇尚功名时忽视了爱情，结果是禄蠹太甚，情虫不显，这是《红楼梦补》的不足，也是诸多红楼续书存在的遗憾，归锄子如此补书让此小说缺失了精神品位，又返回到世俗化的道路上。

论《小说月报》对法英文学的译介

高志强

内容提要：现代期刊登载的翻译文学在中国文学现代化进程中起到了十分重要的作用。革新后的《小说月报》"尽其能力，介绍西洋之新文学"，直接推动了新文学的创作。基于"为人生"的社会性考虑和"纠正中国旧文学弊端"的文学策略，《小说月报》译介的法国文学以小说为主，对法国浪漫主义、现实主义、自然主义文艺思潮都作了全面系统的介绍，对罗曼·罗兰的关注侧重其世界主义思想。对英国文学的译介则以诗歌为主，对拜伦的推崇并不因为他的诗歌艺术，而是因为他强烈的反抗精神。

关键词：《小说月报》 法国文学 英国文学 译介

一

在中国文学的现代进程中，翻译文学起到了极为重要的作用，翻译活动本身也构成了中国文学现代化的重要组成部分。因此，考察中国现代翻译文学，就成为探索中国文学现代性追求以及探讨中西文学文化关系的一个重要而有效的途径。1898年，梁启超在《译印政治小说序》一文中指出，"在昔欧洲各国变革之始，其魁儒硕学，仁人志士，往往以其身之所经历，及胸中所怀，政治之议论，一寄之于小说。于是彼中缀学之子，黉塾之暇，手之口之，下而兵丁、而市侩、而农氓、而

作者简介：高志强，中央民族大学文学院副院长、讲师，主要从事翻译研究、中国经典外译研究、期刊研究等。

工匠、而车夫马卒、而妇女、而童孺，靡不手之口之。往往每一书出，而全国之议论为之一变。彼美、英、德、法、奥、意、日本各国政之日进，则政治小说，为功最高焉"。因此梁启超主张要"采外国名儒所撰述，而有关于中国时局者，次第译之"①。这篇文章向来被认为是中国现代翻译文学史上最早阐明翻译文学重要性的理论文献。在这里，梁启超不仅将"小说"这种在中国文学传统中历来被轻视的文学样式赋予一种崭新的功能和意义：启发民智、改造社会，而且明确提出，这种功能并不存在于"不出海淫海盗两端"的中国传统小说中，而只能通过翻译西方小说获得，由此，他极大地肯定了翻译文学的功用。1902年，他在《论小说与群治之关系》一文中再次强调，"欲新一国之民，不可不先新一国之小说。"②

值得注意的是，梁启超对翻译小说的推崇和倡导，是基于他对小说"新民"功能的强调和"有关中国时局"的前提之上的，而对于小说本身的文学性则相对忽视。从某种意义上，这种思路似乎也预示了翻译文学在现代中国的命运：它将必然受到现实环境的制约，将在很大程度上参与和承担启蒙的重任，同时也将面临在启蒙现代性与审美现代性之间的冲突和选择。

与梁启超的理论鼓吹相呼应的，是清末民初翻译文学的高潮。据统计，晚清小说刊行的在一千五百种以上，而翻译小说又占全数的三分之二。③其中特别是林译小说，以其数量众多、译笔优美，在社会上产生了广泛的影响。尽管晚清翻译小说也存在着对翻译对象的选择较为随意、译者对原著删改过大等不足之处，但无论如何，正是这一时期的翻译文学，使国人对西方社会的风俗习惯、伦理道德和文学艺术有了初步的了解，激发了人们对于"现代"社会和文学最初的想象，并为日后五四时期的文学变革和文学翻译做好了蓄势待发的准备。

1917年，新文化运动促成了文学革命的发生。后者明确提出要建立从内容到形式都建立具有现代性质的中国新文学。由于五四峻急的反传统姿态，早期的新文学倡导呈现出鲜明的新/旧两分的思路。一方面，传统文学被认为是"旧"的和"落后"的文化产物而遭到不加辨析的激烈否定，另一方面，西方近现代文学则作为

---

① 梁启超：《译印政治小说序》，《二十世纪中国小说理论资料》第1卷，北京大学出版社1997年版，第37页。

② 梁启超：《论小说与群治之关系》，《二十世纪中国小说理论资料》第1卷，北京大学出版社1997年版，第54页。

③ 唐弢主编：《中国现代文学史》（一），人民文学出版社1984年版，第4页。

"先进"和"现代"的文学范本，成为中国新文学的现代性建构中最主要的参照和借鉴。从论证文学革新的观念开始，文学革命的倡导者们就频频援引西方文学的史实经验作为论据，胡适的《文学改良刍议》以"今日欧洲诸国之文学，在当日皆为俚语。造诸文豪兴，始以'活文学'代拉丁之死文学。有活文学而后有言文合一之国语也"为例论证语言革命的重要意义[①]，陈独秀《文学革命论》开篇则称以"今日庄严灿烂之欧洲"作为文学变革的楷模[②]；及至新文学的理论建设和各种文体的创作实践，则无论是观念还是技巧，无不深受西方近代以来文艺思潮和文学作品的影响。

现代翻译文学除单行译本外，也包括各种期刊登载的大量译作，其中，商务印书馆的《小说月报》堪称典型代表。《小说月报》（1910—1931）是中国现代文学史上出版时间最长、影响最大的文学期刊。1921年茅盾（沈雁冰）接任主编后对刊物进行了全面改革，使其从前期鸳鸯蝴蝶派文学的重镇一变而成为新文学社团文学研究会的重要刊物。这次成功的革新被誉为中国新文学运动在二十年代最重大的成果之一。作为新文学的主阵地，改革后的《小说月报》从内容到形式都发生巨大变化，翻译文学是其中极为重要的一个部分。

茅盾在1920年十一卷十二号《小说月报》的《本月刊特别启事》中宣称"自明年十二卷第一期起，本月刊将尽其能力，介绍西洋之新文学"，在1921年十二卷一号的《改革宣言》中又特别强调了翻译介绍外国文学对于中国新文学发展和对中国现实的意义。他宣称刊物"谋更新而扩充之，将于译述西洋名家小说而外，兼介绍世界文学界潮流之趋向，讨论中国文学革进之方法"，而其根本目的，则"非从事摹仿西洋而已，实将创造中国之新文艺"。可见，《小说月报》的编者是以翻译文学作为"创造中国新文艺"的重要途径的。革新后的《小说月报》设有六个专栏，其中五个栏目（即评论、研究、译丛、特载与杂载）大量刊载翻译文学，基本上各卷各期都保持了以翻译介绍外国文学为主的特色。茅盾后来在重印《小说月报》序言中回忆说，"这十一年中，《小说月报》广泛地介绍了世界各国的文学"。据本人统计，在1921—1931这十一年中，《小说月报》共刊登了三十九个国家、304位作家的804篇作品（包括创作和理论），平均每期都刊登约8篇左右的译作（与创作基本相当甚至还要多），出版了"被损害民族的文学""俄国文学研究""法国文学研究"专号，

---

① 胡适：《文学改良刍议》，《胡适文集》第2卷，北京大学出版社1998年版，第7—8页。

② 陈独秀：《文学革命论》，《独秀文存》，安徽人民出版社1987年版，第95—96页。

以及泰戈尔、屠格涅夫、陀思妥耶夫斯基、拜伦、安徒生、莫泊桑、罗曼·罗兰、法朗士、易卜生等著名作家专辑。

《小说月报》的翻译文学也直接推动了新文学的创作。当时《小说月报》的翻译者有很多同时也是重要的作家，他们的翻译不仅影响了读者，也对其自身和当时一般新文学作者的创作产生了积极的作用。茅盾后来回忆说，当时借外国文学之手催生创作的现象并不少见，边译边创作，互为推动，比较普遍。从读者接受层面来看，广大读者对《小说月报》上刊登的翻译文学也十分关注，他们渴望通过这份在全国颇有影响的杂志来了解世界文学动态和期待中国新文学的发展。可以说，《小说月报》通过其丰富的翻译文学，繁荣了中国现代文坛，更新了现代文学观念，同时也极大地拓展了中国文学的表现空间和艺术天地，促成了白话文学语体的成熟，培养了作家也哺育了读者，多层面地参与了中国文学的现代化进程。

《小说月报》的翻译文学，除了俄国文学的数量最多以外，其次就是法国、英国。但对这两个国家的具体译介情况又有不同。对法国的译介仍以小说为主，法国小说被翻译的数量在整个《小说月报》的翻译小说中居第二位，仅次于俄国；对英国的翻译则是诗歌远多于小说，英国诗歌的翻译数量居于《小说月报》译诗之首。

二

法国文学对中国现代翻译文学来说，无疑有着特别的意义。因为，近现代以来真正意义上的文学作品翻译，应该说始自林纾翻译的《巴黎茶花女遗事》（今译《茶花女》）。林译问世后，迅速风行大江南北，所谓"可怜一卷《茶花女》，断尽支那荡子肠"。有研究者指出，小说在中国文学中地位的提高，小仲马这一部名著译本，起了很大的作用。①同时，读者接受的热烈反响，也引起了随后法国文学的译介热潮，林纾一人即译法国文学23种，此外还有其他一些译者也积极翻译法国文学。大致来说，凡尔纳的科幻小说、雨果和大仲马的小说，这一时期最受读者欢迎，译者多用意译，读者关心的则是故事情节。

五四时期，法国文学的译介进入大规模系统介绍的阶段，并取得了很大成绩，在整个二十年代，处于仅次于俄国文学的重要位置。这种局面的形成，与《小说月

---

① 阿英：《关于〈巴黎茶花女遗事〉》，《世界文学》1961年第10期，第112—116页。

报》对法国文学的译介是分不开的。《中国现代翻译文学史》在谈到法国文学的译介情况时指出："五四以来新成立的文学社团，为法国文学译介作出了贡献。首先是宣扬'为人生而文学'的文学研究会，一马当先，成为译介法国文学的先锋。"①

从译介的具体情况来看，《小说月报》在革新的当年即1921年，就翻译了莫泊桑、法朗士等人的小说六篇，连载莫里哀的剧作《悭吝人》，作家研究有《罗曼·罗兰评传》；1922年译载福楼拜、法朗士等人小说三篇，此外也有诗歌散文剧作；1923年译载莫泊桑等人小说七篇；1924年是《小说月报》译介法国文学的高潮。这一年推出了号外《法国文学研究》，登载论文16篇，如郑振铎、沈雁冰著《法国文学对于欧洲文学的影响》、耿济之著《中产阶级胜利时代的法国文学》、胡梦华著《法文之起源于法国文学之发展》、刘延陵著《十九世纪法国文学概观》、汪馥泉著《法国的自然主义文艺》等，对法国文学的整体发展，以及法国浪漫主义、现实主义、自然主义文艺思潮都作了全面系统的介绍，作家研究包括巴尔扎克、圣佩韦、福楼拜、波德莱尔、罗曼·罗兰等多人。此外还译载了巴尔扎克、乔治桑、莫泊桑、法朗士等名家小说。《小说月报》以这样的学术眼光和规模推出法国文学专号，无疑极大地影响和推动了整个二十年代中国翻译界对法国文学的译介。

《小说月报》对法国文学的热情，很大程度上和它对自然主义的倡导有关。众所周知，自然主义是源于法国的文艺思潮。最早将其介绍到中国的是陈独秀，他总结自然主义的特点是"尤趋现实"，"虽极淫鄙，亦所不讳，意在彻底暴露人生之真相，视写实主义，更进一步"，并认为在中国文学的转型时期，唯有全力倡导和发展写实主义文学，才能"一扫亘古浮夸之积习，开中国文学之一大新纪元"②。陈独秀对自然主义的倡导有两个突出特点，一是鲜明的现实功用性，将其视为暴露人生及纠偏中国传统文学的对症良药；二是理论上的模糊性，未能将写实主义与自然主义文学加以准确的界定和区分，常常将两者并用或互用。

沈雁冰延续了陈独秀的这一思路，革新后的《小说月报》成为鼓吹倡导自然主义最重要的阵地。从1921年开始，《小说月报》接连发表了岛村抱月著、晓风译《文艺上的自然主义》、沈雁冰著《自然主义与中国现代小说》等论文介绍自然主义，并在1922年的"通信"栏里组织了关于自然主义的论战，在解答读者来信的同时，沈

① 谢天振、查明建主编：《中国现代翻译文学史》，上海外语教育出版社2004年版，第384页。

② 陈独秀：《陈独秀书信集》，水如编，新华出版社1987年版，第89页。

雁冰进一步阐发了自己对自然主义的倡导主张。他的基本思路，正如我们在前面的章节已经论及的，一方面是以进化论文学观为依据，以西方文学发展为标尺，从学理上论证中国引进自然主义的必要性。他指出自然主义是西方文学发展中的一个重要而必需的阶段，"他的存在时期虽短，他的影响于文艺界全体却非常之大"，以此为参照来反观中国文学，"中国的新文学一定要加入世界文学的路上——那么，西洋文学进化途中所以演过的主义，我们也有演一过之必要"。①而当时的中国文学正徘徊在古典浪漫之间，要迈进现代文学，就得先经过自然主义阶段的洗礼。另一方面，从现实需要出发，论证在中国倡导自然主义的必要性。他指出，中国旧小说在技术方面的错误有二，就是"记账式"的叙述法和主观向壁与虚伪做作，在思想上的错误有一，就是游戏的消遣的金钱主义文学观念。而自然主义真实细致的描写、实地观察的精神恰能纠正记账式描写和面壁虚造的方法，自然主义认真写出人生悲哀的态度则可以纠正游戏文学观。同时他指出，自然主义的这些特点，对初期新文学的雷同失真也有针对性。所以，从中国文学的实际问题和现实需要出发，应当提倡自然主义。②

对于自然主义文学过于从生理性物质性角度观察人生及其机械命运论等弱点，沈雁冰和《小说月报》同人并非没有发现，许多读者来信也纷纷谈到。例如谢六逸对自然主义的看法是，"由现代人的眼光看去，他的创作的态度是很不妥当的，因为人生不仅是物质的，也是精神的，而且科学的实验方法，未见能直接适用于人生。"③刘延陵则指出："他们力求把小说变成实录的心理，令他们底小说在文字底艺术上比福禄贝尔更为讨厌了；琐碎，冗长，没有生气……令后代的我们厌恶。"④读者也从他们的角度表示了反感，认为："自然主义未免太是客观，也许容易引导读者发生无可奈何底感想吧。"⑤对于自然主义这些受人诟病的地方，沈雁冰的观点是将"自然主义的文学技术"和"自然主义的人生观"截然分开，认为"采用自然主义的描写方法并非即是采用物质的机械的命运论"，只要自然主义的写作技术能够"补救"中国的"实际问题"，那就应该提倡自然主义，"但只是两条理论而已，和我们

---

① 雁冰：《文学作品有主义与无主义的讨论》，《小说月报》第13卷第2号，1922年2月。

② 沈雁冰：《自然主义与中国现代小说》，《小说月报》第13卷第7号，1922年7月。

③ 谢六逸：《西洋小说发达史》，《小说月报》第13卷第5号，1922年5月。

④ 刘延陵：《十九世纪法国文学概观》，《小说月报》第15卷号外，1924年4月。

⑤ 周志伊：《自然主义的怀疑与解答》，《小说月报》第13卷第12号，1922年12月。

讨论的实际问题不生关系。我们的实际问题是怎样补救我们的弱点，自然主义能适应这要求，就可以提倡自然主义。"①显然，与对待陀思妥耶夫斯基及人生永久性问题时的态度一样，沈雁冰在面临理论探讨与现实需要之间的冲突时，又一次采取了"搁置"的办法。从理论上看，自然主义无疑有其不足，但从现实需要，就将那些存疑之处暂时搁置，只讨论"实际问题"。但是，正如他无法将陀思妥耶夫斯基的思想复杂性从其作品中剔除一样，他也无法将自然主义的"人生观"与"创作方法"截然两分。因为文学作品的思想和艺术手段本来就是密切相关的，自然主义的观察角度、描写方法正是自然主义世界观文学观的体现和外化，仅取其"技术"而不受其思想影响，恐怕只能是一种理论上的设计而已。因此，在《小说月报》实际翻译的法国作品中，作为自然主义代表的左拉却只有一篇作品被译载，龚古尔兄弟则难觅踪影。在这里，又一次出现了在俄国文学译介中曾经出现的情况，理论上的肯定和实际的作品翻译形成巨大的错位。

当然，这种情形也和沈雁冰等人一开始未能将自然主义与现实主义严格区分开来有关，因此在早期，他们将具有客观写实倾向的作家统称为自然主义作家，如福楼拜、莫泊桑等等。而实际上，正是这些作家的作品，在《小说月报》的法国翻译文学中占了主要的位置。特别是以短篇小说著称于世的莫泊桑，五四以前他的作品就在中国广有影响，被大量译载于各种刊物，有短篇圣手之美誉。五四时期，随着各种文学期刊的出现，由于短篇小说更适于期刊发表的特性，莫泊桑的作品被翻译得更多，《小说月报》是其中主力。他的作品之所以得到译者青睐，有两方面原因。一是读者欢迎。愈之在《近代法国文学概况》中说，"自然派之大小说家中，福罗贝尔（福楼拜）曹拉（左拉）长于长篇，莫泊三（莫泊桑）长于短篇。从1880年到1890年，做的短篇小说集有二十几多册，我国人也最爱读……"②因为他的短篇小说不同于中国传统短篇小说，其"短篇的片面的描写法"别具一格，带给中国读者耳目一新的感觉。不难看出，读者的接受程度对翻译是具有相当影响的。另一个更重要的原因则在于，在当时的译者看来，莫泊桑的作品虽然同样是细致的观察与客观的描写，却没有左拉的弊端。《小说月报》15卷2号的《莫泊三研究》认为，莫泊桑的小说一方面严格遵循了"真实"的原则，另一方面"也有理想主义的影子"，而左拉

① 沈雁冰：《自然主义与中国现代小说》，《小说月报》第13卷第7号，1922年7月。
② 愈之：《近代法国文学概况》，《东方杂志》第18卷第3号，1921年2月。

的物质机械的命运观最被当时读者诟病的地方就是"使人完全绝望"。①可见，在一定程度上，莫泊桑的作品被《小说月报》同人认为是对左拉理论极端之处的一种调整，因此《莫泊三研究》的作者称左拉是自然主义"理论方面的大头脑"而莫泊桑是自然主义"创作方面的大头脑"。这也足以解释，为什么当倡导自然主义的主张在《小说月报》大行其道时，是莫泊桑而不是左拉的作品被大量译介。

还需要提及的是，另一位现实主义作家罗曼·罗兰，也是法国作家中最受《小说月报》关注的人物之一。《小说月报》12卷7号，《海外文坛消息》中数次介绍罗曼·罗兰的作品和相关研究书籍，12卷8号刊发了孔常翻译的《罗曼·罗兰评传》，15卷号外刊发沈泽民撰写的《罗曼·罗兰传》，17卷6号推出《罗曼·罗兰专刊》，除译载罗曼·罗兰的作品外，还发表了马宗融著《罗曼·罗兰传略》、张若谷《音乐方面的罗曼·罗兰》等文，并列出罗曼·罗兰著作目录。但是从整体而言，《小说月报》对罗兰的译介也表现出作家介绍多于作品翻译的特点。他最重要的鸿篇巨制《约翰—克利斯朵夫》仅在17卷1—3号上节译、连载了三期，其他作品被翻译得也不算太多。究其原因，主要还是在于《小说月报》对其的接受角度，更多还是关注于罗曼·罗兰的世界主义思想而不是他的艺术本身。1925年，罗兰在《约翰—克利斯朵夫致中国兄弟们》的公开信中说，"我不知道什么叫作欧洲，什么叫作亚洲。我只知道世界上有两种族类，一种是向上的灵魂的族类，另一种是堕落的灵魂的族类。……我和前者站在一边。"很显然，正是这种博大的世界主义眼光，使他获得了饱受西方列强欺侮的中国读者的极大好感。因此，归根到底，《小说月报》对罗曼·罗兰的接受，也更多是由于现实立场的亲近，而非艺术标准的取舍。

三

硕果累累的英国文学在《小说月报》的翻译文学中也占据了相当篇幅。但是，尽管被翻译的总量并不很少，英国文学在《小说月报》所受的待遇却仍然透露出一丝微妙的尴尬。首先，就其自身而言，与五四以前在中国翻译文学中稳居首位的盛况相比，地位明显下降。其次，与法国相比，同为西欧强国，也同样有着悠久的文

---

① 谢位鼎：《莫泊三研究》，《小说月报》第15卷第2号，1924年2月。该文在目录中为《莫泊桑研究》，正文为《莫泊三研究》。

学传统和十九世纪文学的繁荣局面，《小说月报》对法国文学的热情要明显高于对英国。

考察一下英国作品的实际翻译情况，不难发现一个突出特点，《小说月报》翻译的英国诗歌要远远多于英国小说，诗歌有五十篇，小说仅十五种。而事实上，十九世纪的英国文学无论在诗歌还是小说方面都取得了巨大的成就，《小说月报》同人在译介时何以厚此薄彼呢？我们可以分别从诗歌和小说两方面的原因来进行分析。

就诗歌而言，英国有着悠久的诗歌传统，并且有十九世纪浪漫主义诗歌的辉煌成就，拥有从华兹华斯、柯勒律治，到拜伦、雪莱、济慈，直到丁尼生、勃朗宁等几代优秀诗人，留下无数脍炙人口的诗篇。应该说，这是《小说月报》大量译介英诗的一个重要原因。但是，从《小说月报》刊发作品的实际重心和当时中国读者的普遍阅读心理来看，传统观念中不登大雅之堂的小说已后来居上，渐渐占据新文学的核心地位，因此在翻译文学领域，对小说的重视程度相对要高于诗歌。这也是为什么《小说月报》翻译了相当数量的英国诗歌，但从一般读者的接受情况来看，却并没有形成如俄国小说、法国小说那样的热潮。其次，《小说月报》的基本主张和译介倾向以写实文学为主，而英国十九世纪诗歌的成就主要在浪漫主义。当然《小说月报》主张写实文学，并不意味着它就完全排斥其他风格的作品，尤其是在最初声称"非写实的文学亦应充其量输入，以为进一层之预备"的翻译文学中尤其如此。但同样不可否认的是，在《小说月报》同人那里，"非写实的文学"归根到底是"为进一层之预备"，而不像写实文学那样是为了解决现实问题迫切需要的，对于明确主张文学功用性立场的《小说月报》来说，在英国浪漫主义诗歌和俄、法现实主义小说之间，孰轻孰重是不言而喻的。

另一方面，就小说而言，《小说月报》对英国小说的翻译情形，就更透露出其在对象选择上明显的倾向性和功用性特征。事实上，英国小说从十八世纪开始就有了长足发展，到十九世纪更是迎来了维多利亚时代的小说繁荣。维多利亚时代向来被称为"英国小说的黄金时代"，出现了奥斯丁、狄更斯、萨克雷、勃朗特姐妹、乔治·艾略特、盖斯凯尔夫人、梅瑞狄斯、哈代等一大批优秀作家，马克思倍加赞赏地称他们为"才气横溢的一代小说家"。尽管风格各异，但他们中大多数人的创作都以现实主义手法为主，也深具人道主义关怀，特别是狄更斯和萨克雷，堪称优秀的现实主义作家。《小说月报》倡导为人生的写实文学，并以极大的热情译介俄国和法国的现实主义文学，为什么对英国现实主义小说却并未表现出更大的热情呢？

恐怕仍然要从《小说月报》翻译外国文学的现实动机上考察。《小说月报》同人并不讳言他们看待翻译文学的功用性立场。他们大力译介俄国文学和弱小民族文学，主要是从其与中国国情的相似性以及"为人生"的立场出发，而对其艺术因素考虑则较少（对弱小民族文学的译介尤其如此）。论及俄国文学，强调得更多的是其社会责任感和民族使命感，是其批判社会的深度和广度，及其深厚的人道主义传统，对底层人生的真切关怀，等等。而且，从某种意义上，俄国现实主义文学这种鲜明的"为人生"特点，正是在与西欧文学的比较中才更分明地凸现出来的。茅盾的《俄国近代文学杂谭》就将西欧和俄国的现实主义文学进行了比较分析，指出西欧的现实主义作家也有对社会的批判，但只是局部的、不彻底的，俄国作家则是力图做到对整个社会和民族的批判反思；西欧的作家如狄更斯也有人道主义同情，但缺乏真挚浓厚的感情，故而让读者感到像是上层社会代替下层社会发言，而俄国作家则是真挚深刻地关注底层人生，即使出身高贵如托尔斯泰，替下层人呼号就如同他们自己的心声。①从沈雁冰的文章不难看出，密切地关注着民族命运、社会发展和普通人命运的俄国文学，比起西欧现实主义文学来，显然更符合中国知识者的接受心理。再看法国文学。本来，按照沈雁冰文章中的观点，同属于西欧现实主义文学的法国作品，也应在被疏离之列，但《小说月报》出于解决中国文学实际问题的现实考虑，大力倡导和介绍自然主义，而法国真正的自然主义文学代表左拉的作品，又无法在实际中获得中国读者的认同。另一方面，倡导者本身也并未从理论上严格区分自然主义和现实主义这两个概念。在这样的情形下，译介法国现实主义作品，就可以视作是理论上倡导自然主义的一种补充了。

总之，基于某种现实需要，无论是"为人生"的社会性考虑或是"纠正中国旧文学弊端"的文学策略，俄国和法国的现实主义小说都顺理成章地进入《小说月报》的译介视野。而十九世纪的英国小说，就其反映的现实问题来看，多数是资本主义社会暴露出来的异化弊端，以及工业文明取代宗法文明后带来的文化困惑和冲突，这些内容，在坚持启蒙立场、积极追求社会现代化的沈雁冰似的中国知识分子眼中，显然并不具备当下针对性；而从英国小说这一时期的理论建构来说，也并未出现像自然主义那样因其主张极端，而正好对中国文学具有矫正功能的文艺学说。因此，尽管十九世纪英国小说取得了辉煌的艺术成就，但正如我们一再指出的，《小说月

---

① 冰（茅盾）：《俄国近代文学杂谭》（上），《小说月报》第11卷第1号，1920年1月。

报》译介外国文学的标准并不主要依从艺术标准，尤其在人手不够、作品繁多的情形下，为"经济"原则起见，总是率先翻译那些对中国社会和文学现实最有效用的作品。因此，英国小说被翻译者相对冷落，也就不足为怪了。

但是，在英国文学家中，有一个人是受到了《小说月报》译者真诚欢迎的，那就是拜伦。1924年，拜伦逝世100周年，《小说月报》15卷4号隆重地推出了"拜伦专辑"，译载了拜伦的诗作9首，刊发了研究拜伦的论文19篇，规模之大用力之多，在《小说月报》译介的英国作家中仅此一人。在众多的英国诗人中，《小说月报》为什么独独青睐拜伦呢？郑振铎在这一期的卷首语透露了原因："我们爱天才的作家，尤其爱伟大的反抗者。所以我们之赞颂拜伦，不仅仅赞颂他的超卓的天才而已。他的反抗的热情的行动，其足以使我们感动实较他的诗歌为尤甚。他实是近代一个极伟大的反抗者！反抗压迫自由的恶魔，反抗一切虚伪的假道德的社会。诗人的不朽，都在他们的作品，而拜伦则独破此例。"① 原来，拜伦之所以受到热烈的推崇，并不因为他的诗歌艺术（虽然接受者并不否认他的诗歌天才），乃是在于他强烈的反抗精神。实际上，这种从反抗精神和自由精神的角度来看取拜伦的文化接受，早在20世纪初的中国就大有人在。早在1902年，梁启超所办《新小说》第2号上，就刊出了拜伦画像，介绍他是"英国近世第一诗家"，同时极力渲染他为"大豪侠"，"当希腊独立军之起，慨然投身以助之。"自此，这一文豪和豪侠的双重形象在中国读者的心目中逐渐固定，并且在中国社会的现实背景下，后者崇尚自由、敢于反抗的精神内涵，日益盖过了前者所指的诗歌技艺。鲁迅在著名的《摩罗诗力说》中评价拜伦，"所遇常抗，所向必动，贵力而尚强，尊己而好战，其战复不如野兽，为独立自由人道也"，"故其平生，如狂涛如厉风，举一切伪饰陋习，悉与荡涤，瞻顾前后，素所不知；精神郁勃，莫可制抑，力战而毙，亦必自救其精神；不克厥敌，战则不止"② 。直到今天，这仍是中国读者看取和接受拜伦的一个重要角度。《小说月报》的"拜伦专号"从本质上说，只是在二十年代的历史背景下，再一次重复了中国的拜伦接受中的这一文化逻辑。

---

① 郑振铎：《卷首语》，《小说月报》第15卷第4号，1924年4月。
② 鲁迅：《坟·摩罗诗力说》，《鲁迅全集》第1卷，人民文学出版社1981年版，第81—82页。

冯沅君三部小说集初版时间辨正与佚文

孙之梅　郭建鹏

　　内容提要：冯沅君的《卷葹》《春痕》《劫灰》奠定了她在现代文学史的地位，但是关于这三部小说初版时间却或各执一说，或人云亦云，造成文学史叙述的许多混乱。根据陆侃如的后记、鲁迅的书信以及《申报》的销售广告，我们可以对这三种小说集的最初版本作出基本正确的判断。另外，在检索报刊与电子文献时，发现了袁世硕、张可礼师主编的《陆侃如冯沅君合集》收冯沅君的佚文佚诗多篇，其中短篇小说1篇，文13篇（含书信10通），诗歌7首，这些文献对冯沅君早年的创作与经历研究不无裨益。

　　关键词：冯沅君　初版时间　佚文佚诗

　　在新文化运动中，冯沅君以《卷葹》《春痕》《劫灰》而著名，为现代文学史写下了动人心魄的一章，但是关于这三部小说集的初版时间，学界说法不一，《卷葹》有1926年[①]、

　　国家社科基金重大项目："南社文献集成与研究"（16ZDA183）。

　　作者简介：孙之梅，山东大学文学院教授，主要从事明清诗文与近代文学研究；郭建鹏，聊城大学文学院副教授，主要从事近代文学研究。

　　①　"1926年说"影响比较大，如孙瑞珍《和封建传统战斗的冯沅君》（《新文学史料》1981年版，第165－171页）、郭志刚主编《中国现代文学书目汇要·小说卷》（书目文献出版社1994年版）、钱仲联等主编《中国文学大辞典》（上海辞书出版社1997年版）、费振刚、温儒敏主编《百年学术·北京大学中文系名家文存1898－1998》（江西教育出版社1998年版）、杨义《中国现代小说史》（中国社会科学出版社2007年版），均持1926年说。

1927年①说，《春痕》有1926年②、1928年10月③、1929年④、1930年说⑤；《劫灰》有1928年⑥、1929年说。⑦由于没有定论，造成文学史书写的混乱，有必要进行澄清。此外发现了冯沅君一批佚文佚诗，其中的书信笔者略考时序，加以编排，以飨学界。

一、《卷葹》的初版时间

袁世硕、张可礼师编《陆侃如冯沅君合集》第15卷《冯沅君创作译文集·小说卷》，三个小说集都保留了陆侃如同一日（1928年2月25日）撰写的《卷葹》再版后记、《劫灰》跋和《春痕》后记；同书第8卷《陆侃如散论集》也收录了《冯沅君小说集〈卷葹〉再版后记》《冯沅君小说集〈春痕〉后记》和《冯沅君小说集〈劫灰〉后记》，这三篇短文是我们确定三部小说集初版时间的重要文献和线索。《卷葹》后记云：

> 再版所加二篇，《写于母亲走后》曾在《莽原》上发表过（署大琦）。《误点》是作者三年前未完稿，最近方补完的。因风格相近，故附卷末。
>
> 以上的话本该作者自己向读者说明的。只因作者秉性疏懒，故托我代说。
>
> 一九二八，二，二五，陆记
>
> （原载《卷葹》，北京北新书局一九二八年六月再版）

① 尚达翔：《冯沅君先生年谱》，见《河南师范大学学报》（哲学社会科学版）1986年第2期，第45页；徐乃翔主编：《中国现代文学词典》第1卷"小说卷"，广西人民出版社1989年版，第427页；谢冕、李矗主编：《中国文学之最》，中国广播电视出版社2009年版，第488页。

② 张泽贤：《中国现代文学小说版本闻见录 1909—1933》，上海远东出版社2009年版，第79页；刘勇、李怡总主编：《中国现代文学编年史 1895—1949 第5卷 1924—1926》，文化艺术出版社2017年版，第191页。

③ 杨铸：《冯沅君〈春痕〉的初版时间》，《中国现代文学研究丛刊》2008年版，第178—179页。

④ 李润波、张惠民：《老版本书收藏》，浙江大学出版社2007年版，第96页。

⑤ 香港中央图书馆期刊及报系刊编辑委员会编：《刘呐鸥文库目录》，香港公共图书馆2007年版，第110页。

⑥ 甘振虎等编：《中国现代文学总书目·小说卷》，知识产权出版社2010年版，第47页。

⑦ 阿英：《阿英全集》第2卷，安徽教育出版社2003年版，第337页。

按陆侃如的后记，《卷葹》再版于1928年6月，那么初版于何时？学术界普遍认为是1926年①。近日检阅鲁迅书信，发现有四封涉及这一问题。1926年10月29日，鲁迅给陶元庆的信：

> 很有些人希望你给他画一个书面，托我转达，我因为不好意思贪得无厌的要求，所以都压下了。但一面想，兄如可以画，我自然也很希望。现在就都开列于下：
>
> 《卷葹》，这是王品青所希望的，乃是淦女士的小说集，《乌合丛书》之一。内容是四篇讲爱的小说。卷葹是一种小草，拔了心也不死，然而什么形状，我却不知道。品青希望将书名"卷葹"两字，作者名用一"淦"字，都即由你组织在图画之内，不另用铅字排印。此稿大约日内即付印，如给他画，请直寄钦文转交小峰。②

11月22日给陶元庆信：

> 未名社以社的名义托画，又须于几日内画成，我觉得实在不应该，他们是研究文艺的，应当知道这道理，而做出来的事还是这样，真可叹。《卷葹》的封面，他们先前托我转托，我没有十分答应，后来终于写上了。近闻他们托司徒乔画了张。兄如未动手，可以作罢，如已画，则可寄与，因为其可以用在里面的第一张上，使那书更其美观。③

---

① 钱杏邨《阿英全集》第2卷："一九二三年始创作起，到一九二九年止，她先后发表了三个创作集即《卷葹》（一九二六）、《春痕》（一九二六）和《劫灰》（一九二九）；而这三个集子是非常有系统的表现了一个女性的生活的转变。"安徽教育出版社2003年版，第337页。钱仲联等总主编的《中国文学大辞典》中《卷葹》条："《卷葹》，短篇小说集，冯沅君著。北新书局1926年版，收《隔绝》《隔绝之后》《旅行》《慈母》《误点》《写于母亲走后》等六篇。"上海辞书出版社2000年版，第1759页。严蓉仙师《冯沅君传》："《卷葹》在鲁迅先生的关照及王品青好友李小峰的帮助下，年底（1926）由北新书局出版了。"人民文学出版社2008年版，第84页。

② 《鲁迅文集全编》编委会编：《鲁迅文集全编》，国际文化出版社1995年版，第2306页。

③ 《鲁迅文集全编》编委会编：《鲁迅文集全编》，国际文化出版社1995年版，第2306页。

与此同时，鲁迅给韦叔园和许广平的书信里也谈到《卷葹》编入《乌合丛书》一事。10月25日致韦叔园的信：

> 前得静农信，说起《卷葹》，我为之叹息，他所听来的事，和我所经历的是全不对的。这稿子，是品青来说，说愿出在《乌合》中，已由小峰允印，将来托我编定，只四篇。我说四篇太少；他说这是一时期的，正是一段落，够了。我即心知其意，这四篇，是都登在《创造》上的，现创造社不与作者商量，即翻印出售，所以要用《乌合》去抵制他们，至于未落创造社之手的以后的几篇，却不欲轻轻送入《乌合》之内。但我虽这样想，却答应了。不料，不到半年，却变了此事全由我作主，真是万想不到。①

11月20日给许广平的信：

> 提起《卷葹》，又想到了一件事。这是王品青送来的，淦女士所作，共四篇，皆在《创造》上发表过。这回送来要印入《乌合丛书》。据我看来，是因为创造社不征作者同意，将这些印成小丛书，自行发卖，所以这边也出版，借谋抵制的。凡未在那边发表过者，一篇都不在内，我要求再添几篇新的，品青也不肯。创造社量狭而多疑，一定要以为我在和他们捣乱，结果是成仿吾借别的事来骂一通。但我给她编定了，不添就不添罢，要骂就骂去罢。②

上述四则资料从1926年10月25日到11月22日，再现了鲁迅编辑《乌合丛书》收入《卷葹》的过程。第一条材料里提到的王品青，既是鲁迅提携的年轻才俊，也是冯沅君的第一任恋人。鲁迅说"是王品青所希望的"暗含了王品青对冯沅君的热爱以及鲁迅对二人关系的了解。严蓉仙师《冯沅君传》叙述这一段事情："这年（1926）秋天，鲁迅先生已经去了厦门，王品青把淦女士发表在创造社刊物上的四个短篇寄给了鲁迅先生，请他用'卷葹'作书名，编入他的《乌合丛书》之中，并转

---

① 《鲁迅文集全编》编委会编：《鲁迅文集全编》，国际文化出版社1995年版，第1972页。
② 《鲁迅文集全编》编委会编：《鲁迅文集全编》，国际文化出版社1995年版，第1400页。

托鲁迅先生请陶元庆画封面。"①鲁迅很重视此书，不顾成仿吾反对，也通融了集子体量过小的缺憾，表示"我给她编定了"。在10月29日的信中提到"此稿大约日内即付印"，11月22日给陶元庆的信、11月20日给许广平的信都说明书已经编好，尚未出版。那么会不会在1926年最后一个月出版？其实最可靠的途径是找到《乌合丛书》刊本便真相大白。幸运的是，我们找到了《乌合丛书》本《卷葹》，封二赫然写着出版时间为1927年1月，署名淦女士。按照北新书局的惯例，通常会及时在《申报》上登载广告。果然1928年2月18日《申报》刊登销书广告："《乌合丛书》之六：《卷葹》，一实价二角半。"可是这个广告时间有点迟缓，让人蹊跷。查阅《申报》，发现北新书局在1927年一年没有在该报登载广告，1928年恢复业务，就出现了《乌合丛书》的广告。王品青为自己爱的人做完这件有意义的事，原本就不康强的身体受到失恋的刺激，竟然在1927年离世了。

《卷葹》1927年出版的信息，并非全无记载，倪墨炎在《从淦女士到沅君》一文或可作一旁证：

> 淦女士是驰名于二十年代文坛的女作家。她先是在创造社的刊物上发表作品。她的第一本小说集《卷葹》，很受鲁迅的器重，曾被编入"乌合丛书"于1927年问世。该书由司徒乔作封面，画着一个裸体女子被绑在木板上，漂浮在波涛之中。②

唐弢在《晦庵书话》对初版版本信息有所补充，说：

> 冯沅君小说三册：《卷施》《劫灰》《春痕》，北新书局出版。今所见者，封面题字，均出陆侃如手笔。惟初版本《卷葹》，则由司徒乔作画，为《乌合丛书》之六，开本颇阔，内收小说四篇：《隔绝》《旅行》《慈母》《隔绝之后》。署名曰"淦"，盖犹刊物上投稿时之笔名，再版改署沅君。③

---

① 严蓉仙：《冯沅君传》，人民文学出版社2008年版，第84页。

② 倪墨炎：《现代文坛随拾》，上海书店出版社2013年版，第32页。

③ 唐弢：《晦庵书话》，生活·读书·新知三联书店1980年版，第184页。

现在我们可以明确，《卷葹》初版只有四篇，是由王品青编好交给鲁迅，鲁迅将其收入《乌合丛书》，1927年1月由北新书局出版单行本。因为初版只是权宜之计，很快就有了"再版"。陆侃如《冯沅君小说集〈卷葹〉再版后记》说《卷葹》再版于1928年6月。《申报》6月16日就登出广告："再版《卷葹》，沅君著，实价四角。""'捣麝成尘香不灭，拗莲作寸丝难绝'，这两句香美的诗，透出沅君女士的这小说集中含的深味，初版时所收为《隔绝》《旅行》《隔绝之后》《慈母》等四篇，今趁再版之机会又加入性质相近的《误点》《写于母亲走后》等两篇，较前更有精采。"这条广告信息告诉我们《卷葹》的初版售价二角半；再版《卷葹》，收文六篇，售价四角。

二、《春痕》《劫灰》的初版时间

关于《春痕》的初版时间，郭志刚主编的《中国现代文学书目汇要·小说卷》介绍说：

> 《春痕》，中篇小说，淦女士著。1926年上海北新书局出版。这是一篇带有自传性质的中篇小说，或隐或显地留有作者与陆侃如相识相爱的过程和心理。[①]

认为初版于1926年。此说所据为何？之前有二文值得关注，其一是尚达翔的《冯沅君先生年谱》，1926年条下云："同年先生《卷葹》初版。"[②]其二是贾植芳、俞元桂主编《中国现代文学总书目》，其书认为《春痕》"上海北新书局1926年初版"[③]。杨铸《冯沅君〈春痕〉的初版时间》推断，认为《中国现代文学总书目》的编者并没有见到1926年版的本子，看到只是再版本，再版本上面写着"1926年10月初版，1929年1月再版"[④]的字样。但是"1926年说"几乎是现代文学研究界的共识，张泽贤在《中国现代文学小说版本闻见录》中如此介绍《春痕》：

---

① 郭志刚主编：《中国现代文学书目汇要》，书目文献出版社1994年版，第21页。

② 尚达翔：《冯沅君先生年谱》，《河南师范大学学报》（哲学社会科学版）1986年第2期，第45页。

③ 贾植芳、俞元桂主编：《中国现代文学总书目》，福建教育出版社1993年版。

④ 杨铸：《冯沅君〈春痕〉的初版时间》，《中国现代文学研究丛刊》2008年第1期，第178页。

《春痕》，沅君（冯沅君）著，北新书局版，无版权页，不知出版时间。据
　　笔者所知，此书1926年10月初版，每册实价三角半。毛边平装，4品，右翻竖
　　排。尺寸：13.8×19.8厘米。①

　　谢冕、李矗主编的《中国文学之最》也持此说，据此得出一个结论，说冯沅君
的《春痕》是中国现代文学史上第一部书信体长篇小说。②

　　当然，也有不同意见。高凤胜在《我的老师冯沅君教授》则认为此小说写于
1927年，说：

　　　　"我主张朋友间的情感要淡而持久。然而我们的友谊何以发展得如此快，我
　　也不知道。鲜艳的花儿，祝你战过了一切风霜！"（《春痕》十四），话语虽短，
　　但含情脉脉。从两人"爱苗初长"到"定情"这段爱情生活的历程，约略地烙
　　印在冯沅君于1927年写的、由50封书信组成的中篇小说《春痕》中。冯沅君就
　　是在这样的创作与爱情的漩涡里，结束了为期三年的大学生活。③

　　既然1927年写作，就不可能在1926年出版。《春痕》是由50封书信组成，第一封日
期为1926年12月27日，最后一封为1927年5月20日，从常理上看也不可能故事未写
完就出版。

　　《春痕》再版时附陆侃如后记，时间是1928年2月25日。杨铸推断，认为再版时
关于初版的时间有印刷错误，他认为初版日期是1928年10月④，由于此本版权页无出
版日期，证据是书封正下方横排的"1928"。

　　对这一问题，我们发现一些资料，或可提供新的思路。钱杏邨《女作家笔下的
女性》写读《春痕》之感，落款日期为1928年8月22日⑤，说明此时《春痕》已经出

　　①　张贤泽：《中国现代文学小说版本闻见录（1903—1933）》，上海远东出版社2009年版，第79页。
　　②　谢冕、李矗《中国文学之最》："《春痕》是中国现代第一部书信体长篇小说。"中国广播电视
出版社2009年版，第488页。此时，蒋光赤的书信体长篇小说《少年漂泊者》1927年2月已经出版三版。
　　③　山东省政协文史资料委员会编：《山东文史集萃》（修订本）下集，中国文史出版社1998年版，
第415页。
　　④　杨铸：《冯沅君〈春痕〉的初版时间》，《中国现代文学研究丛刊》2008年第1期，第178—179页。
　　⑤　阿英：《阿英全集》，安徽教育出版社2003年版，第337页。

版。另《语丝》1928年7月30日、《申报》1928年8月20日、21日所登载的《春痕》销书广告，有出版社、书价、内容简介，当不是预售广告，而是已出广告。①另《春痕》陆侃如《后记》转述了作者关于此书的三个信息：一是此书由五十封信组成，历时五月；二是此书并无长篇小说的结构，但小说女主人公的性格、故事是衔接的；三是取名来自首二字。这应该是小说全部完成后的信息。后记最后括号里有云："原载《春痕》。上海北新书局1929年出版。"这里包含两层意思，第一层意思说此后记原载于1928年的初刻本；第二层意思说1929年再版时同样作为后记。从第一层意思看，后记写于1928年2月25日，出版应该不会太远，7月底前初版，钱杏邨8月22日读该小说合情合理。

《劫灰》由《劫灰》《贞妇》《缘法》《林先生的信》《我已在爱神前犯罪了》《晚饭》《潜悼》《EPOCH MAKING》八篇组成，后加陆侃如的《跋》。陆侃如的跋文交代此集前情后缘：

> 《劫灰》是作者的第三小说集。她的小说分集大概视风格与题材而定，而风格与题材又可察命名与题词而知。……独这第三集是合若干篇风格不同题材各异的作品而成，想不起一个适当的命名，故即以首篇之名名全集，而题词"我瞻四方，蹙蹙靡所骋"二句也只能代表首篇。总之，这一册是杂碎。各篇中有的在《语丝》《莽原》上发表（署沅君或大琦）；有的在《现代评论》上发表过（署易安），只有《潜悼》《EPOCH MAKING》二篇是作者未发表的近作。
>
> （原载《劫灰》，上海北新书局一九二九年出版）

陆侃如的后记会让人产生误会，以为《劫灰》的初版时间是1929年，事实此集初版最迟不晚于1928年5月14日前，因为《申报》1928年5月14日已登载《劫灰》的推销广告；1929年8月24日又登广告，称"二版《劫灰》，沅君著。实价三角半"。显然1929年版不是初版，而是二版。两个版本都附着陆侃如的后记。

---

① 《申报》同日还刊登《语丝》四卷三十三期出版广告，查《语丝》四卷三十三期的出版日期为1928年8月13日。同理，《春痕》也不可能是预售广告，而是已出广告。按《语丝》上的《春痕》广告时间，《春痕》的初版应在7月30日之前。

三、冯沅君的佚文佚诗

关于冯沅君相的创作、译文、研究论著，袁世硕、张可礼二先生编的15卷本《陆侃如冯沅君合集》搜罗甚备，但因年代久远，冯、陆早年的文章有不少发表在报刊上，难免挂一漏万。随着民国报刊数字化，尘封的报刊文献陆续面世。近日翻检报刊与其他电子文献，发现了二十余篇冯沅君集外佚文佚诗，以飨学界。其中小说1篇，文13篇（含书信10通，书信另列一节辑考），诗歌7首。《买烧饼》是短篇小说，所叙故事为一女子考女子大学失败后的经历，如为自叙，可弥补作者上国立女高师前的一段空白，其中的意蕴与散文《敬与爱》产生互文关系。其他诸文或于经历、或于思想都可丰富对冯沅君的认识。

买烧饼①

自从考某女子大学落第后，我所感受的实在不只精种上的痛苦。固然我也有作女学士的野心，我也知道像我这累次名落孙山的人要受人家轻视；但是在我这每天肚子总因要东西装而咕噜过多次的人，觉得作女学士的滋味也许不及酒醉饭饱时的滋味好：轻蔑的眼光总不能损我分毫，而三天不吃饭便要头晕眼花，不能再支持。换句话说，精神的痛苦可以说抵不过物质的痛苦。

虽然京中我也有同乡，有同学，但是我来京已将两月了，现在学校既考不取，南北交通又因战事而断绝，说不定要在此漂流多久。纵然我的面皮比城墙还厚，谁家乐意老养着这"一不能作工，二不能卖钱"的净吃白米大馒首的动物；这便是我冒着大雨从人家搬出的原因。

为了住处的问题，真叫我大费踌躇；就我的经济状况论，自然应该住坏公寓；但是坏公寓内住的大半是我们那里所谓"混鬼"。住好的罢，其中虽有家眷及女学生，而差不多都是每间房每月要五六元，茶水伙食还在外。左思右想，女子是社会上视为易损坏的物品，我虽不甘以易损坏的物品自居，但随俗雅化，究竟是人生处世之大道。于是我本着"千金之子，坐不垂堂"的主义，决然毅然选择个头等公寓住下。

---

① 《京报·副刊》1924年第1期，第5—7页。

　　住处问题是与吃饭问题有关系的。我现在手里只有十一块，我既不能找到相当的职业，在这人浮于事的北京，又少有经济关系的朋友亲戚，而公寓房钱一月要开销八块，茶水钱要一块半，试问这两块半钱如何能支撑一个月？固然南北交通一恢复，我马上就可回家；但是你知道这些英雄好汉，那天方兴尽收兵？故不得不从长计较。一块钱现在可以二百六十个铜子，两块半钱平可换六百五十个铜子，平均每天只有二十一个多铜子用在吃饭上。烧饼两个铜子一个；一顿一碗面一个烧饼绝对吃不饱，倒不如吃五个烧饼，喝点开水便宜，又省得到饭馆去只吃几个铜子的东西，招堂倌看不起。可是烧饼谁买呢？教公寓的听差去买，他们一定要笑话，只好自己去买罢。于是决定每天傍晚上街一次，买上十个烧饼，一个子的盐，回来时向茶房要壶开水，将房门从里面扣上，将盐放在开水里，吃烧饼，喝盐开水。

　　买烧饼是谈何容易的事，所有卖烧饼的都仿佛一个先生教的似的，都是摆在大街两旁，行人往来的地方；而在摊旁吃烧饼的，大都是做苦工的兄弟们。当你走进烧饼摊时，这般穷兄弟都张开他们那双眼睛，异常惊异的向你望着，意思好像说：烧饼不是好吃的东西，我们这穷鬼吃是应该的，怎的你小姐也来买了？我经他们这满含惊异的眼光一看，真羞得连头都抬不起来，只想向他们哭诉道：兄弟们你别看我褂儿裙儿穿得还整齐，那里知道我还不如你们。你们每天还有点儿进款，此外还有那些衣冠楚楚，姿态雍容，"像煞有介事"而实无事，三五成群，专在任空中乱钻的人，他们一见你到烧饼铺或烧饼摊去，便站在你的一旁，"指桑说槐"的说轻薄话给你听。呵呵，这些肮脏气岂是笔墨所能尽述。

　　今天傍晚又照例提着大口袋去买烧饼，谁知因为今天下午有人来寓闲谈，出去的晚了，向来卖烧饼给我的铺子的烧饼，都已经卖完了，没有法子，只好再往北去找，好容易找到街北头，而他的烧饼又冷了，为免除腹中饥火中烧的痛苦，真不愿再找了，权请卖烧饼的检五个放在炉中热热吧。不料正当我在摊旁徘徊等烧饼热的时候，忽然从摊旁绸缎庄里出来一对阔人。男的看上去大概有五十多岁了，头发已有小半苍白的，大胖身材，满脸横肉，口边微带点胡子，身穿深蓝色花丝葛夹袍，元色起花的缎了马褂，走起来一摇三摆，大似浑身的肉都在衣内乱战。女的看去只有十六七岁的样子，湖色花缎夹袍，袍的周围镶着洋行里卖的八九毛一尺的黑色上起五彩花的花边，脚穿底子有二寸高的蓝色平金花鞋，肉红色的丝袜子，头发烫得虚腾腾的，两个耳朵上都垂有两朵软发，宛如戏台上武生帽旁的绒球。钻石和珠子镶嵌的压发，一闪闪直和绸缎庄门口悬的电灯争光。面上不用说是满面脂擦的"有红似白"，配上两个翡翠坠，娉娉婷婷紧跟着那位阔佬倌，大有投到他怀里要他抱着走的神气。我不见她还好，一看她心上立刻变了种种复杂的情感。羞赧？不是。我并未作什么贬损人格的事，虽然我自己来街上买烧饼。恨罢？我恨谁。然与我素无仇怨呵。原来她不是别人，是我的母校K省第三女师的高才生C女士，现在某大政客的如夫人。想当日五四运动救国时候，侃侃登台。三千多的听者闻其言论，无不感动泪下，誓为学生的后援，不独是女学界的优秀分子，简直是K省学界的领袖。谁会想到前后只是五年，竟截然成两个人儿。金钱！势力！可怕阿！我和她虽隔班的同学，但是我是她的近同乡，所以她一见我登时面上也发红起来，欲待装不认识，又因相离太近，平日关系太切，只好利用她的机变的天才，马上将惭愧的情感，用傲慢的态度掩遮起来，把头轻轻一点，说："不想在这个地方会遇你，买什么？"我是正想向她辨明，我不是这样卑下，竟来亲自买烧饼。（我虽说知道这烧饼不是贬损人格的事，可是当时我委实觉得难为情。）可是我的话还未出口，她已经同她的什么老爷，旁若无人的上汽车了。我只有抽了口气说："倒霉！"

烧饼烤好了，装大口袋里，提了回来，向茶房要了壶开水，关起门来仔细咀嚼。虽然吃下去胃里未免有点扎的荒，可是终于不饿了，精神也较未吃之前格外兴奋，抓起本《古文观止》，翻出陶潜的《归去来辞》，打起那抑郁顿挫的调子正襟危坐的读起来。

张静庐君的《单恋集》①

我在家中坐得太寂寞了，乃到文化书社去找新出版的文艺作品来看，不想这次找聊的结果，更使我感到无聊。

文化书社在开封算是比较新的书社，以前我曾经去过两次，虽说规模小小的，然而杂志一类的书还不少。谁知时过境迁，只剩了一案，几架破败不堪的书。惆望的心情一见这的寂寞的景象，我本就想走，可是心中又觉得进店来而不买一点东西出去，似乎不大好意思，遂买了一本张静庐君的《单恋集》。为

---

① 《京报·副刊》1924年第4期，第8页。

的是张君的名字，我仿佛常听到似的。而且近来描写恋爱的作品，不是得意人的夸耀，便是失意人的悲泣，千篇一律，很教人看腻了。此书的名儿，即如此别致，想，中许大有可观。

记得《卢森堡之一夜》上有句仿佛这样的话“爱情与轻薄是难以分别的。”这话中委实有几层真理。这不必援引往古，只看现在那般轻薄子弟，那个不是挂着恋爱的招牌！然而此二者也只是难以分别而已，并非不能分别。我以为真正的爱情，总是真挚尊重对方的人格的。在尊重人格的范围内，就是过分亲昵点，都不要紧。不然就是不很重的话，也是轻薄，或不道德。试看这本书中所写的若“旅馆之一夜”、若“似曾相识”等篇，简直是流氓或拆白的行为，曾把对方看成人吗？曾有丝毫真情吗？

我并不是说文艺应该表现反映人生的良善方面，不该表现反映人生的丑恶方面。我承认表现善与表现恶的文艺，在文艺之国中有同等价值。但是我最不满意张先生以单恋名此书。若果恋爱是这样，我劝人们都不要歌颂恋爱，尽可以把恋爱看作洪水猛兽，并且祈祷上帝将人们心中的恋爱种子都拔出而用火烧焦。

不道德的文艺也有好的，我又不是研究道德学的，似可不必如此在文学的内容上苛求；但此书的描写表现艺术似乎都欠缺的很。因为他不使读者读后对弱者同情，觉得此社会的污浊，只像喝白开水，没有一点儿味道。

也许除却我这无聊的外少有人看他，我似乎不值得为他写许多。不过我觉得这种东西最好是都不要看，免得费去冤枉的时间与金钱，遂觉写了这几句。

附言：我向来有不大欢喜称赞人的，而喜欢信口雌黄指摘人的短处（其实也不见得是短处），但是同时我承认人家也有指摘我的自由，所以我对于别人对我的批评总是默然。

日记的一页①

连日学生们送了不少Albums来，教给她们题几个字。我是最怕写字的，自从我作小学生时就如此。给别人题字尤其使我怕，这对于我简直是个Punition，我将被迫去出丑。但这些Albums却引我不少趣味，这是别人在上面留下的踪迹。我在上面看见从相片上剪下来的青年男子的人头，我看见用秃毛笔，淡墨

① 《青年界》1937年第12期，第89—90页。

画的大兔子，我看见尘干了的花瓣，……这都使我冥想Albums的主人以及她们朋友的奇想，慧心，滑精的性格。在题词上更可以看出将毕业的学生的惜别，彷徨的心情。在一个本子上写着：

一年的同宿舍，四年的同课堂，我们合了俩人的力量作许多坏事情。

冬天就偷煤藏在床底下，等到晚上，烧上炉子。两个人变成了煤黑子，皮着睑，披着大衣，在呵手，将炉门挡上一个大脸盆。斋务刚一走，我们就笑出泪来。我看她是小花脸。她看我是小丑，我们跳起来，脸盆也跳起来给我们打锣。

考试来到了，我们就骂书，摔书，书页子变成一只只的白蝴蝶在床上、桌上乱飞。

我们四年的日子也就像书页子那样乱飞去了。

而今我们要开始大人生活，不许笑，不许骂。一棵白杨树遮着白楼角，你还能再想到他，也许有点暖意，那会惹你落泪。

另一个本子上写着：

六年同学们融洽的情感加厚了生活力，暖和了心。不希望同学们放些美丽的吓人的辞藻在上面，只渴望能写些朴实的日常生活的片段，和一些忠恩的对好朋友应说的话，好等到将来这些珍贵能逗引我重回到这快乐的圈子里来打个转子。

还有，还有，词句虽有工拙的不同，而所表示的情致则极近。"人言愁我亦欲愁"，这些感伤的词句直把我带到惆怅的氛围中了（四月十日）

敬与爱①

在风行一时的万世师表里，女主角方尔嬷曾说："她愿意一切人都喜欢她。"这句台词颇能道出女子，尤其是青年女子的心理。爱是人人需要的，青年女子更视他为无上珍品。她们需要家人父母兄弟的爱、朋友的爱，尤其是异性的爱。异性的爱往往变成她们第二生命。为了他，她们甘愿，有时竟是盲目的贡献出自己的一生。

这种心理是错的还是对的？在我看来是错的，至少其中有一部分如此。生在中国目前这个男女尚未真正平等社会里的女人，首先应争取的是别人对我们

---

① 《松辽文化》1947年第2期，第10页。

的敬意；其次方说到爱。不含敬意的爱，不独应该贬值，有时真可以说是一种侮辱。人可以爱他所尊重的，也可以爱他所鄙视的。我们不都曾爱画眉鸟、哈巴狗吗？孔子与子游论孝，曾说："至于犬马皆能有养，不敬何以别乎？"孝如是，爱也是。一个堂堂正正的人，不论其为男女，应该不愿接受这种无敬意的爱。觉悟的娜拉，所以决然毅然走出她曾以为幸福的"玩偶家庭"，就是为受不了那种不敬的爱，含有侮辱毒素的爱。可是不幸，目前我们女人所遇的爱，偏偏少有敬意。

敬的获得确比爱难，同时敬接授也不似爱那样容易。就给予者说，敬的成分理智多感情少，爱则反是，我们诚心敬重某人，是因为佩服他的品性才能，爱呢？他的产生可能由于一时的冲动，纯粹官能的满足。故敬的给予，常不似要爱那样随便。就接受者说，爱富于诱惑性，像糖、像酒、软绵绵的，使接受他的人陶醉，昏迷；敬不然，他没有爱这种魔力，他带点硬性，像清茶、故敬的接受，常不似爱那样热烈。过去千百年畸形的社会制度，残酷的减低了女人的才能，缩小了女人的眼光，因之在今日的社会里，还有不少男人，有意无意的用爱画眉鸟、哈巴狗态度去爱女人，也有许多女人不知不觉的自足于这种爱。而敬的给予与接受，在男人是吝啬的，在女人是淡漠的。

女人们谁不希望男女平等，但我们要知道真正的平等是基于彼此人格的尊重。我们应该改正我们的错误的心理，将敬与爱调换个位置。为了敬的获得、我们应该准备下巨大的代价——砥砺品性，努力工作，献身于人群幸福的增进。

月夜杂感①

我慕岭间云，卷舒意自如。尤羡天边月，莹澈四海隅。何独落拓人，穷蹙滞帝都。耿介知音少，寥廓旅情孤。严霜被皋兰，渺渺独愁予。流光不可接，搔首屡踟蹰。

言怀去年月，皎皎耀古汴。清辉盈迷除，明河净如练。相将至西园，慰此尘游倦。籁芋敛林薄，手抚鸣琴荐。阿母怜我痴，嬉游无斥谴。弄我双小鬟，扑萤挥纨扇。我歌儿时曲，四座为欢忭。流年暗相催，韶光逝飞箭。一为辞故里，时事又变迁。南州隔山河，别此便眷恋。

---

① 《金陵光》1926年第15期，第1页。

孤影怯秋灯，客心转悄寂。窗明此何色，寒月照霜白。何处豪华家，极宴娱嘉客。玉盘荐珍羞，金樽泛缥碧。妙舞河汉回，浩歌金石裂。漏尽天欲曙，饮乐殊未极。焉知河南北，茕独为沟瘠。

初夏游公园①

雨后园林净如洗，杨柳丝丝夕阳里。昔时十里照水红，只今惟有青莲子。

北河沿晚步

幽渺寒潭凝碧玉，上有垂杨如绿幞。夕阳树外透光来，一抹独照板桥曲。

晚坐寄莒君

黄昏小院抱愁坐，篱畔虫声已报秋。栏曲怀人应惆怅，沈沈暮霭堕层楼。

薄暮自大学归

萧条又值晚秋天，横舍疏钟度暮烟。衰柳岸边间伫立，寒流深处夕阳寒。

四、冯沅君书信辑考

冯沅君的书信在袁、张二先生编的合集中没有进行专门搜集编辑，估计其书信往来皆为草书，辨识较难；从所看到的书信，很多不具时间，判定顺序也较繁难；还有书信散落各处，收集起来不易。凡此种种，导致我们难窥其貌。没有书信这种私人化文件，研究其人很难丰满起来，期待将来搜集整理冯、陆与家人师友的往来书信，我们的发现或可抛砖引玉。所录书信来自《胡适遗稿及秘藏书信》7通②，《胡适来往书信选》1通③，《清晖山馆友声集·陈中凡友朋书札》1通④，《性别·社会·人

① 《国学月报》1927年第2期，第1页。

② 耿云志：《胡适遗稿及秘藏书信》36，黄山书社1994年版，第610—617页。

③ 中国社会科学近代史研究所中华民国史组编：《胡适来往书信选》下，中华书局1980年版，第119—120页。

④ 吴新雷等编纂：《清晖山馆友声集·陈中凡友朋书札》，江苏古籍出版社2001年版，第397页。

生》1通①。因为这些信函书写时间或只有月日而没有年，笔者略做考述，补足其年；或没有任何时间信息，根据信函内容及相关资料，考出大致时间。现将信件依时间先后编排如下，并加按语。书仪按当下行文习惯。

适之先生：

因环境的压迫，我不得不抛却可爱的学生生活，而来南京金陵大学给陈斠玄先生代课（他往广东去了）。幸而功课每周只有八小时，尚未全将精神和时间赏给人家。听说先生很关心我的事，所以将我的现状说说。以后有见教的地方，请寄信至金陵大学文科办公室。

致祝健康！

生冯淑兰上

二月廿一日

按：斠玄，陈中凡字。陈在《悼念胡小石学长》一文写道："1924年秋金陵大学改组国文系，才回到南京。和他共事不到一学期，我就应广州中山大学之约，匆促南行，于1926年春北返。"②《陈中凡年谱》1924年12月，陈应广东大学校长邹鲁之聘，任该校文学院院长兼教授。1925年，任广东大学文科学长兼教授，年底离穗返宁。③按此推断，此信为1925年所作。

适之先生：

关于宋之时玉田的年岁，确有我和先生计算未亡的不同，故结果微有出入。但所谓"三十三"者实非笔误。我当时曾同侃如说，《四库提要》谓宋亡时玉田年三十三不可信，宋亡之时玉田实三十二，侃如听错，故如此说。前年暑假要作玉田年谱，此稿去夏交朴社印（今未印成）。载北大研究所月刊，先是不完备得很，许多眼见的材料都未收入，现在奉上月刊一册，请先生指正。

承询下半年行止，至感。暨南约我下半年讲词或词史等课，我也不量力的

---

① 沈智著：《性别·社会·人生》，上海三联书店2010年版，第279页。

② 郭维森编：《学苑奇峰·文史学家胡小石》，南京大学出版社2000年版，第39页。

③ 姚柯夫：《陈中凡年谱》，书目文献1989年版，第19页。

答应了。友人查若兰女士，女师大理化部毕业，年来历在安徽省女师等校任算学、物理诸课。近其家中因继嗣问题，和亲族们发生许多纠葛，因此她很希望到上海一带做事，好避免那些无聊人的搜刮。她家中极清寒，只有祖母和母亲二人。前几天她的祖母死了，她的姑母们（假托她祖母的命令）强迫她母亲立已放逐的养子为子嗣，益要将她家中多半家产即她母女的私产全霸占去。后来虽然花了许多气力，弄的养子为嗣，家产子女均分，然那些鸥鹀般的妇女和亲族们仍然据在她家里胡闹。这种情形，朋友们知道自不免代她着急，因此恳求先生，如果遇有聘请中学算学、物理教员的，给查女士帮帮忙。

生淑兰

七月三日

雪林女士通讯处为吴淞路底海山路德康里西七八九号张寓。学生侃如附奉。

按：信中涉及南宋张炎年谱的文章，此文发表于1926年《北大国学门月刊》第一卷第三期，题目为《南宋词人小记二则：玉田先生年谱拟稿、玉田家世及其词学、张镃传略（附录）》。信中说到暨大任课，为1927年秋应暨南大学（上海）国文系主任陈中凡之邀，故此信完整时间信息是1927年的7月3日。

适之先生：

芝生信已转给侃如。常烦您转信，又抱歉，又感谢。

芝生来信，介绍陈寅恪给我，这种办法未免太荒谬，我决意谢绝。

芝生所得的报告，我认为不尽可信。因为：

（一）庄父已死，冒庄信亦如此言，而报告者谓庄父尚存，且任海门釐捐局事。

（二）海门小县，向无釐捐局，且闻釐捐已废，局尚不存，何处任事？

（三）报告者谓其妻与庄认识，并知其为陆氏未过门的媳妇，而报告上始则以庄为张，继则言系传兄之误，前后抵牾。

（四）淮西（我的次兄）亲访陆家的报告，再三言人口是实，其家中用人数目亦调查甚悉，而未言及其家媳妇。

且报告者有袒庄及捣乱嫌疑：

（一）其妻既与庄认识，则其报告来的多感情作用，未可信为公允。

（二）侃如暑假回家，听其家人说前数日有口操北音的青年到他家，自称为我的未婚夫牛汉阳，并说我同他的婚约未解除等鬼话。侃如父问及指导他来的人，他所说者竟和报告者好多相同。我与牛氏婚约解除已三四年，河南教育界人士都知之；牛汉阳久休学家居，他家又是视出门为畏途的土财主，决不会因我与侃如订婚而跑到海门，牛汉阳在天津南开中学尚未毕业，又未到过他处，如何认识隶籍通州的报告者。因此我认为到海门的牛不是真牛，指使者即报告者。

其实这些辩解也不过顺便同你谈谈。如果侃如的家长将庄亲笔所写的解约人同影印登报，并在官厅存案，这般坏东西也无所用其伎俩。不过侃如父亲因为芝生说他欺骗，曾函芝生打消婚议，现虽经侃如托人劝得回心转意，尚持非芝生先向他赔罪，不愿存案登报。芝生虽说愿意赔罪，但非陆家先登报存案不可，且又介绍陈寅恪，更不知他有无赔罪诚意。我想还是侃如父亲可以情感动，不似芝生别有用心。故今天劝侃如寄信，请求他别同芝生计较，先办存案登报等事。您以为如何？

生淑兰上
四·一二

按：陆侃如于6月9日（四月二十二日）写信给胡适，其中云："昨沅君接芝生信，据云又得报告，知我确已离婚，不过是结婚后的离，不是订婚后的离。报告来源与前几次同。"[1] 由两信可知，冯陆二人的婚事遇到前老家所订亲事纠缠，其间冯友兰（芝生）掺入其中，节外生枝，竟然要让爱妹另择贤婿陈寅恪。设想当年陆侃如压力不小，毕竟陈寅恪各方面条件不让自己。据《冯友兰先生年谱长编》，谱主曾于1928年1月7日、9月8日两次致函胡适，1929年1月21日赴沪，24日主冯沅君、陆侃如婚礼[2]。冯友兰的两封书函竟然保存在《胡适遗稿及秘藏书信》中，从信中我们可了解当时的细节。1928年1月7日函：

---

[1] 耿云志：《胡适遗稿及秘藏书信》34，黄山书社1994年版，第609页。
[2] 蔡仲德编撰：《冯友兰先生年谱长编》，中华书局2014年版，第94—95、99、106页。

陆君英年高才，与舍妹婚事，学生个人甚预玉成，但家慈于去年返河南原籍，现不在京，正将先生及子师盛意由邮转达俟，得复信当即可决定一切也。①

9月8日冯友兰致胡适函：

近接侃如来信，知与庄女士关系已断，并经律师证明。学生即据此与家慈婉商。家慈虽仍不免疑虑，但已允听舍妹自决，不加干涉，此事可谓告一结束。

侃如与舍妹现可宣布订婚，宣布方法除发帖通知朋友外，仍请董康证明，并登报宣布此层。学生已与侃如信言及知。②

由此可知，1928年1月7日冯友兰给胡适信，当属反对二人婚事，经过胡适、蔡元培等人的斡旋，同意了婚事，9月8日的信正是最后的表态。1929年1月24日（农历一九二八年十二月十四日）终于冯陆结成百年佳姻缘。《冯友兰先生年谱长编》记载冯陆上海婚后，谱主代表家长前往海门陆家，月底返回北平。此信作于1928年。

适之先生：

珂罗倜伦说，他曾做一篇《论原始的中国文》，登在一九二〇年的《亚细亚》杂志上。据说这篇文章曾论及《论语》《孟子》《左传》的"吾""我"的用法。不知先生处有此杂志否？若有，甚望赐阅。

生沅君

昨晚林君迫我同至先生处，幸先生不在家，不然我更不安了。他已定回北平就汇文了，请释念。张为骐函想已通览，他忧《诗学丛书》不知何所指。我想，为中公预科国文分班，可否留一二班给他？皖峰病渐愈，已可吃稀饭，请放心。

学生侃如

新月书店编辑及营业物部主任是谁？便希示知。

---

① 耿云志：《胡适遗稿及秘藏书信》36，黄山书社1994年版，第594页。
② 耿云志：《胡适遗稿及秘藏书信》36，黄山书社1994年版，第597页。

按：冯沅君与陆侃如同信写给胡适，没有日期。考陆侃如信中提到张为骐的事，张为骐于1929年9月27日（八月廿五）致函陆侃如："去冬适之先生说，想叫你编部《诗学丛书》，此须约人合写，故以为询。"①《胡适日记》1930年2月14日云："下午陆侃如来，我知道他是发起开会之一人，极力劝他们不要使马君武先生不安，第二不可以去就争我的去就。他答应了。"②这是此信后目前能见到的有关陆侃如与胡适交往的仅存文字。依上断定，此信在1929年9月之后，1930年3月2日前。

适之先生：

那天从先生那里出来后，便依先生的意思打了个电报给侃如。今天他来了封快信，使我很不高兴。他说："十一日安大全体教授开会，选了九位教授组织校务维持会。这个会是丁绪贤先生为主席，张慰慈、何奎垣诸先生为委员，侃如也是九委员之一。他还说杨亮功先生说如果齐宗埌不愿代教务，李民之不愿代文学院，则由他代文学院或教务。"玩其语气，似颇得意。侃如本来是比我喜欢活动的，但我认为并不是他的长处。年轻人只应该本分的读书教书，不应务外。若果不守本分则不但误事，而且耽误了自己。这是我的迂腐的见解。因此，我接了他的信后便复他一封快信，劝他少揽闲事。先生赞成他这样吗？如果也不赞成的话，请先生费神劝劝他。

还有徐旭生先生那里，因为侃如嘱咐不接他的电报，不要去接洽，故至还未去谈过。先生看，再迟几天可以否？如果去见徐先生时，要不要再申叙辞职之意？另将事实说明。传单电报给他看可以吗？请先生给我个回答。这真是舍我不可的事，又麻烦先生了。

张骥伯自保定回来了，去见过先生了吧？敬祝健康！

生沅君敬上

三月十三日

侃如的意思是留在皖辞女师大（他不晓得先生见徐先生洽谈的结果），但我是赞成他早点过来，如果不能的话。

① 耿云志：《胡适遗稿及秘藏书信》34，黄山书社1994年版，第273页。
② 胡适著，曹伯言整理：《胡适日记全编（1928—1930）》，安徽教育出版社2001年版，第671页。

按：杨亮功在1930年6月—1931年间任安徽大学校长。1930年6月，杨亮功邀陆侃如、冯沅君到安徽大学任教。时陆侃如在安大，冯沅君已经任职北京女子师范大学。此信完整时间信息是1930年3月13日。

适之先生：

前天因为一时不高兴，便写了封乱七八糟的信给先生，请原谅。

昨晚侃如来电，文云："行止难定，先将文件详情告徐。"因侃如未决意辞，故今晨见旭生先生时，只将"文件"给他看，并未带辞函。我先将安大近两个月的情形告诉他，最后说："虽然侃如也许不久就来，但如此迁延下去，太对不起徐先生了。徐先生如有要人时，务请不必客气。"他的回答和上次回答先生的差不多。他说："且空着，侃如什么时候回来什么时候再说，好在研究所人很多。"这件事现在可算告一结束了。知否，将闻。敬祝健康！

生沅君敬上

三月十八日

按：此信与上一封信同年。

适之先生：

承赐《独立评论》十三期，甚感。十四期以后，不知何惠下，念之。生等入巴黎大学研究院事，已经十月一五日教务会议通过，到已正式注册。现在文科哲学部听□的社会主义及社会经济学二课，□的社会道德学及社会问题二课。拟在最近二年或三年内专听社会学的课。我们根底浅，而又等讲义可看，必须看许多指定的参考书听讲时方方便。故觉得非常的忙。现在是圣诞节及新年了，校中放假，趁此机会打算练写译书，俟译完后，再寄至教正。专此敬祝阖第年禧！

生沅君　侃如敬上

十二月十二四日

按：《独立评论》十三期出版日期为1932年8月14日，十四期为1932年8月21日，同时，陆侃如与冯沅君于1932年秋去入法国巴黎大学。此信所缺时间年自然是1932年。

适之先生：

九年的抗战期间，先生在美，我们转徙西南各地。自二十八年冬，与丁庶为诸先生联名函贺诞辰后，至今已六年半了。这几年来，心中老想起全祖望给方苞的诗："廿年荷陶铸，十年惜别离，六年遭荼苦，余年患阻饥。以此成惭负，著书杳无期。犹喜素丝在，未为缁所移。"

我们离平八载，前四年在中山大学，后四年在东北大学。流亡中，书不易得，精神、时间又多浪费。沅君只写了些关于戏剧史的文章（《古优解》及《孤本元明杂剧题记》两小册，已出版，《古剧说汇》在印刷中），侃如在作《中古文学系年》，以年为纲，以人与作品为目，是西元一至六〇〇年间的文人综合年谱，只成了东汉、三国一段的初稿（曾整理一部分发表于《清华学报》《中大研究所集刊》《文学期刊》《中原》《志林》等杂志）。今检手边所存者，另包呈政。

东大于夏初致二年聘约，我们也许随校到沈阳。不过那里军政空气过浓，不是个读书的地方。将来环境较好的地方如有机会，即舍而他去。

近来交通困难，东大教职员尚多留三台。一个月后若能动身，那么双十节左右便可拜见先生了。敬祝健康！

学生侃如、沅君同上
八月十五日

通信处：四川三台东北大学

按：《胡适来往书信选》，将其编年为1946年，但无具体时间，据此可补足时间信息。

斠玄吾师：

廿七日示敬悉。暑中在平，曾返北大、清华，且时至琉璃厂等处访书。文化人生活艰苦，书肆便不景气，多改他业。诸家中以修绠堂为首，书多，价亦公平。示开诸书已函其代觅，先开价目寄京，如当尊意，可即令其寄书也。闻江南方苦木樨蒸，岛上秋已深矣。

敬请诲安！

生沅君敬上九月卅日夜
晚侃如仝叩

按：此信无年，据《清晖山馆友声集·陈中凡友朋书札》所载，此信写于1947年。

沈智同志：

　　谢谢你借给我们的报纸，给我们很大帮助。其中大部分我们没有看到的。

　　讲稿日内就看见，把我们意见告诉你。二日晚七时半，一定去听课。不知在什么教室？

　　我们定的十年学习计划，最近在教研组检查了一次，民主党派的小组会上也讨论过，打算修改一下。现在把原稿送给你看，请多提意见。

　　祝努力！

冯沅君

陆侃如

四·廿五

按：此信无年，据沈智《冯沅君、陆侃如伉俪的半张信笺》所述，为1961年①。

---

① 沈智：《性别·社会·人生》，上海三联书店2010年版，第279页。

路·江河·草原

——"十七年"少数民族文学叙事中的常见景观及其政治内涵

马梅萍

内容提要："十七年"少数民族文学叙事中有很多具有文化表征意味的景观描写，比较常见的有路、江河、草原。其中，路象征了新中国的政权治理到达少数民族地区以及各民族对党中央的政治认同；江河以其险绝赋予了渡江以"通过"考验最终达到革命成功的仪式象征意义；草原象征了少数民族地区的疆域领土及国家认同。这些景观作为表征符码具有唤起新中国"统一的多民族"的国家意识的功能，从一个侧面阐释了"十七年"时期少数民族文学的国家叙事本质。

关键词："十七年" 少数民族文学 路 江河 草原

现代以来，小说在一定程度上承担了塑造国家认同的叙事功能。新中国成立后，"文艺为政治服务"的方针强化了这一功能，促进了小说的进一步繁荣，少数民族小说正是在这一宏大场景下雨后春笋般破土而出。虽然中华各民族古已有之，一些有文化传统的民族的文学书写也有典籍可循，但"少数民族"识别以及"少数民族文学"名称却出现于新中国成立后。1949年，《人民文学》创刊，时任文坛领导的茅盾在《人民文学》发刊词中提出了刊物的6个任务，其中第4个是"展开国内各少数民族的文学运动，使新民主主义的内容与各少数民族的文学形式相结合，各民族间

国家社科基金一般项目："少数民族文学史编纂的实践、问题及经验研究"（21BZW179）。

作者简介：马梅萍，兰州大学文学院教授，主要从事当代文学、少数民族文学研究。

相互交换经验，以促进新中国文学的多方面的发展"①。《人民文学》作为作协机关刊物，具有引领中国当代文学航向的风向标意义。《人民文学》创刊号即提出"少数民族文学"的撰稿任务并在之后的若干年里大量刊发少数民族文学作品，无疑标识了少数民族文学在国家文学版图中的不可或缺，极大地促动了少数民族文学的发展，从而生成了《科尔沁草原的人们》《茫茫的草原》《草原之子》《达吉和她的父亲》等众多的少数民族文学作品，涌现了玛拉沁夫、扎拉嘎胡、饶介巴桑、李乔、杨苏等各族作家。除此之外，此时段还放映了如《阿诗玛》《刘三姐》《冰山上的来客》等数量众多的少数民族影像叙事作品。有意味的是，不管是小说还是电影，这些文本大都强调少数民族地区的风景描绘，如内蒙古草原一望无际的绿草原及洁白的羊群、天山脚下碧绿的松林、云贵高原殷红的攀枝花、大兴安岭银白的冬雪等等，有极强的画面感。

此处的风景在自然景色描绘的基础上，标识了这个地方区别于其他地区的与众不同，多了层作为民族地区符号编码的文化表征意义，无形中演绎为文化地理学意义上的景观。景观"既可以表示特定地理区域可触摸的、可量度的物质形式的整体，也可以表示诸如绘画、文本、照片或表演等各种媒介形式的表征，还可以表示想象和感觉的欲望空间、记忆空间和肉体空间"②，兼具地缘政治学意义上的身份指认功能。人类学家格尔茨以凸显多样性的"地方性"（localize）矫枉强调统一性的"全球化"（globalize）立场，契合了景观对差异的关注。

一、"十七年"少数民族文学叙事中的常见景观

"十七年"少数民族文学叙事中的景观很多，花鸟鱼虫、山水树木甚或村落人迹，难以一一尽言，本文择选几个常见的、特色鲜明的，通过对其艺术呈现的把握，解读这些景观中蕴含的象征意义。

（一）路

"十七年"时期，少数民族文学叙事作品中只篇名包含路的就有很多，如蒙古

---

① 茅盾：《发刊词》，《人民文学》1949年创刊号，第13页。

② ［英］凯·安德森等主编：《文化地理学手册》，李蕾蕾等译，商务印书馆2009年版，第356页。

族作家扎拉嘎胡的长篇小说《红路》、回族作家胡奇的中篇小说《五彩路》、蒙古族作家玛拉沁夫的短篇小说《路》、蒙古族作家葛尔乐朝克图的中篇小说《路》等，基本都以路为隐喻，书写了角色的心路历程。还有一些作品虽然没有以路命名，但作品的叙事涉及路或筑路，如汉族作家顾工的叙事散文《金君玛梅》。所以，路成为此时段少数民族文学叙事中的一个非常重要的景观。

《五彩路》1957年发表于《延河》第1期，同年4月由中国少年儿童出版社发行单行本，1959年经作家校订后的单行本在人民文学出版社再版。小说讲述了曲拉、丹珠、桑顿三个藏族少年一路克服艰难寻找五彩路的故事。在一个常年被雪山封闭的偏远的藏族村庄里，人们在错仁老爷的统治下过着苦难的日子，浦巴叔叔带回解放军在外边修公路的消息。三个孩子受喜讯鼓舞去寻找这条理想中的五彩路，他们一路上克服了沙地的酷热、雪山的寒冷、风雨的可怕、饥饿的煎熬，甚至曲拉掉入水坑险些淹死，桑顿得了雪盲症，但他们都没有放弃寻找的决心。最后，他们终于在过江落水被解放军救了后，看到了心心念念的五彩路以及修路的解放军叔叔，并带着解放军来到他们的家乡。小说结尾，在解放军的帮助下，孩子们开始识字念书，曲拉也成长为一个驻守在祖国雪山边防上的解放军。

既然小说的线索是五彩路，主旨也是孩子们寻找五彩路，那么路无疑是频繁出现的景观。当孩子们一路跋涉终于亲眼见到了梦寐以求的五彩路时，文中如此描述修路工地上的施工场景：解放军拿着铁锤，用绳子拦腰吊着爬到很高的石壁上开凿，"在叔叔们不断工作下，它的外貌一天天在改变着；开头几天，上边仿佛只有一条狭狭的，像牛羊饮水的石槽似的小道；几天以后，这石槽宽大了，只要把上面的乱石块扔开，就可以成为一条很平坦的道路"[1]，突出了筑路的艰辛。已建成通车的公路在孩子们眼中亦呈现出美丽的光芒，"这条五彩放光的路，比他们想象的不知要宽敞多少倍，在淡青色的晨光中，平溜溜的路面，像镜子闪着光，一直向很远很远的森林里伸过去"[2]，"在雪山后边，太阳已经展开它那美丽的翅膀，照得公路上像敷了层橙红的细末，人的影子映在上面，变得又细又长"，"公路的一侧，一排排的杆子像栅栏似的排列着，一直伸到很远的地方"[3]。

① 胡奇：《胡奇中篇小说选》，宁夏人民出版社1987年版，第106页。
② 胡奇：《胡奇中篇小说选》，宁夏人民出版社1987年版，第122页。
③ 胡奇：《胡奇中篇小说选》，宁夏人民出版社1987年版，第123页。

以上对路的景观描述带有明显的情感色彩，路已并非单纯的自然景色，而是包含了作者的观点、态度，有对修路人——解放军的赞美，有对路的开阔以及向远处延伸所象征的美好生活前景的赞美。

《金君玛梅》是汉族作家顾工书写康藏公路修建过程中藏族人民和解放军间军民鱼水情的一篇散文，发表于《人民文学》1955年4月号，金君玛梅是藏语，金君译为打开锁链，玛梅译为军人，合在一起译为打开锁链的军人。故事发生在康藏公路筑路工地上，文章开头，藏族妇女杨金慈布和其他筑路民工到连部要求连长不要调走带领他们修路的金君玛梅王玉琪，因为王玉琪很关心筑路民工，还曾在杨金慈布生病时背过她。大家在王玉琪调走后因思念他而对新调来的金君玛梅梁元和很冷淡。但是梁元和与王玉琪一样关心大家，他为赤脚的民工编草鞋，为随筑路班的民工孩子编防晒草帽，并在关键时刻救了杨金慈布落水的女儿白玛堪珠，最终获得了大家的爱戴。文末，梁元和也被调到更高的山上做爆破石方的工作，这一次，大家做了丰盛的餐食欢送梁元和，虽然筑路工程还未结束，但他们已经难舍所有的金君玛梅了。

《金君玛梅》发表时的栏目标注是"特写·散文"，特写作为报告文学的一种，在报道先进人物、事迹时非常注重场景对气氛的烘托。虽然文章主旨是歌颂康藏公路筑路班解放军的，但筑路工地以及工地上的军民互动场景作为烘托人物精神操守的背景是必然出现的景观。如杨金慈布生病时女儿艰难地扶着她走在路上，在她们亟须帮助时王玉琪的身影出现了，"修路的工段要向前移动，要移动二三十里。白玛堪珠焦急地扶着生病的母亲，抱起羊毛织的篷布，烧茶的铁锅……在三千多公尺高的小山路上慢慢走着……杨金慈布还没来得及说什么，王玉琪早已把她背上，踏过了灼热的沙砾，翻过了椎形的青石，追上前面走着的大群民工了"[1]。如梁元和刚来时看到工地上其他筑路班热火朝天的工作场景，反衬了他被自己班的民工们冷落的尴尬处境，"梁元和看见别的班的民工，在推掉一块大石头的时候，发出一片欢呼，在挖出一棵古老的树根时，快乐地围绕着树根跳起来"[2]。再如文末对筑路工地近景、远景交替的描写，"白色的帐篷，拉得很开、很高，好似是浮在头顶上的一片白云。上面插着一面喜气洋洋的红旗，绣着'筑路模范班'的字样。在晴空中荡漾着轻风，时时把旗张开来，又卷起来。山坡上的马尾松和山坡下的流水，发出同样的'咻

---

① 顾工:《金君玛梅》,《人民文学》1955年第4期, 第81页。

② 顾工:《金君玛梅》,《人民文学》1955年第4期, 第82页。

咻'声响，好像整个山谷都在吹着低微的、柔和的口哨"[1]，烘托了康藏公路上军民融洽相处的祥和气氛。

（二）江河

在"十七年"少数民族文学叙事中，江河是一类蕴含着特殊意涵的景观，主要作品如彝族作家李乔的长篇小说《欢笑的金沙江》、苗族作家陈靖的中篇小说《金沙江畔》、汉族作家郭超人的短篇小说《雅鲁藏布江畔的夜火》、蒙古族作家云照光的短篇小说《河水哗哗流》等。一般来说，江河景观多存在于南方少数民族作家笔下。中国的少数民族数量众多、分布广泛，虽然从经济文化角度和语言角度可做多种类型划分，但也有许多学者笼统将其分为北方少数民族、南方少数民族。南方多水，所以江河成为作家笔下的景观并不奇怪。

《欢笑的金沙江》是中国当代少数民族文学中的重要代表作，由《醒了的土地》《早来的春天》《呼啸的山风》三部曲构成。其中，《醒了的土地》1956年出版，被中宣部、共青团评为"百部爱国主义长篇名著"之一，小说叙述了四川凉山彝族人民在党的民族政策的感召下觉醒、斗争并迎来解放的故事。新中国成立初期，凉山彝族地区尚处于奴隶主统治下，党和政府派出工作队来解放凉山彝族人民时，因为奴隶主与伪江防大队造谣挑拨民族关系而增加了工作的难度。丁政委反对不顾凉山彝族地区复杂情况贸然进兵的意见，主张"政策过江"，在向彝族人民宣传党的民族政策、消除了民族隔阂之后，终于团结彝汉人民消灭残匪，解放了凉山彝族人民。

渡江与否是小说中丁政委与工作队同志产生分歧的焦点，渡江也是贯穿全文的重要事件，所以金沙江是一个关键景观，全文有多处描写金沙江景致的句段。如小说开篇即有对江景的描述："蜿蜒在山脚下的金沙江边，却热得像给火烤着似的，那条从万山丛里奔流而来的金沙江，像一条巨龙被太阳晒得在翻滚，现出一股粗野的不可阻挡的气势，忿忿地冲击着江心的岩石，发出巨大的吼声，震撼着寂静的山野，溅起无数银沫，然后又滔滔滚滚向东方奔流去……空气烧得像一股蒸汽，偶然一阵风吹来，使你感到的不是你所渴望的凉爽，而是难耐的酷热。"[2]酷热的江景烘托了工作队难以顺利过江时的焦躁。小说结尾，在党的民族政策的影响下，凉山彝族人

---

[1] 顾工：《金君玛梅》，《人民文学》1955年第4期，第86页。

[2] 李乔：《欢笑的金沙江》，人民文学出版社1956年版，第1页。

民觉醒了，解放军在他们的配合下终于顺利渡江解放凉山，此时"那耀着一片金光潋潋荡漾着的江水，好像被人们的快乐感染了，不断发出巨大的欢笑声，震撼着那高不可攀的悬岩绝壁"①，不复开篇的焦躁气氛。

另外，江河还延伸出了水、雨、雪等相关景观。如彝族支系撒尼人的长篇叙事诗《阿诗玛》中，美丽的彝族姑娘阿诗玛被地主热布巴拉强抢去做儿媳，阿诗玛的哥哥阿黑闻讯后历经艰难来救阿诗玛，当兄妹俩逃离后在回家的途中，阿诗玛却被与热布巴拉勾结的洪水神放洪水卷走。此处的漫天的大水亦成为一种可怕的景观，象征了死亡与重生。与此类似的还有玛拉沁夫的短篇小说《在暴风雪中》，此处不再一一赘述。

（三）草原

相对于南方少数民族文学叙事作品中的江河景观而言，北方少数民族文学叙事中最常见的景观是草原。从地理位置来说，长城以北，东起大兴安岭西麓，西到天山脚下，极目都是广阔的草原，对于游牧于草原上的蒙古族等少数民族而言，草原是他们的文化根脉，所以也必然会是他们作品中情之所系的景观。

"十七年"时期，少数民族文学叙事中书写草原景观的主要是蒙古族作家的作品，如玛拉沁夫的短篇小说《科尔沁草原的人们》《花的草原》及长篇小说《茫茫的草原》、阿·敖德斯尔的中篇小说《草原之子》、扎拉嘎胡的中篇小说《春到草原》短篇小说《草原在欢笑》长篇小说《草原雾》，以及乌兰巴干的长篇小说《草原烽火》、巴彦布的短篇小说《草原上的鹰》等，数量很多。

《科尔沁草原的人们》以头条的显要位置发表于《人民文学》1952年1月号，发表后轰动文坛，"像响彻草原的第一声春雷，在全国文学界产生了轰动性的效果"②。小说讲述了蒙古族少女萨仁高娃和恋人桑布用生命保卫草原的故事。小说开篇，萨仁高娃在等待桑布时遇到了逃命的国民党伪骑兵副队长宝鲁，在与宝鲁扭打受伤、被宝鲁纵火烧伤后，坚强的萨仁高娃仍然一路追踪，最终在大家的协助下抓获宝鲁，而桑布也为抢救公共财产不顾生死跳进火塘救火，导致自己被烟雾熏倒。

《科尔沁草原的人们》的意义主要在于响应第一次文代会提出的描写"新的人

---

① 李乔：《欢笑的金沙江》，人民文学出版社1956年版，第205页。

② 杨春：《中国少数民族当代文学史》，中央民族大学出版社2019年版，第89页。

物"这一当代文学的中心任务，首次塑造了草原新人——萨仁高娃和桑布。她们是"新的人，先进的人，像钢铁般坚强的人"[1]，草原新人的一个特色是政治立场坚定，积极与反动分子斗争。另一个特点就是保卫草原，这就涉及小说中的重要景观——草原。草原景致在小说中多次出现，如开篇即是一段远景描写："西北风偷偷地卷起了草浪，草原变成了奔腾的海洋；空中密布着乌云，好似一张青牛皮盖在头顶。人们都知道，草原的秋雨将要来临了。"[2]西北风、乌云暗示着草原将要有一场风暴。结尾也以一帧草原远景图收尾，"弥天的乌云一团一团地向南飞去，草原的东边天际显出了黎明的光；遍地的花朵微笑着抬起头来，鸿雁在高空歌唱。太阳出来了"[3]，呼应开头，预示光明战胜黑暗，草原的美好前景徐徐展开。

《花的草原》是玛拉沁夫的另一篇歌颂草原人民新生活的作品，借牧民之子杜古尔从旧社会的奴隶娃成长为新中国的长跑运动员的成长经历，歌颂了党的领导为草原人民带来的美好新生活。小说多次描述了草原景色，如"那绚丽的晚霞，变幻的云朵和路旁风化的巨石；那绿缎般的草浪，幽静的小道和野花浓郁的芳香"[4]，"正是夕阳西下的时分，草原上笼罩起金色的寂静，远处山峦披上晚霞的彩衣，那天边乳白色的云朵，也变得火带一般鲜红。草浪平息了，暮归的牛羊群，从远方草原走来"。[5]从杜古尔的视角出发，草原就是他的故乡，所以文中的景观描写带着熟悉亲切的情感色彩。而且，在新旧社会两重天的对比叙事中，杜古尔眼中的草原表现的是"牧区新景象"，故而他眼中美好的草原景致实质上是新中国新生活的缩影。

---

① 玛拉沁夫：《科尔沁草原的人们》，晓雪等主编：《中国新文艺大系·少数民族文学卷1949—1966》，中国文联出版公司1991年版，第92页。

② 玛拉沁夫：《科尔沁草原的人们》，晓雪等主编：《中国新文艺大系·少数民族文学卷1949—1966》，中国文联出版公司1991年版，第82页。

③ 玛拉沁夫：《科尔沁草原的人们》，晓雪等主编：《中国新文艺大系·少数民族文学卷1949—1966》，中国文联出版公司1991年版，第92页。

④ 玛拉沁夫：《花的草原》，晓雪等主编：《中国新文艺大系·少数民族文学卷1949—1966》，中国文联出版公司1991年版，第257页。

⑤ 玛拉沁夫：《花的草原》，晓雪等主编：《中国新文艺大系·少数民族文学卷1949—1966》，中国文联出版公司1991年版，第260页。

二、"十七年"少数民族文学景观的象征意涵

类似于中国古诗的"托物言志"，文学书写中的景观不仅是单纯的风景呈现，而是会或隐或显地流露出作者的倾向，"风景的表现手法和如何看、如何思考这个世界（而不单单只有自然）的方式有关"[①]。在表达作者的感受之外，景观在文化地理学的范畴内也会反映出一个地区、一个民族、一个国家的文化特色，甚而成为一种潜在的文化表征。尤其是对于"十七年"时期的少数民族文学叙事来说，之所以标识"少数民族"，是为了从国家宏观政治建设的层面呼应新中国56个民族共同构成"统一的多民族国家"的国家定位，那么其文学叙事中的风景无疑也会凸显"少数民族"身份以及各民族人口所对应的边疆、领土等空间概念。从这个意义上说，"十七年"少数民族文学叙事中的风景有唤起国家意识的功能，"风景和国家或团体认同之间的关系就如同一个动机，时而自觉，时而不自觉地导引着风景作品的呈现方式……风景可以代表出某一个地区或国家象征性的影像"[②]。

故而，研究"十七年"少数民族文学叙事中的景观，应该从文化景观的角度，寻找"人类在一个地方打下的印迹"或者"人类在风景上留下的记录"[③]，解读它作为表征符码所隐喻的政治内涵。

（一）路的政权治理与政治认同隐喻

路是一个连接两端的通道，连接的目的是从一端向另一端输送物质或文化。"十七年"少数民族文学叙事中频繁出现路或者筑路的景观，尤其是前述作品中的康藏公路筑路场景，联系路的连接功能以及康藏公路蕴含的中央、地方互动的空间政治意味，不难解读这一景观的隐喻内涵。

---

① ［法］卡特琳·古特：《重返风景：当代艺术的地景再现》，黄金菊译，华东师范大学出版社2014年版，"前言"第2页。

② ［法］卡特琳·古特：《重返风景：当代艺术的地景再现》，黄金菊译，华东师范大学出版社2014年版，第35—36页。

③ 转引自［英］阿雷恩·鲍尔德温等：《文化研究导论》（修订版），陶东风等译，高等教育出版社2004年版，第139页。

1. 政权治理隐喻

公路是现代国家对国土疆域实现行政管理的媒介通路，故"十七年"时期少数民族文学叙事中路的景观隐喻了新中国成立初中央政府对民族地方的行政治理。以下，本文以康藏公路景观为例加以分析。

康藏公路是首条进藏公路，它指"20世纪50年代初开始修建的从西康省到达西藏地区的公路，起于西康省的雅安，止于西藏的拉萨。1954年10月西康省撤销，1955年，交通部决定康藏公路改称'川藏公路'"[①]。康藏公路的修建与解放军进藏的军事行为密切相关，新中国成立初期，西藏尚未解放，1950年初，中国人民解放军18军奉命进军西藏，但因西藏海拔高、交通闭塞、未通公路，故毛泽东当时指示"一面进军，一面修路"。同年10月，18军后方司令部康藏工程处成立，开始筹备修路事宜。1951年5月康藏公路修建司令部成立，多方抽调人员筑路，至1954年11月，康藏公路修筑完毕。公路通车后不久，西藏获得解放。[②]由此可见，康藏公路的修筑具有重要的军事战略意义，"主要服务于解放军进军西藏……政治军事目的占了主导"[③]，是保证中央政权辐射到地方的必要通道，"通过筑路将藏族及其他少数民族与中国中心地区联系起来，是构建民族国家的手段"[④]。

《金君玛梅》中对路的景观描写表现在若干康藏公路筑路工地的场景特写，主要有王玉琪帮助生病的杨金慈布、梁元和带领藏族民工筑路、梁元和帮助筑路民工解决生活问题、梁元和救落水的白玛堪珠、藏族民工欢跳锅庄舞等。从题目《金君玛梅》及对两任金君玛梅事迹的叙述来看，其景观描写的表层目的是塑造筑路中的英雄形象，从革命的角度对筑路做政治宣传，"20世纪50—60年代，一方面，革命历史成为修路意义建构的主题，当年的筑路大军勇敢无畏排除万难的革命精神被广为宣传，几条汉藏公路被赋予'英雄'之路的含义"[⑤]。深层目的是表达对康藏公路通路隐喻的中央政府政权辐射力到达民族地区的政治拥护。在这个意义上，金君玛梅

① 徐文渊、朱晓舟：《康藏公路修筑缘起及其历史作用》，《西南民族大学学报》（人文社会科学版）2011年第9期，第26页。

② 康藏公路修建相关史料信息参见徐文渊、朱晓舟：《康藏公路修筑缘起及其历史作用》，《西南民族大学学报》（人文社会科学版）2011年第9期，第26—31页。

③ 周永明主编：《路学：道路、空间与文化》，重庆大学出版社2016年版，第24页。

④ 周永明主编：《路学：道路、空间与文化》，重庆大学出版社2016年版，"引论"第3页。

⑤ 周永明主编：《路学：道路、空间与文化》，重庆大学出版社2016年版，第26页。

救人的场景提炼出"救星"意象，解放军成为"大救星"毛主席的具体影射，表达了中国共产党拯救各族人民为之带来幸福新生活的政治主旨，这一点在筑路民工的表述中也可见出，"这样好的救苦救难的玛梅，毛主席的玛梅啊"①。

2. 政治认同隐喻

路是双向的，路的两端的影响势必是相互的。"十七年"少数民族文学叙事中路的景观除了中央端传输向地方端的政权治理隐喻之外，还有一层地方端反馈向中央端的政治认同隐喻，换言之，表征了各民族对中国共产党领导下的新中国的政治认同。

如《五彩路》中浦巴叔叔向雪山里的藏族同胞介绍公路，"这条路既是恩情父亲想到的，又是解放军同志亲手修筑的，它的样子，当然比地上的花朵更美丽，比天上的云霞更光彩了"②。句中所用"恩情"两字表达了藏族人民的感恩心理，"父亲"意象象征了强大的精神力量，则"恩情父亲"成为国家这一政治信仰的象征。区别于《金君玛梅》作者顾工的汉族身份，《五彩路》的作者胡奇是少数民族身份，而故事所叙述的又是三个藏族孩子寻找公路及解放军的故事，所以就有一种从少数民族立场出发的对于毛主席及其代表的党中央的政治认同。

上文提到的"五彩放光""宽敞""闪着光""美丽的翅膀"等对路的赞美性描述亦可见出这种政治认同。另外，作品除了对路和筑路场景的景观描述外，还写了孩子们乘车驰骋在新公路上所看到的风景，"汽车一直向前飞驰着，孩子们睁大眼睛，不放过公路两旁每座新砌的房屋，每条新开的水渠，每块新垦的土地，每支在阳光下开放的花朵"③。"新砌的房屋""新开的水渠""新垦的土地"等新鲜事物，再加上公路通车后衍生的新型集市、商店，所有这些在孩子们所代表的少数民族地方视野中的景观，都表达着各民族对新生活的向往，以及对带来新生活的新政权的政治认同。

（二）江河的渡劫仪式隐喻

江河水深流急，尤其西南高原地区少数民族星罗棋布依傍岸边的金沙江、雅鲁藏布江、怒江更为险绝，两岸都是峭壁沟壑，很难造桥通途，自古以来就交通不便，

---

①　顾工：《金君玛梅》，《人民文学》1955年第4期，第81页。

②　胡奇：《胡奇中篇小说选》，宁夏人民出版社1987年版，第16页。

③　胡奇：《胡奇中篇小说选》，宁夏人民出版社1987年版，第125页。

极难渡过。故"十七年"少数民族文学叙事中的江河景观在作为民族地区的地景标志之外，更多了层"通过"受难的仪式隐喻意涵。

仪式（ritual）是一个人类学术语，"指与正式的、非功利目的的地位有关的活动，包括诸如节日、庆典、诞生礼、入会仪式、婚礼、葬礼、游戏等事件，而不是仅仅限于宗教仪式。甚至从最广泛的意义来说，仪式还涉及所有人类活动的表意方面"①。人类学家范根内普认为，"通过仪式"（the rites of passage）是"伴随着地点、状态、社会位置和年龄的每一次变化而举行的仪式"②，简言之，是人从一个阶段过渡到另一个阶段的仪式。后来，仪式被引入历史文化、社会生活的各方面，人们对它的认识也随之扩展到更大的解释空间，"社会的各个方面和领域也都有形态各异的仪式展演和展示"③。

本文借鉴"通过仪式"之说，从"十七年"民族文学叙事中江河景观蕴含的艰难之意引申出渡江象征"通过"劫难的仪式象征意义。学者认为，我国少数民族"通过仪式"中的成年礼与汉人社会不同的一点就是他们的仪式经常会伴有忍受痛苦的行为，如文身黥面。其"通过仪式"中的试炼与人类古代文化表述中的"苦行—磨砺—考验"主题有关，如普罗米修斯盗火及《西游记》历经九九八十一难取经。④这种在困难考验中"过渡"的文化心态会有意无意地在文化记忆上影响少数民族作家的书写，使得其作品即便不是专门书写仪式，也会或多或少留有仪式模式的印迹。

前述"十七年"对江河景观做过文学呈现的少数民族作品中，对江水气势或渡江场景的描写以"天险"之险凸显了渡江过程之难。《欢笑的金沙江》渡江前借江水的"翻滚""粗野""忿忿"渲染了渡江的艰难，象征了解放凉山步履维艰的政治气氛，《五彩路》中三个孩子在驾驶独木舟过江时直接翻船落入滔天浊浪，其艰难不言而喻。《金沙江畔》对金沙江的景观描述也强调了渡江之难，"金沙江从云雾弥漫的峡谷中穿来流去，真像一条金龙在不停地翻滚着，阳光映在波浪上，就像灿烂的鳞甲在闪着万点金光。波涛声在群山峭壁中发出沉重的吼声，它仿佛这样说：我

① ［英］维克多·特纳：《象征之林——恩登布人仪式散论》，赵玉燕等译，商务印书馆2006年版，"代译序"第3页。

② ［英］维克多·特纳：《象征之林——恩登布人仪式散论》，赵玉燕等译，商务印书馆2006年版，第94页。

③ 彭兆荣：《人类学仪式的理论与实践》，民族出版社2007年版，第4页。

④ 参见彭兆荣：《人类学仪式的理论与实践》，民族出版社2007年版，第186—187页。

劈开了昆仑山，冲散了唐古拉山和巴颜喀拉山，又撞断了横断山……我是不可抵挡的"①，先后两次渡江时紧张的战争场面亦与此呼应。

此外，江河的两岸在空间的意义上是不一样的，"河流还象征着一种界限，令两地分隔"②，故从此岸过渡到彼岸的渡江行为就象征着跨越界限。在上述文本中，既然江河景观具有"天险"之险，象征了艰难的障碍，那么文中的渡江行为就或者引申出了经受革命洗礼、完成精神成长的象征意味。如《五彩路》中孩子们渡江落水后被救到对岸，终于找到解放军，加入革命行列，完成精神上的成长、蜕变。或者引申出经历苦难考验、取得革命胜利的象征意义。如《欢笑的金沙江》和《金沙江畔》中，江的一边是奴隶主统治下的旧社会，象征了黑暗，江的彼岸是解放军代表的新政权，象征了光明，战士们在隆隆炮火中渡江，胜利到达彼岸，带领各族人民迎来新生活，恰如《金沙江畔》中谭文苏所说："我们的见面，就如同我们的长征一样，每一次都是沿着水流往上走。这叫逆水前进……开始总是遭遇很大的困难，最后一定带来很大的胜利。"③

（三）草原的领土象征及国家认同隐喻

景观总是坐落于某个具体的地点，与土地及土地所延伸出的国家领土观念紧密相关，也与这片土地上生活的民族相关。"十七年"少数民族文学叙事中景观的一个重要作用就是作为表征民族身份的象征物，形塑了民族以及国家形象，而草原景观就是个极具代表性的案例。

1. 领土象征意涵

在地理景观的空间意义上，"十七年"少数民族文学叙事中的草原景观象征了新中国民族地区的领土疆域。

本尼迪克特·安德森认为国家意义上的民族（nation）不是自然生成的，而是现代以来代替前现代社会宗教认同的一种凝聚集体身份认同的"想象的共同体"："它

---

① 陈靖：《金沙江畔》，晓雪等主编：《中国新文艺大系·少数民族文学卷1949—1966》，中国文联出版公司1991年版，第169页。

② ［英］米兰达·布鲁斯－米特福德等：《符号与象征》，周继岚译，生活·读书·新知三联书店2015年版，第33页。

③ 陈靖：《金沙江畔》，晓雪等主编：《中国新文艺大系·少数民族文学卷1949—1966》，中国文联出版公司1991年版，第152页。

是被想象为本质上有限的（limited），同时也享有主权的共同体。它是想象的，因为即使是最小的民族的成员，也不可能认识他们大多数的同胞，和他们相遇，或者甚至听说过他们，然而，他们相互联接的意象却活在每一位成员的心中。"①本质上有限的，也即民族在想象中是有边界的，不可能无限大，边界就是民族共同体居住的领土，而地图则以符码的形式进一步塑造人们的领土想象，"民族被认同于特定的领土"②。而现代民族—国家的建立更是采取置放界碑、绘制地图的方式，表达"对土地的征服、占领"③，以领土边界宣示主权，所以"脱离领土这一重要载体来抽象地谈论民族国家的想象是不切实际的"④。

中国960万平方公里土地上的56个民族同构了中华民族共同体，但对于足迹难以遍及天南海北的大多数共同体成员来说，如何在头脑中呈现完整的国家领土？风景画、山水照、电影中的自然景色镜头以及文学作品中的风景描写都发挥了作用，"人们对领土直观的表达，除勾画出领土边界图外，对领土之上的景物展示也成为重要的方面。"⑤可以说，这些自然景观为人们想象民族、想象国家提供了最直观的物质基础，"民族和国家之间最强大的关联就是物质性景观……自然与民族景观的图像化形象在将现代民族国家塑造成可见表征方面，发挥了强大作用"⑥。

"十七年"少数民族文学叙事中的草原景观正是在这个意义上成为内蒙古边疆领土的象征符码，这也是为何前文列出的题目中包含草原且文本中描述了草原景观的蒙古族小说如此之多的原因，这种特意的强调已经形成了一种模式，就如写西藏多出现雪山、写新疆多出现天山一样，书写内蒙古边疆领土的作品，如果缺少了草原景观或由此衍生的骑马、牧羊、那达慕大会，简直就不具备约定俗成的民族特色。

2. 国家认同隐喻

风景的领土象征，归根结底是在表达作者对于这片土地及生活于这片土地上的

---

① ［美］本尼迪克特·安德森：《想象的共同体——民族主义的起源与散布》（增订版），吴叡人译，上海世纪出版集团2011年版，第6页。

② ［英］阿雷恩·鲍尔德温等：《文化研究导论》（修订版），陶东风等译，高等教育出版社2004年版，第163页。

③ ［法］卡特琳·古特：《重返风景：当代艺术的地景再现》，黄金菊译，华东师范大学出版社2014年版，"前言"第3页。

④ 罗岗主编：《现代国家想象与20世纪中国文学》，上海人民出版社2014年版，第324页。

⑤ 罗岗主编：《现代国家想象与20世纪中国文学》，上海人民出版社2014年版，第326页。

⑥ ［英］凯·安德森等主编：《文化地理学手册》，李蕾蕾等译，商务印书馆2009年版，第376页。

人们的精神归属及身份认同。人的身份认同有多重，如性别认同、社会角色认同、地域认同、文化认同、国家认同等，"十七年"少数民族文学因为具有宣传民族政策以及建设"统一的多民族"的国家意识的政治功能，所以其景观传达出鲜明的国家认同立场，"民族身份被传统和风景赋予了形状和内容，被那些现在只是空洞的地点和景观所代表"。[①]在这个意义上，可以说"风景等同于国家"[②]。

故从民族心理及身份认同的层面上说，"十七年"少数民族文学叙事中的草原景观象征了蒙古族人民拥护新中国的国家认同心理。

《科尔沁草原上的人们》中萨仁高娃与反革命分子斗争是为了保卫草原政治局面的安定，桑布冲入火线是为了保卫草原人民的集体财产，也即国家财产，二人都持有国家立场。小说开篇的草原景观是阴沉的，乌云沉沉；结尾的草原景观是明朗的，鲜花盛开。同样的景色，一前一后形成鲜明的对比，恰与小说开篇反革命分子进入草原危及草原政治安全和小说结尾反革命分子被镇压草原恢复政治安全相对应，于是，草原景观当之无愧地成为草原人民热爱祖国、保卫祖国安全、拥护祖国统一的国家认同符号。小说结尾阿木古郎爷爷以草原传统的代言人立场总结："我们不但会建设祖国的边疆，美丽的内蒙古，而且也知道怎样来保卫它。"[③]建设边疆、保卫边疆宣示了蒙古族人民保家卫国的国家认同立场。玛拉沁夫的长篇小说《茫茫的草原上》也将对草原景观的描述与主人公草原儿女的人生选择紧密结合，借蒙古族贫苦牧民铁木尔在反抗黑暗势力的路途中遇到中国共产党最后投入革命阵营的故事，传达了少数民族个人的成长一定要汇入民族革命的洪流才能最终取得胜利的道理，指向的也是草原蒙古族人民的国家认同心理。

诚然，草原景观只是一个个案，"十七年"少数民族文学叙事中类似的景观还有多处，这些景观作为符号象征从一个侧面见证了此时期民族文学的国家叙事本质。

① ［英］阿雷恩·鲍尔德温等：《文化研究导论》（修订版），陶东风等译，高等教育出版社2004年版，第167页。

② ［法］卡特琳·古特：《重返风景：当代艺术的地景再现》，黄金菊译，华东师范大学出版社2014年版，"前言"第3页。

③ 玛拉沁夫：《科尔沁草原的人们》，晓雪等主编：《中国新文艺大系·少数民族文学卷1949—1966》，中国文联出版公司1991年版，第92页。

论张炜儿童小说的厚重品格

段晓琳

内容提要：近几年来，张炜连续推出了《半岛哈里哈气》《少年与海》《寻找鱼王》《狮子崖》等儿童小说，儿童小说已经成为张炜文学世界中的重要一部分。张炜的儿童小说兼具儿童文学的纯稚自由、清新俊逸与成人文学的扎实稳重、深邃圆融，既具有强烈的传奇色彩与浪漫气质，又具有深刻的人性探索与人文关怀。厚重品格是张炜儿童小说的突出特质，张炜对历史的引入与言说和对苦难的呈现与书写是张炜儿童小说具备厚重品格的重要原因。张炜以被流放的少年与蒙冤受难的父亲将儿童小说落到了历史的实处，而且张炜并不回避时代的荒诞与生活的贫瘠，也不回避儿童已经遭受与可能遭遇的苦难与创伤，这就令张炜的儿童小说具有了一种格外动人的厚重品格。

关键词：张炜　儿童小说　厚重品格　历史　苦难

近几年来，张炜连续推出了《半岛哈里哈气》《少年与海》《寻找鱼王》《兔子作家》《狮子崖》《爱的川流不息》等儿童小说、绘本故事《海边童话》《张炜非常动物故事绘本》，以及适合儿童阅读的散文集《描花的日子》与非虚构长篇《我的原野盛宴》等优秀儿童文学作品。同时，张炜还将旧作中适合少年儿童阅读的作品，以散文集、小说选集、"张炜少年书系""张炜少年读本"等方式连续推出。其中《他的琴》《槐花饼》《下雨·下雪》《公羊大角弯弯》等小说已经成为频繁入选各类张炜

青岛市社会科学规划项目：张炜儿童文学创作研究（QDSKL2101011）。

作者简介：段晓琳，中国海洋大学文学与新闻传播学院讲师，主要从事中国当代文学研究。

少年读本的儿童小说名篇。可以说，自完成《你在高原》这部多卷本鸿篇巨制之后，张炜的成人文学创作与儿童文学创作是同步并行的，张炜在完成了《独药师》《艾约堡秘史》《河湾》等重磅纯文学长篇小说的同时，又在连续且密集的儿童文学创作中集中展现了自己的"童心"与"诗心"。张炜的儿童小说兼具儿童文学的纯稚自由、清新俊逸与成人文学的扎实稳重、深邃圆融，既具有强烈的传奇色彩与浪漫气质，又具有深刻的人性探索与人文关怀。厚重品格是张炜儿童小说的突出特质，张炜对历史的引入与言说和对苦难的呈现与书写是张炜儿童小说具备厚重品格的重要原因。张炜的《他的琴》《狮子崖》《半岛哈里哈气》《爱的川流不息》等儿童小说，以被流放的少年与蒙冤受难的父亲将儿童小说落到了历史的实处，而且张炜并不回避时代的荒诞与生活的贫瘠，也不回避儿童所已经遭受与可能遭遇的苦难与创伤，这就令张炜的儿童小说具有了一种格外动人的厚重品格。

一、受难的父亲与巨人的隐喻：张炜儿童小说中的"南山叙事"

（一）受难的父亲与童年的忧郁

张炜的《狮子崖》《下雨·下雪》《半岛哈里哈气》等儿童小说的开篇，都是从受难父亲所导致的少年"流放"开始叙事的："林林明白，妈妈在想爸爸。爸爸前几年还在城里的水产研究所里，妈妈也在那儿教书。就因为爸爸常和外国专家在一起，有时还要出国，不知怎么被审查起来，直到有一天失去了自由。爸爸在监狱里，一年后就去世了。妈妈受爸爸牵累，再也不能待在学校了，就领着他回到了海边，这是她的老家。"[①] "妈妈说，我们搬到这个荒凉地方就没安生过……是爸爸使我们来到这个荒无人烟的地方。"[②] "爸爸不知犯了什么大错，最后不得不与全家一起离开原来生活的地方，来到这个半岛上。当时我还小，什么都不记得。妈妈说我是被装在一只篮子里携来的，这让我想到了一只猫。"[③]

蒙冤受难的父亲所带来的"流放地"的压抑、非同一般的孤独与童年的心灵创伤是张炜儿童小说中童年忧郁的主要原因。比如《狮子崖》的主人公林林，就是一

① 张炜：《狮子崖》，山东教育出版社2017年版，第5—6页。
② 张炜：《下雨·下雪》，《他的琴》，明天出版社1990年版，第216页。
③ 张炜：《半岛哈里哈气》，作家出版社2013年版，第1页。

个备受压抑的少年，在阶级斗争的年代，林林因为狱中去世的父亲而生活在巨大的苦闷之中。作为"不是一个阶级的"他者、异类，不论林林如何小心翼翼地卑微生活，都要遭受着被孤立的命运和被嫌弃的痛苦，就连曾经亲密无间的姨妈都要在人前人后给予他冷眼与拒斥，他只有十分努力才能够将眼泪都默默地流进心里。林林的成长依赖于非同一般的倔强和不屈反抗的顽韧，他是一个格外坚强的孩子，并因为这格外的坚强而保持了最为珍贵的正直与善良。再比如《半岛哈里哈气》中的老果孩儿，他同样因为受难的父亲而承受着身份所带来的痛苦与不幸。老果孩儿被叫作"林子里的孩子"，这种独居于人群之外的边缘身份暗含着可怕的信息，好友三胜的父亲蓝大衣在知道"我"是林子里的孩子后，他的脸"拉下来了"。作为知识分子的"文雅人"父亲因为有话直说而犯下了大错，被"贬"到了荒野林子里来，正是罪人父亲带来了全家的灾难和过于压抑的童年："我知道，爸爸是一个不愿招人议论的人，所以我也要学他，最好悄悄地待在自己的角落里。"[1]"我从爸爸平时小心到不能再小心的样子就明白了：他出工的时候总是赶在前边，干活时一声不吭，村头儿对他粗声说话，他也不敢回嘴。妈妈说：你爸爸是个罪人，他到这里是赎罪来了。"[2]正因为父亲是个受难的罪人，本应是野地顽童的老果孩儿就要压抑住自己顽皮的天性："我们的小屋和小院的面积都是被严格限制的，能有眼下的样子，还是园艺场和林场的头儿格外开恩呢，他们准许我们住在这里，已经是谢天谢地了。'好孩子，一定得规规矩矩啊！'这是妈妈常说的一句话。这主要是提醒我，担心我太顽皮招来什么祸患。"[3]而老果孩儿的父母甚至在自己家里时也从不大声说话，他们过分自觉的自我规训中潜藏着备受压抑的生活对人性所造成的戕害。

《狮子崖》《半岛哈里哈气》等儿童小说的主体内容都是明媚向上的少年传奇，但野地顽童的天真活泼、肆意生长之上还笼罩着挥之不去的阴影，那便是以受难的父亲为介质所折射出的时代创痛与历史苦难："这样一家人的处境是多么艰难：他们早已被迫离开城市，失去了城市居民的资格；辛辛苦苦建起的小果园被强占，却没有被赋予相应的园艺场工人身份；因为住处不靠近哪一个村庄，也不是一般意义上的农民。

①　张炜：《半岛哈里哈气》，作家出版社2013年版，第14页。
②　张炜：《半岛哈里哈气》，作家出版社2013年版，第82页。
③　张炜：《半岛哈里哈气》，作家出版社2013年版，第154页。

他们落入了时代的缝隙之中。"①而这种被历史与时代所裹挟的苦难落在初涉世事的儿童身上时，其痛感就尤为酷烈，在父亲被揪斗的日子里，果孩儿几乎完全活在了恐慌、孤独、痛苦与屈辱之中："那个屈辱的时刻不仅让爸爸难过，也让我的日子不好过。在学校，疤眼老师看都不愿看我，一些同学也离我远了。这些日子里只有老憨陪我玩，他像个卫士一样，站在我的左右。"②《半岛哈里哈气》对老果孩儿顽童心灵创伤的书写是这部小说中最动人心魄的部分，这突出地体现在俊不起的美少年、少年歌手梦碎艺术团、长跑神童"折翅断腿"三个情节中。老果孩儿与双力本是一对美少年，因为容貌俊美，老果孩儿引起了格外的关注，但因为父亲的缘故，老果孩儿的俊美招来了无妄的灾祸，事实告诉他，他不能俊，更不能比海老大老扣肉的儿子俊，因为"俊不起"："我们家俊不起啊！你生在这个家里，就得往壮里长！"③俊不起的老果孩儿只有不往俊里长，才能不被议论、不招眼。一个从没有主动要求长得俊的孩子，就因为一双美丽的眼睛而遭受了被侮辱与被损害者的屈辱，他甚至无法为自己的委屈辩白。同样因为父亲的拖累，有着出众唱歌才华的海边歌手果孩儿，就因为"形势不允许"而失去了进入少年艺术团的机会。当果孩儿坐在礼堂里观看少年艺术团的演出时，他只能为自己不幸的命运而流泪，"我知道自己的命运——也许我真的没有机会继续升学了"④。这种儿童心灵深处的绝望感在《长跑神童》一卷中被表现得最为淋漓尽致。老果孩儿因为具有长跑天赋，在全校、全区运动会上屡破长跑纪录，这样优异的体育成绩让本不可能升高中的他看到了被保送升学的希望："我好像看见遥远的原野上——简直是在天的尽头，有一扇铁青色的大门，它就是高中的大门，敞开着，我正迎着它跑去……"⑤为了能跑进高中，老果孩儿仿兔学鹰拼命苦练，在海滩荆棘里练就了一双铁脚。也正因为过于渴望升学，老果孩儿在全县运动会比赛前食用了过量变质的"飞鱼鳔"，剧烈腹痛和严重肌肉拉伤让"鹰折翅兔断腿"的海边长跑神童，失去了最后的升学机会，在绝望的跑道上，"我又一次看到了原野的尽头，那里有一扇铁青色的大门——但它不知什么时候紧紧关上了"⑥。

① 张期鹏、亓凤珍：《张炜评传》，河南文艺出版社2022年版，第19页。

② 张炜：《半岛哈里哈气》，作家出版社2013年版，第171页。

③ 张炜：《半岛哈里哈气》，作家出版社2013年版，第42页。

④ 张炜：《半岛哈里哈气》，作家出版社2013年版，第62页。

⑤ 张炜：《半岛哈里哈气》，作家出版社2013年版，第234页。

⑥ 张炜：《半岛哈里哈气》，作家出版社2013年版，第235页。

因受难的父亲而备受压抑的顽童将悲伤孤绝的故事写在了如花似玉的原野上。在这足踏大地的成长故事中，"流放地"的压抑、孤独者的痛苦、历史苦难的裹挟共同造成了顽童的心灵创伤与童年的忧郁。张炜儿童小说中的创伤书写显然渗透了张炜自身的童年经验："那是一个热火朝天意气高昂的时代，一个少数人特别痛苦、大多数人十分兴奋的时代。可惜我就是这少数人中的一员，这是我最大的不幸与哀伤。父亲当年正蒙受冤案，所以我似乎从一开始就成为难得的另类角色。校园内一度贴满了关于我、我们一家的大字报。我不敢迎视老师和同学的目光，因为这些目光里有说不尽的内容。""但最可怕的还不是会场上的情形，而是这之后大家的谈论，是漫长的会后效应：各种目光各种议论、突如其来的侮辱。记得那时我常常独自走开，待在树下，想得最多的一个问题就是：怎样快些死去，不那么痛苦地离开这个人世？""只要父亲在扫雪，我就不会有一丝的快乐，也没有一丝的前途。继续上学是不可能的，这里等待我的，只有难测的厄运。"①正是张炜刻骨铭心的童年创伤经验，让受难的父亲与童年的忧郁频繁地出现于他的儿童小说《半岛哈里哈气》《狮子崖》《爱的川流不息》、儿童文学散文集《描花的日子》以及非虚构长篇《我的原野盛宴》等作品中。儿童的创伤与忧郁也就成为张炜儿童文学所反复书写的内容。

（二）巨人的隐喻与关于父亲的"南山叙事"

事实上，早在1970年代的习作期，张炜在文学创作的起步阶段就已经开始讲述受难父亲的故事，《他的琴》中的凿山巨人以童话的诗意形式建构起了张炜儿童小说中最早的"南山叙事"。短篇小说《他的琴》的主体内容是"我"、妈妈、卢玲子一同度过的两个中秋夜，在这两个中秋夜，张炜向读者讲述了两个关于巨人与琴的童话故事。第一个中秋夜，在远方大山里凿山的父亲不能归来与"我"和妈妈团圆，在父亲最喜欢的中秋节夜晚，母亲为"我"讲述了一个凿山巨人的故事："那天我让妈妈讲个故事。妈妈说有一座大山，很高很高。有一个人，是个巨人。巨人被一个恶神缚住了，为他做工。巨人的脚上拴了铁链。巨人每天开山，用一把大锤击打山石。他一锤落下去，就响起一声雷鸣……隆隆，你听这声音，你听吧，它从很远很远处滚动而来了，隆隆、隆隆。只要这天际的隆隆之声不绝，那个巨人就活着。他

① 张炜：《游走：从少年到青年》，广西师范大学出版社2012年版，第3、5、28页。

活着，妈妈说就什么也不用怕了。巨人属于一切善良的人们。"①当代表了美与善的卢玲子来到月夜下的林中孤屋后，她弹起了那把"满是灰尘的琴"，向"我"和母亲歌唱起了大山的故事，"我的歌一支又一支/从来没人倾听/我只好一个人度过黄昏/一个人拨响那把/被灰尘封起的老琴/鸟儿伫立枝头/荒野染上血红/这不平凡的时刻/我在谛听那架大山的回音"②。第二年中秋夜，妈妈继续向"我"讲述凿山巨人的故事，巨人被恶神困在大山上，日夜击打大山，恶神许下了愿，只有这座山被巨人击穿的那一天，他才会放开巨人。可击穿大山是谁也做不到的事情，"巨人的锤子顶多给大山留下几个斑痕，他自己也知道。不过他还在猛击山石。他也不相信恶神许下的愿，因为恶神的话从来一钱不值。不过他还在猛击山石"，"就因为他是个巨人……"③紧接着，当"我"抱出了旧琴后，妈妈又讲起了"他的琴"的故事："歌手走到哪里都有一群群人簇拥着。他的琴永不离身……后来，有人害怕了。那是些凶恶残暴的人，他们持刀挎枪驱赶人群，让歌手和人群分开。可是歌手属于人群，他们永不分离。于是那些凶恶的敌人让歌手停止歌唱。歌手的歌声就是他的生命，他当然不能停止唱歌。他的手泼楞泼楞拨琴，敌人就把琴夺下来扔了。他没有琴，就挥动着两只手唱。敌人又把他的两只手砍去了。他就张大带血的胳膊唱。敌人于是把他杀掉了。"④

很明显，《他的琴》小说中的凿山巨人、卢玲子歌声里的"大山的回音"以及"他的琴"故事中的歌手与南山中凿山受难的父亲之间构成了互文对照。巨人、父亲、歌手的故事在本质上是同构同义的，他们都是温柔而坚强的受难者，他们共同代表了被侮辱与被损害的善良者，这些高尚的巨人以格外倔强的心灵和格外顽强的意志维护了自己的人格与尊严、守住了自己的正直与良善。显然，张炜的"南山叙事"中渗透了父亲的亲身经历："我一睁眼就是这样的环境：到处是树、野兽，是荒野一片，大海，只很少看到人。父亲长年在南部山区的水利工地，母亲去园艺场打工。我的大多数时间与外祖母在一起。满头白发的外祖母领着我在林子里，或者我一个人跑开，去林子的某个角落。我就这样长大，长到上学。"⑤"外祖母说爸爸在山

---

① 张炜：《他的琴》，明天出版社1990年版，第2页。

② 张炜：《他的琴》，明天出版社1990年版，第3页。

③ 张炜：《他的琴》，明天出版社1990年版，第5页。

④ 张炜：《他的琴》，明天出版社1990年版，第6页。

⑤ 张炜、赵月斌：《张炜访谈：茂长的大陆和精神的高原》，赵月斌：《张炜论》，作家出版社2019年版，第283页。

里干活儿，他们有一大群人呢，没白没黑地用一把大锤对付铁硬的石头。""冬天是想念爸爸的日子。我从外祖母和妈妈的话中想象着大山，晚上梦见一个男人光着膀子，不停地抡锤，眉毛和头发上落满了石粉。""她说山里的冬天干冷，男人们就不停地抡锤打钎，用这个方法取暖。我问：'爸爸什么时候才能回来？'妈妈说：'那得等一座山打穿了。'"①

收录了张炜1970年代习作的小说集《他的琴》真正代表了张炜的创作起步期。《他的琴》小说集以《他的琴》和《石榴》这两篇小说为首，说明这两篇小说在《他的琴》小说集中的地位是极其特殊和极为重要的。《他的琴》以凿山巨人和受难父亲开启了张炜的"南山叙事"，而《石榴》则以外祖父的经历开启了张炜的"红马家族叙事"。纵观张炜的全部文学创作，以父亲凿山和"我"在南部山区游走流浪为主体的"南山叙事"和以外祖父骑红马遇害牺牲为核心事件的"红马家族叙事"是贯穿于张炜文学创作各个阶段的、被张炜反复书写的内容。它们与故地血脉和童年往事紧紧融汇在一起，共同构成了张炜的血脉根底。直至张炜最近的儿童小说《爱的川流不息》和张炜最新的长篇小说《河湾》，张炜仍在其中讲述"南山"与"红马"的家族史故事。《爱的川流不息》中的"我"与爸爸之间隔开了一座大山："爸爸常年在南边的大山里，那里有一个很大的水利工地，爸爸他们要凿穿一座大山，把水从山的另一边引过来。我问外祖母：'爸爸什么时候才能回来？'她说：'大山凿穿的那天。'她没有说大山什么时候才能凿穿。但我一直记住了这件事。我和爸爸之间隔开的，其实是一座大山。""我在想那座大山和那个人，想爸爸。他天天都要凿山，用钢钎和锤子。大山和人都是不幸的。这是一座给凿痛了的大山，一个最不幸的人。大山被凿上了孔洞，人瘦得皮包骨头。""我做过这样的梦：一个又瘦又高的男人，当然是爸爸，两脚缚了粗粗的铁链子，一动就哗哗响。"②而《河湾》中的傅亦衔则在个人史追溯与家族史记录中，再次完成了关于半岛传奇褶缝中家族血泪苦难的叙事："说到那幢救命的小茅屋、小果林，还要感激郑爷爷。母亲和外祖母不愿说起那段血泪岁月，可永远不会忘记。外祖父遭到土匪伏击，惨死在小城西南郊的松树下，那儿的白沙被他的血染红了……父亲远去关外，归来不久又蒙冤离家。外祖母和母亲在城东的临时居所里苦苦等待父亲，等来的却是更坏的消息：他即将奔赴南部水

---

① 张炜：《我的原野盛宴》，人民文学出版社2020年版，第45—46、103、104页。

② 张炜：《爱的川流不息》，山东教育出版社2021年版，第19、38、57页。

利工地，归期遥遥。她们没有离开，在这里苦等。"①于是，在《古船》《家族》《我的田园》《忆阿雅》等小说中一再出现的"红马家族"再次出现于《河湾》的家族叙事中，那匹"像太阳般红亮的、跳跃不止"②的"红马"不仅承载起了一个家族的浪漫传奇，也凝结了一个家族的血泪苦难。关于红马家族的叙事，不仅是傅亦衔记录家族史的内在必须，也是张炜追溯家族根脉时所寻求的"一种精神的血证"③。而在《他的琴》《你在高原》《我的原野盛宴》《爱的川流不息》等作品中频频出现的"南山叙事"也再次出现于《河湾》中，"走进那片蓝色的山影里"④受难的父亲，背负着凿山的宿命，在奔走与被困的一生中，将游走流浪的血脉、"一根筋"的倔强，乃至凿山的宿命都遗传给了傅亦衔。

尽管在张炜的儿童小说中，受难的父亲经常带来全家的不幸与童年的创伤，但正如凿山巨人童话对永不屈服的巨人所给予的崇高赞美，张炜以凿山父亲为核心的"南山叙事"对倔强而顽韧、善良而耿直的受难者们给予了深切的同情与真挚的认同。在《爱的川流不息》中，张炜将父亲称作是追月亮的人，"追月人"中浸透了张炜对"父亲"的钦佩与赞美。背负着凿山宿命的父亲已经一连许多年没有在中秋节归家了，这一次，父亲鼓足了劲，千难万险也要赶回林中小屋。他一路跑回来，只用了一天多的时间就跑完了两天的路程，他心里有一万个"拗气"，一路上只叮嘱自己，只要月亮还在天上，就不算晚。果然父亲追上了月亮，在这个中秋的深夜，他用"咚咚"的敲门声唤醒了睡梦中的小屋："一个细高个子进来了。我一眼认出了爸爸。'啊，爸爸！'我跳起来，两脚还没有落地，他就把我接住了。爸爸的头发上落满了月光，白灿灿的。我忍不住伸出手抹了一下，又用力揩了两下。那月光还是留在他的头发上。"⑤追月亮的爸爸，这是《爱的川流不息》中最感人的情节之一。追上了月亮的爸爸显示了他历经苦难却依旧顽韧的强大力量。张炜在最新的长篇小说《河湾》中，则直接为备受苦难的父亲而感到深深的自豪："我的'一根筋'遗传于不幸的父亲。血缘的力量就是如此强大。每次从头回想谜一样的父亲，都让我深深地惊叹。在家族史中，父亲一章比外祖父要繁复一些。我不断地猜测和寻觅

① 张炜：《河湾》，花城出版社2022年版，第207页。

② 张炜：《古船》，作家出版社2013年版，第291页。

③ 赵月斌：《张炜论》，作家出版社2019年版，第160页。

④ 张炜：《我的原野盛宴》，人民文学出版社2020年版，第249页。

⑤ 张炜：《爱的川流不息》，山东教育出版社2021年版，第58页。

一个清晰的形象，又不断地迷惘。在几位亲人中，他与我相处的时间最短，却在最大程度上左右了我的命运。我因为他而逃离，也因为他而担惊受怕受尽屈辱，最后却要为他感到深深的自豪。"①在张炜的小说中，受难的父亲已经不仅仅是一个具体的"父亲"，而成了一种在苦难中顽韧抗争、永不屈服的人性力量的象征："他要用自己长长的文字，揭开'父亲'的秘密，还原真实，还给一个人应有的尊严。当然，在他文学作品中的那个'父亲'，已经超越了生活中的具体人物，已经成为这片多灾多难的土地的象征，一个在任何风霜刀剑下都永不屈服的'男子汉'的象征。"②

对历史的引入与言说是张炜儿童小说具备厚重品格的重要原因。借助关于受难父亲的"南山叙事"和对被"流放"少年童年忧郁的书写，张炜将儿童小说的故事落到了历史的实处。正是在对历史苦难与时代缝隙中坚韧成长的野地顽童故事的讲述中，张炜完成了关于"巨人"的隐喻和对永不屈服的"巨人"式人性力量的赞美。这种深刻的人性探索、深沉的人文反思与深厚的人道主义关怀，共同促成了张炜儿童小说的厚重品格。

二、悲伤孤绝的故事与苦难中的儿童成长

张炜的儿童小说并不回避时代的荒诞与贫瘠，也不回避生活的苦难与艰辛，张炜擅长塑造在苦难中顽韧成长的少年儿童。而这些在苦难中成长起来的儿童往往格外正直善良、坚强勇毅，且格外具有"爱力"③。除了因受难父亲所直接带来的备受压抑的童年，张炜儿童小说中儿童所遭遇的苦难还有孤独、暴力、仇恨、背叛、死亡等等。这些顽童成长过程中所遭遇的苦难让张炜的儿童小说具备了格外厚重的现实主义品格。

首先，张炜的儿童小说对儿童的孤独进行了惊心动魄地书写与呈现，在张炜如花似玉的原野上掩映着悲伤孤绝的故事。在张炜的《狮子崖》《半岛哈里哈气》《少

---

① 张炜：《河湾》，花城出版社2022年版，第149页。
② 张期鹏、亓凤珍：《张炜评传》，河南文艺出版社2022年版，第32页。
③ "爱力"是张炜文学世界中的重要概念，它的内涵包括却不限于"爱的能力"及"爱的力量"。张炜认为"爱力"潜融在人的心灵和肉体之中，与人的生命合在一起，爱力首先表现在对情异性上，但却不仅如此，人类正是依靠这种"爱力"，去抵挡死亡的无望和悲凉的心绪。详见张炜：《随笔16则·爱力》，《长江文艺》1996年第4期，第8—9页。

年与海》《寻找鱼王》《兔子作家》《爱的川流不息》等儿童小说中，总会出现一些独居于人群之外的孤独者，他们大多隐藏于林野之中或大山深处，在只属于自己的小草房、小石屋或小果园里过着离群索居的孤独生活。他们之所以过着离群索居的生活，多数是因为曾经受过深深的伤害，正是充满了苦难、仇恨与创伤的过往将他们封闭在了孤独者的围城之中。在众多的林中孤屋里，有一幢是"我"所居住的，独居于莽林原野中的"我"需要长期面对心灵的孤寂状态。比如《他的琴》中的"我"和妈妈就独居在果林深处。这座孤寂的小屋常常被人们所遗忘，只有善良美丽的卢玲子还记挂着果园深处的人家，特意在中秋节来陪伴孤单的人过节，为此长期处于孤寂的少年获得了前所未有的欢乐与幸福："这个中秋节过得愉快极了。我觉得自己从来没有这么愉快过。虽然从卢玲子来到以后我没有说过一句话。我已经不能说什么了，因为我的心一直在欢快地跳动。长期孤寂的日子里，我变成了不爱说话、多少有些怕羞的人。我的痛苦和欢快都藏在心里。这个中秋节，我只把幸福贮藏起来。这样，一旦有了痛苦的时候，我就开销一点幸福。我相信是用这样的办法才忍受下去的。"[1]再比如《下雨·下雪》中的"我"就是独居于荒野之中的孩子："是爸爸使我们来到这个荒无人烟的地方。茫茫的海滩上偶尔有采药的、到海边上拣鱼的人走过去。要穿过林子向南走很远，才看得见整齐的、大片的庄稼地，看见一个小小的村子，看见那些做活的人在雨中奔跑。"[2]而《半岛哈里哈气》中的"我"（老果孩儿）一家也是住在海边林子深处、没有一户邻居的独居者："我们的小屋筑在丛林的边缘地带，不过离最近的人家也有一公里远。这儿到处是吵吵闹闹的各种动物——爸爸叫它们为'哈里哈气的东西'。"[3]这种因为独居而必然要遭受的长期孤独状态显然渗入了张炜真实的童年经验。童年时曾独居于深林莽原之中的张炜，一睁眼就是林子野物，一抬脚就迈入了自然原野，这样的生存状态必然要面临非同一般的孤寂，"由于我们一家独居丛林的缘故，我的童年比较起来是极其孤单的或者也可以说是最不寂寞的。因为我可以有更多的时间接触一些动物"。但动物往往也不能随意亲近，动物的警醒与提防让极其孤单的张炜"感受了极大的委屈。因为我知道自己是多么

① 张炜：《他的琴》，明天出版社1990年版，第4页。
② 张炜：《下雨·下雪》，《他的琴》，明天出版社1990年版，第216—217页。
③ 张炜：《半岛哈里哈气》，作家出版社2013年版，第1页。

需要它们的友谊"①。只有温驯纯良、忠诚热烈的猫和狗给予了孤独的张炜一扇可供诉说的心灵之窗，"于是我常常对它们诉说起来，说个不停。它们倾听的样子是我一生都不能忘记的"②。

张炜的儿童文学中对儿童的孤独表现得最深切也最感人的作品是中篇小说《爱的川流不息》和非虚构长篇《我的原野盛宴》。在《爱的川流不息》中，"我"和老果孩儿一样，独居在野林子深处的小茅屋里，四周没有一户邻居。由于父亲在南山凿山，常年不归家，而母亲在园艺场做临时工，要两周才回来一次，所以"我"便因为思念父母而常常陷入无法排遣的孤独之中："因为想爸爸，想妈妈，我有时会一个人躲在林子里，半天不出来。我在一棵大橡树或大杨树下待到很久，最后让外祖母慌乱地出门找起来。""我还在想小獾胡。与它分别的日子里，我总想找一个类似的新朋友。我发现没有它们，日子真的难过。这是一种特殊的孤寂，再加上想念爸爸妈妈，难过得要命。这难过不在心口那儿，而在嗓子下边一点。真不好受。"③张炜用嗓子下边的、无法言说的、苦闷在心中的"难过"让儿童的"特殊的孤寂"得以具象化，生动而准确地传达出了儿童的忧伤与痛苦。

而在非虚构长篇《我的原野盛宴》中，张炜更是用了"奔跑"来直接表达儿童难以言说的沉重"心事"和刻骨铭心的孤独感。当"我"在野地莽林中肆意撒欢地狂奔时，"我"还会想着小茅屋、外祖母、爸爸妈妈，不过他们全都一闪而过，"我"被前边的一切所吸引，飞快跑近然后匆匆告别。而"我"之所以无法自抑地、心痒难耐地奔跑个不停，是因为"我在追赶自己的心事"："我胸口那儿装的心事太多了，它们一开始堆积在一块儿，后来再也盛不下，趁着夜晚睡觉的时候飞走了。它们就像鸟儿一样，飞到了林子里，散在四周，在数不清的花草和绿叶间。我真的是到处追赶自己的心事。"④当"我"因为过于思念母亲而在孤独的悲伤中难以自拔时，"我"便在月光下的白毛花地和杂树林子里奔跑，奔跑的间隙"我"遇到了草地上直立着用蹄爪"击掌"的黄鼬，"我"为之着迷、心热，"可惜没有一个伙伴和我击掌。我一边跑一边伸出双手，挨个儿拍着大树……"⑤胸口中盛不下的心事飞落在

① 张炜：《游走：从少年到青年》，广西师范大学出版社2012年版，第7页。
② 张炜：《游走：从少年到青年》，广西师范大学出版社2012年版，第8页。
③ 张炜：《爱的川流不息》，山东教育出版社2021年版，第37、82页。
④ 张炜：《我的原野盛宴》，人民文学出版社2020年版，第54页。
⑤ 张炜：《我的原野盛宴》，人民文学出版社2020年版，第59页。

林野中，顽童只能用奔跑来追赶自己的心事，排遣过分沉重的忧愁。当孤独与思念变得难以承受时，顽童只能通过沉默的奔跑来诉说自己的痛苦。可即便是在排遣孤独的奔跑中，试图用奔跑来自我疗愈的顽童也会再次遭遇更加孤独的境地，"没有一个伙伴击掌"和只能"挨个儿拍着大树"的情况都是在对自我孤独境地的提醒。儿童孤独的深刻性、创伤性与绝望感就在这原野上的奔跑和"击掌"里被张炜不着痕迹地呈现了出来，这正是张炜感人至深的地方。

还需要注意的是，张炜在深入表现儿童的孤独境地时，却还在儿童的孤独与创伤中发现了儿童的共情能力。正因为承受过令人难过的孤独，所以善良的野地顽童便格外具有共情孤独者、关怀孤独者的细腻情感。这是儿童身上的可贵品质。比如《爱的川流不息》中儿童所承受的令人难过得要命的特殊孤寂就给予了儿童格外敏感的共情能力。当"我"远看"我"和外祖母的小茅屋时，就感觉它像大林子里长出的一朵孤独的大蘑菇，这茅屋就像心事沉重的人一样，四处都笼罩着像空气一样挥之不去的忧愁。而非虚构长篇《我的原野盛宴》中的顽童同样因为孤独而具备了非同一般的共情能力。当"我"和长有"桃绒"的壮壮在密林深处修筑了秘密的林中小窝之后，我们都觉得应该在林中陪它过一夜，因为把小窝自己留在林子里，它会孤单。"我"还经常去从前居住过如今已经半塌了的小泥屋里玩，除了因为小泥屋里有好玩的大红蛹、小虫、野物之外，还因为"我"总担心被遗忘的小泥屋会过于孤单，"夜里刮大风，下大雨，雷声隆隆，我会惊醒起来。这时我就想到北面的小泥屋：它会冻得浑身发抖，会孤单，会抱怨主人把它扔在一边"[1]。当遇到失群的大雁"老呆宝"时，"我"和外祖母都为失群大雁的孤独而难过："外祖母在这个夜晚有些难过。我不再问什么了。因为我突然想到了我们一家：从很远的地方来到这片林子，住在一幢茅屋里。我们就是孤单的鸟儿。我把头偎在外祖母的怀中，直到睡去。"[2]

其次，张炜的儿童小说中还写了人与人以及人与他者之间的暴力与仇恨、欺凌与压迫。暴力欺凌是张炜儿童小说中对儿童冲击最大、对人性伤害最大的苦难，对于暴力苦难的制造者，张炜给予了不屈不挠的坚决批判。比如《半岛哈里哈气》中事事都要占高枝儿、欺负得别人没法过的村头儿蓝大衣，只因常奇比他的儿子三胜唱歌唱得好，不服输的他就要想方设法地欺负常奇一家。蓝大衣不但在柴垛"匕

---

① 张炜：《我的原野盛宴》，人民文学出版社2020年版，第27页。

② 张炜：《我的原野盛宴》，人民文学出版社2020年版，第170页。

首"事件中将常奇父亲铁头以"特务"嫌疑名义抓走，让冤屈的铁头儿留下了一道道被抽打的伤痕，他还故意将"生牛"给铁头干活，企图让脾气恶劣的"生牛"去伤害铁头："'生牛'就是刚刚长大的公牛，脾气坏到了吓人的地步，一不小心就会把人抵伤——曾经有人被'生牛'活活抵死。"①明白了蓝大衣歹毒用意的铁头，全身冒火，用铁头愤怒地撞断了"生牛"的肋骨。事事占高枝儿的村头儿蓝大衣作为村子里的权力者，用权势和暴力欺侮、压迫弱者，而铁头的愤怒就是对这一暴力凌辱者的反抗。蓝大衣的行为被孩子们所厌恶和痛恨，包括他儿子三胜在内的野地顽童凭借自己的智慧，以蓝大衣最珍爱的"蓝大衣"为要挟，救出了因"破坏耕牛"而被关押的铁头。显然，顽童鲜明的爱憎也代表了张炜对暴力苦难制造者的态度。再比如《少年与海》里的老狍子精也曾受过血淋淋的暴力伤害。"野人"老狍子精曾经是为大户看林子的光棍汉，因为受大户牵累，村里人在打死了大户后，又把他绑在树上打，打得浑身是血。就因为他是大户的人，而且还是个"野人"异类，他就遭受了最恶毒的暴力伤害，但即便如此，他在村里人的暴力逼迫下也从不吭一声。"野人"对暴力凌辱的沉默忍耐是一种倔强无比的顽韧反抗。再比如《寻找鱼王》中的"老族长"，是大山里宗法社会的最高权力者，也是笼罩在所有人头上的阴影。正是"老族长"和"老族长"所代表的最高权势造成了两代水手鱼王与旱手鱼王的悲剧。在《寻找鱼王》的整部小说中，"老族长"就像影子一样，无所不在却又一次也没有把脸转向读者，他是生活中的巨大阴影，所以才可怕。大山里的"老族长"就像是深山莽林中的老虎，"它处于食物链的顶端，它只要活着，就要吞食很多活的生命"②。相较于其他捉到了大鱼就本能地认为要将大鱼献给老族长的人，旱手鱼王师傅与水手鱼王师傅捉到鱼就自己吃了的行为是真正摆脱了"老族长"思想统治的人，他们是权势与贪欲的反抗者。

但张炜将童年时所见证的暴力伤害表现得最为痛彻、也最为直接的儿童小说是中篇小说《爱的川流不息》。小说中的黑煞，是一切恶人与暴力的代表，他遍体黑筋，又矮又粗，长着乌紫的大嘴、凶狠的板牙与吓人的眼睛。黑煞第一次在小说中出场时，就是作为用暴力夺取他者生命的杀戮者出现的："那只背着的手里正握住了一只红色大鸟，脖子拧断了，流着血。""海边人都叫他'黑煞'，说他身上没长肉，

---

① 张炜：《半岛哈里哈气》，作家出版社2013年版，第98页。
② 张炜：《〈寻找鱼王〉答编辑问》，《寻找鱼王》，明天出版社2015年版，第222页。

全是筋，谁都不是他的对手。""他是坏人的头儿。只要干狠事坏事就得找他。他打人的时候要站到一个凳子上，专打人的脸，捣人的肚子。他用皮带抽人，能一口气把人抽昏过去。被他打过的人，就再也活不久。"①黑煞用头撞断了看鱼铺老头的肋骨，将"我"父亲关进了黑屋子，他还用枪瞄准了外祖母逼她交出小獾胡，因为他要用小獾胡做一顶野狸子帽子。小说中的黑煞是双手沾血的凶神恶煞，是专司杀戮与欺凌弱小的凶残暴君，是"我"童年时被霸凌与被欺辱的痛楚与创伤的制造者。黑煞和黑煞背后的那一伙恶者，不仅欺凌和压迫善良的弱者，甚至连更弱小的动物也不放过，"'黑煞'他们一直欺负老百姓，可小动物们连老百姓都不如，它们岂止'手无寸铁'，简直是最无助的。能对它们下手，就是最残忍、最卑鄙、最胆小的恶魔！"②曾经在张炜的小说中多次出现的"黑煞"本是一种海边的悍妖，它上挂天下挂地，像一片腥次次的无边无际的雾气。人走在路上，突然觉得眼前一阵黑，上不见天下不见地，两脚像是踏在半空里，那就是遇见"黑煞"了。只要遇见了黑煞，就十有八九活不成了，"以前有一个猎人，他就遇见过'黑煞'，没死，不过在床上躺了半年，身上脱了一层皮。"③人们将苦难的制造者、恶人的头儿叫作"黑煞"，可见大家对"黑煞"的恐惧与痛恨。暴力苦难的制造者就像吃人的悍妖一样让人不寒而栗，可见暴力压迫与欺辱霸凌对善良者所造成的伤害。张炜对这种暴力欺凌弱者的行为是严厉批判的，他痛恨所有的苦难制造者，并借助儿童视角对不屈不挠的反抗者和善良正直的勇敢者给予了最纯挚的赞美与褒扬。

最后，张炜的儿童小说还表现了死亡，尤其是极为细腻精准地表现了儿童对死亡的理解以及儿童在直面死亡时所发生的内在精神成长。比如小说《半岛哈里哈气》就从儿童的逻辑、儿童的情感与儿童的思维表现了儿童对于死亡的理解："他们大人讲道理的方式也真是够笨的：淹死了当然再也没有了，这还用说？他们没有讲到更主要的方面：孩子淹死了，家长就要哭，学校就要找，他的平时坐的那张桌子就要空起来，家里吃饭时就永远少了一口人。"④儿童对于死亡的理解是一种感性的具象化理解，死亡不仅仅是个体生命的消亡，这种生命的消亡还会影响到生活的方

① 张炜：《爱的川流不息》，山东教育出版社2021年版，第50、51页。
② 张炜：《爱的川流不息》，山东教育出版社2021年版，第128页。
③ 张炜：《爱的川流不息》，山东教育出版社2021年版，第52页。
④ 张炜：《半岛哈里哈气》，作家出版社2013年版，第30页。

方面面，正是在生活的细节实处，儿童将生命的死亡和死亡的影响具象化了、写实化了，死亡因此成为一种具体可感的事情。

在张炜的儿童小说中，将死亡书写得最为感人的作品是《寻找鱼王》。张炜在《寻找鱼王》中让少年直面亲人的自然死亡，并在直面死亡的教育中呈现出了少年个体的内在精神成长。《寻找鱼王》的《冬天》一章具体写了"我"的旱手鱼王师傅因为衰老和疾病而逐渐走向死亡的过程，这个过程缓慢而又迅速，而"我"则要独自面对这无法阻挡的长辈的死亡。当"我"发觉老人大多数时间都躺在炕上，且卧床的时间越来越长时，"我"开始感到不安与害怕，"我"隐隐约约地感到这个冬天，"我"非常需要和爸爸一起迎接一个可怕的事情，那就是师傅的死亡。尽管冬天的小石屋里有火、有饭、有猫，大炕也暖暖的，可"我"就是忍不住心上发冷。当老人开始说一些前后不搭茬儿的胡话时，"我"会把他的话一遍一遍琢磨，虽不能全懂，却还是泪水蒙蒙。"我"知道老人在回顾一生的同时也在想身后事，可"我"不敢往前看，因为前边的路上没有老人。在老人最后的日子里，"我"在亲人即将离去的悲伤中，明白了成长最重要的道理：长辈人牵手走三里，自己走七里，一辈子十里。虽然"我"深深地依恋着老人，依恋着小石屋，在以往的所有冬天里，"我"都是和长辈人一块儿度过的，但"我"明白，人总会孤单的，孤单地走完那"七里"。最终，还是"我"一个人独自直面了师傅的离去，独自承受了亲人死亡时的孤独、恐惧与悲伤："这个夜晚外面起了风，大风吹得到处呜呜响，一直响到黎明时分。我迷迷糊糊睡着了，最后被猫的大叫惊醒：它正在老人枕边大叫，叫几声又看我。我去看仰睡的老人，看不出什么异样。只是老人再也不会醒了。他永久地睡着了。他像平时睡去一个模样，只是不会再醒了。"[①] 独自直面了亲人死亡的少年，好像突然就长大了，他突然没有了惧怕，他深知自己担当一切的时候已经到来，他是整个小石屋的主心骨。大雪天里没有一个人可以交谈，少年必须独自全权决定所有的事情。少年完全靠自己一个人完成了对埋葬点的选择、坟墓的挖掘和对师傅遗体的封土安葬。随后在失去了亲人的小石屋里，少年独自熬过了剩余的冬天。《寻找鱼王》最核心的成长主题是"长辈人牵手走三里，自己走七里，一辈子十里"，而旱手鱼王师傅的死亡就是这个成长最重要的转折部分，即长辈人牵手走三里的结束与自己走七里的开始。少年真正的成长正在于此，张炜用死亡的教育将少年的内在精神成长与

---

① 张炜：《寻找鱼王》，明天出版社2015年版，第154页。

自我独立写得平静自持却又感人至深。

　　此外，张炜还在《忆阿雅》中阿雅的故事部分写了人的贪婪与背叛所造成的苦难，在《少年与海》和《寻找鱼王》等作品中写了仇恨对人性的戕害所造成的苦难，在《半岛哈里哈气》和《爱的川流不息》等作品中写了生活的贫瘠与饥饿所造成的人生苦难等等。在这些儿童小说中，在苦难中维持了正直与良善、在苦难中实现了顽韧成长的少年儿童，其形象格外光辉夺目。可以说，正是历史引入与苦难呈现形成了张炜儿童小说的厚重品格。

矛盾叙事中的三重文本

——评王蒙小说《这边风景》

牟学苑　韩　乐

　　内容提要：王蒙以新疆维吾尔族生活为背景的长篇小说《这边风景》从创作到出版跨越了近40年的时间，经历了多次修改。这部作品本质上是王蒙在矛盾叙事中写就的三重文本——"文革文学""十七年文学""当下文学"——的叠加。这三重文本因政治、历史、意识形态等外部因素的变迁被杂糅在一起，却因本质性的差异而相互对抗、矛盾、割裂。《这边风景》在王蒙的小说中并不算特别成功，却因其浓缩的历史性因素而具有不可多得的史料价值。

　　关键词：王蒙　《这边风景》　新疆　维吾尔族

　　王蒙的长篇小说《这边风景》自2013年出版以来，评论界一直存在争议。一方面，由于王蒙巨大的影响力，《这边风景》获得了不少好评。2015年《这边风景》获得第九届"茅盾文学奖"，这是王蒙迄今所获的最具影响的文学奖项，也无疑给这部作品标定了历史地位。而另一方面，也有不少人对《这边风景》进行了激烈的批判，认为该作"矛盾""畸形""深陷泥淖"，甚至认为"这个患有'先天''绝症'的'已经逝世'的文本，实没有起死回生的必要"。[①]

　　作者简介：牟学苑，石河子大学文学艺术学院教授，主要从事比较文学研究。韩乐，石河子大学文学艺术学院硕士研究生，主要从事比较文学研究。

　　① 施津菊：《王蒙旧作新发的意义质疑》，《天津师范大学学报》2014年第1期，第28页。

王蒙虽然一入文坛就是一位颇具争议的作家，但《这边风景》的情况与此前颇有不同。因为《这边风景》并不是一部自足的作品，它其实是在不同时间、不同创作目的、不同创作心态，甚至是在不同的创作技巧和风格下制造出来的三重文本——"文革文学""十七年文学""当下文学"——的叠加。

《这边风景》中三重文本的割裂，主要是由于时间的累积造成的。"文革"后期，深感岁月蹉跎的王蒙"决心不论写作环境如何不正常，努力写一部大长篇"。[①]于是自1974年始，王蒙正式开始进行《这边风景》的创作。但在《这边风景》接近完成时，"文革"结束了，《这边风景》中的政治性描述已经显得不合时宜。所以虽经多次修改，小说最终被中国青年出版社退稿。此后，王蒙进入新时期文学创作的爆发期，《这边风景》也就被逐渐淡忘了。直到2012年，旧稿被家人发现。在时间的漂洗下，原本敏感的东西变得"脱敏"，原本俗套的东西显得新奇，这部作品才又有了重生的机会，王蒙在校订后交由花城出版社于2013年出版。也就是说，从开始创作到真正出版问世，《这边风景》跨越了39年的历史。无论从作家创作的角度，还是从读者接受的角度来看，《这边风景》都不是一部统一完整的小说。所以评论界对《这边风景》的赞赏也罢，批评也罢，都有其道理，但又往往只是部分的真实。

一、削足适履的"'文革'文学"

《这边风景》有着强烈的"文革"文学的印记。无论在主题上，还是在艺术上，《这边风景》都有自觉向"文革"文学靠拢的因素。

从小说的时间设定来看，王蒙将主人公伊力哈穆回到伊犁的时间安排在1962年5月初，目的就是要将"伊塔事件"作为背景。但按照王蒙在书中的说法，1962年的情节只能算是"小小的前奏"，而1963，特别是1964、1965两年的事才是"本题"，[②]这个"本题"就是指"四清运动"。对于"四清运动"，小说中分为三个时段处理，一是1963年夏，其政策依据是中共中央五月底发布的《关于目前农村工作中若干问题的决定（草案）》，即"前十条"。[③]在小说中，"前十条"被看作是毛主

---

① 王蒙：《情况简介》，《这边风景》，花城出版社2013年版，第704页。
② 王蒙：《这边风景》，花城出版社2013年版，第185页。
③ 王蒙在小说中误将"前十条"记为《中央关于当前农村工作的若干意见》。

席的思想，正面人物认真学习领会，在"四清"工作中加以运用，党的事业因此受益，反面人物则受到了一定处理。第二个时段是1964年冬，"四清"工作队进村，以章洋为代表的错误路线对伊力哈穆进行了迫害，反面人物甚嚣尘上，其政策依据是"桃园经验"，是"文革"中已被批倒的"死老虎"。第三个时段是1965年初，其政策依据是中共中央一月份发布的《关于农村社会主义教育运动中目前提出的一些问题》，即"二十三条"。有了毛主席的"二十三条"，一切困难迎刃而解，伊力哈穆洗白了冤屈，被蒙蔽的群众纷纷起来揭发，隐藏的各路阶级敌人也被挖了出来。可以看出，小说的结构框架完全是根据政治形势的变化设计的。小说的主要矛盾是两条路线的斗争：伊力哈穆坚持的是毛主席的路线，而章洋背后的根子则是"党内最大的走资派"。之所以用"伊塔事件"作为前奏，是为了将阶级斗争与路线斗争结合起来："苏修"需要内应，内应就是或明或暗的阶级敌人，即小说中的各种反面人物。阶级敌人为了组织外逃实施了粮食盗窃案，而章洋为代表的错误路线则迫害正面人物，保护了阶级敌人。当然，最终在毛主席的指示下正确路线大获全胜，阶级敌人纷纷落网。公平地讲，王蒙的设计不可谓不精巧，但小说"虚构的动力来自作者对意识形态动向的领会能力，叙事内容里问题的提出和矛盾的解决都依赖于文件、政策的传达和解读"，[①]所以，作品的情节主线整体上是空洞的。

实际上，作为小说情节核心背景的"伊塔事件"和"四清运动"，王蒙并不熟悉。王蒙1963年底才到乌鲁木齐，并没有赶上1962年发生在伊犁地区的"伊塔事件"。1964年底，王蒙曾经被抽调准备参加"四清"，却因政治问题被取消了资格，次年下放伊犁时已是运动的尾声，再加上边疆民族地区的特殊氛围，运动并没有小说中那样激烈。王蒙自己就说："我去伊犁的时候恰逢社会主义教育运动，至少，我到的时候未发现什么斗得死去活来的紧张气氛，倒是都挺轻松和善。"[②]诚然，作家并非只能写自己熟悉的生活，但对于《这边风景》这样的使用传统现实主义手法的作品来说，情节主干和故事背景都出于政治目的选择了作家并不熟悉的东西，在艺术上就很难成功。王蒙曾经谈到过创作《这边风景》的初衷：

---

① 方岩：《历史遗迹、写作"中段"与自我辩护——王蒙〈这边风景〉读札》，《名作欣赏》2010年第10期，第77页。

② 王蒙：《王蒙文集·半生多事》，人民文学出版社2013年版，第295页。

我也真的考虑起写一部反映伊犁农村生活的长篇小说来。我必须找到一个契合点，能够描绘伊犁农村的风土人情，阴晴寒暑，日常生活，爱恨情仇，美丽山川，丰富多彩，特别是维吾尔人的文化性格。同时，又要能符合政策，"政治正确"。我想来想去可以考虑写农村的"四清"，四清云云关键是与农村干部的贪污腐化、多吃多占、阶级阵线不清做斗争，至少前二者还是有生活依据的，什么时候都有腐化干部，什么时候也都有奉公守法艰苦奋斗的好干部。不管形势怎样发展，也不管各种说法怎么样复杂悖谬，共产党提倡清廉、道德纯洁是好事情。阶级斗争嘛总可以编故事，投毒放火盗窃做假账……有坏人就有阶级，有坏事就有斗争嘛，也不难办。就这样，以不必坐班考勤始，我果真在"文革"的最后几年悄悄地写作起来了。①

从王蒙的自述来看，我们大概可以总结出几条关键信息：一、他真正想写的是伊犁的农村生活，这是他熟悉的东西，也是《这边风景》中真正写好了的东西；二、之所以写"四清"，是为了"政治正确"，也因为写"四清"相对不那么悖谬；三、"四清"多少还有点生活依据，阶级斗争就全靠"编故事"了。这跟作品最终在艺术上的表现是一致的。

《这边风景》的创作原本有着深厚的生活基础。王蒙在伊犁下放六年，学会了维吾尔语，他以汉族作家罕有的对维吾尔文化的热情和理解，对新疆边境农村的自然及人文风情进行了细致而真实的描写，《这边风景》中的许多人物、事件，在生活中都是有原型的。这些素材后来改头换面，被大量使用在《在伊犁》等新疆题材小说中。但作为整体的《这边风景》在经过几次修改后仍然无法出版，其核心情节、主要人物连被改造利用的机会也没有，足可证明概念出发、主题先行的"'文革'文学"创作方法对于作品造成的伤害。

在艺术上，《这边风景》也是对"文革"文学亦步亦趋。在人物塑造上王蒙基本遵循了"三突出""三陪衬"等创作原则，以伊力哈穆为主要英雄人物的正面人物，除了维吾尔人的面孔，其实与《金光大道》中的高大泉等并没有太大区别，而赖提甫、麦素木、玛丽汗等反面人物则基本是生造出来的。如果将伊力哈穆、里希提等正面人物与王蒙新时期创作的《队长、书记、野猫和半截筷子的故事》中的伊犁农

---

① 王蒙：《王蒙文集·半生多事》，人民文学出版社2013年版，第416页。

村干部群像做一对比，很容易发现孰高孰低，孰真孰假。此外，《这边风景》中的许多政治性描述也是非常生硬的，使用了大量简单空洞的政策文件话语，甚至多处直接引用毛主席语录原文。此外，伊力哈穆随身携带毛主席照片在家中进行形势宣传，狄丽娜尔和雪林姑丽借"除四害"谈社会主义改造，艾拜杜拉和雪林姑丽新婚之夜讨论学习大寨精神等情节，都有脱离现实的感觉。

相比于"十七年"时期的创作，王蒙显然进行了痛苦的自我改造。在写作《这边风景》之前，已从伊犁回到自治区文联的王蒙接受了上级安排的一些创作任务，如改编连环画、修改剧本等。这些工作基本都是没有署名权的集体创作，成而无功，败则有过。王蒙必须不断揣摩"上意"，寻找政策的边界，小心翼翼地自我规训，努力向主流且安全的文艺方向靠拢。这实际上起到了"文革"文艺训练班的作用。《这边风景》中的种种拘谨和僵硬，便由此而来。但这种训练更多是技术性的，王蒙有没有在"灵魂深处闹革命"，其实是非常可疑的。如果按照"文革"文学的标准，《这边风景》中的阶级斗争主线不够突出，反面人物的结局也过于温和，立场似乎不够坚决。而且王蒙选择了"四清运动"作为故事背景，这在当代文学史上也是非常罕见的。王蒙在小说中批判了章洋在"四清"中的极左行为，批判"左"，哪怕是"形左实右"，在"文革"时期都是有风险的。王蒙为什么要选择"四清"作为背景呢？归根结底还是因为"四清"距离生活的真实更近一些，不像其他题材那么"悖谬"。也就是说，王蒙并没有能够完全抛弃自己的文学品味和创作风格，他依然想要描绘他所熟悉的具有艺术价值的生活。所以在《这边风景》中，一面是大量空洞乏味的政治话语，另一面又是边疆少数民族的风土人情画卷；一面是高大全的英雄人物，另一面又塑造了穆萨、尼牙孜等活灵活现的中间人物甚至反面人物。王蒙甚至还花费了大量笔墨描写艾拜杜拉和雪林姑丽，泰外库和艾弥拉克孜的爱情。可以想象，假如《这边风景》真的能够早几年定稿出版的话，对王蒙来说未必是件幸事。

二、"十七年文学"的余响

王蒙是一个非常幸运的作家，《组织部来了个年轻人》甫一问世，就引起了巨大的争议，又因最高领袖的关注而全国知名。但王蒙又是一个非常不幸的作家，因为他初出茅庐就变成了"大右派"，在创作上根本来不及积淀和磨炼。所以王蒙在创作《这边风景》时，技巧上还很青涩。他只发表过几个短篇小说，写过一部未能出版的学生题材的长篇《青春万岁》。此时王蒙的创作既未成熟，又是第一次写农村题材，所以可供依傍的，首先是延续自己已有的创作模式，其次就是借鉴"十七年文学"中的成功作品。

王蒙在"十七年"时期的创作（从1952年发表《礼貌的故事》到1964年的《春满吐鲁番》，其实是"十二年文学"）虽还不成熟，但也已形成了自己的一些特点。王蒙是在新中国成长起来的作家，受到新思想、新文学的熏染，他真诚地热爱党，用青春的纯真和热情歌颂新社会。他的创作从一开始就具有强烈的政治性，喜欢迎合时代精神，追寻时代热点。所以《这边风景》对于"文革"的迎合并不完全是一种策略，也是王蒙的创作个性使然。但王蒙不喜欢宣传口号式的文学，他关注个体，喜欢用个人的命运折射时代的变迁。《这边风景》中将主人公伊力哈穆的命运起伏与"四清"运动的进展连接起来，试图以小见大的写法，也不是"文革"中的新变化，而是王蒙"十七年文学"的一种惯性。在写作技巧上，《这边风景》也继承了以往的特点。将《这边风景》与王蒙最早写作的长篇《青春万岁》（1956年定稿，1979年方获出版）做一对比就会发现它们之间的诸多相似性，例如：王蒙喜欢抒情，两部作品中的叙事者都常常显身，大发议论；为了联系时代背景，两部作品都会直接插入历史事件的叙述；都使用了角心人物转换和人称变换的叙事方法；主要依靠人物转换而非情节进展组织结构；都喜欢使用充满暗示性的"点题式"的景物描写；就连开篇，也都是用对话引出人物登场……

但王蒙的"十七年"创作因为遭受过批判，在"文革"时期已然是条"错误"的道路，所以无论从现实考虑，还是从王蒙的创作自觉来说，他都在自我否定，寻找新的创作模式。《这边风景》对于"十七年王蒙"的继承，更多的是一种惯性和不自觉。但王蒙对于"十七年文学"经典，尤其是农村题材作品的借鉴和模仿，则是一种主动选择。他在接受采访时曾回忆："写这个小说前，我细心研究琢磨了当时大红大紫的浩然、柳青，分析了他们的小说框架、结构、手法，后来写的《这边风景》。"[①]《这边风景》虽然是以"四清"而不是"十七年文学"中常用的"土改""合作化"为背景，但在一些基本模式上，如用农村基层的斗争反映政治政策变动，塑造理想化的共产党员带头人形象，对于农村自然、人文环境的理想化，穿插农村风俗人情的描写等，都与"十七年文学"非常相近。王蒙自己说尼牙孜这个人物就受

---

① 张英：《王蒙：没有去新疆的16年，就没有现在的王蒙》，《南方周末》2013年12月12日。

到了赵树理《锻炼锻炼》中"小腿疼"的影响；《这边风景》中具有浓郁地方民族特色的语言，富于感情的风景描写，则有《山乡巨变》的影子。此外，有一部"十七年时期"的电影《夺印》，虽非文学作品，也可能给王蒙提供了灵感。《这边风景》中作为核心线索的"粮食盗窃案"，包括在具体情节上，如在风雨之夜实施犯罪，阶级敌人欺骗利用落后农民完成盗窃，盗窃的目的是实现更大的阴谋，盗窃后嫁祸无辜等都很容易让人联想到《夺印》中的"稻种盗窃案"。

但需要注意的是，《这边风景》是在"文革"后期开始创作的，当时"十七年时期"的文艺作品多已被打成"毒草"，王蒙一方面要从这些作品中学习经验，另一方面又要将它们当作前车之鉴。彼时小说界几乎硕果仅存的是浩然的作品。但王蒙又不太愿意模仿浩然。王蒙承认伊力哈穆有《艳阳天》中萧长春的影响，也表达过对浩然作品的认可。但王蒙认可浩然是因为他的作品相对其他"文革"文学而言，还保留了生活的气息："我看他写的英雄人物萧长春、高大泉，也为他的惨淡经营，调动出自己的全部神经与记忆，力图按要求写出有血有肉的英雄人物，力图使自己的文学才能文学经验为上所用而摇头点头。这样的苦心使我感动，使我叹息不已。"[①] 王蒙对"文革"文学的艺术性是不太满意的，他对浩然的赞赏更多是对其戴着镣铐舞蹈的平衡能力的同情和共感，或者说更认可其"十七年文学"而非"'文革'文学"的特质。《这边风景》虽然是"文革"时期的作品，也有许多"文革"的印记，但就其模式和风格来说，如二元对立的叙事模式，理想主义的基调，扎根生活的传统现实主义手法等，都更像"十七年文学"。所以雷达将《这边风景》看作真正的"十七年文学的幕终曲"[②]，是有一定道理的。

三、"当下王蒙"的改造与阐释

我们今天看到的《这边风景》，已经不是当年的原貌了。根据王蒙的回忆加以分析，小说曾经历过几次修改：一、在提交书稿后，1978年6月，王蒙应中国青年出版社之邀前往北戴河改稿，8月7日初稿改完。而就在他改稿的同时，1978年《新

---

① 王蒙：《王蒙文集·半生多事》，人民文学出版社2013年版，第410页。
② 雷达：《这边有色调浓郁的风景——评王蒙〈这边风景〉》，《中国现代文学研究丛刊》2016年第2期，第17页。

疆文艺》（原《新疆文学》）7、8两期，发表了《这边风景》的前五章。第七期《编者按》中说："《这边风景》是王蒙同志近年来写作的一部长篇小说。……初稿将于近期完成。本刊选取其中的几章。希望读者提出意见、批评，帮助作者加工修改。"①结合杂志的出版日期，可知这五章应该是从北戴河改稿之前的手稿中节选的。而后来的花城版依据的则是在北戴河改过的版本。1978年虽已是"文革"之后，但意识形态上还存在惯性，所以王蒙修订的基本是文字语句，对书中政治色彩较浓的部分并没有太多改动。二、《这边风景》虽经修改，却被中国青年出版社拒稿。王蒙不死心，此后几年，曾数次对书稿进行修改，希望加以挽救。1981年，在刚刚创刊的《东方》杂志第2期，王蒙以《伊犁风情》的名义发表了《这边风景》的部分章节，主要内容是泰外库和雪林姑丽各自的爱情，对应花城版的第14、17、18、39章。花城版与这个版本相比，差异不大，但王蒙在此前的几次修改中做了哪些变动就无从得知了。但王蒙专门抽选了书中最无关政治也是与作品主题最远的爱情描写在《东方》发表，并名之为《伊犁风情》，已经能感受到作家心态和整体氛围的变化。三、2012年3月21日，已经被遗忘的《这边风景》手稿被重新发现，经过王蒙两次修订后，由花城出版社于2013年出版。通过王蒙的自述和与《新疆文艺》《东方》的版本（虽然不是全本）相比对，我们可以发现王蒙所做的修订，更可以进一步分析当代王蒙与曾经的王蒙之间的差异和对话。

花城版《这边风景》与此前的版本相比较，在情节、叙事、话语上的确没有本质性的变化，作者在封皮折页"关于本书"中"基本保持原貌"的说法是符合事实的。但还是有如下修订：一、编写了目录，还设计了目录中的情节提示。二、出于语言规范、语法、语气等目的的文字更动。这种修订很多，显然作者和编辑对原稿进行了逐字逐句的审阅和润色。三、大量改动了维吾尔族人物的姓名音译。四、改动了一些带有强烈时代痕迹的说法，主要是政治性的。如王蒙自己所说，"在阶级斗争、反修斗争与崇拜个人的气氛方面，做了些简易的弱化"②。五、强化了地区和民族风情的描写，添加了大量带有新疆地方和维吾尔民族特色的事物、用语、注解，这显然是作家面对不同时代的读者需求采取了不同的语言策略。六、情节的增补和改造。花城版中的有些情节显然是王蒙在修订中增补改造的，当然，这种改动并不

---

① 《这边风景》"编者按"，《新疆文艺》1978年第7期，第58页。

② 王蒙：《情况简介》，《这边风景》，花城出版社2013年版，第705页。

多，而且基本被放置在章节的末尾，以免影响作品的原貌。这种修订有的是对情节的完善，如最后一章对主要人物命运的交代；有的是抒发情感，例如第45章对"雪林姑丽"这个名字的考据和感叹；有的则体现了当下王蒙与过去自我的对话。例如第29章，这一章描写的是艾拜杜拉与雪林姑丽的新婚第一天。这天艾拜杜拉因为自愿在队里参加劳动，很晚才回来，回来之后又对雪林姑丽宣传大寨精神，还决定要冒着世俗的偏见为队里收集人粪尿，当晚技术员杨辉又来动员雪林姑丽参加农技实验站。一对新人在走马灯般的"新人新事"和政治报告般的对话中度过了"幸福"的夜晚。这种政治话语对于最具私密性的生活空间的强势侵入正是那个年代文艺创作的通例。但王蒙却在此章后添加了一个情节：自此之后，"大寨"成了小夫妻的性暗号。这种近乎恶作剧的情节改造一下消解了小说原有的那种装腔作势，当年的王蒙用政治扭曲了生活，而当下的王蒙又用生活消解了政治。①

花城版《这边风景》中所做的最大修订就是添加了"小说人语"。"小说人语"列于每章之后，文字或多或少，但比较松散，基本是对该章情节的解释，或是对作品的感受、评论及感慨。笔者认为，"小说人语"集中表达了当下王蒙对于该作品的态度。当然，选择将其出版本身就代表了王蒙的态度。但具体来说，王蒙的态度也是很复杂的。首先，王蒙对《这边风景》的艺术价值有着高度的自信。他常被自己多年前创作的内容感动得"热泪盈眶"，甚至"读一次大哭一次"；对自己描写女孩子之间友谊的文笔感叹"心细如发"，"像个女孩儿写的"。当然，对于《这边风景》在政治、艺术上的缺陷，王蒙自己也是承认的。他在第41章的"小说人语"中说："由于写作当时的语境，小说人拼命将伊力哈穆往完美里写，这里有生活的依据也有真情也有硬气功式的努力。以至于，突然，重读着重读着，小说人也对伊力哈穆的原则性与不识相性感到有点受不了了。"②但王蒙又担心读者会因为这些缺陷将作品全盘否定，所以在"小说人语"中，他也做了不少辩解和回护。他认为作品中的政治话语有其相应的历史背景，并非完全"应时应景"，又强调作品中真实和细节的价值，"生活实感则用它的活泼泼的生命挽救了一部尘封四十年的小说"③。最

---

① 政治扭曲生活，而生活消解政治云云，是毕淑敏评论王蒙小说《狂欢的季节》的话，王蒙对此特别认同，在各种场合曾多次提及。

② 王蒙：《这边风景》，花城出版社2013年版，第521页。

③ 王蒙：《这边风景》，花城出版社2013年版，第52页。

重要的是，王蒙认为《这边风景》借着批"形左实右"的幌子，痛快淋漓地痛批了"极左"，其实是"戴着镣铐的舞蹈"，所以政治上尚可挽救。

无论在小说正文中，还是在"小说人语"中，王蒙都经常使用他所擅长的人称转换手法。一般而言，王蒙用"小说人"而不是第一人称"我"代表自己，与读者对话，以营造一种相对客观的氛围。有时，王蒙则会用"聪明的你"指代可能存在的挑剔苛刻的批评者，而用隐含的第一人称叙事视角向"你"进行解释。但在第12章的"小说人语"中，人称的使用却颇有意味。在这段抒情性的话语中，王蒙开篇就使用了第二人称叙事，他写道："你永远的小说人的四十个春秋以前的早年写作……"在这里，第二人称其实就是第一人称，但王蒙用"你"而不用"我"，就与四十年前的自我拉开了距离。也就是说，"小说人语"中所谓的"小说人"，并不是"文革"前后写作《这边风景》的那个小说人，而是因为时间的磨洗而具有了人生睿智和历史高度的当下的小说人。而下文王蒙又这样写道："你难忘的伊犁西公园附近诺海果尔特的俄式大院！对不起，他把你描写成了魔窟。"[1]在这里，隐藏的"我"与小说人"你"站在一起，而那个受到"文革"文学影响写作离奇情节的写作者却被抽离出来，变成了"他"，以表疏远和隔离。显然，面对小说中很可能遭到质疑的政治印记，王蒙其实是有些焦虑的，并没有自己表现得那样自信和从容。

有意思的是，在因政治因素造成无法出版的年代，《这边风景》不需要什么"小说人语"（在1981年《东方》节选发表的"前记"中，王蒙也没有就该书的政治倾向做任何的交代），而在其政治因素已无关宏旨，小说才终于得以出版的当下，王蒙反倒要制作"小说人语"了。归根结底，"小说人语"还是源于王蒙对作品"文革"印记的担心，是一种防御机制，他要利用作者的话语优势，通过温和可控的检讨和坚定有力的回护将作品扶上马，再送一程。

四、结语

如上所述，《这边风景》是王蒙在矛盾叙事中完成的三重文本的叠加，这三重文本彼此割裂，又相互纠缠。但作为同一作家的不同阶段，《这边风景》的三重文本又非毫无关联，它们的背后，还是存在着隐秘的精神联系。

---

① 王蒙：《这边风景》，花城出版社2013年版，第132—133页。

对于王蒙来说，"少共"是个无法改易的标签。终其一生，王蒙都对政治话题、主流话语有着执着的兴趣和高度的认同。王蒙"十七年"时期的创作，在选题上、叙事方式上，都与那个时代的潮流相应和。即便在"反右"中遭受了打击，王蒙在思想上并发生没有本质性的变化。"他不会（不敢）因此而动摇刚刚获得的信念或放弃刚刚建立的理想，因为这是被当时的历史证明为唯一正确的信念和理想，他只能是驯服地自我改造，以期符合这个信念与理想所包含的琢磨不透的标准。"[1]所以在长期沉寂后，王蒙会迎合模仿"文革"时期的文艺主流，创作出《这边风景》这样的作品，并非不可理解。小说中许多带有特殊时代印记的书写，也不完全是曲意逢迎和明哲保身，还是有真诚信仰的成分。王蒙在新时期初期的创作，如《最宝贵的》《向春晖》等，虽然在主题上与此前的创作迥异，但那种对政治形势和主流话语的追随，依然延续了"十七年"时期和《这边风景》的道路。

但王蒙又是一个天生脑后有"反骨"的作家。他虽紧跟潮流，却又喜欢独出心裁，做翻案文章，无论在思想上还是艺术上都是如此。他写《组织部来了个年轻人》是这样，写《这边风景》仍然是这样。他之所以要写别人极少涉及的"四清"，要在"文革"那种宁左勿右的氛围中批"形左"，都是这种创作个性使然。

《这边风景》的三重文本之间当然存在着巨大的差异，有时这种差异大到不像出自同一个作家之手。但这种差异主要是由于时间造成的，是不同历史时期和创作阶段的王蒙思想、艺术变化的一种体现。王蒙乃至那一代作家所共同面对的问题在于，他们在创作思想、题材、风格、技巧上的阶段性的巨大变化多是受外部环境影响造成的，而非创作逐渐成熟的自然转化。这种变化因时间的间隔和社会的变迁得到了相对合理的解释，因而被人们所忽视。但在《这边风景》中，半个世纪的王蒙被压缩在同一个文本之中，这其中的变化就产生了巨大的张力。从这一点上来说，《这边风景》在当代文学中，是极其罕有的一个文本，它对于王蒙创作的研究，对于当代文学史的研究，都有着非常独特的价值。

---

[1] 郜元宝：《当蝴蝶飞舞时——王蒙创作的几个阶段和方面》，《当代作家评论》2007年第2期，第31页。

灾难叙事、民族关切与诗性特质

——重读阿来《云中记》

马春光

内容提要：《云中记》是阿来为纪念汶川地震十周年创作的小说，这部小说呈现出细腻的灾难叙事、深切的民族关切和浓郁的诗性气质，敞开了地震书写的多重面向。《云中记》首先是一首安魂曲，直面过去，抚慰地震中消逝的村庄与亡灵，感情细腻而哀婉。《云中记》同时面向现实，叙述并反思灾后重建过程中的各种问题，笔法精准而客观。《云中记》更重要的面向是藏区的未来，探寻藏区历史文化与现代发展的融合。《云中记》延续了阿来小说的诗性追求，并对现代诗性小说的传统进行了卓有成效的赓续与再造。

关键词：阿来 《云中记》 灾难叙事 文化反思 诗性小说

《云中记》以汶川大地震中伤亡惨重的藏民村庄"云中村"为对象，讲述了村庄祭师阿巴在地震五年后返回村庄、告慰亡灵、与村庄一起消失的故事。小说创作于2018年，阿来在大地震十年后重述这一灾难事件，作者集中讲述地震发生前后与地震五年后这两个时间点的故事，其中夹杂着这个村庄的历史来源、震前的生活百态以及地震后的现实乱象。在以村庄祭师阿巴为中心的讲述中，这部小说扬弃了对地震（灾难）的宏大叙事，以面向逝者的姿态重建关于地震的心灵叙事。《云中记》实现了对地震的立体化观照，彰显出多重的书写维度。《云中记》既直面过去，抚慰地震中消逝的村庄

作者简介：马春光，山东大学人文社科青岛研究院副教授，主要从事中国现当代文学研究。

与亡灵，感情细腻而哀婉。《云中记》又面向现实，反思灾后重建过程中的各种问题，笔法精准而客观。而《云中记》更重要的面向是未来，探寻藏区历史文化与现代发展的融合，为藏区（乃至更多的少数民族边地）未来的发展提供一种深刻的文化反思。

一、安魂曲："回忆"与"对话"中的精神抚慰

《云中记》是阿来在汶川大地震10周年之际献给村庄与亡灵的一首安魂曲，小说重现了云中村地震时的残酷场景，用极富抒情气息的语言表达了对他们的抚慰。在时间沉淀之后，在地震宏大叙事的缝隙处落笔，关注那些逝去的尘埃般的生命。整部小说以阿巴重返云中村为主线，阿巴的回忆以及阿巴与来访者、亡灵、山川草木的对话构成叙事的主体，"人与物、天与地、鬼与神，都在云中村的废墟中交响对话，回荡其间的诗作者巨大的悲悯情怀"①。"回忆"与"对话"搭建起了整部小说的叙事框架，形成了多线索的交叉叙事。

小说以祭师阿巴在灾后移民四年多之后重返废墟中的云中村为叙事的起点，通过阿巴的回忆建构起村庄的历史面貌与地震的鲜活细节，通过其他相关人物回返云中村时与阿巴的对话描述灾后重建的诸种现实。小说开头在一种极富节奏感的语言中展开叙述：

> 隆隆的声音里，大地开始震颤，继之以剧烈的晃动。他脑子里地震这个词还没来得及完整呈现，一道裂口就像一道闪电，像一条长蛇蜿蜒到他的脚下。尘烟四起，大地的晃动把他摔在了路边，摔在了一丛开着白花的忍冬灌木丛中间。
>
> 地崩天裂！一切都在下坠，泥土，石头，树木，甚至苔藓和被从树上摇落的鸟巢。甚至是天上灰白的流云。
>
> 他随着这一切向下坠落，其间还看见被裹挟在固体湍流中的马四蹄朝天，掠过了他的身边。
>
> 后来，阿巴知道，地震爆发的时间是下午2点28分04秒。
>
> 他熟悉的世界和生活就在那一瞬间彻底崩溃。②

---

① 季进：《安魂与抒情——读阿来的〈云中记〉》，《当代文坛》2020年第1期。
② 阿来：《云中记》，北京十月文艺出版社2019年版，第4页。

阿巴的回忆是碎片化的，曲折回环的，时有重复的，这恰恰造就了小说的结构，在情感与记忆的跌宕起伏中还原村庄的历史、抚慰逝去的灵魂。阿巴的回忆可概括为三个层面，其一是对悠远的云中村历史的回溯，建构起云中村的历史来源与信仰维度；其二是云中村的现代化变革，即近年来云中村的历史，以科技为表征的现代文明强势进入，阿巴父亲、阿巴、仁钦三代人的命运与经历，成为形象化的表达，其中最重要的是阿巴自己做发电员、坠入江中失忆十多年后醒来的回忆，这其中有作者阿来对藏民的历史抚恤和现实观照；其三是云中村震前生活细节与震后乡亲们的生活变化。阿巴回到废墟中的云中村之后的第四天，也就是地震五周年的这一天，他开始进行挨家挨户的"告诉"，这是小说中最动人的部分。"他在每一家的房子前停下。为每一家熏一道香，为每一家摇铃击鼓。"阿来通过这一部分还原了震前的村庄中的日常生活细节，那些细微的美好，阿来写得传神、生动。小说通过阿巴挨家挨户的"告诉"，重现了云中村地震前的情况，这是对生命的尊重与抚慰，提示我们"拒绝遗忘"。它提示我们，每一个生命在死亡面前都是平等的，这是对一个消逝的村庄的激活，是一种生存信仰的记录，"云中村"让地震经验和记忆复活，构建了一种"神灵"叙事。

　　阿来"把神秘文化作为一种观照世界和人生的文化哲学，表达他对于外在世界和生命现象的情感体悟和哲理运思"①。《云中记》中的神灵叙事主要体现为对"山神"的叙述和地震中死去的人的"鬼魂"叙述。前者涉及云中村的历史来源及地震对人们山神信仰的冲击；后者则主要是对亡灵的神秘感应。

　　以"山神"为线索，小说书写了这个村子的过去（久远的历史和地震前的情形）、现在（灾后重建的情况）以及未来的可能图景。关于云中村来历的传说要追溯到一千多年前的神话传说，它是原始部落东征过程中"神启"的结果，"阿吾塔毗离开部众，睡在星星最密集的那片天空下面。那天，他梦见了辛饶弥沃祖师。告诉他要停止往前，应该向下转入森林"。正是在祖师的神示下，阿吾塔毗带领部落战胜了丛林中的矮脚人土著，在此定居下来。后来就有了云中村的山神信仰，"带领部落从西边横穿高原，来到高原东部的阿吾塔毗，征服了矮脚人，荡尽了森林中的妖魔鬼怪的阿吾塔毗后来升了天。灵魂化入云中村后终年积雪的山峰，成了山神"②。对

① 李建：《〈尘埃落定〉的神秘主义叙事与藏族苯教文化》，《齐鲁学刊》2008年第5期。
② 阿来：《云中记》，北京十月文艺出版社2019年版，第164页。

于"山神节"，小说呈现了两套话语逻辑。一种是阿巴所代表的本族居民的民间信仰，强调山神节每年依自然农时而定，这是传统生活观念与生活方式的写照；另一种则是现代管理视野中的官方意志，以旅游推广、发展经济为目的。小说中大量细节都呈现出"民间"与"官方"、"传统"与"文明"的冲突对话，但总体上呈现出传统节节败退、现代力量逐渐替代的趋势。在这个意义上，阿巴成为消逝的民间传统的象征，小说在阿巴的传统信仰方面有大量精细的叙述，具有某种"挽歌"的美学指向。在地震、搬迁的过程中，云中村人的山神信仰逐渐破灭，村民们从山上的云中村迁往平原上的移民村，云中村最终成为滑落岷江的滑坡体，这些都意味着神性信仰的失灵，神灵不再护佑他们，这个过程是神性信仰逐步消逝的过程，是现代科技文明逐渐祛魅的过程。某种意义上，"云中村"就是在现代化大潮中消失的无数藏族原始村落的一个标本，阿来不厌其烦地书写他们的历史与信仰，具有强烈的地方志的内在诉求。

阿巴对亡灵的抚慰是通过"对话"来实现的，这是祭师与亡灵之间的神秘对话，在小说中体现为梦中的对话、动植物的神灵感应以及祭祀仪式中的"告诉"等得以实现。神灵叙事贯穿了《云中记》整部小说，这种叙事方式内在地呼应了告慰亡灵的情感诉求，体现为一种宽容开放的叙事态度和深切真挚的人文关怀。小说氤氲着浓郁的神性氛围，这集中地体现为阿巴返回村庄后对"鬼魂"的神秘召唤与感应。阿巴一直被有无鬼魂的问题困扰，但他又无时无刻不是在与鬼魂为伍。小说最精彩的书写是对"鸢尾花"的神灵感应的书写。阿巴祭祀妹妹亡灵的时候，鸢尾花的突然绽放使他深信地震中死去的妹妹、仁钦的妈妈就寄魂在蓝色的鸢尾花上。后来仁钦通过与舅舅的谈话得悉此事，带走了鸢尾花的种子并移栽在办公室中，小说多次对"鸢尾"的神灵感应展开动人的书写，譬如鸢尾花第一次被阿巴注意到时的神灵感应：

> 阿巴注意到面前有一丛鸢尾。飘带一样的叶片，停在花葶上小鸟一样的花朵。开了几朵，没开的，也有几朵。年轻时的妹妹，喜欢簪鸢尾花在头上。但照片里的她头上没有簪着这种蓝色花，花瓣上带着金色纹路的蓝色鸢尾花。
>
> 阿巴喝了一口酒，继续说话：我来告诉你仁钦的事情吧。
>
> 这时，他听到了一点声音。像是蝴蝶起飞时扇了一下翅膀，像是一只小鸟从里向外，啄破了蛋壳。一朵鸢尾突然绽放。

阿巴的热泪一下盈满了眼眶：是不是你听见了？你真的听见了吗？

花瓣还在继续舒展，包裹花朵的苞片落在了地上。

阿巴说：仁钦出息了，是瓦约乡的乡长了。我碰到云丹了，江边村的云丹，他说咱们家的仁钦是个好乡长。

又一朵鸢尾倏忽有声，开了。①

鸢尾花的"突然绽放"，意味着消逝灵魂的应答，"阿巴相信这是妹妹的鬼魂通过花和他说话"。这是阿来小说非常独到的叙事方式，象征着与灵魂的对话，对逝者的追念。整部小说以仁钦从云中村移栽的鸢尾花的绽放终结："回到家里，仁钦看到窗台上阳光下那盆鸢尾中唯一的花苞，已然绽放。那么忧郁，那么鲜亮，像一只蓝色的精灵在悄然飞翔。"如果说上面一个段落中的"鸢尾"对应着仁钦的母亲，那么整部小说最后绽放的唯一的花苞，则具有多重象征意蕴，它既是阿巴的象征，同时是云中村的隐喻。

二、灾后重建：全景现实的敞开

相对于关注事件（灾难）本身的文学，《云中记》触及了"即时性""事件化"的灾难书写难以抵达的细节与沉痛。在对待传统与当下的冲突时，阿来持有一种更加开放的态度，这使阿来的小说不仅具有批判与挽歌的精神气质，更因其对当下现实的正面书写、对未来走向的深切关怀而浸染着鲜明的现实主义色彩。

在阿巴返回废墟中的云中村之后，陆续有人回到云中村，这些人与阿巴的对话，是小说叙事的重要支撑，同时也是灾后重建现实的渐次展开。阿巴返村后的第一月，仁钦上山，他们之间有一次长时间的对话；第三月，小说详述了云丹第三次上山送东西时与阿巴的对话，阿巴与云丹之间关于杀死一只鹿的谈话，凸显了两种不同的动物观与世界观，同时折射出生态环境恶化的现实及原因；第四月，地质调查队上山，阿巴与余博士有较为深入的畅谈；第五月，云丹带来了央金姑娘，央金姑娘带着摄像团队回到云中村，是一种商业行为，是对央金和她废弃的村庄的一种"苦难消费"；最后则是围绕祥巴热气球事件展开的故事，祥巴以云中村的消逝为噱头，

---

① 阿来：《云中记》，北京十月文艺出版社2019年版，第67页。

发起了坐在热气球中观看即将消逝的村庄的商业旅游项目。某种意义上，祥巴和央金的行为，是灾后各种乱象的真实写照，阿来借此对地震造成的影响进行了更广阔、更纵深的书写。小说叙述了灾后重建的两个路径，瓦约乡在原址进行了灾后重建，并大力发展乡村旅游；云中村则因为次生地质灾害整体搬迁到了平原上的移民村。小说由对"灾后重建"及其乱象的真实记录，敞开了全景化的时代现实。

小说对灾后重建的叙述围绕仁钦展开，仁钦是阿巴的外甥，瓦约乡的乡长。仁钦是新时代的藏民，他代表着藏区未来的发展走向。仁钦与祖辈们不同，他走出了云中村，考上大学，毕业后返回瓦约乡工作，地震时母亲丧生，他担任救灾指挥者，显示了担当与智慧。对舅舅阿巴的返村，既深感同情，又无比忧虑，两人博弈对话的过程同时也是云中村历史故事的讲述过程。仁钦在处理灾后重建的过程中，既呈现了"乱象"（乡村旅游，包装苦难），更彰显了未来发展的美好愿景。仁钦作为新一代藏民基层干部，他的智慧与能力，预见了某种美好的未来。灾后重建的瓦约乡大力发展旅游，旅游业的兴起引发了乡村生态恶化及"收费厕所"等现实问题，但仁钦通过有力的"危机公关"成功化解危机。仁钦这一人物形象灌注了阿来对藏区现实与未来的思考，他的身上体现了很多藏民生活的新质，是传统藏民生活与现代社会的结合。仁钦的复杂性就是藏区现代转型的复杂性，仁钦的成长、成绩与改变就是藏区现代转型的方向所在。仁钦作为主要人物在小说中的出现，标志着阿来将更多的视野投向藏区的青年一代和未来发展，仁钦的故事带来了更多鲜活的时代现实和未来启示。

小说中，阿巴和仁钦的关系耐人寻味。一方面，他们是舅甥关系，这是一种亲缘关系，决定了他们共同的心性和信仰，因而两人有深层的精神汇通；另一方面，他们是乡镇领导与普通百姓的关系，有着不可调和的矛盾冲突。在小说中的"第一月"中，仁钦回到云中村劝说舅舅阿巴下山，两个人有一场争论。仁钦认为活着的人是一切工作的重心，而阿巴则关心云中村死去的乡亲。仁钦是统一性的行政权力的代言与象征，而阿巴是个体化的传统心理的载体，小说写到了二者之间的分歧，特别是阿巴的执拗和仁钦在工作中的困难，但在总体上，小说中二者的关系是建立在理解基础上的包容，这种包容包蕴着他们身份之外共同的信念，而这恰恰象征着作者对藏区历史变革的美好寄托。灾难发生后，我们的关注点永远是以"活人"为宗旨的——这种"活人"既指想尽一切办法让人活下来，更是指以活着的人为一切行动的出发点。阿巴关注死去的人，关切那些在地震中逝去的亡灵，这是被我们的社会逻辑所遮蔽的，而这恰恰关乎我们的精神状况。仁钦默许阿巴返回村庄祭祀亡灵，最终默认并支持他留在废弃的村子里、随滑坡体一起消失的做法，这其实是对一种生存信仰的尊重。

小说多次写到记者对灾后重建的新闻报道，其中隐含着阿来对媒体伦理的审视与反思。从记者让幸存村民为解放军集体演唱《感恩的心》、阿巴将非物质文化遗产传承人补贴发送给孩子们后接受采访等细节中，阿来细致入微地书写了云中村人的感受，其中有一种错位与隔膜。实际上，围绕地震及灾后重建问题，报纸、电视、网络等媒体始终是重要的参与者，阿来对此进行了书写与反思。其中的线索是，媒介自身有其逻辑，如果纵任其发展，可能会造成反面的、有违初衷的影响。媒体在完成它的宣传使命后，有可能过度繁殖进而造成反面的影响，媒体逻辑是逐新逐利的，这在央金姑娘身上深有体现。小说对媒体伦理的反思，在"央金姑娘"的故事中得以细腻展开。央金姑娘从小喜欢跳舞，在地震中失去了左腿，"她断腿求生的故事占据过地震期间相当多的报纸版面。"后来，她戴上假肢，如愿实现了自己的舞蹈梦，她的故事被媒体包装成一个自强不息的典型，在全国各地宣扬。某种意义上，央金姑娘是被新闻媒体"符号化"的，这种"符号化"是以对人性的漠视、对内心创伤的视而不见为代价的。这是一个"包装苦难"的故事，阿来借此提出了重大灾难救援与宣传中的人性与伦理问题。这也是现代社会的道德盲点与伦理误区。央金姑娘难以忍受公司精心拍摄制作的伴奏视频的折磨，终于崩溃，引发我们严肃思考"消费苦难"的问题。阿来以自己对藏区的熟悉，对人性的细腻观察，敏锐洞见其中的心灵问题，敞开了灾后重建问题的复杂性。小说的结尾中，祥巴和央金姑娘的故事汇聚在一起，一正一反，揭示了资本对地震、苦难的消费，以及美好人性的回归。祥巴的热气球旅游项目和央金姑娘的舞蹈表演都是商业逻辑下的"消费苦难"，祥巴是完好无损的幸存者，通过地震完成了财富积累；央金是残缺的幸存者，她的故事深刻地折射出人们对地震的消费心理及对当事人造成的心灵创伤；前者触发了大范围的道德抨击，而后者则造成了个体心灵的严重创伤。央金的故事触及深层的道德悖论，引发我们思考建立在金钱基础上的"善"何以变成"恶"。小说中，央金的回归预示了人性的美好。在这个过程中，不管是祥巴的不知悔改，还是央金的回归和彻悟，都符合人物的性格逻辑。

三、藏区未来：科技理性与本土信仰的交融

阿来以小说中的村庄、人物为载体思考藏区的未来，贯穿着史家的细腻眼光与

诗性的悲悯情怀，小说中的人物构成对历史、现实与未来的全方位审视。如果说祥巴和央金姑娘的故事是"人性维度"与"社会逻辑"碰撞博弈的生动说明，那么阿巴一家三代人的命运经历阐释了"封建迷信"与"现代文明"之间含混的互动关系。阿巴的祖辈都是村上的祭师，"父亲是村里的祭师。父亲的父亲也是祭师。"这代表着云中村的传统信仰。阿巴的父亲遭遇反对封建迷信的时代，被迫从祭师变为"爆破手"。"阿巴的父亲是村里的第一个爆破手，第一个停止祭祀山神的祭师。""他当上爆破手，是因为云中村人认为祭师这种能通鬼神的人，才能摆弄那些瞬息之间就爆发出巨大力量的爆炸物。"可惜的是，父亲死于爆炸。阿巴则一开始就接触了现代科技，读了农业学校，成为村上第一个水电站发电员，但阿巴最终却成为一个祭师，因此成为非物质文化遗产传承人，最终安宁地随云中村一起皈依于自然。其中的逻辑引人深思。

对于半路出家的祭师阿巴来说，他的信仰建构之路是小说重点叙述的内容。小说多处涉及阿巴对"鬼魂"之有无的关切，这个问题关涉到藏民的根本信仰，是他们精神生活的根。文明之光投射进云中村，阿巴成为发电站的发电员（山体滑坡而失忆），后来成为村庄的祭师（非物质文化遗产继承人）。发电员本应该秉持着科学精神来改造落后封闭的乡村，而恰恰是在同时，他开始了更加契合灵魂需求的祭祀活动，这是一个奇怪而深刻的悖论。"阿巴是在当上发电员后开始试着祭祀山神安慰鬼魂的。这不是他的意思，是妈妈的意思。妈妈说，电站机器声音这么大，光这么亮，山神会不安，鬼魂会害怕的。"在科技理性与本土信仰面前，云中村人有较大的分歧。这不仅仅是阿巴的难题，也不仅仅是瓦约乡的难题，而是当下中国发展进程中关于"生态""种族"等各种层面的冲突与博弈。"鬼神的事"内在地催促着阿巴在地震五年后返回，祭祀亡灵之后，阿巴与云中村这个"滑坡体"一起消失。在地震、搬迁的过程中，始终激荡着科学与宗教的冲突与对话，最终，科学战胜了宗教，阿巴成为一种献祭。这种信仰转变的曲折复杂历程以及这一过程中个体心灵的创伤体验，是阿来小说关心的重点。小说写到地质专家预测到云中村会作为一个滑坡体沉入岷江之后，云中村的人们面临着信仰的紊乱。这种紊乱分两次进行，并逐渐加码，第一次是地震对他们的创伤，第二次则是地质专家对云中村消逝的判断。这使得村民不得不认命，认识到"科学就像神谕"，"云中村人远离神谕已经很多年了，云中村人不懂得科学更是与生俱来。科学和神都把力量明明白白地显示在人们面前，那你就必须从中选择一样来相信了。"①阿巴的逆行构成一种时代象征，启发我们珍视整一化历史进程中的个体心灵。

阿巴成为真正的祭师，是在地震后的绝境中，他不得不担负起祭奠亡灵的使命。"正是地震的突然降临，逼迫着阿巴完成了作为祭师的身份认同，又独自返回云中村废墟，为那里所有自然与生命遗存一一施祭，并陪伴古村走完生命的最后一程，从而践行了作为最后一个祭师的使命。"②地震发生后，实际的救援在政府、军队、志愿者的合力下得以完成，但对于死去的村民，需要一个通灵的人进行告慰。小说详细叙述了阿巴在地震后第一次祭奠亡灵之后的心情，这是一种精神的完成。"阿巴觉得身体很疲惫，脑子却又十分兴奋。于是，他一边喝瓶中剩下的酒，一边大声念诵着刚学来的安抚鬼魂的祝祷之词。这是阿巴一生中少有的自觉伟大的时刻。第一次，是他年轻时候，作为云中村水电站的发电员合上电闸，用一种前所未有的光把整个云中村照亮的时候。现在是第二次，他用刚学来的仪轨与祝祷词安抚了村中那些不肯消散于无形的鬼魂。阿巴摇铃击鼓，抛撒着食子在村子的废墟和震后的新坟地里穿行。好几次，他都以为看到了某个鬼魂。但其实不是，那只是某段残墙浓重的阴影，一根兀立的柱子，甚至是一阵风摇动了草丛，一只夜鸟被惊起。这一刻起，他觉得自己成了一个重要的人。"③阿巴"自觉伟大的时刻"一共两次，分别来自科技之光与灵魂慰藉，或许在阿来的心中，二者的融合才是川西藏族人民在急遽现代化语境中适宜的未来之路。

对于科学与宗教的冲突问题，阿来在小说的"第四月"叙述了它们的相通性，这主要体现在阿巴与地质考察队余博士的对话。余博士不是唯科学论者，他与阿巴有很多共同语言，两人的讨论逐渐深入，最后是余博士的话启发了阿巴，在科学与宗教的汇通处，阿巴找到了解决他自身信仰问题的出口。阿巴对自然万物的理解持一种朴素的自然观，却与科学有着内在的一致性。如阿巴由地震、地质运动引发的对大地的理解，"大地上压了那么多东西，久了也想动下腿，伸个脚。唉，我们人天天在大地上鼓捣，从没想过大地受不受得了，大地稍稍动一

① 阿来：《云中记》，北京十月文艺出版社2019年版，第258页。

② 宋炳辉：《唤醒记忆、疗治创伤与生态重建——以阿来长篇小说〈云中记〉的叙事分析为中心》，《南方文坛》2022年第5期。

③ 阿来：《云中记》，北京十月文艺出版社2019年版，第227—228页。

下，我们就受不了了。大地没想害我们，只是想动动身子罢了"①。作为一个生长在传统中的祭师，阿巴并没有一味拒斥科学与文明，而是更多地体现为一种包容心态下的坚守，他的行为和关注点都是被现代社会所遗忘的美好。从这个意义上说，小说对阿巴的书写不仅仅是一首缠绵的挽歌，更是从历史的缝隙中获得启示，这启示关涉到美好人性的守护、自然神性的重建以及对天地神人和谐共生的信念与期许。实际上，神性信仰在地震之前的云中村已经变得相当稀薄，是地震重新拉回了人们的宗教信仰视野，正是这种心灵的强烈需求，使阿巴成为一个真正意义上的祭师。他是云中村的第一位发电员，同时也是最后一位祭师，他是传统藏民生存信仰的殉葬者。阿巴的"祭师"身份，只有在云中村这一语境中才是成立的，他去了移民村之后，很快他的非遗传承人的补贴就停发了，因为移民村的人们不信仰山神。对于阿巴来说，他的生存与信仰之根在云中村，正在发生的现代世界的一切现实与他格格不入。阿巴的信仰之路在地震中发生了转折，在地震五年后深化为一种不可撼动的信仰，这也是他义无反顾返回云中村、与废墟中的村庄上的亡灵一起消逝的原因所在。小说的结尾，云中村作为一个巨大的滑坡体滑落江中，云中村消失了。这一事实印证了地质专家的预言，即科学的正确性。阿巴和他的马、他的信仰一起消失，其实构成科学面前的精神生存问题。在阿来的写作中，他充分体认了科学、现代文明的优越性，他是在这一前提下展开书写的，他思考的是，科学面前如何保持传统信仰？

阿巴的"祭师"身份在小说中的书写，多处表现为具有原始意味的歌唱语言和神圣仪式。"在一个个没有现代狼烟所污浊的自然神话中，颂赞自然、祈祷神佑、超度灵魂、排遣困惑都离不开歌唱，这些歌正是这些民族的生存本相和文化本体的一部分，歌唱一切就是他们的自然生存状态。"②譬如小说中央金姑娘回到移民村，乡亲们围着她唱家乡古老的歌谣："为什么骏马的头向着东方，/阿吾塔毗率领我们要往东方去了。/为什么风总是向西吹拂，/是我们难舍远离的家乡。/我们的歌声拂过大地……"。对于阿巴来说，歌唱本身就是仪式中的一部分。阿巴由"祭师"向"非物质文化遗产传承人"的转型过程，正是通过对"仪式"的正规学习实现的。阿

①　阿来：《云中记》，北京十月文艺出版社2019年版，第245页。
②　黄轶：《生命神性的演绎——论新世纪迟子建、阿来乡土书写的异同》，《文学评论》2007年第6期。

巴在村子里祭祀亡灵、祭拜神山的时候，也是通过"仪式"完成的。对于藏民族来说，"仪式"就是他们信仰的载体。小说中，阿巴回到云中村的"第七天"，也就是地震前选定的云中村的"山神节"，阿巴进行了一个人的盛大的祭山仪式。作者的叙述是包容性的，他看到了时代变迁中藏民族原始传统得以有效继承的可能性，从阿巴父亲时代对这些仪式和信仰投之以"封建迷信"的眼光和说法，到阿巴时代国家培训使之成为"非物质文化遗产传承人"，这其中透射着民族文化信仰传承的希望和曙光。

第七届华语文学传媒大奖为阿来颁发的杰出作家奖的授奖词认为，"阿来持续为一个地区的灵魂和照亮这些灵魂所需要的仪式写作，就是希望那些在时代大潮面前孤立无援的个体不致失语。"①某种意义上，阿巴就是这些个体中的典型，他随废墟中的云中村以及他的信仰、仪式等一起消逝在时间的深处。《云中记》以汶川大地震为入口、以云中村为标本，书写藏区人民的历史、文化、信仰以及时代洪流中少数民族的现实处境、未来图景。"记录灾难当然是一项责任和道义，但是《云中记》还有更大的视野、更远的思想，阿来的写作大气而富有灵知，写出了文学的通透之境。"②阿来是为一个已经消逝的古老村庄立传，"以最朴实本真的语言叙述最本真的事实，最大限度地接近藏文化的根源，关注现代性给藏文化带来的心理变化以及藏文化的未来走向"③。在这个意义上，阿来照亮了藏族文化和生活，用文学的方式为民族发展提供了思想启迪与文化参照。

四、诗性小说：传统的赓续与再造

阿来的小说具有浓郁的诗性特质，这在当下的文坛显得弥足珍贵。研究者多将视野聚焦于小说的内容，"对于《云中记》中所呈现出的诗化倾向和诗性空间，没有足够关注"④。阿来的文学生涯始于诗歌创作，早期的诗歌创作在他的小说中留下了深深的痕迹，"这些诗不仅是我文学生涯的开始，也显露出我的文学生涯开始的时

① 梁海：《阿来文学年谱》，复旦大学出版社2014年版，第136页。

② 陈晓明：《文学的通透之境》，《文艺报》2019年6月12日第3版。

③ 陈晓明：《小说的心理特权与历史化的紧张关系——阿来小说的阅读札记》，《当代文坛》2009年第5期。

④ 姜晨：《文学地理学视域下〈云中记〉的"诗性空间"探析》，《小说评论》2020年第6期。

候，是一种怎样的姿态。……这些诗永远都是我深感骄傲的开始，而且，我向自己保证，这个开始将永远继续，直到我生命的尾声”[①]。这话语背后包蕴着阿来文学书写的独特品质和诗性密码。

阿来小说的诗性特质首先体现在小说语言与意象的诗性建构。研究者普遍注意到阿来的小说语言带有浓郁的抒情气息，《云中记》延续了这一传统，并有所进阶。“阿来作品的语言从一开始就有一种透明的气质，在写作中以新鲜、单纯、透明的状态，真切地接近事物的质地，并变得诗意、华美甚至壮丽。”[②]阿来的小说语言典雅，不过分追求修辞，在准确表意的基础上强调语言的绵延效果。小说对地震过程的形象书写，是一种充满神秘气息的诗性语言。《云中记》将地震描述为大地深处的神秘力量的呈现：“没有人知道地震正从大地深处发动。大地深处潜伏的巨兽正咯咯地错动参差错落的岩层的牙齿。巨兽觉得身上压着的黑暗、时间，以及岩石之上的岩石是那么沉重，以至要咬碎自己的牙齿。”[③]更多的时候，阿来的小说语言是一种诗性的内倾化语言，他的语言干净、明晰，但饱含浓度。从某种意义上说，阿来几乎是用诗歌的语言进行小说的叙述，注重小说语言的暗示性与象征性。他拒绝完全透明化的故事叙述，最大限度地保留语言的张力和饱和度。

小说以“博物”的方式建构诗性意象，废墟中的云中村呈现为万物生长的自然世界。小说细腻地书写了阿巴看到一头鹿时的惊喜，“那是一头鹿，今年新生的一对鹿角刚开始分叉。阳光从鹿的背后照过来，还没有骨质化的鹿角被照得晶莹剔透。鹿角里充溢的新血使得那对角像是海中的红珊瑚。阳光正像海水一样汹涌而来。”[④]鹿群在废墟中的村庄自由出入，与阿巴的两匹马、大地上的植物形成一副和谐共生的图景，凸显出作者阿来的“生生”自然观。小说中出现了种类繁多的动植物意象，如石碉、红嘴鸭、刺五加、酸模草、绣线菊、蔓菁、绿绒蒿、虞美人花、蜀葵、大丽菊、鸢尾花、翠雀花、画眉、噪鹛、血雉等，这些动植物组成了废墟中的云中村的勃勃生机，“瑰丽想象、飘逸诗情以及抒情、心理描写、植物志等多种艺术手法的成功运用，共同使他的作品构成了一个激情饱满、诗情洋溢、色彩绚丽、生机盎然

① 阿来：《群山的声音》，四川文艺出版社2018年版，第105页。

② 杨霞：《“阿来作品研讨会”综述》，《民族文学研究》2002年第3期。

③ 阿来：《云中记》，北京十月文艺出版社2019年版，第98页。

④ 阿来：《云中记》，北京十月文艺出版社2019年版，第239页。

的文学世界"①。废墟中的生机是自然本身的生命活力的体现，阿来以博物诗学为路径，不断建构他的生态理想。

意象本身既具有小说结构方面的建构意义，但更关键的是故事之外的抒情与象征意味。如果说枯死的老柏树象征着某种原始信仰的枯竭与消亡，那么废墟中绽放的罂粟花则成为过往美好生活的隐喻。阿巴上山之前特意向仁钦要了两匹马，两匹名为"白额""黑蹄"的马成为阿巴在山上的伴侣，是通灵的，同时也成为阿来小说的重要意象。"马的气味"在小说开头出现，是地震前阿巴生活的某种隐喻。马是前现代文明的象征，意味着云中村生活的稳定与自洽。"自从有了拖拉机，马就从生活中消失了。二十多年前，马就从云中村人的生活中消失了。只有阿巴还固执地养着两匹马。"马是藏区高原生活的重要组成，阿来借马的消失表达一种生活与文明方式的永远离去。后来，瓦约乡大力发展旅游，马儿又大量出现，但这是被异化的、失去自由生命的马，是只具有观赏价值而失去了日常生活依赖关系的马。关键的是，阿来在叙述中不是完全客观的记录，也不是持强烈的批判态度，而是让人物的行为和心理自然而然地流露出来。

小说的诗化文体与叙事节奏的诗化，是阿来小说诗性特质的另一重要表征。小说细部的体现最为明显，譬如《云中记》多分行，或一句一行，讲究叙述的节奏感，是对传统小说叙事文体形式的诗性改造。这就造成了如诗句般的叙事节奏，如小说对阿巴返回云中村时的叙述：

> 全村人都搬走了。
>
> 阿巴也去了移民村。
>
> 去了四年多时间，阿巴又一个人回来了。
>
> 他对移民村的乡亲们说：你们在这里好好过活。我是云中村的祭师，我要回去敬奉祖先，我要回去照顾鬼魂。我不要任他们在田野里飘来飘去，却找不到一个活人给他们安慰。②

---

① 栾梅健：《青藏高原的行吟诗人——论阿来的文学观》，《山东师范大学学报》（社会科学版）2022年第2期。

② 阿来：《云中记》，北京十月文艺出版社2019年版，第46页。

这使阿来的小说区别于传统的现实主义小说，充溢着诗性的思维。小说的叙事节奏舒缓，诗性叙事大量出现，小说经常出现叙事的停滞，这恰是诗性绽放的时刻。

作者阿来在小说的题记中说，"写作这本书时/我心中总回响着《安魂曲》庄重而悲悯的吟唱。"正是得益于这种交响曲般的情感节奏，整部小说在结构上呈现出回环往复的节奏，人物情绪的低回婉转使得小说保持着一种节奏感，获得了一唱三叹的抒情效果。阿来小说的诗性特质得益于他早期的诗歌创作经历，他虽然放弃了诗歌这一文体形式的创作，但诗歌作为一种要素成为他小说的重要组成部分，小说内部氤氲着诗性的氛围。五四以来，现代中国小说有一个潜在的诗化小说的传统，其中沈从文、废名、冯至等京派小说尤甚，阿来延续了20世纪中国文学中"诗化小说"的传统。阿来基于独特的地域文化背景，有效地融合了藏民族与汉民族的文化诗学资源，以自身浓郁的诗人气质，实现了对现代诗性小说传统卓有成效的赓续与再造。